호르헤 루이스 보르헤스 Jorge Luis Borges

1899년 아르헨티나의 부에노스아이레스에서 태어났다.
1919년 스페인으로 이주, 전위 문예 운동인 '최후주의'에
참여하면서 본격적인 문학 활동을 시작한 그는
부에노스아이레스에 돌아와 각종 문예지에 작품을 발표하며,
1931년 비오이 카사레스, 빅토리아 오캄포 등과 함께
문예지《수르》를 창간, 아르헨티나 문단에 새로운 물결을
가져왔다. 한편 아버지의 죽음과 본인의 큰 부상을 겪은 후
보르헤스는 재활 과정에서 새로운 형식의 단편 소설들을
집필하기 시작한다. 그 독창적인 문학 세계로 문단의 주목을
받으며 세계적인 명성을 얻기 시작한 그는 이후 많은
소설집과 시집, 평론집을 발표하며 문학의 본질과 형이상학적
주제들에 천착한다. 1937년부터 근무한 부에노스아이레스
시립 도서관에서 1946년 대통령으로 집권한 후안 페론을
비판하여 해고된 그는 페론 정권 붕괴 이후 아르헨티나
국립도서관 관장으로 취임하고 부에노스아이레스 대학교에서
영문학을 가르쳤다. 1980년에는 세르반테스 상, 1956년에는
아르헨티나 국민 문학상 등을 수상했다. 1967년 예순여섯 살의
나이에 처음으로 어린 시절 친구인 엘사 미얀과 결혼했으나
삼 년 만에 이혼, 1986년 개인 비서인 마리아 코다마와
결혼한 뒤 그해 6월 14일 제네바에서 사망했다.

세계문학

강의

세계문학

보르헤스
논픽션 전집   6
─────────────
Obras completas en colaboración

강의

호르헤 루이스 보르헤스
남진희 엄지영 박병규 김용호 정동희 옮김

민음사

일러두기

1. 이 책의 번역은 Luis Borges, *Obras completas en colaboración*, 2/2, Buenos Aires, Emecé, 1997을 저본으로 하였다.
2. 원서의 각주는 본문에 (원주)로 표기했다.

2부
마르틴 피에로

3부
불교란 무엇인가?

4부
고대 영국 시 선집

5부
영국 문학의 이해

6부
중세 게르만 문학

7부
미국 문학 입문

I부

레오폴도 루고네스

호르헤 루이스 보르헤스
베티나 에델베르그

서문

이 책은 레오폴도 루고네스(Leopoldo Lugones)의 작품을 소개하기 위한 입문서다. 이 글을 쓴 주목적은 루고네스의 작품이 아르헨티나와 히스패닉 아메리카 문학사에 자리 잡게 하고, 독자들의 호기심을 일깨움과 동시에 그가 주로 활동한 영역을 어떤 식으로 소개할지 그 기본 원칙을 대략적으로나마 그려 보기 위해서다.

크나큰 고독에도 불구하고 용기 있는 삶을 견지하며 자존심을 지키려 노력했던 인간 루고네스의 이야기와 좀 더 세밀한 문체 분석은 후대 사람들을 위한 과제로 남겨 두었다. 그의 작품은 애정보다는 감탄을 불러일으켰는데, 그는 결국 자신을 표현할 단어와 문장을 미처 다 쓰지 못한 채 세상을 떴다.

J. L. B., B. E.

레오폴도 루고네스에게 바치는 글

광장의 웅성거림을 뒤로하고 저는 도서관에 들어섰습니다. 책이 주는 무게감과 질서 정연하고 엄중한 분위기, 잘게 나눠 마술적으로 보관한 시간을 온몸으로 느꼈습니다. 좌우 양쪽의 독서등 아래로 황홀한 꿈에 젖어 몽롱해진 독자들의 얼굴 윤곽이 순간적으로 드러났습니다. 밀턴(Milton)의 대환법¹이 그려 낸 것처럼 말입니다. 이곳에서의 그 모습, 선생님께서 주변을 이용해 사물을 규정한 전위형용사, 『센티멘털한 달』의 '메마른 낙타'와 『아이네이스』의 6보격 시 등이 꼬리에 꼬

I   도장법이라고도 함. 꾸밈의 관계를 뒤집는 말부림새로, 발상의 전환을 강조하는 수사법. 예를 들어 '서울의 밤을 구경했다.'를 '밤의 서울을 구경했다.'로 바꿔 표현하는 수사법이다.

리를 물고 떠올랐던 사실이 머리를 스쳤습니다. 선생님은 이
러한 기교를 잘 활용했을 뿐 아니라 결국 극복해 낼 수 있었습
니다.

<blockquote>어둠의 외로운 밤 아래를 걸으며[2]</blockquote>

이런저런 생각을 하며 저는 선생님의 집무실 앞에 잠시 서
있었습니다. 그런 다음 들어가서 의례적이기는 하지만 진심에
서 우러나온 인사를 나누고는 선생님께 이 책을 건네 드렸습
니다. 저의 착각이 아니라면 선생님께서도 어느 정도는 저를
좋게 봐 주셨기에, 제 글 한 편쯤은 마음에 들길 바라셨을 것입
니다. 이런 일은 과거엔 단 한 번도 없었습니다. 그러나 이번엔
선생님께서 수긍하는 표정으로 책장을 뒤로 넘겨 시 한 편을
읽어 주셨는데, 그 시에서 당신의 목소리를 들으셨거나 튼실
한 이론이 부실한 실천보다 더 중요하다고 생각하신 것 같았
습니다.

바로 그 순간 제 꿈은 물방울이 물에 떨어지듯 흩어져 버렸
습니다. 저를 둘러싼 커다란 도서관은 로드리고 페냐 거리가
아니라 멕시코 거리에 있었고, 더욱이 루고네스 선생님, 당신
은 1938년 초에 이미 돌아가셨습니다. 저의 헛된 망상과 노스
탤지어가 불가능한 장면을 활시위에 걸었던 것입니다. (확언하
건대) 이런 일은 언제든 다시 일어날 테지만, 머지않아 저 역시

---

2   『아이네이스』6: 268.

죽을 테고, 결국 우리의 시간도 혼란에 빠져 연대기마저 상징
으로 가득 찬 세계에서 길을 잃고 말 것입니다. 아무튼 제가 선
생님께 이 책을 가져왔다는 것, 그리고 선생님께서 이 책을 받
았다는 것만은 분명한 사실일 것입니다.

J. L. B.
1960년 8월 9일 부에노스아이레스에서

레오폴도 루고네스

케베도[3]와 제임스 조이스, 카미유 클로델과 마찬가지로 레오폴도 루고네스의 천재성 역시 기본적으로는 언어에서 비롯된다. 그의 작품 중 큰 소리로 낭독하기에 적절치 못한, 다시 말해 낭랑한 목소리로 쓰이지 않은 것은 단 한 편도 없다. 다른 시인들은 허세와 작위에 매몰된 모습을 보였던 시기가 루고네스에겐 자연스러운 어조를 폭넓게 발전시켰던 절정기였다.

루고네스에게 문학 수련은 정직하고 성실하게 실행해야 할 소중한 과제였으며, 예컨대 상투적인 형용사나 예측 가능한 이미지, 불안한 문장 등은 피나는 노력으로 반드시 피해야 했다. 그

---

3   프란시스코 고메스 데 케베도 이 비예가스(Francisco Gómez de Quevedo y Villegas, 1580~1645). 스페인 황금 세기의 기지주의를 대표하는 시인.

가 보여 준 이런 장점은 매우 분명했지만, 상투어에 대한 그의 체계적인 거부는 이해하기 힘들거나 효과적이지 못한 불규칙함(혹은 무질서)으로 이어질 위험을 안고 있었다. 루고네스는 정성 들여 한 줄 한 줄 써 내려간 자신의 작품에 대해, 다시 말해 온 정성을 쏟은 결과 두툼해진 시선집에 대해 지나치게 자부심을 느꼈다.

스페인풍 문화에 지나치게 경멸적인 태도를 보였던 『가우초 전쟁(La guerra gaucha)』의 작가 레오폴도 루고네스는 역설적으로 두 가지 스페인식 집착을 보였다. 작가는 사전에 수록된 모든 단어를 사용할 수 있어야 한다는 믿음과 각각의 단어에서 가장 본질적인 부분은 기의로, 거기에 내포된 의미나 분위기 따위는 그리 중요하지 않다는 신념을 가졌던 것이다. 그렇지만 크리오요[4]적인 성격의 시에서는 그가 소심하게 수수한 어휘만 사용하는 것을 볼 수 있다. 이런 모습에서 바로 그의 예민한 감수성이 잘 드러나는데, 오히려 간혹 드러나는 추한 모습은 지나치게 과감한 시도이자 단어들과 자웅을 겨뤄 보고자한 그의 야심이 빚어낸 결과였으리라는 추론 역시 해 볼 수 있다. 그의 수많았던 참신한 시도는 결국 숙명적으로 명운이 다할 수밖에 없었지만, 전체적으로 보면 그의 작품은 스페인어가 보여 준 가장 위대한 모범적 모험으로 남아 있다. 17세기는 라틴어로 회귀하는 동시에 한편으로는 혁신을 원했던 시기였다. 루고네스는 낭만주의와 상징주의가 프랑스어에 안긴 리

---

4   크리오요는 일반적으로 아메리카 대륙에서 태어난 백인을 뜻하지만, 아르헨티나의 경우 외국 이민자와 비교하여 아르헨티나 태생을 크리오요라고 한다.

듬과 메타포 그리고 자유를 자신의 언어에 덧씌우고자 노력
했다.

아메리카의 문학은 여전히 이 위대한 작가의 작품에서 자
양분을 얻고 있으며, 많은 작가들에게 글을 잘 쓴다는 것은 루
고네스의 방식을 좇아 글을 쓴다는 것을 의미한다. 울트라이
스모(Ultraísmo)⁵부터 우리 시대까지 그의 영향은 피할 수 없
을 정도로 몸집을 불려 가며 다양한 형태로 지속되고 있다. 그
의 영향이 지나치게 보편화된 탓에 그의 작품을 읽지 않고도
그의 도제가 될 수 있을 정도였다. 바예잉클란(Valle-Inclán)의
『키프의 파이프(La pipa de Kif)』에서도 『센티멘털한 달(Lunario
Sentimental)』의 흔적을 찾아 볼 수 있을 뿐 아니라 뛰어난 독
창성을 자랑하는 위대한 두 시인, 예컨대 라몬 로페스 벨라르
데(Ramón López Velarde)와 마르티네스 에스트라다 (Martínez
Estrada) 역시 루고네스에게서 출발한다.

사회적으로 냉담한 분위기를 이겨 내고 왕성한 작품 활동
을 위해 이토록 노력하는 태도야말로 진정한 영웅의 모습이
아닐 수 없다. 루고네스의 일생은 고난으로 점철된 여정이었
다. 그는 적절한 보상과 대중적인 인기, 명예를 거부했으며, 오
늘날 제대로 된 평가에 기초해 다시 부여한 영광까지도 경멸
했다. 그는 숙명적으로 고독을 강요당했다. 그 같은 사람은 단
한 사람도 없었으며, 숙명적인 고독 속에서 그는 스스로 죽음
을 기다리고 있었다.

---

5   1919~1923년에 스페인에서 일어난 시문학 개혁 운동.

모데르니스모

전체적으로 레오폴도 루고네스의 작품은 모데르니스모
(Modernismo)가 지닌 한계를 뛰어넘고 있지만, 그를 거론하면
서 그와 모데르니스모의 발전사를 떼어 놓고 이야기할 수는
없다. 19세기 말과 20세기 초 모데르니스모 운동은 스페인어
권 문학을 대대적으로 혁신했다. 황금 세기와 바로크 이후 히
스패닉 문학은 쇠락에 쇠락을 거듭하여 18세기와 19세기에 이
르러서는 그야말로 빈사 상태였고 진정한 의미의 혁신이 필요
했다.

스페인은 고전, 즉 그리스·로마의 성격과는 거리가 있었
다. 스페인 연극이 보여 준 충동적이고 불안정한 모습과 작가
에 따라 다르긴 하지만 대체로 지역적인 색채를 지닌 점 등은
결국 낭만주의의 적극적인 반응을 불러일으켰다. 독일은 칼데
론⁶을 재조명했으며, 영국의 셸리는 칼데론의 작품을 영어로

번역했다. 한마디로 칼데론의 작품은 고전적인 삼위일체를 엄격하게 강요하던 분위기에 새로운 논란을 일으켰다.

낭만주의 자체가 그 본질에서는 스페인적인 기질에 가까움에도 정작 스페인에서는 키츠나 위고 같은 시인을 한 사람도 배출하지 못했다는 것은 정말 아이러니한 일이 아닐 수 없다.

이 같은 비참한 현실을 애써 무시하려는 스페인 비평가들의 태도는 오히려 이를 돌이킬 수 없는 지경으로 몰고 갔다. 메넨데스 이 펠라요 역시 왜 그랬는지 이유는 알 수 없지만『카스티야어로 쓰인 가장 탁월한 서정시 100선(Las cien mejores poesías líricas de la lengua castellana)』이라고 명명한 시선집에 당대 시인들의 시를 지나칠 정도로 많이 실었다.

스페인 문학의 쇠퇴는 복합적인 모습의 생명력이 넘쳐 났던 여타 유럽 국가의 문학과는 사뭇 대조적이었다. 특히 모데르니스모 운동에는 프랑스 문학의 영향이 결정적이었다. 프랑스의 시문학에서는 낭만주의를 계승하여 고답파가 출현했으며, 다시 고답파의 뒤를 이어 상징주의가 나타났다. 고답파나 상징주의 시인들은 조국인 프랑스에서는 배척당했지만, 아메리카의 젊은 세대 작가들에게는 오히려 우상 같은 대접을 받으며 쉽게 퍼져 나갔다. 낭만주의에 대해 언급하는 과정에서 화려한 수사나 능란한 표현에 대한 반발이 감지되었지만, 빅토르 위고만은 여전히 숭배의 대상이었다.

---

6 칼데론 데라바르카(Calderón de la Barca, 1600~1681).
스페인 황금 세기를 대표하는 극작가. 대표작으로는
『인생은 꿈이다(La vida es sueño)』를 들 수 있다.

이즈음 프랑스에 대해 잘 모르던 부에노스아이레스와 멕시코의 지성인치고 학문의 완성을 위해 파리에 가 보고 싶다는 열망을 가지지 않은 이는 한 사람도 없었다. 중남미 독립 전쟁이 시작되었을 즈음에는 스페인 문화 일반에 대한 증오심이 더 커져만 갔다. 스페인 본토 출신을 비하하는 말인 '고도족'의 '고도'(godo)'나 '갈리시아 출신'을 의미하는 '가예고(gallego)'라는 표현이 일상화된 반면, 프랑스 문화에 대한 찬양은 도가 지나칠 정도였다. 에두아르도 윌데[7]는 「근대적인 삶(Vida moderna)」이라는 짧은 글을 통해 이러한 경향을 비웃었다.

물론 스페인 고전주의를 고집스럽게 모방하려 한 시인들도 있었다. 그러나 젊은 작가들 사이에서 이들이 발표한 작품은 오히려 스페인 고전주의의 전통이 얼마나 보잘것없는지를 증명할 뿐이었다. 오유엘라의 작품을 떠올리면 충분할 것이다.

고전적인 어휘와 율격이 주는 즐거움이 바닥을 드러내자 시인들은 이를 혁신해야 한다는 절박함을 느끼기 시작했다. 희미하게나마 뭔가 다른 것을 열망했으며, 어렴풋하게나마 윤곽을 그려 보기 시작했다. 비록 소수였지만 구시대 시인들 가운데 몇 명은 이를 향해 나아가며 새로운 방향을 제시하기도 했다.

쿠바의 혁명 시인 호세 마르티(José Martí)는 시집 『자유로운 시(Versos libres)』의 서문에서 "이것이 나의 시다. 시는 시여야 한다. 누구에게도 빌려 달라고 하지 않았다. …… 시를 스

---

7   Eduardo Wilde(1844~1913). 19세기 말부터 20세기 초반에 활동한 아르헨티나의 의사, 정치인이자 문인.

크랩하는 방법은 나 역시 알고 있지만 이를 원치 않는다. 누구나 자기만의 모습을 가지고 있듯이, 어떤 영감이든 자기만의 언어와 함께 오는 법이다. …… 색다른 울림이 있는 시를 사랑한다." 1891년 마르티는 이런 말을 덧붙였다. "나는 소박함을 사랑하며, 가식 없는 진솔한 감정을 표현해야 한다고 굳게 믿고 있다." 소박함을 좋아했다는 것이 시인으로서 마르티가 가진 장점으로 제일 먼저 꼽힐 만큼 그의 절창에는 민요의 특성이 잘 담겨 있다. 1882년 아들을 위해 쓴 『이스마엘리요(Ismaelillo)』는 이러한 경향이 중남미 문학에 새롭게 도입되는 출발점이며, 루벤 다리오[8]의 『파랑(Azul)』은 그 정점을 찍었다.

또 다른 쿠바 시인 훌리안 카살(Julián Casal, 1863~1893)은 권태, 현실 세계로부터의 탈출, 이국적인 정서 등의 주제를 선호했는데, 이러한 주제는 훗날 모데르니스모 시 운동에서 가장 즐겨 다룬 것이었다. 그는 보들레르의 영향을 받아 주로 자연적인 것보다는 인위적인 것을 좋아했다.

> 나는 도시의 불순한 사랑을 좋아한다
> 시대에 시대를 이어 가며 빛나는 태양보다는
> 가스 등불이 주는 밝음을 더 좋아한다
> 축 늘어진 나의 오감은
> 마호가니 숲 향기보다는

---

8   Rubén Darío(1867~1916). 니카라과의 시인으로 모데르니스모 운동을 주창해 라틴 아메리카는 물론 스페인의 현대 시에도 지대한 영향을 미쳤다.

침실의 쇠잔한 분위기에 빠져 있다

또 한 사람의 선구자 호세 아순시온 실바(José Asunción Silva, 1865~1896)는 에드거 앨런 포, 보들레르, 폴 베를렌 그리고 영국 라파엘 전파의 작품을 미친 듯이 읽어 대던 사람으로 서른한 살이라는 젊은 나이에 불행한 삶을 마감했지만, 많은 중남미 사람들이 여전히 기억하는 절창 「저녁 풍경(Nocturnos)」을 남겼다.

> …… 황혼의 서늘함이었다, 죽음의 얼음이었다
> 아무것도 없는 무(無)의 차가움이었다……
> 달빛에 길게 드리운
> 나의 그림자가
> 혼자서 가고 있다
> 혼자서 가고 있다
> 혼자서 가고 있다, 외로운 황무지를
> 늘씬하면서 날랜
> 그리고 우아하게 흐느적거리는 너의 그림자
> 사그라져 가는 봄날의 미지근한 밤처럼
> 나뭇잎 가볍게 흔들리는 소리
> 향기와 날갯소리가 만든 음악 가득한 밤에
> 소리 없이 다가와 그녀와 함께 떠나가는
> 소리 없이 다가와 그녀와 함께 떠나가는
> 소리 없이 다가와 그녀와 함께 떠나가는……
> 오! 하나로 얽힌 그림자들!
> 영혼의 그림자들과

하나로 얽인 육신의 그림자들!

슬픔과 눈물로 젖어 든 밤에

눈에 띈 그림자들…….

잡지《파랑(Azul)》을 창간한 멕시코 출신의 마누엘 구티에
레스 나헤라(Manuel Gutiérrez Nájera, 1859~1895) 역시 모데르니
스모의 선구자 중 한 사람이다. 그는 젊은 세대의 시를 극진하
게 받아들였다. 페드로 엔리케스 우레냐(Pedro Henríquez Ureña)
는 이렇게 이야기했다. "그의 우울함에는 뒤에 남겨진 가을의
흔적이 묻어 있다. 이는 고도가 높은 멕시코 고원에서 연중 계
속되는 가을 비슷한 날씨와 맞물린다. 살아 움직일 것만 같은
선명한 색을 사랑한다는 점에서 가장 쿠바적인 시인 카살과
마찬가지로, 마누엘 구티에레스 나헤라는 멕시코시티가 위치
한 아나우악 계곡의 풍취를 가장 잘 반영한다는 점에서 그 어
떤 멕시코 시인들보다 훨씬 더 멕시코적이라고 이야기할 수
있다. 그의 시『짧은 송가들(Odas breves)』에는 색채가 풍성하게
나타날 뿐 아니라 그리스와 로마의 문화에 대한 어렴풋한 회
상이 가득하다." 유달리 낭만적이었던 시인이 특히 강조한 고
전적 색채를 잘 드러낸 작품으로는 「결국 죽을 수밖엔(Ultima
Necat)」[9]을 들 수 있는데, 여기에서 그는 간결함과 신화에서 즐
겨 사용하는 암시적인 방법뿐만 아니라 그리스어 문체의 까다

---

9   해시계에 새겨진 명문을 떠올려 보라. "모든 사람은 상
         처를 입고, 최후의 시간이 오면 죽기 마련이다."(원주)

로운 성격을 잘 보여 주는 병치까지도 멋지게 모방해 낸다.

쏜살같이 달리는 배처럼 세월은 도망치고 있다!
빠르게 도망치고 있다!
　　불임의 파르카이
창백해진 채 기다린다. 짭조름한 스틱스
자는 듯이 입을 다문다.
　　날아가는 세월!

떨리는 두 손으로 막을 수만 있다면
달아나는 시간, 너의 하얀 드레스!
행복은 떠나가고, 부들부들 떨며
겨울이 말없이 다가온다……
　　향기로운 그러나
시들어 가는 장미가 되돌아오고, 하늘을 향해 들어 올린 성배가
손에서 떨어진다. 깊은 생각을 담은 새벽이
산에서 내려온다. 이 세상 모든 기쁨이
다소곳하게 잠이 들고……
　　축 늘어진 나의 두 팔에선
신티아가 쉬고 있다.

호세 마르티, 훌리안 카살, 아순시온 실바, 마누엘 구티에 레스 나헤라는 위대한 시인 루벤 다리오의 강림을 미리 준비 하는 것으로 제 역할을 다했다고 볼 수 있다.

프랑스의 낭만주의가 빅토르 위고 단 한 사람의 이름에 다 들어가듯이 모데르니스모와 모데르니스모의 노스탤지어, 과식(過飾), 현란한 어휘 역시 루벤 다리오라는 단 한 사람의 이름으로 모두 담아낼 수 있다.

새로운 시 운동으로서 모데르니스모의 역사는 1888년에 발파라이소에서 출판된 시집『파랑』과 함께 시작된다. 물론 이 시집이 중요하긴 하지만 안타깝게도 이 시집에서 지금 이 순간까지 살아남은 유일한 시는 월트 휘트먼에게 헌정한 소네트뿐이다.『세속의 산문(Prosas profanas)』은 1896년 부에노스아이레스에서 출간되었는데, 우리와는 지나치게 거리가 있는 주제와 어휘, 메타포, 감정 등을 사용하고 있다. 다만 이 시집을 통해 루벤 다리오가 스페인어에 새로운 음악성을, 낭랑하게 울려 퍼지는 소리의 가능성이 던져 주는 유희를 도입했다는 점에는 논란의 여지가 없다. 루벤 다리오는 끝에서 셋째 음절에 강세가 있는 단어와 마지막 음절에 강세가 있는 단어를 무모하다 싶을 만큼 과감하게 사용했고, 자연스럽게 체득된 구전의 평이함을 사랑했지만, 지금은 잊혀 간 시의 한 단락에서나 겨우 찾아 볼 수 있다.

농어 그리고 농어가 낭랑한 소리를 만드는 연못
꿈이 슬픔을 기다리는 곳
루트비히 2세[10]의 황금 곤돌라가

33

연인을 기다리던 곳.

「문장(紋章)」

올림포스의 악기와 시골 마을의 시렁가[11]에

너의 매력적인 어조가 더해진

 사제, 마법사, 천상의 시인

너의 슬픈 영혼이 사랑했던 신성한 열주문을 향해

금관 악기와 북소리에 합창을 더해 네가 인도했던

 목신(牧神)의 시인! 아니, 목신 판!

「베를렌에게 바치는 기도」

다리오는 『삶과 희망의 노래(Cantos de vida y esperanza)』
(1905)와 『떠도는 노래(El Canto errante)』(1907)를 잇달아 출간
했다. 그는 이 두 권의 시집에서 절정(견신과 윤회)의 순간을 맞
았으며, 루고네스는 평생 근접하지 못했던, 예컨대 독자들과
의 우호적인 관계에서 비롯된 돈독한 믿음을 얻을 수 있었다.
웅혼한 언어와 새로운 운율의 발견 이면에서 우리는 루벤 다
리오의 비극적인 운명을 어슴푸레하게나마 엿볼 수 있다. 다
음 구절이 떠오른다. "어제 더 이야기하지 않고 입을 다물었던

는 1880년대부터 은둔 생활을 하며 건축에만 광적으
로 몰입하다 1886년 6월 8일에는 궁정 의료진에 의해
정신 질환자로 분류되어 폐위되었다. 그 후 뮌헨 근처
의 베르크 성에 거처하던 중, 폐위 5일 뒤인 6월 13일
슈타른베르크 호수에서 익사체로 발견되었다.

11 여러 개의 피리를 붙여 만든 악기.

사람이 바로 나다……, 봄에 부르는 가을 노래. 감상. 숙명적인
것. 아아!"

　모데르니스모는 다리오의 작품을 통해 아메리카와 스페
인에서 승리를 거두었다. 스페인에서 루벤 다리오는 외국인이
아니었기 때문에 쉽게 스페인의 전통 속으로 녹아들어, 가르
실라소(Garcilaso de la Vega)와 공고라(Góngora) 같은 시인들처럼
자연스럽게 거론되었다. 그는 스페인과 중남미 문학사 모두에
서 위대한 시인이었다.

　미국을 대표하는 두 시인 에드거 앨런 포와 월트 휘트먼이
자신만의 독특한 시 이론과 작품으로 프랑스 문학에 영향을
미쳤다면, 중남미 출신이었던 루벤 다리오는 프랑스 상징주의
시를 통해 두 사람의 영향을 받아들인 다음, 이를 다시 스페인
으로 가져갔다.

　우리는 앞에서 현실로부터의 도피가 모데르니스모의 특징
중 하나라고 이야기했다. 그리고 프랑스의 고답파를 계승한
탓에 고답파가 수식을 위해 즐겨 사용한 그리스 신화에서 비
롯된 주제 역시 모데르니스모에서도 두드러지게 나타나는 것
을 볼 수 있다. 『세속의 산문』에서 루벤 다리오는 이런 이야기
를 하기에 이른다.

　　　그리스 사람의 그리스보다는
　　　프랑스 사람의 그리스를 더 사랑한다. 왜냐하면, 프랑스에
서는
　　　비너스가 웃음과 유희가 만들어 내는 메아리에 덧붙여
　　　가장 달콤한 술을 내놓기 때문이다.

베를렌이 소크라테스보다

아르센 우세예[12]가 늙은 아나크레온[13]보다 더 훌륭하다.

그리스 신화가 풍성하기는 했지만, 모데르니스모에는 이 것만으로는 충분하지 않았는지 리카르도 하이메스 프레이레 (Ricardo Jaimes Freyre)는 『저속한 카스탈리아(Castalia bárbara)』 (1899)에서 그리스의 신성을 스칸디나비아의 신성으로 대체 한다. 이렇게 등장인물은 바꾸었지만 그 정신만은 바꾸지 않 았다.

우리 시대의 문학(예이츠, 발레리, 카프카, 지드)에서 신화적 인 주제가 지나치게 자주 등장한다는 주장에 대해 누군가는 반론을 제기할 수도 있다. 그러나 최근 신화의 사용은 단순한 수식을 위한 요소만은 아니고 각자 상황에 따라 달라진다는 점에서 의미가 있다.

모데르니스모는 남아메리카의 모든 나라에 닻을 내렸다. 모데르니스모 시인들은 중남미 문학의 가능성을, 예컨대 아메 리카의 역사와 문학이 에레디아[14]와 위고 등을 통해 그리스와

---

12   Arsène Houssaye(1815~1896). 프랑스의 시인이자 소
      설가.

13   Anacreonte(B. C. 570 혹은 582~B. C. 485). 그리스의
      시인.

14   호세마리아 데 에레디아(Jose-Maria de Heredia,
      1842~1905). 스페인계 쿠바인 아버지와 프랑스계 어
      머니 사이에서 태어난 프랑스 시인. 풍부한 음률과 정
      교하게 깎고 다듬은 형식이 잘 조화된 그의 시는 프랑

베르사유를 계승할 수 있다는 가능성을 발견했다. 중남미 시
인들은 뿌리를 찾는 과정에서 결국 스페인을 발견했고, 스페
인의 중세와 바로크 문학을 발견했다. 스페인 학술원으로부터
버림받았던 공고라가 머나먼 타국에서 베를렌[15]의 숭배를 받
았는데, 이는 모데르니스모를 추종한 시인들이 새롭게 제안한
것이었다.

페드로 엔리케스 우레냐는 『중남미 문학의 흐름(Las
corrientes literarias en la América Hispánica)』에서 모데르니스모 시
운동의 역사를 두 시기로 나누어 설명하고 있다. 마르티, 카
살, 구티에레스 나헤라, 아순시온 실바, 다리오 등을 담아내는
1882년부터 1896년까지를 전기로, 1896년부터 1920년까지를
후기로 나눈 것이다. "마르티, 카살, 구티에레스 나헤라, 실바
는 모두 1893년부터 1896년 사이에 세상을 뜨고, 이때부터 이
어지는 20년 동안 다리오는 논란의 여지 없는 수장으로 존재
한다."라고 엔리케스 우레냐는 덧붙인다. 1896년부터 1900년
사이 모데르니스모 운동의 중심은 남부, 즉 부에노스아이레스
와 몬테비데오에 있었다.

조금만 자세히 살펴보면 쉽게 알 수 있듯이, 엔리케스 우레
냐가 제안한 도식적인 구분에서 전기는 다리오를 제외하면 대
부분 모데르니스모의 선구자적인 성격을 띠었지만, 어찌 보면

스 문학의 빛나는 보석이라는 평을 받고 있다.

15   베를렌의 『사투르누스의 시』에 수록된 소네트 「권태」
는 역설적인 표제를 담아내고 있다 : "붓의 영역에서
벌어지는 사랑의 전쟁"(첫 번째 고독).(원주)

낭만주의와 연결 지을 수도 있는 시인들로 구성된다. 문학을 분류하는 것은 인위적으로 지식을 정리하겠다는 억지스러운 필요에 응답한 결과에 지나지 않는다는 사실을 잊어서는 안 된다. 따라서 독자에 따라 두 가지 가능성 가운데 무엇을 선택해도 상관없다.

모데르니스모 운동의 대세는 시였지만, 더러 산문에 힘을 쓴 작가도 있었다. 다리오는 산문과 운문 두 가지 모두를 한 차원 더 승화시켰지만, 운문에서 더 성공을 거두었다는 사실을 인정하지 않을 사람은 없다. 그러나 루고네스의 경우는 결정이 그리 쉽지 않다. 어떤 이(카를로스 레일레스(Carlos Reyles)와 로도(Rodó) 등)는 산문으로 한정 지어야 한다고 주장하기도 한다. 산문과 시의 중간쯤 되는 장르인, 알로이시우스 베르트랑과 보들레르풍의 짧은 '산문시'는 이를 숭배하는 사람을 낳기도 했다. 구이랄데스[16]는 『유리 방울(El cencerro de cristal)』(1915)에서 라포르그[17]의 영향을 받아 한 문장에서도 산문과 운문을 번갈아 사용한다.

오늘날 스페인어권 문학은 지리적인 경계를 바꿔 놓았다.

---

16   리카르도 구이랄데스(Ricardo Güiraldes, 1886~1927). 20세기 초를 대표하는 아르헨티나의 소설가이자 시인으로, 대표작으로 『돈 세군도 솜브라(Don Segundo Sombra)』가 있다.

17   쥘 라포르그(Jules Laforgue, 1860~1887). 우루과이에서 교사 생활을 하던 아버지 때문에 몬테비데오에서 태어나 유년기를 보내고, 여덟 살 때 비로소 조국으로 건너간 프랑스 시인.

가치를 인정받았을 뿐 아니라 존경까지 받고 있는데, 이는 모
두 모데르니스모 운동 덕분이다. 엄밀한 의미에서 모데르니
스모 시 운동의 독특한 표현을 담아낸 시집 때문이라기보다는
스페인과 중남미 문학에 준 자극 때문일 것이다. 1920년대부
터 볼 수 있는 모데르니스모에 대한 반작용까지도 모데르니스
모의 충동적인 성격을 물려받았다는 점에서 어찌 보면 모데르
니스모의 결과이자 일부분이라고 할 수 있다.

시인 루고네스

1897년에 출간된 루고네스의 첫 작품『황금 산(Las montañas del oro)』은 독자들에게 당혹과 열광적 반응을 동시에 불러일으켰다. 이 작품에 사용된 것은, 예컨대 시구에 사용한 글꼴, 줄표로 행갈이를 대신한 것, 산문처럼 보이는 모습까지 모두 참신했다. 랭보와 마테를링크[18]의 영향도 적지 않았지만, 여타 수많은 혁신적인 요소처럼 이 같은 산문 형식 역시 아르카이즘(archaism)[19]에서 비롯된 것으로, 오랜 중세 시의 기념비적인 작

---

18   모리스 마테를링크(Maurice Maeterlinck, 1862~1949).
      노벨문학상을 받은 벨기에의 극작가이자 시인.
19   고대의 형식을 숭배하고 모방하려는 회고적인 주의나
      태도. 고어를 사용하고 새삼 예스러운 스타일을 의도
      적으로 사용한다.

품들(『베어울프(Boewolf)』, 『니벨룽의 노래(Das Nibelungenlied)』,
『시드의 시(El poema del Cid)』)에서도 이러한 기교를 찾아볼 수
있다.

「첫 번째 사이클(Primer ciclo)」에서 줄표는 운을 맞춘 11음
절 시구의 행갈이를 대신한다.

그 순간 나는 깨달았다(아!)―아이들의 신비한 사랑―
비단처럼 고귀한 행복과―뿌리 깊은 혈통을 증오했다.―오
히려 너의 진흙밭 같은 삶에서 나는 백합의 싹을 발견했고,―
쓰디쓴 입맞춤을―낙인과도 같은 자줏빛 입술에 내려놓았
다.―

「두 번째 사이클(Segundo ciclo)」에서는 불규칙한 시구 사이
에 쉼표를 찍는다.

자정 무렵 암소들이 찾아왔다,―어둠의 거리 냄새를 좇
아,―대지에서 솟구친 가느다란 죽음의 냄새―참살의 피
에 물든, 무성한 나뭇잎의 서늘함.―묵직한 방울 소리로 다
가온―길들지 않아 거친 가엾은 짐승,―가시덤불을 감싸는
안개―허공을 떠돈다―그들의 코에서 새어 나온 엉긴 날숨
을 마시며―말 없는 대지에서 그르렁거리는 소리로 흐느끼
며―굵은 눈물을 흘린다―충만한 야생의 순수함, 꿈꾸는 듯
한 눈동자―흩어진 핏자국은 축축하게 젖어 들고―신음과
탄식에 젖어 든다…….

루고네스는 리듬감이 탁월한 장편 산문시 「탑에 바치는 찬가(El Himno de las torres)」로 『황금 산』을 마무리한다. 이 시집에는 14음절의 알렉산드리아 양식의 운율[20]을 사용한 시 「레포소리오[21]」와 11음절의 시 「전투에 대한 찬미가(Salmos del combate)」가 수록되어 있는데, 이들 시의 시행은 전통적인 방법에 따라 행갈이를 한다.

이 시집 전편에는 빅토르 위고의 존재감이 일관되게 드러난다. 이 같은 위고의 영향으로 인해 루고네스는 수차례 비판을 받았지만 이런 비난은 다른 각도에서 볼 수도 있다. 단순히 과장된 표현이나 맥 풀린 어조에만 빠지지 않고 빅토르 위고를 똑같이 모방하기란 그리 쉽지 않은 과제다. 위고 자신도 쉽지 않았을 텐데 루고네스는 위고를 완벽하게 모방하는 어려운 과제를 완수했다. 대가의 낭랑한 음악성(평범한 모방꾼에게는 상당히 어려운 문제였던)을 계승했을 뿐 아니라 직접적이면서 구체적인 표현과 이야기를 풀어 가는 서사적인 능력까지도 물려받았다. 특히 서사 면에서는 산문이 주는 효과를 확실하게 수용하는 것이 가장 중요하다는 사실을 루고네스는 간과하지 않았다. 그는 「탑에 바치는 찬가」에서 이렇게 쓴다.

크리스토퍼 콜럼버스는 십자가와 충성심으로 무장한 칼

---

20   7음절의 반 행(hemistiqio) 둘이 합쳐진 14음절의 시 형식.

21   Reposorio. '저장 혹은 창고'라는 의미의 repositorio를 변형한 단어.

을 들고, 마르코 폴로는 성 코스마스의 창조론에 입각한 논문
을 손에 들고, …… 메이플라워호를 탄 사람들은 마그나 카르
타[22]를 들고, 19세기 프랑스의 탐험가였던 뒤르빌[23]은 평면 지
구도와 닻을 가지고, 17세기 네덜란드의 탐험가였던 아벌 타
스만은 나침반만 가지고, 19세기 영국의 탐험가였던 스탠리
는《뉴욕 헤럴드》한 장과 코르크로 만든 헬멧을 가지고, 19세
기 스코틀랜드 출신의 선교사이자 탐험가였던 리빙스턴, 즉
나일강의 아버지 데이비드 리빙스턴은 성서와 아내와 함께.

루고네스는 작품에 위고와 휘트먼에 대한 기억에 더해 보
들레르까지 끌어들이는데, 폭언과 욕설 그리고 특정 이미지에
서 드러나는 선정성에서 이러한 모습을 찾아 볼 수 있다. 그뿐
아니라 죽는 날까지 계속되었던 단테와 호메로스 두 사람에
대한 찬양은 이 책에서도 확연히 드러난다.

『황금 산』에서 사용하는 언어는 크리오이스모[24]에 물들지

---

22 1215년 6월 15일에 영국의 존 왕이 귀족들의 강요에
서명한 문서로, 국왕의 권리를 명시한 것이다. 귀족들
은 왕에게 몇 가지 권리를 포기하고, 법적 절차를 존중
하고, 왕의 의지가 법으로 제한될 수 있음을 인정하라
고 요구했다. 국왕이 할 수 있는 일과 할 수 없는 일을
문서화하여 전제 군주의 절대 권력에 제동을 걸기 시
작했다는 점에서 의의를 찾을 수 있다.

23 뒤몽 뒤르빌(Dumont D'Urville, 1790~1842). 프랑스
의 탐험가. 두 번의 세계 일주를 했으며 남극의 인도양
쪽 해안에 상륙했다.

24 criollismo. 토착 전통에 영감을 받은 20세기 초의 라틴

않았기에 당연히 아르헨티나만의 짙은 풍취를 잘 보여 준다.

루고네스의 두 번째 책 『정원의 황혼(Los crepúsculos del jardín)』(1905)은 문학적인 명성에 더해 법적인 논쟁을 불러일으키기도 했다. 표절 혐의로 고발을 당한 것이다. 1904년 우루과이 시인 훌리오 에레라 이 레이시그(Julio Herrera y Reissig)는 『산의 황홀(Los éxtasis de la montaña)』을 출간했는데, 블랑코 폼보나(Blanco Fombona)는 이 책의 가르니에(Garnier) 판(파리, 1912년) 서문에서 『정원의 황혼』과의 유사성을 거론하며, 에레라를 표절했다는 혐의로 루고네스를 고발했다. 이로 인해 야기된 일련의 논쟁은 아주 간단하게 막을 내렸다. 우루과이의 저명 작가들(오라시오 키로가(Horacio Quiroga), 빅토르 페레스 프티(Víctor Pérez Petit), 에밀리오 프루고니(Emilio Frugoni))이 모두 한목소리로 증언한 바와 같이, 루고네스의 시들은 이미 부에노스아이레스와 몬테비데오에서 출간된 잡지에 실렸던 것을 재차 모아 출판한 것이었다. 예를 들어 「열두 개의 환희(Los doce gozos)」는 1898년과 1899년에 아르헨티나 잡지에 이미 발표된 것이었다.[25]

분명한 것은 루고네스와 에레라 모두 사맹[26]을 읽었다는 점이다. 그래서 루고네스의 시에 허풍, 황혼, 정원, 한숨, 연못, 향

---

25   《노소트로스 Nosotros》(2기)를 참고하라. 루고네스에게 헌정된 특별판(26~28권), 225~266쪽.(원주)

26   알베르 사맹(Albert Samain, 1858~1900). 프랑스의 상징주의 시인.

기 등의 단어가 넘쳐 나게 되었으며, 이를 통해 그는 광범위하게 펼쳐진 위고의 절대적인 신성에서 벗어나고자 했다. 그러나 사맹의 시에 희미하게 나타나는 모티브들, 예컨대 감상, 향수, 억압된 열정 등은 경쟁자인 에레라에 의해 과장되게 포장되어 주로 물의를 일으키고 허세를 부리는 데 사용되었다. 위고와 보들레르는 『정원의 황혼』과는 너무 멀리 떨어져 있었지만, 그들에 대한 기억 역시 가끔 고개를 살짝 내밀어 문체의 통일을 방해한다. 사맹의 시를 살펴보자.

　　여기 밤의 정원이 피어나며

　　선과 색, 소리 모두 흐려지고

　　마지막 한 줄기 빛이 그대의 반지에 고뇌를 더한다.

　　아! 사랑하는 이여, 그대는 죽어 가는 소리가 들리지 않는가!

　　　　　　　　　　　　　　　　「엘레지(Elégie)」

이 작품을 루고네스의 시와 비교해 보자.

　　초라한 깃발처럼,

　　무(無)의 세계에 빠져 오후도 시들고 있다.

　　등 돌린 신방의 그늘에,

　　목걸이에 매달린 마지막 한 점 보석도 빛을 잃고

　　너의 연밤색 겨우살이 브로치 위에

　　눈먼 내 가슴을 매달았다.

　　　　　　　　　　　　「이국적인 색(En color exótico)」

에레라 이 레이시그의 다음 시도 함께 살펴보자.

> 무자비한 파도는 살모사 같은 식탐으로
> 향기로운 편지를 물어뜯는다
> 반지와 팔찌가 주는 환상의 세계에서
> 태양은 피를 흘린다
> 오후는 유백색 장식 사이로 사그라진다.
>
> 「홀로코스트(Holocausto)」

종합적으로 살펴볼 때 루고네스의 작품은 에레라와는 다른 모습을 차고 넘칠 정도로 보여 준다. "차분한 오후는 사랑에 지쳐"라는 시행에 "비단을 휘감은 공작의 연륜에"가 이어진다. 다음과 같은 시행 또한 많이 등장한다.

> 너의 젊은 순수함도 저물어 가고
> 몽유병을 앓는 달은 예민한 반응을 보인다
> 시들어 가는 월하향 향기에
> 너의 철부지 영혼이 밖으로 새어 나온다.
>
> 「낭만의 여인(Romántica)」

이 책의 형식적인 면에서 루고네스는 지나치게 엄격함을 추구하지 않으면서 최고의 완성도를 보여 준다. 그의 끈질긴 노력은 다른 사람에게서 찾아볼 수 없었으며, 그는 자신이 성취라고 생각한 것이라면 털끝 하나도 포기하지 않았다. 형용사와 동사 모두 전혀 예기치 못한 것을 즐겨 사용했는데, 이 덕

분에 루고네스의 시는 바로크적인 성격을 띠게 되었고, 결국
이 같은 바로크적 요소는 루고네스 특유의 패러디를 낳았다.

우리 시대의 취향과는 잘 어울리지 않는 이 시집에서 시
작된 시작법은 훗날의 몇몇 시에서도 계속된다. 불규칙한 시
행으로 『센티멘털한 달』의 출현을 미리 보여 준 「시골 정서
(Emoción aldeana)」와 고답파적인 소네트 「사로잡힌 사자(León
cautivo)」 그리고 이 책의 다른 시들과 달리 실제 인물을 슬픔에
젖은 주인공으로 등장시켜 예리한 감수성을 돋보이게 한 시
「떠꺼머리총각(El solterón)」 등이 좋은 예일 것이다. 「떠꺼머리
총각」에서는 수많은 묘사가 전체적으로 청산유수 같은 흐름
과 소박함에서 크게 벗어나지 않는다. 첫 행에서 이미 서사가
담아내고 있는 감상적인 색조가 잘 드러난다.

긴 보랏빛 안개
잿빛 강 위로 떠가고
저기 조용한 부두에선
돛을 단 배가
먼 나라를 꿈꾸고 있다.

『센티멘털한 달』(1909)에서는 프랑스의 상징주의 시인 쥘
라포르그의 흔적, 예컨대 시집 『우리 성모 달님의 흉내 내기』
의 흔적이 또렷하게 드러난다. 그러나 루고네스는 기존에 읽
은 책을 단순하게 거울처럼 모방하는 사람은 아니었기에 라포
르그가 없었어도 『정원의 황혼』이 담아낸 유치하면서도 지나
치게 장엄한 분위기에서는 결국 빠져나왔으리라는 추론이 가

능하다. 이 책에 담긴 풍성한 어휘와 수사는 잔잔한 미소를 짓게 한다. 루고네스는 위에서 지적한 특징을 결코 포기하지 않았지만, 발랄한 어조 덕분에 전체적으로 가볍고 경쾌한 성격을 띤다.

『센티멘털한 달』의 서문은 논쟁을 유발한다. 루고네스는 여기에서 "시는 메타포로 생명을 얻는다."며 "정확하고 명징하게 표현된 아름다운 이미지를 새롭게 찾을 수 있다면 언어를 풍성하게 할 수 있다."고 밝힌다. 결과적으로 루고네스는 스페인 문학에서 사용된 모든 메타포를 총망라하여 보여 준다. 이 같은 메타포의 사용은 진실로 독창적일 뿐 아니라 아름답기까지 하다. 다만 지나치게 시각적이어서 표현하려는 바를 방해하는 경우도 적지 않다는 단점이 있다. 묘사하는 장면이나 감정보다 언어 구조가 더 두드러져 보이는 경우가 있는 것이다.

> 이제 귀뚜라미는 비비기를 그만두었다
> 그리 단단하지도 못한 사포를,
> 아름다운 정원에선
> 작은 새들의 은방울 굴리는 소리가 들려온다.
>
> > 「달에 바치는 찬가(Himno a la luna)」

대신 다양한 연상법과 뜨거운 열정은 점차 사라져 갔다.

> 한겨울 차가운 가로등
> 모든 수액이 얼어붙고

호랑이 같았던 영원한 태양도 사그라진다

무서운 북풍이 돛대에 내려앉을 때

지옥에서 새어 나온 북풍도 돌이 될 때

스칸디나비아반도 전역의 대리석 형장에서

노아의 홍수 이전의 물고기를 닮은 너의 눈은

넘실대는 물결 속에서 응고시킬 것이다.

군주의 화려한 표식이 세워진

저 황량한 외연을.

「자정의 태양(El sol de medianoche)」

　　서문에서 루고네스는 "운(韻)은 근대시에서 굉장히 중요
한 요소"라고 이야기했다. 그래서인지 그의 텍스트에서는 다
른 사람의 시에서는 보기 드문 각운까지도 쉽게 눈에 띈다. 아
피오-에스쿨라피오(apio-Esculapio), 아스트로-알라바스트로
(astro-alabastro), 사라오-카카오(sarao-cacao), 암포-크리솔람포
(ampo-crisolampo), 코포스-아트로포스(copos-Atropos), 안다-
이를란다(anda-Irlanda), 가르보-루이바르보(garbo-ruibarbo),
아포헤오-오르페오(apogeo-Orfeo), 오레가노스-예가노스
(oréganos-lléganos), 인수플라-판투플라(insufla-pantufla), 피카
라-히카라(pícara-jícara), 온고스-오블론고스(hongos-oblongos),
오를라-포르 라(orla-por la), 페트롤레오-몰레 오(petróleo-mole
o), 혹은 나야데-아야 데(náyade-haya de), 프레테리타스-인 비
노 베리타스(pretéritas-in vino veritas) 등의 각운을 찾아 볼 수 있
다. 그렇지만 시는 절대로 운을 버려서는 안 된다는 강력한 요
구는 분명 휘트먼, 칼 샌드버그, 아폴리네르 같은 시인들에게

는 별 영향력을 발휘하지 못했으며, 이는 「탑에 바치는 찬가」를 쓴 루고네스에게도 마찬가지였다.

루고네스가 사용한 언어적 기교의 빈도와 다양함은 라포르그에 필적할 뿐 아니라 어떤 점에서는 이를 뛰어넘었다고도 볼 수 있다. 그러나 바이런이나 라포르그의 작품에서는 이러한 기교가 개성을 표현하는 데 유용했을 뿐 아니라 자신만의 특성에 상응하는 것이자 상응하는 듯 보이는 것이기도 했지만, 루고네스의 경우에는 단순한 재주에 지나지 않았으며 수사 차원의 의도적인 유희였지 문학적인 면을 강하게 드러내려는 것은 아니었다.

『센티멘털한 달』에서는 인도의 기념비적인 고대 서사시나 『천하루 밤의 이야기』에서 사용했던 것과 똑같이 산문과 운문을 병용한다. 랭보의 『지옥에서 보낸 한 철(Une saison en enfer)』이 루고네스에게, 지금은 상당히 빈번하게 사용되지만 1909년 당시에만 해도 생소했던 산문과 운문의 화합이라는 기교를 떠올리게 해 주었는지도 모른다.

이 작품이 보여 주는 통일성은 송가와 단편 소설, 소네트 그리고 작가가 '황당무계한 연극'이라 부른 것 등에서 일관되게 그려진 주제 '달'에 맞춰져 있다. 다시 말해 산문 대담 「유명한 정신병자 두 사람(Dos ilustres lunáticos)」, 목가시 「찾기 어려운 잔(La copa inhallable)」, 팬터마임 「흑인 어릿광대(El pierrot negro)」, 요정 이야기 「세 번의 입맞춤(Los tres besos)」 같은 다양한 형식으로 통일된 주제인 달을 이야기한다. 이 책은 「프란세스카(Francesca)」라는 제목이 붙은 이야기로 막을 내리는데, 단테의 『신곡』 「지옥편」 5곡에 등장하는 유명한 에피소드에 대해 새로운 해석을 내린다.

카발리스트[27]들은 달을 "세상의 왼쪽 눈"이라 불렀고, "하늘로 통하는 문"이자 우파니샤드의 하나로 여겼다. 우파니샤드에는 달이 죽은 자들에게 질문을 던질 뿐 아니라, 죽은 자들의 영혼이 달에 들어가거나 나옴에 따라 달이 차기도 하고 기울기도 한다고 쓰여 있다. 루고네스는 달이 지니는 이 같은 신비로운 의미(사례를 인용하고 싶을 경우 예이츠의 작품을 살펴보면 확실하게 드러난다.)와는 전혀 상관이 없다. 루고네스는 아이러니한 일들 혹은 사랑과 관련된 이야기에서 핑계를 대기 위해서만 달을 활용한다. 첫머리에 실은 시에서 밝힌 악담은 이런 점에서 의미를 찾아 볼 수 있다.

나는 정중하게 이야기할 것이다.
네가 해골에 불과하다는 것을 잘 알지만······

사실 이러한 행위는 당대의 문학이 보여 주는 회의적이고 유물론적인 취향에 상응하는 것이기도 했다.

루고네스는 독립 100주년을 맞이한 1910년에 『100주년에 부치는 송가(Odas seculares)』를 발표했다. 시로써 독립 기념일을 축하하려는 의도도 있었지만, 군중의 감정에 자신도 동참하겠다는 생각에 더해 사람들에게 다가설 필요를 느꼈다. 직전에 발표한 책에서 분방한 인상을 주었는데, 이를 누그러뜨

---

27   유대교 신비주의인 카발라를 믿는 사람.

리고 싶어 한 듯하다. 이는 처음으로 루고네스의 시에 아르헨티나적인 주제가 나타난 예인데, 후기에 그는 지속적으로 이에 매달렸다. 그러나 그의 시가 지닌 전체적인 색조는 크리오요의 것이라기보다는 스페인에 더 가까웠으며 사용하는 어휘역시 지나치게 현학적인 것들뿐이었다. 그러면서도 의도적으로 단조로움을 강조한 측면 또한 없지 않다. 이는 시인은 작품에 모든 것을 담아낼 수 있다는 점과 모든 주제를 다룰 수 있다는 것을 증명하려는 욕심에서 비롯되었다. 이는 다음과 같은시에 대한 그럴싸한 설명이 될 수도 있을 것이다.

> 농촌 관련 법의 적절한 개정을 요구하자
> 이 법의 개혁이야말로
> 농민 권리의 고귀함과
> 목축과 관련된 정의로움의 기준이 될 것이다.
> 「가축과 곡물에 부치는 시(A los ganados y las mieses)」

루고네스는 고집스럽게 농목축업에 관련된 모든 규율을시로 만들었는데, 그의 두서없는 백과사전식 옹고집을 긍정적으로 평가한 사람도 있지만, 이는 오히려 단점으로 봐야 한다. 다행히 개인적인 확신이 강해 긴 목록으로 인한 피곤함은 다소 완화된다.

> 독립 기념일은 축제의 날이었다.
> 내가 사는 두메산골은 5월 내내
> 아침마다 구름이 끼었다.

25일, 이 좋은 날 우리의 어머니는

시골길 산책에 함께 나서

깊은 곳에 숨어 있던 원시림을 따라

가을이 사랑스럽게 익힌

설탕처럼 달콤한 야생 벌집을 찾아다녔다.

시원시원하면서도 진중한 모습의 금발은

세 가닥으로 땋은 머리를 더욱 돋보이게 해 주었다.

시골 총각과 여자아이들이 여인을 따라나섰다.

우리 장난꾸러기들은 무리 지어

타원형의 어지러운 발자국을 그리며

강아지와 함께 앞만 보고 내달렸다.

한 남자가 똑 부러지게 이야기했었다.

"여기 벌집이 있네. 보초를 선 벌도 거의 없어."

어머니라는 경건한 이름으로

그녀(조국)를 자연스레 꾸며 줄 것이다.

모든 빛이 조국과 함께 나아가면

그 어느 것도 가로막지 못할 것이다.

힘든 세월에 비록 수척해졌지만

투명한 유리처럼 한 점 그늘도 없을 것이다.

교만한 큰아들이

당연한 존경을 바치지 않는다면,

먼 훗날 그녀가 나이 들어 세상을 떴을 때

우리는 더 슬플 수밖에 없을 것이다.

「안데스(A los Andes)」와 「가우초에게(A los gauchos)」 같은 작

품의 특정 부분에서는 여전히 큰소리로 감정을 발산한다.

나는, 산골 사람인 나는, 영혼에는
돌과 같은 굳건한 우정이 얼마나 값진 것인지 잘 안다.

『100주년에 부치는 송가』에서 루고네스는 다시 초기에 다루었던 주제 '문명'으로 돌아갔을 뿐 아니라 시인의 진정성 있는 애국심을 확실하게 보여 준다. 그래서인지 루벤 다리오가 동일 주제로 쓴 세련된 시 「아르헨티나에 바치는 노래(Canto a la Argentina)」에서는 발견하기 어려운 전율이 단어 하나하나에 담겨 있다.

『충직한 책(El libro fiel)』(1912)은 루고네스만의 특징이 잘 드러난 작품은 아니지만(특징이 가장 잘 드러난 작품은 『센티멘털한 달』일 것이다.) 내적 요구에 가장 충실하게 답한 작품임은 분명하다. 다른 책에서는 의도적인 목적에서 특정 주제를 시화하려는 모습이 엿보이는 데 반해, 이 책에 수록된 작품에서 루고네스는 지나치게 감정에 빠져들기보다 자신에게 부여된 과제를 완수하기 위해 노력한다. 예컨대 이 책에서는 정반대의 내밀한 색채가 드러나는 시를 보여 주는데,「사랑의 고통(El dolor de amor)」,「젊은 아내(La joven esposa)」,「고통의 별(La estrella del dolor)」,「나의 죽음 이야기(Historia de mi muerte)」 같은 제목은 앞서 발표한 작품에 내포된 원칙이나 시적 유희와는 대조적인 우울하면서도 농익은 모습을 띤다.

여기에서는 신화를 언급하면서도 지나치게 포장하려는 태도를 극복함으로써 우리로 하여금 시인 스스로 재창조한 신화로 음미할 수 있게 해 준다.

> 두려운 모습도 없었고 혼란을 느끼지도 않았다
> 위험한 아이는 말없이 다가와 꿀 한 방울을 주더니
> 곧이어 우리를 날카로운 창으로 하늘 높이 못 박았다.
> 　　　　　　　　「사랑에 바치는 송가(Oda al amor)」

루고네스는 같은 시에서 달에 대한 편애를 다시 보여 준다.

> 그렇지만 또한 특별한 운명으로 인해
> 축복받은 밤은 너에게 알려 줄 것이다
> 달을 발견할 수 있는 달달한 즐거움을

「하얀 고독(La blanca soledad)」에서도 같은 모습을 찾아 볼 수 있다.

> 달이 하얀 심연을 파고 있다
> 적막한, 협곡에서
> 사물들은 주검이 되고
> 어둠은 생각처럼 살아 움직인다
> 여기 한 사람은 저 순백의 죽음
> 곁에 있는 것으로 얼어붙고
> 오랜 세월 만월에 사로잡힌
> 세계의 아름다움에 얼어붙는다
> 사랑받는 이의 너무나 슬픈 고뇌는

고통스러운 가슴속에서 떨고 있다.

이러한 시에서 우리는『센티멘털한 달』이 보여 준 너무 난해한 메타포에서보다 달의 현존을 더 강하게 느낄 수 있다.

1897년 루벤 다리오는 루고네스를 포(Poe)에 비견했다. 「나의 죽음 이야기」와 「고뇌의 노래(El canto de la angustia)」는 조금은 으스스하기도 한 분위기를 통해 루벤 다리오의 이 같은 깜짝 발언을 확인시켜 준다.

나는 책상 위의 손을 바라보곤 했다
얼마나 독특하게 생겼는지
너무나도 창백한 나의 손
죽음의 손
오래전부터 내 심장의 고동 소리를
느끼지 못하고 있다는 생각이 들었다
너를 영원히 잃었다는 느낌이 왔다
나 지금 깨어 있다는 끔찍한 확신으로.
너의 이름을 소리 높여 외쳐 본다
마음속에서
엄청나게 큰 소리로.

나의 것이 아니었고 너무 먼 곳에 있었다
그 순간, 그 절규의 저 깊은 곳에
자리 잡은 내 가슴이, 눈물 한 무더기처럼
따사로운 마음에서 새어 나온 오열에

녹아 버리는 것을 느끼고 있다
깨어 있는 채 꿈꾸었던 것은
너의 부재로 인한 고통이었다.

또 한편으로는 실바와 구티에레스 나헤라의 음울한 분위
기를 떠올리게 된다.

『충직한 책』의 무거우면서도 은근한 분위기는『풍경에 바
치는 책(Libro de los paisajes)』에 수록된 작품까지 연결된다.

오, 여자 친구여! 너의 온화한 우정은
나의 쓰라린 피곤함을 달콤하게 감싸고
너의 순백의 두 손은 나의 어두운 가슴을
정화하네, 오 사랑스러운 나의 여자 친구여!

「봄의 소나타」

루고네스의 가장 유명한 시로「첫 비행(El primer vuelo)」,
「너무나 청명한 오후(La tarde clara)」,「비에 젖은 찬미가(Salmo
pluvial)」등을 꼽을 수 있다. 특히「비에 젖은 찬미가」는 정말 아
름답고 감미로운 시행으로 끝을 맺는다.

정적(Calma)
가랑비에 젖은 나무들의 환희
미끄러지듯 쏟아지는 새소리의 환희
검은머리방울새의 지저귀는 투명한 환희
행복한 오후의 너무나 차분한 환희

충만(Plenitud)

파란 언덕은 순례자의 향기를 내뿜고

저 깊고 깊은 들녘에선 자고새 울음소리 들려오네.

이 책의 한 부분인 「날개들(Alas)」에는 아르헨티나에 사는 새를 노래한 시만 따로 모아놓았다. 아르헨티나 특유의 억양을 이용하여 매 순간 장차 새롭게 태어날 크리오요의 로망세를 앞당겨 보여 준다. 새들에 대한 묘사에선 사실적인 터치를 폭넓게 보여 주는데, 이 같은 단편적이고 사실주의적인 성격이 책 전체를 관통하는 특징이다. 우리가 단편적이라고 한 이유는 이러한 터치가 장식적인 수사와 서정적으로 늘어진 감정의 발산 사이에서 힘을 잃었기 때문이다. 예를 들어 페르난데스 모레노(Fernández Moreno)의 시에서 보는 것과 같은 풍경을 우리는 루고네스의 시에서는 찾아 볼 수 없다. 「세계 지도(Mapamundi)」 혹은 「시골에서 보낸 시간(Horas campestres)」의 시행에서 볼 수 있는 것은 기껏해야 수채화나 유화 속의 현실이지 당면한 실제 현실은 아니다.

『충직한 책』, 『풍경에 바치는 책』, 『황금빛 시간(Las horas doradas)』(1922) 등은 어떤 점에서는 한 편의 작품이라고도 할 수 있지만, 마지막 작품에선 작시법이 매우 유연해졌음을 알 수 있다. 「고뇌의 노래」와 「나의 죽음 이야기」 등의 주요 주제인 초자연적인 현상에 대한 두려움은 「미친 개들(Los perros lunáticos)」에서도 상당히 밀도 있게 나타난다.

끝나지 않는 담장 여기저기에 난 풀을 뜯으며

끝도 없이 딸랑거리며 길을 간다. 금방이라도 쓰러질 듯한
모습
　달빛 아래 한사코 더 가늘어진다.
　달은 그들을 한층 더 어둡게 만들지만
　쓸데없는 고집에 계속
　같은 방향으로만 나아간다.
　주인 잃은 숙명의 개들은
　알랑거리는 소리에도, 욕설에도 귀 기울이지 않는다
　죄수의 무뚝뚝한 모습은
　납골당 뱀파이어들과 함께
　두려운 고독과 함께
　내면을 드러낸다
　비스듬한 행진에 덧대
　매일 밤 이렇게 나아간다
　서리에 화가 난
　침묵에 가까운 발광
　발작적인 외마디 비명은
　나란히 늘어선 광기를 뿌리 뽑아
　장막 드리워진 저녁을 지나
　하얀 죽음에 울음 운다.
　　「멋진 겨울날의 로맨스(Romanzas del buen invierno)」

　부부의 사랑은 또다시 돌아온 주제 중 하나였다. 감탄할 만
한 시 「순수한 사랑의 발라드(Balada del fino amor)」에는 다음과
같은 시구가 등장한다.

무기력한 황혼 녘의 얼어붙은 순정을
죽음의 축 늘어진 두 손에서
보랏빛 광선이 떨어지는 것을
보지 못한 사람이 있을까?

세 번째 시행의 "보랏빛(violetas)"에 들어 있는 깨진 이중 모음(diptongos quebrados), 즉 -io-는 공고라의 작품에 나타난 "보랏빛(violetas) 사이로 상처 입은 나는 떠나네."라는 구절의 이중 모음을 떠올리게 한다. 벤투라 가르시아 칼데론(Ventura García Calderón)은 루고네스와 공고라의 우발적인 유사성을 지적하기도 했다. 다음의 시구는 고독의 화사함과 까칠한 차가움까지도 재생산한다.

구멍 하나하나에 짙게 물든
금속성 하늘은 황금빛으로 윤을 내고
황금에 매료된 푸른 공작은
하늘 끝까지 힘차게 깃털을 곤추세운다.

「오후(La tarde)」

끊임없이 자기 자신을 찾으려 노력했던 루고네스는 결국 과거에 읽은 책 속에서 자신을 발견했고, 하이네의 시 덕분에 자신의 내밀한 곳까지 침잠해 들어갈 수 있었다. 하이네의 영향은 1924년 발표한 시집 『로망세집(Romancero)』의 표제뿐 아니라 그 안에 수록된 열세 편의 「노래(Lieder)」, 「간주곡(Intermezzo)」 그리고 첫 번째 로망세인 「인도의 과학(Gaya

ciencia)」등에서 엿볼 수 있다. 특히 마지막 작품은 하이네의
「아스라(Der Asra)」를 의도적으로 변형한 작품이었다. 「숙명
의 여인(Las fatales)」, 「부재(El ausente)」, 「두 자매에 대한 로망
세(Romance de las hermanas)」에서는 루고네스가 정작 소설에서
는 결코 보여 주지 못했던 소설가로서의 면모가 살짝 엿보인
다. 『천하루 밤의 이야기』와 이슬람 시에 대한 절절한 사랑은
특히 「세 편의 카시다」[28]와 「페르시아 왕에게 바치는 로망세
(Romance del rey de Persia)」, 「노래(Tonada)」 그리고 「입맞춤(El
beso)」 같은 서사시에서 잘 나타난다. 그가 이국적인 옷차림을
즐겼던 것 역시 우리를 속이고 싶지 않았기 때문인지도 모른
다. 루고네스는 예를 들어 그가 『100주년에 바치는 송가』에서
개발하고 연습했던 묘사보다는 이슬람의 시풍에 더 가까이 다
가서 있었다. 이 책의 많은 작품, 예컨대 「10월의 소녀들(Chicas
de octubre)」, 「테니스(Tennis)」, 「실루엣(Perfil)」, 「흑백(Negro y
blanco)」, 「마네킹(Figurín)」 등에서는 성인 남성들이 종종 애처
롭게 드러냈던 사랑에 대한 예감이나 호기심 등을 은근히 보여
줌으로써 미학적인 차원에서는 도달할 수 없는 인류의 보편적
인 관심까지 제시한다. 다른 작품에서는 죽음에 대한 예견이 사
랑과 어우러져 정점에 달한 루고네스의 서정성을 보여 준다.

야자나무(La Palmera)
그녀를 사랑하매 내가 죽어야만 할

---

28   Las tres kasidas. '카시다'는 고대 아라비아어에서 비롯
       된 단어로, 송가를 의미한다.

기다리던 시간이 오면
내 무덤에
야자나무 한 그루 심어 주게나
모두가 녹아내린 망각 속에서
굳게 입을 다물 때
날씬한 몸매는
우아함을 기억하리라.

꽃은 여운이 긴 소리로 달려가는 바람에
아름다웠던 모습을 담은
한 줄기 황금빛 물결을
슬며시 건네주리라.

황혼 녘 한 줄기 바람은
스치고 지나가는 한숨처럼
잎새에서 속살대며
나의 고뇌를 웅얼거리겠지
나의 기억은
저녁 무렵 날아온
둥지 잃고 불안에 떠는
신비로운 새가 되리라.

『시골 귀족의 노래(Poemas solariegos)』(1927)는 우리가 연구
했던 작품 중에서 가장 중요한 축에 든다. 루고네스는 현실 속
에서 자신만의 시를 정립하길 원했다. 다시 말해 시를 정당화

하고 정리할 수 있는 현실을 만들어 내고 싶어 했다.『센티멘털한 달』과 비교해 이 책은 가장 아르헨티나적인 시를 구현하려는 의도에서 비롯된 루고네스만의 반응을 보여 준다. 한마디로 이미『100주년에 바치는 송가』에서 강조한 그의 의도가 이 시집에서 완성되는 것을 볼 수 있다. 특히「노래(El canto)」와 영원히 사람들의 기억에 남아 있을 걸작「선조들에게 바치는 헌사(Dedicatoria a los antepasados)」등의 작품에서 언어가 좀 더 직설적이고 단순하게 변하는 것을 알 수 있다. 우리는 나직한 목소리로 이야기하는 듯한 시어를 통해 드러나는 이 같은 소박함에 감탄할 수밖에 없는데, 여기에서 비롯된 효과의 상당 부분이 세련된 어휘만을 고집하던 예전 모습과 대조되는 데에서 나타난다는 사실을 잊어서는 안 될 것이다. 우리가 이미 앞에서 지적한 이슬람 시의 영향에도 불구하고, 이 시집은『정원의 황혼』에서 보여 준 바로크적인 문체가「선조들에게 바치는 헌사」의 소박함을 더 돋보이게 해 준 대표적인 작품이다.

애조 띤 감상이 이 시집의 전편에 흐르고 있다. 루고네스는 크리오요의 낡은 물건들, 잊힌 관습과 인물들을 어둠 속에서 다시 끄집어내고 싶어 했다. 코르도바에서 얻은 영감에서 비롯된 작품들(「점심(El almuerzo)」,「식탁보(La sobremesa)」,「뒤뜰(El traspatio)」)은「항구의 모습(Estampas porteñas)」이나 가장 유명한「엔베이타에게 바치는 인사(Salutación a Enbeita)」보다도 훨씬 더 강한 진정성을 담아낸다.『파야도르(El payador)』(1916)에서 루고네스는 시골에서『마르틴 피에로』를 읊으며 살아가는 세라피오 수아레스(Serapio Suárez)라는 남자에 대해 이야기한다. "그는 다른 직업은 없었지만 아주 행복하게 살 수 있었다. 이는 노래하는 새가 매일 곡물 네 톨을 새경으로 받는다고 했을 때, 시가 바로 그중 한 톨이라는 점을 여실히 보여 준다." 루고네스는 머나먼 곳에 있는 친구에 대한 기억에 『시골 귀족의 노래』에 수록된 장편의 로망세를 바치고, 쥘 르나르(Jules Renard)의 재치와 일본 시의 유희를 떠올리게 해 주는 50여 편의 풍자시 「빈민가 사람들(Los ínfimos)」로 책을 마무리한다.

유작인 『세코강의 로망세(Romances de Río Seco)』는 루고네스 시의 정점을 찍는다. 그는 평생 우리 문화의 정수라고 판단했던 『마르틴 피에로』를 끔찍하게 사랑했다. 숭배에 가까울 정도였던 이 작품에 대한 애착으로 인해 그는 크리오요의 분위기와 색조를 살린 시를 창작하고 싶다는 열망을 품었다. 여기에서 비롯된 시가 바로 『세코강의 로망세』다. 도입부 작품(「라미레스의 머리(La cabeza de Ramírez)」와 「사냥감(La presa)」)에서는 크리오이스모를 의도적으로 강조했지만, 그는 조금씩 여기에서 벗어나 최고의 시를 쓰기 시작했다. 일반적으로 가우초 문학 작가들은 약간의 허세와 경쟁심 등을 선호했다. 하지만 루고네스는 오히려 「선물(El regalo)」, 「방문(La visita)」, 「렌카 씨(El señor Renca)」 등의 작품을 통해 별로 알려지지 않은 파야도르만의 특징, 예컨대 크리오요의 정중한 말투를 전면에 내세운다. 이 시집에 수록된 작품들 대부분에서 서사적인 성격의 일화보다는 어조를 더 중시한다.

제아무리 시의 법칙이
나를 사납게 몰아쳐도
가우초인 하신토 로케에게

일어난 일을 그대들에게 이야기하겠소
나의 글이 처한 상황을
엄정하게 구체화하여 말이오
당신들이 허용해야만 가능한
살인에 관한 이야기니까.

「불한당(malevo)」

우리는 시 「방문(La visita)」을 통해 루고네스의 서사 능력에 다시금 감탄할 수밖에 없다. 차분하게 진행되는 이야기 속에는 들녘에서 살아가는 인간의 절도와 예절, 교활함 등이 잘 어우러져 있다. 그는 의미심장한 시행으로 시를 마무리 짓는다.

마구에 모포를 걸칠
시간이 주어지면
— 로블레스, 그들이 나에게
수송아지 몇 마리를 가지고 있다고 했네……
이 말에 페페 씨는
한배에서 난 것을 들어
무덤덤하게 흥정을 한다
— 누군가는 있겠지.
— 보는 데도 돈이 드나?
다른 사람이 아무 말도 없이
마테 차를 건네며 고개를 끄덕였네
— 내가 그와 함께 가겠네
함께 말을 타고, 서두르지 않고

타박타박 길을 가겠네
── 가까운 곳이야. 얼마 남지 않았어
저기 언덕만 넘으면 돼
그럼 더위가 기승을 부리기 전에
수송아지들을 살펴볼 수 있지
농장은 전날 오후부터
더위에 싸여 있었다.

루고네스의 시 전집에 포함된 두 권의 총서『다양한 시들
(Poesías diversas)』과『옥 잔(La copa de jade)』은 그의 업적에 별다
른 기여를 하지 못한다.

루고네스가 위대한 시인이라는 점에 대해서는 아무도 이
의를 제기하지 않는다. 왕성하게 작품 활동을 한 작가들에게
보편적으로 적용되는 이 같은 평가에는 물론 변칙과 과장이
섞일 수 있다는 점 또한 수용할 수 있다. 역설적으로 이 때문에
그가 시인인지 아닌지를 결정하기는 매우 어렵다. 어려움은
분명 어휘 차원의 문제다. 시가 무엇인지 정형화하기 위해 우
리는 아나크레온, 키츠, 베를렌, 가르실라소 그리고 우리 시대
의 시인 중에서는 엔리케 반츠스 등을 떠올릴 수 있다. 이런 시
인들은 루고네스의 범주에 넣기는 어렵지만, 분명 내밀한 어
조를 지니고 있다. 하지만 핀다로스, 밀턴, 위고, 케베도 등을
생각한다면 루고네스 또한 시인으로서의 명성에 각별한 권리
를 가지고 있는 것도 분명한 사실이다.

가장 아르헨티나적인 산문 작가 루고네스

루고네스의 산문 노작(勞作)[29] 중에서 가장 기분 좋게 읽을
수 있는 작품은 『예수회 제국(El imperio jesuítico)』(1904)이다.
1903년 아르헨티나 정부는 그에게 과거의 기억을 책으로 제작
하는 일을 맡겼고, 결국 그는 이 박학한 역사 에세이를 만들어
냈다. 루고네스는 자료를 모으기 위해 미시오네스[30] 전역과 파
라과이 방방곡곡을 돌아다녔다. 제목이 말해 주듯이 이 책은
파라과이와 인근 지역에 예수회가 설립했던 신정 체제의 역사

---

29 루고네스의 산문은 너무 많아 그의 시를 살펴보면서
사용한 연대기적 순서를 여기에서는 유지하기 어렵
다. 그러므로 주제에 따라 분류하는 편이 더 나을 듯하
다.(원주)

30 아르헨티나의 주.

를 이야기하고 분석하는 책이다. I장에서는 정복기 스페인의 국가 체제에 대해 세밀하게 묘사한다. 루고네스는 정복을 제대로 이해하기 위해서는 정복에 나섰던 국가를 먼저 이해해야 하고, 그런 다음 한 걸음씩 나아가며 전교회와 관련된 다양한 모습을 그려내면 된다고 생각했다. 그가 사용한 바로크적인 문체는 다른 책의 주제들과는 잘 어울리지 않는데, 이 책의 다양한 풍광과 다채로운 산문과는 묘하게 맞아떨어지는 데가 있다.

"나는 예수회 신부들은 물론 이제는 파라과이에 존재하지 않는 사람들에 대해 우호적이지도 않지만 적의도 없다. 하느님에게 악감정을 갖는 것과 마찬가지로 역사에 대한 증오 역시 궁극이나 무(無)에 맞서 싸우는 것과 같이 사려 깊지 못한 행동이라고 생각한다."라고 루고네스는 이야기했다.

루고네스의 이 '역사적 성격의 에세이'를 그루삭의 호세 게바라 신부와 파라과이 역사에 대한 유사한 성격의 작품과 비교해 보면 무척 흥미로운 사실을 발견할 수 있다. 예컨대 루고네스는 예수회 역사의 기적에 가까운 수많은 전설을 간단히 언급하는 데 그쳤지만, 그루삭은 지나가는 투이긴 하나 은연중에 이 같은 기적담의 뿌리로 열성식에 대한 교황의 칙서에 담긴 "기적이 없다면, 미덕만으로는 충분하지 않다."[31]는 이야기를 암시한다.

『예수회 제국』에서, 주제는 작가보다는 주제 자체가 작품

---

31   그루삭, 『아르헨티나 역사 연구(Estudio de historia argentina)』(1918), pp. 56~57.(원주)

에 부여한 문학적인 가능성에 더 관심을 두게 한다.

『문지방 돌(Piedras)』(1910)은 루고네스가 아르헨티나의 첫 100년에 바치는 『교수법(Didáctica)』, 『100주년에 바치는 송가』, 『프로메테우스(Prometeo)』를 하나로 묶은 책으로, 조금은 산만한 작품이다. 아르헨티나의 시민 대부분이 정부가 세운 기념비들에 대해 부정적인 생각을 지녔던 데 반해, 그래도 긍정적으로 생각하고자 했던 루고네스는 이를 아름답게 꾸며 주고 싶어 주도면밀한 프로젝트를 제안하기도 했다. 프로젝트를 진행하던 중 아르헨티나 국가에도 등장하는 건물의 건축 문제에 직면하자 그는 각각의 기둥머리 장식으로 "기둥에 따라 대리석이나 청동판에 우의적인 장면"을 새길 것을 제안했다.

과장된 표현을 많이 사용한 『사르미엔토 전기(Historia de Sarmiento)』(1911)의 I장과 마지막 장은, 루고네스의 작품 가운데 가장 활달하면서도 다정다감한 측면을 지닌 이 책의 전반적인 문체와 일치하지 않는다. 다시 말해 이 부분은 결과적으로 지나치게 과장되었을 뿐 아니라 장황한 느낌까지 준다. 예를 들어 작가는 사르미엔토를 거대한 산에 비교하는 것만으로는 충분치 않다고 생각했는지 지질학적인 세부까지 묘사하려 든다. "갈빗대처럼 생긴 조면암과 비스듬한 균열이 생긴 도끼 자국 모양의 편마암에는 땅속 깊은 곳에서 형성되어 검게 그을린 흔적이 여전히 남아 있다. 수 세기 동안 단 한 번도 다정다감한 성격을 잃지 않았던 산요정은 공연히 몇 방울 남지 않은 향유를 쏟아부었다." 다른 장면에서는 피라미드에 대해 세세하게 그려 낸다. "사르미엔토의 무덤은 또 다른 기념비의 주제가 될 수 있다. 내 생각에 인물의 성격을 고려한다면 청동관이 안치된 화강암 피라미드여야 할 것이다. …… 우리는 파라오를 모셨던 피라미드와 마찬가지로 점성학을 토대로 피라미드의 방향을 결정해야 할 것이다. 그리고 사르미엔토 자체가 바로 아르헨티나의 첫 번째 천문대라고 할 수 있으므로, 적어도 그가 남긴 책 제목을 새긴 벽돌 50개 정도를 쌓아 피라미드의 각 면을 만들어야 할 것이다."

이전 작품과 마찬가지로 이 책에 담긴 구절들 역시 탁월하다고 생각할 수밖에 없다. 사르미엔토의 살아 움직이는 듯한 생생한 이미지를 전한다. 루고네스는 언어에 적용된 참기 힘든 장황함까지도 실제 사건을 전달하기 위한 도구로 사용함으로써 결국 장점으로 승화시켰다. 사르미엔토의 기호, 작업 습관, 삶의 방식, 일화, 의복, 좋아하는 음식, 모든 상황 등이 이 책에 고스란히 담겨 있다. 그는 사르미엔토의 사생활을 역사가로서 잘 조율해 우리에게 전달한다. 루고네스는 사르미엔토를 존경했지만, 그의 모든 행동을 정당화하지는 않았다. 예를 들어 페냘로사[32]의 죽음과 관련해서는 그를 강하게 비난했다.

몇 년 뒤 작가는 "이 책에 담긴 자유주의 이데올로기"를 철회했다.

몇몇 문장은 아주 특별한 기억을 담아낸다. 「선구자」라는 제목을 붙인 장의 부에노스아이레스 외곽 지역에 대한 묘사가 대표적인 사례일 텐데, 이곳은 사르미엔토 본인이 가장 즐겨

---

32   앙헬 비센테 페냘로사(Ángel Vicente Peñaloza). 아르헨티나 군인으로 중앙 집권제에 맞서 싸운 리오하 지방의 지도자였다.

찾고 가장 즐겨 언급하던 곳이었다.

I9I3년에는『아메기노[33] 예찬』을 출판했다. 여기에서는 이 책의 과학적인 측면을 분석할 생각은 없고, 루고네스의 의도, 즉 후손들을 위해 위대한 인간의 겸허한 모습을 복원하려 한 의도만 거론하고 싶다. 아메기노의 전기 앞부분에서는 우연의 일치치고는 특이한 점을 강조한다. 숙명일지도 모르지만, 루한에서 선사 시대 동물의 중요한 흔적이 발견되었고, 결국 이로 인해 루한에서 평생을 선사 시대 동물 연구에 바친 학자가 태어났다고 이야기한다. 루고네스는 아르헨티나에서조차 먼 훗날에야 인정받은 아메기노의 파란만장한 작업에 관해 이야기를 꺼낸다. 사르미엔토의 전기에서와 마찬가지로 여기에서도 사실에 기초한 세세한 일들을 정확하게 기술한다. 작품 전편에 호의적인 감정이 일관되게 흐른다.

이제부터 루고네스의 최고작이라고 할 수 있는『파야도르』(I9I6)를 다뤄 보자. 에르난데스의『마르틴 피에로』에 헌정된 이 작품은 작가의 의도에 따라 3부, 즉 심미적이고 묘사에 치중한 도입부, 어휘, 이미 언급했던 원본 텍스트로 구성되어 있다. '파야도르'라는 제목으로 널리 알려진「팜파의 아들(Hijo de la Pampa)」이 I부에서 모습을 드러낸다. 루고네스는『마르틴 피에로』를 서사시로 이해했고, 이에 정당성을 부여하는 것이 그의 목적 중 하나였다. 루고네스는 헬레니즘에 대한 열정으로 에르난데스의 작품에서 민족 서사시를 읽어 냈는데, 그리스인

---

33   플로렌티노 아메기노(Florentino Ameghino, I853~ I9II). 아르헨티나의 동식물학자.

들에게 『일리아스』가 의미하는 바나 우리 아르헨티나 사람들에게 『마르틴 피에로』가 의미하는 바가 똑같다고 본 것이다. 물론 이 같은 생각에 모든 사람이 동의하지는 않을 것이다. 그렇지만 이 정열적인 작품이 지닌 찬란한 광채와 순도 높은 감정에 끝까지 눈감을 수는 없다. 스페인어 산문 선집을 편집한다면 우리 아르헨티나 공동체의 목가적인 기원, 예컨대 황무지, 격정, 아버지의 귀환, 가축에 찍는 낙인, 인디오, 기타와 칼을 두고 벌어지는 대결 등을 그려 낸 이 글은 절대로 뺄 수 없을 것이다.

『로카(Roca)³⁴』(1938)는 루고네스의 마지막 작품으로, 미완성으로 남았다. 이 역시 전기 작품인데 황무지 정복까지만 마무리되었다. 영웅으로서 로카가 지녔던 이데올로기에 대한 직접적인 판단은 보이지 않지만, 1853년 헌법에 대한 공격, 로사스 정권의 자유주의에 대한 비난, 대외 정책에 대한 변명 등을 엿볼 수 있다. 작가가 마지막 퇴고를 할 수 없었던 탓에 이 작품을 딱 한 마디로 규정하기는 쉽지 않지만, 『사르미엔토 전기』나 『예수회 제국』보다는 비교적 흡인력이 약하다.

마지막 유작에 옥타비오 R. 아마데오(Octavio R. Amadeo)의 적절치 못한 서문을 실은 것은 유감이 아닐 수 없다. 예컨대 기력이 쇠한 농담("코르도바는 탕아가 떠나는 것을 보고 마음이 가벼워지는 것을 느껴 꺼져! 꺼지라고! 하고 외쳤다.")과 빈곤한 은유("코르도바에서 짜릿짜릿한 다양한 색채의 단어로 가득 찬 상자를 가지고

---

34   훌리오 아르헨티노 로카(Julio Argentino Roca, 1843~
        1914). 아르헨티나의 군인이자 정치인.

왔다.")로 이루어진, 작품과 정말 어울리지 않는 서문이었다.

여기에서 루고네스의 두 가지 집착, 즉 언어 문제와 교육학적 측면을 생략해서는 안 될 것이다.

먼저 언어에 대한 집착의 강력한 증거로 들 수 있는 것은 『스페인어 어원학 사전(Diccionario etimológico del castellano usual)』인데, 그는 600여 쪽에 달하는 분량을 썼음에도 A로 시작하는 항목조차 다 마치지 못했다. 아르헨티나 학술원은 이를 1944년 출간했다.

교육학적인 것에 대한 집착은 그의 개인적 경험에서 비롯되었다. 루고네스는 1900년부터 장학관으로 일했는데, 3년 후 수석 장학관 파블로 피수르노(Pablo Pizzurno)와 연대 책임을 지고 사임한 다음 『교육 개혁(La reforma educacional)』을 펴내 새로 임명된 장관이 연구 계획안에 도입한 자의적인 혁신에 맞서 싸운다. 여기에서 교육에 대한 루고네스의 심오한 지식을 살펴볼 수 있는데, 높게 평가하지 않을 수 없다. 특히 그는 프랑스어나 영어를 필수과목이 아닌 선택 과목으로 둔 것을 비난했으며, 다른 과목에 피해를 줄 만큼 지나치게 문법에 경도된 교육을 비꼬았다.

또 다른 작품 『교수법』(1911)은 학교 현장에서 보낸 수년간의 경험을 모아 놓았다. 이는 광범위한 이야기를 담아낸 작품으로 아주 세세한 관찰도 수용할 뿐 아니라 교안과 교재 분석까지 포함한다. 심지어는 의자 하나가 차지하는 면적과 잉크병의 형태까지도 그의 눈길에서 벗어나지 못했다.

루고네스와 헬레니즘

　루고네스는 평생토록 헬레니즘에서 비롯된 모든 것을 사랑했다. 1915년 강연에서 그는 코르도바의 언덕이 주는 "근대적인 우아함"에서, 그리고 "투명하면서도 건조한 공기의 활력"과 "실처럼 이어지는 낭랑한 소리"의 강물에서 그리스의 풍경을 그려 볼 수 있었다고 이야기했다.

　우리는 앞에서 이미 모데르니스모 계열의 시인들이 그리스를 찬양했다는 것을 언급했다. 헬레니즘을 향한 이들의 찬양은 대체로 주제와 수사를 곁들인 어휘의 활용력으로 환원할 수 있는 데 반해 루고네스는 독특한 모습을 보인다. 그는 신화와 관습, 예술과 방언에 이르기까지 폭넓게 연구했다.

　『프로메테우스』(1910)는 루고네스가 독립 100주년을 맞이한 조국에 바치고 싶어 한 충성심을 여실히 보여 준다. 이 책의 중심 주제는 헬레니즘에 기초한 사상이라는 점이 의미심장한

데, 그는 서문에서 이러한 사상이 우리가 속한 문명의 근본이
라는 점을 확실하게 밝힌다. 루고네스는 동방에서 비롯된 종
교인 기독교 사상이 우리가 속한 문명과 헬레니즘 문화와의
연계성을 흐려놓은 주범이라고 보았다. 따라서 시공간적으로
아르헨티나 사람들에게서 멀리 떨어진 문화의 뿌리를 분명하
게 상기시키고, 지금 이 순간 아르헨티나 사람들에게 모자란
문명과 도덕, 신앙을 제대로 교육하고 싶어 했다. 1910년 그는
물질적 발전을 위해 각고의 노력을 기울이는 작금의 아르헨티
나는 "가난하지만 겸허한 마음으로" 안데스를 넘어와 공화국
을 만들고 자유의 기초를 닦은 그 옛날 아르헨티나보다 훨씬
품격이 떨어진다고 생각했다. 역사적으로, 두 번째 세기를 맞
이한 지금 이 순간 정신적인 세계에 기초한 새로운 삶의 형태
를 만들어 나가기를 원했던 것이다.

　『프로메테우스』는 그리스 신화를 전해 주는 동시에 이에
대한 해석을 담아낸다. 루고네스는 신화의 근본을 자연 현상
에서 찾는 당대의 경향을 수용하지 않았다. 그는 그 안에 감춰
진 진실을 단 하나라도 깊게 탐구하고 싶어 했을 뿐 아니라 진
정으로 이를 원했다. 「태양의 추방」이라는 장에서는 불의 발
견이 프로메테우스 신화의 가장 본질적인 주제가 되어서는 안
된다고 주장했고, 다음 장에서는 예술, 관습, 제도 등을 분석했
다. 이 작품의 몇몇 구절에서는 신지학(神智學)의 기본 원리에
서 받은 영향도 엿볼 수 있고, 플라톤에 대한 무한한 존경 역시
여러 곳에서 찾아볼 수 있다.

　1915년에는 『일리아스의 군대(El ejército de la Ilíada)』를 출간
했는데, 이는 7년 전 병영에서의 강연을 모아 다시 내놓은 것

이었다.

　같은 해 투쿠만 대학에서의 강연을 토대로『아테네의 산업
(Las industrias de Atenas)』을 썼는데, 이 책이 세상에 모습을 드러
낸 것은 1919년이었다. 이 책은 아테네 사람들의 노동, 도자기,
플루트 제작, 양봉업 등을 주요 주제로 삼고 있다. 루고네스는
교육적인 의도로 헬레니즘적인 것과 아르헨티나의 민족적 요
소들의 유사성을, 특히 아테네 민족과 아르헨티나 민족 모두
이민을 통해 형성되었다는 점을 강조했다. "아테네는 관용과
관대함의 결과물이다. 이를 바탕으로 아티카에서는 도리스의
침공으로 내몰린 이민자들을 수용했다." 또 다른 소논문에서
는 아티카와 닮은 곳을 연구한 끝에 "잘 알려진 바와 같이 양봉
업이란 고대인들에게는 설탕을 만드는 것과 마찬가지였다. 바
로 이 점에서 투쿠만이 중요하다. 즉 이곳에도 단맛과 관련된
문명이 존재하는 것이다."라고 이야기했다.

　『고대 그리스 연구(Estudios helénicos)』(1923)와『신(新) 고대
그리스 연구(Nuevos estudios helénicos)』(1928)는 호메로스의 시
에 기울인 노력을 한데 모은 것으로, 여기에는 14음절의 알렉
산드리아 양식의 운율을 사용하여 원본 텍스트를 번역한 것도
포함되어 있다.『센티멘털한 달』의 서문에서 루고네스는 운율
이야말로 근대 시에서 가장 중요한 요소라는 사실을 재차 확
인한다.『고대 그리스 연구』에서 그는 운율을 리듬이나 고대
시에 등장하는 음운의 장단으로 대체했다고 밝힌다. 알렉산드
리아 양식의 운율을 선택한 것은 루고네스가 이를 "로망스어
로 바꾼 6보격 시"로 간주했기 때문이다. 예컨대 루고네스는
원본을 번역하면서, 번역한 시가 원본 시와 똑같은 수의 음절

을 유지하게 해 주었다.

"내가 단 주석은 매우 흥미로울 것이며, 확신컨대 나의 번역은 질적으로 훌륭할 것이다."라고 루고네스는 썼다. 아마 그가 보기에는 훌륭했을 것이다. 번역본에서 사용하는 각각의 단어에서 원본 텍스트가 담아내는 소리를 들을 수 있었기 때문이다. 물론 이러한 환상을 갖는 건 번역자들 사이에서 빈번할 뿐 아니라 필연적인 일이기도 하다. 다만 이 같은 간접 조명은 작업의 마지막 결과만 보는 독자들에게는 잘 전달되지 않는다.

미학적 가치보다는 단어의 의미에 더 세심하게 주의를 기울인 루고네스는 단어들을 결합하는 데만 신경을 쓴 나머지 엄청나게 둔하다는 생각이 들 정도로 단어를 비효율적으로 사용한다. 그는 일리아스를 다음과 같이 번역했다.

　　　　— 오! 형제여! 민첩한 아킬레우스가 나는 듯한 두 발로
　　프리아모스가 다스리던 트로이를 맴돌며 자네를 끈질기게 추적하고 있네.

　　그렇지만 자, 우리 이제 멈춰서 그에 맞서 보세나.

　　무시무시한 투구를 쓴 영웅 헥토르가 그에게 대답했다네.

　　— 데이포보스, 너는 언제까지나 가장 사랑하는 형제였다.

　　우리는 프리아모스와 헤카베의 아들이었다.

　　그러나 오늘 이후 나에 대한 평가가 더 좋아질 것을 알았는지,

　　너는 과감히 나를 등지기로 마음먹었다.

　　다른 사람들은 나의 위험을 목격하고 그 자리에 남았는데

도 말이다.

푸른 눈의 여신 아테나는 그에게 이야기했다.

— 형제여, 아버지와 고뇌에 찬 어머니 그리고 친구들은

나를 에워싸고 무릎을 부여잡으며 간청했었소.

당신이 그곳에 남아야 합니다.(모두 겁에 질려 몸이 굳어졌소.)

『일리아스』12장

『고대 그리스 연구』와 『신 고대 그리스 연구』는 부에노스
아이레스에서 행한 강연에서 비롯되었다.

루고네스와 정치

루고네스는 다양한 분야에 관심을 가졌던 탓에 1차 세계
대전이 일으킨 문제에서 벗어날 수 없었다. 그는 1912년 발칸
반도에서 일어난 갈등이 또 다른 더 큰 갈등의 전조일 것이라 예
견하고, 이를 유럽에서《나시온》[35]에 보낸 통신문에서 밝혔다.

반전 문학의 가장 후미에 속했던 대표작으로는, 물론 미학
적인 차원에서 본다면 더 좋은 작품이 있을 수도 있지만, 레마
르크의 『서부 전선 이상 없다』를 들 수 있다. 이 작품에서 레마
르크는 1914년 전쟁은 참호 속에 갇힌 인간들의 야비한 살육
에 불과했다는 쪽으로 대중의 상상력을 몰고 갔다. 이러한 이
미지는 엄청난 공포를 불러일으켰지만, 근본적으로 연합국이

35　　La Nación. 아르헨티나의 대표적인 일간지.

정의에 기초한다는 사실까지 잊게 하지는 못했다. 벨기에 침공과 루시타니아호의 침몰은 현대인들에게는 분명 두려움을 남겼지만, 날이 갈수록 잔인해지는 독일 앞에서 사람들은 망연자실한 모습을 보이면서도 가슴속 깊이 분노를 새롭게 키우고 있었다. 루고네스 역시 똑같은 마음으로『나의 상무 정신(Mi beligerancia)』서문에서 열변을 토했다.

내가 만일 그런 이야기를 담은 글을 잘 모아 놓는다면, 내 작품이 우리 나라에서 전쟁에 직면한 우리의 자세와 의무의 개념을 효율적으로 정립하는 데 지속적으로 기여할 것이라고 믿었다. 이와 관련하여 비록 그 작품이 지닌 장점 대부분이 시의적절한 주변 상황에서 비롯된 것에 불과하더라도 그 안에 영원히 간직해야 할 가장 원대한 것이 있다면 그것은 진리와 명예에 대한 원칙일 것이다.

훗날 루고네스는 전후 상황을 통해 확고하게 다진 신념을 널리 알리기 위해 소논문과 강연을 적극적으로 활용했다. 1923년 콜리세오 극장에서 있었던 그의 강연은 여전히 사람들 사이에서 회자된다. 또한 그해에 이와 관련된 글을 모아『행동(Acción)』을 발표했는데, 이는 1923년『공정 국가(El estado equitativo)』를 마지막으로 막을 내린 연작[36]의 시작을 알린 작품

---

36   『평화를 위한 기구(La organización de la paz)』(1925), 『강한 조국(La patria fuerte)』(1930), 『위대한 아르헨티나(La grande Argentina)』(1930), 『혁명적 정책

이었다. 루고네스는 이를 토대로 끊임없이 발전시켜 나간 끝에 결국 전체주의적 강령에 도달했다. 분명한 어조로 한 치의 망설임도 없이 이 강령을 비판하는 것은 우리의 작업과는 무관하므로, 우리는 루고네스의 확실한 진정성을 무탈하게 놔두고 싶다. 그는 조국의 구제를 위해서는 칼이 필요하다고 믿었기 때문에 무력을 찬미했다. 루고네스는 9월 혁명에도 참여했다고 알려져 있고, 9월 혁명의 승리에 기여한 공로 때문에 우리부루[37]는 그에게 국립 도서관장직을 맡기려 했다. 하지만 루고네스는 자신의 활동가로서의 성격을 간과했다는 이유로 이 제안을 받아들이지 않았다.

(Política revolucionaria)』(1931).

37   호세 에바리스토 우리부루(Jose Evaristo Uriburu, 1831~1914). 19세기 말 아르헨티나의 대통령.

이야기꾼

1905년 루고네스가 보여 준 바로크주의는 시『정원의 황혼』과 산문『가우초 전쟁』이라는 최종적인 결과물을 만들어 냈는데, 독자의 눈을 자꾸만 뒤로 돌리는 난삽한 어휘, 해석 불가능한 문장, 지시대명사의 남용 등으로 읽기가 쉽지 않았다. 지나치게 문체에만 신경 쓰다 보니 1814년 구에메스(Güemes) 민병대의 침범이라는 주제는 어디론가 사라져 버렸다. "이슬로 목욕재계하여 젊음을 되찾은, 웃음 띤 새벽 풍경은 스스로 황홀해진다. 서쪽 산들은 화산재를 뒤집어쓰고, 신록은 짙어 농익은 진홍색으로 녹아 들어간다. 신의 음료수, 생각이 새어 나올 것만 같은 부드러운 장밋빛은 점차 엷어지고, 한 줄기 빛은 장미 잎을 다양한 색으로 물들인다. 산등성이에 걸린 지평선은 오목한 곳을 저 멀리 밀어내며 밝은 토파즈 색으로 번질거리고, 저 멀리에는 파란 산들이, 가까이에는 짙푸른 녹음

이 우거진 산이 펼쳐진다. 황산염의 파란 얼룩은 산비탈에서
누그러진다. 언덕 위에 솟은 바위는 비스듬히 누워 있는 거대
한 갈비뼈처럼 생긴 지층을 만들고, 거죽에 붙은 마지막 살점
을 떼어 낸 듯한 주름진 점토 언덕을 꾸미고 있다. 아연 색 천정
(天頂)이 하늘에서 다시 태어난다."

가장 최신 판본에는 1257개의 정밀하면서도 현학적인 어
휘가 담겨 있는데 이를 부질없다고 여겨선 안 된다. 이는 이 책
의 탁월한 지성미를 돋보이게 하기 위해서는 필연적인 것이었
다. 작품 속 맥락 때문에 가장 다정다감한 목소리에도 조금은
기교를 실은 듯 보인다.

격하게 밀려온 첫 번째 공포가 지나가자 소를 거칠게 잡아
끌었다. 소는 목덜미를 곧추세우고 귀로는 파리를 쫓으면서
도 눈을 가늘게 떴다. 금세라도 올가미에 걸리는 것 같더니 의
외로 흰 반점이 있는 검은 송아지는 턱살이 거의 땅에 닿을 듯
이 몸을 숙였다. 그러고는 영악하게 뒷걸음쳤다. 한두 명 나서
서는 대부분 잡아 묶는 데 실패하기 마련이다. 그런데 그는 올
가미도 없이 맨손으로 앞으로 나섰다. 게다가 나무가 가리는
통에 볼레아도라스를 던졌지만 빗나가고 말았다. 그러나 말
을 타고 소 쪽으로 다가가 말의 옆구리에 바짝 붙은 채 왼손으
로는 말갈기를 움켜쥐고 오른손으로는 칼을 꺼내 소의 뒷다리
힘줄을 잘랐다. 소는 외마디 비명을 지르며 무너지듯 주저앉
았다.

이 책에 자주 등장하는 잔인한 묘사, 예를 들어 "자기 개를

위해 스페인 병사의 팔을 간직하고 있는 모레노" 같은 문장은 꾸밈없는 진솔한 이야기임에도 현실감을 떨어뜨리고 있다.

영화를 위해 각색을 하다 보니 줄거리가 지나치게 애국적인 데다가 읽기 위한 작품도 아니었는데, 다시 말해 판매가 쉽지 않은 상황이었음에도 『가우초 전쟁』은 엄청나게 팔려 나갔다. 지나치게 꾸밈이 많은 이 글 덕분에 루고네스는 한숨 돌리는 여유를 부릴 수도 있었는데, 후기 작품으로 갈수록 그의 문체는 점점 단순하고 소박해졌다.

『기이한 힘(Las fuerzas estrañas)』(1906)에는 열두 편의 환상 소설과 한 편의 우주 진화론에 대한 수필이 실려 있다. 이 두 장르는 『유레카』와 『아라베스크 양식의 기괴한 이야기』를 쓴 작가를 떠올리게 한다. 예컨대 에드거 앨런 포의 작품에 자극받았을 가능성은 짙지만, 루고네스의 환상 문학이나 우주 진화론은 포의 작품과 전혀 닮지 않았다.

1896년 루고네스는 이미 환상 소설을 개발하고 있었다. 훗날 다 모으지는 못했지만, 그가 직접 서명한 작품들이 당대의 여러 잡지에 나뉘어 실렸는데, 이는 그의 편향을 잘 보여 주는 증거가 된다. 『기이한 힘』(초원에 자리 잡은 도시들이 파괴된 모습을 주도면밀하게 되살리는)에 수록된 작품으로는 「압데라의 말들(Los caballos de Abdera)」, 「이수르(Yzur)」, 「소금 기둥(La estatua de sal)」 등이 있다. 이 작품들은 스페인어 문학 작품 중에서 가장 뛰어난 성취를 거둔 것으로 평가된다. 그중 한 편은 신의 출현을 통해 이야기를 풀어 나갔다. 에우리피데스가 그토록 꾸짖었던 기계 장치를 타고 내려온 신(deus ex machina)이 만든 조잡한 도구가 루고네스의 예술 덕에 놀랄 만한 효율성을 얻게 된다.

루고네스의 작품들 중에서 정말 생소하고 이질적이라는 생각이 들지만 「두꺼비(El escuerzo)」는 대중적인 주제와 단순한 문체로 사람들의 흥미를 끌었다. 여기에서 루고네스는 다른 어떤 작품에서보다도 폭넓은 초자연의 세계를 보여 준다.

『우주 진화론 10강(Ensayo de una cosmogonía en diez lecciones)』에는 소설적인 성격의 서문과 후기가 실려 있는데, 이는 문학적인 차원에서 고려했다는 사실을 겸손하게 전달하기 위해서임을 쉽게 가늠할 수 있다. 사슬처럼 이어지는 가설을 직접 표현하고 싶다는 것이 작가의 의도였다. 그래서 서사적인 성격의 액자는 과학적인 질료에 대한 문외한들의 간섭에 변명을 늘어놓는 데 필요했다. 그의 우주 진화론은 당대 물리학에서 논의되던 것, 즉 에너지, 전기, 소재, 우주의 순환론적 소멸과 재창조, 영혼의 윤회 등을 논하는 불교와 베다[38]에서 나온 여러 잡다한 이야기들을 모아 놓은 것이었다.

1921년, 루고네스는 아인슈타인 이론을 설명하고자 「우주의 크기」라고 제목을 붙인 강연을 통해 천문학과 이와 관련된 문제로 돌아온다.

『필로소피쿨라(Filosoficula)』(1924)는 경구 성격의 짧은 산문과 시를 모은 작품이다. 산문으로는 동양적인 분위기를 가진 것과 그리스적인 분위기를 자아내는 것이 수록되어 있다.

---

38   베다(Vedas)는 고대 인도에서 비롯된 수많은 신화, 종교, 철학적 성전이자 문헌들을 가리킨다. 베다는 베다 산스크리트어로 기록된 것으로 힌두교의 가장 오래된 성전(聖典)들을 이루고 있다.

동양적인 성격의 산문은『천하루 밤의 이야기』와 성서에서 유래한 주제를 모은 것으로, 대부분이 가장 행복했을 셰에라자드의 이야기에서 비롯된 것이다.「지복의 탈리스만(El talismán de la dicha)」과「셰에라자드의 보물(El tesoro de Scheherezada)」은 독자의 호기심을 충분히 충족시켜 줄 작품으로 추천할 만하다. 하지만 그리스도가 등장하는 우화는 수용하기가 좀 힘들다. 명예를 실추시키지 않고 복음서와 비슷한 성격의 문장을 생각해 낸다는 것은 아마 문학적인 재능을 초월한 문제가 아닌가 싶다. 루고네스는 복음서에 기록된 텍스트를 고려하지 않고, 오히려 오스카 와일드나 아나톨 프랑스가 쓴 유사한 글을 생각했던 것 같은데, 그들의 재능과 가벼움까지는 얻을 수 없었다.

『기이한 힘』과 같은 이야기를 계속 쓰고 싶다는 생각에 그는『숙명적인 이야기(Cuentos fatales)』(1924)를 발표했다. 공허하고 기계적인 묘사로 인해 작가가 이미 피로를 느끼고 있으며 다루고자 했던 주제로부터 멀어졌다는 사실을 알 수 있다. 환상적인 상상력에 현실감을 부여했는데, 바로 이 점이 루고네스를 모방하고 싶어 한 사람들을 엄청나게 불러 모을 수 있었던 이유였다. 루고네스는 본인 스스로 이야기의 주인공이 되었을 뿐 아니라 친구들까지 실명으로 사건 속에 밀어 넣었다. 우리는『어둠의 천사(El ángel de la sombra)』(1926)에서 자살이라는 주제를 다시 만난다. 다소 맥이 풀린 이 소설에서는 루고네스의 특징을 찾기 힘들다. 상식을 벗어난 언어 사용과 지나친 수사는 피했지만, 진부하다는 느낌을 지울 수 없다.

지성을 곁들인 뜨거운 열정과 다양한 색채가 주는 불안, 그리고 자꾸만 역설적인 상황으로 몰아가는 끊임없는 진실 추구 등을 통해 루고네스는 아르헨티나에서 보기 드문 현상을 불러일으켰다. 그의 개성은 작품이 보여 주는 독특함을 뛰어넘는다. 작가가 책에 남겨 놓은 자신에 대한 이미지 역시 작품의 일부가 된다.

레오폴도 루고네스의 경우, 인간의 이미지가 그의 문학 작품에 짙은 그늘을 드리운다. 『파야도르』와 『사르미엔토 전기』, 『기이한 힘』과 『예수회 제국』 등의 탁월한 작품도 우리 시대가 그 의미를 재발견할 때까지는 다시 발간되지 않을 것이다.

'신세대' 문학

어느 예의 바른 젊은이들(이들은 존경심을 지닌 젊은이들로, 수난이나 고통받는 삶보다는 정중하고 우아한 삶을 선택했다.)이 만든 잡지에서 읽은 이야기다. "영웅적인 신세대는 그들의 이름만큼이나 충실하게 임무를 수행했다. 예컨대 결점투성이인 상징주의의 시각에 새로운 미학 사상을 쏟아부어 바스티유와도 같았던 문학 차원의 편견을 밀어 버렸다." 우리 세대는 비현실적인 것을 일소하고 새로운 것을 이루고자 했던 세대였다. 그러므로 나는 최소한 집단이라는 측면에서는 영웅의 자격을 갖추고 있었다. 내가 나를 치켜세우는 것에 대해 신격화된 동료들은 어떤 의견을 보일지는 잘 모르겠다. 확신하건대 이 같은 나의 공치사에 모두 깜짝 놀라거나 불안해 하거나 후회하거나 불편해 하리라는 생각까지 완전히 배제할 수는 없다.

영웅적인 세대…… 찬사 넘치는 문장으로 혼을 쏙 빼놓

는 텍스트에서 캄보우르스 오캄포(Cambours Ocampo)는 《프리즘(Prisma)》, 《프로아(Proa)》, 《이니시알(Inicial)》, 《마르틴 피에로》와 《발로라시오네스(Valoraciones)》와 연관된 세대를, 즉 1921~1928년에 출현한 세대를 이와 연결했다. 내 기억에 그 시대가 지녔던 색깔은 정말 다양했다. 그러나 기망이라는 달콤하면서도 쌉싸래한 맛이 그 시대를 지배했다는 생각을 잊을 수 없다. 한 단어를 더 추가하길 원한다면, 위선, 즉 게으름과 맹목적인 충성, 마성과 체념, 사랑과 동료 의식, 그리고 증오 등이 한데 어우러져 만들어진 특유의 위선에서 기인한 것이었다. 그러나 나는 아무도 비난하고 싶지 않다. 당시의 나 역시 비난하고 싶지 않고, (다만 타키투스가 은연중에 시사했던 "어마어마한 시공간을 통해") 투명한 성찰을 강조하고 싶을 뿐이다. 나는 지나치게 마음이 들떠 산만한 세계라는 '공공연한 비밀'을 드러낼지 모른다는 두려움에 (또 다른 측면에서는 별 볼 일 없는 사소한 것에) 주춤거리지는 않을 것이다. 내가 이야기하는 것이 시대에 뒤처진 까닭에 필요 이상의 진실일지는 모르지만, 내가 진실을 이야기하고 있다는 것은 분명한 사실이다. 누군가 밝혀야만 하는 진실이다. 정확하게 말하면 영웅적인 세대에 속한 누군가가 밝혀야 할 진실이다.

보편적으로 도시적인 감각의 메타포를 지나치게 사용했던 신세대만의 차별적인 특성을 간과하는 사람은 없다(돌려 말하면 모두 그 사실을 잊고 있다.). 다만 이에 대해 상당히 거친 태도를 보이는 사람(세르히오 피녜로(Sergio Piñero), 솔레르 다라스(Soler Darás), 올리베리오 히론도(Oliverio Girondo), 레오폴도 마레찰(Leopoldo Marechal) 혹은 안토니오 바예호(Antonio Vallejo))도 있고, 반대로 따뜻한 모습을 견지하는 사람(노라 랑헤(Norah Lange), 브란단 카라파(Brandán Caraffa), 에두아르도 곤살레스 라누사(Eduardo González Lanuza), 카를로스 마스트로나르디(Carlos Mastronardi), 프란시스코 피녜로(Francisco Piñero), 프란시스코 루이스 베르나르데스(Francisco Luis Bernárdez), 기예르모 후안(Guillermo Juan) 혹은 호르헤 루이스 보르헤스)도 있다. 이 뒤범벅된 이미지들은 현실 세계에서 벌어지는 일, 시간을 초월하거나 순환론적인 하늘의 일 그리고 불안정한 모습을 보이는 도시에서 벌어지는 일을 하나로 묶어 낸다. 나는 여타 신세대 문학인들과 마찬가지로 자연과 진실로 돌아가 공허한 수사를 포기하길 권했던 것으로 기억한다. 그뿐 아니라 우리 시대에 맞는 인간이 될 용기가 있었다.(동시대성이 말처럼 쉽지는 않고 자발성에서 비롯된 행동이기는 하지만 숙명적인 특성이라고는 볼 수 없는 것처럼.) 첫 번째 추진 과정에서 우리는 마침표를 지워 버렸다.(결정적인 말이다!) 모든 쓸모없는 것의 폐기! 우리 중 한 사람은 이를 '쉼표'로 대체했다. 이 쉼표는 "영원히 문학과 하나가 될 새로운 가치"를 가지고 있었음에도, (유감스럽게도 실천이라는 면에서는) 하얀 백지가 넓게 펼쳐진 공간으로 나아가지 못했다. 훗날 나는 여러 가지 기호에 대한 시도, 예컨대 불안정한 기호, 연민의 기호, 부드러움의 기호, 심리적이고 음악적인 기호에 대한 새로운 시도가 정말 매력적이었다고 생각했다……. 다만 우리는 (합리적이어야 할 뿐 아니라 호메로스풍의 음유 시인, 성서의 시편을 썼던 시인, 셰익스피어와 윌리엄 블레이크, 하이네와 휘트먼 등의 동의 또한 얻어야 한다는 사실을 명확하게 이해하고 있었다.) 레오폴도 루고네스가 생각하던 것처럼 운율이 절대적이

지는 않다는 의견을 가지고 있었다. 그렇지만 그 의견의 중요
성은 당연히 고려해야 했다. 이로 인해 우리는 배교적인 성격
의『센티멘털한 달』에 그리 마음 내키지 않았으면서도 숙명적
으로 그것을 도제처럼 따랐던 탓에 '계승자'라는 단어가 꼬리
표처럼 붙어 있던 우리의 옛 모습과는 다른 모습을 보여 줄 수
밖에 없었다.

루고네스는 이 작품을 1909년에 출간했다. 내가 확신하는
바는『마르틴 피에로』와『프로아』에 참여했던 시인들의 작품
(배포하기 전의 작품들로, 우리에게 개인적으로 미리 보여 주거나 써
봤던)의 전조를『센티멘털한 달』의 몇몇 작품에서 완벽하게 먼
저 만나볼 수 있다는 것이다. 다시 말해 루고네스의「불꽃놀이
(Los fuegos artificiales)」,「도시의 달(Luna ciudadana)」,「월학(月學,
Un trozo de selenologia)」,「달 예찬(Himno a la luna)」의 현란한 정
의에서 미리 엿볼 수 있다. 루고네스는 서문에서 수사와 운율
을 풍성하게 사용할 것을 요구했다. 12~14년이 지난 뒤 우리
는 메타포의 사용을 뜨겁게 받아들였지만, 반대로 운율에 대
해서는 보란 듯이 거부했다. 우리는 루고네스의 겉모습만을
한발 늦게 상속한 사람이었다. 아무도 이를 지적하지 않았고,
이는 거짓말 같은 사실이었다. 그는 유음운(asonante)과 동음운
(consonante)을 배제함으로써 영원히 우리 독자들에게 착각을
안겨 주었다. 독자들은 우리 시(뭔가 부족하고 산만하면서 성질
만 불같은)가 한마디로 혼돈 그 자체로, 광기와 무능력으로 점
철된 우연에만 기대는 작품이라고 폄하하려 든다. 물론 이 같
은 젊은 세대의 지나치게 경멸적인 태도에 반해 이를 과도하
게 숭배하는 모습을 보이는 사람도 있다. 루고네스에 대한 반

응은 지극히 당연했다. 우리가 지속적으로 보여 준 메타포에 대한 연습은 결국 루고네스에 관한 관심으로 이어질 수밖에 없었고, 이는 내가 보기에는 아주 자연스러운 것이었다. 다만 루고네스 자신은 이미 오래전에 메타포에 대한 열정을 소진한 뒤였다. 우리가 동음운을 등한시했던 일은 그에게 비난 받을 만했으며, 비난을 살 수밖에 없었다. 그리고 한 걸음 더 나아가 비논리적인 것이기도 했다. 1937년[39] 현재에도 미덥지 못한 것, 믿을 수 없는 것, 이에 대해서는 독백과도 같은 논쟁이 여전히 계속된다.

우리는 가능할까? 루고네스가 남긴 다양한 이미지의 달콤한 기억을 떠올리지 않고도 정원이나 창문에 비친 달을 응시할 수 있을까? "영원한 태양도 호랑이처럼 죽어"라는 시구를 반복하지 않고 낙조를 따뜻한 눈으로 넋을 잃고 바라볼 수 있을까? 아름다움과 그 아름다움을 만든 사람을 부당한 평가로부터, 폄하와 조롱으로부터 지켜 왔다는 사실을 나 역시 잘 안다. 우리는 반드시 루고네스를 달리 해석하고 평가해야 한다.

의심이 드는 독자가 있다면 『센티멘털한 달』을 한번 살펴보라. 그런 다음 『전철에서 읽기 위해 뽑은 시 20편(Veinte poemas para ser leídos en el tranvía)』[40]과 나의 『부에노스아이레스의

---

39 "신세대" 문학, 《엘 오가르(El Hogar)》(1937년 2월).(원주)

40 올리베리오 히론도(Oliverio Girondo, 1891~1967)의 시집. 보르헤스가 극찬한 20세기 라틴 아메리카를 대표하는 심오하고 독창적인 시집.

열기(Fervor de Buenos Aires)』 혹은 『알칸다라(Alcándara)』를 꼼꼼
히 읽어 보면 계절이 지나는 것마저도 느끼지 못할 것이다. 물
론 시간의 선적인 반복이야 당연하지만 그것을 이야기하는 건
아니다. 각각의 작품이 지닌 본질적인 가치를 언급하려는 것
도 물론 아니다. 비교할 수 없는, 그렇다고 결코 동일하다고도
할 수 없는 의도를 거론하려는 것도 아니다. 행복하다고 혹은
불행하다고 말할 수 있는 운명을 언급하는 것도 아니다. 나는
다만 루고네스가 지녔던 문학적인 습관과 즐겨 사용한 수단,
그리고 문장 측면에서의 정체성을 이야기하고 싶은 것이다.
첫 책과 마지막 책 사이에는 15년이 넘는 시간의 간극이 있다.
그렇지만 이 연대기적인 순서 때문에 네 권의 작품이 동시대적
작품으로 받아들여지지 못하는 일은 없을 것이다. 이 네 권은
시차로 인해 동시대 작품이 아니라고 주장될지도 모르지만, 본
질적인 면이나 실제적인 면에서 모두 동시대적 성격을 띤다.

　문학에서 아예 두세 명의 선구자도 없는 세대는 없다. 독특
한 모티프로 모든 이로부터 잊히지 않고 존경받았으나 한편으
로는 시대착오적인 성격을 지닌 사람들이 있는데, 그중 한 사람
이 바로 마세도니오 페르난데스"다. 나를 제외하고는 그를 모방
하려 한 사람이 없었다. 또 한 사람은 루고네스의 영향(『센티멘
털한 달』에서 보이는 유머러스한 루고네스의 영향)이 좀 더 확연하
게 드러나는, 『유리 방울』을 쓴 영원한 소년 구이랄데스다. 분명
한 것은 내 의견에 사람들이 그리 호의적이지는 않다는 점이다.

41　　(Macedonio Fernández, 1874~1952). 보르헤스의 정신
　　　적 스승이었던 아르헨티나의 소설가.

루고네스

우리 나라에서 가장 중요한 작가가 죽었다고 이야기하는 것, 더 나아가 우리 스페인어를 사용하는 작가 중에서 가장 중요한 작가가 죽었다고 이야기하는 것, 두 가지 모두 진실을 이야기하는 것이지만 그리 큰 의미는 없다. 죽은 그루삭은 첫 번째 탁월함, 즉 우리 나라에서 가장 중요한 작가에 해당하고, 우나무노는 두 번째 탁월함, 즉 스페인어 사용 작가 중에서 가장 중요한 작가에 해당하는 사람이다. 하지만 둘 모두 루고네스를 배제해야만 가능한 이야기다. 우리에게 루고네스와 다른 두 작가를 들먹이는 사람들 역시 루고네스의 진실된 모습에 대해서는 전혀 언급하지 않았다. 두 가지 탁월함으로 루고네스는 오히려 너무나 외로웠다. 결국 이 둘 모두 (비록 증명하긴 어렵지만) 정말 허망한 것이었다.

루고네스를 언급할 때면 누구나 죽 끓듯 했던 그의 변덕에

대해 먼저 이야기한다. 그는 1897년(『황금 산』을 발표했던 시기)
에는 사회주의자였으나, 1916년(『나의 상무 정신』을 발표했던 시
기)에는 민주주의자였으며, 1923년(주로 콜리세오에서 강연하
던 시기)에는 주일마다 "칼을 들 때(Hora de Espada)"라고 외치던
완고한 선지자였다. 또한 『기이한 힘』(1906)을 발표할 때까지
만 해도 아인슈타인의 두 가지 이론이 곧 나올 것을 예견하지
못하는 과오를 범했음에도 1924년에는 이를 대중화하는 데 앞
장섰다. 앞의 변심과 신앙을 포기한 것, 이 두 가지가 똑같은 열
정에서 비롯되었다고 보긴 어렵다고 생각한 탓인지 사람들은
그가 불경스럽게도 기독교 신앙을 믿지 않는 무신론으로 발걸
음을 돌린 것을 용서하지 않았다. 그렇지만 생각이 깊고 진실
한 인간은 절대 변하지 않을 수 없고, 오히려 변하지 않는 사람
은 정치인들뿐이다. 이들은 사기성이 강한 선거라는 행위와
민주주의를 앞세운 장광설도 모순이라고 생각하지 않는다.

　여기에 또 한 가지 의심할 수 없는 것이 있다. 아르헨티나
사람들에게는 좋지 않은 소문으로 남았으면서도 한편으로는
감탄을 자아냈던 루고네스의 '수많은 변화'는 어찌 보면 이데
올로기적인 성격을 가진 것으로, 그의 사상(좀 더 정확하게 이야
기하면 루고네스의 의견)은 신념이나 이에 바친 현란한 수사에
비하면 그리 중요하지 않다는 사실을 간과해서는 안 된다. 내
가 이야기한 것은 그가 사용한 표현과 수사의 현란함이지 유
용성은 아니다. 루고네스는 설득보다는 강요와 협박을 더 선
호했다. 체스터턴과 버나드 쇼는 자신들이 신봉하던 원칙을
문제의식과 합리성으로 멋지게 포장했지만, 루고네스는 자신
의 모토에 메타포에 대한 집요한 집착을 제외하고는 아무것

도 보태지 않았다. 의례적으로 논란거리를 기괴하다 싶을 만큼 단순화해 버렸다. 예를 들어, 내 기억에 의하면, 특정 음절을 반복하는 것과 반복하지 않는 것의 도덕적인 차이를 찾아낼 것을 요구할 정도였다.

이에 대해 그가 드는 근거는 언제나 비합리적인 것이었다. 그는 명사 뒤에 있어야 할 형용사를 대부분 앞쪽에 사용했다. 그래서 논란을 일으키지 않으려면 그의 작품에서 형용사들은 언제나 앞쪽에서 찾아야 했다. 『파야도르』에 등장하는 묘사가 이를 잘 보여 준다. "인간과 개 그리고 맹금류의 새에게 주어진 기괴한 고기 파티(monstruoso banquete de carne)였다……. 엄청나게 큰 모닥불 옆에 피 묻은 장갑을 낀 채 근엄한 표정을 짓고 선 인간들은 땅바닥에 그림을 그리거나 부츠 윗부분에 기름기 번들거리는 손가락(los engrasados dedos)을 문지르며 하루 동안 일어난 크고 작은 일들에 대해 이야기를 나누고 있었다……." 이는 정말 재미있는 환상 소설(「불비(La lluvia de fuego)」, 「압데라의 말들」, 「이수르」)과 『센티멘털한 달』 등에서도 찾아 볼 수 있다. 후자는 구이랄데스의 『유리 방울』부터 로페스 벨라르데(López Velarde)의 『불길한 귀환(El retorno maléfico)』이나 『정다운 조국(La suave patria)』에까지 영향을 미치며 전 남미 대륙의 '새로운' 시의 전형이 되기도 했다. 물론 많은 사람은 이를 인정하지 않는다. 그뿐 아니라 구이랄데스나 벨라르데의 작품이 본보기가 되어 준 루고네스의 작품보다 더 뛰어나다고 생각하는 사람들도 적지 않다.(왜 바예잉클란의 『키프의 파이프』처럼 부적절한 모방까지 은근히 언급하는 걸까?)

많은 사람이 루고네스가 지녔던 악취미(공정하지 못한 것은

아니다.)를 유감으로 생각했고 나 역시 마찬가지지만, 그것이
특별히 다른 사람의 것보다 더 불편하지는 않다. 예컨대 오르
테가 이 가세트[42]가 지녔던 악취미도 거론할 수 있다. "계속 이
어지는 산꼭대기, 주변의 산꼭대기, 지평선을 가득 채운 산꼭
대기, 마치 그곳 전체가 하나의 산으로 우뚝 솟아 그를 환영이
라도 하는 것 같았다." 이 부분은 열정으로 인해 조금은 누그러
지고 있다. 또 다른 문장을 살펴보자. "꽃으로 단장한, 젊음과
이 세상 전부인 것만 같은, 마드리드에서 가장 우아한 최고의
스타라고 할 수 있는 그 아가씨 때문에 나는 깊은 생각에 빠지
지 않을 수 없었다." 이 문장은 냉철하게 보면 한마디로 좀 추
하다는 생각이 든다.

루고네스는 죽기 전에 또다시 별생각 없이 가볍게 쓴 글로
인해 마지막으로 심하게 비판받았다. 세상을 뜬 다음에야 비로
소 그는 가장 뛰어난 작품으로 평가받을 권리를 갖게 되었다.

여타의 것에 대해, 우리가 알고 있는 것에 대해……. 4권으
로 이루어진 『고대 그리스 연구(Estudios helénicos)』 3권에 이런
말이 나온다. "삶의 주인은 인간이다. 죽음 또한 마찬가지다."
(이 말이 나온 맥락을 기억해야 한다. 칼립소가 제안한 영원한 생명
을 오디세우스가 거절하면서 한 말인데, 루고네스는 영원한 생명, 즉
불멸성을 거절한 것은 자살을 뒤로 미룬 것과 똑같다고 생각했다.)

---

42   Ortega y Gasset(1883~1955). 20세기 스페인을 대표
        하는 철학자.

루고네스, 에레라, 카르타고

곧 알게 되겠지만, 여기에서 일어난 사건은 아주 단순하다. 1904년 에레라 이 레이시그가 『산의 황홀』을 발표했고 다음해에 루고네스가 『정원의 황혼』을 펴냈는데, 두 작품에서 사용하는 구문과 운율, 어휘 그리고 메타포의 상당 부분이 비슷했던 것이다. 이에 1912년 루피노 블랑코 폼보나는 "부에노스아이레스의 시인"이 "몬테비데오의 시인"을 표절했다고 고발했다. 이미 몬테비데오의 시인은 죽고 난 뒤였다. 그런데 루고네스는 그의 비난에 가타부타 일절 대응하지 않았고, 대신 우루과이에서 활동하던 다른 사람들이 정중하게 이에 대해 반박했다. 호세 페레이라 로드리게스, 에밀리오 프루고니, 호라시오 키로가(Horacio Quiroga), 빅토르 페레스 프티 등이 증언을 통해 블랑코 폼보나가 내놓은 지나치게 단순화한 연대기적 순서에 대해 결정적인 반론을 제기했다. 이들은 1901년 초에 루

고네스가 몬테비데오에 머물며 콘시스토리오 데 가이 사베르
(Consistorio de Gay Saber)[43] 그룹에 속한 시인들에게 자기 작품을
낭송했던 사실, 그리고 시인들의 요청으로 축음기에 녹음했던
사실을 똑똑히 기억하고 있었다. 이 시 작품들(블랑코 폼보나가
고발했던)은 이미 1898년 아르헨티나의 잡지에도 실렸다. 당
시 에레라는 스페인, 카스텔라르, 기도 스파노(Guido Spano), 라
마르틴[44] 등에 바치는 시를 다듬고 있었다. 막스 엔리케스 우레
냐[45]는 다음과 같은 이야기를 통해 그의 고발이 촉발한 논란을
종식시켰다. "잘못된 정보에 기초하여 블랑코 폼보나가 유발
한 쓸데없는 논쟁은 두 사람의 유사성 때문이 아니라, 그가 지
나치게 단정적으로 받아들인 날짜 때문에 일어났다." 좀 더 세
세한 내용을 알고 싶은 사람들은 1938년 레오폴도 루고네스를
기리려고 펴낸 『노소트로스(Nosotros)』 특별 호를 참고하기 바
란다.

몇 가지 요소로 한정한다면, 문인들의 세계를 뒤흔든 주요
한 원인은 '어떤 것을 다른 것으로(quid pro quo)'에서 비롯된 것
이다. 우리가 빅토르 페레스 프티와 함께 누구의 시가 먼저인
가 논의했던 것이 알베르 사맹의 시에서 비롯된 것이었음을

---

43   오라시오 키로가가 친구들을 모아 만든 실험적 성격
      이 강했던 문학 모임.

44   알퐁스 마리 루이 드 프라 드 라마르틴(Alphonse Marie
      Louis de Prat de Lamartine, 1790~1869). 프랑스의 낭
      만파 시인.

45   『간추린 모데르니스모의 역사(Breve historia del
      modernismo)』, (멕시코, 1954).(원주)

상기한다면, 이런 논란이 얼마나 무익한지 알 수 있을 것이다. 모방뿐 아니라 통속화도 마찬가지다. 어안이 벙벙해질 수도 있을 독자들 역시 감상적인 모습을 표현하기 위해 사맹이 만든 이 구절("하늘, 하루의 끝이 다듬어지고")이 루고네스에게서는 에로틱한 성과를 거둔 데 대해 잘난 체하는 것으로 그쳤음을("낡은 벤치는/ 너의 일렁이는 옆구리 위로, 고귀한 나의 열정이/ 신음을 흘리는 것을 느꼈다.") 확인할 수 있다.

예언자 시불라의 전율에
창문이 잠깐 흔들렸다.
금세라도 미칠 것만 같은 신화가
내 어두운 눈동자 속을 굴러가고 있었다.

특이점이 있다면, 이미 아무런 수수께끼도 남지 않은 이 논쟁에 대중들이 여전히 관심을 가지는 것이다.

"논쟁은 끝나지 않았다.(기예르모 데 토레(Guillermo de Torre)[46]가 재차 이를 확인했다.) 그리고 이 논쟁은 여러 시인에게 기념이 될 만한 새로운 맛을 되살리고 있다." 대서양을 사이에 두고 양안에서 벌어지는 대중적인 편향, 예컨대 거의 일방적으로 에레라의 편을 드는 이러한 편향을 지켜보는 것 자체가 흥미롭기는 하다. 그리고 그 이유를 깊이 파고드는 것이 이 글의 목적이기도 하다.

---

46   『모험 그리고 순서(La aventura y el orden)』(부에노스 아이레스, 1943).(원주)

첫째로는 소설적 성격을 들 수 있다. 유명한 대가가 대중을 배신하고 거의 무명에 가까운 시인의 시를 표절했다고 상상하는 것이 에레라는 루고네스의 제자뻘밖에 되지 않는다는 진실을 수용하는 것보다 훨씬 더 시적이다. 존슨 박사는 그 누구도 동시대인의 채무자가 되고 싶어 하지 않는다는 사실을 밝힌 바 있다. 이미 세상을 뜬 에레라는 더도 덜도 아닌 그가 남긴 시 자체다. 그리고 1912년 당시에 자주 논란거리를 만들어내어 사람들을 불편하게 했던 루고네스를 존경하기보다는 에레라를 존경하는 것이 더 편했을 것이다. 사실 루고네스의 독선적인 정치색은 짜증이 날 만한 것이라, 그의 문학적인 명성에도 커다란 흠집을 냈다.

또 다른 이유를 추측해 볼 수 있다. 블랑코 폼보나는 자신이 에레라의 편에서 싸우고 있을 뿐 아니라 계속해서 싸울 것이라고 선언한 적도 없었고, 어쩌면 그의 편에서 싸우고 있다는 사실을 몰랐는지도 모른다. 인간이 어떤 주장을 신봉하거나 거부하기로 마음먹게 된 내밀한 이유는 보편적으로 논쟁 안에서는 밝혀지지 않는다. 그것들을 추론하는 것은 비평가의 몫이다. 약간은 상업적인 냄새를 풍기는 문체로 작성된 블랑코 폼보나의 고발은 몬테비데오 시인이 창조했으나 부에노스아이레스 시인이 퍼트린 새로움에 대해 언급한다. 단어만 바꿔가며 에레라와 루고네스의 이름이 쓸데없이 반복되는 것을 피하고자 했던 학자들의 노력에 대해서는 그 이유를 전치형 형용사의 사용이나 별명 등을 통해 충분히 알 수 있었음에도, 이 같은 주장이 자꾸 활기를 띠는 이유가 분명히 있다. 1912년 부에노스아이레스는 이미 대도시여서 평온한 몬테비데오와 달리 부에노스아이레스라는 이름 자체가 곧 바벨이나 카르타고로 번역될 수 있었다.

시간이 무너뜨린 도시도 있고, 시간이 흐르며 잊힌 도시도 있다. 카르타고는 3차이자 마지막 포에니 전쟁 끝에 로마인들에 의해 지도에서 지워져 버렸다. 집을 밀어 버린 로마인들은 카르타고에 사람이 사는 것을 금지했다. 그들은 타르타로스의 신에 대한 끔찍한 저주를 퍼부었다. 거대한 도시가 다 타는 데 17일이 걸렸다. 로마의 장군이었던 스키피오 아프리카누스는 이를 보고 『일리아스』에 나오는 슬픈 목소리로 다음과 같은 구절을 읊조렸다. "성스러운 트로이가 멸망하는 그날이 올 것이다. 나는 그것을 잘 알고 있다." 그는 카르타고의 불길 속에서 로마를 태울 불을 미리 보았다. 그는 이 이야기를 폴리비오스에게 전했고, 폴리비오스는 자신의 책 『역사』에 이를 기록했다. 로마인들은 카르타고를 세웠던 땅에서 쟁기를 끌고 소금을 뿌렸다. 사라져 버린 카르타고는 저명한 시인을 탄생시킬 수도 있었던 도시였지만, 그곳의 문학과 예술에 대해 우리에게 남겨진 것은 거의 없다. 얼마 되지 않는 비문과 로마 연극에서 보존된 몇몇 단어들, 마르세유의 유명한 세율표(사제들에게 황소 대신 공물로 바친 수많은 은화, 양 대신 바친 은화, 염소 대신 바친 은화, 새 대신 바친 은화의 양) 그리고 항해자 한노[47]에 대한 페리플루스의 그리스 판본 정도만 남아 있을 뿐이다.[48] 현재 카르

47　카르타고의 한노 2세라고 알려져 있으며 기원전 500년경에 활동한 카르타고의 탐험가다.

48　아프리카라는 넓은 지역을 가리키는 이름 역시 페니

타고는 시를 몰랐던 상업 도시를 의미한다.

이런 생각은 낭만적일지는 모르지만 사실 사람을 선동하는 편견에 불과하다. 사실 모든 도시는, 모든 위대한 도시는 문명을 퍼트린다. 문명이라는 단어에 시민을 의미하는 'civil'이 괜히 포함된 것은 아니다.

시는 도시에서 태어났지만, 농촌에서 비롯된 모티프를 기릴 수밖에 없다. 부에노스아이레스와 몬테비데오에 살던 사람들은 가우초에 기초한 문체를 창조했고, 목가시의 아버지인 테오크리토스[49]는 시라쿠사 궁전이나 알렉산드리아 도서관에서 목가시를 지었을 것이다.

도시(본질적으로 인간의 훈김이 도는 곳이자 대화가 넘치는 곳이다.)는 수없이 많은 사물을 창조했다. 그중 하나가 코르도바에서 태어나, 그곳으로부터 받은 자극을 바탕으로 루고네스가 만들어 낸 광대한 작품이다. 그리고 도시적 삶의 고단함은 호라티우스에게는 '베아투스 일레(Beatus ille)'[50]라는 영감을, 스위프트에게는 야만에 대한 찬양이라는 역설적인 영감을 주기도 했다. 예컨대 우리 인간들을 움직여 역설적으로 고독과 전원

키아에서 비롯된 것으로 추론된다. 예컨대 그것은 카르타고의 영토에 적용되던 곳을 지칭하는 단어였다.(원주)

49 Teócrito(기원전 310?~기원전 250?). 시라쿠사 태생의 시인. 전원생활을 주제로 목자(牧者)를 노래한 짧은 시형인 '목가'의 창시자이자 완성자.

50 전원에서의 소박하고 욕심 없는 삶에 대한 찬미를 의미하는 라틴어.

생활을 어느 정도 과장하게 했다.

카르타고에도 시인이 있었다는 사실을 인정하고 싶지 않았기 때문에 블랑코 폼보나의 고발이 여전히 끊임없이 창궐하는 것이다.

마지막 페이지

이제 책이 다 쓰여 인쇄에 들어갔을 텐데도, 수많은 고유 명사와 연도, 참고 문헌 목록과 통계 자료의 어마어마한 양에 진절머리가 난 편집자들이 루고네스에 대한 개인적인 판단을 조금 조정해 달라고 요구했다. 예컨대 우리는 대가에 대한 친밀감이 부족하다고 한탄하고 있는데, 오히려 이런 친밀감을 조금 조정해 달라는 것이었다.

키플링(비슷한 점이 있지만, 세월이 한 사람을 좀 더 복잡하고 불행하게 만들었다.)과 마찬가지로 루고네스는 나에게 읽으라고 주어진 첫 번째 작가군에 속하는 작가였다. 그를 판단하는 것은 우리 세대를 판단하는 것이고, 아르헨티나 문학을 판단하는 것이나 마찬가지다.

루고네스는 역사적 사실 그 자체다. 따라서 그를 연구하기 위해서는 먼저 그의 신념을 연구해야 한다. 그런 의미에서 나는 우리 시대의 모범이라고 말할 수 있는 원칙과 목적지를 제시한 플로베르를 출발점으로 삼고자 한다. 플로베르는 각각의 사물에 따라 말하는 방식이 달라야 한다고 생각했으며, 사물에 따른 방식을 찾는 것이 작가의 의무라고 생각했다. 그뿐 아니라 어감이 좋으면서도 정확한 단어, 예컨대 어감과 의미가 잘 조화된 단어를 강하게 요구했으며, 정확한 단어는 한결같이 음악적이라는 사실에 감탄하곤 했다.

위의 원칙을 표명하면서 그는 「플라톤주의자의 목소리로 이야기하다」라는 글을 썼고, 이와 같은 상상력에는 풍부한 음악성이 담겨 있다는 것 또한 사실이다. 하지만 우리는 반대편에 있는 앨프리드 노스 화이트헤드(Alfred North Whitehead)의 다음과 같은 문장을 그에게 들이밀 수도 있다.

"인류는 이미 인간 각자의 경험에 적용할 수 있는 가장 기본적인 생각을 분명히 가지고 있다. 그래서 이러한 각각의 생각에 적합한 한 단어나 한 문장으로 된 명시적인 표현을 인간의 언어 안에서 이미 찾아냈기를 바라는 것이다. 이와 같은 주장에 나는 '완벽한 사전이라는 거짓말'이라는 이름을 붙였다." 체스터턴은 1904년에 이런 글을 썼다. "인간들은 우리 영혼 속에 가을철 숲에서 볼 수 있는 다양한 색보다도 훨씬 더 많은 익명의 이름을 붙이기 어려운 색이 존재한다는 사실을 잘 안다. ······ 그렇지만 꿀꿀거리는 소리와 날카로운 비명을 구별하는 특유의 메커니즘을 통해, 제아무리 색이 뒤섞이고 변한다 하더라도 정확하게 묘사할 수 있다고 믿는다. 그러나 실제로는 기억들이 담아내는 모든 미스터리와 열망으로부터 비롯된 모든 고뇌를 의미하는 소리가 증권 거래소 회랑 저 안쪽에서 새

어 나오고 있다는 사실도 알고 있다.˝

체스터턴이 지적한 부정확함, 예컨대 정확하면서도 아름다움을 추구하는 그의 논증과는 서로 모순인 것처럼 보이는 부정확함에 대한 강조는, 특정 언어에서는 사물에 대한 표현 자체를 쉽게 관찰할 수 있는 데 반해 다른 언어에서는 반드시 그렇지는 않다는 사실에 대한 확신에서 비롯된 것이다. 현재 사용되는 영어나 독일어, 프랑스어에는 스페인어의 '혼자 있어 외로웠다'라는 의미의 'estaba solita'라는 표현이 없지만, 반대로 스페인어에는 영어의 '일소에 부치다'라는 의미의 'laugh it off'나 '얼버무리다'라는 의미의 'to explain away'에 해당하는 표현이 없다. 다시 플로베르로 돌아가자.

플로베르의 '정확한 단어'라는 표현은 이상하거나 기괴하지 않다.『마담 보바리』와『부바르와 페퀴셰』에서 사용된 어휘는 지극히 평범했으며 수수께끼 같거나 투박한 메타포는 절대 사용하지 않았지만, 약간은 상투적인 표현과 부정확한 메타포까지도 완전히 배제하지는 않았다.(이를 증명하기는 쉽다.) 그는 외형적 이미지를 통해 정신적이거나 감정적인 면을 드러냈는데, 사람들의 머리에 가장 오랫동안 남아 있을 작품에서는 이런 나쁜 습관을 찾아볼 수 없다.『감정 교육』에서는 바람이 실어 온 종소리를 몇몇 단어들에 대한 기억에 비유한다.

단어에 대한 숭배, 단어에 대한 고민에서 어쩔 수 없이 간단한 방언까지 연습하는 작가가 있다고 한다면, 최악의 사례는 르네 길(René Ghil)에서, 긍정적인 사례는 슈테판 게오르게(Stefan George)와 앨저넌 스윈번 혹은 말라르메 등에게서 찾을 수 있다. 페르시아 사람이나 폴란드인이 말라르메의 산문이나 시를 이용해 프랑스어를 공부한다면, 예컨대 몇 년 동안 열심히 공부한다면 부알로[51]와 볼테르가 어둡고 모호한 방언을 사용한 사실도 알 수 있을지 모른다.

레오폴도 루고네스의 펜 아래서 플로베르의 '정확한 단어'는 사람을 깜짝깜짝 놀래는 '돌발적인 단어'로 전락하고 말았다. 그는 그의 글이 기교만 가득하다는 사실을 보여 주었고, 그의 글에는 감동이나 설득력은 부족한 현란함만 난무했다. 그의 문학 작품은 지나친 응용, 왜곡된 응용으로 인해 공허할 수밖에 없다. 형용사의 위치를 제멋대로 정하고 뒤숭숭한 은유를 사용한 탓에 독자들은 도덕적으로 심각한 결함을 인식하거나 인식했다는 인상을 받기 십상이다.

루고네스는 여타의 것에 대해서는 상당히 회의적이었음에도 언어에 대해서는 회의적인 모습을 절대 보이지 않았다. 선택을 망설이게 하는 여러 단어 중에서 과감하면서도 명료하게 판단해 한 단어를 선택할 필요가 있다고 믿었다. '하늘색으로 물든', '푸른' '파르스름한', '새파란' 등의 단어는 엄밀한 의미에서 사전에서는 비슷한 말이 될 수 있고, 그래서 루고네스 역시 그 단어들이 비슷하다고 생각했기에 그 기본적인 의미에만 신경을 썼을 뿐 그는 각각의 단어에 내포된 뉘앙스가 다르다는 것을 알지 못했고, 알려고 하지도 않았다. '하늘색으로 물든(azulado)'이라는 단어와 '푸른(azuloso)'이라는 단어는 하나의 단락 안에 들어가도 그리 튀지 않지만, '파르스름한(azulino)'과

51   니콜라 부알로(Nicolas Boileau, 1636~1711). 프랑스 시인이자 비평가.

'새파란(azulenco)'은 강조의 의미가 지나치게 두드러진다.

무어[52]는 셰익스피어 이래로 언어를 완벽하게 사용한 작가는 키플링뿐이라고 보았다. 그런데 루고네스는 언젠가 이와 같은 과장된 표현을 감싸 주려고 했다. 교육이 잘 이루어진 18세기에는 언어의 경제적인 사용과 정확한 사용을 모색했지만, 19세기, 특히 스페인어에서는 (사용 빈도와 같은) 통계상의 기준을 언어에 적용하여 단어를 확장해 나가고 싶었다.『황금산』에서 엄정하면서도 단순한 언어를 주로 사용한 루고네스는『가우초 전쟁』을 쓸 때는 자신의 영역, 즉 문학 분야에서만은 스페인 작가들을 극복하고자 노력했다. 예컨대, 가능하면 모든 단어를 풍부하게 사용하려고 애썼던 것이다.

윌리엄 워즈워스는 괴테의 작품에 필연성이 모자란다고 판단했다. 이 같은 판단은 루고네스와 아르헨티나 문학에도 상당 부분이 적용될 수 있다. 아르헨티나에서 발표된 많은 작품은 필연성이 떨어진다는 원죄를 안고 있다. 우리는 존경심과 감탄 어린 눈으로 책을 대하지만, 작가가 색다른 책을 만들어 우리에게 두 배 정도의 행복감을 안겨 줄 수도 있었으리라 느낀다.

레오폴도 루고네스는 과거에도 그랬지만 지금도 여전히 아르헨티나에서 가장 위대한 작가다. 사르미엔토가 이런 타이틀을 얻으려면 그가 쓴 작품을 그가 이룬 모든 업적과 함께 평가해야만 한다. 예컨대 그의 삶에 관해 이야기해야 한다. 그

---

52   조지 무어(Gorge Moore, 1852~1933). 아일랜드의 비
      평가이자 시인, 소설가.

루삭이 탁월한 능력을 발휘한 것은 사실이지만 그는 스페인 어로 활동한 유럽의 비평가라는 사실 때문에 위대해질 수 있 었다. 아르헨티나 사람들 처지에서 봤을 때 『파쿤도(Facundo)』 와 『마르틴 피에로』는 루고네스의 특정 작품이나 잡다한 성격 의 전체 작품보다 더 중요한 의미가 있다. 그러나 루고네스는 『사르미엔토 전기』와 『파야도르』 때문에 어떤 형식으로든 위 대한 작가군에 포함되어야 하며, 이 작품들은 어떤 의미에서 는 앞에서 거론한 최고의 작품들을 뛰어넘는다고도 할 수 있 다. 그뿐 아니라 위대한 작가와 위대한 책은 별개의 문제다. 케 베도는 『돈키호테』에 필적할 책을 남기지 못했지만, 문인으로 서 평가한다면 세르반테스는 그동안 받은 영광을 감안해도 케 베도를 뛰어넘을 수 없다. 레오폴도 루고네스의 대표작들에 비견하거나 그것들을 뛰어넘을 시집, 예컨대 에세키엘 마르티 네스 에스트라다의 작품 같은 것도 분명 존재하지만, 시인으 로서 마르티네스 에스트라다는 루고네스의 외연을 확장할 때 등장할 수 있는 인물에 지나지 않는다. 로페스 벨라르데(López Velarde)의 기억할 가치가 있는 감미로운 작품에 대해서도 똑같 이 말할 수 있다.

루고네스는 영웅적이라고 말할 수 있을 정도로 우리 아르 헨티나 문학의 질적 측면에서 장단점을 모두 드러내는 인물이 다. 기쁨을 안겨 주는 언어 구사력, 본능적이고 원초적인 음악 성, 그 어떤 기교도 이해하고 재창조할 수 있는 능력이 있었지 만, 한편으로는 본질적으로 차가운 성격도 문제였고 주제를 지나치게 잡다한 시점에서 보거나 찬양과 폄하 양쪽에 동일한 주제를 사용하는 등 어수선한 모습을 보이기도 했다. 공고라가 무적함대에 정중하게 경의를 표하기도 했지만, 조롱 어린 말투의 소네트에서는 카디스를 지켰던 그들의 비겁함을 고발 하기도 했던 것처럼 말이다…… 이런 식의 이야기에서 루고 네스는 자신의 작품과 어느 정도 거리를 둔다. 그는 작품에 자 신의 내밀한 목소리를 직접 반영하지 않았다. 다시 말해 그의 작품은 잘 가공한 객체에 불과했다. 우리는 그의 작품에서 진 솔한 표현보다는 기교로 가득한 방식을, 즉 수사적 측면에서 의 완성된 숙련도를 볼 수 있다. 감정이 작품의 출발점이 되는 경우는 별로 없다. 특별한 주제를 강요하기도 하고, 이를 위한 수단으로 기교를 남용하는 습관도 있다. 그는 널리 알려진 시 를 통해 목축업과 농업, 공업을 다양하게 찬양한다. 네 편의 소 네트를 통해 동서남북 사방의 풍경을 묘사하기도 한다. 얼마 간 시간이 흐르자 당대의 모든 수사법을 담아내 문학을 거덜 낼 것만 같은 시인들이 출현하기도 한다. 사람들을 놀래고 싶 어 하는 이러한 예술가들은 결국 자기 자신에게 지친다.(이런 부류의 시인 중 한 사람인 마리노(Marino)는 "사람들을 놀라게 할 수 없다면, 빗질이나 하러 가겠다."고 이야기했다.)

　새뮤얼 존슨(Samuel Johnson)은 사람들을 놀래는 것은 손이 많이 가는 즐거움이라고 보았다. 한 세대를 놀랜 작품 대부분 은 냉철하게 설명하기 어려운 경향을 보인다. 그렇지만 한 걸 음 더 나아간다면 또 다른 참신함이나 소설 작법에 맛을 들인 후배들에게는 그리 독창적으로 보이지 않는 경향도 있다.

　너무 멀리 나간 것인지도 모르겠다. 개인사를 추론하거나 엿보고자 한 것인지도, 그리고 소박하게나마 개인사를 상상해 보고 싶었던 것인지도 모르겠다. 열정을 거부하고 추위와 고독이 엄습할 때까지 온 힘을 다해 탁월한 언어의 건축물을 높이 세우고자 한 그의 개인사를 제대로 알지도 못하면서 말이다. 루고네스는 단어 하나하나의 주인이 되어 단어들이 호사를 누리게 해 주었지만, 마음속 깊은 곳에서부터 현실과 언어가 일치하지 않는다는 것을 잘 알기에 소통이 쉽지 않았고, 어떤 면에서는 잔인한 사람이었다. 입을 꾹 다문 채 황혼의 섬에서 죽음을 찾고자 한 사람이기도 했다.

2부

마르틴 피에로

호르헤 루이스 보르헤스
마르가리타 게레로

서문

지금으로부터 40년 혹은 50년 전쯤 소년들은『마르틴 피에
로(Martín Fierro)』[53]를 즐겨 읽었다. 마치 지금 아이들이 반 다인
[54]이나 에밀리오 살가리[55]의 작품을 읽는 것처럼 말이다. 그런
책들은 가끔은 은밀하게, 그리고 언제나 숨어서 읽어야 제맛
이지 교육적 목적을 위해 꼭 읽어야 하는 것은 아니다. 오늘날

---

53   아르헨티나의 작가 호세 에르난데스(Jose Hernandez,
         1834~1886)가 쓴 서사시.

54   S. S. 반 다인(Van Dine, 1888~1939)은 미국의 예술
         비평가이자 추리 소설 작가로, 본명은 윌러드 헌팅턴
         라이트(Willard Huntington Wright)지만, 추리 소설을
         쓸 때는 반 다인이라는 필명을 사용했다.

55   에밀리오 살가리(Emilio Salgari, 1862~1911)는 이탈
         리아의 작가로, 과학 소설의 선구자로 알려져 있다.

『마르틴 피에로』는 고전의 반열에 올라선 작품이다. 그런데 고전이라는 수식어는 왠지 지루함의 동의어처럼 들린다. 단 하나의 작품에 대해 지나치게 많은 학술 연구판이 나온 것이 이런 그릇된 인식이 널리 퍼진 주요 원인이었다. 티스코르니아 박사[56]의 연구가 그토록 방대해진 이유 또한 그가 주석을 붙인 시인 때문인 것으로 여겨져 왔다. 그런데 한 가지 분명한 점은 『마르틴 피에로』는 80쪽 남짓한 분량이어서 그렇게 서두르지 않아도 하루 만에 다 읽을 수 있다는 점이다. 또 그가 사용한 언어는 에스타니슬라오 델 캄포[57]나 루시츠[58]보다 지방색이 훨씬 덜하다.

물론 꼼꼼하게 편집한 판본이 없지는 않다. 그중에서도 가

56　　엘레우테리오 펠리페 티스코르니아(Eleuterio Felipe Tiscornia, 1897~1945). 아르헨티나의 작가이자 로망스어 및 스페인어 문학 연구자로, 가우초 문학 연구에 전념했다. 티스코르니아는 『마르틴 피에로』에 처음으로 주석을 단 학자로 평가받는다. 『마르틴 피에로 주석판(Martín Fierro comentado y anotado)』(1925)과 『마르틴 피에로의 언어(La lengua de Martín Fierro)』(1930) 두 권으로 연구의 결실을 거두었다.

57　　에스타니슬라오 델 캄포(Estanislao del Campo, 1834~1880). 아르헨티나의 군인, 공무원, 작가. 시집 『파우스토(Fausto)』(1866)로 큰 사랑을 받았다.

58　　안토니오 디오니시오 루시츠 그리포(Antonio Dionisio Lussich Griffo, 1848~1928). 우루과이의 수목 재배가이자 작가. 대표작으로 『세 명의 우루과이 가우초(Los tres gauchos orientales)』(1872)가 있다.

장 뛰어난 것을 고르라면 아마 산티아고 M. 루고네스[59]의 판본
일 것이다. 우리 나라의 평원을 잘 아는 사람이 쓴 이 책의 간
결한 주석과 해설은 에르난데스의 시를 이해하는 데 더할 나
위 없이 좋다. 이보다 더 잘 알려진 것은 엘레우테리오 티스코
르니아가 1925년에 출간한 책이다. 이 판본에 대해 내가 하고
싶은 말은 에세키엘 마르티네스 에스트라다[60]의 책[61]에 다 실려
있다.

『마르틴 피에로』 읽기를 권장하는 것이 이 짤막한 글의 주
된 목적이다. 하지만 우리의 책은 기초적인 수준의 글이기 때
문에 먼저 레오폴도 루고네스[62]의 『파야도르(El payador)』(1916)
와 에세키엘 마르티네스 에스트라다의 『마르틴 피에로의 죽
음과 변모』(1948)를 반드시 읽어야 한다. 첫 번째 책은 작품의

---

59   Santiago M. Lugones. 아르헨티나의 문인 레오폴도 루
        고네스의 아버지로, 그가 주석을 단 『마르틴 피에로』
        (1925)가 가장 훌륭한 판본으로 평가받는다.

60   에세키엘 마르티네스 에스트라다(Ezequiel Martínez
        Estrada, 1895~1964). 아르헨티나의 소설가이자 시
        인, 문학 비평가.

61   『마르틴 피에로의 죽음과 변모(Muerte y trans-
        figuración de Martín Fierro)』 2권, 219쪽.(원주)

62   레오폴도 안토니오 루고네스(Leopoldo Antonio
        Lugones, 1874~1938). 아르헨티나의 문인이자 역사
        가, 정치인. 루벤 다리오(Rubén Darío)와 함께 라틴 아
        메리카 모데르니스모 시 운동의 대표적 인물일 뿐 아
        니라 아르헨티나에 환상 문학과 과학 소설을 도입한
        장본인이기도 하다. 『파야도르』는 그의 시와 산문이
        수록된 작품집이다.

애가(哀歌)적 요소와 서사시적 요소를 강조하는 반면 두 번째 책은 에르난데스 시 세계의 비극적 성격은 물론 악마적 요소까지 두루 다루고 있다.

〔에르난데스의 시를〕 불손하면서도 아주 재미있게 읽은 주석서로 비센테 로시[63]의 『험담을 담은 팸플릿(Folletos lenguaraces)』(코르도바, 1939~1945)을 빼놓을 수 없다. 여기서 로시는 마르틴 피에로가 가우초라기보다 차라리 변두리 동네 남자에 가깝다는 것을 주장하고자 한다. 프란시스코 I. 카스트로의 『"마르틴 피에로"의 어휘와 문장(Vocabulario y frases de "Martín Fierro)"』(부에노스아이레스, 1950) 또한 매우 유용한 책이다. 그런데 이 책의 저자는 시의 전체 맥락에서 모호한 표현의 의미를 찾으려 할 뿐 다른 권위자들의 주장을 근거로 삼지는 않는다. 그래서 그는 팡고(pango)라는 단어가 "난장판, 말싸움, 소란, 분규, 혼란"을 의미한다고 주장하면서, 구체적인 예로 열한 번째 노래를 언급한다. "무슨 마가 끼었는지/ 모든 것이 난장판(pango)이 되고 말았다." 그리고 〔문맥상 그 의미가〕 두 가지로 해석되는 경우, 카스트로는 언제나 두 가지를 모두 선택한다. 가령 〔시에 나오는〕 위안이라는 시어를 "가죽 허리띠에 끼워 넣은 동전 한 닢과 그를 사랑하는 애인[64]"이라고 풀이한다.

---

63   Vicente Rossi(1871~1945). 우루과이 작가.

64   원문에 나오는 'china'는 인디오(경우에 따라서는 시골에 사는 크리오요) 여인을 의미한다. 시골 남자나 가우초와 사랑하는 사이지만 둘이 결혼하는 경우는 드물었다. 여기서는 문맥상 '애인'이라고 옮긴다.

당시 시골 사람의 전형을 이해하려면 에밀리오 A. 콘티
의 『가우초(El gaucho)』(부에노스아이레스, 1945)를 참고하면 좋
다. 그리고 가우초라는 명칭의 기원에 관해서는 아르투로 코
스타 알바레스[65]의 『아르헨티나의 스페인어(El castellano en la
Argentina)』(라 플라타, 1928), 그중에서도 「가우초의 30가지 어
원(Treinta etimologías de Gaucho)」에서 상세하게 다룬다.

J. L. B., M. G.

---

65   Arturo Costa Álvarez(1870~1929). 아르헨티나의 언론
인이자 번역가.

가우초 시

가우초 시는 문학 역사상 가장 특이한 사건 가운데 하나다. 하지만 그것은 이름이 암시하듯 가우초들이 직접 지은 시가 아니라 부에노스아이레스나 몬테비데오의 식자층이 쓴 작품이다. 이렇듯 지식인들의 손끝에서 태어났지만, 가우초 시는 대중적인 성격을 지닌다. 그리고 이런 역설적이면서도 모순적인 가치는 앞으로 우리가 가우초 시에서 발견할 많은 장점들에 결코 뒤지지 않는다.

지금까지 가우초 시의 이상에 대해 연구한 이들은 대체로 한 가지 사실에만 주목한다. 그것은 바로 20세기까지 팜파스와 완만한 능선을 배경으로 한 목가적인 삶이다. 이런 이상은 분명 그림처럼 아름다운 풍경을 묘사하는 데는 더할 나위 없이 좋지만, 그것만으로는 충분하지 않다. 목가적인 시골 생활은 미국의 몬태나와 오리건부터 칠레에 이르기까지 아메리카

대륙 곳곳에서 흔히 볼 수 있는 모습이니 말이다. 그러나 이 땅
에서는 여전히 지치지도 않고 『가우초 마르틴 피에로』[66]를 펴
내고 있는 실정이다. 따라서 이제는 강인하고 거친 목동과 불
모지만으로는 충분치 않다.

우리 문학의 역사를 연구하는 일부 학자들(리카르도 로하
스[67]가 가장 대표적이다.)은 팜파스의 직업적인 파야도르들[68]이
나 즉흥시인들의 시에서 가우초 시가 비롯됐다고 보려 한다.
가령 가우초 시에서 자주 사용되는 8음절 율격과 스탠자 형식
(6행시, 10행시, 4행 민요)이 파야도르의 시와 일치한다는 사실

---

66   『마르틴 피에로』는 원래 『가우초 마르틴 피에로(El
      gaucho Martín Fierro)』(1872)와 『돌아온 마르틴 피에
      로(La vuelta de Martín Fierro)』(1879) 두 작품으로 구
      성되어 있었다. 팜파스의 거친 자연과 싸우던 가우초
      를 아르헨티나 민족 정체성의 토대이자 전형으로 삼
      은 이 작품은 가우초 시(poesía gauchesca)의 백미로 평
      가된다. 별개로 출간되던 이 두 작품은 결국 1894년
      『가우초 마르틴 피에로와 돌아온 마르틴 피에로(El
      gaucho Martín Fierro y la vuelta de Martín Fierro)』(부에
      노스아이레스: 리브레리아 마르틴 피에로, 1894)라는
      제목의 합본으로 등장한다.

67   Ricardo Rojas(1882~1957). 아르헨티나의 시인, 극작
      가이자 역사학자.

68   파야다(payada)는 칠레, 아르헨티나, 볼리비아, 우루
      과이 등에서 가우초나 가수가 기타 반주에 맞춰 즉흥
      적으로 부르는 노래나 두 명 이상의 가우초나 가수가
      기타 반주에 맞춰 차례대로 즉흥시를 읊으며 지혜와
      지식을 겨루는 일종의 음악 대결을 말한다. 파야도르
      (payador)는 파야다를 부르는 가수다.

을 고려하면 그런 추정도 일견 타당해 보인다. 하지만 이 두 가지에는 근본적인 차이가 있다. 우선 파야도르들은 시를 지을 때 일부러 대중의 언어와 시골의 고된 노동에서 얻은 이미지를 사용하지 않았다. 대중에게 시를 습작한다는 것은 진지할 뿐 아니라 엄숙한 일이기까지 하다. 『마르틴 피에로』 2부가 이런 점을 (명확하게는 아니더라도) 어느 정도 보여 준다. 시 전체가 시골 말투나 일부러 촌스러운 티를 낸 말투로 쓰여 있다. 마지막 부분에서 작가는 어느 주점에서 즉흥적으로 벌어진 파야다 대결 장면을 소개한다. 두 파야도르는 그들 주변의 가난한 시골 생활 따위는 까맣게 잊은 채, 순진하게 혹은 대담하게도 시간, 영원성, 밤의 노래, 바다의 노래, 무게와 치수 등 추상적인 주제를 다룬다. 그것은 마치 가우초 시인 가운데 가장 연로한 이가 파야도르들의 무책임한 즉흥시와 공들여 쓴 자신의 시의 차이를 보여 주려고 한 거나 다름없다.

가우초 시가 형성되기 위해서는 다음 두 가지 요소가 필요했으리라고 추정할 수 있다. 첫 번째는 가우초들의 독특한 생활 방식이고, 다른 하나는 가우초들의 생활을 잘 이해했을 뿐 아니라 그들과 크게 다르지 않은 일상 언어를 사용하던 도시 사람들의 존재다. 만약 언어학자들(대개 스페인 사람들)이 연구하거나 창안해 낸 가우초들의 방언이 있었더라면 호세 에르난데스의 시는 인위적 패스티시일 뿐 오늘날 우리가 알고 있는 진정한 작품은 아닐 것이다.

바르톨로메 이달고[69]부터 호세 에르난데스에 이르기까지
가우초 시는 어떤 관습이나 규약에 기초한다. 물론 가우초 시
는 자연스럽게 발생한 것이라서 그런 관습이 있다고 말하기
는 어렵지만 말이다. 우선 시에는 가우초 노래꾼이 필요하다.
이들은 파야도르들과 달리 의도적으로 가우초들의 말투를 다
룰 뿐 아니라 도시의 언어와 상반된 가우초 언어의 전형적 특
징을 능란하게 활용한다. 바르톨로메 이달고는 이러한 관습과
규약을 만들어 내는 데 지대한 공헌을 했다. 이는 이달고 자신
이 쓴 시를 넘어 아스카수비,[70] 에스타니슬라오 델 캄포 그리고
에르난데스의 작품이 탄생하는 결정적 계기가 되었다.

여기에 역사적 상황을 덧붙일 수 있다. 이 지역을 하나로 만
들기도 하고, 사분오열로 갈라지게 만들기도 한 전쟁이 바로
그것이다. 독립 전쟁[71]과 아르헨티나·브라질 전쟁[72] 그리고 내

---

69   바르톨로메 호세 이달고(Bartolomé José Hidalgo, 1788
      ~1822). 우루과이 태생의 작가로, 가우초 시 문학의
      선구자다.

70   일라리오 아스카수비(Hilario Ascásubi, 1807~1875).
      파울리노 루세로(Paulino Lucero)라는 필명으로 활동
      한 아르헨티나의 시인으로, 주로 가우초 문학 작품을
      썼다. 대표작으로 『산토스 베가(Santos Vega)』(1872)
      가 있다.

71   스페인의 식민 통치로부터 벗어나기 위해 1810년부
      터 1818년까지 식민지 태생의 크리오요들을 중심으
      로 전개된 독립 투쟁.

72   1825년부터 1828년까지 시스플라티나주의 독립 문
      제를 놓고 아르헨티나와 브라질 간에 벌어진 전쟁. 이
      전쟁의 결과로 시스플라티나주가 브라질로부터 독립

전[73]을 거치는 동안 도시 남자들은 시골 남자들과 함께 지내면서 이들을 자신과 동일시했을 뿐 아니라 훌륭한 가우초 시를 노래할 수 있었다.

문학의 새로운 장을 처음 연 사람은 몬테비데오 출신의 바르톨로메 이달고였다. 1810년 그가 이발사였다는 사실은 〔이발사와〕 유사한 말이 주는 현학의 즐거움을 역사학자들에게 안겨 주었다. 평소 그를 혹평하던 루고네스는 〔그를 일컬어〕 "라파바르바스(rapabarbas)"라는 말을 쓴 반면 그를 격찬한 로하스는 "라피스타(rapista)"라고 부르기를 주저하지 않았다.[74] 로하스는 가우초 시가 대중의 시에서 비롯된 것이라는 자신의 주장을 내세우기 위해 즉흥적으로 그런 표현을 쓴 셈이다. 그렇지만 이달고의 초기 시가 소네트나 11음절의 송가(頌歌)였다는 사실은 그도 인정한다. 당연한 이야기겠지만, 8음절 외의 어떤 운율도 받아들이지 못하는 대중들은 그런 작품들을 가까이하기가 어렵다. 그 밖의 작품은 모두 산문이다. 몬테비데오에서 이루어진 연구[75]에 따르면, 이달고는 멜롤로고(melólogo)[76]를 쓰

하고, 신생국인 우루과이가 탄생했다.

73   스페인으로부터 독립을 쟁취한 후 1880년까지 지방 호족 중심의 연방주의자들(federales)과 자유주의적 중앙 집권주의자들(unitarios) 사이에 벌어진 내전.

74   라파바르바스와 라피스타는 이발사(barbero)를 의미하는 유의어지만, 전자는 경멸적 표현으로 이발쟁이라는 뉘앙스를 풍긴다. 반면 후자는 이발사라는 표현과 유사하다.

75   《누메로(Número)》 3, 12쪽.

76   멜롤로고는 음악(mélos)과 말(lógos)이 조화를 이루는

면서 작가의 길을 걷기 시작했다고 한다. 멜롤로고라는 이상한 말은 "대개 한 명의 배우만 나오는 연극을 의미하는 것으로, 배경 음악과 배우의 목소리를 하나로 엮어 내는 음악적 내레이션이 곁들여진다. 그리고 배우의 연기는 그의 표현력을 강조하거나 곧 드러날 감정을 예견하기 위해 대사와 번갈아 나타난다." 멜롤로고는 일인극[모노드라마]이라고 불리기도 한다. 우리는 이달고가 스페인에서 만들어진 진부하고 따분하기 이를 데 없는 이 장르에서 영감을 받았으리라 충분히 짐작할 수 있다. 잘 알려져 있다시피 이달고가 쓴 첫 작품은 『애국적 대화들(Diálogos patrióticos)』[77]이다. 여기서 두 가우초(농장 관리인 하신토 차노와 라몬 콘트레라스)는 조국에서 일어난 사건들을 떠올린다. 바르톨로메 이달고는 이 작품에서 가우초의 어조와 억양을 탁월하게 드러낸다. 나는 이야기꾼으로서의 경험이 일천하지만 [이달고를 통해서] 한 가지 깨달은 것이 있다. 인물이 어떻게 말하는지를 알면 곧 그가 누구인지 아는 것이고, 어떤 어

연극 장르로, 주로 한 명의 배우가 등장하는 것이 특징이다. 멜롤로고는 운문으로 된 대사와 오케스트라의 음악이 서로 끊임없이 대화를 나누듯이 전개된다. 여기서 음악은 주인공이 독백으로 표현하는 감정과 기분을 고조시키거나 한 독백에서 다음 독백으로 넘어갈 때 간주곡의 역할을 한다. 멜로드라마(melodrama)나 음악으로 된 대화(diálogo en música) 혹은 일인극(unipersonal)이라고 불리기도 한다.

77   이달고가 1820년에서 1822년 사이에 쓴 세 편의 시를 말한다. 두 인물이 나누는 8음절의 운문 형식의 대화로 구성되어 있다.

조와 억양, 소리, 특이한 구문을 찾아내면 이미 그 운명을 밝혀
낸 것이나 마찬가지라는 점 말이다.

나는 여기서 이달고의 시를 옮기지는 않을 것이다. 그럴 경
우 유명한 후계자들의 시를 본보기 삼아 그의 시를 비난하는
우를 범할 수밖에 없기 때문이다. 오히려 내가 인용할 다른 이
들의 시에서 영원하고 은밀할 뿐 아니라 조심스럽기까지 한
이달고의 목소리를 어떤 식으로든 들을 수 있으리라는 점만
짚고 넘어가자.

이달고는 군인이었고, 가우초들이 노래한 전쟁에 나가 싸
웠다. 가난하던 시절, 그는 색지에 인쇄된 『애국적 대화들』을
들고 거리로 나가 직접 팔기도 했다. 1823년 그는 모론[78]에서
폐병으로 쓸쓸히 눈을 감았다. 그의 생애와 작품에 관해서는
마르티니아노 레기사몬[79]과 마리오 팔카오 에스팔테르[80]에 의
해 연구되었다.

바르톨로메 이달고는 문학의 역사에 속하는 반면 아스카
수비는 문학과 시에 속한다. 시집 『파야도르』에서 루고네스는
『마르틴 피에로』의 영광을 칭송하느라 이 두 시인을 희생시켰
다. 이와 같은 희생은 모든 가우초 시인들을 [호세] 에르난데스

---

78   부에노스아이레스주에 위치한 도시로, 수도 부에노스
      아이레스에서 서쪽으로 20킬로미터 떨어져 있다.
79   Martiniano Leguizamón(1858~1935). 아르헨티나의
      시인, 소설가이자 저술가.
80   Mario Falcao Espalter(1892~1941). 우루과이 출신의
      학자이자 작가. 『우루과이 시인 바르톨로메 이달고』
      (몬테비데오, 1918).(원주)

의 선구자로만 보려던 전통에서 비롯되었다. 그러나 이런 전통은 오류를 범하고 말았다. 아스카수비가 『마르틴 피에로』의 등장을 알리는 시인이라는 주장은 전혀 일리가 없다. 왜냐하면 그의 작품은 『마르틴 피에로』와 근본적으로 다를 뿐 아니라 다른 목적을 추구하기 때문이다. 『마르틴 피에로』는 슬프고 무거운 분위기가 지배적인 반면 아스카수비의 시는 즐겁고 용감한 내용이 주를 이루는 데다 시각적 성격이 강한 편이어서 에르난데스의 스타일과 전혀 다르다. 루고네스는 아스카수비가 지닌 모든 장점을 인정하지 않았다. 그런데 시각적이고 장식적인 시를 쓰는 루고네스와 아스카수비 사이에 유사점이 많다는 점을 고려하면, 그와 같은 평가는 상당히 역설적으로 느껴진다. 아스카수비의 시를 규정하는 것은 다채롭고 생기 넘치는 용기 그리고 맑은 색깔과 명확한 대상에 대한 취향이다. 『산토스 베가(Santos Vega)』[81]는 다음과 같이 시작된다.

> 그는 안장도 얹지 않은 어린
> 망아지를 타고 달려가고 있었다,
> 어리지만 늠름하기 이를 데 없는 말은
> 땅에 발이 닿지 않을 정도로
> 가볍고 민첩하게 발걸음을 옮기고 있었다.

---

81   『산토스 베가』(1872)는 아스카수비의 대표작이다. 산토스 베가(Santos Vega, 1755~1825)는 아르헨티나의 전설적 가우초로, 바르톨로메 미트레(Bartolomé Mitre)가 1838년 처음 문학적으로 형상화했다.

인디오의 기습을 무색무취하게 묘사하는『마르틴 피에로』
와 마치 연극을 보는 듯이 생생하고 절절한 아스카수비의 표
현을 비교해 보면 차이를 쉽게 알 수 있을 것이다. 에르난데스
는 인디오의 공격과 약탈에 대해 피에로가 느끼는 두려움을
부각해서 드러낸다. 반면 아스카수비의 글[82]을 읽고 있으면 인
디오들이 뽀얀 먼지를 일으키며 끝없이 우리에게 몰려오는 듯
한 착각마저 든다.

> 인디오들의 습격이 시작되면
> 땅이 흔들린다. 저 먼 벌판
> 끝에서 짐승들이 떼 지어
> 도망치기 때문이다.
> 들개와 여우,
> 타조와 사자 그리고
> 사슴과 산토끼, 멧돼지가
> 무리를 이루어
> 다급하게 마을을 지나
> 벌판을 가로질러 온다.
>
> 그때 양치기 개들이
> 용감하게 양들을 몰고,
> 물떼새들이 우짖으며

---

82   『산토스 베가』, 13쪽.(원주)

하늘로 날아오른다.

하지만 팜파스의 인디오들이

몰려올 때, 그 소식을

가장 먼저 분명하게

알려 주는 이는

차하! 차하!라고 울부짖으며

날아오르는 관머리 스크리머[83] 새들이다.

야만인들의 고함 소리에 놀라

자기 소굴에서 뛰쳐나온 짐승들 뒤로,

저 먼 벌판에서는 뽀얀 흙먼지가

구름처럼 일어난다.

그리고 먼지 사이로

광분한 인디오 무리가

말을 타고

반달 대형을 이룬 채,

귀가 찢어질 듯한 함성을 연달아 내지르며

발을 맞추어 잰걸음으로 달려온다.

아스카수비는 내전과 아르헨티나·브라질 전쟁 그리고 우

---

83   chajases. 머리에 깃털이 달려 있어서 관머리 스크리머
      (crested screamer, Chauna torquata)라고 불린다. 아르헨
      티나와 페루, 파라과이 등지에 서식한다.

루과이 대전[84]에 참전했고, 그 후로 정처 없이 떠돌아다니면서 수많은 장면을 목격했다. 그런데 참으로 기이한 것은 그의 작품에서 가장 강렬한 인상을 준 대목일수록 대부분 그가 직접 목격하지 못한 장면을 기술한 것이라는 점이다. 가령 인디오들이 부에노스아이레스주를 침공하는 장면이 대표적이다. 예술이 무엇보다 몽상과 꿈의 형식이라고 하는 것은 이를 두고 하는 말이리라.

아스카수비는 1870년 파리에서 지루하다 싶을 정도로 긴 『산토스 베가』를 썼다. 그런데 이 작품은 잘 알려진 몇 부분을 제외하면 너무 무기력하고 활기가 없어서 그가 죽은 뒤 명성에 큰 흠집을 내고 말았다. 하지만 아스카수비의 문학 중에서는 『용감한 남자 아니세토(Aniceto el Gallo)』[85]와 『파울리노 루세로(Paulino Lucero)』[86]가 단연 백미로 꼽힌다. 아스카수비의 작품 중에서 대표작을 골라 모은 선집이 습관적으로 재판을 찍는 (아마 출판사만 기뻐하는 것 같다.) 『산토스 베가』보다 그의 명예를 높이는 데 더 큰 도움이 될 것이다.

---

84   1839년부터 1851년 사이에 아르헨티나 연방주의자들과 손잡은 우루과이 국민당과, 아르헨티나 중앙 집권주의자들과 결탁한 우루과이 콜로라도당이 리오델라 플라타 지역을 중심으로 벌인 전쟁. 전세가 확대되어 브라질, 프랑스, 영국까지 개입했다.

85   아스카수비의 1853년 작.

86   아스카수비의 1849년작으로, 1829년부터 1852년까지 아르헨티나 연방을 통치한 독재자 후안 마누엘 데 로사스(Juan Manuel de Rosas, 1793~1877)에 맞서 싸운 가우초들의 이야기를 다룬 서사시다.

다음으로 넘어가기 전에 아스카수비의 화려한 10행시 두 편을 살펴보고자 한다. 첫 번째는 연방주의자들 혹은 백색당 원들[87]에 맞서 싸운 마르셀리노 소사 대령에게 바친 시다.

> 오리엔테[88] 출신답게 강철 같은 가슴과
> 다이아몬드처럼 강인한 심장을 가진
> 용감한 전사(戰士),
> 마르셀리노 대령이여.
> 잔인한 침략자나
> 비열한 배신자
> 그리고 거칠기 짝이 없는 로신[89]조차
> 소사 대령만 나타나면
> 그의 검 앞에서!
> 가증스러운 목숨을 바친다.

그리고 이 장면에서 그는 평원의 춤을 떠올린다.

> [루세로가] 소작농인 후아나 로사를 데리고
> 나와 춤을 추기 시작하자
> [하인들이] 소주와 희석한 소주를

87　우루과이 대전 당시 마누엘 오리베(Manuel Oribe, 1792~1857)가 이끈 연방주의자들.

88　오늘날의 우루과이를 가리킨다.

89　로사스를 추종하는 연방주의자를 의미한다.

가지고 들어왔다.
아, 인디오 여인이여! 그가 그녀의
허리에 손을 둘러
그의 손길이 몸에 닿을 때마다
그녀는 그를 피하곤 했다.
루세로가 그녀를 붙잡으려 하자
그녀는 반쯤 몸을 돌려 피했다.

아스카수비의 시는 가우초뿐 아니라 이따금씩 변두리의 크리오요, 평원의 크리오요들이 지닌 어조와 리듬을 보여주기도 한다. (『마르틴 피에로』의 거칠고 생경한 표현들을 예견하는) 이런 점 때문에 가끔 상스러운 객소리를 늘어놓기도 하는 아스카수비의 문학은 대부분 점잖은 시골 사람들을 다루는 바르톨로메 이달고와 차이가 있다.

아스카수비는 I807년 코르도바주[90]에서 태어나 1875년 부에노스아이레스에서 세상을 떠났다. 리카르도 로하스가 아스카수비의 용감한 태도를 부각한 데는 그럴 만한 이유가 있다. 그가 적들에게 포위된 몬테비데오의 광장에서 로사스와 오리베를 격렬하게 비난하는 파야다를 연달아 불러 젖혔으니 말이다. 또 다른 중앙 집권주의 선전 활동가이자《코메르시오 델 플

---

90   아르헨티나의 중앙에 위치한 주로, 부에노스아이레스
의 북서쪽이다.

라타》를 창간한 폴로렌시오 바렐라[91]가 마소르카[92] 대원에게
암살당한 것도 바로 그 도시라는 점만 기억하자.

이달고 시와의 관련성을 과시하려는 듯 언젠가 일라리오
아스카수비는 하신토 차노[93]라는 이름으로 서명하기도 했다.
아스카수비의 친구이자 후계자인 에스타니슬라오 델 캄포는
『용감한 남자 아니세토』을 패러디해 병아리 아나스타시오[94]라
고 서명한 적이 있다. 에스타니슬라오 델 캄포의 가장 유명한
작품은 『파우스토(Fausto)』[95]인데, 대부분의 원작과 마찬가지

91 　Florencio Varela(1808~1848). 아르헨티나의 작가, 언
　　론인이자 교육자. 중앙 집권주의자로서 반(反) 후안
　　마누엘 데 로사스 투쟁을 하다 몬테비데오로 망명했
　　다. 오리베와 로사스의 사주를 받은 안드레스 카브레
　　라(Andrés Cabrera)에게 1848년 암살당했다. 1845년
　　몬테비데오에서《코메르시오 델 플라타(Comercio del
　　Plata)》라는 신문을 창간했다.

92 　후안 마누엘 데 로사스 체제를 지키기 위해 조직된 준
　　경찰 조직으로, 반대파들에게 악랄한 고문과 폭력을
　　자행함으로써 전 국민을 공포에 떨게 만들었다.

93 　Jacinto Chano. 바르톨로메 이달고의 대표작 『애국적
　　대화들』에 라몬 콘트레라스와 함께 등장하는 인물.

94 　병아리 아나스타시오(Anastacio el Pollo)는 이달고의
　　『용감한 남자 아니세토(Aniceto el Gallo)』와 자신의 이
　　름을 합해서 만든 별명이다. 여기서 수탉을 의미하는
　　'Gallo'는 강한 남자를 의미하는 반면, 'Pollo'는 병아리
　　나 영악한 남자를 의미하기도 한다.

95 　이 작품의 원제는 『파우스토, 가우초 아나스타
　　시오 엘 포요가 이 오페라 공연을 보고 느낀 인상
　　(Fausto, Impresiones del gaucho Anastasio el Pollo en la
　　representación de esta Ópera)』(1866)이다. 에스타니슬

로 이 시 또한 대중, 특히 여성들의 기억을 통해 이어져 내려온 것이기 때문에 출간되지 못할 수도 있었다. 그러한 사실은『파우스토』에서 가우초와 관련된 내용이나 특성이 형식보다 덜 중요하다는 것을 암시하기에 충분하다. 실제로 우리가 연구할 모든 작품 중에서 그 무엇도 〔이 작품보다〕 시골의 어휘를 더 신중하게 과시한 경우도 없을뿐더러 어쩌면 시골 사람들의 심성과 사고방식에서 〔이보다〕 더 동떨어진 경우도 없을 것이다. 『파우스토』를 비판한 이들(호세 에르난데스의 동생 라파엘 에르난데스[96]가 아마 처음으로 포문을 열었을 것이다.)은 에스타니슬라오 델 캄포가 가우초를 전혀 모른다고 비난했다. 그들은 심지어 주인공이 타고 다니던 말의 갈기나 꼬리털까지 일일이 검토하고는 사실과 부합하지 않는다고 비난하기도 했다. 이러한 혹평은 시대착오적인 발상을 내포한다. 1860년대 부에노스아이레스에서는 가우초를 아는 게 힘든 일이 아니라 모르는 편이 더 힘들었다. 평원을 도시로 혼동하는 경우가 다반사였고, 그곳의 최하층 계급은 크리오요였다. 게다가 에스타니슬라오 델 캄포 대령은 부에노스아이레스 포위 작전[97]과 파본, 세페다

라오 델 캄포가 1866년 부에노스아이레스에서 상연된 구노의 오페라 「파우스트」를 보고 영감을 받아 쓴 시로, 주로 가우초들의 대화체로 이루어져 있다.

96   Rafael Hernández, 1840~1903. 아르헨티나의 정치인이자 언론인으로, 라플라타 국립 대학교를 창립했다.

97   아르헨티나 동맹을 탈퇴하고 독자적인 국가를 세운 부에노스아이레스국을 부에노스아이레스주 내륙의 의용군이 1852년 12월에서 1853년 7월까지 포위한

전투 그리고 74 혁명[98]에도 참전했던 사람이다. 그가 지휘하던 부대, 특히 기병대는 가우초들로 구성되어 있었다.『파우스토』에 나타난 실수는 그 사건을 너무나 잘 안 나머지 세부 내용을 제대로 확인하지 않고 그대로 써 내려간 시인의 방심에서 비롯되었다. 물론 에스타니슬라오 델 캄포는 농촌 일이 서툴렀을지도 모른다. 그러나 다시 말하지만 그가 가우초의 복잡한 심리 상태를 몰랐을 리는 없다.

또한『파우스토』가 너무 진부하다는 이야기가 많았다. 가우초가 오페라의 내용을 따라 할 수도 없고, 그런 음악을 받아들일 리도 없을 테니 틀린 말은 아니다. 하지만 오페라 음악이 작품의 사소한 일부를 이룬다고 추정해 볼 수 있다. 어울리지 않는 몇몇 은유와 비난받은 오베로 로사오[99](이런 말은 경주마가 될 수 없다.)의 털 색깔보다 더 중요한 것은 시가 보여 주는 진심 어린 우정이다.『파우스토』의 가장 큰 장점은 친구들의 대화에서 드러나는 참된 우정이다. 더구나 에스타니슬라오 델 캄포는 다른 크리오요 시도 남겼는데, 그중에서 가장 널리 알려진 작품은「가우초 정부(Gobierno gaucho)」[100]다. 이 시는『마르틴 피

작전.

98 사르미엔토의 임기가 끝난 뒤 부정 선거를 빌미로 자유당과 국민자치당 사이에 벌어진 충돌. 바르톨로메 미트레 장군의 패배로 자유당 권력이 막을 내렸다.

99 흰 털에 장밋빛 얼룩이 있는 말을 의미하며『파우스토』1부에 나온다.

100 이 시에서 '병아리 아나스타시오'는 자신이 정부가 되는 모습을 상상하면서 가우초들에게 유리한 법을 제

에로』에 나오는 것과 유사한 개혁안을 제시한다. 1862년 유럽으로 떠난 일라리오 아스카수비에게 그가 보낸 편지에 다음과 같은 10행시가 등장한다.

나는 여러분을 위해
성령께, 그리고 성모 마리아께
그분들의 망토로 그대들을
가려 주기를 기도하리다.
그러면 그대들이 배를 타고 가는
동안 하늘에 먹구름이 끼지도,
강물이 요동치지도,
그리고 배가 힘센 물고기의
꼬리를 치지 않도록 하느님께서
굽어살피시리라.

슬픔에 젖어 괴로워하는 노래꾼은
이제 그만 투박한 노래를 마치려 하오.
그리고 노래 한마디 한마디를
증기선에 묶어 두겠소.
하찮은 내 노래 공연에 꽃 한 송이 날아들지
않는다고 해서 이상하게 생각하진 마시오.
황무지에서 장미가 피거나

정하기 시작한다.

용설란에서 카네이션이 피어나지 않듯이,

잡초로 뒤덮인 벌판에서

감송향(甘松香)이 피어난 적은 없으니 말이오.

에스타니슬라오 델 캄포가 용감했던 것은 분명하다. 우르 키사[101]에게 맞서 싸울 때, 그는 정복 차림으로 전투에 임했다. 그리고 사격을 개시하기 전에 군모에 오른손을 대면서 경례를 했다고 한다. 이처럼 상대를 존중하는 태도는 그의 작품 전체에 걸쳐 지속적으로 나타난다.

지금까지 우리가 언급한 시인들은 흔히 에르난데스의 선구자로 불렸다. 하지만 그들 모두가 가진 의도, 즉 가우초들이 특유의 시골 말투와 단어로 말하는 모습을 재현하려는 의도를 제외하면 누구도 에르난데스의 선구자라고 할 수는 없었다. 비록 그의 작품이 플라타 변두리에서 거의 알려지지 않았지만, 우리가 앞으로 연구할 시인이야말로 명실상부한 에르난데스의 선구자였다. 아니, 선구자 그 자체였다고 할 수 있다. 『파야도르』189쪽에서 루고네스는 다음과 같이 쓴다.

안토니오 루시츠 씨는 얼마 전 에르난데스로부터 축하 인사를 받은 작품인 『세 명의 우루과이 가우초(Los tres gauchos

---

101　후스토 호세 데 우르키사(Justo José de Urquiza, 1801~ 1870). 부에노스아이레스주를 제외한 아르헨티나 연방의 수반(1854~1860)이었다. 1852년 카세로스 전투에서 아르헨티나 연방의 독재자 로사스를 패퇴시켰다.

orientales)』(우루과이 혁명,[102] 즉 아파리시오 전투에 참여한 가우초들이 등장한다.)를 출간했는데, 이를 통해 그에게 적절한 자극을 준 것으로 보인다. 에르난데스에게 보내 준다면 정말 기뻐할 만한 작품이었다. 루시츠 씨의 이 작품은 1872년 7월 14일 부에노스아이레스 라 트리부나 인쇄소에서 발행되었다. 실제로 에르난데스는 루시츠로부터 책을 선사받은 뒤, 같은 해 7월 20일 그에게 축하 인사를 담은 감사 편지를 보냈다. 그리고 그의『마르틴 피에로』가 세상의 빛을 본 것은 12월이었다. 시골 사람의 특성과 언어를 훌륭하게 살려 낸 루시츠 씨의 작품은 8음절 4행시, 4행시, 10행시 그리고 에르난데스가 가장 주된 형식으로 받아들였어야 할 파야도르의 6행시로 구성되어 있었다.

루시츠의 책은 애당초『마르틴 피에로』의 출현을 예측한 작품이라기보다 라몬 콘트레라스와 차노 사이에 이루어진 대화의 서툰 반복에 불과하다. 혁명에 참전한 세 가우초는 자신의 무용담을 자랑스레 늘어놓는다. 그러나 그들의 이야기는 단지 역사적 사실의 나열에 그치지 않고, 마음속에 품고 있던 비밀뿐 아니라 애처로운 넋두리와 끓어오르는 분노로 가득 차 있다. 그런 점에서 이 작품은 사실상『마르틴 피에로』의 등

---

102   1870년에서 1872년 사이 국민당 소속 호족인 티모테오 아파리시오가 주도한 무력 투쟁. 그의 이름을 따서 '아파리시오 전투'나 창을 주요 무기로 썼다고 해서 '창의 혁명'이라고도 불린다.

장을 예고하는 셈이다. 이 작품의 어조와 리듬은 아스카수비
나 이달고보다 에르난데스의 작품에 더 가깝다. 에르난데스는
『가우초 마르틴 피에로』에서 다음과 같이 노래한다.

나는 희고 검은 얼룩말 한 마리를 데리고 갔죠.
늙고 여위긴 했지만 명마(名馬)임에 틀림없었소!
나는 그 말을 타고 아야쿠초[103]로 가서
성수(聖水)를 살 수 있는 것보다 더 많은 돈을 땄지요.
가우초라면 그럴싸한 말 한 필 정도는 몰고 다녀야
담배라도 얻어 피울 수 있으니 말이오.

나는 뒤도 돌아보지 않고 가지고 있던
옷가지며 물건을 몽땅 실었죠.
두꺼운 짚방석과 폰초[104]는 물론 집 안에
있던 것이라면 손에 닿는 대로 모두 집어 들었어요.
그러다 보니 그날 내 아내를
반쯤 벌거벗겨 놓고 말았지 뭡니까.

가죽 채찍 하나도 빠뜨리지 않았죠.
그때 나머지 물건들, 그러니까
재갈, 가죽 끈, 고삐, 올가미, 돌 공,

---

103   아르헨티나주 중동부에 있는 도시.
104   라틴 아메리카 사람들이 몸에 두르고 다니는 일종의
       모포.

족쇄 등 닥치는 대로 다 집어넣었어요.
지금 이토록 초라한 몰골을 한 나를 보면
아마 내 말을 믿기 어렵겠지만 말이오!

그 전에 루시츠는 다음과 같이 썼다.

그렇지만 나는 마구를 얹고,
쇠바퀴가 달린 고급 재갈을
물린 다음, 정성스럽게 꼬아 놓은
새 고삐를 맸죠.
그리고 잘 다듬은
소가죽 안장과
질긴 담요를 얹고,
그 위에 올라탔어요.
이처럼 화려한 마구가 행군에 적합지는 않지만
나는 그 즉시 말에 채찍을 갈겼습니다.

나는 절대 인색하지 않아서
주머니를 탈탈 털었죠.
나는 커다란 천 폰초를 가져와
발목까지 덮었어요.
그리고 쉴 때 쓰려고
값비싼 양털 모포도 가져왔고요.
나는 폭풍우 속에서도
배고픔과 추위를 견디기 위해

헌 옷가지들과
반지조차 남겨 두지 않았습니다.

나는 내 마쿰베 박차와
쇠 손잡이가 달린 채찍,
근사한 칼과 잘 다듬은 돌 공,
그리고 족쇄와 재갈을 꺼냈죠.
또 가다가 도박장이 나타나면
쓰려고 가죽 혁대 속에 I페소짜리
은화 열 닢을 넣어 두었어요.
나는 카드놀이에 남다른 애착이 있는 데다
도박에서는 둘째가라면 서러울 정도로
손이 크고 후하기 때문입니다.

말의 재갈, 가죽 끈과 가슴걸이,
등자와 안장 틀,
위대한 반다오리엔탈[105]의 이름이
새겨진 우리의 무기.
나는 지금껏 이보다 더 친근하고
멋진 마구를 본 적이 없어요.

이럴 수가! 준마 위로

---

[105]　우루과이 강 동쪽과 리오델라플라타강의 북쪽 사이의
영토로, 오늘날의 우루과이 지역을 가리킨다.

한낮의 태양이 내리쬐고 있었죠.

생각하기조차 싫군요!

무엇 하러 그런단 말입니까. 성스러운 불꽃이라면 몰라도.

나는 번개처럼 날아

높은 말 위에 훌쩍 올라탔죠.

제기랄! 하지만 싸우는 데는

이 말이 최고랍니다!

말의 몸에서 온기가 느껴졌어요.

언덕을 넘어설 무렵

말굽에 박힌 편자가

달빛처럼 번쩍거리더군요.

나는 정말로 자랑스럽게

말 등에 앉아 있죠.

에르난데스는 이렇게 말한다.

밤이 되어 나는 몸을

숨길 곳을 찾아 나섰지요.

호랑이가 사는 곳이라면,

인간도 하룻밤 정도는 보낼 수 있을 테니까요.

더군다나 괜히 여염집에 들어갔다가

경찰 수색대에 포위당하고 싶지는 않았거든요.

루시츠는 이렇게 말했다.

이 한 몸 받아 줄

산이나 산맥은 넘칠 정도로 많아요.

거기는 원래 짐승들이 사는 곳이지만

인간도 몸을 숨길 수 있을 테니까요.

루시츠는 에르난데스 문학의 출현을 예고한다. 하지만 에르난데스가 루시츠로부터 영감을 받아 『마르틴 피에로』를 쓰지 않았더라면, 루시츠의 작품은 중요하게 여겨지기는커녕 우루과이 문학의 역사에서 제대로 언급될 가치도 얻지 못했을 것이다. 중심 주제로 넘어가기에 앞서 루시츠의 작품이 시간과 벌이는 불가사의한 역설에 주목해 보자. 루시츠는 (비록 부분적이라 할지라도) 에르난데스를 창조했을 뿐 아니라 그에 의해 창조되기도 했다. 그리고 이보다는 덜 놀라운 사실이지만, 루시츠의 대화체 작품이 에르난데스 대표작의 우연하고도 확실한 초고(草稿)라고 할 수 있을 것이다.

호세 에르난데스

　루고네스는 『마르틴 피에로』에 민족 서사시[106]라는 엄청난 명칭을 부여했다. 그 덕분에 그는 에르난데스에게 찬사를 보내거나 그를 지고한 영감의 원천으로 여길 수밖에 없었다. 결국 그는 (가장 타당한 결론이지만) 후자를 택했고, 시의 탁월함과 시인의 평범함을 대립적으로 파악했다. 『파야도르』 7장에서 그는 이렇게 썼다. "에르난데스는 자신의 중요성을 전혀 알지 못했지만, 그렇다고 재능이 두드러지지도 않았다. 하지만

106　　일반적인 서사시는 '에피카(épica)'라고 하는 반면, '에포페야(epopeya)'는 민족 영웅의 일대기를 서사와 운문으로 엮은 이야기로, 서사시보다 더 긴 것이 특징이다. 혼동을 피하기 위해 에피카는 서사시로, 에포페야는 민족 서사시로 옮긴다.

그〔『마르틴 피에로』〕 경우 …… 그 시에는 그의 삶 전체가 담겨
있다. 그러나 그것을 제외하면 그는 당시의 생각을 가진 지극
히 평범한 사람에 지나지 않는다." 우리는 이러한 폄하에 약간
의 과장이 섞여 있음을 알게 될 것이다.

호세 에르난데스의 일대기라면 그의 동생 라파엘 에르난
데스가 『페우아호 ─ 거리 명칭(Pehuajó ─ Nomenclatura de las
calles)』에 포함시킨 글이 지금도 여전히 주된 출처가 되고 있
다. 이 책의 내력은 흥미롭다. 1896년 페우아호 시 당국은 시내
의 모든 거리와 광장에 아르헨티나 시인의 이름을 붙이는 조
례를 제정했다. 당시 〔페우아호시〕 시 의회 의장이던 라파엘 에
르난데스는 〔거리 이름에 들어갈〕 문인들의 간략한 전기(傳記)
를 한 권으로 엮어 출간했다. 그중 하나가 호세 에르난데스 거
리다.

호세 에르난데스는 1834년 11월 10일 부에노스아이레스
북서쪽으로 수 레구아[107] 떨어진 푸에이레돈(현재는 산마르틴
군) 시골 마을에서 태어났다. 아버지 쪽 식구들은 연방주의자
들이었던 반면 어머니 쪽(푸에이레돈 가문[108])은 모두 중앙 집권
주의자들이었다. 그의 혈관 속에는 스페인, 아일랜드, 프랑스
의 피가 흐르고 있었다.

---

107   라틴아메리카에서 사용하는 거리 단위로 1 레구아는
       5572미터다.

108   아르헨티나의 정치인이자 군인인 후안 마르틴 데 푸
       에이레돈 이 오도간(Juan Martín de Pueyrredón y O'
       Dogan, 1777~1850)의 가문.

에르난데스는 여섯 살 때까지 산마르틴군에서, 그리고 아홉 살 때까지는 바라카스 농장에서 살았다. 그가 열여덟 살이 되던 해 농장 관리인으로 일하던 그의 아버지는 그를 데리고 당시 불모지나 다름없던 부에노스아이레주 남부로 갔다. 동생의 말에 따르면 거기에서 〔에르난데스는〕 "가우초가 되었다. 그래서 말 조련술을 배우고, 싸움에 여러 번 참여해 인디오들의 습격을 물리쳤을 뿐 아니라 볼테아다[109] 작업을 도와주거나 아버지가 하는 일(요즘 사람들은 전혀 모르는 일이다.)을 지켜보기도 했다." 1882년경, 호세 에르난데스는 그 시절을 이렇게 회고했다. "여러분도 나처럼 남부의 드넓은 평원을 지나다가 엄청나게 많은 야생말 떼(여기에는 길든 무리는 전혀 없었다.)를 본 적이 있을 것이다. 하지만 그렇게 많던 말들이 불과 몇 년 전부터 감쪽같이 사라지고 말았다. 로사스 시대 내내, 거칠고 다루기 힘든 말들이 들판에 얼마나 많았던지, 암말 떼를 데리고 이것들을 가로질러 가려면 반드시 사람을 앞장세워야 했다. 야생마들은 사람들이 나타나면 갑자기 날뛰며 사방으로 달려 나가기 마련인데, 그때 암말떼가 흥분하지 않게 하려면 그 방법밖에 없었다. 보통 여섯, 여덟, 아니면 열 살 정도 된 그 말들은 한 번도 인간의 손에 길든 적이 없기 때문에 인간 세계가 어떤 것인지 전혀 몰랐다. 그래서 평원에서는 말을 잘 타는 조련사들과 힘센 볼레아도르들[110] 그리고

<hr>

109   아르헨티나 시골에서 동물을 거세하고 뿔을 자르거나
        낙인을 찍기 위해 동물을 바닥에 쓰러뜨리는 것.
110   가죽 끈에 두세 개의 무거운 공을 단 볼레아도라스를
        이용해 소나 말을 잡는 이들.

유명한 피알라도르들[111]과 민첩한 몰이꾼들이 자연스럽게 생
겨날 수밖에 없었다."[112]

에르난데스는 9년 동안 평원에서 살았다. 그는 1853년 린
콘데산그레고리오에서 싸웠고,[113] 1856년 부에노스아이레스
로 가서 언론계에 종사하기도 했다. 그 후 그는 참으로 다사다
난한 삶을 살았다. 군에 입대했지만, 분명치 않은 이유로 결투
를 벌인 직후 군을 떠났다. 잠시 회사원 생활을 하던 그는 세
페다에서 자기 고향[부에노스아이레스주]의 군대에 맞서 싸웠
다.[114] 그리고 파라나[115]의 회계 감사원에 들어간 그는 아르헨티
나 동맹 입법부에서 속기사로 일하기도 했다. 그러고는 [1861
년] 다시 우르키사 장군과 함께 파본에서 싸웠고,[116] 카냐다데

111	들판의 야생 소나 말의 앞다리를 올가미로 묶어 쓰러 뜨리는 이들.
112	『농장주들을 위한 교본』(1881)은 호세 에르난데스 의 야심 찬 프로젝트로, 아르헨티나 평원의 경제적 가 능성과 농장주들에게 주는 조언 등이 담겨 있다. 『농 장주들을 위한 교본(Instrucción del estanciero)』, 269 쪽.(원주)
113	1853년 1월 22일 연방주의자들이 주축이 된 아르헨티 나 동맹과 1852년 9월 혁명의 결과로 분리된 부에노 스아이레스국 사이에 벌어진 내전. 호세 에르난데스 는 아르헨티나 동맹에 가담해서 싸웠다.
114	1859년 10월 23일 아르헨티나 동맹과 부에노스아이 레스국이 두 번째로 맞붙은 세페다 전투.
115	아르헨티나 중부 엔트레리오스주의 주도.
116	1861년 9월 17일 산타페주 남부에서 벌어진 파본 전 투. 이는 19세기 내내 아르헨티나에서 벌어진 내전 중 에서도 가장 중요한 전투였다. 이 전투의 결과 연방주

고메스[117] 작전에도 참여했다.

　1863년 그는 한 일간지에 우르키사의 암살[118]을 예언하는 글을 기고했다.("거기 산호세에서 온 가족이 모여 즐거워하던 중 그의 피가 거실을 붉게 물들이리라.") 그로부터 7년 뒤 그가 예언한 대로 우르키사는 암살당하고 말았다. 에르난데스가 호르단[119] 반군과 함께 참가했던 전투는 냐엠베에서 패배함으로써[120] 종지부를 찍었다. 들리는 말에 따르면 패전 직후 에르난데스는 걸어서 브라질 국경을 넘었다고 한다.『마르틴 피에로』의 서문

의적 아르헨티나 동맹이 몰락하고 부에노스아이레스 주에 통합되었고, 중앙 집권주의자들이 아르헨티나의 지배 세력으로 부상했다.

117　산타페주에 있는 도시.

118　중앙 집권주의자인 도밍고 파우스티노 사르미엔토 (Domingo Faustino Sarmiento) 대통령 재임 기간 중 암살당했다.

119　리카르도 라몬 로페스 호르단(Ricardo Ramón López Jordán, 1822~1889). 아르헨티나 군인이자 정치인으로, 부에노스아이레스의 중앙 권력에 대항한 최후의 지방 호족 중 하나다. 우르키사가 암살당한 1870년 4월부터 호르단이 체포된 1876년 12월까지 세 차례에 걸쳐 반란을 일으켰으나 모두 실패로 돌아갔다. 호르단 반군은 로페스 호르단을 따라 반란에 참여한 이들이다.

120　1871년 1월 26일 냐엠베에서 로페스 호르단 장군이 이끄는 연방주의 연합군과 홀리오 아르헨티노 로카 대령이 지휘한 정부군 사이에 벌어진 전투. 이 전투에서 패배함으로써 중앙 정부에 대한 로페스 호르단의 반란은 종말을 고했다.

에 따르면 그는 이 시를 지으면서 호텔 생활의 무료함을 달랠
수 있었다고 한다. 루고네스는 그곳이 〔부에노스아이레스〕 5월
광장에 있는 호텔일 것이라고 여긴다. 그에 따르면 에르난데
스는 거기서 "음모가들이 쓰던 도구 속에 파묻힌 채" 즉흥적으
로 시를 썼다고 한다. 반면 그곳을 산타나두비르라멘투[121]에 있
는 호텔로 보는 이들도 있다. 그들에 따르면 그곳으로 그를 찾
아온 우루과이와 히우그란지두술 출신의 가우초들이 부에노
스아이레스 가우초들에 관한 추억을 회상했다고 한다. 〔그의
시에〕 우루과이 평원에서 쓰던 말투와 표현이 자주 등장하는
것을 보면 후자의 추측이 더 온당한 것 같다.

　리카르도 로하스는 이렇게 말한다. "부에노스아이레스주
의회에서 그는 레안드로 알렘[122]과 베르나르도 데 이리고옌[123]
처럼 쟁쟁한 인물들과 설전을 벌였다. 그는 부에노스아이레스
의 언론계와 정계에서 나바로 비올라[124]와 알시나[125] 등과 교분

121　브라질 히우그란지두술주의 도시로, 우루과이에 인접
　　해 있다.

122　레안드로 니세포로 알렘(Leandro Nicéforo Alem, 1841
　　~1896). 부에노스아이레스 태생 정치인으로, 신흥
　　중산계급을 기반으로 자유민주주의 이데올로기를 대
　　변하는 급진 시민 연합(Unión Cívica Radical)을 창당
　　했다. 이폴리토 이리고옌의 삼촌이자 정치적 스승인
　　그는 수많은 무장 봉기를 주도한 혁명가였다.

123　Bernardo de Irigoyen(1822~1906). 아르헨티나 정치인
　　으로, 외무 장관과 국무 장관을 역임했다.

124　미겔 나바로 비올라(Miguel Navarro Viola, 1830~
　　1890). 아르헨티나의 정치인이자 언론인.

125　아돌포 알시나(Adolfo Alsina, 1829~1877). 아르헨티

을 쌓았다……. 또한 그는 부에노스아이레스의 연방화와 라
플라타시의 건립[126]에도 크게 기여했다. 그는 바리에다데스 극
장에서 열린 정치 토론회에서 쩌렁쩌렁한 목소리로 좌중을 압
도해 친구들로부터 호평을 받기도 했다." 카를로스 올리베라
[127]는 당시 상황을 생생히 기억한다. "그의 연설은 마치 적의 성
문을 뚫고 들어가는 무기처럼 청중의 마음을 단번에 휘어잡았
다. 그는 덩치가 보통 사람의 두 몫이었다. 그래서인지 목소리
가 대성당의 오르간처럼 맑고 쩌렁 울렸다. 또 언변은 얼마나
청산유수 같던지!"

1880년 그는 평생의 친구이자 라이벌이던 에스타니슬라오
델 캄포의 장례식([부에노스아이레스] 북쪽의 공동묘지에서 거행
되었다.)에 참석해서 추도사를 하기도 했다.

그는 한동안 부에노스아이레스의 광장(오늘날의 비센테 로
페스 광장이다.) 부근에 있는 집에서 살았다.[128]

나의 정치인으로, 1862년 국민자치당을 창당했고, 사
르미엔토 정권하에서 부통령을 지냈다.

126　니콜라스 아베야네다(Nicolás Avellaneda). 행정부는
1880년 부에노스아이레스시를 연방정부의 관할 구
역으로 두는 법령을 공포했는데, 이를 부에노스아이
레스시의 연방화라고 한다. 이는 부에노스아이레스
와 지방 간의 정치적 단절을 의미했다. 라플라타시는
1882년 주지사 다르도 로차(Dardo Rocha)에 의해 건
립되어 부에노스아이레스의 주도가 되었다.

127　Carlos Olivera(1854~1910). 아르헨티나의 작가이자
번역가. 환상적인 단편과 추리소설을 주로 썼고, 에드
거 앨런 포의 작품을 번역했다.

128　그는 저명한 화가에게 외뢰해 그 집 현관에 동생 라파엘

그는 당시만 해도 수도가 아니라 한적한 시골 마을에 불과
하던 벨그라노의 별장에서 만년을 보냈다. 라파엘은 최후를
맞이하던 형의 모습을 이렇게 기억한다. "1886년 10월 21일,
거인은 마침내 어린아이처럼 힘없이 머리를 떨구고 말았다.
쉰두 살도 채 되지 않았을 때인데, 아마 심장병이 그를 서서히
무너뜨리고 있었던 것 같다. 세상을 떠나기 5분 전까지 정신이
또렷하던 형은 자신의 죽음을 예감한 듯 나를 보면서 이렇게
말했다. 아우야, 이제 다 끝났구나. 그는 마지막으로 부에노스아이
레스, 부에노스아이레스……라는 말을 남기고 숨을 거두었다."

이미 말했듯『마르틴 피에로』가 에르난데스의 왕성한 창
작 활동을 고갈시키지는 않았다. 부에노스아이레스에서 그는
일간지《엘 리오 데 라 플라타(El Río de la Plata)》를 창간했는데,
창간호에 자신의 정치적 강령을 발표했다. "지방 자치제, 자유
선거를 통한 지방 자치체 구성, 주 방위군 제도 철폐, 치안 판사
와 군 사령관 그리고 교육위원회 위원 자격 요건 규정." 1863년
그는 파라나에서 발행하던《엘 아르헨티노(El Argentino)》에『차
초의 생애(Vida del Chacho)』라는 소설을 연재하기도 했다. 이
작품은 라리오하 지방의 호족이던 앙헬 비센테 페냘로사[129]를
추모함과 동시에 사르미엔토를 공격하기 위해 쓴 소설이다.
1880년 당시 부에노스아이레스 주지사이던 다르도 로차가 농

이 참전한 파이산두 전투 장면을 그리게 했다. (원주)

129　Ángel Vicente Peñaloza(1796~1863). 아르헨티나 근대
　　　국가 성립 이전에 서부 라리오하에서 활약하던 군 장
　　　교이자 지도자. 차초는 그의 별명이자 애칭이다.

축산 시스템 견학을 위해 에르난데스를 오스트레일리아로 파견하려 했지만, 그는 끝내 거절했다. 그는 선구적 작품인 『농장주들을 위한 교본』에서 주지사의 요청을 거부한 이유를 다음과 같이 설명한다. "지금까지 목초를 연구한 유일한 농학자이자 그것을 과학적으로 분석한 유일한 화학자는 바로 잡초를 뜯어 먹는 동물이다. 그 동물은 〔잡초를 먹고〕 살이 찌든지 아니면 죽는다. 〔농축산〕 연구는 과거에도 그랬지만, 지금도 여전이 이 상태에 머물러 있다."

그 책의 다른 부분을 읽다 보면 마치 『돈 세군도 솜브라(Don Segundo Sombra)씨』[130]의 등장을 미리 예견하는 듯한 인상을 받게 된다. "시골 사람이 농사일을 얼마나 잘 아는지 확인하려면, 그가 가축을 모는 모습을 보기만 하면 된다. 들판에서 뼈가 굵은 이들은 자신의 일에 대해 확고한 신념과 의지를 가지고 있을 뿐 아니라, 한번 맡은 일은 무슨 수를 써서라도 해낼 만큼 적극적이고 집요하고, 물, 추위와 더위 그리고 특히 졸음을 잘 견딜 줄 안다……. 마치 폭풍우를 만난 뱃사람처럼 남자는 거친 들판에서 시험을 받는다."

대표작을 제외하면 에르난데스의 시 작품은 그다지 중요

---

130   아르헨티나의 소설가 리카르도 구이랄데스(Ricardo Güiraldes)가 1926년에 펴낸 동명 장편 소설의 주인공. 낭만주의적 문체로 가우초를 되살리려는 『마르틴 피에로』와 달리 이 작품은 가우초를 이미 삶에서 사라진 존재, 즉 전설 속의 인물로 비가(悲歌)의 어조를 통해 회상한다.

하지 않다. 하지만 우루과이의 화가 블라네스[131]가 그린 유명한
작품 「우루과이의 33인」을 보고 가우초〔마르틴 피에로〕가 느낀
바를 묘사한 작품은 오랫동안 우리의 기억에 남을 것이다.

여기서 여담 삼아 한 가지 덧붙여 말하면, 에르난데스는 심
령술사이기도 했다.

라파엘 에르난데스는 앞서 언급한 책에서 형의 놀라운 기
억력을 치켜세웠다. "안 보이는 데서 최대 100개의 단어를 써
서 순서에 상관없이 아무렇게나 불러 주면, 형은 그 즉시 그것
들을 거꾸로, 오른쪽으로, 그리고 몇 개씩 건너뛰면서 말하곤
했다. 심지어는 어떤 주제를 제시해도 즉석에서 그 단어들을
원래 불러 준 순서대로 배열하면서 시나 연설문을 짓기도 했
다. 이는 사교 모임에서 그가 가장 좋아하던 오락거리 중 하나
였다."

지금까지 호세 에르난데스는 로사스를 지지했다고 알려

---

131   후안 마누엘 블라네스(Juan Manuel Blanes, 1830~
       1901). 역사화로 널리 알려진 우루과이의 화가. 후안
       안토니오 라바에하와 마누엘 오리베가 이끈 군대가
       우루과이의 독립을 되찾기 위해 일으킨 봉기를 주제
       로 한 「우루과이의 33인(Los Treinta y Tres orientales)」
       이 대표작이다. 한편 블라네스의 그림을 보고 감동받
       은 호세 에르난데스는 즉흥적으로 시를 썼는데, 바
       로 「가우초 마르틴 피에로가 「우루과이의 33인」을 보
       고 그의 친구 후안 마누엘 블라네스에게 보내는 편지
       (Carta que el gaucho Martín Fierro dirige a su amigo D.
       Juan Manuel Blanes con motivo de su cuadro Los Treinta y
       Tres)」가 그 작품이다

져 왔다. 하지만 파헤스 라라야[132]는 『마르틴 피에로에 관한 글 (Prosas de Martín Fierro)』(부에노스아이레스, 1952) 6장에서 에르 난데스가 쓴 일련의 글을 증거로 제시함으로써 이러한 비난을 조목조목 반박한다. 그에 따르면 1869년 에르난데스는 다음 과 같이 주장했다고 한다. 로사스가 몰락한 것은 "전제주의 체 제는 결코 영원할 수 없기 때문이다". 그리고 5년 후 그는 로사 스의 정당성을 옹호하려는 자들을 비난하면서 이렇게 말했다. "그러한 과오는 노골적으로 역사적 진실을 왜곡할 뿐 아니라 아메리카 대중들을 현혹해 진실과 범죄 사이에서 지속적으로 동요하게 함으로써 결국 자신을 억압하는 자를 숭배하고 열광 하게 만든다." 1884년 그는 인상적인 연설에서 다시 그 문제를 언급했다. "로사스는 20년 동안 이 땅을 지배했다. 주변 사람 들은 20년 동안 그에게 입헌 공화국을 수립할 것을 요구했다. 로사스는 20년 동안 공화국을 수립할 기회를 모두 놓치고 말 았다. 그는 20년 동안 폭정을 일삼았으며, 온 나라를 피로 물들 이고 말았다……."

로사스의 폭정으로 말미암아 사람들의 삶은 노예 수준으 로 전락하고 말았다. 『마르틴 피에로』의 작가는 그 참상을 가 까이서 목격한 터라 결코 그를 옹호할 수 없었다. 에르난데스 는 연방주의자였지만, 로사스를 지지하지 않았다.

에르난데스는 이민자들의 대규모 유입으로 인해 크리오요 들이 하던 목축업이 곧 궤멸되리라 생각했다. 1874년 『마르틴

---

132   안토니오 파헤스 라라야(Antonio Pagés Larraya, 1918
       ~2005). 아르헨티나의 작가이자 문학 비평가.

피에로』8판을 출간할 무렵 그는 출판사에 보낸 편지에서 이렇게 말했다. "우리 시대에는 부에노스아이레스 지방뿐 아니라 그 밖의 해변 및 동부 지역처럼 목축업을 부의 기반으로 삼는 나라도 농업으로 부유한 나라나 풍부한 광산 자원과 완벽한 공장 시설로 부유한 나라만큼이나 훌륭해지고 문명화될 수 있다……. 이처럼 목축업은 아주 풍부하면서도 주요한 국부의 원천이 될 수 있을 뿐 아니라 그 사회 또한 세계 최고의 선진국만큼 자유로운 교육 기관을 갖출 수 있다.…… 따라서 우리 사회도 훌륭한 대학교와 새로운 시대를 이끌 언론, 입법부와 문학 및 과학계를 가질 수 있다."

물론 보기에 따라 논쟁의 여지가 있는 주장이지만, 여기서 목축업은 용감하고 너그러운 사람을 낳는 반면, 농업과 산업은 천박하고 탐욕스러운 사람을 낳는다는 크리오요의 신념을 엿볼 수 있다.

에르난데스의 시는 그의 이런저런 생각과 견해를 뒷받침한다. 파헤스 라라야[133]는 그런 점에 근거해 "그 어떤 작품도 『마르틴 피에로』만큼 뚜렷한 의도 없이 창작한 예를 찾아보기 힘들다."는 루고네스를 반박했다. 그런데 우리는 루고네스의 견해에 일리가 있다고 생각한다. 에르난데스 자신이나 당시 독자들에게 『마르틴 피에로』는 테제 작품으로 보였을 수 있고, 어떤 신념의 자극이 없었더라면 그 작품은 존재하지도 않았을 가능성이 높다. 그렇지만 이런 신념이 아무리 강하다고 해도

---

133   『마르틴 피에로에 관한 글』, 77쪽.(원주)

창작자의 의도가 가까이 접근하거나 이해할 수 없을 만큼 깊은 뿌리를 가진(불후의 명성을 얻게 될 모든 작품처럼) 그 시의 가치를 없애지는 못한다. 『돈키호테』는 〔원래〕 기사도 소설을 우스꽝스럽게 풍자하기 위해서 쓴 것이다. 하지만 그 소설이 그러한 패러디 의도를 크게 넘어섰다는 것은 누구나 다 아는 이야기다. 에르난데스는 당시 지방에서 자행되던 불의를 고발하기 위해 이 시를 썼지만, 그의 작품에 흘러 들어온 악과 운명 그리고 불행은 〔시인의 의도와 다르게〕 영원한 주제가 되었다.

『가우초 마르틴 피에로』[134]

1824년 수크레 장군이 이끄는 군대가 아야쿠초에서 승리
를 거둠으로써[135] 아메리카 대륙은 마침내 독립을 쟁취할 수 있
었다. 그로부터 반세기가 지난 후 부에노스아이레스 지방의 벌
판에서는 여전히 정복 작전[136]이 진행되고 있었다. 카트리엘[137]

134　『돌아온 마르틴 피에로』와 별개의 시집임을 나타내기
위해 여기서는 『가우초 마르틴 피에로』로 표기했다.

135　1824년 12월 9일 오늘날 페루의 아야쿠초에서 벌어진
전투로 라틴 아메리카 독립운동의 분수령이 되었다.

136　1875년과 1885년 사이 아르헨티나 정부는 팜파스와
불모지에 거주하던 인디오들을 정복하고 이들을 국민
국가로 복속시키려는 전쟁을 벌여 많은 인디오들을
학살했다. 이를 황무지 정복 작전이라고 한다.

137　후안 호세 카트리엘(Juan José Catriel, 1838~1910).
카트리엘 부족 족장으로, 형인 시프리아노 카트리엘

과 핀센[138], 그리고 나문쿠라[139]의 지휘하에 인디오들은 기독교인들의 농장을 기습 공격했고, 가축들을 끌고 갔다. 임시 국경을 표시하기 위해 후닌과 아술[140] 너머 곳곳에 세워진 요새는 인디오들의 약탈을 막으려 애쓰고 있었다. 당시 군은 사법 기능을 맡고 있었다. 군 병력 대부분은 경찰 전과 기록에서 임의로 골라낸 범죄자들과 가우초들로 채워져 있었다. 루고네스의 말마따나 이런 불법적인 징병은 정해진 날짜 없이 마구잡이로 행해졌다. 에르난데스가 『마르틴 피에로』를 쓴 동기도 바로 그런 관행을 고발하기 위해서였다. 에르난데스는 시를 통해 그런 징병제가 결국 평원의 사람들을 소멸시키리라는 점을 밝히고자 했다. 〔그래서〕 그는 애당초 특정한 개인을 주인공으로 삼지 않았다. 팜파스에 사는 어떤 가우초라도, 아니 어떤 면에서는 모든 가우초가 주인공이 될 수 있었다. 하지만 이후 에르난데스가 그 문제에 관해 고민과 천착을 거듭하면서 마침내 마르틴 피에로, 즉 우리에게 너무나도 잘 알려진 마르틴 피에로라는 개인이 주인공으로 등장하게 되었다. 어쩌면 우리는 우

(Cipriano Catriel, 1837~1874)과 달리 부에노스아이레스 정부에 적대적인 입장을 취했다.

138   비센테 카트리나오 핀센(Vicente Catrinao Pincén). 핀센 부족 족장이었다.

139   마누엘 나문쿠라(Manuel Namuncurá, 1811~1908). 마푸체 부족 족장으로 후안 호세 카트리엘과 함께 부에노스아이레스 정부군을 공격했다.

140   부에노스아이레스주의 북쪽과 중부에 위치한 도시들이다.

리 자신보다 마르틴 피에로를 더 잘 알고 있는지도 모른다.

『마르틴 피에로』는 다음과 같이 시작된다.

> 이 자리에서 나는 비우엘라[141]의
> 반주에 맞춰 노래를 시작하려 하오.
> 엄청난 슬픔과 고통을 이기지 못해
> 뜬눈으로 밤을 지새우는 사람은
> 외로운 새처럼
> 노래로 위안을 얻는 법이니까요.

　루고네스는 둘째 연에서("하늘에 계신 성자들께 청하오니/ 내 생각이 잘 떠오르게 도우소서.")〔화자가〕 자비로운 신들에게 기원하는 장면에 주목하며 이를 "서사시의 전통"으로 규정한다. 하지만 우리는 그런 기원(이는 동양의 시에서 흔히 나타날 뿐 아니라 단테 또한 유명한 서간에서 이런 전통을 사용하라고 권했다.)이 단지 『일리아스』의 전통을 습관적으로 계승한 결과라고 보지 않는다. 오히려 이는 시적인 것이 이성의 산물이라기보다 눈에 보이지 않는 신비한 힘의 목소리라는 직관적 확신에서 비롯되었다.

　모든 예술 작품은 아무리 사실주의적이라고 할지라도 언제나 규약(convención)을 필요로 하기 마련이다. 가령 『파우스토』에서는 어떤 오페라에 관한 풍부한 지식을 바탕으로 이야

141　　기타와 비슷한 옛날 악기.

기를 풀어내는 시골 사람이, 그리고 『마르틴 피에로』에서는 신중하고 엄숙한 파야도르들과 달리 탄식과 허세로 가득 찬 자전적인 파야다 형식의 픽션이 바로 그것이다. 『파우스토』에 관해서는 이미 언급했기 때문에, 여기서는 두 시의 첫째 연이 보여 주는 근본적인 차이점을 밝히고자 한다. 잘 알려진 대로 『파우스토』는 다음과 같이 시작된다.

> 라구나라는 별명을 가진
> 브라가도 출신의 농부가
> 장밋빛 얼룩이 있는
> 매끈한 새 말 위에
> 점잖게 앉은 채,
> 서둘러 언덕을 내려오고 있었다.
> 내가 보기에 그 청년은
> 달에 가서도 말을
> 몰 수 있을 만큼 말 다루는
> 솜씨가 출중했다.

에스타니슬라오 델 캄포는 크리오요의 언어를 흥겹게 풀어놓아서 스페인 독자라면 그가 쓴 시를 이해하기가 쉽지 않을 것이다. 반면 에르난데스는 〔일부러〕특이한 어휘를 사용하는 대신 음조나 억양에서, 그리고 두어 번의 촌스러운 〔언어적〕왜곡을 통해 크리오요적 특성을 드러낸다. 에르난데스는 〔독자들을〕즐겁게 하기 위해서, 혹은 재미 삼아 가우초가 되려고 하지 않는다. 그 대신 첫째 연에서 에르난데스는 이미 타고난 가우초로 등장한다.

〔첫째 연 4행의〕 "엄청난 슬픔과 고통(pena estraordinaria)"은 그가 앞으로 긴 노랫가락을 읊조릴 것을 예고하기 위해 사용한 표현이다. 그러고는 노래꾼으로서 자신의 재주와 솜씨를 강조한다.

> 내가 노래를 부르다 죽으면,
> 사람들은 노래를 부르며 나를 묻어 줄 것이오.

어느 날 갑자기 징병에 끌려간 뒤로 피에로에게 불행한 사건이 연이어 일어나기 시작했다. 그는 한없이 구슬프고 처량한 마음으로 과거 행복했던 시절의 추억과 향수를 아련히 떠올린다. 피에로는 자신의 운명을 다음과 같이 이야기한다.

> 나도 한때는 고향에서 자식들과 농장
> 그리고 아내를 거느리고 살았소.
> 그러다 저들이 변방으로 쫓아내면서부터
> 고생길로 들어서게 되었죠.
> 그런데 먼 훗날 고향에 돌아와 보니!
> 폐가만 한 채 덩그마니 남아 있었다오.[142]

---

142   루시츠는 『세 명의 우루과이 가우초』에서 다음과 같이 쓴다.

나는 양과 농장을 가지고 있었죠.

다른 연에서는 이렇게 말하기도 한다.

시골 사람이 허름한 오두막에서
자식들과 아내를 거느리고
살던 이 땅을 나는
너무도 잘 알고 있소…….
그때는 하루하루를 보내는 모습을
보는 것만으로도 마냥 기뻤죠…….

어떤 이는 발에 박차를 묶고,
어떤 이는 콧노래를 부르며 집을 나서지요.
또 어떤 이는 부드러운 가죽 안장을 찾고,
어떤 이는 올가미를, 그리고 어떤 이는 채찍을 찾으면,
말뚝에 묶여 있는 말들이

그리고 말과 집 그리고 축사도 있었고요.
당시 나는 더할 나위 없이 행복했다오.
하지만 지금은 그 모든 것을 다 잃고 말았소!

마구와 양 떼는 물론 고향에 대한 애정마저
전쟁통에 다 날아가고 말았어요.
심지어 오래된 내 집마저
허물어지고…… 내가 떠난 사이에 그렇게 된 걸 알았죠.

전쟁이 그 모든 것을 다 집어삼키고 말았어요.
내가 죽어 고향 땅에 묻히는 날이면
예전 우리 삶의 흔적이라도
다시 찾을 수 있겠지요.(원주)

울부짖으며 그들을 부르지요.

당시에는 아무리 불운한 가우초라 해도
말 떼를 거느리고 있었기 때문에
딱히 위로의 말을 건넬 필요도 없었지요.
게다가 이 세상에는 영리한 이들이 많았으니까요…….
벌판으로 눈길을 돌리면
보이는 것은 농장과 하늘밖에 없었지요.[143]

호세 에르난데스는 [이 시를 통해] 로사스 시절 농촌에서 보
낸 행복한 삶을 처량한 신세로 전락해 버린 지금의 삶과 대비
하고자 했지만, 당시 가우초들은 한 번도 그런 황금시대를 누
려 본 적이 없기 때문에 이런 [과거와 현재의] 대립은 사실과 전
혀 다르다는 말이 있었다. 따지고 보면 우리는 언제나 잃어버
린 행복을 과장하는 경향이 있기 때문에, 만일 어떤 묘사가 역
사적 현실과 맞지 않는다면, 그것은 노래꾼의 절망과 향수를
충실히 따른 게 분명하다고 할 수 있다. 그리고 "[그에게] 딱히
위로의 말을 건넬 필요도 없었지요."라는 행이 경제적인 문제
를 암시한다고 주장하는 비평가들도 있지만, 우리는 그 행이
사랑을 암시한다고 생각한다. 여기서 위로란 한 여자를 의미
하니까 말이다.

심지어 그는 그 옛날 먹었던 음식까지 정겹게 회상한다.

---

143   보르헤스가 인용한 『마르틴 피에로』의 시구는 둘째
노래의 4연, 8연, 17연이다.

식탁에는 아사도 콘 카르네[144]와

맛있는 가르보나다[145] 그리고

잘 구운 마사모라[146]와

향긋한 과자와 좋은 와인이 나오곤 했지요…….

하지만 내 운명은 그 모든 것에

종지부를 찍으려 하는군요.

그런데 돌연 그의 운명이 바뀐다.

한번은 노래를 부르며

신나게 놀고 있는데,

호시탐탐 기회만 노리던

치안 판사가 나타났어요. 경찰이

벌 떼처럼 몰려오더니 거기 있던

이들을 싹 잡아가더군요.

그들은 피에로를 국경의 요새로 보내 버린다. 잘 알려졌듯이 에르난데스의 『마르틴 피에로』는 서사시로 평가받아 왔다. 그런데 작품을 구성하는 많은 부분 중에서 유독 피에로의 군

---

144 소고기나 양고기를 가죽을 떼지 않은 채 구워 낸 아르헨티나 특유의 요리로, 육질이 부드럽고 육즙이 잘 보존되어 맛이 좋다.

145 고기에 옥수수와 감자, 호박, 쌀 등을 넣어 만든 요리.

146 곱게 빻은 옥수수에 꿀이나 설탕, 우유 등을 넣어서 만든 음식으로, 주로 후식으로 먹는다.

복무 시절을 다룬 이 대목은 서사시적 성격이 부족하다. 가혹 행위와 전횡, 비열한 짓을 일삼는 경리원과 부대장, 우둔하기 짝이 없는 이탈리아인들,[147] 잦은 체불, 체벌, 채찍질 그리고 콜롬비아식 족쇄.[148] 이 대목의 노래들은 이런 내용들로 가득 채

---

147   『마르틴 피에로』에서 외국인(gringo)은 시종일관 조
       롱과 냉소의 대상이 된다. 오래전부터 (카인과 아벨처
       럼) 농부와 목동 사이에는 증오심이 도사리고 있었다.
       애당초 가우초가 이민 노동자를 멸시하던 태도는 말
       타는 이가 땅을 부쳐 먹고 사는 사람을 깔보던 것이나
       기술자가 미숙하고 서툰 직공을 보고 비웃던 것과 마
       찬가지다. 하지만 그 후 농업이 목축업을 밀어내고 주
       도적인 자리를 차지하면서 그 관계는 뒤집혔다…….
       가우초들의 외국인 혐오는 절대 공염불에 그치지 않았
       다. 1873년 1월 1일 타타 디오스(Tata Dios)라는 이름
       의 남자는 탄딜(부에노스아이레스 남서쪽에 위치한
       도시)의 흔들바위 아래 100명의 가우초들을 모은 다
       음, 40명의 유럽인을 학살했다. 물론 사건 직후 당국이
       그들을 체포해 총살시키기는 했지만 말이다. (원주)

148   족쇄(Cepo). "죄수들이 도망가지 못하게 단단히 붙잡
       아 두는 동시에 고문하는 도구. 족쇄는 길고 무거운 나
       무 두 개로 이루어져 있는데, 한쪽 끝에는 경첩이, 반
       대쪽에는 열쇠가 달려 있다. 나무에는 반원 모양의 구
       멍이 여러 개 나 있는데, 족쇄를 잠그면 완전한 원이
       된다. 그중 큰 구멍에는 목을, 나머지에는 발을 집어넣
       게 되어 있다. 죄수는 다리나 목을 구멍에 넣은 채, 땅
       바닥에 드러눕는다."(산티아고 M. 루고네스, 41쪽)
       야전 부대에는 이런 장비가 있을 리 만무하기 때문에
       이를 대신해서 "죄수의 두 손을 단단히 묶은 뒤, 무릎
       을 구부리게 해서 바닥에 앉힌다. 그런 다음 결박한 두
       팔을 무릎 바깥으로 빼서 무릎 아래나 팔 위로 각목이

워져 있다.

 이 부분에 서사시적 요소가 실종된 데는 그럴 만한 나름의 이유가 있다. 에르난데스는 오늘날 반군국주의적 (antimilitarista) 작품에 해당하는 것을 쓰려고 했던 것 같다. 따라서 그는 주인공이 당한 가혹 행위가 영광스러운 것으로 미화되는 걸 막기 위해 영웅적인 요소를 없애거나 최대한 줄일 수밖에 없었다. 인디오들의 습격이 아스카수비와 에체베리아[149]의 시에서는 서사적으로 묘사되는 반면 에르난데스의 작품에서는 묘사되지 않는 이유도 바로 그 때문이다. 인디오와의 전투 장면을 묘사할 때 에르난데스는 I차 세계 대전 당시 반전 (反戰) 작가들처럼 주인공의 두려움을 집요하게 파고든다. 피에로는 어떤 인디오와 맞닥뜨려 싸우게 된다. 그런데 이 결투 (로하스는 이 장면을 작품에서 가장 아름다운 대목 중 하나로 평가한다.)는 뒤에 이어지는 장면, 즉 주점에서 일어나는 사건만큼 강한 인상을 주지 못한다.

나 소총을 끼워 넣는다."(프란시스코 I. 카스트로) 바로 이것이 야전 족쇄 혹은 콜롬비아식 족쇄다. (원주)

149 에스테반 에체베리아(Esteban Echeverría. 1805~1851). 아르헨티나의 낭만주의 시인이자 소설가, 정치 활동가로 활약했다. 사르미엔토와 마찬가지로 문명과 야만의 대립과 충돌을 아르헨티나 현실의 본질적 요소로 규정하고, 로사스에 대항하는 다양한 활동을 전개했다. 여기서 언급된 작품은 1837년에 발표한 서사시 「인디오에게 포로로 잡힌 여인(La cautiva)」이다.

하느님이시여, 그 야만인이

내게 품었던 살의를 부디 용서하소서……

나는 볼레아도라스 세 개를 풀어

놈을 속이면서 공중으로 날아올랐지요……

정말이지…… 돌 공을 가지고 있지 않았다면…….

그날 나는 그 인디오 놈의 손에 요절나고 말았을 거요.

내가 알아본 바로

그놈은 족장의 아들이었소.

솔직히 말하면 놈은 내가

던진 돌 공에 맞아 말에서

떨어질 때까지 나를

일방적으로 몰아붙였지요.

나는 그 즉시 몸을 날려

놈의 어깨뼈를 밟았죠.

그런데 녀석이 인상을 쓰면서

목덜미를 숨기려고 애쓰더군요.

하지만 나는 놈이 영원히 입을 벌리지

못하도록 성스러운 일을 해냈지요.

그렇게 3년의 세월이 흐른다. 그러던 어느 날 부대원들에게 봉급을 나눠 주기 시작하지만, 병사 명부에 그의 이름이 올라 있지 않다는 이유로 피에로한테는 아무것도 주지 않는다. 피에로는 그곳에서 더 이상 기대할 것이 없음을 깨닫고 요새에서 도망치기로 결심한다. 부대장과 치안 판사가 흥청망청 먹고 마시며 노는 틈을 이용해 탈영한 그는 고향의 오두막으로 돌아간다.

나는 아무 보람도 없이 죽도록 고생만 하다가
3년 만에 고향에 돌아왔죠.
가난하고 헐벗은 탈영병 신세로 말입니다.
어떻게든 살아 보려고,
나는 아르마딜로처럼 곧장
내 소굴로 향했지요.

그런데 내가 살던 오두막은 흔적도 없더군요.
다 허물어진 폐가만 하나 덩그마니 남아 있지 뭡니까! ──
제기랄. 그 모습을 보니까 정말이지
내 가슴이 찢어질 것만 같았다오.
그래서 나는 그 자리에서 맹세했지요.
짐승보다 더 사납고 잔인해질 거라고요!

사방이 적막한 가운데 어디선가 살아남은
고양이 한 마리의 울음소리가 들리더군요.
가련한 녀석은 부근에 있던
비스카차[150]의 굴속에서 숨어 지낸 모양입디다.

---

150   초원의 땅속에서 생활하는 친칠라과의 설치류로, 주로 아르헨티나 팜파스에 서식한다.

　내가 돌아온 것을 알기라도 한 것처럼

　녀석이 살금살금 다가오더군요.

　그사이 아내는 다른 남자와 어디론가 달아나 버리고, 아이
들은 어디인지 모르겠지만 모두 인부로 끌려가고 없었다. 집
을 떠난 후로 피에로는 아이들 소식을 한 번도 듣지 못했다. 지
독한 가난으로 인해 제 한 몸 의지할 곳도 없었던 데다 까막눈
이라 편지 한 통 주고받지 못했기 때문이다. 어쩌면 그는 영원
히 가족을 잃어버렸는지도 모른다. 피에로는 도망자(matrero)[151]
가우초가 되기로 마음먹는다. 아니, 운명이 그를 위해 그런 결
정을 내렸다고 하는 편이 더 정확할 듯하다.

　누구한테든 공손하게 대하고, 모든 이들로부터 존경을 받
던 순박한 시골 사람 피에로가 이제는 전국을 정처 없이 떠도
는 도망자 신세가 되고 말았다. 사회적으로 볼 때 그는 한갓 범
죄자에 불과하다. 그리고 우리 모두는 남들이 생각하는 우리
의 모습을 닮아 가는 경향이 있기 때문에 그 또한 사람들이 생
각한 대로 범죄자의 길을 걷게 된다. 불행과 고통으로 점철된
국경에서의 생활이 그의 성격을 완전히 바꾸어 놓았다. 그리
고 당시 우리 나라 시골에 만연해 있던 악습인 알코올의 영향
또한 그의 인생 행로를 바꾸는 데 중대한 역할을 한다. 그는 술
을 마시면 아무하고나 싸우려 든다. 어느 주점에서 술을 마시
던 피에로가 한 여자에게 차마 입에 담지 못할 욕설을 퍼붓자

151　　지방 호족이나 국가 기관으로부터 도망 다니던 가우초.

참다못한 그녀의 일행(흑인이다.)이 결국 그와 칼로 결투를 벌이게 된다. 피에로는 흑인을 잔인하게 살해하고 만다. 여기서 '칼로 죽였다'가 아니라 굳이 '살해했다'고 쓴 이유는, 피에로에게 모욕을 당한 이가 어쩔 수 없이 결투에 끌려 나와 결국 그에게 무참하게 죽임을 당했기 때문이다. 이 장면은 일라리오 아스카수비의 「레팔로사 춤(La refalosa)」[152]보다 덜 잔인하지만 『마르틴 피에로』에서 가장 널리 알려진 대목인데, 그럴 만한 이유가 있다. 그러나 불행하게도 우리 아르헨티나인들은 넋을 잃고 이 장면을 읽을 뿐 두려움이나 공포 따위는 느끼지 않는다. 결투 장면은 이렇게 끝난다.

> 결국 나는 놈을 단칼에
> 찔러 들어 올린 다음
> 뼈다귀가 든 자루[153]를 집어던지듯

---

152   레팔로사 혹은 레스발로사는 19세기 중엽 아르헨티나와 칠레에서 유행하던 춤이다. 이 시는 로사스 정권의 비밀경찰 조직인 마소르카가 정권에 반대하던 가우초에게 협박과 고문을 일삼는 장면을 그린 작품으로, 『파울리노 루세로(Paulino Lucero)』(1864)에 수록되어 있다.

153   크리오요라면 〔'un saco' 대신에〕 'una bolsa'라는 단어를 썼을 것이다. 이는 이 시에서 즐겨 사용하는 스페인어 특유의 표현들 중 하나다. 시인은 이 장면에 앞서 이런 표현을 사용하기도 했다. "왜냐하면 나는 저 친구가 〔그리 호락호락하지 않다는〕 생각이 들었기 때문이다."(원주) 이 인용문에서 에르난데스는 "저 친구(aquel tío)"와 〔"sospeché" 대신에〕 "생각이 들었다

담벼락에 내팽개쳐 버렸죠.

그자는 몇 번 발버둥을 치더니
결국 무덤으로 가기 위해 노래를 흥얼거리더군요.
단말마의 경련을 일으키던 그 검둥이의 모습이
지금도 뇌리에서 떠나지 않는군요.

그 순간 검둥이 계집이 도끼눈을
하고 내게 달려들더니
늑대처럼 사납게 울부짖는 거예요.
보기에도 가엾더군요.

나는 그 계집을 후려쳐
입을 막아 볼까 생각도 해 봤지만,
잠시 생각해 보니 그런 상황에서
왠지 못된 짓을 하는 것 같기도 하고,
또 망자에 대한 예의도 아닌 것 같아
가만히 두기로 했지요.

나는 피 묻은 칼을 풀에 닦고,
말고삐를 푼 다음
유유히 말에 올라타고 나가

(malicié)" 같은 스페인어 특유의 표현을 썼다.

서둘러 계곡 쪽으로 달려갔어요.

흑인 여인을 모욕하려던 욕망이 또 하나의 야만적인 행동
인지 아니면 술주정에 불과한 행동이었는지 우리로서는 알 길
이 없다. 어쨌든 후자라고 생각하는 것이 마음이 좀 더 편할 듯
하다. 마지막에서 둘째 행에 나오는 "[나는] 유유히 말에 올라
타고"라는 표현은 피에로가 [흑인을 죽인 후에도] 두려워하거나
후회하는 빛이 전혀 없음을 분명하게 보여 주려는 의도로 풀
이할 수 있다.

흑인과의 결투에 이어 다른 주점에서 또 결투가 벌어진다.
주변 상황을 상세하게 설명하던 이전 장면과 달리 이번 결투
는 상당히 추상적이고 간결하게 묘사되어 있다. 루고네스에
따르면 "시인은 다시 결투 장면으로 돌아왔다. 하지만 이전과
유사한 묘사를 되풀이하지 않기 위해 이번에는 18행만 사용하
려 한다". 어쩌면 명확하게 드러나지 않은 또 다른 죽음이 수많
은 죽음을 의미할 뿐 아니라 에르난데스가 그런 방식으로 [수
많은 죽음을] 암시하고자 했다고 생각하는 편이 더 타당할지도
모른다.

스스로 도망자의 길을 선택한 마르틴 피에로는 풀이 우거
진 벌판에서 하늘을 지붕 삼아 살아간다. 『마르틴 피에로』의
가장 놀라운 점은 풍경을 직접적으로 묘사하지 않음에도 우리
의 눈앞에 선명하게 펼쳐 놓는다는 것이다. 『파우스토』나 『돈
세군도 솜브라』의 경우 풍경에 대한 묘사가 수없이 등장하지
만 왠지 시골 사람들의 투박한 삶과는 어울리지 않는다는 느
낌을 준다. 가령 그들에게 하늘은 비가 올지 아니면 맑을지를

아는 수단에 불과하다. 반면 『마르틴 피에로』에서 시인은 팜파
스를 〔사실주의적으로 묘사하는 대신〕 탁월한 솜씨로 넌지시 그
린다.

> 모든 것이 잠들고,
> 온 세상이 티 없는
> 고요 속에 잠긴 듯한
> 오후가 되면, 그는
> 가슴 저미는 슬픔을 안고
> 풀밭 쪽으로 발걸음을 옮기는군요.

> 벗이라고는 고독과 짐승들밖에 없는
> 이 넓은 벌판 한복판에서
> 하느님이 만드신 별들이 지나가는
> 모습만 멍하니 쳐다보면서
> 수많은 밤을 보내야 하는 것처럼
> 서글픈 일도 없겠지요.

벌판에서 잠을 청하던 어느 날 밤, 경찰 수색대가 살인 혐의
로 마르틴 피에로를 체포하기 위해 그를 겹겹이 포위한다.

> 마치 들개 사냥이라도 나온 듯
> 그들이 나를 겹겹이 에워싸더군요.
> 나는 성인들의 가호를 바라며
> 칼을 쥐고 나섰지요.

짙은 어둠 속에서 격투가 벌어진다. 피에로는 오로지 살기 위해 필사적으로 그들과 맞서 싸운다. 결국 그는 다수의 경찰을 죽이거나 상처를 입혔다. 그런데 경찰 수색대를 지휘하던 경사가 피에로의 용기에 감동을 받는다. 그러자 믿을 수 없는 일이 벌어진다. 갑자기 경사가 살인범의 편을 들면서 자신의 부하들에게 맞서 싸우기 시작한 것이다. 경사가 그런 결정을 내린 것은 이 땅에 사는 어떤 개인도 자신을 국가와 동일시한 적이 없다는 사실에 기인한다. 그와 같은 개인주의는 어쩌면 스페인 사람들이 우리에게 물려준 유산일지도 모른다. 그럼 이쯤에서『돈키호테』에서 주인공이 길을 가던 죄수들을 풀어 주면서 했던 말을 떠올려 보자. "정직한 사람들이 자기와 아무 관련도 없는 다른 이들의 형 집행자 노릇을 한다는 것은 그다지 좋은 일이라고 할 수 없겠지요. 그것만큼 쓸데없는 짓이 또 어디 있겠소?"[154]

아마도 그 순간

가우초의 마음을 감동시킨

시복 성자가 있었던지,

우렁찬 목소리가 들려오더군요. 나 크루스는

이토록 용맹한 자를 죽이려는

범죄에 절대 가담하지 않겠다!

---

154   『돈키호테』 1부 22장에 나오는 구절이다. 여기서 "다른 이들의 형 집행자"가 된다는 것은 국가 기구의 앞잡이 노릇을 한다는 의미다.

그러고는 곧장 내 곁으로 와서
무장 경찰들을 공격하기 시작했어요.
나도 다시 그들에게 돌진할 수 있었지요.
둘이 힘을 합치니 강도라도 된 느낌이 들더군요.
그리고 크루스는 자기 굴을 지키는
늑대처럼 용감하게 싸웠지요…….

그는 자기를 공격하던 두 놈 중
하나를 지옥으로 보내 버렸지요.
다른 한 놈은 혼비백산해서 달아났고요.
그러자 크루스가 그들을 향해 소리 지르더군요.
다른 경찰들을 불러 이들을
달구지에 다 실어 가라고 해.

나는 주검들을 한곳에 모아 놓은 뒤
무릎을 꿇고 그들의 명복을 빌어 주었죠.
그러고는 나뭇가지로 십자가를 만들어
땅에 꽂고는 그토록 많은 이들을
죽인 죄를 부디 용서해 달라고
경건한 마음으로 하느님께 빌었답니다.

이어 크루스 경사는 (후안 마리아 토레스[155]의 주장에 따르면)

---

155   Juan María Torres. 우루과이의 저술가. 대표작으로 『조
국(La patria)』(1874)이 있다.

피에로와 다름없는 자신의 인생사를 들려준다. 그 또한 두 사람을 죽인 적이 있는데, 그들 중 하나는 자신에게 먼저 싸움을 건 노래꾼이었다고 한다.

> 애당초 싸우지 말았어야 했지만, 그자는
> 괜한 농담으로 비싼 대가를 치르고 말았다오.
> 친구의 품에 안겼을 때,
> 의식은 돌아왔지만
> 가엾게도 비둘기 살처럼
> 힘없이 늘어지고 말더군요.
>
> 사람을 구하는 일에서
> 여자들은 절대 서툴지 않아요.
> 출혈이 더 심해지기 전에
> 여인들이 그를 술통에 기대도록 했지요.
> 그건 내가 그자의 창자를 끈으로 엮을 만큼
> 밖으로 튀어나오게 했기 때문이에요.

이 대목에 이르러 에르난데스는 크루스가 벌판 한가운데에서 피에로에게 그런 이야기를 하고 있다는 사실을 망각한 채 그가 이를 시로 노래하는 재능을 맘껏 뽐내도록 한다……[156]

---

156   "다른 이들의 입에서는 노랫가락이/ 샘물처럼 솟아난다네"로 시작되는 연을 참고하라. (원주) 열한 번째 노

그동안 마음속 깊은 곳에 품고 있던 비밀을 서로에게 털어놓은 뒤 친구가 된 두 사람은 벌판을 가로질러 인디오들의 마을에 몸을 숨기기로 한다. 그때 마르틴 피에로가 말한다.

> 우리가 같은 나무에서 갈라져 나온
> 조각이라는 걸 이제야 알겠어요.
> 나는 워낙 흉악한 가우초로 알려져 있지만,
> 이제는 당신도 나와 다를 바 없는 신세가 되었구려.
> 나는 이 지긋지긋한 생활을 청산하고자
> 이제 인디오들한테 가 볼 생각이오.
>
> 거기 가면 일을 안 해도 될 거요.
> 누구든 양반네처럼 살 테니까요.
> 이따금 습격이 있기는 하겠지만,
> 살아 돌아오기만 한다면
> 벌렁 드러누워 해나 구경하면서 살 수 있을 거요.

표현이 명료한 편이라서 피에로의 의도가 무엇인지 쉽게 알 수 있다. 간단히 말하면, 피에로는 국경에서 군 복무를 하다가 〔뜻하지 않게〕 전국을 정처 없이 떠도는 유랑자에서 범죄자로, 급기야 문명의 삶에서 벗어나 야만인들 속에 몸을 숨겨야 하는 도망자 신세로 전락했다는 이야기다. 그런데 리카르

래의 첫 연이다.

도 로하스는 『아르헨티나 문학(Literatura argentina)』[157]에서 다음과 같이 독특한 해석을 내놓는다. "크루스가 파란만장한 인생사를 이야기하는 장면(10~12)과 피에로가 어둡고 슬픈 과거를 회상하는 장면(13)에서는 아나키즘적인 불복종과 저항의 절규가 용솟음친다. 하지만 두 사람의 말 속에 신성한 반항 의식이 깃들어 있는 것은 분명하다. 그들이 그〔군대〕조직을 거부한다면, 그것은 더 나은 무언가를 꿈꾸고 있기 때문이리라……."

피에로와 크루스가 평원으로 들어가는 순간 우리는 그들이 파멸을 향해 치닫고 있음을 예감한다. 아르헨티나 사람들에게는 모든 문학을 통틀어 이보다 더 감동적이고 가슴 찡한 장면도 없을 것이다.

농장을 떠난 크루스와 피에로는
말 떼를 모아들였다.
경험 많은 가우초답게
그들은 능숙하게 말 떼를 몰고 갔다.
그리고 아무한테도 들키지 않고
곧장 국경을 넘었다.

국경을 넘은 뒤
날이 훤히 밝아 오자
크루스가 피에로에게 저 너머에

---

157   원제목은 『아르헨티나 문학사(Historia de la literatura argentina)』(1917~1922)로, 총 8권이다.

있는 마지막 마을을 보라고 했다.
그 순간 굵은 눈물 두 방울이
피에로의 뺨을 타고 흘러내렸다.

동이 틀 무렵 인적 없는 삭막한 벌판을 가로질러 갈 때 그의
뺨을 타고 조용히 흘러내리던 두 방울의 눈물은 단순한 탄식
이나 넋두리보다 더 깊은 인상과 감동을 준다.『실낙원』과 마
찬가지로 이 작품 또한 점점 멀어지면서 결국 불확실한 미래
를 향해 사라지는 두 인물을 그리면서 끝을 맺는다. 한참 뒤에
쓰인 2부는 그들이 어떤 운명을 맞이하는지 보여 줄 것이다.

『돌아온 마르틴 피에로』

불후의 명작치고 초자연적인 요소를 포함하지 않는 작품은 없다. 『돈키호테』와 마찬가지로 『마르틴 피에로』에서도 그런 마술적 요소는 작가와 작품의 관계를 통해 드러난다. I부의 마지막 연에 등장하는 노래꾼은 에르난데스를 상징하는 게 분명한데, 피에로의 이야기에 반주를 넣던 기타를 때려 부순다.

내가 이 기타를 박살 낸 이유는, 그가 말했지요, 내가
다시는 이 기타를 퉁기지 않도록 하기 위함이요, 또한
그 누구도 이 기타를 치지 못하도록 하기 위함입니다.
이 한 가지만은 분명히 해 둡시다.
이 가우초가 지금껏 읊조린 수많은 노래를
그 누구도 다시 불러서는 안 됩니다.

이 말은 그 이야기를 다시 하지 않겠다는 의도로 풀이된다.
그렇지만 잠시 후 그는 이렇게 말한다.

> 그들은 정한 길을 따라서 기어코
> 황무지로 들어가고 말았습죠.
> 그들이 길을 가다 죽었는지
> 살았는지 나로선 알 길이 없군요.
> 다만 언젠가 그들에 관한 확실한
> 소식을 듣게 되기를 바랄 뿐입니다.

이는 작가가 그 이야기를 계속하겠다는 것을 암시하는 말
이다.

『가우초 마르틴 피에로』는 1872년 말에 출간되었다. 그로
부터 7년이 지난 뒤 이 책은 아르헨티나와 우루과이에서 나온
열한 개의 판(版), 모두 4만 8000부가 매진되는 성과를 올렸다.
당시로서는 엄청난 판매 부수를 기록한 셈이다. 1879년 [2부에
해당하는] 『돌아온 마르틴 피에로』가 출간되었다. 「서문」에서
에르난데스는 자신이 그 작품을 쓰겠다고 생각하기 훨씬 전부
터 사람들 사이에서 회자되던 이야기라고 털어놓았다.

원고를 보면 첫째 연은 다음과 같이 시작된다.

> 조용히 내 이야기를 들어 주시되
> 내 이야기를 듣고 있다면 조용히 해 주기 바라오.
> 이 자리에서 나는
> 기억의 도움을 받아

> 내 이야기에서 가장
> 슬픈 대목을 계속 말씀드리리다.

에르난데스는 〔첫째 연의〕 마지막 두 행을 다음과 같이 유명한 시구로 고쳤고, 그것이 지금까지 내려오고 있다.

> 내 이야기에서 누락된 것 중
> 가장 좋은 대목만 골라 소개하리다.

결정판을 보면 다소 광고 같은 뒷맛이 남기는 하지만, 루고네스는 이러한 변화를 호의적으로 평가한다.

둘째 연은 어디 하나 나무랄 데 없이 훌륭하다.

> 누구든 황무지에서 돌아올 때면
> 잠자듯 조용히 찾아오는 법이오.
> 이렇듯 훌륭한 분들 앞에서 내가
> 제대로 설명할 수 있을는지,
> 그리고 기타 소리를 느끼며 내가
> 꿈에서 깨어날 수 있을는지 봅시다.

처음 등장하는 노래꾼은 마르틴 피에로다. 하지만 조금 뒤에는 피에로와 더불어 에르난데스가 등장해 그의 명성에 대해 생각하고, 보통 파야도르라면 생각지도 못할 말을 꺼낸다.

내 이야기에는 티끌만 한 거짓도 없습니다.

나는 오직 진실만 말할 따름이니까요.

나와 내 노래를 듣는 이들보다 더 오래,

이 노래가 다루는 세상사보다 더 오래,

이 노래가 이야기하는 것보다 더 오래,

내 노래는 계속 불릴 것이오.

이렇듯 큰소리를 치기 위해 나는 그동안

수많은 것들을 곱씹어 생각해야만 했다오.

다른 몇 행의 시는 에스타니슬라오 델 캄포를 비꼬는 것으로 보인다.

지금껏 듣노라면 즐거움을 주는

노래꾼들을 많이 알고 있소만,

그들은 그저 노래하면서 즐길 뿐

제 의견을 밝히기를 꺼리더군요.

그러나 나는 소신을 밝히며 노래하나니

이것이 내가 노래하는 방식이라오.

두 친구는 황량한 벌판을 가로질러 마침내 그 지역 서쪽에 있던 인디오들의 마을에 이른다.(해가 몸을 숨기는 곳으로 / 오지(奧地)로 곧장 가야 한다.) 하지만 습격을 모의하느라 여념이 없던 인디오들은 두 사람을 발견하자 정탐꾼(스파이)으로 여긴다. 족장이 나서 그들을 살려 주지만, 대신 마을에 포로로 남겨 놓기로 한다. 그렇게 또 몇 년의 세월이 흐른다.

I부에서 드러난 시골 생활이 고되기 이를 바 없다는 데는 의심의 여지가 없다. 하지만 시인은 뒤이어 그 잔인함이나 악마적인 성격이 이보다 훨씬 심한 다른 세계를 드러내는 데 성공한다. 이런 세계는 어두운 광기를 암시하는 의미심장한 특징과 면모들이 하나둘씩 이어지면서 자연스럽게 표현된다.

> 지금 내 상상 속에서 그것[158]은
> 짐승들의 무도회나 다름없었소.
> 어마어마한 소용돌이가 일어난 듯했죠.
> 그들이 내지르는 소리 또한 소름이 끼칠 정도로 무서웠소.
> 그 광란의 돌풍은 두 시간이 지나서야
> 잠잠해지기 시작하더군요.

어떤 인디오가 뭐라고 소리 지르면 다른 이들이 이를 끝없이 복창하는 장면만 봐도 〔그곳이 어떤 세계인지〕 충분히 알 수 있다.

> 거기 있던 경비병들이
> 한눈팔지 않고 우리를 감시하다가
> 우리가 코를 고는 기색이라도 보이면,

---

158   인디오들이 백인 마을 습격하기 위해 준비하는 과정
        을 가리킨다.

누구든 "우아잉카"[159]라고 소리 지르곤 했어요.

그러면 모든 대원이

"우아잉카, 우아잉카"라고 복창하더군요.

허드슨[160]은 인디오들의 냄새만 맡아도 기독교인의 말들이
미쳐 날뛴다고 언급한 적이 있다. 이는 인디오들에게 짐승 같
은 면이 있다는 것을 강조하려는 의도로 보인다. 그러던 중 천
연두가 돌아 마을의 많은 인디오들이 목숨을 잃었다. 하지만
주술사들의 잔혹한 치료법 때문에 상황이 더 악화되고 만다.

그런 와중에 병에 걸린 이는 끔찍하기

이를 데 없는 치료를 견뎌 내는데,

치료라고 해 봐야 두드려 패는 것과

쥐어짜는 것이 전부였소. 게다가

환자의 머리채를 휘어잡고

머리칼을 한 움큼씩 뽑기도 했죠…….

또 입을 지지는 경우도 있는데,

그들은 고통을 이기지 못해

159　　Huaincá. 인디오 말로 백인을 의미한다.

160　　윌리엄 헨리 허드슨(William Henry Hudson, 1841~
　　　　1922).미국인 부모 사이에서 태어난 아르헨티나 작가
　　　　이자 조류학자. 대표작으로 비망록인 『먼 옛날, 저 먼
　　　　곳에서 — 어린 시절 이야기(Far away and long ago: A
　　　　history of my early life)』(1918)가 있다.

날카로운 비명을 질러 댔소.
자세히 말하면 우선 그들의 몸을 붙잡고
비틀면서, 뜨겁게 달군 마법의 암탉 알로
그들의 입술과 이를 지져 대는 식이었소.

주술사들이 이처럼 무자비하게 치료한 이면에는 자신이
저지른 죄의 대가로 병에 걸렸기 때문에 그런 방식으로 속죄
해야 한다는 생각이 깔려 있는지도 모른다.
여기서 시인은 애처로운 장면을 간결한 필치로 그린다.

늘 배 이야기만 하던
어린 외국인 포로가 있었지요.
인디오들은 그를 웅덩이에 빠뜨려 죽이고 말았소.
그가 마을에 역병을 일으켰다는 이유에서였죠.
그의 두 눈은 망아지처럼
연푸른빛을 띠고 있었소.

어떤 인디오 노파가 그를
죽이라고 명하자 그가
살려 달라고 울면서 애원도 하고,
버텨도 봤지만 모두 허사였소.
가엾은 그 소년은 죽기 직전의 양처럼
눈을 희번덕거렸다오.

양이 인디오들의 손에 죽을 때처럼 아이는 〔겁에 질려〕울지

도 못한 채 눈만 하얗게 뒤집는다.[161]

피에로와 크루스를 지켜 주던 족장이 천연두로 죽자 크루스 또한 쓰러지고 만다. 그때의 처참한 장면을 떠올리기만 해도 여전히 몸서리가 나는 듯 피에로는 치욕과 분노를 느끼며 크루스의 죽음을 이야기한다.

나는 그의 옆에 무릎을 꿇은 채
그의 영혼을 예수님께 맡겼죠.

161 　피에로는 인디오에게 잡힌 어린 외국인 포로를 망아지와 비교함으로써 동정심을 불러일으킨다. 더구나 아무것도 모르는 순진한 아이인지라 그의 마음을 더욱 아프게 한다. 그 아이가 부모들과 함께 타고 온 배 이야기는 피에로의 심금을 울리고도 남았다. 이처럼 모든 것이 분명하지만, 티스코르니아는 마지막 행을 다음과 같이 해석한다. "다시 말해 가엾은 선원〔소년〕은 〔겁에 질려〕 눈을 희번덕거렸다." 기상천외하기는 2170행("그리고 그림처럼 부드러운 깃털(y plumaje como tabla)")에 대한 해석도 마찬가지다. 산티아고 M. 루고네스와 로시가 이를 "한결같이 매끄러운"으로 풀이하는 반면 티스코르니아는 『마르틴 피에로』를 스페인풍으로 해석하려는 자신의 의도에 맞게 다음과 같이 말한다. "코바루비아스 사전에 따르면 과거에는 그림을 나무 판에 그렸기 때문에 'tabla'라는 말은 고어에서 그림을 의미했다고 한다. 이를 따르면 2170행은 〔그림처럼〕 다채로운 색 덕분에 아름답다는 뜻으로 봐야 한다."(세바스티안 데 코바루비아스(Sebastián de Covarrubias), 『스페인어의 보고(Tesoro de la lengua castellana o española)』(1611) 2권, fol. 181 r.)" (원주)
『스페인어의 보고(寶庫)』는 최초의 스페인어 사전이다.

갑자기 눈앞이 가물거리기 시작하더니
결국 정신을 잃고 말았다오.
크루스가 숨을 거두는 순간
벼락을 맞은 듯 쓰러지고 만 거지요.

크루스는 죽음의 고통과 싸우며 피에로에게 고향에 버려
둔 어린 자식을 찾아 달라고 당부한다.

〔정신이 오락가락하던 와중에도〕 그는 고향에
버려둔 어린 자식을 맡아 달라고 부탁하더군요.
"세상 천지에 의지할 곳이 없었다네."
그가 내게 말했어요. "가엾은 녀석 같으니."

그때까지 그가 피에로에게 한 번도 아들 이야기를 하지 않
았다는 것은 그런 부류의 남자들이 얼마나 거칠고 냉정한지를
단적으로 보여 주는 예라 할 수 있다.

드디어 우리는 절대 잊지 못할 장면에 이르게 된다. 피에
로가 슬픔에 젖은 채 크루스의 무덤가에 앉아 상념에 잠겨 있
는데, 어디선가 고통스러운 신음 소리가 바람을 타고 그의 귀
에 들려왔다. 소리 나는 곳으로 달려간 피에로는 두 손이 묶인
채 울부짖는 기독교도 여인을 발견한다. 땅바닥에는 아이가
죽은 채 널브러져 있다. 한 인디오가 그녀에게 채찍질을 하고
있는데, 채찍은 피로 얼룩져 있다. 나중에 그녀가 피에로에게
자초지종을 말해 준다. 그녀가 전해 준 바에 따르면 어느 날
인디오들이 마을을 습격해 남편을 죽이고 자기를 포로로 끌

고 갔다고 한다. 하지만 인디오들은 그녀가 마법을 걸어 마을
에 저주가 내렸다고 억지를 부리면서 그녀에게 자백을 강요
했다. 그녀가 자백을 거부하자 그들은 그녀의 아이의 목을 베
어 버렸다.

> 저 짐승보다 못한 야만인이
> (그녀는 흐느끼며 내게 말했어요.)
> 내 아이의 창자를 꺼내더니
> 그걸로 내 손을 묶었다고요.

피에로와 채찍질하던 인디오는 서로 마음을 떠보기 위해
눈싸움을 벌인다. 굳이 다른 말이 필요 없는 상황이다.

> 그 순간 내가 마음속으로
> 어떤 생각을 했는지 모르겠소.
> 그 인디오는 험상궂은 얼굴에
> 무척이나 늠름한 놈이었어요.
> 서로 마음을 읽기 위해 우리 둘은
> 눈싸움을 하듯 노려보았지요.

소리 없이 격투가 시작된다. 피에로는 손에 칼을, 인디오는
볼레아도라스[162]를 든 채 탐색전을 벌인다.

162　　19세기 말 검은 개미(Hormiga Negra)라는 별명으로
　　　　널리 알려진 [부에노스아이레스] 산니콜라스데로스

그사이 피에로는 이런 때에 크루스가 살아 있었다면 아무 걱정도 없을 것이라고 생각한다.

둘이었다면 인디오 한 놈이 문제가 아니라
부족 전체가 덤벼도 싸울 수 있었을 거요.

둘은 경계를 늦추지 않은 채 꼼짝 않고 서로 노려본다. 그 순간의 긴장감은 서로 뒤엉켜 싸울 때만큼이나 극적이다. 피에로가 몸을 날리며 공격해 보지만, 인디오는 재빨리 뒤로 물러선다. 그런데 인디오 쪽으로 발을 내딛는 순간, 피에로는 치리파[163]에 발이 걸려 뒤로 벌렁 자빠지고 만다.

인디오는 그 틈을 놓치지 않고 그에게 달려들어 숨통을 끊어 놓으려 한다. 피에로가 절체절명의 위기에 몰린 순간 여인이 와락 덤벼들어 그를 밀쳐 낸다.(이는 서부 영화에서 자주 등장하게 될 장면이다.) 계속해서 사투를 벌이던 중 인디오가 아이의 시체를 밟아 미끄러진다. 그 순간 피에로는 그에게 달려들어 몸과 머리를 차례로 벤다. 흘러내리는 피가 [인디오의] 두 눈을 가리고, 목으로부터 울부짖는 소리가 흘러나온다. 그리고 이렇게 이어진다.

---

163   아로요스 출신의 기예르모 오요(Guillermo Hoyo)는 (소설가 에두아르도 구티에레스의 증언에 따르면) 볼레아도라스와 단도를 가지고 싸웠다고 한다. (원주) 장방형의 천으로, 가우초들이 바지를 대신해서 입던 옷이다. 큰 천을 가랑이 사이로 돌려 그 끝을 허리띠나 복대로 묶어 착용한다.

처절한 사투를 벌이던 끝에,

나는 놈을 칼로 찔러 들어 올렸지요.

나는 황무지의 아들을 공중으로 들어 올린 다음

칼에 꽂은 채 끌고 갔어요.

그러다 놈의 숨이 끊어진 것을 알고

바닥에 내팽개쳤소.

피에로와 여인은 무릎을 꿇고 신에게 감사의 기도를 올린
다. 노래는 이렇게 끝을 맺는다.

기도를 마치자 그녀는 마치

사자처럼 당당한 모습[164]으로 일어섰죠.

계속 눈물을 흘리면서도

어린 자식의 살점들을 모아

천 조각에 담기 시작하더군요.

물론 나도 옆에서 거들었지요.

인디오가 죽자 피에로와 여인은 〔인디오〕 마을을 떠나야 한
다. 피에로는 여인에게 자기 말을 내주고, 자신은 죽은 인디오

---

164   이 대목에 이르면 단테의 『신곡』에 나오는 소르델로
의 회상이 자연스레 떠오른다.

······마치 도사리고 앉아 있는 사자처럼
우리가 가는 것을 지켜볼 뿐이었다.
—「연옥편」, 6곡 65∼66. (원주)

의 말을 차지한다.

> 나는 그 인디오의 말이 마음에 들더군요.
> 얼룩무늬가 없는 검은색 말이었지요.
> 말 위에 훌쩍 올라타자마자 곧장
> 인디오 마을을 벗어났어요.
> 그 말은 사냥개처럼 정신없이
> 달릴 줄 아는 녀석이었지요.

피에로는 다른 이들이 죽은 인디오를 찾는 데 시간이 걸리도록 그자의 시신을 갈대밭에 잘 숨겨 두었다. 두 사람은 갖은 궁핍과 기근(날고기를 먹거나 풀뿌리로 끼니를 때운 적도 여러 번이다.)에 시달리면서 아득히 넓은 벌판을 가로질러 마침내 어느 농장에 다다른다.

> 여러 차례 죽을 고비를
> 넘긴 끝에 우리는 무사히
> 연이은 구릉이 어렴풋이
> 보이는 곳에 다다랐지요.
> 마침내 옴부 나무[165]가 자라는 땅에
> 발을 디디게 된 거죠.

---

165   남아메리카 팜파스에서 자라는 상록 활엽수.

그곳에 다다르자 크루스 생각에

가슴이 미어터지는 것만 같았지요.

전지전능하신 하느님 앞에

절로 고개가 숙여지더군요.

나는 야만인들의 발길이 닿지 않는

축복받은 그 땅에 입을 맞추었지요.

이상하게도 비평가들은 한 가지 문제를 가지고 속을 태운다. 벌판에서 며칠 밤을 보내며 과연 두 사람 사이에 아무 일도 없었을까? 혹시 두 사람이 나눈 정사를 숨긴 것은 아닐까? 루고네스는 그럴 리 없다고 본다. 왜냐하면 "[마르틴 피에로처럼] 대범하고 의협심이 강한 영웅이라면 이런 욕정에 사로잡힐 리 없기" 때문이다. 반면 로하스는 두 사람 사이에 미묘한 감정이 싹텄을 거라고 보지만, 에르난데스가 워낙 말을 아낀 탓에 명확히 알 수 없다고 말끝을 흐린다.

결국 피에로는 첫 번째 농장에서 여인과 작별한다. 그사이 많은 세월이 흘렀다. 변방 요새에서 3년, 탈영병이자 도망자로서 2년 그리고 인디오 마을에서 5년, 모두 10년을 산전수전 다 겪으며 살아왔다. 피에로를 못살게 굴던 치안 판사도 이미 저세상 사람이 되었다. 그리고 경찰도 피에로가 저지른 억울한 범죄를 잊은 지 이미 오래였다. 피에로는 경마를 보러 간다. 그런데…….

다들 잘 알겠지만,

그 넓은 가우초들의 세계에서

마르틴 피에로의 이야기를 이미

들어 알고 있는 이가 적지 않았소.

이 장면은 『돈키호테』에서 이미 I부를 읽은 2부의 등장인
물들을 연상시킨다.

거기 모인 사람들 중에는 말을 돌보며 살아가는 마르틴 피
에로의 자식들도 있다. 아이들은 그사이 너무 늙은 데다 인디
오처럼 변해 버린 아버지의 얼굴을 한동안 못 알아본다. 아이
들은 어머니가 평생 고생만 하다 결국 병원에서 쓸쓸히 눈을
감았다고 그에게 알려 준다.

주인공이 그다지 현실감 없는 인물들과 만나는 것으로 충
분한 감동을 불러일으키기 어렵다고 판단했는지 에르난데스
는 서둘러 이 장면을 마무리 짓는다.

울면서 껴안고

입 맞추는 것 따윈

여자들 몫이오.

그건 그들만의 방식이니까요.

모두 같은 생각이리라 믿소만,

무릇 사내들이라면

사람들 앞에서는 즐겁게 춤추고 노래하되

껴안고 우는 건 남몰래 할 일이오.

여기서 정이 넘치는 가우초들이 등장하는 에스타니슬라오
델 캄포의 작품을 은근히 비판하려는 의도가 어렴풋이 보인

다. 이에 관해 라파엘 에르난데스는 『페우아호 — 거리 명칭』
에서 〔에스타니슬라오 델 캄포의 작품에 등장하는〕 인물들이 진짜
가우초라기보다 보카 지구 변두리 동네에 사는 외국인들의 모
습에 더 가깝다고 주장한다. 게다가 피에로의 두 아들에게는
개인의 면모와 특성이 결여되어 있다. 그들은 단지 척박한 땅
에서 살아가는 이들의 고된 삶과 운명을 언급하기 위한 명분
으로 잠시 등장할 뿐이다. 그리고 작가 자신도 그렇게 여기는
듯하다.

아버지는 황무지에서, 그리고 큰아들은 사람들이 만들어
낸 불모지, 그러니까 형무소의 감방에서 돌아왔다. 피에로가
아들에게 이렇게 말했다.

> 누구든 전 재산을 빼앗기고
> 낯선 땅에서 길을 잃고 헤맨다면,
> 시간이 사슬에 묶인 채 흐르지
> 않는 것처럼 보일 것이다.
> 태양조차 안타까운 마음으로 엄청난 고통을
> 지켜보려고 제자리에 멈추듯이 말이다.

그러자 그의 아들이 이렇게 말한다.

> 무덤 같은 그곳에서 얼마나
> 많은 시간이 흘렀는지 모르겠어요.
> 밖에서 서둘러 처리하지 않으면
> 그 사건은 부지하세월일 수밖에 없겠지요.

하기야 먹잇감을 확실하게 잡아 놓았으니
재판을 질질 끄는 건 당연하겠지만요.

감옥에서 얼마나 많은 세월을 보냈는지 모르지만, 그의 아
들이 거기에서 겪은 한 맺힌 사연을 우리에게 털어놓는다.

［거기에 있는 동안］ 나는 어머니와 동생들은 물론
그 밖의 모든 것들에 관해 생각했어요.
아무리 기억력이 시원찮은 사람이라도
감옥에 갇히고 나면
밖에서 보았던 모든 것이
눈앞에 선명하게 떠오르기 마련이죠.

피에로의 둘째 아들도 그간 겪은 우여곡절을 이야기한다.
그는 보통 시골 사람이라기보다 글깨나 배운 콤파드리토[166]처

---

166   보르헤스는 아르헨티나의 콤파드리토(compadrito)를
이렇게 정의한다. "［일라리오 아스카수비의 『용감한
남자 아니세토』(1853)에 따르면］ '콤파드리토 : 가무
를 즐기고, 늘 누군가와 사랑에 빠지기를 좋아하는 젊
은 독신 남성.' 우리에게는 잘 알려지지 않은 총독 모
네르 산스는 콤파드리토를 일컬어 '허풍이 심하고 허
세를 잘 부리는 불량배'라고" 했다. "반면 세고비아는
'잘난 체하고 거짓말을 잘할 뿐 아니라 툭하면 시비를
걸거나 배신을 밥 먹듯 하는 사람'을 바로 콤파드리토
라고 정의하는데, 이는 지나치게 모욕적인 언사인 것
같다. 아무리 건달이라고 해도 이 정도는 아니다. 또

196

럼 말할 때가 종종 있다.

> 그런 식으로 살다 보면 결국
> 모든 이의 노예가 되는 법이지요.
> 한 집안의 가장이 없으면,
> 그가 부양하던 자식들은

사람에 따라서 개망나니와 콤파드리토를 혼동하는 경우도 있는데, 이는 분명 잘못된 생각이다. 벌판에서 소를 모는 이들도 마찬가지겠지만 콤파드리토 또한 그렇게 천박하거나 무례하지는 않다. 사실 콤파드리토는 어느 정도 세련되고 공손한 도시의 서민이다. 이와 더불어 콤파드리토는 용기를 과시하고, 거친 말을 만들어 내거나 함부로 사용할 뿐 아니라 명언이나 멋진 말을 어색하게 사용하기도 한다. 옷에 관해 말하면 그들은 주로 평상복을 입지만 장식을 덧붙이거나 특정 부분을 두드러지게 하는 경우도 있다. 1890년 무렵 콤파드리토는 보통 운두가 높고 챙의 한쪽을 접어 올린 검은색 참베르고 모자를 쓰고, 더블 재킷에 끝부분을 끈으로 묶은 프랑스식 바지를 입고, 높은 굽에 단추가 달려 있거나 옆 부분이 말랑말랑한 재질로 된 검은색 구두를 신고 다녔다. 반면 지금(1929년) 콤파드리토는 회색 참베르고 모자를 뒤로 젖혀 쓴 채 풍성한 스카프를 목에 두르고, 장밋빛이나 검붉은 빛깔의 셔츠에 재킷 단추를 풀고 다니기를 좋아한다. 또한 군은살이 박인 손가락에 반지를 끼고, 몸에 딱 달라붙는 바지에 거울처럼 광이 나는 검은색 구두를 신는다. 런던에 런던내기가 있듯이, 우리 나라 도시에는 콤파드리토가 있다." 호르헤 루이스 보르헤스, 김용호 외 옮김, 『아르헨티나 사람들의 언어』(보르헤스 논픽션 전집 I, 민음사, 2018), 390~391쪽.

실이 끊어져 나뒹구는 묵주 알처럼
사방으로 흩어지기 마련이죠.

어떤 아주머니가 그의 딱한 처지를 불쌍히 여기고 그에게
전 재산을 물려준다. 하지만 그녀가 죽자 판사는 그가 아직 미
성년이므로 서른 살이 될 때까지는 재산을 물려줄 수 없다는
판결을 내린다.(법정 연령, 즉 성년은 22세지만 피에로의 차남을 그
런 사실을 모르고 있다.) 판사는 앞으로 그를 보살피고 교육시켜
줄 후견인한테 그를 데려간다. 이제 둘째 아들의 운명은 비스
카차 영감의 손에 맡겨진 셈이다.

어떤 늙은이가 나를 데려갔는데
둘만 남자마자 본성을 드러내더군요.
인상으로 말하자면
거의 들짐승이나 다름없었고,
성격 또한 더럽기 짝이 없는 도둑놈이어서
사람들은 그를 비스카차라고 불렀지요.

비스카차 영감은 작품에서 마르틴 피에로 다음으로 유명
한 인물이다. 루고네스의 말마따나 아르헨티나의 대중은 비스
카차를 "우리 팜파스의 산초"[167]로 여긴다. 루고네스는 그에 대
해 이렇게 말한다. "그는 우리 대중에게 특히 잘 알려진 인물이

---

[167]   산초 판사(Sancho Panza)는 기사 돈키호테를 따라다니
는 시종이다.

다. 그렇다고 그에 대한 묘사나 그가 늘어놓은 충고를 여기 그
대로 옮겨 적으려는 것은 아니다. 아르헨티나 사람들이라면
그 정도는 모두 기억하고 있을 테니 말이다." 여기 한 가지 덧
붙여야 할 것은 그가 피에로의 둘째 아들에게 시도 때도 없이
충고를 늘어놓았다는 점은 그에 대한 묘사의 일부에 불과하다
는 점이다. 우리 아르헨티나 사람들은 그가 하던 잔소리를 너
무 많이 들어서 줄줄 외울 정도다. 그가 피에로의 둘째 아들에
게 나직이 중얼거리던 장면은 특히 그렇다.

> 우선 판사의 비위를 잘 맞춰야 해.
> 절대로 판사에게 흠잡힐 짓을 해서는 안 돼.
> 만약 그가 화를 내려고 하면
> 너는 납작 엎드리고 있어야 할 거야.
> 어쨌거나 비벼 댈 말뚝이 있어야
> 너한테 이로울 테니 말이야.

하지만 비스카차 영감의 충고가 시에서 너무 많은 비중을
차지하는 나머지 훌륭한 대목이 죄다 사라져 버린다는 점이
두고두고 아쉬울 뿐이다.

비스카차 영감은 산초처럼 단지 익살스럽기만 한 인물은
아니다. 그는 인정머리라고는 손톱만큼도 없을 뿐 아니라 가
죽 끈, 정어리 담는 항아리, 족쇄 등 아무짝에도 쓸모없는 물건
을 버리지 않고 쌓아 두는 수전노이기도 했다. 게다가 그 영감
은 성물(聖物)을 볼 때마다 온몸을 부들부들 떨면서 사탄에게
자기를 어서 지옥으로 데려가라고 고래고래 악을 써 댔다. 그

는 또한 피에로의 아들이 자기 오두막에 한 발짝도 들이지 못
하게 할 정도로 횡포를 일삼았다.

그 영감은 밖에서 며칠 밤을 보낸 뒤
그곳에 쉬러 오곤 했어요.
나는 그가 대체 뭘 숨겨 놓았는지
알고 싶어 견딜 수가 없었어요.
하지만 안에 절대 들어가지 못하게 하는 통에
뒤져 볼 수가 없었지요.

내게는 한때 두툼했을
낡은 담요 하나밖에 없었어요.
그걸 덮어 봐야 맨살이 훤히 드러나는데도
짐승만도 못한 늙은이는
그 추운 날씨에 밖에서 자라고
나를 내쫓아 버리더군요.

그 영감은 결국 개들 사이에서 살다가 세상을 떠난다.

그 영감은 개들에게 둘러싸여 살았어요.
개가 그의 유일한 낙이었던 터라
아무리 못해도 여섯 마리 정도는
늘 데리고 있었지요.
그리고 남의 집 소를 잡아
개들의 먹이로 주었어요.

그가 더 이상 말을 못 하게 되자

나는 그의 손에 방울을 달아 주었죠.

자신의 죽음이 가까워졌음을 직감했는지

그는 미친 듯이 벽을 할퀴더니만

개들과 여러분의 종인 이 사람 사이에서

결국 숨을 거두고 말았어요.

〔어떤 가우초가 그 늙은이의 시신을 땅에 묻었는데〕 개 한 마리
가 〔땅 위로 삐져나온〕 그의 손을 먹어 치웠다고 한다.

늙은이를 묻은 가우초가

또 내게 말해 주기를

(그 일만 떠올리면 지금도 가슴이 떨리고

다리가 후들거린다오.)

어떤 개가 거기로 와서는

망자(亡者)의 손을 먹어 치웠다는 겁니다.

하지만 이 장면은 너무 황당해서 액면 그대로 믿기가 어려
울 듯하다. 문학 작품의 인물들은 사람들의 상상 속에서 원래
보다 〔그 장점과 미덕이〕 더 부풀려지기 마련이다. 그렇지만 비
스카차 영감의 경우에는 정반대 현상이 일어난다. 영감의 경
우 오늘날 사람들 사이에 회자되는 전설에서는 평범한 인물로
나오는 데 비해『마르틴 피에로』에서는 훨씬 더 복잡하고 사악
한 인물로 묘사된다. 루고네스는 비스카차 영감과 산초를 비
교한 뒤 자연스러움이라는 면에서 에르난데스가『돈키호테』

의 작가를 능가한다고 결론짓는다. "왜냐하면 에르난데스는
〔그간 문학에서 자주 사용되던〕대칭적 대립 관계에 더 이상 의존
하지 않기 때문이다."

비스카차 영감은 밤마다 생전에 학대하던 가엾은 소년의
악몽에 나타나 그를 괴롭힌다.

> 한동안은 내게 무슨 일이
> 일어났는지조차 알 수 없더군요.
> 나는 넝마가 다 된 옷을 걸치고 있었는데,
> 바닥에 뒹구는 낙엽처럼 구멍이 송송 나 있었지요.
> 매일 밤마다 늙은이들과 개 떼 그리고
> 가죽 채찍이 꿈속에 나타났어요.

피에로와 그의 두 아들은 상봉의 기쁨을 만끽하면서 축하
연을 계속한다. 그런데 그 순간 자신을 피카르디아[168]라고 밝
힌 청년이 축하연에 끼어들어 제 이야기를 할 수 있도록 모두
에게 허락을 구한다. 피카르디아는 기타로 반주를 넣으며 그
동안 자신이 부에노스아이레스와 산타페 지방에서 겪은 인생
역정을 읊조리기 시작한다. 그러고는 언젠가부터 야바위꾼 노
릇을 했다고 털어놓는다. 그는 또한 국경 지대에서 겪은 숱한
우여곡절을 이야기하는데, 기억에 남을 만한 장면들이 등장한
다. 가령 사령관이 등장해 어느 시골 사람에게 당장 군대에 징

168 　피카르디아(Picardía)는 청년의 이름이 아니라 별명으
　　　로, 사기꾼이라는 뜻이다.

집하겠다고 으름장을 놓는 장면이 대표적이다.

> 그리고 너. 넌 이미 제쳐 놓은 놈이라
> 네 분수도 모르고 설치려 할 테지.

피카르디아는 제 아버지가 누구인지조차 모르고 있었다. 하지만 그들과 많은 대화를 나눈 끝에 크루스 경사가 자신의 아버지라는 사실을 알게 된다. 피카르디아의 노래가 끝날 무렵 또 다른 인물, 즉 흑인 한 명이 나타나 마르틴 피에로에게 기타를 요구한다.

> 그는 천연덕스레 자리에 앉으며
> 기타를 잡더니만
> 기타 줄을 세게 튕기더군요.
> 꽤나 건방진 검둥이였소.
> 그리고 모든 의혹을 풀어 주려는 듯
> 목을 가다듬기 시작하더군요.

> 거기 있던 모든 이가 이제
> 그 검둥이의 의도를 알게 되었죠.
> 아주 무례하게, 거만을 떨며
> 마르틴 피에로에게
> 도전장을 내민 것이
> 분명해진 셈이오.

여기에 이르면 이 작품에서 가장 극적이고 복잡한 대목이 우리를 기다리고 있다. 이 장면에는 기이할 정도로 엄숙한 분위기가 감돌 뿐 아니라 운명의 그림자가 짙게 드리운 듯하다. 마르틴 피에로와 흑인이 벌이는 파야다 대결이 바로 그것이다.『햄릿』이라는 연극 대본에 또 다른 대본이 포함되어 있고,『천하루 밤의 이야기』라는 기나긴 꿈에 또 다른 작은 꿈들이 포함되어 있는 것처럼『마르틴 피에로』라는 파야다에도 다른 파야다들이 포함되어 있다. 여러 대결 중에서도 피에로와 흑인이 벌이는 파야다 대결이 가장 인상적이다.

로하스는 이 대결을 일컬어 문자 그대로 환상적이라고 평했고, 특히 흑인의 노래에서 영혼의 목소리처럼 심오한 무언가를 느낄 수 있었다고 한다. 하지만 내가 보기에 이는 억측에 지나지 않는 것 같다. 그런데 〔로하스가〕 이런 추정을 했다는 것은 이 장면에서 극적인 긴장감이 극대화된다는 증거로 볼 수 있다. 흑인의 도전은 다른 이, 시간이 갈수록 영향력이 보이지 않게 커져 가는 어떤 이를 내포하고 있을 뿐 아니라 다른 사건, 나중에 일어나지 않거나 시 너머에서 일어나는 어떤 사건을 준비하거나 예비한다.

피에로는 두 번의 도전을 모두 받아들이고, 불안이 감도는 정적 속에서 노래를 시작한다.

> 기타 현이 울리고,
> 박자를 맞출 수 있는 한,
> 승부도 걸지 않은 채
> 뒷걸음질 칠 내가 아니죠.

어느 누구도 내기에서 쉽게 나를

이기지 못하게 하겠다고 맹세했으니까요…….

여러분만 좋다면 하루가

저물 때까지 계속해 봅시다.

나는 며칠 밤을 세워 가며 노래를

부르는 데 이골이 났으니까요.

옛날에는 그렇게 풍류를 즐기는

노래꾼들이 곳곳에 있었지요.

흑인은 공손하고 매우 화려한 언어를 구사한다. 하지만 그
의 감미로운 목소리에는 굳은 결의가 서려 있다. 흑인은 어려
운 질문을 던지며 피에로가 이에 대해 제대로 설명하면 승자
로 인정하겠다고 제안한다. 한편 피에로는 대지의 노래가 무
엇이고 바다의 노래와 밤의 노래가 무엇인지 그에게 묻는다.
흑인은 아름다우면서도 불분명한 표현을 섞어 가면서 망설임
없이 그의 질문을 받아넘긴다. 피에로가 마지막 질문을 던지
자 그는 이렇게 대답한다.

어떤 현인(賢人)이 허세가 심한 청년에게

땅에 구멍이 많으니 전속력으로 달리지 말라고 했지요.

겸허하게 당신의 질문에 답하오니

밤은 어디서 오는지도 모르는 채

듣게 되는 그 소리들을

노래로 삼고 있어요.

오직 태양만이 그 그림자를
꿰뚫고 그것을 압도한답니다.
여러 방향으로부터
어렴풋한 소리가 들려오네요.
저것은 죽은 이들의 영혼이 우리에게
기도해 달라고 청하는 소리랍니다.

그의 말뜻을 이해한 마르틴 피에로는 망자들의 영혼이 하느님의 품에서 편안히 쉴 수 있도록 하자고 청한다. 그러고는 곧바로 사랑의 기원과 법에 관해 노래로 질문을 던진다. 피에로는 만족스러운 표정을 짓지만, 흑인은 그에게 수량과 척도, 무게와 시간을 설명해 보라고 재촉한다. 형이상학적인 난제 앞에서도 피에로는 한 치의 흔들림 없이 자신의 생각을 노래로 풀어 나간다. 예를 들면 이런 식이다.

검둥이 친구여, 자네의 질문에 대해
내가 아는 범위 내에서 말하겠네.
시간은 장차 도래할 것이
지연되는 것일 뿐이라네.
시간은 애초에 시작이 없었던 만큼
결코 끝나지도 않을 걸세.
시간은 일종의 바퀴인데
바퀴는 영원성을 상징하기 때문이라네.
인간은 자꾸만 시간을 나누려고 하지.
내가 보기에 그것은

지금까지 얼마나 오래 살았는지 아니면
앞으로 살날이 얼마나 남았는지를 알기 위함일세.

이처럼 엄청난 주제들은 가우초는 물론 보통 사람들의 능
력으로도 해결할 수 없다. 하지만 흑인 청년은 그런 주제를 던
짐으로써 자신이 피에로와 파야다 대결을 벌이게 된 의도를
은근슬쩍 드러낸다. 파야다는 피에로와 결투를 벌이기 위한
구실이었다. 어쨌건 에르난데스는 아름다우면서도 숙명적인
시를 쓰려던 두 가지 목적을 모두 훌륭하게 이룬 셈이다. 피에
로가 다시 그에게 화두를 던지지만 흑인은 곧장 패배를 인정
한다. 그런데 그의 태도가 갑자기 돌변한 데는 다른 저의가 있
는 듯하다. 더 이상 미적거릴 수가 없던지 그는 좌중을 둘러보
며 자기가 온 목적을 솔직하게 털어놓는다.

말씀드렸다시피 우리 어머니의 몸에서
태어난 자식이 모두 열 명이나 되지요.
하지만 모두가 사랑하던 장남은
이제 이 세상 사람이 아니랍니다.
그는 어느 싸움꾼의 손에
억울하게 목숨을 잃고 말았으니까요.

나는 부디 사랑하는 형님의 유골이라도
고이 잠드시기를 바랄 뿐
형님을 흔들어 깨우려고
이곳에 온 게 아니에요.

하지만 적당한 기회가 온다면 그자에게
진 빚을 갚게 되기를 하느님께 빕니다.

만일 앞으로 다시 파야다 대결을 벌여
이 문제를 매듭지을 기회가 온다면,
내가 아무리 당신을 존경한다 할지라도
어떤 이들로 인해 맞게 되는
억울한 죽음에 관해
둘이서 노래 대결을 벌이고 싶군요.

피에로는 그 청년의 정체를 눈치챘지만, 시치미를 떼고 엉뚱한 대답을 한다.

첫 번째로 맞이한 내 운명은
판사의 박해로 쫓겨난 변방이었고,
그다음은 인디오 마을이었다네.
이제 새로 시작할 참인데,
내 노년의 삶이 무료할까 봐
이런 검둥이들이 나타나는구먼.

그러나 우리는 각자 어깨에 짊어진
멍에를 끌고 가야 하는 법이지.
나는 더 이상 싸움을 걸지 않는다네.
이제 싸우는 건 딱 질색이거든.
하지만 이제는 어두운 그림자도

건들거리며 다가오는 모습도 두렵지 않다네.

　두 사람 사이에 험악한 말들이 오가자 거기 있던 이들은 싸움을 말리느라 애쓴다. 사태가 진정된 후 그곳을 떠난 마르틴 피에로와 일행〔피에로의 두 아들과 크루스의 아들〕은 냇가에 도착하자 말에서 내린다. 마르틴 피에로는 자신이 죽인 흑인의 동생에게 조롱하는 말투로 맞받아쳤지만, 이번에는 자상한 아버지로서 그들에게 도움이 될 만한 충고의 말을 전한다.

　　인간이 인간을 죽이는 일은 없어야 한다.
　　허세를 부리느라 싸우지 마라.
　　나의 불행한 삶에는 자신의 모습을
　　비춰 볼 수 있는 거울이 달려 있다.
　　인간으로서 가질 수 있는 가장 뛰어난 지혜는
　　자중자애할 줄 안다는 것이다.

　삶의 소중한 교훈을 나눈 뒤 그들은 헤어져 각자의 길을 가기로 하고, 조용히 일하며 살아갈 수 있도록 그 자리에서 이름을 바꾼다.(이 대목에 이르면 우리는 시를 넘어 흑인 청년이 억울하게 죽은 형의 원한을 갚기 위해 피에로와 결투를 벌이는 장면을 상상할 수 있다.)

　33이라는 숫자가 붙은 마지막 노래에서 에르난데스는 월트 휘트먼처럼(휘트먼도 『풀잎(Leaves of Grass)』 마지막 장에서 그렇게 한다.) 독자와 직접 이야기를 나눈다. 작별 인사를 통해 에르난데스는 자신이 그토록 훌륭한 작품을 완성했다는 자부심을 아무 거리낌 없이 드러낸다.

언젠가 내 숨이 끊어지는 날에
황무지에 사는 가우초들까지
내가 죽었다는 사실을 알고
가슴속에 커다란 슬픔을
느끼게 되리라는 점을
모두 분명히 알아주기 바라오.

내가 말한 불행은 또한
내 형제들의 불행이오.
그들은 내 이야기를 가슴속에
소중히 간직할 것이오.
따라서 나의 형제들의 기억 속에서
나는 영원히 살아남을 것이오…….

하지만 어느 누구도 불쾌하게 여기지 말기 바라오.
나는 아무도 난처하게 만들지 않으니 말이오.
내가 이렇게 노래하는 것이
올바르다고 여긴다면,
그것은 남에게 몹쓸 짓을 하기 위해서가 아니라
모든 이에게 좋은 일을 하기 위해서라오.

『마르틴 피에로』와 비평가들

　이미 말했듯이 에르난데스의 시는 출간 당시부터 독자들에게 커다란 반향을 불러일으켰다. 1894년 판 출판사 광고에는 이런 문구가 등장한다. "〔아르헨티나의〕 모든 평원에 총 7만 4000부가 배포되었다." 그리고 "〔책의 출간 이후〕 사람들이 모인 곳에서는 〔시를〕 낭독하는 이가 등장했는데, 그 사람 주변으로 수많은 남녀들이 모여들었다……."고 전한다. 그 몇 줄 아래에는 이런 말도 있다. "우리 고객 중에 도매업자가 한 명 있는데, 그가 어제 내게 시골의 주점 및 상점 주인들로부터 받은 주문장부를 보여 주었다. 거기에는 다음과 같은 주문품이 적혀 있다. 성냥 12다스, 맥주 한 통, 『돌아온 마르틴 피에로』 12부, 정어리 100상자……." 광고이다보니 어느 정도 과장이 섞여 있겠지만(에르난데스는 이런 광고 문구를 꺼리기는커녕 시에 포함시킬 정도로 반기는 눈치였다.) 앞서 밝힌 내용은 대부분 사실임이

틀림없다.

〔작가가〕 사후에 이름을 떨치려면 생전에 무명으로 살아야 한다는 낭만주의의 편견이 자리 잡은 것은 19세기 초반이었다. 당대 비평가들과 마찬가지로 레오폴도 루고네스 또한 『파야도르』에서 에르난데스의 작품에 대한 칭찬에 인색할 뿐 아니라 혹평을 서슴지 않는다. 이는 『윌리엄 셰익스피어(William Shakespeare)』[169]라는 책에서 셰익스피어에 대한 비판적인 견해를 모으고 심지어 새로이 만들어 내기까지 한 빅토르 위고와 다를 바 없다. 물론 그런 주장에는 정당한 비판을 넘어 도를 지나친 점이 없지 않다. 『마르틴 피에로』를 처음 읽은 독자들은 그 가치를 충분히 인정하진 않았더라도 그것을 전혀 모르지는 않았다. 우리는 그런 현상이 나타난 몇 가지 원인에 대해 살펴볼 예정이다.

1879년 에르난데스는 미트레[170]에게 『마르틴 피에로』 한

---

169   원래 아들인 프랑수아빅토르 위고(François-Victor Hugo)가 번역한 셰익스피어 희곡 작품에 대한 서문으로 쓰인 작품이다. 작품 초반에는 셰익스피어에 대한 평전(그나마 부정확하다.)이 실려 있지만, 나머지는 역사적으로 뛰어난 작가들에 대한 비평으로 구성되어 있다. 더구나 셰익스피어에 대한 내용보다는 작가 자신의 인상과 견해가 주를 이루어 비평가들로부터 많은 비판을 받았다.

170   바르톨로메 미트레 마르티네스(Bartolomé Mitre Martínez, 1821~1906). 아르헨티나의 정치가, 군인, 문필가. 해외 망명 생활을 하던 그는 로사스가 몰락한 후 귀국했으나, 우르키사의 연방 체제에 반대해 부에노스아이레스를 연방에서 탈퇴시키는 데 주도적인 역

부를 보냈는데, 거기에 다음과 같은 헌사를 썼다. "바르톨로
메 미트레 장군님께. 지금으로부터 25년 전 나는 장군님의 정
적(政敵)의 편에 가담했습니다. 요즘 나같이 말할 수 있는 아르
헨티나 사람은 거의 없을 겁니다. 하지만 아르헨티나에서 나
처럼 그때의 기억을 대담하게 뛰어넘어 귀하의 서재에 보잘것
없는 이 책을 위한 공간을 만들어 주십사 고명하신 작가께 청
을 드릴 수 있는 사람 또한 거의 없을 겁니다. 그러니 같은 아르
헨티나인 작가로서 내가 장군님께 보내는 존경과 흠모의 증거
로 이 책을 받아 주시기를 간절히 청합니다." 이에 대한 미트레
의 대답이 지금도 보존되어 있다. 미트레는 이렇게 말한다. 『마
르틴 피에로』는 "아르헨티나 문단과 사교계에서 당당히 시민
의 자격을 획득한 전형적인 작품이라 할 수 있다". 그리고 이
에 덧붙여 "에르난데스의 책은 총체적인 삶의 현실 속에서 자
연스럽게 우러난 진정한 의미의 시"라고 했다. 이어 앞뒤가 안
맞기는 하지만 "[바르톨로메] 이달고는 앞으로 영원히 그의 호
메로스가 될 것이다. 왜냐하면 그것은 [우리 나라에서] 처음으
로……".

　"총체적인 삶의 현실 속에서 자연스럽게 우러난"이라는 표
현에서 우리는 당시 사람들이 왜 오늘날처럼 『마르틴 피에로』

할을 했다. 그 후 벌어진 우르키사 정부와의 내전에서
패했으나, 1862년 마침내 아르헨티나 대통령으로 당
선되어 본격적인 민족·정치 통합을 가속화했다. 아르
헨티나 역사에서 미트레 정권은 흔히 국가 통합 및 개
혁과 발전의 시대로 평가된다.

를 평가하지 않았는지 분명히 알 수 있다.

『마르틴 피에로』는 사실주의 계열의 작품이다. 이런 유의 작품은 〔어느 정도 형식을〕 갖춰 쓰기만 하면 그 의미가 명백히 드러나 읽기가 쉽다는 것이 일반적인 중론이다. 에밀 졸라라면 삶의 단면과 현실을 〔있는 그대로〕 기록하는 것에 관해 말했을 것이다. 하지만 이는 틀린 말이다. 왜냐하면 삶은 텍스트라기보다 오히려 일련의 신비로운 과정이라서, 사람들이 늘 생각하는 것에 부합하기 때문이다. 사실주의 작품은 단순한 기록〔복제〕이나 단순한 저널리즘에 지나지 않아 보인다. 문인들도 〔사실주의 작품을〕 무난하게 쓰기 위해서는 이런 원칙을 묵묵히 따르기만 하면 된다고 믿는 경향이 있다. 오늘날 관점으로 볼 때 『마르틴 피에로』의 주제는 우리와 다소 멀게 느껴질 뿐 아니라 어딘가 이국적인 분위기마저 풍긴다. 하지만 탈영병이자 도망자인 피에로가 변두리 동네의 깡패로 전락해 가는 이야기는 1860년대 당시에는 딱히 새로울 것도 없는 아주 흔한 주제였다. 그 이후에 등장한 에두아르도 구티에레스[171]의 작품만 봐도 그 차이를 분명히 알 수 있다. 사실 그런 내용과 줄거리는 그의 작품에서 흔히 발견되지만, 그것이 『마르틴 피에로』에서 비롯되었다고 생각하는 이는 아무도 없으니 말이다.

졸라는 감탄스러울 정도의 사실주의적 묘사를 통해 당시 사람들의 눈을 현혹했다고 할 수 있다. 그러나 작가의 사이비

---

171   Eduardo Gutiérrez(1851~1889). 아르헨티나 풍속주의 작가로 유명하다. 그의 대표작 『후안 모레이라(Juan Moreira)』(1879)는 가우초 소설의 고전이다.

과학 이론과 성적인 추문이 사람들을 미혹하는 데 커다란 역
할을 했다. 반면 『마르틴 피에로』는 그런 자극적 요소로부터
일찌감치 거리를 둔다. 이는 에르난데스 자신의 뜻이기도 하
지만, 무엇보다 가우초들의 에로틱한 삶이 그다지 세련되지
못한 탓도 있다.

게다가 『마르틴 피에로』는 정치적인 주장이나 연설을 다
수 포함하고 있는데, 애당초 〔비평가들은〕 이를 미학적인 차원
이 아니라 주로 시인이 지지하는 이론과 이념에 비춰 판단했
다. 여기서 한 가지 부언하자면 시인은 연방주의자(당시에는 페
데랄로테(federalote)나 마소르케로(mazorquero)라는 이름으로 불렸
다.)였다. 다시 말해 에르난데스가 도덕적으로나 지적 수준에
서 저열하다고 평가받던 집단에 속해 있었다는 얘기다. 당시
부에노스아이레스에서는 알 만한 사람들은 서로 다 알고 지내
는 사이였다. 하지만 호세 에르난데스는 당시 사람들에게 그
다지 큰 인상을 주지 못했던 것으로 보인다.

1883년 그루삭[172]은 빅토르 위고를 찾아갔다. 위고의 집 현

---

172   폴프랑수아 그루삭(Paul-François Groussac, 1848~
1929). 프랑스 태생의 아르헨티나 철학자, 역사학
자, 문학 비평가로, 아르헨티나 문화·사회에 적지 않
은 영향을 미쳤다. 대표작으로 문학 비평집인 『도서
관(La biblioteca)』(1896)과 『도서관 연보(Anales de la
biblioteca)』(1900) 등이 있다. 보르헤스와는 적지 않은
인연이 있는데, 두 사람 모두 국립 도서관장직을 역임
했을 뿐 아니라 그 시기에 모두 실명 상태였다. 본문에
인용된 『지적 여로 — 자연과 예술에 대한 단상』 I권
은 1904년에, 2권은 1920년에 발간되었다.

관에 들어선 그는 저명한 시인의 집에 왔다는 사실을 떠올리며 가슴 벅찬 흥분을 느끼려 했다. 하지만 "솔직히 말하면 마음이 그렇게 편안할 수가 없었다. 마치 『마르틴 피에로』의 작가인 호세 에르난데스의 집에 있는 것처럼 말이다".[173]

미겔 카네[174] 또한 에르난데스의 시에 칭찬을 아끼지 않았다. 그러나 그가 『마르틴 피에로』에서 가장 좋아하던 구절이 바로 에스타니슬라오 델 캄포를 연상시키는 연이었다는 사실은 당대의 취향이 어땠는지를 알려 주는 중요한 단서가 된다. 1894년 판에는 리카르도 팔마[175]와 호세 토마스 기도[176] 그리고 아돌포 살디아스[177]와 미겔 나바로 비올라의 찬사도 실려 있다.

1916년 루고네스는 에르난데스의 명성을 드높이는 데 결정적인 역할을 한 『파야도르』를 출간했다. 루고네스는 언제나 [우리의 마음속에 살아 숨 쉬는] 크리오요다움(lo criollo)을 느꼈다. 하지만 루고네스 특유의 바로크식 문체와 지나치게 난해

---

173   『지적 여로 — 자연과 예술에 대한 단상(Viaje in-
      telectual: Impresiones de naturaleza y arte)』 2권, 112쪽.
      (원주)

174   Miguel Cané(1851~1905). 아르헨티나의 작가이자
      정치인으로, 80년대 세대(Generación del 80)를 대표하
      는 인물이다. 대표작으로는 자신의 청년 시절을 기록
      한 『후베닐리아(Juvenilia)』(1884)가 있다.

175   Ricardo Palma(1833~1919). 페루의 낭만주의 작가로,
      역사적 사실을 토대로 한 소설을 주로 썼다.

176   José Tomás Guido(1788~1866). 아르헨티나의 군인이
      자 정치인.

177   Adolfo Saldías(1849~1914). 아르헨티나의 역사가이
      자 정치인.

한 어휘 탓에 점차 대중으로부터 멀어졌다. 그런 상황에서 에
르난데스의 작품에 찬사를 보낸다면 다시 사람들로부터 사랑
받을 수 있으리라 생각한 것이 분명하다. 그래서 그는 『파야도
르』를 (물론 성심을 다해) 쓰기 시작했다. 그는 거기에 그치지
않고 『마르틴 피에로』에 아르헨티나 민족의 책이라는 칭호를
붙여야 마땅하다고 주장했다. 『파야도르』에는 우리 나라의 목
가(牧歌) 시대에 대한 눈부신 묘사가 담겨 있다. 그의 여러 선
집(選集)에 들어갈 이 묘사의 유일한 단점은 그런 목적을 갖고
쓰였다는 것뿐이다. 루고네스는 감동적인 글을 통해 『마르틴
피에로』를 민족 서사시라고 불러야 한다고 힘주어 말했다. 그
의 글을 읽다 보면 우리가 그리스·라틴의 혈통을 이어받았음
을 분명히 느낄 수 있다. 물론 "동방의 종교"인 기독교의 영향
으로 글이 자주 중단되기는 하지만 말이다.

　모든 나라에 자신을 대표할 만한 책이 하나씩 있어야 한다
는 생각은 아주 오래된 것일 뿐 아니라 애당초 종교적인 색채
가 농후했다. 『코란』에서는 유대인들을 일컬어 책(구약)의 사
람들(gente de Libro)[178]이라고 한다. 그리고 힌두교도들은 『베
다』가 영원할 뿐 아니라 신이 우주를 주기적으로 창조할 때마
다 각 사물을 만들기 위해 베다라는 말을 떠올리게 한다고 믿

178　딤미(dimmī)에 관한 구절에 나오는 말이다. 딤미는 이
　　　슬람법이 다스리는 국가에서 무슬림이 아닌 국민을
　　　가리키는 말로, "책의 사람들"로 지칭된 유대인과 기
　　　독교인뿐이었으나 나중에는 시크교, 조로아스터교,
　　　힌두교 교인도 포함하게 되었다.

는다. 결국 19세기 초에 이르면 [대부분의 나라에서] 책의 관념이 종교의 정전(正典)에서 민족이라는 정전으로 바뀐다. 토머스 칼라일에 따르면 이탈리아는 『신곡』에, 스페인은 『돈키호테』에 모두 담겨 있다고 한다. 그리고 한없이 넓은 러시아는 아직 어떤 책으로도 스스로를 표현하지 못했기 때문에 여전히 침묵을 지키고 있다고 덧붙였다. 반면 루고네스는 아르헨티나 사람들이 이미 자신을 대표하는 책을 가지고 있다고 자랑스럽게 선언했는데, 그 책은 모두 예상한 바와 같이 『마르틴 피에로』다. 루고네스에 따르면 『일리아스』가 고대 그리스에서, 『롤랑의 노래(Chanson de Roland)』[179]가 프랑스에서 비롯된 것이라면, 에르난데스의 『마르틴 피에로』는 아르헨티나 사람들의 마음속에서 태어난 작품이라고 한다. 『마르틴 피에로』가 사람들의 상상 속에서 민족 서사시로 자리 잡기를 원했던 에르난데스는 여러 세대의 사람들과 수없이 되풀이된 망명과 추방 그리고 차카부코 전투[180]와 이투사잉고 전투,[181] 또 작가 개인의 경

---

179   작자 불명의 프랑스 중세 무훈시로, 샤를마뉴 대제가 스페인 원정에서 돌아오는 길에 피레네산에서 바스크족의 습격으로 후군이 전멸한 사건을 다룬다.

180   1812년 2월 12일 스페인 왕당파 군대와 산 마르틴 장군이 이끄는 안데스 대군 사이에 벌어진 전투로, 칠레 독립의 분수령이 되었다. 독립군이 승리했다.

181   1827년 2월 20일 히우그란지두술 서쪽에서 반다오리엔탈의 영유권을 두고 리오델라플라타주 군대와 브라질 제국군이 격돌한 전투다. 리오델라플라타 군대가 승리를 거둠으로써 우루과이가 독립국가 지위를 인정받게 되었다.

우이기는 하지만 1870년의 어떤 칼잡이 등 조국의 모든 역사
를 시에 압축시키려 했다. 이에 대해서는 다시 자세히 다룰 것
이다.

『아르헨티나 문학』에서 로하스는 약간 주저하거나 반대하
는 기색을 보이지만 그래도 위와 같은 견해를 되풀이한다. 한
부분에서 그는 이렇게 말한다. "다소 투박한 형식과 소박한 내
용 때문에 한 폭의 그림을 연상시키는 파야다 장면은 자연의
순수한 목소리로 봐야 할 것이다." 그리고 "이 시는 가곡이 아
니기 때문에 비둘기의 울음소리를, 또 송가(頌歌)가 아니기 때
문에 바람의 노래를 제외하는 편이 더 좋았을 뻔했다". 그리고
다른 곳에서는 또 이렇게 주장한다. "요새가 있던 곳에 도시를
세우는 것, 사람이 살지 않는 곳으로 영향력을 점점 더 확대하
는 것, 거친 황무지는 물론 호전적인 아우카 인디오들[182]과 싸
워야 하는 것, 후진적인 사회 조직에서 자행되던 불의와 불법
으로 고통을 당하는 것, 그 어떤 억압과 위협에도 굴하지 않고
용감하게 맞서 싸우면서 자기 자신과 인류 그리고 정의에 대
한 믿음을 굳게 지켜 나가는 것. 이것이 바로 가우초 마르틴 피
에로의 삶, 아니 모든 아르헨티나 민중의 삶이다." 하지만 에르
난데스의 작품을 그저 수박 겉핥기식으로라도 읽은 사람이라
면 누구든 잘 알 것이다. 로하스가 열거한 주제들이 실제 작품
에서는 (타키투스[183]식으로 말하면) 그 부재가 두드러진다는 것

---

182   아르헨티나 멘도사 지방 부근 팜파강이 흐르는 곳에
        정착했던 인디오 부족.

183   푸블리우스 코르넬리우스 타키투스(Publius Cornelius

을, 아니면 그저 지나가는 말로만 나타난다는 것을 말이다.

『라틴 아메리카 시 선집(Antología poética hispanoamericana)』에서 칼릭스토 오유엘라[184]가 적절하게 표현한 것처럼 "『마르틴 피에로』는 정확히 말해 민족적인 내용이나 우리 민족의 문제를 다루지도 않을뿐더러 정치적으로 만들어진 국가의 국민이나 민중으로서 우리의 기원과도 아무런 연관이 없다. 『마르틴 피에로』는 19세기 마지막 30년 동안 어느 가우초의 파란만장한 삶, 다시 말해 끝없이 펼쳐진 벌판에 잠시 머물던 우리의 전형적인 인물〔가우초〕이 〔새롭게 등장한〕 사회 조직의 힘에 밀려 결국 사라질 수밖에 없는 운명을 맞는다는 내용이다."

이쯤에서 미겔 데 우나무노[185]의 견해를 인용하는 것도 나쁘지 않을 듯하다. "『마르틴 피에로』에서는 서사시적 요소와 서정적 요소가 상호 침투하면서 하나로 녹아든다. 『마르틴 피에로』는 내가 아는 한, 스페인어권 아메리카의 성격을 가장 잘

Tacitus, 56~117). 고대 로마의 역사가, 정치가.

184 Calixto Oyuela(1857~1935). 아르헨티나의 시인이자 비평가. 그의 『라틴 아메리카 시 선집』(1919)은 국가 문학상을 받았다.

185 미겔 데 우나무노 이 후고(Miguel de Unamuno y Jugo, 1864~1936). 스페인의 철학자이자 작가, 문학 연구자로 98세대(Generación del 98)의 핵심적 인물이다. 『마르틴 피에로』에 관한 우나무노의 글은 「가우초 마르틴 피에로. 호세 에르난데스(아르헨티나인)의 유명한 가우초 시(El gaucho Martín Fierro. Poema popular gauchesco de D. José Hernández (argentino)」로, 《레비스타 에스파뇰라(La revista española)》, 마드리드, 1894년 3월, I, I, 5~22쪽에 수록되어 있다.

드러낼 뿐 아니라, 가장 스페인다운 작품이다. 팜파스의 파야
도르가 끝없이 펼쳐진 벌판의 옴부 나무 그림자에 앉아, 아니
면 별이 빛나는 고요한 밤에 스페인 기타 반주에 맞춰『마르틴
피에로』의 단조로운 10행시 노래를 부르면, 그 주변에 둘러앉
은 가우초들은 감격한 표정을 지으며 팜파스의 시를 듣는다.
그때 가우초들은 자신도 모르는 사이에 모국 스페인의 메아리
가 영혼의 깊은 바닥으로부터 끝없이 울려 퍼지는 것을 느끼
게 될 것이다. 그것은 그들의 조상이 그들의 피와 영혼에 물려
준 메아리다. 〔어떤 면에서〕『마르틴 피에로』는 그라나다에 십
자가를 다시 세운 뒤[186] 아메리카로 건너가 문명을 건설하고 허
허벌판에 길을 닦은 스페인 투사(鬪士)의 노래이기도 하다."
그런데 우나무노가 〔『마르틴 피에로』를〕 스페인 문학에 포함시
키기 위해 친히 언급한 "단조로운 10행시"는 실제로 6행시라
는 점을 밝혀 두어도 나쁘지 않을 것 같다.

　　메넨데스 이 펠라요[187]의 견해가 〔우나무노보다〕 훨씬 더 탁
월할 뿐 아니라 덜 당황스럽다. "아르헨티나 사람들이 이구동
성으로 말하듯이 가우초 장르의 걸작은 에르난데스의 시『마

186　　스페인 가톨릭 왕국들이 연합해 이슬람 세력을 이베
　　　　리아반도에서 축출한 이른바 국토 회복 전쟁(718~
　　　　1492)을 말한다.

187　　마르셀리노 메넨데스 이 펠라요(Marcelino Menendez
　　　　y Pelayo, 1856~1912). 스페인의 역사학자이자 문
　　　　학 연구자. 이 글은 그의『라틴 아메리카 시인 선집
　　　　(Antología de poetas hispano-americanos)』(마드리드:
　　　　스페인 왕립 학술원, 1895)에 수록되어 있다.

르틴 피에로』다. 이 작품은 도시에서뿐 아니라 시골의 오두막
에 이르기까지 아르헨티나 공화국 전체에서 가장 많은 인기를
누리고 있다. 아르헨티나의 팜파스에서 부는 바람은 헝클어지
고 거칠 뿐 아니라 활기 넘치는 시〔노래〕로 스며 들어간다. 작
품에서는 〔문명에〕 길들지 않은 원시적 열정의 에너지가 격렬
하게 분출하면서 주인공의 힘과 충동을 헛되이 억누르려 하는
사회적 메커니즘에 맞서 싸운다. 결국 주인공은 사회와 권력
의 힘에 밀려 황무지로 달아나 아무 구속이나 제약 없이 살아
가지만, 자기를 보금자리로부터 쫓아낸 문명 세계에 대한 그
리움을 완전히 떨치지는 못한다." 메넨데스 이 펠라요는 특히
두 친구가 국경을 넘어가던 "청명한 새벽" 장면에 가장 크게
감동받은 것으로 보인다.

『마르틴 피에로』는 더 중요한 작품이 등장하기 위한 질료
임과 동시에 명분[188]이었을지도 모른다. 『마르틴 피에로』에 이
어 등장한 대작은 바로 에세키엘 마르티네스 에스트라다의
『마르틴 피에로의 죽음과 변모』(멕시코, 1948)다. 이는 텍스트
에 대한 해석이라기보다 오히려 창작물에 가까운 책이다. 이
미 멜빌과 카프카 그리고 많은 러시아 작가들을 두루 섭렵한
대시인은 이 책을 통해 에르난데스의 근원적인 꿈을 (어두운 그
림자와 어지러운 혼란을 드리워 이를 더 풍요롭게 만들면서) 다시
꾸기 시작한다.『마르틴 피에로의 죽음과 변모』는 가우초 시에
대한 새로운 비평 스타일의 서막을 알리는 중요한 작품이다.

---

188   명분 혹은 구실을 의미하는 'pretexto'는 어원상 이전의
       텍스트라는 뜻이다.

마치 오늘날 데상크티스[189]가 만들어 낸 파리나타[190]와 콜리지
가 만들어 낸 햄릿에 관해 말하듯이, 우리의 미래 세대들은 마
르티네스 에스트라다가 만들어 낸 크루스와 피카르디아에 대
해 이야기하게 될 것이다.

---

189   프란체스코 데상크티스(Francesco De Sanctis,
       1817~1883). 이탈리아 문학 비평가로, 단테의『신곡』
       과 보카치오의『데카메론』을 새롭게 해석했다.
190   파리나타 델리 우베르티는 단테의『신곡』 중「지옥
       편」10곡에 등장하는 인물이다.

전반적 평가

유럽과 미국의 문학 학술대회에 가면 아르헨티나 문학에 관한 질문을 많이 받는다. 그때마다 나는 그런 문학(아르헨티나 문학을 무시하는 이들은 이렇게 경멸하듯이 부른다.)이 존재한다고 대꾸한다. 그리고 그런 문학에도 최소한 한 권의〔훌륭한〕책, 즉『마르틴 피에로』가 있다고 말한다.『마르틴 피에로』가 왜 뛰어난 작품인지를 증명하는 것이 이 글의 마지막 부분을 쓰는 목적이다.

앞에서 나는 에르난데스의 시에 대한 몇 가지 비평적 견해를 간략히 소개했다. 비평계의 반응은 다음 두 가지로 요약할 수 있다. 먼저『마르틴 피에로』가 아르헨티나 대중의 상상력 속에서 빚어진 민족 서사시라는 레오폴도 루고네스의 입장과 이 시가 개인적인 삶의 기록이라는 칼릭스토 오유엘라의 견해가 그것이다. 그리고 루고네스는 주인공이 "고결하고 정의로

울 뿐 아니라 〔모든 종류의 구속과 억압에서 벗어나〕 자유를 추구
하는" 인물이라고 규정한 반면, 오유엘라는 마르틴 피에로가
워낙 포악하고 공격적이어서 싸움을 일삼을 뿐 아니라 수시로
경찰과도 맞서는 모레이라[191]와 같은 인물로 눈에 띄게 전락해
간다고 평가한다. 이러한 논쟁을 어떻게 해결할 수 있을까?

프랑스 비평가 레미 드 구르몽[192]은 기존의 관념을 분리하
는 난해한 연습을 하면서 큰 즐거움을 얻곤 했다. 그런데 앞서
간략하게 언급한 논쟁을 자세히 살펴보면, 시의 미학적 가치
와 주인공의 도덕적 가치를 혼동함으로써 전자를 후자에 종속
시키고자 하는 경향이 엿보인다. 이러한 혼동에서 벗어나기만
하면 해묵은 논쟁에 종지부를 찍을 수 있다.

먼저 루고네스가 제시한 분류 방식을 살펴보자. 고대 그리
스인들에게 최고의 시인은 호메로스였다. 대중의 찬사와 존경
은 호메로스에 그치지 않고 그의 작품이 속한 장르로까지 확
대되었다. 이처럼 서사시에 대한 세속적인 숭배 현상이 〔유럽
전역에서〕 일어나면서 이탈리아에서는 작위적인 서사시가 흥

191　후안 모레이라(Juan Moreira, 1829~1874). 아르헨티
　　　나의 전설적인 가우초. 아르헨티나에서 자본주의의
　　　질서가 확고하게 자리를 잡아 감에 따라 팜파스에서
　　　법을 넘어 존재하던 가우초들은 더 이상 설 자리가 없
　　　어졌다. 따라서 가우초들은 수시로 경찰과 맞서 싸우
　　　는 범죄자로 전락해 가는데, 모레이라는 바로 이 시기
　　　를 대표하는 인물이다.

192　Remy de Gourmont(1858~1915). 프랑스의 상징주의
　　　시인이자 소설가, 문학 비평가로 상징파의 문예지인
　　　《메르퀴르 드 프랑스(Mercure de France)》를 창간했다.

수를 이루었고, 〔한동안 잠잠하던〕 프랑스에서도 결국 18세기에 이르러(프랑스 같은 나라에 서사시가 없다는 것은 말이 안 될 테니까) 볼테르가 『라 앙리아드(La Henriade)』[193]를 쓰게 되었다. 아리스토텔레스가 이미 밝혔듯 간결성과 통일성 그리고 명료함에서는 비극이 서사시보다 우위에 있다고 할 수 있다. 반면 루고네스가 『마르틴 피에로』에 민족 서사시라는 칭호를 부여한 것은 백해무익한 옛 미신을 되살려 내려는 시도나 다름없다.

하지만 민족 서사시라는 명칭은 『마르틴 피에로』를 둘러싼 논쟁에 여러모로 쓸모가 많다. 우선 그런 명칭을 통해 우리가 『마르틴 피에로』를 읽으면서 느끼는 즐거움이 어떤 것인지 분명히 밝혀낼 수 있다. 실제로 우리가 느끼는 즐거움과 정겨움은 베를렌이나 엔리케 반츠스[194]의 시보다 『오디세이아』나 『북유럽 전설(Sagas)』을 읽을 때 느끼는 것과 유사하다. 그런 의미에서 『마르틴 피에로』를 진정한 의미의 민족 서사시라고 할 수는 없어도 서사시로 보는 편이 타당하다. 게다가 민족 서사시

---

193   프랑스의 철학자 볼테르가 1728년에 쓴 서사시로, 로마 가톨릭 교회와 프로테스탄트 사이에 벌어진 종교 전쟁과 앙리 4세의 즉위를 노래했다.

194   Enrique Banchs(1888~1968). 아르헨티나의 시인이자 언론인으로, 아르헨티나 문학 예술원 회원이기도 했다. 그는 라틴 아메리카의 모데르니스모가 절정에 이른 시기에 활동했지만, 모데르니스모보다는 스페인 황금 세기 문학에 영향을 받아 간결하면서 고전적인 형식을 추구했다.

라는 용어는 우리에게 또 다른 면에서 도움을 준다. 민족 서사
시가 문명화되지 않은 청중들에게 주던 즐거움은 오늘날 대중
이 소설을 읽으면서 느끼는 즐거움, 즉 어떤 사람에게 어떤 사
건이 일어났는지 듣는 즐거움과 흡사하다. [어차피] 서사시는
소설 이전의 형식이니 말이다. 따라서 시에서 서술된 사건을
제외한다면 『마르틴 피에로』를 소설로 정의하는 것도 충분히
가능하다. 이처럼 『마르틴 피에로』를 소설로 정의하면 그것이
우리에게 어떤 즐거움을 주는지 정확하게 알 수 있다. 특히 그
것의 출간 시기가 소설의 세기[19세기], 즉 디킨스, 도스토옙스
키, 플로베르의 시대와 일치한다는 점에서 그런 관점은 충분
히 타당하다.

　서사시는 인물들의 완전성을 요구하는 반면 소설은 인물
의 결점과 복잡성에서 태어난다. 어떤 이들에게 마르틴 피에
로는 정의로운 인간으로 보이지만, 다른 이들의 눈에는 나쁜
짓을 일삼는 범죄자이거나 (마세도니오 페르난데스[195]가 명쾌하
게 말했듯이) 복수심에 불타는 시칠리아인에 불과하다. 서로 상
반되는 주장을 펼치고 있지만, 저마다 진지하고 분명한 입장
을 취하는 것으로 보인다. 이처럼 궁극적인 불확실성은 가장
완벽한 예술 작품[혹은 인물]의 특징 중 하나다. 그도 그럴 것
이 현실 또한 불확실하기는 마찬가지이기 때문이다. 셰익스피
어가 모호하고 불분명하게 느껴지겠지만, 그래도 신보다는 훨

195　　Macedonio Fernández(1874~1952). 아르헨티나의 전
　　　위주의 작가, 철학자로 보르헤스, 훌리오 코르타사르
　　　등 후대 작가들에게 큰 영향을 미쳤다.

씬 덜하다. 지금까지 우리는 햄릿이 누구인지 마르틴 피에로가 누구인지조차 알아내지 못했다. 그렇다고 우리가 누구인지, 혹은 우리가 가장 사랑하는 이가 누구인지 제대로 아는 것도 아니다.

마르틴 피에로에게는 늘 살인자, 싸움꾼, 술주정뱅이라는 수치스러운 꼬리표가 따라다닌다. 만일 (오유엘라처럼) 그가 저지른 행동으로 마르틴 피에로를 판단한다면, 그런 별명은 이론의 여지가 없을 만큼 모두 타당하다. 물론 이런 판단들은 마르틴 피에로 자신이 한 번도 받아들인 적 없는 도덕을 전제로 한다. 왜냐하면 마르틴 피에로는 관용과 용서의 윤리가 아니라 용기의 윤리만을 추구했기 때문이다. 피에로는 평생 동정심과 자비를 무시하고 살아왔지만, 다른 이들이 자신에게 늘 공정하고 따뜻한 마음으로 대해 주기를 원했다. 〔그런 이유로〕 그는 이야기가 진행되는 내내 끝없이 자신의 불운한 신세를 한탄한다.

우리가 마르틴 피에로를 비난하지 않는다면, 그것은 행동 때문에 사람들의 명예가 실추된다는 사실을 잘 알고 있기 때문이다. 누구든 남의 물건을 훔치고도 도둑이 되지 않을 수도 있고, 사람을 죽이고도 살인자가 되지 않을 수도 있다. 가엾은 마르틴 피에로는 불분명한 상황에서 자신이 저지른 살인사건 속에 갇혀 있지도, 그렇다고 불운으로 점철된 일대기를 더 혼탁하게 만든 과도한 항의와 허세 속에 머물러 있지도 않다. 그는 노랫가락과 시의 호흡 속에 존재한다. 그리고 이미 사라진, 과거의 소박한 행복을 그리워하는 순수한 마음속에, 순탄치 못한 운명을 부정하지 않았던 용기 속에 존재한다. 우리 아르

헨티나 사람들은 이를 직관적으로 느낀다. 우리에게는 피에로
가 겪은 파란만장한 삶보다는 이에 용감하게 맞선 피에로 자
체가 더 중요하다.

미래 세대가 영원히 잊지 못할 사람을 표현하는 것이야말
로 예술의 궁극적인 목적 가운데 하나다. 호세 에르난데스는
이미 이런 대업을 훌륭하게 성취해 냈다.

참고 문헌

I. 『마르틴 피에로』판본

에르난데스, 호세, 『가우초 마르틴 피에로와 돌아온 마르틴 피에로(El gaucho Martín Fierro y la vuelta de Martín fierro)』(부에노스아이레스: 리브레리아 마르틴 피에로, 1894). 시인의 자서(自序)와 출간 당시의 비평, 카를로스 클레리세(Carlos Clerice)의 석판화 포함.

_____, 『마르틴 피에로(Martín Fierro)』(부에노스아이레스: 클라리다드, 1940). 카를로스 옥타비오 붕헤의 시론(試論) 포함.

_____, 『마르틴 피에로(Martín Fierro)』(카를로스 알베르토 레우만 비평판, 부에노스아이레스: 에스트라다, 1947). 편집자가 시인의 육필 원고를 토대로 텍스트를 확정했지만 자의적으로

수정한 경우가 종종 있다. 그리고 에르난데스의 철자 오류를 불합리한 방식으로 정당화하려 한다.

  _____, 『가우초 마르틴 피에로와 돌아온 마르틴 피에로 (El gaucho Martín Fierro y la vuelta de Martín Fierro)』(산티아고 M. 루고네스의 주석이 달린 개정판, 부에노스아이레스: 센투리온, 1926). 다시 말하지만 가장 유용한 판본이다.

  _____, 『마르틴 피에로(Martín Fierro)』(엘레우테리오 F. 티스코르니아의 주석과 해설이 달린 판본, 부에노스아이레스: 코니, 1925). 이 판본은 문법적인 측면에서 중요하다. 편집자는 이 시의 언어를 스페인 고전 작품의 언어와 연관 짓는다.

2. 연구서

  로시, 비센테, 『험담을 담은 팸플릿. 마르틴 피에로의 언어의 수정(Folletos lenguaraces. Desagravio al lenguaje de Martín Fierro)』(코르도바: 임프렌타 아르헨티나, 1939~1945).

  로하스, 리카르도, 『아르헨티나 문학사. 가우초 문학(Historia de la literatura argentina. Los gauchescos)』(부에노스아이레스: 엘 아테네오, 1924).

  루고네스, 레오폴도, 『파야도르(El payador)』 I, 『팜파스의 아들』(부에노스아이레스: 오테로 & Co., 1916).

  에스트라다, 에세키엘 마르티네스, 『마르틴 피에로의 죽음과 변모(Muerte y transfiguración de Martín Fierro)』(멕시코: 폰도 데 쿨투라 에코노미카, 1948). 작품 전문과 풍부한 참고 문헌이 수록되어 있다.

카스트로, 프란시스코 I.,『마르틴 피에로의 어휘와 문장 (Vocabulario y frases de Martín Fierro)』(부에노스아이레스: 시오르디 아 이 로드리게스, 1950).

3부

불교란 무엇인가?

호르헤 루이스 보르헤스

알리시아 후라도

일러두기

　　호르헤 루이스 보르헤스는 성품이 관대해서 이 책의 표지에 내 성명을 함께 넣자고 했다. 그러나 각자 맡은 역할에 대해 독자에게 밝히는 것이 도리라고 여긴다. 이 책은 보르헤스가 기획했다. 예전에 보르헤스는 '고등연구자유대학'에서 불교에 관해 강연했는데, 이때 작성한 노트를 바탕으로 원고 대부분을 집필했다. 각 장의 주제도 보르헤스가 선정했고, 문체 또한 두말할 나위 없는 보르헤스의 문체다. 내가 맡은 작업은 최근 문헌을 조사하여 몇 가지 자료를 보충하고, 사소한 사항을 수정하는 것이었다. 물론 출판용 원고를 읽고, 쓰고, 준비하는 일도 내가 맡았다.

알리시아 후라도

전설상의 붓다

파울 도이센[196]의 견해에 따르면, 붓다의 전설은 붓다가 어떤 사람이었느냐는 이야기가 아니라 어떻게 단기간에 붓다가 되었느냐는 이야기다. 이에 덧붙여 다른 학자들은 전설적이고 신화적인 성격의 이 이야기에 불교의 정수가 심오하게 표현되어 있다고 말한다. 붓다의 전설은, 수많은 세대의 불자(佛子)가 믿었고, 지금도 수많은 인류의 정신에 살아 있는 그 무엇을 우리에게 드러내고 있다.

붓다의 전기는 하늘에서 시작한다. 보살(이 보살이 붓다가

---

196   파울 도이센(Paul Deussen, 1845~1919)은 독일의 인도 학자로, 쇼펜하우어에게 깊은 영향을 받았다. 1887년에 출판한 『베단타 경전(Die Sûtra's des Vedânta)』을 비롯하여 인도 고전 철학 관련 저술을 남겼다.

된다. 붓다란 '깨달은 사람'이란 뜻이다.)은 수많은 전생에서 공덕을 쌓은 덕분에 천신(天神)들이 사는 4천(제석천)에서 탄생했다. 그곳에서 인간 세상을 굽어보며 중생을 제도하기 위해 하생할 시기와 대륙과 나라와 집안을 살폈다. 어머니로 마야 부인을 선택했다.(마야라는 이름은 환영 세계를 창조할 수 있는 주술적 힘을 의미한다.) 마야 부인은 네팔 남부 지방의 카필라바스투 성을 통치하는 숫도다나 왕의 왕비다. 마야 부인의 꿈에 코끼리가 옆구리로 들어왔다. 상아가 여섯이요, 온몸은 백설처럼 희고 머리는 루비처럼 붉은 코끼리였다. 꿈에서 깨어난 마야 부인은 몸이 아프거나 무겁기는커녕 개운하고 가벼웠다. 천신들이 마야 부인의 몸속에 궁전을 만든 것이다. 이 궁전에서 보살은 기도하며 때를 기다렸다. 화창한 4월, 마야 부인이 룸비니 동산을 지나가고 있었다. 무성한 잎이 공작새 꼬리처럼 반짝이던 나무가 마야 부인에게 가지를 늘어뜨렸다. 마야 부인이 자연스럽게 가지를 잡는 순간, 보살은 자리에서 일어나 마야 부인에게 상처 하나 입히지 않고 오른쪽 옆구리로 나왔다. 갓 태어난 보살은 일곱 발을 걸어가서 좌우, 상하, 전후를 둘러보았다. 세상에 자기와 같은 존재가 없다는 사실을 확인하고, 사자후를 토했다.

이 세간 가운데 내가 가장 높구나. 이번이 내 마지막 탄생이다. 나는 고통과 병과 죽음을 멸하려고 왔노라.

구름 두 덩이가 각각 찬물과 더운물을 뿌려, 산모와 아이를 씻겼다. 이때 장님은 눈을 뜨고, 귀머거리는 소리를 듣고, 절름

발이는 걷고, 악기는 저절로 음악을 연주했다. 4천의 천신들은 기뻐서 춤추고 노래했다. 지옥의 죄인들은 고통을 잊었다. 장차 아내가 될 야소다라도 이 순간에 태어났다. 마부와 말과 코끼리도 태어나고, 보리수(후일 이 나무 아래에서 붓다는 깨달음을 얻는다.)도 생겨났다. 아이 이름은 싯다르타로 지었다. 고타마라는 성으로도 널리 알려졌다.[197] 사키야족에 속하는 가문의 성이다.

마야 부인은 보살이 태어난 지 이레 만에 죽어 33천(도리천)으로 올라갔다. 선인(仙人) 아시타는 천신들의 환호성을 듣고 산에서 내려와 아이를 안고 말했다. "더없이 존귀하신 분이 태어나셨다." 그리고 아이의 몸에서 선택받은 자의 징표를 확인했다. 정수리에는 왕관 모양의 살상투가[198] 솟았고, 속눈썹은 소와 같고, 마흔 개의 치아는 희고 가지런하고, 턱은 사자 같고, 키는 두 팔을 편 길이와 같고, 온몸은 황금색이고, 손가락·발가락 사이마다 얇은 비단 같은 막이 있고, 발바닥에는 호랑이, 코끼리, 연꽃, 메루산,[199] 수레바퀴, 만자(卍字) 등의 갖가지 무늬가 있었다.[200] 아시타 선인은 눈물을 흘렸다. 붓다의 설법

---

197   서양에서는 흔히 '고타마 붓다'라고 부른다.

198   살상투는 '살로 된 상투'라는 뜻으로 붓다의 정수리에 상투 모양으로 솟은 뼈를 가리킨다. 한자어로는 육계 (肉髻)라고 한다.

199   힌두교와 불교의 우주론에서 세계의 중심에 솟은 산을 가리켜 메루(Meru)산 또는 수메루(Sumeru)산이라고 한다. 한자어로는 수미산(須彌山)이다.

200   이런 붓다의 특징적인 용모를 상호(相好)라고 하는

을 듣기에는 나이가 너무 많다는 사실을 잘 알고 있었기 때문
이다.

해몽가들은 마야 부인의 태몽을 듣고, 장차 태어날 아이가
왕위를 계승하면 위대한 군주(전륜성왕)가 되고, 출가하면 세
상의 구원자(붓다)가 되리라고 예언했다. 전륜성왕이 되기를
바란 숫도다나 왕은 싯다르타를 위해 세 곳에 궁전을 짓고, 노
쇠, 질병의 고통, 죽음은 일체 보지 못하게 하였다. 싯다르타는
열아홉 살에 결혼했다. 그전에 서예, 식물학, 문법, 격투기, 달
리기, 멀리뛰기, 수영 등 갖가지 교육을 받았는데, 시합에서 항
상 1등이었다. 궁술 시합에서도 우승했다. 싯다르타가 쏜 화살
은 다른 사람의 화살보다 더 멀리 날아갔고, 화살이 떨어진 곳
에 샘이 생겼다.[201] 이런 영예는 훗날 악귀를 굴복시킨다는 상
징이다.

결혼 후, 꿈같은 10년 세월이 흘렀다. 그동안 싯다르타는
궁궐에서 감각적 쾌락에 탐닉했다. 주위에 궁녀만 8만 4000명
이었다. 어느 날 아침 마차를 타고 동문을 나선 싯다르타는 등
이 굽은 사람을 보고 소스라치게 놀랐다. "머리도 여느 사람 같
지 않고, 몸도 여느 사람 같지 않았다." 사지를 떨면서 지팡이
를 짚고 걸어가고 있었다. 누구냐고 묻는 싯다르타의 질문에
마부는 "저 사람은 노인인데, 세간의 사람은 모두 저 사람처럼
늙는다."고 대답했다. 남문을 나서자 이번에는 문둥병에 걸린

데, 32상(相) 80종호(種好)를 가리킨다.

201　　〔원주〕 이 샘을 찾아 나서는 모험이 키플링의 소설 『킴
　　　　(Kim)』의 주제다.

사람이 보였다. 마부는 설명하기를, 저 사람은 병자인데 이 세상의 어떤 사람도 병고에서 벗어날 수 없다고 했다. 또 서문 밖에서는 관 속에 누워 있는 사람을 보았다. 움직이지 않는 저 사람은 망자(亡者)인데 태어난 사람은 모두 죽게 마련이라는 얘기를 들었다. 마지막으로 북문 밖에서 사문(沙門)을 보았다. 생사를 초탈한 평온한 얼굴이었다.(후기 전설에서는 이 네 사람이 화신, 바꿔 말해 천사[202]라고 한다.) 싯다르타는 이 사문의 얼굴에서 길을 발견했다

출가를 결심한 날 밤에 아내가 아들을 출산했다는 소식을 들었다. 싯다르타는 궁으로 돌아갔다. 자다가 한밤중에 깨어난 싯다르타는 궁을 둘러보았다. 궁녀들은 잠을 자고 있었다. 어떤 궁녀는 침을 흘리며 자고 있었고, 어떤 궁녀는 헝클어진 머리로 널브러져 자고 있었다. 마치 코끼리에게 짓밟힌 듯한 모습이었다. 잠꼬대를 하는 궁녀도 있었고, 여드름투성이의 궁녀도 있었다. 모두가 죽은 사람 같았다. 싯다르타는 혼자 중얼거렸다. "사바세계의 여자들은 이처럼 불결하고 흉측한데, 남자들은 겉치장에 속아서 여자를 탐하는구나." 싯다르타는 야소다라의 침실로 들어갔다. 아내는 아이를 품에 안고 자고 있었다. 싯다르타는 이렇게 생각했다. '저 팔을 건드리면 아내가 깨어나겠지. 성불한 뒤 돌아와 아이를 안아 보리라.'

싯다르타는 궁궐을 나와 동쪽으로 향했다. 말발굽은 땅을

202　여기서 '천사'라는 표현은 아르헨티나 사람들이 이해하기 쉽도록 보르헤스가 덧붙인 것이다. 이후로도 가끔 기독교에서 사용하는 어휘가 등장한다.

닫지 않았고, 성문은 저절로 열렸다. 강을 건넌 뒤, 수행하던 시종에게 말과 옷을 건네주고 작별했다. 싯다르타는 칼로 머리칼을 잘라 허공에 던졌다. 천신(天神)들이 달려와 유품을 챙기듯이 머리카락을 주웠다. 수행자로 화신한 천사가 다가와 노란색 가사 세 벌, 허리띠, 삭도, 발우, 바늘, 녹수낭²⁰³을 건네주었다. 되돌아간 말은 슬피 울다가 곧 죽었다.

싯다르타는 7일 동안 홀로 앉아 수행했다. 이어 숲속에 사는 수행자를 찾아 나섰다. 풀로 엮은 옷을 입은 수행자도 있었고, 나뭇잎으로 몸을 가린 수행자도 있었다. 모두 과일만 먹고 살았다. 하루 한 끼 먹는 사람, 이틀에 한 끼 먹는 사람, 사흘에 한 끼 먹는 사람도 있었다. 저마다 물이나 불이나 태양이나 달을 숭배했다. 온종일 한 발로 서 있는 수행자도 있었고, 가시덤불에서 자는 수행자도 있었다. 수행자들은 북쪽에 살고 있는 두 스승의 이야기를 들려주었다. 싯다르타는 두 스승을 찾아가 가르침을 받았는데, 흡족하지 않았다.

싯다르타는 깊은 산으로 들어가 6년 동안 단식하며 고행했다. 사나운 비바람과 강렬한 햇살에도 꼼짝하지 않았다. 천신들은 싯다르타가 죽은 줄 알았다. 싯다르타는 마침내 고행이 무용하다는 것을 깨닫고, 자리에서 일어나 강물에 목욕하고 죽을 조금 먹었다. 싯다르타는 금세 기력을 회복하고 아시타 선인이 확인한 상호(相好)와 신광(身光)을 되찾았다. 새들이 머리 위로 날며 경의를 표했다. 싯다르타는 보리수 그늘에

---

203   녹수낭(漉水囊)은 벌레와 같은 물속의 이물질을 걸러
내는 물주머니다.

앉아 명상을 시작했다. 깨달음을 얻기 전에는 자리에서 일어나지 않을 결심이었다.

그때 애욕의 신이자 죽음의 신 마라(Mara)가 싯다르타를 공격했다. 주술적인 성격의 이 싸움은 밤새 계속되었다. 마라는 싸움을 하기 전에 꿈을 꾸었다. 악몽이었다. 꿈속에서 마라는 왕관을 잃어버렸다. 또 궁궐의 꽃은 시들고, 연못은 말라 버리고, 악기 줄이 끊어지고, 온몸은 먼지를 뒤집어쓰고 있었다. 싸우려고 하는데 칼집에서 칼을 뽑을 수가 없었다. 그럼에도 꿈에서 깨어난 마라는 군대를 총동원했다. 악마, 호랑이, 사자, 표범, 거인, 뱀을 소집했다. 그중에는 야자수처럼 거대한 놈도 있었고 아이처럼 작은 놈도 있었다. 키가 240킬로미터나 되는 코끼리가 앞장섰다. 이 놈은 머리가 500개요, 불을 뿜는 혓바닥도 500개였다. 팔은 1000개인데, 손마다 다른 무기를 들고 있었다. 마라의 군대는 불화살을 산더미처럼 퍼부었다. 그러나 싯다르타는 자비의 힘으로 불을 연꽃으로 만들었다. 수많은 화살이 꽃잎으로 변해 싯다르타 머리 위로 떨어졌다. 패배한 마라는 딸들에게 싯다르타를 유혹하라고 명했다. 싯다르타를 에워싼 여인들은 음악을 연주하며 교태를 부렸다. 싯다르타는 여인들에게 그들의 본질이 환영이요, 허상이라고 일깨웠다. 손가락으로 여인들을 가리키자 모두 추한 노파로 변해 버렸다. 혼란에 빠진 마라의 군대는 와해되었다.

보리수 아래 홀로 정좌한 싯다르타는 미동도 하지 않았다. 그때 싯다르타는 자기를 포함하여 중생의 무수한 전생을 보았고, 우주의 무수한 세계를 한눈에 보았고, 이어 모든 인과 관계의 사슬(연기)을 보았다. 이윽고 새벽녘에 이르러 사성제(四聖

諦)를 깨쳤다. 이제 싯다르타 태자가 아니라 붓다였다. 수많은
천신과 미래불[204]이 붓다를 경배했다. 붓다는 이렇게 선언했다.

나는 집 짓는 자를 찾아 많은 생을 윤회하였다. 거듭되는
태어남은 괴로움이었다. 집 짓는 자여, 마침내 그대를 찾았구
나. 그대 다시는 집을 짓지 못하리라. 기둥은 부러지고 서까래
는 내려앉았기 때문이다. 이제 마음은 업 형성을 멈추었고 갈
애의 부서짐을 성취하였다.[205]

네팔과 티베트의 경전은 여기서 끝난다. 카를 프리드리히
쾨펜에[206] 따르면, 가장 오래된 형태의 전설이다.

깨달음을 얻은 후에도 붓다는 보리수 아래에서 7일을 더
앉아 있었다. 천신들이 찾아와 음식과 옷을 바치고 향을 피우
고 꽃을 던지고 경배했다. 큰비가 내리자 뱀의 왕 나가(Naga)는
붓다를 보호하려고 일곱 바퀴를 돌아 똬리를 틀고, 일곱 개 머

---

204   불교에서는 삼세불(三世佛)이라 하여 과거에도 붓다
      가 있었고, 현재에도 붓다가 있고, 미래에도 붓다가 온
      다고 한다. 이를 가리켜 순서대로 과거불(연등불), 현
      재불(붓다), 미래불(미륵불)이라고 부른다.

205   『법구경』에 나오는 '깨달음의 노래'다. 일반적으로 오
      도송(悟道頌)이라 부른다. 보르헤스가 소개하지 않은
      마지막 두 문장을 덧붙여서 옮겼다.

206   카를 프리드리히 쾨펜(Karl Friedriech Köppen, 1808~
      1863)은 독일의 정치 평론가이자 청년 헤겔 학파였
      다. 『붓다의 종교(Die Religion des Buddha)』와 같은 불
      교 관련 저술을 남겼다.

리로 지붕을 만들었다. 날이 갰을 때, 나가는 젊은 브라만 승려[207]로 변해 무릎을 꿇고 말했다. "놀라시지나 않았는지 모르겠습니다. 비도 오고 날도 추워서 보호해 드리려 했습니다." 나가는 붓다와 몇 마디 말을 주고받은 뒤 불교에 귀의했다. 나가를 본받은 천신은 한 명뿐이었다. 이 천신은 귀의하여 재가불자가 되었다. 동서남북을 다스리는 사천왕(四天王)이 찾아와 각기 붓다에게 돌로 만든 발우를 바쳤다. 붓다는 사천왕의 뜻을 존중하여 네 개의 발우를 합쳐 하나로 만들었다. 이후 40년간 붓다는 탁발할 때 그 발우를 사용했다. 브라마신이 한 무리의 수행원을 이끌고 천상에서 내려와 붓다에게 중생 구제를 위해 설법하라고 몇 번이나 권청(勸請)했다. 붓다는 마침내 이 권청을 받아들였다. 대지의 정령이 공기의 정령에게 이 기쁜 소식을 전했고, 공기의 정령은 모든 천신에게 알렸다.

붓다는 베나레스[208]를 향해 먼 길을 걸어갔다. 서문으로 들어가서 탁발한 뒤 녹야원으로 향했다. 그곳에서 지난날 함께 수행하던 다섯 수행자를 만나 최초로 설법했다. 이 초전법륜(初傳法輪)에서 붓다는 세속적인 쾌락의 삶과 육체를 학대하는 고행의 삶이라는 양극단을 떠나 중도(中道)의 삶을 추구해야 하며, 갈애를 멸함으로써 고(苦)를 멸해야 한다고 가르쳤다. 그

---

207   이 책에서는 우주의 근본 실재 또는 원리를 의미하는
      Brahman은 브라만으로, 브라만이 인격화된 창조신
      Brahma는 브라마신(불경에서는 보통 범천이라고 한
      다.)으로, 사제 계급을 뜻하는 Brahmin은 브라만 승려
      로 옮긴다.

208   베나레스는 현재 바라나시 지역을 말한다.

말을 듣고 깨달은 다섯 사람은 붓다의 제자가 되었다. 그날 이후 지상에는 성자가 여섯 명이나 존재하게 되었다고 어느 경전은 전한다. 이렇게 해서 불(佛), 법(法), 승(僧)의 삼보(三寶)가 갖추어졌다.

어느 날 붓다는 갠지스강에 도착했다. 그러나 뱃사공에게 줄 뱃삯이 없어서 공중을 날아 강을 건너야 했다. 한번은 포악한 나가를 귀의시켰다. 붓다와 나가는 연기와 불을 내뿜으면서 대결하였고, 마침내 붓다는 나가를 발우에 가두었다.

아버지의 부름을 받은 붓다는 제자 2만 명을 거느리고 카필라바스투를 찾았다. 그곳에서 아들 라훌라와 사촌 아난다는 붓다를 따라 출가했다. 어느 날 어부들이 거대한 물고기를 잡아 왔다. 당나귀, 개, 말, 원숭이 등 각기 다른 머리가 100개나 달려 있었다. 붓다는 이렇게 설명했다. "저 물고기는 전생에 사문이었는데 어리석게도 함께 수행하는 도반(道伴)을 '당나귀 대가리', '강아지 대가리' 등으로 부르며 조롱했기에 이생에서 저런 모습으로 벌을 받고 있다."

붓다의 사촌이자 제자인 데바닷타는 종단의 개혁을 주장했다. 승려는 누더기 옷을 입고 노천에서 자야 하며, 생선은 피하고, 마을에 들어가거나 초대에 응해서는 안 된다고 주장했다. 붓다의 자리를 찬탈하려는 욕심에 데바닷타는 마가다 왕국의 태자에게 접근하여 붓다를 살해하라고 사주했다. 태자가 고용한 궁수 열여섯 명이 길에서 붓다를 노리고 있었다. 그러나 붓다의 위덕과 권능에 눌린 궁수들은 화살을 쏘지 못했다. 그러자 데바닷타는 붓다를 노리고 사나운 코끼리를 풀어놓았다. 돌진하던 코끼리는 붓다 앞에서 걸음을 멈추고 무릎을 꿇었다. 자비로 굴복시킨 것이다. 이설(異說)에 따르면, 술에 취한 코끼리 수십 마리가 붓다에게 달려들었다. 그때 붓다의 다섯 손가락에서 사자가 뛰쳐나와 포효하자 놀란 코끼리는 후회하며 눈물을 흘렸다고 한다. 마침내 땅이 데바닷타를 삼켜 가장 깊은 지옥(아비지옥)에 떨어뜨렸다. 그곳에서 데바닷타는 250만 킬로미터나 되는 화염에 휩싸였다. 붓다는 데바닷타가 숙적이라고 설명했다. 먼 옛날 큰 거북 한 마리가 물에 빠져 허우적대는 상인의 목숨을 구해 주었는데, 배은망덕한 상인이 졸고 있는 거북을 잡아먹었다는 것이다. 붓다는 이야기 말미에 이렇게 덧붙였다. "그 상인이 바로 데바닷타이고, 그 거북이 바로 나다."

바이샬리에서 붓다는 유명한 유녀(遊女) 암바팔리의 초대를 기꺼이 수락했다. 암바팔리는 망고 나무 정원을 승단에 보시했다. 예수가 바리새인의 집에서 죄지은 여자의 향유를 거절하지 않았다는 이야기가 떠오른다.(누가복음, 7장 36~50절)

한참 세월이 흐른 뒤, 마라가 다시 붓다를 찾아왔다. 그리고 말하기를 이제 종단도 확립되고 승려도 많아졌으니 그만 세상을 뜨는 게 어떠냐고 넌지시 물었다. 이에 붓다는 석 달 뒤 이 세상을 떠나겠다고 대답했다. 그 말을 듣자 땅이 전율하고, 태양이 어두워지고, 폭풍이 몰려오고, 중생은 겁에 질렸다. 전설에 따르면, 붓다는 몇천 년이라도 살 수 있지만 자의(自意)로 죽음을 맞이했다. 얼마 후 붓다는 인드라천(天)으로 올라가 불법(佛法)을 보존하라고 당부했다. 이어 나가의 궁전[209]으로 내

---

209   '나가의 궁전'은 '용궁'으로 옮기기도 한다. 후일 나가
        르주나(용수)가 용궁으로 내려가 붓다가 맡겨 놓은

려가서 불법의 수호를 약속받았다. 천신과 뱀과 악귀와 지상
의 정령과 별의 정령과 나무의 정령과 숲의 정령은 붓다에게
죽음을 거두라고 간청했다. 하지만 붓다는 세상에서 무상하지
않은 것은 없다고 대답했다. 쿠시나가르에서 대장장이의 아들
쿤다가 돼지고기 요리(어떤 문헌에서는 버섯 요리라고 한다.)를
붓다에게 대접했다. 붓다는 이 음식을 먹고 병이 악화되었지
만 꿋꿋이 참고 별다른 내색을 하지 않았다. 제자들과 마지막
작별 인사를 나누고 열반에 들고 싶었던 것이다. 붓다는 목욕
을 하고 물을 마신 후, 나무 아래 누워 죽음을 맞이할 준비를 했
다. 나무는 놀라서 갑자기 꽃을 피웠다. 늙고 병든 사람이 붓다
라는 사실을 아는 듯했다. 붓다는 입멸하기 전에 종단의 분열
과 불화를 예언하고, 그간의 가르침과 계율을 준수하라고 당
부했다. 그리고 장례를 준비하도록 하였다. 붓다는 오른쪽으
로 누워 머리를 북쪽에 두고 얼굴은 서쪽을 향한 채 입멸했다.
때는 죽음을 맞기에 가장 적당한 시간인 초저녁이었다.

　제자들은 쿠시나가르 교외에서 다비하기로 하고, 엄숙한
의식을 치렀다. 마치 전륜성왕의 장례식이라도 되는 듯이. 그
러나 붓다는 그런 왕이 되려 하지 않았다. 다비하기 전에 6일
동안 음악과 춤과 꽃과 향으로 붓다를 경배했다. 7일째 되는
날, 화장목에 법체를 안치했다. 여러 사람이 장작에 불을 붙여
보았으나 모두 실패했다. 결국 붓다의 심장에서 불이 일어나
시신을 삼켰다. 다비를 마치고 유골을 수습하여 항아리에 담

『화엄경』을 찾아왔다는 얘기도 전한다.

았다. 유골 한 조각이라도 분실하지 않으려고 꿀로 항아리를 채웠다. 유골은 삼등분했다. 한 부분은 천신들이 가져가 하늘에 안장했다. 또 한 부분은 나가가 가져가 지하 세계에 보관했다. 나머지는 여덟 왕이 나눠 가져가 각기 왕국에 사리탑을 세웠다. 수많은 세대의 사람들이 이 사리탑을 참배했다.

지금까지 전설로 내려오는 붓다의 생애를 간략하게 살펴보았다. 어떻게 판단할지 모르겠으나 다음 몇 가지 사항은 염두에 두어야 한다.

파울 도이센은 1887년에 쓴 책에서 재미있는 얘기를 하고 있다. 만일 화성인이 자기네 철학을 로켓에 실어 지구로 보낸다면 우리 철학과 매우 상이하기 때문에 큰 관심을 불러일으킬 것이다. 이와 마찬가지로 18~19세기에 서구인에게 드러난 인도 철학도 화성인의 철학 못지않게 낯설고 심오하다고 했다. 실제로 인도 철학은 완전히 다른 철학이다. 단어의 함의까지 상이하다. 예를 들어, 붓다가 상아가 여섯이나 달린 흰 코끼리 형상으로 마야 부인의 옆구리로 들어갔다는 이야기는 서구인이 보기에는 그저 터무니없을 뿐이다. 그러나 인도인에게 6은 관례적인 숫자다. 브라마신의 육문(六門)이라고 부르는 여섯 신[210]을 숭배하고, 공간도 육방(六方)이라 하여 동, 서, 남, 북, 상, 하 이렇게 여섯으로 나눈다. 게다가 인도의 조각이나 그림은 복잡한 형상을 통해 범아일여(梵我一如)의 범신론을 드러내고 있다. 코끼리 또한 인도인에게는 가축이며, 순종의 상징이다.

---

210   불의 신, 바람의 신, 물의 신, 달의 신, 번개의 신, 태양
       의 신을 가리킨다.

이상에서 붓다의 전설을 요약하면서 두 가지 문헌을 참고했다. 하나는 빈테르니츠[211]가 '붓다의 유희에 관한 상세한 이야기'라고 번역한 『방광대장엄경(方廣大莊嚴經, Lalitavistara)』이다. 유희라는 제목은 나중에 이 책 후반의 대승 불교를 읽어 보면 이해할 수 있다.[212] 『방광대장엄경』은 서기 2~3세기에 편찬한 경전이다. 다른 문헌은 『불소행찬(佛所行讚, Buddhacarita)』이다. 서기 1세기경 아슈바고샤[213]가 지은 서사시다. 티베트어로 쓴 전기를 보면, 아슈바고샤는 남녀 가수를 데리고 시장을 돌아다니면서 직접 작사·작곡한 구슬픈 가락의 노래를 불러 불교 신앙을 전파했다고 한다. 산스크리트어로 쓴 아슈바고샤의 시는 중국어, 티베트어로 번역되었다. 영역본은 1894년에 출간되었다.[214]

---

211   모리츠 빈테르니츠(Moriz Winternitz, 1863~1937)는 오스트리아 출신의 인도학 연구자다. 산스크리트에 능통하였으며, 1908년부터 1922년까지 세 권으로 된 『인도 문학사(Geschichte der indischen Literatur)』를 출판했다. 보르헤스가 언급한 구절은 『인도 문학사』 2권에 나온다.

212   보르헤스는 사고의 유희, 논리의 유희, 언어의 유희로 이해한다.

213   아슈바고샤(Asvaghosha)는 우리나라에서 마명(馬鳴)이라는 이름으로 널리 알려졌다.

214   보르헤스가 말하는 영역본은 에드워드 바일스 코월(Edward Byles Cowell, 1826~1903)의 『아슈바고샤의 붓다차리타(The Buddha-Karita of Asvaghosha)』이다.

역사상의 붓다

　여타 종교의 창시자와 마찬가지로 붓다의 경우에도 연구자가 직면하는 본질적인 문제는 자료가 둘도 아닌 단 하나, 즉 전설뿐이라는 데 있다. 역사적 사실은 전설 속에 숨어 있다. 전설은 자의적 창작이 아니라 사실의 변형이고, 사실의 과장이다. 주지하듯이, 인도 작가는 화려한 과장법을 추구하지만 그렇다고 역사적 상황까지 조작하지는 않는다. 전설에 역사적 상황이 드러난다면 이는 진실이라고 추정할 수 있다. 앞 장에서 보았듯이, 싯다르타 태자는 스물아홉 살에 왕궁을 버리고 출가했다는데, 이는 정확한 사실인 것 같다. 왜냐하면 여기에는 어떠한 상징적 의미도 없기 때문이다. 또한 여러 스승을 찾아가 배웠다는 것도 사실인 것 같다. 단순히 찬양하기 위해서라면 스승에게 배웠다기보다 모든 것을 혼자 해결했다고 하는 편이 더 효과적이었을 테니 말이다. 붓다의 발병과 죽음에 관한 대목 또한 사실에 가깝다. 어떤 경전 편찬자도 고기나 버섯 때문에 유명한 수행자의 수명이 단축되었다고 꾸며 대지는 않기 때문이다.

출가하기 전 싯다르타는 태자였다. 따라서 출가 이전과 이후의 삶을 극명하게 대조하려면 왕궁 생활의 화려함을 과장하는 일은 불가피해 보인다. 올덴베르크[215]는 '숫도다나'라는 이름이 벼농사를 짓는 광대한 땅의 소유자를 지칭하는 말이지 군주를 지칭하는 말은 아니라고 보았다. 이 가설은 숫도다나를 '깨끗한 쌀의 왕'이라는 뜻의 정반왕(淨飯王)으로 옮기는 것으로 보아 설득력이 있다.

전설은 붓다의 일생을 전부 포괄하기는 하지만, 시기적으로는 깨달음을 얻기 전의 붓다를 훨씬 더 많이 다루고 있다. 깨달음을 얻은 이후의 행적은, 지명이 정확한 것으로 보건대 틀림없는 사실이다. 45년간의 전법(傳法) 여행에 관한 자세한 기록도 몇몇 기적 이야기를 제외하면 사실이다.

여담이지만 붓다가 활동하던 기원전 6세기는 철학자의 세기였다. 공자, 노자, 피타고라스, 헤라클레이토스가 붓다와 동시대 사람들이다.

서구인의 입장에서는 붓다의 이야기(또는 전설)와 예수의

---

215   헤르만 올덴베르크(Hermann Oldenberg, 1854~1920)는 독일의 인도학 연구자다. 1881년에는 팔리어 문헌에 근거하여 『붓다의 삶과 가르침과 종단(Buddha: Sein Leben, seine Lehre, seine Gemeinde)』이라는 책을 펴내 서양에 불교를 소개하는 데 기여했다.

이야기(또는 전설)를 비교하고 싶을 것이다.

예수의 행적에서는 가슴 먹먹한 장면과 고도로 극적인 상황이 많이 나타난다. 신이지만 기꺼이 인간의 형상을 취하고 도둑 두 명과 함께 십자가에 매달린 예수의 삶과 비교할 때, 왕궁을 버리고 고행 길을 선택한 붓다의 삶은 단조롭기 이를 데 없다. 그렇지만 자아의 부정이 불교의 핵심 교리라는 점을 잊어서는 안 된다. 또 인간적인 관점에서 매우 매력적인 인물을 창조하는 것은 불교 교리의 근본을 훼손하는 일이라는 점도 간과해서는 안 된다. 예수는 제자들을 위로하고자 "두세 사람이 내 이름으로 모인 곳에는 나도 그들 중에 있느니라."라고 말했다. 이와 유사한 상황에서 붓다는 제자들에게 가르침을 남긴다고 말했다. 에드워드 콘즈[216]가 매우 적절하게 평했듯이, 개인으로서 고타마 싯다르타라는 존재는 불교 신앙에서 하등 중요하지 않다. 게다가 대승 불교의 가르침에 따르면, 붓다는 여러 시대에 여러 모습으로 세상에 나타나는 일종의 원형이기 때문에 붓다만의 독특한 개성은 큰 의미가 없다고 했다. 그리스도의 수난은 일회적이고, 인류사의 핵심 사건이다. 반면 붓다의 탄생과 가르침은 역사에서 주기적으로 반복되며, 고타마 싯다르타는 과거와 미래로 연결된 무한한 고리 가운데 하나일

---

216   에드워드 콘즈(Edward Conze, 1904~1979)는 영국에서 태어나 독일에서 교육을 받은 대승 불교학자다. 1958년에 출판한 『팔천송반야경(Perfection of Wisdom in 8000 Lines and its Verse Summary)』을 비롯하여 여러 반야경을 영어로 번역했다.

뿐이다.

전설에서 얘기하는 붓다의 호사스러운 생활과 수많은 여자는 불교에 대한 서구인의 선입견과 충돌할 수 있다. 그러나 인도인의 관념으로 보면, 금욕이 삶의 정수도 아니고 원칙도 아니라는 점을 기억할 필요가 있다. 지금도 인도에서는 노년에 접어든 남성이 가족과 재산을 버리고 출가하여 사문의 길을 걷는 경우가 적지 않다.

에드워드 콘즈는 이렇게 썼다. "기독교나 불가지론을 믿는 역사학자의 눈에는 인간 붓다만이 사실이고, 영적이거나 주술적인 성격의 붓다[217]는 허구에 불과할 것이다. 불자(佛子)의 관점은 완전히 다르다. 붓다의 법신과 보신을 무엇보다 강조하며, 인간의 몸으로 화신한 붓다, 즉 역사적 존재로서 붓다는 영적인 광휘를 뒤덮고 있는 누더기로 여긴다."[218]

서구의 불교학자들이 직면한 난제는 그보다 훨씬 광대한 문제의 특수한 사례에 지나지 않는다. 쇼펜하우어와 마찬가지로 인도인도 역사를 경시한다. 연대 감각이 희박한 것이다. II

---

217 "영적이거나 주술적인 성격의 붓다"란 법신(法身)과 보신(報身)을 풀어 쓴 표현이다. 불교의 삼신설(三身說)에서 얘기하는 법신이란 추상적인 성격의 진리(법)를 인격화한 것이다. 보신이란 시방삼세(十方三世)에 걸쳐 보편적으로 존재하는 이상적인 붓다를 가리킨다. 화신(化身)이란 중생을 구제하기 위해 현실 세계에 나타난 붓다를 뜻한다.

218 보르헤스가 에드워드 콘즈의 1951년 저술 『불교의 정수와 발전(Buddhism its essence and development)』에서 인용한 구절이다.

세기 초반의 아랍 학자 알비루니[219]는 인도에서 13년을 살면서 이렇게 말했다. "인도인은 역사적 사건의 순서나 왕위 계승의 순서를 중요하게 여기지 않는다. 이런 것을 물어보면 되는대로 대답한다." 올덴베르크는 이런 단언에서 인도인을 옹호하려고 『군주의 강』이라는 제목의 연대기를 언급한다. 그런데 이 책을 보면, 어떤 군주(Raja)는 300년 동안 통치하고, 어떤 군주는 아들이 통치한 후 700년 동안 통치한다. 도이센은 조금 다른 견해를 피력한다. "평범한 역사가들은(플라톤 같은 사람도 데모스테네스만 못하다고[220] 비판하는 사람들이다.) ······ 인도인이 매우 고매하여 이집트인처럼 왕명표 만드는 일(플라톤의 언어로 표현하자면 그림자를 열거하는 일)을 좋아하지 않았다는 점을 이해하려고 노력할 필요가 있다." 사실 인도인은 날짜나 성명보다 사상을 훨씬 더 중요하게 여겼다. 고타마 싯다르타의 탄생지로 카필라바스투('카필라의 거처'라는 뜻이다.)를 지목하는 것은 카필라[221]가 불교에 많은 영향을 주었다고 암시하는 상징

---

219 알비루니(Al-Biruni, 973~1048)는 페르시아 학자다. 물리학, 수학, 천문학, 역사학, 언어학에 뛰어났다.

220 플라톤(기원전 428?~기원전 347?)과 데모스테네스 (기원전 384~기원전 322?)는 동시대를 산 아테네인이다. 플라톤은 최고의 철학자이지만 웅변만은 데모스테네스가 최고였다. 또 플라톤은 만년에 아테네의 정치 상황에 침묵했지만, 데모스테네스는 플라톤이 죽기 전부터 마케도니아의 위협을 경고했고, 후일 반(反)마케도니아 운동을 전개하다 체포되자 자결했다.

221 카필라(Kapila)는 기원전 6세기(또는 기원전 7세기) 사람으로 붓다보다 앞서 활동했다.

적인 방법이라고 추측해도 전혀 틀린 얘기가 아니다.

철학을 연구하는 인도인은 여러 학파의 시기를 구분하지 않고 동일한 시대의 철학으로 취급한다. 대강이나마 인도 철학의 연표를 작성한 사람은 막스 뮐러,[222] 리하르트 가르베,[223] 파울 도이센 같은 유럽학자였다.

---

222   프리드리히 막스 뮐러(Friedrich Max Müller, 1823~ 1900)는 독일의 철학자이자 동양학 연구자다. 특히 인도학 연구와 비교 종교학 연구의 태두로 꼽힌다.

223   리하르트 폰 가르베(Richard von Garbe, 1857~1927) 는 독일의 인도학자로, 인도 종교의 교리와 역사를 연구했다. 1894년에 출판한 『삼키아학파의 철학(Die Sâmkhya-Philosophie)』 등의 저서가 있다. 현재는 서구의 관점에서 고대 인도의 종교와 철학을 해석했다는 비판을 받고 있다.

불교에 영향을 미친 사상

삼키아학파

앞서 우리는 카필라바스투를 붓다의 탄생지로 선택한 이유
는 삼키아학파 창시자 카필라의 가르침이 붓다에게 영향을 주
었기 때문이라고 했다. 그렇지만 이보다 더 그럴듯한 추측은 삼
키아학파가 융성한 카필라의 조국에서 붓다가 태어났기 때문
에 영향을 받았다는(이 점은 논란의 여지가 없다.) 것이다. 불교 융
성기에 카필라바스투는 불자가 순례하는 성지였다. 7세기 초반
현장 법사는 카필라바스투 유적을 답사하고 돌아와 외부 세계
의 실재성을 부정하는 관념론(유식론(唯識論))을 천조[224]에 도

---

224   천조(天朝)란 '하늘 같은 나라'라는 뜻으로, 주변국에
       서 조공을 받던 시절의 중국 제국을 가리키는 어휘다.

입했다.

삼키아라는 말은 산스크리트어로 '계산, 열거'를 의미한다. 가르베에 따르면, 지나치게 세분하는 카필라학파의 철학을 비꼬려고 브라만 승려들이 '숫자를 나열하는 철학', 즉 수론(數論)이라는 별명을 붙였는데, 이것이 그만 이름으로 굳어졌다고 한다.

삼키아학파의 철학은 이원론이다. 영겁부터 우주에는 프라크리티(prakriti), 즉 미분화된 물질인 원질(原質)과 무수한 푸루샤(purusha), 즉 비물질적인 신아(神我)가 있다. 프라크리티는 세 가지 인자(guna)로 이루어져 있다. 첫 번째 인자 사트바(sattva)는 객체에서는 가볍고 빛나는 것이 되고, 주체에서는 안락과 행복이 된다. 두 번째 인자 라자스(rajas)는 객체에서는 강하고 활동적인 것이 되고, 주체에서는 열정과 공격성이 된다. 세 번째 인자 타마스(tamas)는 객체에서는 어둡고 무거운 것이 되고, 주체에서는 무관심과 꿈이 된다. 사트바는 신의 세계에서 우위를 점하고, 라자스는 인간 세계에서 우위를 점하고, 타마스는 동물, 식물, 광물의 세계에서 우위를 점한다. 이 이론에 따르면, 사물이 야기하는 기쁨이나 고통은 말 그대로 사물 속에 내재하고 있다. 꽃을 볼 때 우리가 느끼는 기쁨은 꽃에 있다는 것이다. 다양한 색깔도 이런 인자에 기인한다. 사트바가 우세하면 노란색이나 흰색이 되고, 라자스가 우세하면 붉은색이나 푸른색이 되고, 타마스가 우세하면 회색이나 검은색이 된

19세기 중국인이 영어권으로 이주하면서 한때 이 단어가 서구에서 유행했다.

다. 고전적인 비유로 말하자면, 이런 인자는 세 갈래로 땋은 머리의 한 갈래에 해당한다.

푸루샤는 프라크리티와 결합하여 생명체(jiva)를 만든다. 각 생명체에서 우리는 조대신(粗大身)이라 부르는 물질적인 육신과 미세한 물질로 만들어진 에테르체(또는 영혼)를 구별해야 한다. 푸루샤는 옮겨 다니려면 몸이 필요하므로 불구자나 마찬가지다. 프라크리티는 푸루샤가 없으면 보고 느낄 수 없으므로 장님이나 마찬가지다. 사람이 죽으면 조대신은 소멸하지만 에테르체(또는 미세신)는 소멸하지 않고 영혼과 함께 윤회한다. 이런 미세신을 산스크리트어로 링가(linga)라고 하는데, 지성(buddhi), 아만(ahamkara)이라 부르는 개체화 원리('나는 말한다.', '나는 강하다.', '나는 만진다.', '나는 죽는다.' 등 '나'라고 생각하게 하는 환상), 의근(manas)에 성(聲), 촉(觸), 색(色), 미(味), 향(香)의 오유(tanmatra) 등을 더하여 총 열세 개 요소로 구성된다. 삼키아학파는 동시적 지각이란 있을 수 없다고 말한다. 모든 지각은 무한소(無限小)의 지속을 필요로 한다. 따라서 우리는 동시에 색깔을 보고 소리를 듣는다고 생각하지만, 사실은 수백 장을 겹쳐 놓은 연잎을 바늘로 찌르는 것과 같다.

푸루샤는 만물의 동인이 아니라 관객이고 목격자다. 미세신 중 지성(buddhi)이 이런 진리를 직관할 때 푸루샤와 프라크리티의 결합은 깨지고, 푸루샤와 두 몸(조대신과 미세신)은 분리된다. 지성은 수행과 사트바의 도움을 통해 이런 분별지를 얻는다. 몸에서 해방된 지성은 푸루샤로 재통합되지는 않으나 절대적인 무의식의 경지에 도달한다. 경전에서는 이 상태를 아무것도 비추지 않는 거울에 비유한다. 이 무의식은 단순한 박탈이나 멸절이 아니다. 푸루샤는 이전에 각성 상태나 꿈의 목격자였으나 이제는 깊은 꿈의 목격자가 되는 것이다.

우리가 본질적으로 행위자가 아니라 관객이라는 논제를 예증하기 위해 삼키아학파는 다음과 같은 아름다운 비유를 든다. 우리는 무용이나 연극을 관람할 때 종종 주인공이 된 듯한 착각에 빠진다. 우리가 생각하거나 행동할 때도 같은 현상이 일어난다. 태어나서 죽을 때까지 우리는 어떤 사람을 관찰하고, 그 사람의 육체적 상태와 정신적 상태를 공유한다. 이런 친밀한 동거에서 우리 자신이 그 사람이라는 환상이 생겨난다. 이와 유사하게 빅토르 위고는 자서전 제목을 『그 사람 삶의 목격자가 이야기하는 빅토르 위고(Victor Hugo raconté par un témoin de sa vie)』라고 붙였다.

인도의 여타 철학처럼 삼키아학파의 철학도 무신론이다. 무신론이라고 해서 브라만 승려들이 삼키아학파를 정통으로 인정하지 않은 것은 아니다. 인도인이 보기에 정통성은 인격신에 대한 믿음의 유무로 결정되는 것이 아니라 베다 문헌(고대 인도의 찬가, 기도, 진언, 제문 등을 집대성한 문헌)의 인정 여부로 결정되기 때문이다. 게다가 삼키아학파의 무신론은 극단적이지 않다. 전지전능한 유일신은 부정하지만 민간 신앙에 등장하는 수많은 신은 수용했다. 가르베가 인용한 삼키아 경전의 한 구절을 살펴보자.

신(神)은 이익 때문에 세상을 창조하지 않았다. 신은 아무 것도 필요 없기 때문이다. 신은 자비심 때문에 세상을 창조하지도 않았다. 왜냐하면 세상은 고해(苦海)이기 때문이다. 따라

서 신은 존재하지 않는다.[225]

반면에 반(反)승려적인 측면도 없지는 않다. 카필라는 다양한 관례를 언급하는데, 그 가운데 가장 큰 해악은 사제에게 선물을 줘야만 하는 것이라고 지적한다.

베단타학파

인도의 종교와 철학이 모두 그렇듯이, 불교도 베다(Veda)의 사상을 전제하고 있다. 베다라는 말은 '지혜'를 뜻한다. 또 오랜 옛날부터 구전되다가 문자로 기록된 방대한 문헌을 가리키는 말이기도 하다. 코란은 신성한 책이고, 성서는 여러 공의회에서 정전으로 인정받은 작품만 묶은 것이다. 이에 비해 베다는 아득한 옛날부터 인도에서 신성하다고 인정받았다. 베다는 찬가, 기도, 진언(眞言), 제문, 신비 경험, 신학적 성찰, 명상, 철

---

225   볼테르에 따르면, 초기 기독교 신학자 락탄티우스 (Lactantius, 240?~320?)도 에피쿠로스에게 보낸 편지에서 유사한 얘기를 했다. "만일 하느님이 악을 제거하고 싶은데도 제거하지 않았다면, 하느님은 무능한 존재다. 만일 악을 제거할 수 있는데도 제거하고 싶지 않았다면, 하느님은 사악한 존재다. 만일 악을 제거하고 싶지도 않고 또 제거할 수도 없다면, 하느님은 사악하고 무능한 존재다. 만일 악을 제거하고 싶고 또 제거할 수 있다면, 이 세상에 만연한 악을 어떻게 설명하겠는가?"(원주)

학적 해석을 집대성하고 있다. 인도에서는 베다를 신의 작품으로 여긴다. 우주가 멸절할 때마다 브라마신에게 계시된 문헌이라고 한다. 이 브라마신은 영원한 베다의 언어를 통하여 새 우주를 창조한다. 따라서 재창조되는 우주에 바위가 있으려면 베다에 바위라는 단어가 있어야 한다.

인도 육파(六派) 철학 중에서 가장 유명한 베단타학파는 베다 문헌에 근거를 두고 있다. 베단타라는 말은 '베다의 끝' 또는 '베다의 정점'을 뜻한다. 베단타학파는 다신교적 일원론이며, 서양의 파르메니데스, 스피노자, 쇼펜하우어 철학에 가깝다. 베단타학파에 따르면, 단 하나의 실재만 있다. 이 실재를 객관적으로 파악하느냐, 아니면 주관적으로 파악하느냐에 따라서 브라만(신)으로 부르기도 하고, 아트만(영혼)으로 부르기도 한다. 이 실재는 비인격적이며 유일하다. 우주에도, 브라만에도 복수(複數)는 없다. 독자가 알고 있듯이, 파르메니데스도 이와 유사하게 세계에 다양성은 없다고 말했다. 파르메니데스의 제자인 제논도 시간과 공간의 흐름이라는 개념이 부조리하다는 것을 증명하기 위해 역설을 만들었다. 샹카라[226]에게는 단 하나의 인식 주체만 있을 뿐이다. 그리고 이 주체의 본질은 영원한 현재다.

---

226   아디 샹카라(Ādi śankara, 788~820)는 인도 철학자로 베단타학파의 불이일원론(不二一元論)을 완성시켰다. 다음다음 단락에서 설명하고 있지만, 샹카라는 유일하고 영원불변하는 실재는 브라만뿐이고, 현상 세계는 환영이며, 아트만이 곧 브라만임을 깨달아야 해탈이 가능하다고 주장했다.

브라만은 주기적으로 우주를 파괴하고 창조한다. 그러나 이 파괴와 창조는 성격상 주술적이다. 바꿔 말해, 환각적이다. 베다에 기록되어 있듯이, 브라만은 마야(maya), 즉 주술적인 힘을 통해 현상 세계라는 환영을 창조하는 주술사다. 우주의 주기적인 파괴와 창조를 설명하기 위해 매우 상이한 성격의 두 가지 동기를 제시했다. 하나는 우주의 창조와 파괴가 숨쉬기처럼 자연스럽고 비의지적이라는 것이고, 다른 하나는 한가한 신의 무한한 장난이라는 것이다.[227] 여기서 헤라클레이토스의 경구가 생각난다. "시간은 장기를 두는 아이, 왕국은 아이의 것이니." 17세기 독일의 신비주의자 안겔루스 질레지우스[228]는 "이 모두가 신이 벌이는 장난이다."라고 말했다.

샹카라는 세계의 허구적 성격을 예증하려고 밧줄을 뱀으로 착각한 사람의 이야기를 들려준다. 뱀으로 보인 것이 실제로는 밧줄이다. 그러나 뱀이든 밧줄이든 그 이면에는 단 하나의 실재가 있는데, 바로 신(브라만)이다. 우리는 무지 때문에 밧줄을 뱀으로 착각하고, 세계를 실재로 착각한다. 세계는 무지와 환영으로 만들어진 것이며, 무지와 환영 모두 동일한 본질의 외양에 불과하다고 샹카라는 주장한다. 마야(환영)도 브

---

227   샹카라는 우주의 추상적 원리로서 브라만과 인격화된 신으로서 브라마신을 구별했다.

228   안겔루스 질레지우스(Angelus Silesius, 1624~1677)는 독일의 가톨릭 사제이자 내과 의사, 신비주의 시인이다. 보르헤스는 이 시인의 시집 『케루빔의 방랑자(Cherubinischer Wandersmann)』를 마리아 코다마와 스페인어로 공역한 적이 있다.

라마신도 존재하지 않는다. 마야는 브라만의 속성 가운데 하나다. 마치 열과 빛이 불의 속성인 것과 같다. 브라만을 직관한다면 더 이상 환영 따위는 믿지 않게 될 것이다. 우주는 거대한 환영이다. 창조주로서 브라마신이라는 개념, 자아, 육체는 그 환영의 일부일 뿐이다. 베단타학파가 추구하는 해탈이란, 만물의 비실재성을 인식하는 것이요, 실재는 브라만이나 아트만으로 한정할 수 없는 하나임을 깨닫는 것이다. 베단타의 궁극적인 가르침은 '네가 바로 브라만이다.'로 귀결된다. 이런 지혜를 직관하고 나면, 인간은 비록 이 세상에서 몸을 가지고 살지만, 이 또한 환영임을 안다. 브라만은 지복(至福)이며, 해탈한 아트만 역시 그러하다. 이런 교설은 불교와 매우 흡사하다.

베단타학파의 가르침은 '네가 그것이다.(Tat tvam asi)'와 '내가 브라만이다.(Aham brahma asmi)'라는 유명한 두 문장으로 요약할 수 있다. 두 문장 모두 브라만과 아트만, 우주와 개체가 동일하다는 주장이다. 바꿔 말해, 환영 같은 세계를 만들고 흐트러뜨리는 영원한 원리가 우리 각자에게 온전한 상태로, 그리고 불가분의 상태로 있다는 뜻이다. 인류가 멸절되어도 한 사람만 살아남는다면 우주는 그로 인해 다시 복원될 것이다.

베단타학파의 다른 철학자들은 이렇게 덧붙인다. 영혼의 근본적인 잘못은 자신과 육체를 동일시하여 감각적인 쾌락을 좇는 것이다. 그런 욕망 때문에 영혼은 세계에 얽매이고, 윤회를 벗어나지 못하게 된다. 그러므로 베다가 부과한 의무를 사심 없이 이행하는 것이 곧 해탈의 길이다. 우리는 피조물이 아니라 창조주를 사랑해야 한다.

라마누자[229]는 해탈한 영혼은 죽은 다음에 신과 유사하게 순수 의식이 되지만, 그렇다고 무한한 신과 혼동해서는 안 된다고 주장했다. 다른 학자들은 이슬방울이 바닷물에 흡수되듯이 개인의 영혼은 신성(神性)에 흡수된다고 말한다. 에드윈 아널드 경[230]은 시(詩)『아시아의 빛』끝 구절에 이렇게 썼다.

이슬방울은 빛나는 바다 속으로 스며든다.

베단타 경전에 이런 말이 있다. "꿈꾸는 사람이 자신의 여러 모습을 만들어 내지만 실제로는 결코 자신을 벗어나는 일이 없듯이, 또 여러 신과 주술사가 말이나 코끼리로 변하지만 본성을 바꾸지 않듯이, 세계는 브라만에서 나오지만 브라만의 본질이 변화하는 법은 없다." 이 말을 눈부시게 표현한 예는 13세기 페르시아의 범신론자 루미[231]의 시구다. "나는 새그물을 던지는 자이자 새요, 거울이자 영상이요, 함성이자 메아리다."

229　　라마누자(Ramanuja)는 11세기에 활동한 베단타학파의 사상가로, 해탈한 개별 영혼은 신과 하나이면서도 신과 별개로 존재한다는 한정불이론(限定不二論)을 주장했다.

230　　에드윈 아널드(Edwin Arnold, 1832~1904)는 영국의 시인이다. 1879년에 발표한 담시(narrative poem)『아시아의 빛(The Light of Asia)』은 불경『방광대장엄경』을 번안한 작품이다.

231　　잘랄 웃딘 루미(Jalāl ad-Din ar Rūmī, 1207~1273)는 페르시아의 신비주의 시인이다. 대표작으로는 시집『마스나비』가 있다.

쇼펜하우어도 비슷한 글을 썼다. "고문하는 자와 고문당하는 자는 동일인이다. 고문하는 자는 자기가 고통과는 상관없다고 믿지만 그것은 착각이다. 고문당하는 자는 잘못이 없다고 믿지만 그것 역시 착각이다." 에머슨[232]의 시 「브라마신」은 이렇게 시작한다.

> 피 묻은 살인자가 자신을 살인자로 생각하거나
> 피살자가 자신을 피살자로 생각한다면
> 그들은 내가 만들고 지나다니고 되돌리는
> 미묘한 길을 잘 모르고 있는 것이다.

이어 이렇게 노래한다.

> 나를 따돌리는 자들은 실수한 것이니
> 날아서 도망친다고 한들 그 날개가 나이니라.
> 나는 의심하는 자이자 의심이니,
> 브라만 승려가 부르는 노래가 나이니라.

보들레르 또한 "나는 때리는 손이며 맞는 뺨이다."라고 말했다. 인도의 서사시 『마하바라타』에 삽입된 시(詩), 『바가바드기타』('존귀한 자의 노래'라는 뜻이다.)를 보면, 주인공 아르주나

---

232   랠프 월도 에머슨(Ralph Waldo Emerson, 1803~1882)
       은 미국의 시인이자 사상가이다. 보르헤스가 인용한
       「브라마신(Brahma)」은 1856년에 쓴 시다.

는 전투에 임하려는 순간 대적할 사람들을 떠올린다. 그리고 활과 화살을 내팽개치고 털썩 주저앉는다. 양쪽 군대에서 "스승, 아버지, 아들, 손자, 친척"을 보자 죽일 엄두가 나지 않는다. 그때 마부로 변신하여 아르주나의 마차를 몰던 크리슈나는 전쟁이란 한갓 환영에 불과하다면서 이렇게 얘기한다.

> 내가 존재하지 않았던 적이 없으며, 그대와 저 왕들이 존재하지 않았던 적도 없다. 우리 모두는 이후에도 존재하지 않는 날이 없을 것이다. …… 이 사람은 저 사람을 죽이고 저 사람은 이 사람에게 죽는다고 생각하는 자는 분별력이 없는 자다. 어느 누구도 죽이지 않고 어느 누구도 죽지 않는다. …… 몸을 입고 있는 자는 입고 있는 몸이 낡으면 새 몸으로 갈아입는다. 몸을 입은 자는 칼로 벨 수 없고, 불로 태울 수 없고, 물로 적실 수 없고, 바람으로 말릴 수도 없다.

이어 크리슈나는 이렇게 덧붙인다. "전투는 하늘나라로 들어가는 문이다." 이런 크리슈나의 말에서 우리는 플로티노스의 말을 떠올린다. "이번 장면에서 죽은 배우는 가면을 바꿔 쓰고 다음 장면에 다시 출연한다. 배우가 진짜로 죽은 것이 아니다. 죽음 또한 배우가 역할을 바꾸는 것처럼 몸을 바꾸는 것이다."

베단타학파는 여러 하늘의 존재를 인정한다. 어떤 하늘은 달에 있다.[233] 또 어떤 하늘에서는 신의 은총을 입은 사람이라

---

233   생전에 어떻게 살았느냐에 따라서 죽은 후 영혼은 브라마신의 땅(Brahmaloka)으로 가기도 하고, 달의 땅

면 셋 이상의 몸을 동시에 입을 수 있다. 이런 기적을 가톨릭 신학에서는 동시이처존재(同時二處存在, bilocation), 동시삼처존재(同時三處存在, trilocation)라고 하는데, 피타고라스를 두 도시에서 동시에 목격했다는 얘기가 전한다. 빈테르니츠는『인도문학사』에서 재미있는 예를 소개하고 있다.

쉬라바스티[234]를 나선 붓다는 광대한 평야를 지나가야 했다. 그때 여러 하늘에서 천신들이 그림자를 드리워 햇빛을 막아 주었다. 붓다는 이런 호의를 무시하기 어려워 조용히 분신술을 행했다. 그리하여 하늘의 천신은 저마다 그림자 밑을 지나가는 붓다를 볼 수 있었다.

인간은 선행으로 해탈을 이룰 수 없다. 선행을 하면 그 보상으로 다시 태어나기 때문이다. 다시 말해, 윤회만 계속될 뿐 그 수레바퀴에서 벗어나지 못한다. 이에 관해서는 윤회를 다룰 때 다시 얘기하기로 한다.

(Chandraloka)으로 가기도 하고, 인간 이하의 동물로 태어나기도 한다.

234 쉬라바스티는 석가모니가 금강경을 설법한 기원정사(祇園精舍)가 있는 곳이다. 한자어로는 사위성(舍衛城)이라고 표기한다.

불교의 우주론

힌두교와 마찬가지로 불교도 무한히 많은 세계가 있으며
세계의 구조는 모두 동일하다고 보았다. 우주가 유한하다는
주장은 이단이고, 우주가 무한하다는 주장도 이단이고, 유한
하지도 무한하지도 않다는 주장 역시 이단이다. 이처럼 세 번
이나 거듭 이단이라고 배척한 것은 무익한 사색에 빠지지 말
라는 뜻이리라. 그러면 해탈이라는 시급한 문제를 놓치게 되
기 때문이다.

불교의 우주론에 따르면, 각 세계의 배꼽(중앙)에는 메루
(Meru) 혹은 수메루(Sumeru)라고 부르는 산이 솟아 있다. 꼭짓
점을 잘라 낸 피라미드 모양의 산이다. 산의 동쪽 면은 은(銀),
남쪽은 벽옥, 서쪽은 루비, 북쪽은 금이다. 꼭대기에는 천신이
사는 여러 도시와 선인이 사는 여러 낙원이 있고, 산 밑에는 여

러 지옥이 있다. 메루산의 높이는 16만 유순(由旬)[235]이다. 산
주위로 태양, 달, 성좌가 돌고 있다. 일곱 개의 황금 산맥(칠금
산)이 동심원을 이루며 메루산을 에워싸고 있고, 각각의 황금
산맥 사이에는 일곱 개의 바다(칠해)가 있다. 따라서 불교의 세
계지도는 사격 표적지와 유사하다. 메루산에서 멀어질수록 바
다는 얕아지고, 산맥도 낮아진다. 마지막 산맥 외부에 위치한
바다가 우리 인간이 알고 있는 바다다. 이 바다에는 네 개의 대
륙과 수많은 섬이 있다.[236] 동쪽 대륙은 반달형인데, 그곳 주민
의 얼굴 역시 반달형이다. 주민의 성품은 차분하고 인자하다.
대륙의 색깔은 흰색이다. 남쪽 대륙이 우리가 사는 곳으로 배
(梨) 모양이다. 주민의 얼굴 또한 배를 닮았다. 이곳에는 선과
악이 있다. 부유하고 풍요로운 이 대륙의 색깔은 청색이다. 서
쪽 대륙은 둥글고 붉은색이다. 주민은 엄청나게 힘이 센데 소
고기를 먹는다. 얼굴은 둥글다. 네 대륙 가운데 북쪽 대륙이
가장 크다. 대륙은 사각형이고 색깔은 녹색이다. 주민의 얼굴
은 사각형이며 채식만 한다. 사후에 주민의 영혼은 나무에 깃
든다.

---

235   메루산의 높이는 물 위로 8만 유순, 물 아래로 8만 유
　　　순이다. 유순(由旬)은 고대 인도의 거리 단위이다. 1
　　　유순은 약 10킬로미터다.

236   우리는 에번스웬츠(W. Y. Evans-Wentz)가 『티베
　　　트 사자의 서(The Tibetan Book of the Dead)』(런던,
　　　1957) 서문에서 언급한 우주론을 참고했다. 다른 학
　　　자는 메루산과 접한 첫 번째 바다에 네 개의 대륙이 있
　　　다고 한다.(원주)

대륙마다 두 개의 작은 대륙이 딸려 있다. 우리 인간이 사는 대륙의 왼쪽에 있는 작은 대륙에 나찰(rakshasa)[237]이 거주하고 있다. 이들은 인류의 적이자 악귀인데, 공동묘지를 배회하면서 희생 제의를 망치고, 마음씨 고운 사람을 괴롭히고, 썩은 시신을 신선하게 만들고, 사람을 잡아먹는다. 흉측하게 생긴 나찰도 있고, 아름다운 나찰도 있다. 어떤 나찰은 외눈박이이고, 어떤 나찰은 외귀이다. 또 다리가 둘 달린 나찰, 셋 달린 나찰, 넷 달린 나찰도 있다. 고대 서사시에서는 이런 나찰을 가리켜 살인귀, 악귀, 공물귀, 어둑서니, 몽유귀, 식인귀, 식육귀, 식혈귀, 물어뜯는 귀신, 걸귀, 흑면귀(黑面鬼) 등으로 부르기도 한다. 일설에 의하면, 8세기 라마교의 교조인 파드마삼바바[238]가 붓다의 가르침을 나찰에게 전했다고 한다.

동쪽 대륙 주민의 수명은 250년, 우리가 사는 남쪽 대륙 주민의 수명은 100년, 서쪽 대륙 주민의 수명은 500년, 북쪽 대륙 주민의 수명은 2000년이다. 구약성서에는 인간의 생명이 70년이라고 기록되어 있다. 쇼펜하우어는 인도인의 수명 계산이 정확하다는 것을 증명하려고 『우파니샤드』의 한 구절을 끌어

---

237   나찰(羅刹)은 원래 고대 인도 신화의 악귀다. 사람을 홀려서 잡아먹고 사는 마귀인데, 나중에는 불교의 호법신(護法神)이 되었다.

238   파드마삼바바(Padmasambhava)는 8세기에 티베트에 불교를 전파한 티베트 불교의 교조다. '연꽃에서 태어난 자'라는 뜻으로 연화생상사(蓮華生上師)라고 부르기도 하고, '귀한 스승'이라는 뜻으로 구루 린포체(Guru Rinpoche)라고 부르기도 한다.

와 인간의 자연 수명은 100년이라고 주장했다. 그리고 병으로 죽는 것은 전쟁터에서 전사하거나 화재로 죽는 것이나 다를 바 없는 사고라고 보았다.

지금까지 살펴본 세계의 모습은 일종의 평면도다. 수직적으로 보면, 세계는 세 개의 층으로 나뉜다. 맨 아래층은 욕계(欲界)다. 이곳에 지옥도(地獄道), 아귀도(餓鬼道), 축생도(畜生道), 아수라도(阿修羅道), 인간도(人間道), 천상도(天上道)라는 6도(六道), 즉 여섯 개의 세계가 있다.[239] 이 욕계의 맨 아랫부분이 지옥이다. 엄밀하게 말하면 지옥이라기보다 연옥에 가깝다. 형벌의 기간이 무한하지 않기 때문이다. 지옥에는 팔열지옥(八熱地獄)과 팔한지옥(八寒地獄)이 있다. 지옥 위에 우리 인간이 사는 지역이 위치하고 있다. 가운데 있는 두 번째 층은 색계(色界)다. 그리고 최상층이 무색계(無色界)다. 가운데 층과 최상층에는 오직 천신들만 살고 있다.

천신들은 수명이 무척 길지만 불멸의 존재는 아니다. 몇몇 신은 메루산 꼭대기에 살고, 다른 천신들은 허공에 세운 궁전에 산다. 천신의 계급이 올라갈수록 쾌락은 비육체적인 것이 된다. 하급신의 사랑 행위는 인간과 유사하다. 계급이 올라갈수록 사랑 행위도 키스, 애무, 미소, 명상으로 바뀐다. 천신의 세계에서는 임신도 출산도 없다. 자식은 이미 예닐곱 살 먹은

239　6도(六道)는 깨달음을 얻지 못한 인간이 윤회할 때 자신이 지은 업(業)에 따라 태어나는 여섯 가지 세계를 가리킨다. 이에 대해 보르헤스는 다음 장에서 상세하게 언급한다.

상태로 남신이나 여신의 무릎 위에 갑자기 출현한다. 남신이면 아버지가 되고, 여신이면 어머니가 되는 것이다.(유대 전설에 따르면, 아담은 창조되었을 때 서른세 살이었다고 한다.) 가운데 층(색계)의 천신들은 감각적인 쾌락을 알지 못한다. 기쁨이 음식이고, 몸은 정묘한 물질로 되어 있다. 보고 들을 수는 있으나 맛보고, 냄새 맡고, 만질 수는 없다. 최상층(무색계)의 천신들은 육신 없이 정신적 삼매경 속에 산다. 이런 삼매경은 2만 겁(劫),[240] 4만 겁, 6만 겁, 8만 겁까지 지속된다.[241]

각 세계[242]는 물 위에 떠 있고, 물은 바람 위에, 바람은 에테르(허공) 위에 떠 있다. 헤아릴 수 없을 만큼 무수한 세계는 세 그룹을 형성하고 있는데, 각 그룹 사이에는 넓고 황량하고 어

---

240   1겁은 43억 200만 년에 해당한다.

241   무색계에는 모두 4천이 있다. 1천인 공무변처천에서
      태어나면 수명이 2만 겁이다. 식무변처천은 4만 겁, 무
      소유처천은 6만 겁, 비상비비상처천은 8만 겁이다.

242   위에서 기술한 수미산 중심의 세계 전체 모습은 문헌
      에 따라 조금 차이가 있다. 보르헤스는 물 위에 땅이
      있다고 하지만, 어떤 문헌은 물 위에 금륜(金輪)이 있
      고, 금륜 위에 땅(4대주와 9산8해)이 있다고 한다. 아
      무튼 이런 세계(소세계, 수미세계) 1000개가 모여 소
      천세계(小千世界)라는 그룹을 이루고, 소천세계가
      1000개 모여 중천세계(中千世界), 중천세계가 1000
      개 모여 대천세계(大千世界)를 이룬다. 대천세계가
      곧 우주인데, 천 개의 세계가 세 개 있다고 하여 삼천
      대천세계(三千大千世界), 줄여서 삼천세계라고 부른
      다. 『법화경』에서는 이런 삼천대천세계가 '오백천만
      억 나유타아승지' 개나 있다고 한다. 참고로 아승지는
      1056이고, 나유타는 1060이다.

두운 공간이 있어서 징벌의 장소로 사용한다.

　이처럼 기상천외한 우주론이 붓다 가르침의 정수는 아니라는 점을 잊어서는 안 된다. 교리보다 중요한 것은 우리 인간을 해탈로 이끄는 수행이다.

윤회

오늘날의 불교는 종교이고, 신학이고, 신화이고, 전통 회화이고, 전통 문학이고, 형이상학이다. 차라리 형이상학 체계라고 하는 편이 좋겠다. 시초에는 일종의 해탈 수련, 즉 일종의 요가(요가라는 단어는 '굴레'를 뜻하는 라틴어 'iugum'과 관계가 있다.)였는데, 이를 배제하고 있으니 말이다. 붓다는 추상적 토론을 기피했다. 무용하다고 여겼기에 우화로 응대했다. 몸에 화살을 맞았는데도 뽑을 생각은 하지 않고 화살을 쏜 사람의 카스트, 성명, 부모, 국적을 물어보는 꼴이라면서 이렇게 말했다. "그렇게 하면, 화살을 맞은 사람은 목숨을 잃을 위험에 처하게 된다. 나는 화살을 뽑으라고 가르친다." 붓다는 우주가 유한한지 무한한지, 영원한지 창조되었는지를 묻는 사람들에게 이런 우화로 대답했다.

이와 관련한 또 다른 우화로는 장님 코끼리 만지기가 있다.

코끼리 머리를 만진 사람은 항아리 같다고 하고, 코를 만진 사람은 뱀 같다고 하고, 상아를 만진 사람은 쟁기의 보습 같다고 한다. 또 등을 만진 사람은 곡식 창고 같다고 하고, 다리를 만진 사람은 기둥 같다고 한다. 우주가 무엇인지 알려고 하는 사람은 이와 유사한 잘못을 저지른다.

예수의 가르침이 유대교를 전제하고 있듯이, 붓다의 가르침은 힌두교를 전제하고 있다. 이 힌두교에서 본질적인 부분이 바로 윤회 신앙이다. 윤회는 얼핏 보면 터무니없는 얘기처럼 들리겠으나 실제로는 여러 시대에 걸쳐 다양한 민족이 믿어 온 것이다.

그리스에서 윤회는 피타고라스와 관계가 있다. 디오게네스가 전하는 바에 따르면, 피타고라스는 헤르메스에게 전생을 기억해 내는 능력을 전수했다고 한다. 피타고라스는 자기가 에우포르보스였다가 헤르모티모스가 되었기 때문에 어느 신전에 갔을 때 헤르모티모스가 트로이 전쟁에서 사용하던 방패를 알아보았다. 오르페우스교에서는 육체가 영혼을 가두는 감옥이라고 가르쳤다. 엠페도클레스는 "나는 전에 남자로 태어난 적도 있고 하녀로 태어난 적도 있다. 또 수풀로, 새로, 바다 위로 뛰어오르는 벙어리 물고기로 태어난 적도 있다."고 말하고, 육지를 보았을 때 슬프고 비통했으며, 육지에서 태어날 것을 알았다고 한다. 플라톤은 『국가』 10권에서 부상당한 병사가 사후 세계와 타르타로스[243]를 돌아다닌 이야기를 하고 있다.

---

243   그리스 신화에서 타르타로스는 지하 세계 맨 밑바닥에 있는 지옥이다.

이 병사는 오르페우스의 영혼을 만났는데 백조로 환생하려 했고, 아가멤논의 영혼은 독수리로 환생하려 했다. 또 오디세우스는 한때 자기를 '아무도 아니다.'라고 했는데,[244] 이제 그 영혼은 아무도 알아보지 못하는 평범한 사람으로 환생하고자 했다. 플라톤에 따르면, 환생 주기는 1,000년이다. 이는 브라마신의 하루가 1200만 신년(神年)[245]이라고 얘기하는 불교에 비하면 소소한 시간이다. 철학자이자 신비주의자인 플로티노스는 이렇게 말했다. "잇따른 환생은 잇달아 꾸는 꿈과 같다. 침대를 바꿔 가면서 자는 것과도 같다."

카이사르는 브리튼과 갈리아 지역의 드루이드[246]가 윤회를 믿는다고 얘기했다. 6세기 갈리아의 시에서는 아래와 같은 이질적인 요소를 열거하고 있는데, 이는 윤회를 문학적으로 이용한 것이다.

나는 칼날이었다.
나는 강의 물방울이었다.
나는 빛나는 별이었다.
나는 책의 글자였다.
나는 최초의 책이었다.

---

244   호메로스의 『오디세이』 9권에 나오는 일화다. 외눈박이 괴물 폴리페모스가 오디세우스에게 누구냐고 묻자 '아무도 아니다.'라고 대답한다.

245   1신년은 인간 세계의 시간으로 360년이다.

246   드루이드는 고대 켈트족의 전문 사제를 일컫는다. 카이사르의 『갈리아 전기』에 상세한 이야기가 쓰여 있다.

나는 등불의 빛이었다.

나는 예순 개의 강을 건너는 다리였다.

나는 독수리처럼 여행하였다.

나는 바다의 배였다.

나는 전투에 참가한 지휘관이었다.

나는 손에 쥔 칼이었다.

나는 전쟁에서 사용하는 방패였다.

나는 하프의 현이었다.

나는 마법에 걸려 일 년 동안 물거품 속에 갇혀 있었다.

유대 카발라주의자는 윤회를 환생(Gilgul)과 침투(Ibbur)로 나눈다. 환생에 대해 이삭 루리아[247]는 책에서 이렇게 말한다. "피를 흘리고 죽은 사람의 영혼은 물로 환생하여 이리저리 부단히 휩쓸린다. 폭포를 만나면 고통은 극에 달한다." 침투란 선조나 스승의 영혼이 소심한 사람의 영혼에 스며들어 활기를 불어넣고 지도하는 것이다.

인도인은 윤회를 자명한 공리로 여기기 때문에 증명하려고 애쓰지 않았다. 마누(Manu) 법전에 이런 말이 있다. "브라만 승려를 살해한 사람은 어떤 상황에서 살인을 저질렀느냐에 따라서 개, 돼지, 당나귀, 낙타, 소, 염소, 양, 사슴, 새, 찬달라,[248]

---

247   이삭 루리아(Isaac Luria, 1534~1572)는 유대교 랍비이자 유대 신비주의(Kabbālāh)자다.

248   찬달라와 풀카사는 인도에서 가장 천한 계급이다.(원주)

풀카사로 태어난다." 또 "비단을 훔친 사람은 자고새로, 아마포(亞麻布)를 훔친 사람은 개구리로, 무명옷을 훔친 사람은 학으로, 암소를 훔친 사람은 악어로 태어난다. 고급 향수를 훔친 사람은 사향쥐로 태어나고, 오레가노[249]를 훔친 사람은 칠면조로, 익힌 음식을 훔친 사람은 고슴도치로, 익히지 않은 음식을 훔친 사람은 호저로 태어난다. 불을 훔친 사람은 왜가리로 태어나고, 식기를 훔친 사람은 수벌로, 붉은 옷을 훔친 사람은 붉은 자고새로 태어난다".

당연한 일이지만, 인간의 영혼이 다른 인간이나 동물이나 식물의 몸을 전전한다는 생각은 서구에서 무척 다양한 반응을 야기했다. 이를테면 볼테르는, 표현이 조금 기이하지만, 식습관 가설을 세웠다. 브라만 승려들은 더운 인도에서 육식을 하면 위험하다고 판단하고, 사람들이 고기를 먹지 못하도록 인간이 종종 동물로 다시 태어난다고 가르쳤다는 것이다. 이와 마찬가지로 유대인이 돼지고기를 금한 것도 선모충증을 두려워했기 때문이라고 했다. 또 소를 숭배하는 것도 인도에서는 고기보다 우유가 훨씬 중요했기 때문이라고 추측했다.

데이비드 흄은 윤회설이야말로 철학이 수용할 수 있는 유일한 이론이라고 주장했다. 영혼 불멸을 증명하는 모든 논리는 영혼의 선재(先在)를 증명하기 때문이라는 것이다. 쇼펜하우어는 이 세계의 유일한 본질은 의지이며, 우주의 모든 형상

249　오레가노는 박하과의 향신료다. 영어본에 이 구절은 "잎이 달린 야채를 훔친 사람은 공작새로 태어난다." 고 되어 있다.

은 의지의 표상이라고 보았다. 그리고 윤회는 영원하고 편재
(遍在)하는 이 의지가 연속적으로 나타난다는 신화라고 얘기
했다.

인도의 윤회설은 우주가 끝없이 파괴되고 창조된다는 우
주론을 전제하고 있다. 여기서 우리는 창조보다 파괴를 먼저
언급했는데, 이는 원전의 순서를 따른 것이다. 서구 학자들은
이런 순서를 보고 어리둥절해 했다. 구약성서 창세기 1장의
천지창조설과 같은, 우주의 절대적 시작이라는 관념을 완전히
배제하려는 의도로 파괴를 먼저 언급했기 때문에 서구 학자들
은 즉각적으로 이해할 수가 없었다. 아무튼 주기는 1겁이다.
경전의 비유를 보면, 이 겁이라는 시간이 거의 무한이라는 것
을 알 수 있다. 가로, 세로, 높이가 각각 1유순인 바위산을 카
시 왕국에서 생산되는 고운 천으로 100년에 한 번씩 스치고
지나가서 마침내 그 바위산이 다 닳는다 해도 겁은 끝나지 않
는다. 현대 천문학에서 다루는 숫자도 이보다 까마득하지는
않다.

인도인은 장구한 시간 단위를 즐겨 상상했다. 얼마 전까
지 서구인은 이런 시간 단위를 꿈에도 생각해 보지 못했다. 기
원후 2세기 리옹의 주교이자 유명한 신학자인 이레네우스[250]
는 창세기의 6일에 상응하여 우주의 역사도 6000년 동안 지속
되리라고 계산했다. 이와는 반대로, 인도인은 장구한 시간 단

---

250   이레네우스(Ireneus, 130~202)는 갈리아 지방(오늘날
       의 프랑스 리옹)의 기독교 주교이자 영지주의 계통의
       이단에 대항하여 정통 교리를 수호한 교부이다.

위를 정립하고 성찰하는 데 마음을 빼앗겼다. 브라마신에게
도 년, 월, 일이 있다. 그러나 브라마신의 하루는 I겁으로, 인
간세의 43억 2000만 년에 해당한다.[251] I겁은 1000마하유가
(mahayuga)이며, I마하유가는 4유가(yuga)로 나뉜다. 4유가는
차례대로 크리타유가(황금시대), 트레타유가(은시대), 드와파
라유가(동시대), 칼리유가(철시대)라고 부른다. 크리타유가는
4000신년인데, I신년은 인간세 360년이므로 I44만 년이다. 트
레타유가는 3000신년, 즉 I08만 년이고, 드와파라유가는 2000
신년, 바꿔 말해서 7만 2000년이고, 칼리유가는 1000신년, 그
러니까 36만 년이다. 이처럼 복잡하고 사실상 무한한 연대학
(年代學)은 대략 리그베다 시대(기원전 12~10세기)와 마하바라
타 시대(기원전 4~2세기) 사이에 확립되었다. 서사시『마하바

---

251 겁에 대한 보르헤스의 설명이 분산되어 있어서 정리
한다. I겁은 1000마하유가이다. I마하유가에서 크리
타유가는 4000신년(神年)이고, 전박명기가 400신년,
후박명기가 400신년이다. 트레타유가는 3000신년이
고, 전박명기 300신년, 후박명기 300신년이다. 드와파
라유가는 2000신년이고, 전박명기 200신년, 후박명
기 200신년이다. 칼리유가는 1000신년이고, 전박명기
100신년, 후박명기 100신년이다. 이 모두를 더한 값이
I마하유가이므로 I만 2000신년이다. I겁은 1200만
신년이 된다. I신년은 360년이므로, I마하유가는 432
만 년이고, I겁은 43억 2000만 년이다. 일부에서는 이
를 브라마신의 낮 시간으로 간주하고 밤 시간을 포함
하기도 한다. 이럴 경우 브라마신의 밤 시간 또한 낮
시간과 길이가 같으므로 브라마신의 하루, 즉 I겁은
86억 4000만 년이 된다.

라타』[252]에는 전사(戰士), 주술사, 문법학자로 유명한 원숭이 왕(王) 하누만이 이런 연대학을 장황하게 설명하는 장면이 나온다.

각 유가의 앞뒤에는 박명기(薄明期)가 있다. 박명기는 각 시기의 10분의 1이다. 따라서 크리타유가는 4000신년이므로, 전박명기가 400신년이요 후박명기가 400신년이다. 여기에 4000신년을 더하면 4800신년, 즉 172만 8000년이 된다.

유가를 지날 때마다 인간의 수명은 줄고, 키는 작아지고, 윤리는 타락한다. 예를 들어, 크리타유가에서는 모든 인간이 브라만 승려였다. 우리가 살고 있는 시대는 맨 마지막 칼리유가다. 브라마신도 불멸이 아니다. 브라마신의 낮과 밤도 3만 6000겁에 끝난다. 이 브라마신이 죽으면 다른 브라마신이 나타나 창조와 파괴의 놀이를 한다. 이런 식으로 무한히 진행된다.

각 유가에서 처음 나타나는 것은 브라마신의 궁전이다. 브라마신은 텅 빈 궁전을 둘러보고 외로움을 느낀다. 그래서 천신들을 생각한다. 천신들은 브라마신의 세계(색계)로 환생한다. 업이 소멸되었기에 색계에서 가장 높은 하늘(18천)에서 살 수 있는 것이다. 브라마신은 자기의 욕망으로 천신들이 창조되었다고 여긴다. 천신들 또한 이런 잘못된 생각을 공유하고 있다. 천신들보다 먼저 브라마신이 궁전에 있었기 때문이다. 이어서 메루산, 땅, 인간, 지옥이 생겨난다.

불교에서는 겁을 두 종류로 나눈다. 하나는 공겁(空劫)이

---

252   『마하바라타』는 비야사가 지은 인도 최장의 서사시다.

요, 다른 하나는 불겁(佛劫)이다. 공겁은 붓다가 탄생하지 않은 겁이다. 불겁이 되면 한 송이 연꽃이 보리수가 자라날 곳을 알려 준다.

윤회에서 각 생이 전생의 결과라면, 다시 말해 지금 우리의 행과 불행이 전생에서 우리가 행한 일에 달려 있다면, 윤회의 단초가 있을 수 없다는 사실은 명백하다. 붓다가 보기에 우리 모두는 무수한 전생을 전전했는데, 이제 해탈한다면, 열반에 든다면 미래의 무수한 생을 전전하지 않아도 된다. 여기서 분명히 드러나듯이, 불교에서 무한은 '무기한'이나 '무한정'의 동의어가 아니다. 수학에서 보듯이 시작도 끝도 없는 계열을 의미한다. 우리의 과거는 우리의 미래 못지않게 방대하며 헤아리기 어렵다.

위에서 각 생이 다음 생을 결정한다고 얘기했는데, 이런 결정론을 인도 철학에서는 업(karma)이라고 부른다. 업이라는 단어는 산스크리트어로 '만들다' 또는 '창조하다'를 의미하는 'kṛ'에서 파생되었다. 업은 우리가 부단히 만들어 가는 작품과 같다. 모든 행위, 말, 생각, 어쩌면 꿈까지도 다음 생의 육신(천신, 인간, 동물, 천사, 악귀, 벌 받는 사람)과 운명을 결정짓는다. 사람이 죽을 때 다시 태어나고 싶다고 간절히 소망하면 환생할 수 있다. 마치 죽을 때 씨앗을 뿌리는 것과 같다.

라드하크리슈난은 업을 "도덕적 에너지 보존 법칙"이라고 정의했다.[253] 이는 인과율의 윤리적 해석으로 간주할 수 있다.

---

253   라드하크리슈난이 『인도 철학』에서 사용한 용어다.

우주의 매 주기에서 만물은 인간 행위의 결과다. 인간 행위가 산, 강, 평야, 습지, 숲을 창조한다. 나무에 과일이 열리고, 들에서 밀이 자라는 것도 인간이 공덕을 쌓은 결과다. 이런 논리로 보면, 지리학은 윤리학의 투사다.

　업은 비인격적인 방식으로 작용한다. 상벌을 내리는 판관과 같은 신은 없다. 각각의 행위가 상과 벌의 씨앗을 품고 있다. 비록 그 결과가 당장 나타나지 않는다고 할지라도 언젠가는 반드시 나타난다. 크리스마스 험프리스[254]는 이렇게 말했다. "죄를 지었다고 사람이 죄인을 벌하는 게 아니라 죄가 죄인을 벌한다. 따라서 용서란 있을 수 없고, 누구도 죄인을 용서할 수 없다." 업이라는 단어는 명사이기 때문에 자율적인 실체를 암시한다. 업은 행위의 속성일 뿐이며, 이런 행위의 성격에 따라 좋은 결과나 나쁜 결과가 필연적으로 생겨나는 것이다. 업은 우주의 법칙이다. 그러나 그 법을 제정한 입법자도 없고, 그 법을 적용하는 판관도 없다. 업의 작용은 가차 없다. 『법구경』에 이런 말이 있다. "허공에서도 바다 가운데서도, 설령 산속 동굴에 들어갈지라도 악업의 과보를 피할 수 있는 곳은 이 세상 그 어디에도 없다."

　업을 믿으라는 것은 사람들에게 불행을 감내하라고 가르

254　트래버스 크리스마스 험프리스(Travers Christmas Humphreys, 1901~1983)는 영국의 법정 변호사로서 불교 신자였다. 1924년에 런던불교협회(London Buddhist Society)를 창립했다. 『불교』(1951)를 비롯하여 다수의 불교 관련 저술을 펴냈다.

치는 것이다. 파울 도이센은 인도 자이푸르에서 만난 장님 거지에게 어쩌다 앞을 못 보게 되었냐고 물었다. 장님은 "전생에 죄를 지었기 때문이지요."라고 대답했다. 바꿔 말해, 무연한 고통이나 무연한 행복은 없다는 것이다. 인도인은 자선을 허세나 공연한 짓으로 본다. 불행한 사람은 전생에 지은 죄를 속죄할 다른 방도가 없으므로 도와주면 오히려 그가 죗값을 치를 기회를 박탈하는 것이다. 그래서 간디는 보호소나 병원 설립을 비난했다. 인도에서 윤회에 대한 믿음은 너무나 당연한 것이어서 어느 누구도 증명하려고 시도하지 않았다. 이는 하느님이라는 존재를 반박의 여지 없이 증명하려고 노력한 기독교 사회와 정반대다. 수행을 제외하고 우리가 쌓을 수 있는 선업은 거의 전부가 이웃을 돕는 일이다. 그런데 자선이 무의미하다면 도대체 우리가 할 수 있는 선업에는 어떤 것이 있을까?

업은 법칙을 가리키는 일반 명사이지만, 신지론자(神智論者)가 카르마체(karmic body)라고 부르는 것이기도 하다. 카르마체란 미생물이나 심령 조직 같은 것이다. 인간이 사는 동안 선업과 악업을 쌓으면, 이 선업과 악업은 죽은 후 다른 몸을 만들고, 이 몸은 상이한 환경에서 활동한다고 한다.

불교 신자에게 윤회와 업은 분리 불가능한 개념이다. 동전의 양면으로 간주하는 사람도 있다. 서구인이 보기에 윤회라는 개념은 적어도 명확하게 보인다. 그런데 업의 개념은 억지같고 또 이해하기도 어렵다. 플라톤이나 피타고라스의 윤회설은 윤회하는 영혼을 상정한다. 불멸하는 순수 영혼이 이 몸에서 저 몸으로 전전한다는 것이다. 반면에 불교는 자아의 존재를 부정하면서도 업에 의탁하여 다양한 생의 연속성을 주장한다. 한 인간이 평생 동안 만들어 가는 지극히 복잡한 구조(업)라는 개념은 하나의 영혼이 이 몸 저 몸으로 전전한다는 개념보다 수용하기 어렵다. 이처럼 난해한 구조, 바꿔 말해 업이 어쩌면 불교의 약점 가운데 하나일지도 모른다.

『청정도론』[255]이라는 책에 이런 말이 있다. "나는 어디에서도 누구를 위해 무엇이 된 적이 없고, 어느 누구도 나를 위해 무엇이 된 적이 없다." 붓다와 동시대인인 헤라클레이토스도 유사한 말을 남겼다. "어느 누구도 동일한 강물에 몸을 두 번 적실 수 없다." 또 플루타르코스는 이런 말을 했다. "어제의 나는 오늘의 나 안에서 죽고, 오늘의 나는 내일의 나 속에서 죽는다." 『청정도론』은 이렇게 얘기한다. "미래에 살 사람은 과거에 살지 않았고 현재에 살고 있지도 않다. 현재에 살고 있는 사람은 과거에 살지 않았고, 미래에도 살지 않을 것이다." 불교에서 개인은 일련의 순간적인 모습으로 만들어진 환영이다. 영사기로 연속된 사진을 스크린에 비추면 살아 움직이는 것처럼 보이는데, 이와 마찬가지라고 생각하면 이 혼란스러운 개념을 이해하는 데 도움이 될 것이다. 근대 철학에서 비근한 예를 찾자면 데이비드 흄과 버트런드 러셀이다. 흄이 보기에 인간의 자아란 서로 다른 지각들의 다발이다. 러셀이 보기에는 비인

---

255   『청정도론(清淨道論, Visuddhimagga)』은 5세기에 인
        도의 승려 붓다고사(Buddhaghosa)가 스리랑카에 건너
        와 지은 책이다. 청정도(清淨道)란 '열반에 이르는 길'
        이라는 뜻으로, 열반을 얻는 방법에 대한 기술이 주 내
        용이다.

격적인 행위만 있을 뿐 주체도 대상도 없다.

개인의 일시성 가설을 비꼬는 이야기도 없지는 않다. 어느 브라만 승려가 알렉산드로스 대왕의 병사에게 교리를 설파했다. 이 병사는 가만히 듣고 있다가 느닷없이 주먹으로 브라만 승려를 때렸다. 브라만 승려가 항의하자 병사는 이렇게 대답했다. "때린 사람은 내가 아니요, 맞은 사람도 당신이 아닙니다." 피타고라스 학파의 에피카르모스[256]는 희곡에서 헤라클레이토스가 말한 인간의 무상성(無常性)을 이렇게 조롱했다. 어느 채권자가 꿔 준 돈을 받으러 갔더니 채무자가 이제 자기는 돈을 빌릴 때의 그 사람이 아니라면서 빚을 갚지 않았다. 채권자는 나름 일리 있는 말이라고 인정하고, 채무자를 저녁 식사에 초대했다. 채무자가 집에 도착하자 하인들이 내쫓았다. 채권자는 초대했을 때의 그 사람이 아니었기 때문이다.

서기 2세기에 나온 유명한 대론서(對論書) 『밀린다왕문경 (Milinda, 王問經)』은 박트리아의 밀린다왕(메난드로스 I세)과 승려 나가세나 사이에 오고 간 대화를 다루고 있다. 나가세나는 왕이 타고 온 수레가 바퀴도 아니고, 차틀도 아니고, 굴대도 아니고, 채찍도 아니고, 멍에도 아니듯이 인간 또한 물질(色)도 아니고, 느낌(受)도 아니고, 인식(想)도 아니고, 의지(行)도 아니고 의식(識)도 아니라고 말한다. 인간은 이 다섯 가지 요소의 결합도 아니지만 그렇다고 다섯 가지 요소와 무관하지도 않

---

256   에피카르모스(기원전 530~440)는 그리스의 희극 작
       가다. 「시골뜨기」, 「헤베의 결혼」 등 여러 작품을 썼으
       나 편린만 전한다.

다. 나가세나가 열거한 다섯 가지 요소, 즉 오온(五蘊)은 인간 심리에 대한 인도인의 통념을 표현한 것인데, 마지막 항목〔識〕은 무의식이나 개성으로 번역하기도 한다. 나가세나는 왕에게 초저녁에 타는 불꽃과 밤중에 타는 불꽃이 같으냐고 묻는다.[257] 왕은 아니라고 대답한다. 다시 나가세나는 초저녁의 불꽃과 밤중의 불꽃과 새벽의 불꽃은 각기 다르냐고 묻는다. 이번에 왕은 그렇지 않다면서 불꽃은 똑같은 등불에서 밤새도록 탈 것이라고 답한다. 그러자 나가세나는 불꽃과 등불의 비유를 사람에게 적용하여, 사람은 태어나서 죽을 때까지 같지도 않지만 다르지도 않다고 얘기한다. 여러 날에 걸친 대론 끝에 밀린다왕은 불교에 귀의했다.

불교에서는 인간이 지은 업에 따라 사후에 다시 태어나는 세계를 여섯 가지로 나눈다. 이를 가리켜 육도 윤회(六道輪廻)라고 부르는데, 다음과 같다.

하나, 천상도(天上道). 천신은 인도 신화에서 물려받은 것인데, 어떤 문헌을 보면 삼계[258]에 각 열한 명씩 모두 서른세 명이 있다고 한다. 천신(Deva)이라는 단어는 '광휘'를 의미하는 'div'에서 유래했다.

둘, 인간도(人間道). 인간으로 태어나기가 가장 어렵다고

---

257   불꽃과 등불의 비유는 보르헤스가 지나치게 압축했기 때문에『밀린다왕문경』을 참고하여 역자가 보완했다.

258   삼계(三界)란 욕계(欲界), 색계(色界), 무색계(無色界)를 뜻한다. 일반적으로는 욕계 11천, 색계 18천, 무색계 4천으로 구성되어 있다고 한다.

한다. 우화는 이렇게 얘기한다. 깊은 바다에 사는 거북은 100년에 한 번 물 위로 고개를 내민다. 이 거북이 망망대해를 떠다니는 나무토막에 뚫린 구멍 사이로 고개를 내밀 확률만큼 죽은 후에 사람으로 환생하기 어렵다. 이 우화는 인간으로 사는 이 기회를 헛되이 보내지 말아야 한다는 것이다. 오직 인간만이 열반에 이를 수 있기 때문이다.

셋, 아수라도(阿修羅道). 아수라는 천신의 적이다. 그리스 신화의 티탄이나 스칸디나비아 신화의 거인과 유사한 면도 있다. 전해 오는 이야기에 따르면, 아수라는 브라마신의 사타구니에서 태어나 지하에 자기들만의 왕국을 세우고 산다고 한다. 아수라와 유사한 존재로 나가(naga)가 있다. 나가는 인간의 얼굴을 한 뱀으로, 지하 궁전에 살며 불교의 비전(秘典)을 보관하고 있다.

넷, 축생도(畜生道). 불교에서는 동물을 네 종류로 나눈다. 발 없는 동물, 두 발 달린 동물, 네 발 달린 동물, 발이 많이 달린 동물이다. 『본생담(本生譚, Jataka)』[259]에는 전생(前生)에 여러 동물의 몸으로 태어난 붓다의 이야기가 실려 있다.

다섯, 아귀도(餓鬼道). 아귀는 기아와 갈증에 시달리는 존재다. 배는 산만 한데 입은 바늘귀만큼 작기 때문이다. 피부가 짓물러 더러우며, 검거나 노랗거나 청색을 띤다. 아귀는 숯불을 먹기도 하고, 자기 살을 뜯어먹기도 한다. 또 무덤 사이를 돌아다니며 시체를 가까이한다.

---

259   붓다의 윤회를 다룬 이야기책이다.(원주)

여섯, 지옥도(地獄道). 대부분은 지하에 있는 지옥에서 고통을 받지만, 바위나 나무나 집이나 접시에 갇혀 고통을 받기도 한다. 지옥의 중앙에는 판관이 있는데, 죄인에게 보낸 첫 번째 전령(갓난아이), 두 번째 전령(노인), 세 번째 전령(병자)과 네 번째 전령(벌을 받고 있는 도둑), 다섯 번째 전령(부패한 시체)을 보지 못했느냐고 묻는다. 죄인은 보았지만, 전령이 상징이고 경고라는 사실을 깨닫지 못했다.[260] 판관은 죄인을 열지옥(熱地微)에 가둔다. 그곳에는 네 벽과 네 문이 있다. 광대하고 불이 가득한 곳이다. 수백 년이 지나야 한쪽 문이 빼꼼히 열리는데, 그 문으로 나가면 분뇨 지옥이 기다리고 있다. 그곳에서 수백 년을 보낸 뒤에는 개〔狗〕 지옥으로 가고, 다시 수백 년이 지난 후에는 쇠가시 지옥으로 가고, 쇠가시 지옥에서 다시 열지옥으로 돌아온다.[261]

---

260   이 구절의 출처는 『티베트 사자의 서』이다.

261   이 설명의 출처를 찾을 수 없었다. 참고로 『아비달마 구사론』 11권을 보면, 팔열지옥의 지옥마다 4면에 각각 네 개의 유증(遊增)지옥이 딸려 있다고 한다. 이미 지옥에서 벌을 받았는데, 가외로 벌을 더 받기 때문에 유증이란 명칭이 붙는다. 네 개의 유증지옥은 뜨거운 잿불로 된 당외증(燒煨增), 시체와 똥이 가득한 시분증(屍糞增), 칼날이 숲을 이루고 있는 봉인증(鋒刃增), 펄펄 끓는 탕이 있는 열하증(熱河增)이다.

불교 교리

법륜[262]

붓다는 베나레스 교외의 녹야원에서 행한 설법에서 감각적인 쾌락에 탐닉하는 삶은 천박하고, 저열하고, 물질적이고, 무가치하고, 어리석으며, 고행의 삶 또한 무가치하고, 어리석고, 고통스럽다고 비판하고, 양극단을 벗어난 중도(中道)를 설하고, 사성제(四聖諦)와 팔정도(八正道)를 가르쳤다.

사성제란 괴로움[苦諦], 괴로움의 원인인 집착[集諦], 괴로움의 소멸[滅諦], 괴로움을 없애는 방법[道諦]이고, 팔정도란 괴로움을 없애는 여덟 가지 구체적인 실천 방법이다. 도이센

---

262   법륜(法輪)은 붓다가 설법한 사성제와 팔정도를 뜻하기도 하고, 붓다의 설법(說法)을 뜻하기도 한다.

에 따르면, 사성제 가운데 마지막 도제(道諦)는 인위적으로
덧붙인 것이다. 왜냐하면 앞서 보았듯이 도제는 다름 아닌 팔
정도이기 때문이다. 따라서 붓다는 녹야원에서 팔정도만 설
했고, 사성제는 나중에 추가했다는 게 도이센의 견해다. 컨[263]
에 따르면, 사성제는 고대의 의약 처방을 우주적 문제에 적용
한 것으로, 고, 집, 멸, 도는 각각 발병, 진단, 치료, 처방에 대
응한다.

괴로움(苦)이란 무엇인가? 붓다는 이렇게 대답한다. "태어
남도 괴로움이요, 늙음도 괴로움이요, 죽음도 괴로움이다. 슬
픔, 비탄, 육체적 고통, 정신적 고통, 절망도 괴로움이다. 좋아
하지 않는 것과 만나는 것도 괴로움이요, 사랑하는 것과 헤어
지는 것도 괴로움이다. 원하는 것을 얻지 못하는 것도 괴로움
이다."

괴로움의 원인은 무엇인가? 붓다는 대답한다. "그것은 갈
애(渴愛)이니, 다시 태어남을 가져오고 즐김과 탐욕이 함께하
며 여기저기서 즐기는 것이다." 붓다의 갈애는 쇼펜하우어의
물자체(物自體), 즉 의지에 해당한다. 또 베르그송의 생명의 약
동(élan vital)이나 버나드 쇼의 생명력(life force)과도 상응한다.
붓다와 쇼펜하우어는 갈애와 의지를 비판한 반면, 베르그송과
쇼는 생명의 약동과 생명력을 긍정했다.

괴로움의 소멸이란 무엇인가? 붓다는 이렇게 대답한다.

---

263   요한 헨드릭 카스파르 컨(Johan Hendrik Caspar Kern,
1833~1917)은 네덜란드의 언어학자이자 동양학자
다.

"그것은 다시 태어남을 가져오고 즐김과 탐욕이 함께하며 여기저기서 즐기는 갈애의 소멸이다."[264] 이 소멸을 전문 용어로 열반(nirvana)이라고 하는데, 이에 대해서는 앞으로 얘기할 것이다.

괴로움의 소멸로 이끄는 방법은 무엇인가? 붓다는 이렇게 대답한다. "그것은 팔정도이니, 바른 견해〔正見〕, 바른 생각〔正思惟〕, 바른 말〔正語〕, 바른 행위〔正業〕, 바른 생활〔正命〕, 바른 노력〔正精進〕, 바른 의식〔正念〕, 바른 집중〔正定〕이다." 이러한 규범은 중도〔中道〕를 포함하고 있다. 중도란 육체적 쾌락의 삶과 고행의 삶이라는 양극단, 다시 말해 지나친 방종과 지나친 엄격함이라는 양극단에서 등거리를 유지하는 것이다.

쾨펜은 불교 교리가 교조적이거나 사변적이 아니라 도덕적이고 실천적이라고 보았다. 붓다 역시 이 점을 강조했다. "바닷물이 아무리 많아도 모두 한 맛, 짠맛이듯이, 불교의 교리도 오직 한 맛, 해탈의 맛만 있을 뿐이다." 주석가들은 팔정도를 여러 가지로 해석했다. 예를 들어, 앞의 네 가지는 신앙, 이해, 의견, 지식으로, 뒤의 네 가지는 주의, 집중, 경계, 기억으로 풀기도 한다.(쾨펜은 기억을 붓다의 모범적인 행위를 기억하여 일상적으로 실천하는 것으로 보았다.) 바른 집중은 삼매경(三昧境)이

---

264   사성제를 설명하면서 보르헤스가 인용하고 있는 『초
       전법륜경』에서는 멸성제(滅聖諦)를 이렇게 얘기한
       다. "그것은 바로 그러한 갈애가 남김없이 빛바래어
       소멸하는 것, 버리는 것, 놓아 버리는 것, 집착하지 않
       는 것이다."

라는 고도의 경지라고 푼다. 이런 다양한 규범은 얼핏 보면 산만하지만 실제로는 불교 교리의 전반을 아우르고 있다. 이와 더불어 잊지 말아야 할 점은, 교리를 제아무리 올바로 이해한다 할지라도 실행에 옮기지 않는다면 아무 쓸모가 없다는 사실이다.

우루벨라에서 1000명의 수행자에게 행한 '불의 설법'도 유명하다. "제자들이여, 모든 것은 불타고 있다. 눈〔眼〕이 불타고 있다. 눈에 보이는 것이 불타고 있다. 눈에 보이는 것과 접촉으로 생기는 감각도 고통스럽든 즐겁든 고통스럽지도 즐겁지도 않든 불타고 있다. 무엇으로 불타는가? 탐욕의 불, 분노의 불, 어리석음의 불로 타오르고 있다.[265] 태어나고 늙고 죽고 슬퍼하고 불평하고 괴로워하고 근심하고 절망하는 불로 타오르고 있다." 시각에 이어 청각, 후각, 미각, 촉각과 의식도 불타고 있다고 설한다. 붓다는 설법 후반부에서 거듭 강조한다. "제자들이여, 현자여, 이 가르침을 듣는 고귀한 이여, 이를 깨달으면 눈에 보이는 것도 싫어하고, 눈에 보이는 것을 지각하는 것도 싫어하고, 눈에 보이는 것과 접촉하는 것이 고통스럽든 즐겁든 고통스럽지도 즐겁지도 않든 싫어한다." 청각, 후각, 미각, 촉각, 의식에 대해서도 똑같이 비판한 다음 다음과 같이 설법을 마무리한다. "현자여, 이 가르침을 듣는 고귀한 이여, 이 모든 것을 싫어하면 탐욕에서 벗어나게 된다. 탐욕에서 벗어나면 해탈하게 된다. 해탈하게 되면 이런 확신으로 고양될 것이다.

---

265   이 세 가지 불을 탐진치(貪瞋癡) 삼독(三毒) 또는 삼화(三火)라고 부른다.

'나는 해탈했다. 새로 태어나는 일은 끝났다. 청정한 수행은 완성되었다. 해야 할 바를 모두 실천했다. 다시는 하생하지 않을 것이다.' 이런 지혜가 생길 것이다."

헤라클레이토스 또한 세상이 덧없고 고통스럽다는 의미로 불의 상징을 사용했다.

열반의 문제

불교가 서구인의 정신과 상상력을 사로잡은 데 열반(nirvana)이라는 단어가 있다는 주장은 약간의 진실이 없지는 않으나 과장이 분명하다. 사실 이 단어처럼 울림이 좋고 알쏭달쏭한 말에 뭔가 깊은 뜻이 없다고 생각하기는 어렵다. 서양의 문인들은 이 단어를 남발했는데, 원래 의미로 사용하는 경우는 극히 드물었다. 일례로 아르헨티나의 시인 루고네스는 이 단어를 '무관심'이나 '정신적인 혼란'이라는 뜻으로 사용했다.

> 까닭 모를 공포가 그를 엄습했다
> 그는 마침내 뭔지 모를 혼란(nirvana)에서
> 벗어나 글을 쓰기 시작했다

열반은 산스크리트어로 니르바나라고 하는데, 팔리어 닙바나(nibbana)나 중국어 니판(ni-pan)보다 음조가 훨씬 부드럽다. 어원적으로는 '소등', '소멸'을 의미한다. 동사로는 '소등하다', '소멸하다'로 번역할 수 있다. 불교 경전에서는 흔히 의식

(意識)을 등불의 불꽃에 비유하고, 초저녁 불꽃, 한밤중 불꽃, 새벽녘 불꽃은 같으면서도 다르다고 한다. 이런 점에서 보더라도 열반은 참으로 적절한 말이다.

붓다가 이 단어를 만들지는 않았다. 자이나교에서도 사용하는 말이다. 고대 인도의 서사시『마하바라타』에 이 단어가 나오는데, '브라마신 안에서 소멸(brahmanirvanam)'이라는 표현이 여러 차례 등장한다. '촛불처럼 꺼져서 브라마신 안으로 들어가다.' 바꿔 말해, '촛불처럼 꺼져서 신성 안으로 들어가다.'라는 표현은 바닷속으로 사라지는 물 한 방울이나 우주적 불길 속으로 사라지는 불꽃을 암시한다. 도이센에 따르면, 인도인에게 개별 영혼은 모든 바다이자 모든 불이다. 대다수 구절에서 열반은 브라마신이나 행복과 동의어다. '촛불처럼 꺼져서 브라마신 안으로 들어가다.'라는 표현은 곧 자신이 브라마신이라는 사실을 직관적으로 안다는 것이다.

반면에, 불교는 의식과 물질, 주체와 객체, 영혼과 신성을 모두 부정한다.(이런 점에서 불교는 흄보다 앞선다.)『우파니샤드』[266]에서는 우주의 진행 과정도 브라마신의 꿈이라고 하지만, 불교에서는 꿈도 없고, 꿈을 꾸는 자도 없다. 꿈 뒤에도, 또 꿈 밑에도 아무것도 없다. 열반이 유일한 구원이다.

유럽의 초기 연구자들은 열반의 부정적인 성격을 강조했다. 달만[267]은 열반을 "무신론의 심연이자 허무주의의 심연"이

---

266   『우파니샤드』는『베다』를 해석하고 논평해 놓은 철학
        저술이자 신학 저술이다.(원주)

267   요제프 달만(Joseph Dahlmann, 1861~1930)은 독일의

라고 불렀고, 뷔르누[268]는 이 단어를 멸절(anéantissement)로 번역했다. 이런 서구 해석자들에게 영향을 받은 쇼펜하우어는 열반을 무(無)라는 단어의 완곡어법으로 간주하고 이렇게 얘기했다. "의지가 방향을 돌려 스스로를 부정해 버린 사람들에게도, 우리에게 그토록 사실적으로 보이는 이 세계는 모든 태양과 은하수와 더불어 무(無)인 것이다." 또한 리스 데이비드[269] 같은 학자는 열반을 현생에서 성취할 수 있는 상태로 간주하고, 이는 의식의 소멸이 아니라 탐(貪), 진(瞋), 치(癡)라는 삼독(三毒)의 소멸로 이루어진다고 보았다. 피셸[270]은 갈애의 소멸을 운운하면서 죽기 전에 열반을 성취한 성자는 이미 윤회의 수레바퀴에서 벗어나 다시는 환생하지 않을 것이기 때문에 성

가톨릭 신학자이자 인도학자다. 1896년에 『열반. 초기 불교 연구(Nirvana. Eine Studie zur Vorgeschichte des Buddhismus)』라는 책을 펴냈다.

268 외젠 뷔르누(Eugène Burnouf, 1801~1852)는 프랑스 동양학자로, 1884년부터 세 권으로 된 『인도 불교사 개론(Introduction l'histoire du Buddhisme indien)』을 출판했다. 이 책은 유럽의 불교 연구 기초를 닦은 저술이라는 평가를 받고 있다.

269 토머스 윌리엄 리스 데이비즈(Thomas William Rhys Davids, 1843~1922)는 영국 출신으로 런던 대학교에서 팔리어와 불교 문학을 가르쳤다. 『불교도의 인도(Buddhist India)』(1903)를 비롯하여 불교와 관련한 여러 책을 펴냈다.

270 리하르트 피셸(Richard Pischel, 1849~1908)은 독일의 인도학자다. 『불교 관련 저서로는 1906년에 출판한 『붓다의 생애와 가르침(Leben und Lehre des Buddha)』이 있다.

자의 행위는 더 이상 업을 쌓지 않으며, 자비를 베풀거나 죄를 지어도 보답을 받거나 벌을 받지 않는다고 했다.

붓다는 보리수 아래서 열반[271]에 도달했다. 그로부터 45년 후, 붓다는 육신이 영원히 죽는 완전한 열반, 즉 반열반(parinirvana) 에 들었다. 논리적으로 세계가 환영이라는 사실을 깨달은 자에게는 그때부터 우주가 사라져야 한다. 하느님을 정면으로 바라본 사람은 죽어야 하듯이, 무서운 계시를 받은 사람은 죽어야 한다.(시나이산에서 여호와는 모세에게 이렇게 말했다. "모세에게 이르되 너는 나를 떠나가고 스스로 삼가 다시 내 얼굴을 보지 말라. 내 얼굴을 보는 날에는 죽으리라.") 베단타 경전에는 도자기가 완성되어도 도공의 물레는 계속 돌아가듯이 깨달음을 이룬 사람도 계속 살아간다고 적혀 있다. 깨달음을 이루기 전에 하던 행위의 관성으로 살아간다는 것이다. 따라서 깨달음 이후의 행위는 아무런 결과도 야기하지 않는다. 꿈을 꾸는 자가 꿈꾸고 있다는 사실을 알면서도 꿈을 꾸듯이 생해탈자(jivanmukti) 도 계속 살아가는 것이다. 샹카라는 이렇게 비유한다. "눈이 아픈 사람에게 달이 두 개로 보이더라도 달이 하나임을 알듯이, 깨달은 사람은 감각 세계를 지각하고 살지만 그것이 거짓임을 안다."

달만은 인도의 고대 서사시에서 한 구절을 인용한다. "성공과 실패, 생과 사, 육체적 쾌락과 고통. 나는 이따위 허상의 친구도 아니고, 적도 아니다." 탄트라 경전(불교의 퇴락을 보여 주

---

271   일반적으로 열반은 '깨달음'이라는 뜻으로도, '해탈'
        이라는 뜻으로도 사용한다.

는 9세기 문헌)에서는 이 구절을 엉터리로 얘기한다. "그 사람에게 지푸라기 하나는 보석과 같고 …… 진수성찬은 진흙과 같고, 찬양의 노래는 욕설과 같고, 낮은 밤과 같고, 보이는 것은 꿈을 꾼 것과 같고, 어머니는 타락한 여인과 같고, 기쁨은 고통과 같고, 하늘은 지옥과 같고, 악은 선과 같다."

열반을 목표로 삼은 초심자는 일상생활을 하면서도 세계의 비실재성을 성찰해야 한다. 길을 걷고, 대화하고, 먹고, 마실 때 이런 행위가 덧없는 환영이고, 행위자, 즉 지속하는 주체를 상정하는 것은 아니라고 여겨야 한다.

유대 신비주의자, 기독교 신비주의자, 이슬람 신비주의자에게 해탈에 상응하는 이미지는 공통적으로 가부장적 성격을 띠거나 성적 결합의 성격을 띤다. 불교에서 열반은 "피난처로 들어가는 문, 폭풍우 이는 바다 가운데 안전한 섬, 시원한 동굴, 피안, 신성한 도시, 만병통치약이다. 또 감로수, 욕망의 갈증을 누그러뜨리는 물, 윤회의 강에 빠진 조난자가 목숨을 구할 수 있는 강기슭이다".『밀린다왕문경』을 보면, 열반은 비시간적이고, 오관으로는 지각할 수 없다고 얘기한다. 우리가 수많은 생을 거쳐 열반에 이른다고 하더라도 열반은 수많은 생보다 앞서 있고, 수많은 생 바깥에 있다. 올덴베르크에 따르면, 불자(佛子)는 깨달은 사람이 편히 쉬는 곳을 형이상학적으로 인식하여 '열반에 든다.'고 표현한다.『밀린다왕문경』에는 강물이 바다로 들어가도 바다가 넘치지 않듯이, 각자가 열반에 들어가도 절대 넘치지 않는다고 적혀 있다. 성서 전도서에 나오는 유사한 문장이 기억난다. "모든 강물이 바다로 흘러도 바다를 다 채우지 못하며 그 물은 강으로 되돌아가 다시 바다로 흐른다."

어쩌면 열반의 수수께끼는 꿈의 수수께끼와 동일할지도 모른다.『우파니샤드』에서는 꿈도 없이 깊이 잠든 인간이 우주라고 한다. 삼키아학파에 따르면, 깊이 잠들었을 때의 영혼 상태는 해탈 후 도달할 영혼의 상태와 동일하다. 해탈한 영혼은 어떤 것도 비추지 않는 거울과 같다.

오스트리아의 불교학자 에리히 프라우발너는[272] 1953년에 출판한『인도 철학사』에서 붓다 시대의 열반의 의미를 연구함으로써 열반에 대한 우리의 관념을 일신했다. 우리가 아는 열반의 의미는 '불을 끄다.'이다. 우리에게 불을 끈다는 것은 불꽃을 없앤다는 의미다. 그러나 인도인에게 불꽃은 불을 붙이기 전에도 존재하고, 불을 끈 후에도 지속한다. 불을 켜는 것은 불이 눈에 보이게 하는 것이고, 불을 끄는 것은 눈에 보이지 않게 하는 것이지 불을 없애 버리는 것은 아니라는 것이다. 붓다에 따르면, 의식도 이와 매한가지다. 육체가 있을 때 우리는 의식을 느낀다. 죽을 때 육체는 사라지지만 의식은 사라지지 않는다. 붓다는 열반을 언급할 때 긍정적인 어휘를 사용했다. 열반의 세계를 이야기하고, 열반의 도시를 이야기했다.

열반의 증득(證得)이 붓다 가르침의 핵심이다. 붓다는 세상의 모든 신비를 깨쳤다. 그러나 붓다가 가르치고자 한 바는 윤회에서, 바꿔 말해 속세에서 해탈하는 방법이었다. 여러 경전에서 '스승의 주먹' 같은 것은 없다고 얘기한다. 비밀스럽게 전

---

[272]   에리히 프라우발너(Erich Frauwallner, 1989~1974)는
        오스트리아의 불교 연구 선구자다.

수하는 가르침은 없다는 말이다. 손을 펴고 우리에게 필요한 진리를 널리 퍼뜨리라는 말이다. 전해 오는 이야기에 따르면, 붓다는 나뭇잎 하나를 제자들에게 보여 주고, 이 나뭇잎과 저 숲의 수많은 나뭇잎 중 어느 것이 더 많으냐고 물었다. 제자들이 숲의 나뭇잎이 더 많다고 대답하자 붓다는 자기가 큰 깨침을 얻고 본 법은 한량없으나 제자들에게 설한 법은 이 손안의 나뭇잎과 같이 적다고 말했다. 붓다는 제자들에게 해탈의 길을 알려 준 것만으로도 만족했다. 이것이 바로 앞 장에서 언급한 화살의 우화이기도 하다.

대승 불교

명목에 불과할지라도 스승에게 충성하려는 의지, 숭앙의 대상인 선인의 이름을 빌리면 새로운 사고에 권위를 부여할 수 있다는 장점, 체계에서는 일반적인 경향이 중요하다는 막연한 확신이 은밀한 교리를 유명한 사상가에게 돌리는 동기이다. 전하는 얘기로, 아리스토텔레스는 오전에는 소수의 직계 제자들에게만 자신의 내밀한 사상을 강의하고, 오후에는 일반인을 대상으로 대중적인 강의를 했다고 한다. 전자의 가르침은 밀교(密敎)이고, 후자의 가르침은 현교(顯敎)이다. 피타고라스와 플라톤도 그랬다고 전하고, 붓다의 경우도 예외는 아니다.

입멸하기 직전, 붓다는 제자 중 한 명에게 평소의 가르침을 반복했을 뿐이다. 그런데도 전하는 얘기로 붓다는 지상에서 설법했을 뿐 아니라 천상에서도 비밀 교리를 설하고, 이 비전(秘傳)을 나가의 지하 세계 문서고에 맡겼는데, 기원 후 2세기

(서기 150년)에 나가르주나[273]가 발견했다고 한다. 이 허무주의 교리[274]에서 대승 불교가 탄생했다.

그리스도와 마찬가지로 붓다도 종교를 창시하자고 제의한 적은 없다. 붓다의 목적은 윤회를 믿고 또 윤회에서 벗어나고자 원하는 사문(沙門)이 개인적으로 열반을 성취하도록 도와주는 것이었다. 프랑스 시인 르콩트 드릴(Leconte de Lisle)은 부지중에 적멸[275]의 열망을 이렇게 표현했다.

시간과 숫자와 공간으로부터 우리를 해방시키소서
생이 휘저어 놓은 평정을 우리에게 되돌려 주소서

그러나 대부분의 사람에게 적멸은 약속이라기보다는 위협에 더 가까웠다. 모든 종교는 신도의 다양한 요구에 부응해야 한다. 불교 역시 살아남기 위해서 변화하지 않을 수 없었

273　　나가르주나(Nāgārjuna, 150~250)는 용수(龍樹)라는 이름으로 널리 알려진 인도의 불교 승려이다. 대승 불교의 교리를 확립한 그는 일체가 반야바라밀(般若波羅蜜)에서 유래(연기)하여 고유의 실체는 없으며 모든 것은 공(空)이라고 했다. 또 극단을 배제하는 중도를 설파하여 중관파(中觀派)라는 이름을 얻었다.

274　　한때 서양에서는 나가르주나의 공(空) 사상을 곡해하여 허무주의라고 불렀다. 아르헨티나에서는 1970년대까지도 이런 경향에서 벗어나지 못했기 때문에 보르헤스는 이 책에서 공 사상을 허무주의로, 나가르주나를 허무주의자로 기술하고 있다.

275　　적멸(寂滅)은 열반의 동의어다. 열반은 니르바나를 음차한 말이고, 적멸은 니르바나의 뜻을 옮긴 말이다.

다. 수세기에 걸친 복잡다단하고 중대한 변화였다. 대승(大乘, Mahayana)이란 말은 '큰 수레'를 의미한다. 원시 불교는 '작은 수레', 즉 소승(小乘, hinayana)이라고 부른다. 대승이니 소승이니 하는 말은 화재 사건의 비유에서 유래했다. 어느 집에 불이 났는데, 한 사람은 염소가 끄는 작은 수레를 타고 자기 혼자서만 빠져나왔다. 반면 다른 사람은 여러 마리 소가 끄는 큰 수레에 여러 사람을 싣고 빠져나왔다. 이쯤에서 이렇게 묻는다. 두 사람 가운데 누가 더 칭찬받을 만한가? 대답은 자명하다. 후자다. 대승 불교가 얘기하는 바에 따르면, 신자는 무수한 윤회를 거친 뒤에는 성불할 수 있고 또 타인을 구제할 수도 있다. 비록 지난한 과정이기는 하지만 이제 신자는 윤회할 때마다 조금씩 열반에 다가간다고 생각하게 된다. 이런 메커니즘을 통해 열반이라는 목표는 생의 의지와 부합한다. 대승 불교는 신자에게 일상적인 관습을 당장 바꾸라고 요구하지 않는다.

몇몇 불교학자에 따르면, 불교 교단은 아소카왕(기원전 268?~232? 재위)이 등극하기 전에 이미 소승 불교와 대승 불교로 분열되었다. 아소카왕은 불교로 개종했지만, 무력으로 불교를 믿으라고 강요하지 않았다. 종교 전쟁은 유대교와 그 지파(기독교와 이슬람교)의 전유물이다. 이들 종교는 대대로 무력을 동원하여 개종을 강요했다. 동양에서는 한 사람이 여러 종교를 숭배해도 이를 가로막는 일이 없으며, 여러 종교 의식이 공존하는 경우도 많다.

대승 불교 이론의 최대 난점은 논리 체계가 종잡을 수 없을 만큼 복잡하고, 또 부정, 긍정, 분할, 세분이 지나치게 많은데, 결과적으로는 논리를 부정한다는 것이다. 이는 대승 불교 이

303

론이 본질적으로 알쏭달쏭하기 때문이다. 논리를 붕괴시킬 목적으로 논리를 이용하고 또 남용한다.

대승 불교와 소승 불교의 공통 교리는 삼법인(三法印), 일체개고(一切皆苦), 제행무상(諸行無常), 제법무아(諸法無我), 사성제, 윤회, 업, 중도이다. 그런데 대승 불교는 절대적 관념론이라는 점에서 소승 불교와 구별된다. 세계는 끊임없이 색(色)·성(聲)·향(香)·미(味)·촉(觸)으로 인식된다. 그러나 이런 외양 뒤에는 아무것도 없다. 세상은 환영이고, 산다는 것은 곧 꿈꾸는 것이다. 그로부터 한참 시간이 지난 뒤, 셰익스피어는 『폭풍우(The Tempest)』에서 이렇게 말했다.

우리는 꿈의 재료로 만들어졌다.

버클리와 쇼펜하우어도 현실을 꿈처럼 여기는 철학을 전개했다. 이제 윤회(무한히 생을 전전하는 과정)가 열반이다. 이점을 의식하기만 하면 우리 모두는 열반에 이를 것이다. 초원의 수많은 풀잎도 저마다 붓다의 경지에 도달할 것이다. 그동안에도 우리는 육도(六道)를 윤회한다. 언젠가는 천신의 경지에 이르러 낙원에 거주하리라 확신하면서 윤회한다.

원시 불교는 소수의 사문이 대상이었고, 서원(誓願)은 적멸이었다. 죽은 뒤 다시는 다른 육신으로 환생하지 않겠다는 다짐이었다. 대승 불교의 서원은 꿈같은 세계, 환영 같은 세계 그러나 항상 불쾌하지는 않은 세계에서 적멸에 이르는 과정을 늦추는 것이다. 붓다의 이상은 이제 보살(무수한 윤회 끝에 성불하겠다는 사람)의 이상으로 대체되었다.

붓다는 제자들에게 부단히 정진하여 각자 해탈하라고 당부했다. 반면 대승 불교는 자비의 힘을 강조한다. 성불은 팔정도를 통해서만 가능한 것이 아니라 붓다의 이름을 반복하거나 공양을 드리거나 염불을 하거나 서원을 하거나 좌선을 통해서도 가능하다.

알렉산드리아의 영지주의자는 생리학적인 천박성을 배제하려고 그리스도의 육체적 인간성을 부정하고, 십자가에 못박힌 자는 유령이라고 천명했다. 이와 마찬가지로 대승 불교 이론가들은 역사적 붓다를 천상에 있는 붓다, 즉 선정불(禪定佛, Dhyani Buddha)의 투영으로 간주한다. 이 선정불의 유령이 지상으로 내려와 법을 설했다는 것이다. 선정불이라는 개념은 플라톤의 원형 개념과 유사하다. 고타마 싯다르타의 선정불 명칭이 아미타불로 무량광(無量光)이란 뜻이다. 선정불은 모두 다섯[276]이고, 선정불마다 보살 한 명과 지상의 붓다 한 명이 있다.

초기[277]에는 소승 불교의 승려와 대승 불교의 승려가 같은 사원에 거주하며 가르쳤다. 장기간에 걸쳐 상호 교리를 토론

---

276   비로자나불, 아촉불, 보생불, 아미타불, 불공성취불을
      말한다.

277   부파 불교 시대를 가리킨다. 붓다가 입멸하고 100년
      뒤부터 교단은 상좌부와 대중부로 분열되고, 이후 수
      백 년에 걸쳐 수십 개의 부파로 분열했다. 이 단락에서
      보르헤스는 소승 불교, 대승 불교라는 용어를 사용하
      고 있는데, 이는 대승 불교의 기원과 발흥을 설명하기
      위한 편의적인 표현이다.

함으로써 영향을 주고받았는데, 구체적인 양상은 알 길이 없다. 소승 불교와 대승 불교의 중간에 위치한 종파도 있었다.

대승 불교에서 가장 유명한 사람이 허무주의자 나가르주나이다. 나가르주나는 인도 북부의 날란다 대승원에 제자들을 모아 놓고 가르쳤다. 나중에 보겠지만, 이 교리는 아시아 여러 나라로 전파되었다.

대승 불교는 세계가 완전한 비실재라고 가르친다. 반면 소승 불교는 일시적인 외양을 구성하고 있는 요소, 즉 온(蘊, skandha)은 실재한다고 가르친다. 대승 불교에서는 사문도 환영이요, 사문이 열망하는 열반도 환영이다. 이에 대한 반론도 만만치 않다. 만일 모든 것이 공(空)이라면 사성제도 없고, 팔정도도 없고, 업도 없고, 윤회도 없고, 승단도 없고, 붓다도 없다는 것이다. 이에 대해 나가르주나는 두 가지 진리가 있다고 답한다. 하나는 관습적인 진리인 속제(俗諦)로, 실생활의 일상적인 현상에 적용된다. 또 하나는 절대 진리인 진제(眞際)로, 열반에 도달하려면 반드시 이 진리를 깨달아야 한다. 나가르주나는 세계를 신기루나 메아리나 꿈에 비교한다. 우리는 사랑, 증오, 번뇌, 집착에서 벗어나야 하고,[278] 허공에서 보듯이 사

---

278   16세기 스페인 시인 루이스 데 레온(Luis de León) 수
       사의 시가 떠오른다.(원주)

       나 자신과 살고 싶다.
       혼자, 목격자도 없이
       사랑에서도, 질투에서도
       미움에서도, 희망에서도, 불신에서도 벗어나

태를 보아야만 하는데, 이 허공 또한 공이다. 용수는 중도를 다음과 같은 부정 어법으로 환원했다. "발생하지도 않고 소멸하지도 않으며 상주하지도 않고 단멸(斷滅)하지도 않으며, 같지도 않고 다르지도 않으며 오지도 않고 가지도 않네."[279]

소승 불교와 대승 불교 모두 인과 관계를 부정한다. 한 사건은 그저 다른 사건에 뒤따라 일어날 뿐, 앞 사건의 영향을 받지 않는다. 그와 마찬가지로 개인은 존재하지 않는다. 개인의 영혼은 없으나 업은 있으며, 이 업은 윤회를 거듭한다.

불교의 특성상 나가르주나의 허무주의에 도달할 수밖에 없다. 여기서 데이비드 흄의 구절이 생각난다. "내가 철학자라고 생각하지만, 일상생활에서는 자아, 내면세계, 외부 세계를 받아들여야만 한다."

소승 불교에서는 열반에 이르면 시각, 청각, 후각, 미각, 촉각이 사라진다고 말하고, 각자(覺者)를 불 꺼진 등에 비유한다. 나가르주나는 원래 없는 것은 사라지거나 지속할 수 없다고 천명한다. 열반은 아무것도 없다는 관념과 동일하다. 이제 윤회가 열반이다. 열반은 현상 뒤에 있는 절대 원리와 동일하다. 공(空)을 아는 사람은 열반에 도달한 것이다. 광대한 우주도 그 사람 못지않게 비현실이다. 타인과 구분되지 않는 사람, 모든 타자와 구분되지 않는 사람은 이미 열반에 도달한 것이다.

모든 과정의 가능성은 부정된다. 나가르주나는 『중송』 2품

하늘에 빚진 선(善)을 향유하련다.

279　　나가르주나의 『중송(中頌)』 첫머리에 나오는 팔불게 (八不偈)이다.

에서 이렇게 썼다.

　　이미 간 것에는 가는 것이 없다.
　　아직 가지 않은 것에도 역시 가는 것이 없다.
　　이미 간 것과 아직 가지 않은 것 없이 지금 가고 있는 것에
가는 것은 없다.

라다크리슈난은 이 구절을 이렇게 번역했다.

　　우리는 이미 걸어온 거리(距離)를 걸어가고 있지 않다.
　　우리는 아직 걸어가지 않은 거리를 걸어가고 있지 않다.
　　이미 걸어온 거리와 아직 걸어가지 않은 거리는 불가해한
것이다.

　　이와 유사하게 파르메니데스의 제자 제논도 시위를 떠난
화살은 결코 과녁에 도달할 수 없다고 했다. 화살은 매 순간 정
지해 있기 때문이다. 이런 정지 상태가 무한하다고 한들 결코
운동은 아니라는 것이다. 기원전 4세기경 그리스 철학자 디오
도로스 크로노스(Diodoros Cronos) 또한 벽은 무너질 수 없다고
주장했다. 벽돌을 쌓아 놓으면 벽은 서 있지만, 벽돌을 쌓아 놓
지 않으면 벽은 존재하지 않는다. 이런 논증이 쓸데없는 트집
잡기는 아니다. 디오도로스 크로노스, 제논, 나가르주나는 실
재란 인식 불가능하기 때문에 환영이라는 점을 증명하려 한
것이다.
　　나가르주나는 부정해야만 한다는 관념에 사로잡혔던 것

같다. 나가르주나 이전의 이론가들은 모두 붓다의 전지(全知)만 반복했다. 이와 반대로 나가르주나는 "갠지스강의 모래알만큼 많은 갠지스강이 있고, 그렇게 많은 갠지스강의 모래알을 모두 더하더라도 붓다가 모르는 것보다 적다."고 말했다.

『소품반야바라밀경』의 어느 품에 이렇게 적혀 있다. 현자에게 모든 것은 단지 공(空)일 뿐이고, 단지 이름일 뿐이다. 반야바라밀 역시 단지 공일 뿐이고, 단지 이름일 뿐이다.

소승 불교는 이상적인 인간으로 아라한을 제시한다. 아라한은 성자다. 아라한의 모든 행위, 말, 생각은 업을 쌓지 않는다. 다시는 태어나지 않고, 입적하면 열반에 드는 사람이다. 아라한은 주술적인 능력이 있어서 세계의 모든 소리를 듣고, 모든 것을 보고, 무수한 자기 전생을 기억한다. 이와는 달리 대승 불교는 보살을 이상형으로 제시한다. 보살은 인간이거나 천신이거나 동물일 수 있으며, 무수한 시간을 지나면, 무수한 생과 사를 거치면 언젠가는 붓다가 될 운명이다. 보살은 단계마다 자비를 행해야 한다. 미래에 붓다가 될 사람이 굶주린 호랑이에게 자기 몸을 보시했다는 이야기도 전한다.

아라한과 붓다의 중간 단계에 벽지불(辟支佛, Pratyeka Buddha)이 있다. 스승의 도움 없이 혼자 깨달은 성자인데, 자기의 깨달음을 전하지 못한다. 경전에서는 이런 벽지불을 꿈을 꾼 벙어리나 밀림을 홀로 돌아다니는 코뿔소에 비유한다.

대승 불교는 수많은 붓다가 있다는 교리를 받아들여 붓다의 목록을 만들고, 이름을 붙였다. 또한 수많은 세계에 수많은 붓다가 공존한다고 인정하기에 이르렀다. 이 세계의 붓다는 인도에서 브라만 승려 아니면 크샤트리아로 태어나 보리수 아래에서 해탈했다. 붓다는 자기가 속한 세계에 따라서 체격도 다르고, 나이도 다르다. 어떤 붓다는 나이가 많고 몸집이 거대할 수 있다. 그러나 모든 붓다는 몸에 서른두 가지 상(相)이 있고, 발바닥마다 백팔 가지의 문양이 있다.

대승 불교가 열망하는 바 가운데 하나가 모든 인류의 우애다. 차기 붓다의 이름은 미륵불이며, 서기 4457년에 이 땅에 올 것이다. 미륵의 뜻은 '자비', '충만한 사랑'이다. 지금 천상에 있지만, 이미 이 땅에는 미륵이 계시한 여러 경전이 있다. 미륵불 상도 넘쳐난다. 7세기 초엽 당나라의 현장 법사가 인도에 갔을 때 어느 계곡에서 거대한 금박 목조 미륵불상을 보았다. 이 불상 제작자는 세 번이나 천상에 올라가 미륵불의 면모를 살펴보았다고 전한다.

미륵불의 고유한 특성은 다음 탱화 설화에 잘 드러나 있다. 현장 법사는 이런 얘기를 전한다. 어느 절에서 미륵불 탱화를 조성하려고 하는데 미륵불의 모습을 알 길이 없었다. 그로부터 수년이 지난 어느 날 낯선 사람이 찾아와 그림을 그리겠다고 자원했다. 그 사람은 향기로운 진흙〔香泥〕과 등(燈)을 들고 안으로 들어간 뒤 문을 잠갔다. 여러 날이 지났다. 승려들이 방 안으로 들어갔다. 그 사람은 온데간데없고 미륵불 탱화만 걸려 있었다. 그날 밤 승려가 꿈을 꾸었는데, 그 사람이 바로 미륵불이었다.

라마교

라마교[280]는 대승 불교의 신정 정치적 요소, 계급적 요소, 정치적 요소, 경제적 요소, 사회적 요소, 귀신론적 요소가 특이하게 확장된 불교다. 붓다는 인도 북부와 갠지스 강변에서 설법했다. 그런데 라마교는 티베트에서 14세기에 전성기를 맞았다. 리스 데이비드를 비롯하여 거의 모든 라마교 연구자들이 지적하듯이, 라마교는 가톨릭교회와 유사하다.

1949년 중국에서는 공산주의자들이 정권을 장악했다. 그리고 얼마 지나지 않아 티베트를 점령했다. 종교 전통을 존중한다는 조약에도 불구하고 중국 공산주의자들은 티베트 고유의 문화와 제도를 모조리 철폐했다.[281] 달라이 라마가 인도로

280　현재는 '티베트 불교'라고 부른다.

281　1950년 말부터 티베트를 침공한 중국은 1951년에 '17

망명하자 많은 신도가 뒤따랐다. 현재 티베트 망명자들은 인도의 동북부 다르질링에 살면서 예전 신앙을 유지하고 있다.

소승 불교의 성직자는 계급이 없다. 사문만 있다. 반면 라마교에는 뚜렷한 계급이 있어서, 두 지도자인 달라이 라마(위대한 왕)와 판첸 라마(위대한 스승)는 중세의 가톨릭 교황처럼 정신적 권력과 함께 세속적 권력을 행사한다. 티베트인이나 몽골인 같은 야만 민족은 사성제를 수용할 역량이 안 되었고 팔정도 같은 엄격한 수행도 받아들이기 어려웠다. 그런 사람들을 끌어들이려면 화려한 예배 의식, 복잡한 의례, 염주 굴리기를 포함하여 근절하기 어려운 주술 행위와 토착 신을 포용할 수밖에 없었다. 버나드 쇼는 콩고의 흑인을 기독교로 개종시키는 일은 사실상 기독교인을 콩고의 흑인으로 만드는 일이라고 했다. 이와 유사하게 티베트인은 불교를 받아들인 뒤에도 여전히 정령을 믿고, 망자의 혼을 믿었다. 게다가 대승 불교의 다신교적 성격과 주술적인 요소도 이런 신크레티즘(Syncretism) 형성이 용이하도록 작용했다.

불교가 또 다른 종교, 즉 공산주의로 대체될 때까지 상당수 티베트인은 승려의 길을 걸었다. 일반적으로 각 가정에서는

조협의'를 맺었다. 이 협의는 티베트의 자치권, 종교의 자유를 보장했다. 그러나 1956년 중국에서 시작된 사회 개조 운동의 영향으로 티베트의 불교 사원 교육과 계급 제도는 철폐되었고, 티베트인들은 이에 항거했다. 1959년 달라이 라마는 인도로 망명했다. 1966년에 시작된 중국의 '문화 대혁명' 기간에도 티베트의 전통적인 사상, 풍속, 문화, 관습은 타파 대상이 되었다.

아들 중 한 명을 가까운 사원으로 보냈다. 여덟아홉 살 가량의 신입자는 초심자로 인정받을 때까지 스승에게 교육을 받는다. 초심자 가운데 소수만이 정식 승려가 될 수 있다. 하급 승려 가운데 네 번째로 높은 주지(住持)만 되어도 품위 있게 행동하며, 존경받고 권력을 누린다.

티베트인은 달라이 라마가 입멸하면 사원 부근의 가난한 집에서 환생한다고 믿는다. 달라이 라마는 생전에 환생할 장소 등을 예언하기 때문에 수색대가 아이를 찾아서 왕좌에 앉힌다. 다른 집도 아니고 가난한 집에서 환생한다는 믿음은 민주적인 미신이 아니다. 권세 있는 집안이 종단의 대소사에 간섭하지 못하게 하려는 예방책이다. 이렇게 달라이 라마는 동일한 사람이 세대를 거쳐 전생한다고 여긴다. 그리고 달라이 라마는 관세음보살의 화신이라고 믿는다. 옴마니밧메훔(오, 연꽃 속의 꽃잎이여!)[282] 진언은 무엇보다 달라이 라마를 염두에 둔 진언인데, 그 의미는 달라이 라마가 입적할 때 마치 연꽃에 맺힌 이슬이 바다로 사라지듯이 소멸된다는 것이다.

티베트에서는 여러 신을 숭배한다. 여러 붓다, 유명한 제자, 보살, 허무주의 철학자 나가르주나는 물론이고 복잡하게 얽힌 여러 하급 신을 숭배한다. 이를테면, 섬뜩한 외모의 악귀,

---

282　옴마니밧메훔(Om mani padme hūm)은 일반적으로 '오, 연꽃 속의 보석이여!'로 해석한다. 보르헤스의 설명처럼 티베트 불교에서 이 말은 육도윤회를 벗어나게 하는 진언이지만, 이럴 경우는 천상계(om), 아수라(ma), 인간계(ni), 축생(pad), 아귀(me), 지옥(hum)으로 해석한다.

네 방위를 지키는 사천왕, 지옥의 왕으로 망자를 심판하는 염마(閻魔, 상징은 해골과 남근이다.), 자연의 힘을 의인화한 다양한 정령을 숭배한다.

티베트에서 불교가 확산되면서 새로운 도덕 개념이 등장했다. 조금은 이상하지만, 사후에 선행은 보상받고 악행은 벌을 받는다는 개념이다. 정통 불교보다 훨씬 논리적인 라마교는 업의 교리를 인정하지 않는다. 그보다는 개인의 영혼이 세대를 거쳐 전전한다고 믿는다. 죽은 사람은 이 세상을 포함하여 육도(六道) 어디에선가 환생한다는 것이다.

악귀는 호시탐탐 인간을 노리고 있기 때문에 사전에 악귀를 쫓을 수 있는 부적과 진언을 마련해 두는 게 바람직하다. 이런 부적과 진언은 승려가 공급하는 상품이다. 환자도 그냥 지나치지 않는다. 승려는 독경이라는 치료법을 동원한다. 또 모종의 진언을 수없이 반복해서 외우면 악귀를 쫓고, 병을 치료하고, 극락으로 들어갈 수 있는 열쇠를 쥘 수 있다고 하는데, 가장 효력 있는 진언이 '옴마니밧메훔'이다. 진언, 즉 만트라(mantra)의 힘은 단어(이제는 잊힌 언어인 경우가 많다.)의 의미보다는 단어의 순서에서 나온다. 여기서 독자는 유대 신비주의를 떠올릴 것이다. 유대 신비주의자는 성서의 글자 하나하나에 창조의 힘이 있다고 보았다. 독이 든 말, 죽음을 불러오는 말, 싸움을 야기하는 말, 불 같은 말, 번영을 이루는 말, 기쁨을 야기하는 말, 건강한 말, 친절한 말, 중립적인 말이 있다. 이런 말을 적절하게 결합하면 효과가 증폭된다. 사제의 특정 주문에 굴복하지 않는 악마는 없다.

글로 적은 진언은 입으로 외는 진언 못지않게 효과적이다.

깃발에 적어 주택 지붕이나 사원 지붕을 장식한다. 때로는 옷에 진언을 쓰기도 하고, 부적에 쓰기도 한다. 환자는 병이 낫기를 바라며 음식에 진언을 넣는다.

일상적으로는 진언을 가득 채운 휴대용 전경통(轉經筒, 마니차)을 이용한다. 이 마니차를 한 번 돌리면 기도를 한 번 올린 것과 같으며, 공덕을 한 번 쌓는 것과 같다고 한다. 사원에 보시하는 것도 공덕을 쌓는 일이다. 보시 금액이 많으면 예배 음악 장단에 춤을 추기도 한다. 부자는 보석이나 귀금속을 보시하고, 빈자는 버터를 보시한다. 가장 위험한 악귀는 날이 저문 후에야 선물을 받는다.

달라이 라마와 판첸 라마의 권력은 막강하다. 종교계와 속계를 가리지 않는다. 국가의 모든 생산물을 소유하고, 사형 선고를 포함하여 법을 직접 집행하며, 신도의 현세 운명뿐 아니라 다음 생까지도 결정한다.

스베덴보리[283]교와 다르게, 라마교는 기독교처럼 임종 시간을 극히 중요하게 여긴다. 임종이 임박했거나 갓 숨을 거두었다면 승려는 『티베트 사자의 서(書)(Bardo-Thödol)』라는 책을 읽어 준다. 이 책에는 죽은 후 여러 세계를 여행하는 망자를 위한 일련의 지침이 담겨 있다. 장례를 치른 후에도 의식(儀式)은 계속된다. 49일 동안 망자의 위패 앞에서 의식을 진행하는 것

---

283   에마누엘 스베덴보리(Emanuel Swedenborg, 1688~
1772)는 스웨덴 출신의 기독교 신비주의자다. 보르헤스는 여러 책에서 이 신비주의자의 저서와 교리를 언급하고 있다.

이다. 마지막에 위패는 소각한다.

육신이 죽은 뒤에 망자가 맞이하는 첫 단계, 즉 첫 바르도 (bardo)는 깊은 잠이다. 이 잠은 4일 동안 지속된다. 이어 한 줄기 찬란한 빛이 영가[284]를 비추는데, 그제야 망자는 자기가 죽은 것을 안다. 만일 망자가 해탈의 경지에 이르렀다면 이 단계가 마지막이다. 승려는 망자에게 이렇게 타이른다. "그대의 식 (識)은 이제 공(空)이 되었습니다. 그러나 그 공은 무(無)가 아니라 충만한 것으로 어디에도 매이지 않으며 찬란히 빛나고 가볍게 떨리면서 행복한, 바로 식(識) 자체인 완벽한 붓다입니다." 그리고 물에 비친 달처럼 눈에 보이지만 존재하지 않는 수호신을 떠올리고 명상하라고 권한다.

위에서 언급한 빛을 알아보지 못하는 망자는 두 번째 바르도로 들어간다. 망자는 사람들이 자기 옷을 벗기고, 방을 청소하는 것을 보고, 가족과 친지가 우는 소리를 듣는다. 그렇지만 그 사람들과 소통할 수 없다. 이 단계에서 망자는 환영을 경험한다. 먼저 선신(善神)들이 나타나고, 이어 괴물 형상의 분노한 신들이 나타난다. 이때 승려는 그런 형상은 망자의 마음이 투영되어 나타난 것일 뿐 객관적인 현실은 아니라고 일러 준다.

다음 7일 동안 망자는 평화의 신 일곱 명을 보게 된다. 이 신들은 각기 다른 색깔의 빛을 발산한다. 동시에 다른 빛도 보게 되는데, 이 빛은 인간 세계를 포함하여 환생할 세계에 상응한다. 이때 승려는 신성한 빛을 선택하고, 윤회하도록 유혹하는

---

284   영가(靈駕)란 망자의 혼을 이르는 말이다.

빛은 피하라고 권고한다. 아울러 여러 신과 빛은 망자가 쌓은 업에서 나온 것임을 명심하라고 일러 준다. 여드레째부터 분노의 신들이 출현한다. 사실은 앞서 나온 신들인데, 모습을 바꾼 것이다. 처음에 나타나는 분노의 신은 머리가 셋이고, 손은 여섯이고, 다리는 넷이다. 해골과 검은 뱀으로 치장하고, 온몸에서 화염을 내뿜는다. 오른쪽에 있는 손은 각기 칼, 도끼, 수레바퀴를 휘두르고, 왼쪽에 있는 손은 각기 작은 종, 쟁기, 해골 그릇을 들고 있다. 해골에는 피를 담아서 마신다.

이렇게 해서 열넷째 날이 되면 동서남북 네 방향에서 여성 문지기 네 명이 나타난다. 각기 호랑이 머리, 돼지 머리, 뱀 머리, 사자 머리를 하고 있다. 뒤이어 동서남북 네 방향에서 동물 형상의 여러 신이 출현한다. 모두 몸집이 거대하다.

마침내 영가는 염왕 앞으로 불려 나가 심판을 받게 된다. 사람마다 선한 수호령과 악한 수호령이 있다. 선한 수호령은 흰 조약돌로 선행을 세고, 악한 수호령은 검은 조약돌로 악행을 센다. 영가가 거짓말을 해도 통하지 않는다. 염라대왕이 업경(業鏡)에게 물어보면, 생전에 행한 모든 일이 거울에 생생하게 비친다. 염왕은 양심이고, 업경은 기억이다.

이처럼 긴 과정이 환영이라고 인식한 망자는 자기가 무엇으로 환생할지를 알게 된다. 열반에 도달한 사람은 초반에 구원을 받는다. 망자의 여행에 대해 자세히 알고 싶은 독자는 에번스웬츠(W. Y. Evans-Wentz)가 영역한 『티베트 사자의 서』를 참고하기 바란다. 이 책에는 카를 융(Karl Jung)의 서문이 실려 있다. 에번스웬츠는 이집트 『사자의 서』에서 암시를 받아 책 제목을 붙였다. 이보다 읽기 쉬운 티베트 밀교 서적으로는 에드워드 콘즈가 영어로 편역한 『새들에 대한 붓다의 설법(The Buddha's Law among the Birds)』이라는 제목의 주옥같은 시 선집이 있다.

새들의 회의라는 생각은(아침저녁으로 한꺼번에 지저귀는 새소리에서 영감을 받았을 것이다.) 그리스 문학, 페르시아 문학, 영국 문학, 인도 문학에서 찾아볼 수 있다. 전설에 따르면, 붓다는 우주의 모든 언어로 천신, 뱀(naga), 악귀, 인간 등에게 설법했다고 한다. 위에서 언급한 시 선집 『새들에 대한 붓다의 설법』에서 관세음보살은 뻐꾸기로 변하여 티베트와 인도의 새들에게 설법한다. 독수리, 학, 거위, 비둘기, 까마귀, 부엉이, 닭, 종달새, 매, 공작새 등은 각기 삶이 무상하고 고통이라고 토로한다. 뻐꾸기는 "말재주가 뛰어난" 앵무새의 요청으로 세상에 무상하지 않은 것이 없고, 환영 아닌 것이 없다고 새들에게 이야기한다. 돌로 세운 궁전도 허공에 지은 것과 마찬가지이며, 일가친척, 친구와의 인연도 낯선 사람과 빵을 나누는 여행자들 사이의 인연과 다를 바 없다. 육신은 구름처럼 허망하고, 공작새의 찬란한 깃털도 바람에 흩어지는 거품과 같다. 태어나고 죽는 것은 태어나고 죽는 꿈을 꾸는 것이다. 세상을 구한 붓다도 꿈속의 붓다일 뿐이다. 이런 설법에 감화받은 새들은 작고 힘없는 새를 덮치는 것과 같은 나쁜 행실을 고치겠다고 맹세한다. 그러나 악에 깊이 물든 솔개와 까마귀는 맹세하지 않는다.

감화받은 닭은 이렇게 말한다.

이 윤회의 세상에 영원한 행복이란 없다.

세상일은 해도 해도 끝이 없다.

육신에도 피에도 영원한 것은 없다.

죽음의 신 마라(Mara)가 보이지 않은 때가 없다.

아무리 부자라도 혼자 떠난다.

우리가 사랑하는 이들도 언젠가는 잃을 수밖에 없다.

어디를 둘러보아도 실체는 없다.

그렇지 아니한가?

아시시의 성 프란체스코 역시 새에게 설교했다. 그러나 설교 내용은 "이중 삼중의 옷과 어디든지 갈 수 있는 자유"를 부여한 주님께 감사해야 한다는 것이었다.

중국 불교

천조(天朝)의 불교사는 매우 복잡하다. 불교의 전래 시기 또한 불확실하다. 전설에 의하면, 기원후 I세기경 후한 명제 (明帝)가 꿈속에서 온몸이 황금색으로 빛나는 귀인을 보았는 데, 그 귀인이 붓다였다고 한다. 명제는 인도에 사절단을 보내 불법을 설할 스님을 초빙해 왔다. 다른 설에 의하면, 그보다 3세 기 전에 이미 중국에 불교가 들어왔다고 한다. 인도 북부에서 중앙아시아를 거쳐 전파된 것이다.

중국으로 들어온 불교는, 유교 경전에 확고하게 뿌리박은 세속 문화 및 노자가 창시한 도교와 경쟁해야 했다. 공자와 노 자 모두 기원전 6세기 사람이다. 유교는 성격상 종교보다는 윤 리적, 사회적 규범에 더 가깝다. 도교는 불교처럼 세계의 비현 실성을 가르쳤다. 도교의 또 다른 대가인 장자는 유명한 우화 를 남겼다. "장자가 꿈에서 나비가 되었다. 꿈에서 깨어났을 때, 자기가 나비 꿈을 꾼 것인지, 아니면 나비가 지금 장자를 꿈꾸고 있는 것인지 알 수 없었다."

수많은 장애물에도 불구하고 중국 불교는 6세기에 흥성했다. 팔리어로 된 삼장(三藏)[285]이 번역되었고, 인도에서 많은 승려가 찾아왔다. 서기 526년 달마 대사가 중국에 왔을 때, 양(梁) 무제(武帝)는 수많은 사찰과 날로 증가하는 승려를 자랑했다. 이런 무제에게 달마 대사는 그런 것은 외양에 불과하므로 아무런 공덕도 쌓지 못한 것이라고 대답하고, 면전에서 물러나와 명상에 힘썼다. 전설에 따르면, 달마 대사는 9년 동안 면벽참선(面壁參禪)을 했는데, 벽에는 달마 대사의 형상이 찍혔다고 한다. 달마 대사는 중국 선종(禪宗)의 개조이다. 일본의 선불교도 선종에서 유래했다.

중국 불교는 중국인의 조상 숭배를 수용하고, 변질된 도교 신앙과 타협했다. 중국인은 항상 가족을 중시하기 때문에 출가를 요구하는 불교는 매력적이지 않았다. 일반인이 보기에 승려는 "누에만도 못한, 벌집의 수벌이었다". 그러나 이런 곤충이 대중과 두려운 신을 이어 주는 유일한 중재자였다. 그리고 승려의 염불은 공짜가 아니었다.

대부분의 승려는 농촌 출신의 무지렁이였다. 사찰에서 일반적인 교육도 받지 못했다. 극도로 빈곤한 사람은 나이 어린 자식을 승려로 파는 경우도 종종 있었다. 고전이 출세의 필수 과목이 되어 버린 나라에서 불교는 지식 계급 사이에서도 명

---

285   경장, 율장, 논장의 세 가지 불서를 말한다.

성을 누릴 수 없었다. 외국에서 전래된 종교이고, 중국 전통과 융합하지 못했다는 점도 불리하게 작용했다. 그렇지만 불교는 중국인의 관습, 문학, 조형 예술에 영향을 끼쳤다.

불교의 여러 종파는 다양한 형태로 붓다를 숭앙한다. 매우 특이한 사례 가운데 하나는 아발로키테슈바라(Avalokiteśvara)가 자비의 여신 관세음보살로 변한 것이다. 관세음보살은 탱화에 빈빈히 등장한다.

동양에서는 어떤 종교가 다른 종교와 공존하지 못하는 일이 없다. 불교의 몇몇 종파는 도교와 유교의 요소를 수용했다고 한다. 중국인의 정신은 포용력이 크다. 그래서 중국인들은 세 종교(불교, 도교, 유교)를 공평하게 수용하는 여러 사원을 세웠다.

가장 유명한 불교 소설인 『서유기(西遊記)』는 원숭이, 말, 돼지가 불경을 구하러 인도로 가는 길에 겪는 환상적인 모험 이야기를 다룬다. 이 소설의 창작 연도는 불확실한데, 16세기 작품으로 추정한다. 원숭이는 지성, 말은 정신, 돼지는 감성을 상징한다. 일행은 천신만고 끝에 불경을 구해 돌아오지만 모두 백지였다. 속임수에 당한 것인데, 어쩌면 지고한 진리는 말로 전할 수 없고, 문자로 고착시킬 수도 없다는 사실을 얘기하는지도 모른다.

아서 웨일리(Arthur Waley)는 이 작품을 『원숭이(Monkey)』라는 제목으로 영역했다. 그 가운데 재미난 이야기를 간략히 소개한다.

붓다는 손오공에게 내기를 걸었다. "네가 단번에 내 손바닥을 벗어난다면 옥황상제의 왕관을 주마."

　　손오공은 단번에 뛰어올라 시야에서 사라졌다. 거대한 분
홍색 기둥 다섯 개가 솟아 있는 곳에 도착한 손오공은 세상 끝
에 도달했다고 생각했다. 그리고 털을 하나 뽑아 붓으로 변하
게 한 다음 중앙에 있는 기둥에 이렇게 썼다. "제천대성(齊天大
聖) 손오공, 이곳에 왔노라."

　　손오공은 다시 날아올라 출발점으로 돌아왔다. 그리고 붓
다에게 이렇게 말했다. "갔다 왔으니 옥황상제의 왕관을 주시
오."

　　붓다가 대답했다. "너는 내 손바닥을 벗어나지 못했다. 아
래를 잘 봐라."

　　손오공은 아래를 봤다. 붓다의 가운뎃손가락에 이런 글씨
가 쓰여 있었다.

　　"제천대성 손오공, 이곳에 왔노라."

탄트라 불교

탄트라 불교, 즉 주술적인 불교를 연구할 때는 주술 신앙이 동양에서는 매우 흔하며, 특히 인도에서 그렇다는 점을 망각해서는 안 된다. 인도에는 주술사가 넘쳐 난다. 이를테면 현대의 어떤 여행자는 공중에 던진 밧줄을 타고 올라가는 남자를 봤다고 철석같이 믿고 있다. 그러나 사진을 보면 그가 주술사에게 홀린 상태임을 알 수 있다.

탄트라 불교의 성립 연대는 확실하지 않다. 우리가 아는 한 탄트라 불교는 두 파로 나뉜다. 우도 밀교와 좌도 밀교다. 우도 밀교는 우주의 남성적 원리를 중시하고, 좌도 밀교는 여성적 원리를 중시한다. 중국인은 두 밀교를 결합하여 각각 하나의 원(만다라)으로 표현한다. 이 만다라에서 첫 번째 원은 천둥을 상징하고, 두 번째 원은 자궁을 상징한다. 그러나 본질적으로 양자는 동일하며, 지고한 현실의 두 측면을 표상한다. 우도 밀교든 좌도 밀교든 엄격한 금욕주의를 배격하고, 감각의 희열을 통한 해탈을 추구한다. 세속의 희락(喜樂)은 해탈의 방해물이 아니라고 주장한다.

탄트라 문학은 신비한 존재를 다룬 송가, 진언, 논장, 기술을 포함한다. 신비한 존재는 해탈의 도정에서 유용하게 이용할 수 있는 정신적 힘, 즉 주술적 힘을 의인화한 것이다. 물론 천신도 윤회를 벗어나지는 못했다. 그러나 물리적 세계보다는 훨씬 좋은 명상의 대상이다.

탄트라 불교는 스승(guru)이 제자(chela)에게 구두로 가르쳐 주는 비밀 교의를 통해서만 정광명(淨光明)에 이를 수 있다고 믿는다. 그렇지만 경전에서는 비밀 교의를 전한다는 말을 찾을 수 없다. 수행 방법은 삼밀(三密)이라고 하여, 입으로 진언(眞言)을 염송하고, 손으로 결인(結印)하고, 마음으로 자신과 대일여래(大日如來)[286]를 동일시하는 명상을 한다.

서양에서는 눈으로 볼 수 있고 만질 수 있는 것을 중시하지만, 동양에서는 그와 더불어 귀로 듣는 것도 중시한다. 단어는 음절로 구성되고, 각 음절의 소리는 특정 신과 상응한다. 따라서 어떤 음절을 반복적으로 발음하면 해당 신을 부를 수 있다. 이런 신(번호와 이름이 정해져 있다.)은 기도하는 단어에 따라서 창조된다. 기도로 만들어지는 신이라는 개념은 우리에게는 신성 모독으로 보일 수 있도 있으나 여기서 말하는 신은 인간이나 사물과 마찬가지로 속세에 속한다는 사실을 잊어서는 안 된

---

286   우주의 실상을 체현하는 근본 붓다로 그 광명이 온 우
       주를 밝히고 덕성이 해와 같다는 의미이다.

다. 상상이 용이하도록 전통적으로 만다라라는 일종의 그림을 사용한다. 각종 신을 상징하는 만다라도 있고, 여러 붓다나 세계를 상징하는 만다라도 있다. 초심자는 주문으로 창조된 신과 자신을 동일시하여 신의 힘을 얻는다. 경전에 이런 말이 있다. "경배하는 자, 경배받는 자, 기도는 하나이며 동일한 것이다."

　탄트라 철학에서 세상은 흙, 물, 공기, 불, 공간, 의식이라는 여섯 가지 요소로 구성되어 있다. 이런 요소의 총합이 붓다의 우주적 몸을 형성하고, 인간을 포함한 세상은 그 몸의 반영이다. 육체의 각 기관에서 일어나는 정신적, 육체적 작용도 전능한 우주적 몸의 작용이다. 신자는 성스러운 행위를 통하여 자신을 우주의 영원한 에너지와 일치시키고, 자신의 목적을 위해 그 에너지를 사용한다. 그러나 이기적인 목적에 사용해서는 안 된다. 이런 철학과 여기서 파생된 복잡다단한 신화는 10세기경 붓다를 창조신으로 여기는 유일신론에서 정점에 이른다. 이런 유일신론이 불교 본연의 모습과 거리가 멀다는 것은 두말할 필요가 없다. 불교의 핵심 목표는 열반이며, 그 어떤 형이상학적 사색도 반대한다. 버나드 쇼는 이런 말을 했다. "생명력은 힘을 증대시키려고 끊임없이 노력한다. 우리에게 사지와 장기가 생겼을 때, 생명력은 스스로를 위해 만들었으며, 쉼 없이 가장 완전한 상태로 이르도록 만든다. 생명력은 끈덕지게 노력하여 과도한 장애물만 없다면 결국에는 전지전능한 상태에 도달할 것이다. 신은 만들어지고 있다."[287]

287　　Bernard Shaw, *The Religious Speeches of Bernard Shaw*, 1965, p.77.(원주)

탄트라 불교의 두 파 중에서 좌도 밀교가 더 중요하다. 좌도 밀교의 기본 특징을 얘기하면, 여신 샤크티(shakti)를 숭배하고 (배우자인 남신과 짝을 이룬다.), 셀 수 없이 많은 악귀가 있고, 복잡한 장례 의식을 치르고, 성행위를 해탈의 방법 가운데 하나로 여긴다.

여신 숭배는 열반에 들기 위해 굳이 남성으로 환생하지 않아도 된다는 믿음으로 이어졌다.(정통파는 남성으로 태어나야 한다고 주장한다.) 지혜는 보통 여신으로 형상화한다. 이러한 지혜의 여신은 모계 사회가 발달한 인도 남부에서 기원했다. 궁극적 실재는 남성적(능동적) 원리와 여성적(수동적) 원리의 결합이라고 믿기 때문에 탄트라 미술은 이 진리의 상징으로 신들이 포옹하는 모습을 공공연하게 묘사했다. 신비주의의 시, 이를테면 산 후안 데 라 크루스[288]와 존 던[289]의 시도 관능적인 이미지를 통해서 영적 황홀경을 표현한다.

알렉산드리아의 영지주의자는 죄에서 벗어나려면 죄를 저질러야 한다고 가르쳤다. 이와 유사하게 좌도 밀교는 최고의 쾌락 행위를 통한 수행은 물론 가장 역겨운 행위를 통한 수행도 해야 한다고 권한다. 예를 들어 코끼리 고기나 말고기나 개고기를 오줌으로 간해서 먹는 것이다.

288　산 후안 데 라 크루스(San Juan de la Cruz, 1542~1591) 는 스페인의 가르멜회 수사이자 신비주의 시인이다. 한국에서는 '십자가의 성 요한'이라고 부른다.

289　존 던(John Donne, 1572~1631)은 영국 성공회 사제이자 시인이다. 연애시, 종교시 등을 창작했지만 생전에는 한 편도 발표하지 않았다.

우도 밀교는 인간의 열정을 순화하여 해탈의 도구로 삼아야 한다고 주장한다. 반면에 좌도 밀교는 이런 열정의 승화를 불필요하게 여긴다.

선불교

지금까지 아는 바로, 불교는 네팔에 뿌리내린 후 인도차이나와 중국으로 퍼졌다. 이는 여러 승려가 불교를 전파한 덕분이었는데, 그 가운데 가장 유명한 사람이 선종의 초조(初祖) 달마 대사다. 6세기 초엽 사람이다. 전해 오는 얘기에 의하면, 달마 대사의 제자이자 2조(二祖)인 신광[290]은 처음에 달마 대사의 가르침을 이해할 수 없었다. 신광은 달마 대사를 찾아가 예를 올렸으나 달마 대사는 본 체도 하지 않았다. 신광은 신심을 증명하기 위해 왼팔을 끊어 바쳤다. 이에 수년 동안 면벽 참선하

---

[290]　신광(神光, 487~593)은 중국 남북조(南北朝) 시대의 선사다. 노장사상과 유학을 공부하다 출가하여 선종 (禪宗)의 2조가 되었다. 신광은 속명이고, 혜가(慧可) 라는 법명으로 더 널리 알려졌다.

던 달마 대사는 침묵을 깨고 어찌 찾아왔느냐고 물었다. 신광은 이렇게 말했다. "제 마음이 항시 불안하오니, 이 불안한 마음을 좀 편하게 해 주십시오." 달마가 대답했다. "네 마음을 내게 보여 주면 편안하게 해 주마." 이에 신광은 "마음을 찾아 보니 찾을 수가 없습니다."라고 고백했다. 달마 대사가 말했다. "그러면 이제 네 마음이 편안해졌겠구나." 그 순간 신광은 번갯불을 맞은 듯 진리를 깨달았다.

이 일화는(우리가 앞으로 인용할 그 어떤 일화보다 명료하다.) 순간적인 깨달음의 첫 번째 예다. 이런 순간적인 깨달음을 일본에서는 사토리(悟り, satori)라고 하는데, 이는 수수께끼나 난센스 퀴즈의 답이 문득 떠오른 순간에 우리가 느끼는 바와 흡사하다.

이런 중국의 선(禪, chán)이 6세기에 일본으로 건너가 젠(zen)이라는 이름을 얻었다.

우리의 관습적인 사고는 주체와 대상, 원인과 결과, 개연성과 비개연성 등의 논리적 틀에 얽매여 있다. 이에 반해 참선은, 수년 동안 수련해야 하겠지만, 논리적 틀에서 우리를 해방하고 느닷없는 번갯불, 즉 깨달음을 줄 수 있다.

언어를 불신하고, 감각을 불신하고, 자신과 타인의 과거 행적을 불신하고, 붓다의 존재 자체마저 불신하라는 것이 입문자에게 부과하는 수련법이다. 어떤 사찰에서는 스승의 초상화를 불쏘시개로 사용하고, 경전을 찢어 뒤를 닦는 데 사용한다. 이 모든 일에서 우리는 "문자는 사람을 죽이고 성령은 사람을 살립니다."(고린도후서 3장 6절)라는 성서 구절을 떠올린다.

깨달음을 성취하기 위해 흔히 사용하는 방법은 화두(話頭)

이다. 화두는 일종의 물음인데, 논리적으로는 답을 찾을 수 없
는 물음이다.

고전적인 화두는 여러 선사가 만든 것이다. 어느 스님이
"붓다란 무엇입니까?"하고 물었다. 그러자 "마(麻)가 세 근이
다."라는 대답이 돌아왔다. 해설가들은 이 대답에 상징적인 뜻
이 담겼다고 생각해서는 안 된다고 말한다. 이런 화두도 있다.
"달마가 서쪽에서 온 까닭은 무엇입니까?" 대답은 이런 것이
었다. "뜰 앞의 잣나무다."

백장 선사[291]는 제자가 아주 많아서 새 절을 지어야 했다. 이
절을 맡길 적임자를 찾으려고 제자를 모두 불러 모았다. 그리
고 항아리를 보여 주면서 이렇게 말했다. "항아리라는 말을 쓰
지 않고 이것이 무엇인지 말해 보아라." 수제자가 나서서 "나
뭇조각이 아닙니다."라고 대답했다. 이때 주방에서 일하던 제
자가 지나가다 그 말을 들었다. 이 제자는 항아리를 발로 차 버
리고 아무 일도 없었다는 듯이 주방으로 들어갔다. 백장 선사
는 그 제자에게 새로 지은 절을 맡겼다.

가장 흥미 있는 예는 도요(Toyo)라는 일본 소년의 이야기
일 것이다. 도요는 열두 살 때 모쿠라이(Mokurai) 선사를 찾아
가 가르침을 청했다. 선사는 더 크면 오라고 돌려보냈다. 소년

---

[291]   백장 선사(百丈禪師, 720~814)는 당나라 시대의 스
님으로, 선종의 9대 조사이다. 법명이 회해라서 백장
회해(百丈懷海)라고 부르기도 한다. '백장청규'를 제
정하여 "하루 일하지 않으면 하루 굶는다."와 같은 선
종의 규범을 확립했다.

이 졸라 대자 선사는 문제를 냈다. "두 손으로 손뼉을 치면 소리가 난다. 그렇다면 한 손으로 손뼉 치는 소리를 낼 수 있겠느냐?" 자기 집으로 돌아가 골똘히 생각하던 소년의 귀에 이웃집 게이샤의 노랫소리가 들렸다. "이제 알았다!"라고 소년은 외쳤다. 다음 날 소년은 선사를 찾아가 게이샤의 노래를 불렀다. "아니다. 한 손으로 손뼉 치는 소리는 그게 아니다."라고 선사가 말했다. 소년은 조용한 곳을 찾아갔다. 어디선가 낙숫물 소리가 들려왔다 "그래, 이거야." 다음 날 소년은 선사 앞에서 낙숫물 소리를 흉내 냈다. 선사는 또 이렇게 얘기했다. "낙숫물 소리와 비슷하다만, 한 손으로 손뼉 치는 소리는 아니다. 더 찾아보거라."

그 뒤로도 소년은 바람 소리, 부엉이 소리. 귀뚜라미 소리 등 많은 소리를 냈지만 선사는 모조리 퇴짜를 놓았다. 1년 넘게 소년은 한 손으로 손뼉 치는 소리만 생각하고 있었다. 마침내 소년은 선사를 찾아가 "이제 소리를 듣고 흉내 내는 일에 지쳤습니다. 차라리 아무 소리도 내지 않겠습니다."라고 말했다. 선사가 말했다. "이제야 찾았구나."

깨달음으로 인도하기 위해 몇몇 선사는 화두 대신 폭력적인 방법을 썼다. 마조 선사[292]는 달마 대사가 서쪽에서 온 까닭

---

292 마조도일(馬祖道一, 709~788)은 선종의 8대 조사이다. 선가에서 몽둥이질로 유명한 선사는 바로 아래 등장하는 덕산선감(德山宣鑑, 782~865)이다. 덕산 선사는 제자를 보면 다짜고짜 몽둥이부터 휘둘렀다고 한다.

을 묻는 제자를 발로 걷어찼다. 벌렁 나가떨어진 제자는 크게
웃으면서 말했다. "이상도 하지. 무수한 삼매와 무한한 진리를
한 터럭 위에서 알게 되다니!" 다른 선사들도 고함을 지르거나
뺨을 때리는 등 갖가지 거친 방법을 동원했다. 덕산은 깨닫기
전에, 숭신 선사[293]에게 가르침을 받고자 찾아갔다. 절에 머물
고 있던 어느 날 밤이었다. 숭신 선사가 좌정하고 있던 덕산에
게 말했다. "밤이 깊었는데, 어찌 물러가 쉬지 않는가?" "밖이
너무 어두워서 어디가 어디인지 모르겠습니다." 숭신 선사는
등불을 건네주었다. 덕산이 등불을 받으려 하자 숭신 선사는
갑자기 불을 꺼 버렸다. 그 순간 덕산은 활연히 깨쳤다.

선불교는 기독교 신비주의나 이슬람 신비주의와 유사점이
많다. 첫째, 논리적 틀을 경멸한다. 논리적 틀은 단순한 수단에
불과하다. 신비주의자는 방대한 『신학 대전』도 진리 체험에 미
치지 못한다고 여긴다. 둘째, 직관적 지각을 믿는다. 이는 오관
을 통한 지각과는 다른 것이다. 셋째, 절대지(絶對知)를 추구한
다. 이런 앎은 우리에게 완전한 확신을 심어 주며, 논리로 논박
불가능하다. 절대지를 파악한 사람은 전제나 결론을 무시한
다. 또한 반대자의 반박도 한층 높은 차원에서는 통합된다고
생각한다. 따라서 현재의 도덕적 가치 또한 초월한 상태다. 아
우구스티누스가 "사랑하라, 그리고 하고 싶은 대로 하라."라고

---

293   용담숭신(龍潭崇信) 선사에 대한 자료는 빈약하기 이
       를 데 없다. 생몰 연대도 알 수 없고, 성도 전하지 않는
       다. 출가 전에는 떡장사를 했다고 한다. 산속에 묻혀
       조용히 살다 간 선사다.

말한 것은, 하느님의 사랑이라는 경지에 도달한 사람은 악행을 저지를 수 없다는 의미일 것이다. 넷째, 자아의 소멸을 말한다. 우리의 지난 삶은 전체 속으로 용해되고, 평화와 안식이라는 즉각적 보상을 얻는다. 다섯째, 복잡한 세계를 통합적으로 조망한다.[294] 여섯째, 강렬한 행복을 느낀다.

한편 차이점도 있다. 불교는 개인과 신의 관계를 일절 부정한다. 불교는 본질적으로 무신론이다. 여기에는 신도 신자도 존재하지 않는다. 유대교나 그 지파인 기독교와 이슬람교와는 정반대로 불교에는 죄, 참회, 용서라는 감상적인 개념 또한 없다. 깨달음은 숭배, 경외, 신앙, 하느님의 사랑, 참회로 얻을 수 있는 것이 아니다. 덕산 선사는 기도한 적도 없고, 죄를 사해 달라고 빈 적도 없고, 불상을 숭배한 적도 없다. 경전을 읽거나 향을 피운 적도 없다. 덕산 선사가 보기에 이런 행위는 허례허식이었다. 덕산 선사의 관심사는 오로지 부단하고 맹렬한 깨달음의 추구였다.

대혜(大惠) 선사[295]는 깨달음을 서슬 퍼런 칼날이나 우리를 집어삼킬 듯한 불길에 비유했다. 이 우주 전체가 살아 있는 화

---

294   영국의 시인 윌리엄 블레이크는 이렇게 노래했다. "한 알의 모래에서 세계를 보고, 한 송이 들꽃에서 천국을 본다. 네 손바닥에 무한을 쥐고, 한 시간 속에 영원을 담아라."(원주)

295   대혜종고(大慧宗杲, 1089~1163)는 남송 시대를 대표하는 선사이다. 화두를 참구하는 간화선(看話禪)을 주창했다. 파사현정(破邪顯正)이라는 사자성어도 대혜 스님의 일화에서 유래했다.

두이자 위협적인 화두이다. 우리가 풀어내야만 하는 화두이
다. 우주라는 화두를 풀면 여타의 모든 화두가 풀린다. 역으로,
각 부분의 화두는 전체를 포함하고 있다.(칸토어(Georg Cantor)
의 초한수(超限數)도 그렇다. 초한수 각 계열의 원소 수는 초한수 전
체의 원소 수와 동일하다.) 부분을 이해하면 우주 전체를 이해할
수 있다.

불교 교리를 지적으로 이해하는 것은 중요하지 않다. 중요
한 것은 내면의 깨달음이다. 이런 깨달음은 황홀경이나 다름
없다. 여기서 인도의 우화가 생각난다. 어떤 사람이 여름에 사
막을 여행하다 다른 여행자를 만나자 피곤하고 갈증이 나서
죽을 지경이라고 말했다. 그 사람은 샘으로 가는 길을 일러 주
었다. 그러나 길을 안다고 갈증이 해소되거나 피로가 가시는
것은 아니다. 목이 마른 여행자가 직접 샘에 가는 것이 중요하
다. 이 우화에서 사막은 생사로 가득 찬 속세이고, 목마른 여행
자는 중생이고, 길을 알려 준 여행자는 붓다이고, 샘은 열반이
다. 모든 신비주의자가 그러하듯 불자(佛子)는 언어와 논리를
불신한다. 앞에서 얘기한 대로 붓다는 화살에 맞은 사람에게
시급한 것은 화살에 맞은 이유가 아니라 상처를 치료하는 것
이라고 했다. 선불교는 이 가르침에 충실하여, 의례나 학식이
나 논변보다 깨달음을 앞세운다. 깨달음이야말로 선(禪)의 시
작이자 끝이다.

선을 행하는 사회는 지속적으로 선의 영향을 받고 있다. 건
축, 시, 수묵화, 회화, 서도 등 다양한 예술에서 그 영향을 찾아
볼 수 있다. 의도적인 생략과 암시가 핵심 요소인데, 간결한
필치의 문인화, 극도로 짧은 단가(短歌, tanka)와 하이쿠(俳句,

haiku)가 그 예다. 하이쿠 몇 작품을 살펴보기로 한다.

바람에 너울대는 풀잎 끝 이슬방울, 덧없는 인생.

인형 가게에 들른 자식 없는 부인, 만지작만지작 인형을
못 놓네.

강물에 출렁이는 벚꽃 그림자, 떠내려가지 않네.

난간에 기대어 쳐다보는 가을 달, 내 진면목.

고된 검술과 궁술 수련도 그 자체가 목적이 아니라 정신 수
양의 한 방편이다. 궁술의 달인은 어둠 속에서도 과녁에 명중
시킨다. 그러나 이보다 중요한 것은 그간의 정신 수련이다.

일본에서는 꽃꽂이를 이케바나(ikebana)라고 한다. 이 말은
'살아 있는 식물을 물에 담그다.'라는 뜻이다.[296] 일본 꽃꽂이는
불교의 도입과 함께 시작되었다. 붓다에게 꽃을 공양하는 의
식이 점차 일반화된 것이다. 일본의 가정집 객실에는 벽감과
유사한 도코노마(床の間, tokonoma)가 있는데, 이곳은 항상 꽃
이나 나뭇가지로 장식해 놓는다. 꽃꽂이를 배우는 일은 마음

---

296   이케바나(いけばな)는 '살아 있게 하다.' 또는 '정렬하
다.'라는 뜻의 이케루(いける)와 '꽃'이라는 뜻의 하나
(はな)가 결합된 말이다. 보르헤스는 이케를 연못(池)
으로 풀이했다.

을 가다듬는 일이다. 화재(花材)를 고를 때도, 배열할 때도 마음을 가다듬어야 한다. 배열의 기본 틀은 천지인(天地人)을 상징하는 삼각법인데, 항상 비대칭적이다. 미(美)는 덤으로 여긴다. 본질은 꽃꽂이 작품을 만든 사람과 작품을 감상하는 사람의 종교적 감정이다. 일반적으로 꽃꽂이를 감상하기 전과 감상한 후에 가볍게 절을 한다.

일본의 정원도 유명하다. 대부분 한 폭의 그림 같다는 생각이 든다. 규모가 크지도 않다. 자연의 모방을 추구하므로 대칭이라든가 화려한 색깔은 피한다. 물은 없어서는 안 되니 모래로 대신하고, 바위와 멋지게 다듬은 관목으로 조경한다. 이런 유형의 정원 가운데 가장 유명한 것이 교토의 료안지(龍安寺) 정원이다. 이 정원은 길이가 30미터, 너비가 10미터이고, 열다섯 개의 크고 작은 바위를 다섯 무더기로 나누어 여기저기 배치해 놓았다. 16세기 초엽에 조성한 이 정원은 선(禪) 예술의 백미다.

다도(茶道)에서도 선의 특징이 드러난다. 다도는 전용 다실이나 가정집 방에서 행한다. 다도의 종교적 성격은 주인의 정중한 태도, 절제된 대화, 손님의 공손한 태도, 아름답고 소박한 다구(茶具)에서 엿볼 수 있다. 선에서는 평범한 행동도 종교적 의미로 행한다. 이런 행동도 우리의 삶을 고양해 주는 것이다.

불교와 윤리

네팔의 작은 왕국에서 왕자로 태어난 붓다의 가르침은 지난 2500년 동안 동양의 뭇사람에게 영향을 끼쳤다. 불교 탓으로 돌릴 수 있는 전쟁은 단 한 번도 없었다. 불교는 항상 평정심과 관용을 가르쳤다. 여기 불교 경전에서 몇 구절을 인용한다.

증오는 결코 증오를 멈추게 할 수 없다. 사랑만이 증오를 멈출 수 있다. 이것은 변치 않는 영원한 진리다.

전투에서 1000명의 적을 굴복시킨 사람이 있는가 하면, 아무도 모르게 자기를 굴복시킨 사람도 있다. 이 중 진정한 승자는 후자다.

욕망보다 더 뜨거운 불길은 없고 증오보다 더 나쁜 악은

없다. 육체보다 더한 고통은 없고 고요보다 더한 즐거움은
없다.

이 세상에서 선량한 마음으로 뭇 생명에게 자비를 베풀면
행복해진다. 이 세상에서 격정을 끊고 탐욕을 극복하면 행복
해진다. 그러나 이기심을 타파하는 것이야말로 진정한 의미에
서 최상의 행복이다.

행복은 아무것도 가진 것 없는 자의 것이고, 진리를 구하
여 지혜를 얻은 사람의 것이다. 가진 자가 당하는 고통을 보
라. 사람이 사람에게 묶여 있다.

이 세상의 온갖 슬픔과 근심과 고통은 갈망에서 연유한다.
그러므로 이 세상에서 갈망할 것이 없는 사람은 고통에서 벗
어나 행복하다. 고통과 격정에서 벗어나기를 바란다면 이 세
상 그 무엇도 갈망하지 마라.

가슴에 분노가 없고, 유무형(有無形)의 그 어떤 것에도 구
애되지 않는 자는 귀신도 범접할 수 없다. 두려움이 없기에 고
통에서 벗어나 행복하다.

언젠가 붓다가 숲속에 기거할 때, 어느 재가 불자의 외아들
이 죽었다. 새벽녘, 상주들은 장례를 마치고 목욕재계하여 옷
과 머리가 젖은 채로 붓다를 찾아왔다. 붓다가 무슨 일로 이렇
게 오게 되었냐고 묻자 아버지가 대답했다. "하나밖에 없는 제

아들이 죽었습니다. 정말 명랑하고 무척 사랑스러운 아이였답니다." 붓다가 답했다. "멋진 외양에 끌리고 고통과 노쇠에 어쩔 줄 몰라 하는 대다수 사람은 염라대왕의 수중에 떨어지고 만다. 그러나 밤낮으로 경계하고 근신하는 사람은 멋진 외양에 이끌리지 않고, 고통의 뿌리를 송두리째 뽑으며, 극복하기 매우 어려운 죽음의 유혹을 물리친다."

어느 어리석은 사람은 붓다가 악업(惡業)을 선업(善業)으로 갚아야 한다고 가르친다는 말을 듣고 붓다를 찾아가 욕을 퍼부었다. 붓다는 아무런 대꾸도 하지 않았다. 마침내 그 사람이 욕을 다 하고 나자 붓다가 입을 열었다. "만일 누군가가 선물을 거절한다면, 그 선물은 누구의 것이 되는가?" 그 사람이 대답했다. "그야 물론 선물하려던 사람의 것이 되겠죠." 붓다가 덧붙였다. "그대가 내게 욕을 했는데, 내가 사양했으니 그 욕은 그대의 것이다. 그 많은 욕을 붙들고 앞으로 어찌 살아가려나?" 어리석은 사람은 부끄러워 고개를 들지 못하고 물러갔다가 다시 찾아와 붓다의 제자가 되었다.

소나라는 이름의 붓다 제자는 엄격한 고행 생활에 지쳐 세속의 즐거운 삶을 그리워했다. 그런 소나를 붓다가 불렀다.

"너는 옛날에 위나[297]를 잘 타지 않았느냐?"

---

297   위나는 인도의 네 줄 현악기다.

"네, 그렇습니다." 소나가 대답했다.

"줄이 지나치게 팽팽하면 제소리를 내더냐?"

"아닙니다."

"줄이 지나치게 느슨한데도 제소리를 내더냐?"

"아닙니다."

"그러면 줄이 지나치게 팽팽하지도 않고 지나치게 느슨하지도 않아야 제소리가 나겠구나?"

"네. 그렇습니다."

"그와 마찬가지로 지나치게 긴장하면 과도해지고, 지나치게 느슨하면 안일해진다. 그러니 이제부터는 악기를 조율하듯이 마음을 가다듬도록 하여라."

두 왕국의 경계를 흐르는 강이 있었다. 양국의 농부는 그 물로 농사를 지었다. 그런데 어느 해 가뭄이 들어 농사지을 물이 모자라게 되었다. 처음에 농부들은 서로 물을 대려고 싸웠다. 급기야 양국의 왕은 군대까지 파견했다. 일촉즉발의 순간에, 그 부근을 지나가던 붓다가 양 진영의 왕을 불러 놓고 이렇게 얘기했다.

"저 강물과 백성의 피 중 어느 것이 더 귀합니까?"

"예, 그야 물론 백성의 피가 강물보다 귀합니다."

"그러면 두 분 다 잘 생각해 보시오. 하찮은 것을 얻으려고 귀한 피를 흘려야 하겠습니까? 전쟁이 일어나면 많은 사람이 피를 흘리겠지만, 저 강물은 한 방울도 불어나지 않을 것입니다."

부끄러움을 느낀 양국의 왕은 평화적으로 문제를 해결하기로 하고 강물을 나누었다. 며칠 후 비가 내려 누구나 물을 댈 수 있었다.

참고 문헌

이 책을 저술하면서 참고한 주요 서적은 아래와 같다.

Benoit, Hubert, *La doctrine suprême*, Paris, 1951.

Beswick, Ethel, *Jataka Tales*, London, 1956.

Brewster, E. H., *The Life of Gotama the Buddha*, London, 1956.

Conze, Edward, *Buddhism. Its Essence and Development*, Oxford, 1951.

Conze, Edward, *The Buddha's Law among the Birds*, Oxford, 1955.

David-Neel, Alexandra, *Le Bouddhisme*, Monaco, 1936.

David-Neel, Alexandra, *Místicos y magos del Tibet*, Madrid, 1968.

Dragonetti, Carmen, *La palabra del Buda*, Barcelona, 1971.

Evans-Wentz, W. Y., *The Tibetan Book of the Dead*, London, 1957.

Fatone, Vicente, *El Budismo nihilista*, Buenos Aires, 1962.

Foucher, Alfred, *La vie du Bouddha*, Paris, 1949.

Foucher, Alfred, *Las vidas anteriores de Buda*, Madrid, 1959.

Fussell, Ronald, *The Buddha and his Path to Self-Enlightenment*, London, 1955.

Grimm, Georg, *Die Lehre des Buddha*, München, 1917.

Herrigel, Eugen, *Zen in the Art of Archery*, London, 1953.

Herrigel, Gustie L., *Zen in the Art of Flower Arrangement*, London, 1958.

Humphreys, Christian, *Buddhism*, London, 1951.

Kakuzo, Okakura, *The Book of Tea*, London and New York, 1906.

Kern, H., *Manual of Indian Buddhism*, Strassburg, 1896.

Ladner, Max, *Gotamo Buddha*, Zurich, 1948.

Morgan, Kenneth W., *The Path of the Buddha*, New York, 1956.

Oldenberg, Herman, *Buda. Su vida, su obra, su comunidad*, Buenos Aires, 1946.

Reps, Paul, *Zen flesh, Zen bones*, Tokyo, 1970.

Stein, R. A., *La civilization tibétaine*, Paris, 1962.

Suzuki, D. T., *Essays in Zen Buddhism*, Second Series, London, 1950.

Thomas, Edward J., *The Life of Buddha as Legend and History*, London, 1952.

Waley, Arthur, *Monkey*, London, 1942.

Watts, Alan, *The Way of Zen*, London, 1971.

The World's Great Religions, Time Incorporated, New York, 1957.

4부

고대 영국

시
선
집

———————————

호르헤 루이스 보르헤스
마리아 코다마

서문

나는 서구 문학사에서 가장 중요한 두 가지 중 하나가 영
국 문학이라고 생각한다. 나머지 하나는 현명한 독자들이 스
스로 판단하도록 밝히지 않겠다. 고대 영국 문학이 은밀한 렌
즈를 감추고 있다는 생각이 널리 퍼진 지는 대략 200년쯤 된
것 같다. 그것은 마치 신화 속의 뱀이 황금을 지키듯 비밀스러
운 렌즈를 감추고 있는데, 그 오래된 황금이란 바로 앵글로색
슨족의 서사시다. 5세기경 로마 제국이 무너지자 그들은 브
리튼섬에서 탈출하기 바빴고, 그 무너진 힘의 공백을 색슨족
과 앵글족 및 주트족 용병들이 몰려와 메꾸었다. 용병들은 독
일 북부와 덴마크 및 라인강 하구 지역 등에 거주하다가 건너
온 사람들로, 정작 자신들의 근거지였던 독일에는 거의 아무
런 흔적도 남기지 않았다. 그런 그들이 낯선 이국땅에 앙겔른
과 유틀란트 지역에 관한 보석 같은 작품들을 무수하게 남긴

것이다. 사실 색슨족에 대해서는 그동안 알려진 것이 거의 없었기 때문에, 대략 해적들의 연합체 정도로만 생각했다. 색슨족이라는 이름은 칼을 의미하는 색슨족의 단어 세악스(seax)에서 유래한 것이다. 거기에 덴마크 남부 앙겔른을 의미하던 앵글족에서 유래한 영국이라는 이름이 첨가된 것이다. 영국이라는 이름은 처음에는 앵글족의 땅을 의미하는 앵글라랜드(Englaland)였다가 차차 잉글랜드(England)로 굳어졌다. 그들이 고향인 북쪽 지방에서 가져온 조잡한 신화나 전설은 훗날 스칸디나비아인들이 『고에다(Edda Mayor)』[298]에서 노래할 내용과 매우 흡사했다. 바로 게일 시대와 고트족 및 아틸라(Atila)에 관한 것들이었다. 하지만 그 전설은 오래된 기억을 자신들의 문화에 흥미롭게 동화시킨 것이었다.

고대 영국인들의 작품 역시 게르만 민족 고유의 작시법을 보여주는데, 바로 동일한 음절로 시작하는 두운법을 사용하고 관습적인 은유를 활용한다는 것이었다. 그들은 각 행마다 보통 세 단어로 구성된 은유적인 표현들을 습관처럼 활용하곤 했다. 예를 들면 전투는 '칼의 만남(encuentro de espadas)'으로, 바다는 '고래의 길(camino de ballena)'로, 피는 '칼의 물(agua de

---

298   『운문 에다(Poetic Edda)』라고도 한다. 저자 미상의 고대 노르드어 시 작품들을 집합적으로 일컫는 말. 여러 판본이 존재하나, 아이슬란드어 필사본 『왕의 서(Konungsbok)』를 기본 텍스트로 간주한다. 『왕의 서』는 노르드 신화와 게르만 영웅 전설에서 가장 중요한 문헌으로, 19세기 초 스칸디나비아 문학에 지대한 영향을 미쳤다.

espada)'로, 배는 '바다의 망아지(potro del mar)'로, 왕비는 '평화를 짜는 여인(tejedora de paz)' 등으로 표현했던 것이다.

12세기 말 영국에서는 앵글로색슨족의 언어가 일상적으로 사용되고 있었다. 그 후 영국과 아일랜드에 왕국을 건설했던 덴마크인들의 간섭과 궁정에서 프랑스어의 사용을 강요했던 노르만 민족의 침략에도 불구하고, 그런 상황에서 그들의 장대한 역사와 전통을 노래한 시들을 필사한 문서들, 즉 네 편의 고문서가 우리에게 남겨진 것이다. 그러한 시는 모두 예견하듯 서사시들로 넘쳐 난다. 하지만 일부 시에서는 애가의 모습 또한 보여주는데, 이러한 애가들이 중세 게르만 문학에 커다란 영향을 끼쳤을 것이다.

사실 이 선집은 맛보기, 즉 미래의 본격적인 연구를 위한 예비적인 선집에 불과하다. 우리는 이 선집을 마련하기 위해 고대 영어, 즉 앵글로색슨의 언어로 된 시들을 직접 번역했다. 고대 영어는 현재의 영어보다는 오히려 독일어나 네덜란드어에 가까운 언어로, 거친 자음과 개방형 모음으로 이루어져 있다.

문자 자체의 의미에 집중하는 사실주의 문학 전통이 강한 스페인어권 문학계에도, 옛날 옛적 검의 전설이 울려 퍼지길 기원해 본다.

**1978년 7월 9일 부에노스아이레스에서
보르헤스와 코다마**[299]

---

299   마리아 코다마(María Kodama, 1937~). 보르헤스의
부인으로서 작가이자 아르헨티나 문학 교수.

베어울프에 관한 이야기 중 일부[300]

운명의 시간이 다가오자, 용맹스러운 실드 왕은 하느님의
품을 찾아갔노라. 실드 왕이 살아생전에 명령했던 대로, 그의
친애하는 용사들은 주군을 바닷가로 모셔 갔도다. 포구에는
곡선을 그리며 솟은 배가 얼음에 덮여 정박해 있었으니, 임금
을 태우고 떠날 참이었노라. 그들은 자신들의 사랑스러운 주
군을 배 한가운데 돛대 바로 곁에 눕혀 드렸더라. 머나먼 나라
에서 가져온 진귀한 보석들과 장식품들이 함께 실렸도다. 그

---

300 『베어울프』는 8세기에서 11세기 사이에 쓰인 작자 미
상의 영웅 서사시로, 1010년경에 만들어진 필사본만
유일하게 전한다. 3183행에 달하는 긴 작품이지만, 보
르헤스는 26행에서 52행까지 극히 일부만 소개하고
있다. 이성일 역주, 『고대영시선 ― 베오울프 외』(한
국문화사, 2017)를 참고하여 번역했다.

보다 더 장엄하게 치장된 배가 있었다는 이야기를 여태껏 들어 본 적이 없었으니, 치명적인 무기며 갑옷, 장검이며 흉갑들로 그득하였노라. 그의 가슴 위엔 그와 함께 저 멀리 바다에 수장될 수많은 보물들이 수북이 쌓였도다. 그들이 바친 보물은 옛날 그가 어린아이로서 이곳에 왔을 때 못지않았노라. 그의 머리 위로 높이 황금빛 깃발이 나부꼈도다. 그들은 주군을 바다에 던져 휩쓸려 가게 하였노라. 그들 가슴엔 슬픔이 가득했노라. 궁정의 신하들이건 전장의 영웅들이건 하늘 아래 어느 누구도, 훗날 누가 이 보물을 받게 될지 정확히 알 수 없었도다.

주해

『베어울프』는 게르만 문학에서 가장 오래된 시문학의 기념비다. 두운법을 사용해 작성한 약 3200행의 시구에, 문체 또한 아주 세련된 수사법을 보여 준다. 르낭[301]의 생각과는 달리 원래의 텍스트는 아니고, 대략 7세기 말에서 8세기 초에 교정된 것으로 보인다. 작가는 아마도 가톨릭 사제로서 비록 일부일

301　조제프 에르네스트 르낭(Joseph Ernest Renan, 1823~1892). 프랑스의 언어학자, 철학자, 종교사가, 비평가. 총 일곱 권으로 구성된 『기독교 기원사(Histoire de L'origine du christianisme)』(1863~83)를 썼는데, 그 중에서 특히 예수를 초자연적인 요소를 배제한 채 한 인간으로 묘사한 1권 『예수전(La vie Jésus)』이 유명하다.

망정『아이네이스』[302]를 알았을 것이고, 자국의 아이네이스를 노래하려는 생소한 욕망을 가졌을 것이다. 이 시는 비록 영국에서 창작됐지만, 주인공을 포함해 등장인물은 모두 스칸디나비아 사람들이다. 주인공은 스웨덴 남부 예아트(Geatas)족의 용사로 훗날 왕위에 오를 왕자다. 이 시에는 색슨족 사람들의 과거에 대한 향수, 즉 하느님을 영접하기 전 해적으로 활동했던 시대에 대한 향수가 잘 드러나 있다. 이 시에는 오딘[303]도 등장하지 않고 예수 그리스도도 나오지 않는다. 모든 일들이 하느님이나 신들이 존재하기 전 여명기에 일어난 듯, 이 서사시는 고요가 주는 아주 오래된 빛을 발하고 있다.

우리가 번역한 부분은 덴마크 왕 실드 세아프손의 장례식에 관한 텍스트다. 신비롭게도 바다에서 왔다가 죽은 뒤 바다로 되돌아가는 왕의 장례식이다. 포르투갈과 북구의 국가들처럼 영국 역시 바다에 대한 향수를 지니고 있는 것이다.

302　로마 시인 베르길리우스의 장편 서사시.

303　북유럽 신화에 나오는 주신(主神). 바람, 전쟁, 마법, 영감, 죽은 자의 영혼 등을 주관하는 바다의 신이다.

핀스부르흐 전투[304]

"처마가 타고 있는 것이 아니다." 당시 전투엔 초년병인 왕
이 외쳤다오. "이것은 동쪽에서 새벽이 밝아 오는 것도 아니고,
이곳으로 용이 날아오는 것도 아니며, 궁궐의 처마가 불타고
있는 것도 아니다. 적들이 기습을 감행한 것이다. 새들이 지저

---

304   전설적인 핀의 군대와 흐네프의 군대가 싸우는 이야
       기로, 『베어울프』에도 등장한다. 덴마크 군주 흐네프
       가 프리지아 왕국에서 핀 포크왈드의 가신들과 싸우
       다가 전사하자, 뒤에 그의 신하들이 원수를 갚는다는
       내용이다. 이 단편 시에서는 프리지아에서 일어난 덴
       마크 군과 핀 군의 전투에서, 덴마크 용사들이 핀의 회
       관 안에서 방어하고, 핀 군사들이 이를 밖에서 포위
       공격하는 첫 전투만 묘사되어 있다. 김석산이 번역한
       『베오울프 외』(탐구당, 1976)를 참고하여 번역했다.

귀고 잿빛 피부가 울부짖고 있다. 전쟁터의 나무 막대기가 부딪혀 소리를 내고, 방패가 화살을 맞이한다. 달은 지금 구름 속을 떠돌며 빛나고, 이제 이자들의 증오를 실현시킬 무시무시한 일들이 닥칠 것이다. 그리고 이로 인해 이 민족은 망하게 될 것이다. 그러니 나의 전사들이여 깨어나라! 너희의 몽둥이를 높이 들어 올려라! 용기를 마음에 간직하고 대열을 갖춰라! 굳은 마음으로 전투에 임하라!"

그러자 황금빛 무구(武具)를 갖춘 수많은 귀족들이 칼을 차고 일어났다오. 훌륭한 전사 시게페르트[305]와 에아하가 칼을 뽑아 들고 한쪽 문으로 다가갔고, 오스라프와 구트라프는 반대쪽 문으로 다가갔다오. 헨게스트 그 자신 또한 그들 뒤에서 다른 전사들과 함께 쫓아갔다오.

그때 구트에레[306]가 가룰프[307]에게 말했소. 고귀한 생명을 걸고 궁궐의 문에 다가가지 말라고 간청했다오. 전투에 익숙한 사내가 그의 숨통을 끊으려고 대기하고 있었기 때문이지요. 그러자 가룰프는 모든 사람들 앞에서 누가 문을 지키고 있는

---

305   Sigeferth. 고대 노르드어로는 시구르드(Sigurðr)로 노르드 신화의 영웅이다.

306   Guthere. 고대 노르드어로는 군나르(Gunnarr)로 5세기경 부르군트족의 전설적인 왕이다. 특히 매제 시구르드(지크프리트)를 죽인 이야기와 아틀리(아틸라)에게 죽임을 당한 이야기가 잘 알려져 있다. 이 시에 나오는 전사들 중 구트에레와 가룰프만 편의 용사들이고, 나머지는 모두 덴마크 전사들이다.

307   Garulf. 구트에레와 함께 편의 전사다.

지 아주 크게 물었다오.

"내 이름은 시게페르트다." 그가 대답했다오. "나는 세잔족의
전사로 널리 알려진 영웅이다. 많은 고난과 가혹한 전투들을 겪
어 왔다. 그러니 그대가 내게서 얻을 결과는 이미 정해져 있다."

곧 경내에선 전투의 함성이 울려 퍼졌고, 용사들은 배가 볼
록한 방패를 들어 올렸소. 방패들이 부서지고 궁궐의 마룻바
닥은 삐걱거렸소. 전사들 속에서 마침내 구트라프의 아들 가
룰프가 맨 처음 쓰러졌지요. 그와 더불어 수많은 용사들도 핏
기 없이 창백한 시체로 쓰러져 나갔소. 거무튀튀하고 짙은 잿
빛의 까마귀들이 날아다녔다오. 칼날들이 번쩍여 마치 핀스부
르흐 성 전체가 불타고 있는 것 같았소.

나는 사내들의 전투에서 이들 예순 명의 전사보다 가치 있
게 싸웠거나 훌륭하게 승리했다는 사람에 대해 결코 들어 본
적이 없다오. 군주에게 받았던 벌꿀 술에 대해 흐네프의 젊은
부하들보다 더 훌륭하게 답례한 사례 또한 들어 본 적이 없소.

닷새 동안 그들은 단 한 명도 쓰러지지 않은 채 싸웠고, 그
문 또한 지켜 냈다오. 결국 부상당한 (적군의) 장수 한 명이 뒤
로 물러서며, 자신의 갑옷은 찢어졌고 검과 투구 역시 부서졌
다고 말했다오.

그러자 곧 백성의 수호자는 전사들이 상처를 입고도 어떻
게 견뎌 냈는지 젊은 병사들 중 누가 살아남았는지 물었다오.

주해

　이 짧은 서사시는 감동적일 정도로 소박하면서도 고귀하다. 사건은 베어울프가 무훈을 세우기 훨씬 전에 일어났을 수도 있다. 이 시에는 프리지아의 임금 핀에게 출가했던 여동생을 만나러 갔다가 핀에게 배신당한 덴마크의 흐네프 임금과 예순 명의 전사들에 관한 이야기가 모두 담겨 있다.

　핀스부르흐는 '핀의 성'을 의미한다. "새들이 지저귄다."로 시작하는 구절의 새는 까마귀로, 사람이 곧 죽게 될 상황을 매우 적절하게 표현하고 있다. "잿빛 피부"는 늑대를 의미한다. "전쟁터의 나무 막대기"와 "몽둥이"는 창을 의미한다. 시인이 우리에게 노래하고 있는 헨게스트는 아마 5세기에 영국을 정복했던 바로 그 임금일 것이다. 가룰프는 프리지아의 왕자다. "승리의 영혼"을 뜻하는 시게페르트는 색슨족이 시구르드를 표현한 것이다.

　세잔족에 대해 알려진 것은 전혀 없다. 전투를 화재와 비교하는 장면은 『일리아스』의 표현 방식과 매우 유사하다. 투쟁을 의미하는 데는 인간의 싸움이 가장 직접적인 방식이다. 왕들은 전사들에게 벌꿀 술을 제공했다. "백성의 수호자"는 아가멤논처럼 임금을 의미한다.

데오르[308]

웰란드[309]는 뱀이 우글거리는 황무지에 대해 잘 알게 되었

308　「데오르의 슬픔(The Lament of Deor)」으로도 알려져
　　있는 고대 앵글로색슨족의 애가. 데오르라는 음유 시
　　인이 게르만 전설 속 여러 사람들의 불행을 열거하면
　　서 자기 자신의 주군 없는 불행을 한탄하는 노래다.

309　Welund. 고대 노르드어로 볼룬드(Vǫlundr). 니트하드
　　왕에 의해 오금이 잘린 채 세바르스토드(Sævarstöð)섬
　　에 유폐되었던 전설적인 대장장이. 왕이 그를 감금하
　　고 여러 가지 물건들을 만들도록 강요하자, 그는 니트
　　하드 왕의 아들들을 죽이고, 그들의 두개골로 술잔을,
　　눈알로 보석을, 치아로 브로치를 만든다. 그 후 술잔은
　　왕에게, 보석은 왕비에게, 브로치는 베오힐데 공주에
　　게 선물로 보내고, 나중에 공주가 부서진 반지를 고쳐
　　달라고 찾아오자, 반지를 빼앗고 공주를 강간해 아들을
　　잉태시킨 뒤 자기가 만든 날개옷을 이용해 탈출한다.

소. 강철 같던 사내가 이루 헤아릴 수 없는 불행에 빠졌던 거지. 동토처럼 얼어붙은 황무지 지하 감옥에서, 그의 유일한 동반자는 고통과 갈망뿐이었다오. 니트하드[310]가 그렇게도 착한 사람의 힘줄을 단단하게 묶어 불행에 빠뜨린 것이 여러 번이었소.

"그 슬픔은 이미 사라졌소. 나의 슬픔 또한 그러하길."

베아도힐데[311]는 오라버니들의 죽음조차 애달파 할 겨를이 없었소. 자신에게 닥친 슬픔이 더 기막혔기 때문이지. 그녀는 임신한 것을 알게 되었고, 향후 그녀에게 일어날 어떤 일도 좋을 건 없었소.

"그 슬픔은 이미 사라졌소. 나의 슬픔 또한 그러하길."

마틸다에 대한 탄식을 누가 듣지 못했겠소? 예아트인의 서글픈 사랑은 끝이 없었다오. 고통스러운 사랑은 그에게서 수면조차 빼앗아 갔다오.

"그 슬픔은 이미 사라졌소. 나의 슬픔 또한 그러하길."

---

310   Nithhad. 게르만 신화에 나오는 사악한 왕이다.
311   Beadohilde. 고대 노르드어로는 보드빌드(Böðvildr). 사악한 왕 니트하드의 딸. 베아도힐데와 볼룬드 사이에서 태어난 아들이 바로 영웅 비드리크 베를란드손이다.

테오도릭³¹² 왕이 30년 동안 서고트 왕국을 다스렸는데, 이 이야기는 많은 사람이 알고 있소.

"그 슬픔은 이미 사라졌소. 나의 슬픔 또한 그러하길."

우리는 늑대의 영혼을 가진 에르마나릭³¹³에 대해 잘 알고 있소. 그가 고트족의 광활한 영토를 다스렸다고 말이오. 그는 잔인한 왕이었소. 수많은 전사들이 고통과 근심에 사로잡힌 채, 자신의 왕국이 멸망하기를 간절히 바라고 있었소.

"그 슬픔은 이미 사라졌소. 나의 슬픔 또한 그러하길."

한 사내가 슬픔과 근심에 빠져 앉아 있다오. 자신의 영혼이 스러져 가는 것을 바라보면서, 자신의 고통은 끝이 없다고 생각한다오. 그는 현명하신 하느님께서 이 땅에 다양한 길을 예비했다고 생각해야만 한다오. 어떤 이에겐 명예와 영광을 주셨지만, 다른 이에겐 수치와 고통만을 주셨다고 말이오. 이제 나 자신에 관해 말하리라. 나는 한때 헤오데닝 가문의 음유 시인이었소. 주군에게 총애받던 사람이었지. 내 이름이 바로 데오르요. 수많은 세월 동안 훌륭한 지위를 누리고 너그러운 주

---

312   Theodoric I(390~451). 서고트 왕국의 왕(418~451)
       이다.
313   Ermanaric(350~376에 활약). 아말리족에 속했던 동
       고트족 왕이다.

군을 모셨지. 하지만 지금은 노래에 능통한 헤오렌다[314]가 나타나, 그 자리를 빼앗아 갔구려. 전사의 수호자가 하사했던 내 봉토까지 빼앗아 갔구려.

"그 슬픔은 이미 사라졌소. 나의 슬픔 또한 그러하길."

주해

9세기에 편찬된 이 애가(哀歌)에는 게르만 민족의 오랜 추억에 대한 향수가 짙게 배어 있다. 이 시는 아주 드라마틱한 독백으로 구성되어 있다. 주인공 데오르는 포메라니아[315] 궁정의 음유 시인이었다가, 헤오렌다라는 경쟁자에게 그 자리를 뺏긴 인물이다. 이 텍스트에는 역사적이고 신화적인 언급들 또한 아주 풍부하게 등장한다.

스칸디나비아에서는 볼룬드로 불리고, 독일에서는 비엘란드라고 불리던 웰란드는 칼을 만드는 유명한 대장장이였다. 훌륭한 검을 칭찬할 때는 웰란드가 만든 검이라고 말할 정도였다. 그는 니트하드에 의해 다리 힘줄이 잘린 채 감옥에 간

---

314   헤오렌다(Heorrenda)는 에리올(Eriol)과 요정 나이미 (Naimi) 사이에서 태어난 아들이다.

315   중세에 유럽 대륙의 중북부 지역 및 발트해 남쪽 지역을 지칭하던 지명으로 오늘날 폴란드와 독일에 걸쳐 있다.

혀 있다가, 그의 아들들을 죽이고 딸을 강간한 후, 백조의 깃털
로 날개옷을 만들어 탈출한 인물이다. 첫 행에 나오는 뱀은 검
의 상징이다. 키플링이 불가사의하면서도 놀라운 시집『웨일
랜드의 검(Wayland's Sword)』을 남겨 놓았을 정도로 아주 유명한
전설이다.

"그 슬픔은 이미 사라졌소. 나의 슬픔 또한 그러하길."이라
는 시구는 고대 영시에 등장하는 유일한 후렴구다.

이 시에서는 박식하다는 것이 품위 있다는 것을 표현하는
방식일 수도 있다. 어쨌든 이 시가 매우 개인적이며 데오르가
시인 자신을 나타낼 수도 있다는 점은 아주 분명하다.

바다 나그네[316]

　나 자신에 대해 거짓 없는 노래 한 편 부르노니, 내 삶의 여
정을 읊은 것이오. 고난의 날들에 내 가슴은 얼마나 쓰라린 고
통을 견뎌 왔는지. 내게 배란 시름을 가둔 감옥이었고, 거칠게
일렁이는 파도는 두려움이었소. 파도가 절벽을 때릴 때면, 뱃
머리에 앉아 경계를 늦추지 않은 채 수없이 많은 밤을 지새웠
소. 내 발은 추위로 아렸고, 차가운 족쇄처럼 졸라매는 서리에
꽁꽁 얼어붙었소. 그럴 때면 부끄러움이 끓어오르고 가슴은
뜨겁게 타올랐소. 굶주림과 항해에 지친 내 영혼이 내면에서
부터 갈기갈기 찢어졌기 때문이오. 육지에 사는 행복한 사람

316　원래 124행으로 이루어진 시이나, 보르헤스는 그중
　　　52행까지만 소개한다. 이성일 역주, 앞의 책을 참고하
　　　여 번역했다.

들은 모를 게요, 내가 친구 하나 없이 얼마나 슬픈 유배의 길을
다녔는지. (…) 우박이 폭풍우처럼 몰아쳤다오. 내 귀에 들리는
건 오직 울부짖는 바다, 얼음처럼 차가운 파도 소리뿐이었소.
가끔씩 백조의 노랫소리가 들리긴 했소. 나를 위로한 건 사람
들의 웃음소리가 아니라 갈매기의 노랫소리였소. 이슬을 맞아
깃털이 젖은 독수리가 울어 젖힐 때, 화답한 건 절벽을 때리는
폭풍우였소. 독수리는 무섭게 울어 대곤 하였소. 내 황량한 영
혼을 위로해 줄 친지는 아무도 없었소. 그러니 자신의 성에서
삶을 향유하며, 기고만장해 취흥이 도도한 사람은 짐작도 못
하리다. 망망대해를 헤쳐 나간 내 고통을 말이오. 밤은 어두워
지고 북쪽에선 눈바람이 날리고, 땅은 서리에 얼어붙고,[317] 세
상에서 가장 차가운 씨앗인 우박이 땅에 떨어졌다오. 하지만
그 모든 것들 때문에 내 가슴은 뛰었소. 높은 파도가 넘실거리
고 짠 내 나는 바다와 맞서 보자고 말이오. 내 존재의 모든 것이
나를 항해로 이끈다오, 이곳으로부터 멀리 떨어진 이국땅을
찾도록 말이오. 사실 말이지, 세상에 그런 사람은 없다오. 제아
무리 자부심이 넘치고, 재능이 출중하며, 젊음을 확신하고, 행
동이 담대할지라도, 새로운 항해에 나선 길에서는 신께서 자
신을 어디로 인도하실지 걱정하지 않을 사람이 없다오. 그는
하프 소리에도 보물의 분배에도 여인의 쾌락에도 세상의 권세

---

317   "땅은 서리에 얼어붙고"라는 구절이 빠져 있는데, 편
집상의 실수로 보인다. 1965년 출판한 『영국 문학의
이해』 제1장 「앵글로색슨 시대의 문학」에는 이 구절
이 정확하게 포함되어 있기 때문이다.

에도 아무런 관심이 없다오. 오직 얼어붙은 높은 파도에 부대 끼는 일 말고는 말이오. 뱃길에 나서는 자는 항상 갈망한다오. 숲에는 꽃들이 만발하고, 도시들은 찬연히 빛나며, 들판은 아름답게 꾸며져 있어서 세상이 소생하길 말이오. 이러한 모든 생각들이 여행을 떠나도록 부추기는 것이오, 파도 너머 먼 고장에서 사라지도록 만드는 것이오.

주해

고대 영국의 애가 중에서는 9세기에 편찬된 이 시가 가장 유명하다. 처음의 두 시구에서부터 월트 휘트먼의 옛 목소리를 듣는 듯 친근하다. 익명의 시인은 바다의 공포와 매력을 동시에 노래하고 있는데, 이것이 바로 영국 문학의 특성이자 끝없이 반복되는 주제다. 공포와 매력이라는 이중성 때문에, 이 시는 풍파에 찌든 늙은 선원과 바다에 대해서는 아무것도 모르는 애송이가 대화하는 것처럼 보인다. 그런데 이런 기법은 이전까지는 전혀 시도되지 않았던 새로운 방식이다. 영국 고대 시의 특성과는 아주 달랐기 때문에, 이런 종류의 시들은 사라져 갔고 추종자들 역시 거의 없었을 것이다.

중세 시에는 알레고리적인 경향이 있었다. 그러므로 이 시에서도 항해라는 메타포를 사용해 인생을 알레고리적으로 표현했을 수 있다. 아무튼 이 시에는 그런 것을 보여 주는 직접적인 특징들이 아주 많다. "밤은 어두워지고 북쪽에선 눈바람이 날리고, 땅은 서리에 얼어붙고 세상에서 가장 차가운 씨앗인 우박이 땅에 떨어졌다오."

에즈라 파운드[318]는 애가 「바다 나그네」를 영어로 번역했는
데, 원작의 정서보다 소리에 더욱 치중했다. 그 외에 개빈 본[319]
의 훌륭한 번역도 존재한다.

---

318   에즈라 루미스 파운드(Ezra Loomis Pound, 1885~
1972)는 T. S. 엘리엇과 함께 20세기 초반 모더니즘
시운동을 주도했던 미국의 시인이자 문예 비평가다.

319   Gavin Bone(1964~). 영국의 작가이자 고대 영시 번역
가다.

묘지

네 집은 태어나기 전부터 만들어졌구나.

네 땅은 엄마 배 속에서 나오기도 전부터 준비되었구나.

사람들이 아직 파지는 않았단다. 깊이는 모르겠고.

길이 또한 얼마나 될지 아직은 모르겠구나.

이제 너를 네 자리로 데려가련다.

우선 네 크기를 측정한 뒤에 대지를 측량할 거야.

네 집은 그렇게 높지 않단다. 소박하고 왜소할 거야.

그곳에 묻힌다면 울타리도 낮고 검소할 거야.

천장은 가슴 가까이 있을 거고. 흙먼지에 뒤덮인 채 추위
를 느끼겠지.

온갖 어둠과 그림자가 동굴을 썩게 만들 거야.

집엔 대문도 없고 내부엔 빛도 없을 거야.

넌 그곳에 단단히 유폐될 거고, 죽음이 열쇠를 갖게 되겠지.

흙집은 불쾌하고 그곳에 산다는 것은 끔찍할 거야.

그곳에 네 몸이 있을 거고 구더기들이 파헤치겠지.

친구들과 멀리 떨어져서 그곳에 누워 있겠지.

어떤 친구도 너를 만나거나, 그곳이 맘에 드는지 묻지 않

을 거야.

아무도 대문을 열지 않을 거고.

아무도 그곳에 내려가지 않겠지, 넌 곧 혐오스럽게 변할

테니까.

머리에서 머리카락이 빠지며 그 아름다움도 사라지겠지.

주해

이미 성서의 전도서 12장 5절[320]에도 등장할 만큼, 인간의
마지막 거처로 묘지를 떠올리는 것은 아주 오래된 생각이다.
사람이 죽으면 영원한 안식처로 돌아간다는 개념을 그곳에서
읽을 수 있다. 하지만 이 시의 출처가 성서의 구절이라고 생각
할 필요는 없다. 그 이미지는 우리가 아주 오랫동안 사용했던
정서로, 고대 영국의 마지막 시에서도 우리는 역시 큰 감동을
느끼게 된다.

---

320   "그런 자들은 높은 곳을 두려워할 것이며 길에서는 놀
랄 것이며 살구나무가 꽃이 필 것이며 메뚜기도 짐이 될
것이며 원욕이 그치리니 이는 사람이 자기 영원한 집으
로 돌아가고 조문객들이 거리로 왕래하게 됨이라."

오타르 이야기

오타르가 주군인 앨프레드 대왕[321]에게 말했다는군, 모든 노르웨이인들 중에서 최북단에 살고 있는 사람이 자신이라고. 서쪽 바다 끝에서 북쪽을 바라보는 땅에 사는데, 그곳에서 북쪽으로 약간의 육지가 더 펼쳐져 있다더군. 하지만 겨울엔 사냥하고 여름엔 물고기나 잡는 핀란드인들이 듬성듬성 살고 있는 일부의 땅을 제외하면, 대부분의 육지가 황무지라고 말했다네. 오타르는 육지가 어디까지 펼쳐져 있는지, 황무지 북쪽에도 사람이 사는지 알고 싶었다더군. 그래서 육지와 접해 있

---

321 Alfred the Great(849~899). 9세기 영국 남부 웨섹스 왕국의 국왕. 앵글로색슨족을 하나로 뭉쳐 '잉글랜드'라는 국가와 민족의 정체성을 확립한 왕으로, 사실상 잉글랜드 통일을 이뤘다.

는 북쪽을 향해 항해했다네. 우현에 황무지를 끼고 좌현으로
바다를 바라보면서 3일 동안 항해했다더군. 그런 후에야 고래
잡이들이 다니는 북쪽 끝에 겨우 도달할 수 있었대. 하지만 그
후로도 3일이나 더 북쪽 끝을 향해 나아갔다더군. 동쪽은 육지
가 바다에 연결돼 있는지 바다가 육지에 연결돼 있는지, 무엇
이 맞는지 알 수 없었대. 그곳에서 서풍이나 북풍을 기다렸다
가, 4일에 걸쳐 해안을 따라 내려왔다더군. 그런 뒤 그곳에서
북풍을 기다려야만 했대. 육지가 남쪽을 향해 기울었는지 아
니면 바다가 대지를 관통하고 있는지 몰랐기 때문이라네. 그
런 뒤 남쪽을 향해 해안가를 따라 5일 동안이나 더 항해했다
네. 그곳에서 커다란 강을 건너면 육지에 도달할 수 있었지만,
더 이상 항해하진 않았다네. 반대쪽 육지 끝이 경작되고 있었
기 때문에 적에 대한 두려움을 느꼈던 거지. 하지만 사람이 사
는 땅은 발견하지 못했다네. 살던 땅을 떠나 출항한 이후 항해
기간 내내 우현에는 황무지가, 좌현에는 바다만 펼쳐져 있었
다더군. 가끔 사냥꾼들이나 어부들, 새 사냥꾼들을 만나긴 했
는데, 모두 핀란드 사람들뿐이었대. 가끔 베오르마인[322]들이 사
람이 살고 있는 땅이나 이웃 사람들에 관해 이야기를 해 주었
지만, 아마 사실이 아닐 거라고 생각했대. 자신의 눈으로 직접
확인한 것은 하나도 없었으니까. 그가 보기에 핀란드인들이나
베오르마인들은 거의 똑같은 언어를 사용했대. 사실 그가 항
해를 시작한 이유는 땅을 찾기 위해서뿐 아니라 바다코끼리를

---

322   Beorma. 7세기에 오늘날 버밍엄 지역을 개척했던 앵글
로색슨 개척자들

찾기 위해서였어. 바다코끼리의 송곳니는 매우 값비싼 물건이었기 때문이지. 그는 바다코끼리 몇 마리를 왕에게 가져왔다네. 코끼리 가죽은 커다란 배의 밧줄을 만드는 데 쓸모가 많았거든. 사실 바다코끼리는 고래에 비해 조금 작다네. 코끼리가 7코도[323] 정도의 길이라면, 고래는 보통 50코도 정도의 길이에 큰 고래들은 84코도에 이르기도 하거든. 사실 가장 뛰어난 사냥꾼은 그 땅에 사는 사람들이야. 오타르는 자신이 이틀에 걸쳐 바다코끼리 예순 마리를 사냥한 고래잡이 여섯 중 하나라고 말했대.

그는 힘이 매우 센 사람으로 재산 대부분을 야생동물 사냥으로 모았지. 하지만 왕을 알현하고 하사받은 사슴 덕도 봤대. 600마리나 되는 온순한 사슴을 길렀거든. 사람들은 그 사슴을 순록이라고 불렀는데, 그중에서도 여섯 마리가 아주 비쌌어. 특히 핀란드인들이 높게 평가했는데, 그들은 그 여섯 마리를 야생 순록을 꾀어내는 미끼로 사용했대. 이렇게 그는 자신이 살던 땅에서 가장 부유한 사람 중 하나가 됐지. 가진 거라곤 고작 스무 마리 정도의 말과 양, 돼지를 키우는 목장에, 말을 이용해서 경작하던 땅 몇 뙈기뿐이었던 사람이 말이야. 하지만 이제는 핀란드인들이 갖다 바친 공물로 부자가 됐대. 공물이란게 사슴 가죽이나 새의 깃털, 또는 바다코끼리 뼈나 밧줄이었지. 바다코끼리 가죽과 물범 가죽을 꼬아서 만든 밧줄 말이야.

---

323   codo. 팔꿈치에서 손가락 끝까지의 길이. 약 42센티미터.

주해

웨섹스 왕국의 앨프레드 대왕(849~899)은 귀족들을 교육하기 위해 라틴어로 쓰였던 책들을 고대 영어로 번역하도록 지시했던 인물이다. 그는 보에티우스[324]의『철학의 위안』과 스페인 사제 오로시우스[325]의 세계사 책을 번역하도록 지시했다. 또한 오로시우스의 세계사에 자신의 신하였던 노르웨이 탐험가 오타르의 항해 이야기를 부록으로 첨가했다.

색슨인들은 기억에 남을 만한 시를 많이 남겼지만, 산문에선 퇴영적(退?的)이고 무겁다. 바로 이 글의 풍경처럼 말이다.

이 글을 쓰는 사람은 동일한 단어를 서툴지만 반복해서 사용한다. 그런 반복을 통해 이야기에 내재하는 흥미를 이끌어 낸다. 오타르는 강 건너 기슭에 사람이 살고 있다는 것을 알게 되자 탐험을 중단했다. 세상이 친절하지 않다는 것을 알았기 때문이다.

롱펠로[326] 역시 오타르의 탐험 이야기를 활용해「노스케이

---

324   아니키우스 만리우스 세베리누스 보에티우스(Anicius Manlius Severinus Boëthius, 477?~524). 로마 최후의 저술가이자 철학자다. 스콜라 철학의 선구자로, 대표작은 옥중에서 집필한『철학의 위안(De consolatione philosophiae)』이다.

325   파울루스 오로시우스(Paulus Orosius, 375~418)는 스페인의 사제이자 신학자, 역사가다.

326   헨리 워즈워스 롱펠로(Henry Wadsworth Longfellow, 1807~1882)는「인생 찬가」와「에반젤린」등으로 유명한 19세기 미국 시인이다. 단테의『신곡』을 영어로 처음 번역한 미국인이기도 하다.

프의 탐험가(The Discoverer of the North Cape)」라는 아름다운 시를 썼다.

II세기 고대 영국인의 대화

이곳에선 솔로몬[327]과 사투르누스[328]가 어떻게 지혜를 겨루는지 말한다네. 사투르누스가 묻고 솔로몬이 대답하지.

— 하늘과 땅을 창조하실 때 신이 어디에 계셨는지 말씀해 주세요.

— 난 바람의 날개 위에 계셨다고 대답하지.

— 신의 입에서 나온 첫 번째 단어가 무엇이었는지 말씀해

---

327   솔로몬(Solomon)은 구약성서에 기록된 이스라엘 왕
        국의 제3대 왕으로서, 기원전 971년부터 기원전 931
        년까지 유다와 이스라엘의 민족을 다스렸다고 전해진
        다. 솔로몬이라는 말은 '평화'라는 뜻을 갖고 있다.

328   사투르누스(Saturnus)는 로마 신화에서 농업과 계절
        의 신이다. 그리스 신화의 크로노스(Chronos)와 동일
        하다.

주세요.

　—난 "빛이 있으라 하시매 빛이 있었다."[329]라고 대답하지.

　—하늘이 왜 하늘로 불리게 됐는지 말씀해 주세요.

　—난 모든 사물이 그것 아래에 있기 때문이라고 대답하지.

　—신이 무엇인지 말씀해 주세요.

　—난 그의 능력 안에 모든 사물을 지니신 분이라고 대답하지.

　—신이 모든 사물을 창조하는 데 며칠이 걸렸는지 말씀해 주세요.

　—난 신이 모든 사물을 6일 만에 창조하셨다고 대답하지. 첫째 날엔 빛을 만드셨고, 둘째 날엔 하늘을 지키는 물건들을 만드셨지. 셋째 날엔 바다와 땅을 만드셨고, 넷째 날엔 하늘의 별들을 만드셨지. 다섯째 날엔 물고기들과 새들을 만드셨고, 여섯째 날엔 네발 달린 짐승과 가축 그리고 최초의 인간인 아담을 만드셨지.

　—아담의 이름은 어떻게 지었는지 말씀해 주세요.

　—난 네 개의 별을 가지고 만들었다고 대답하지.

　—그 별들의 이름이 무엇인지 말씀해 주세요.

　—난 아독스와 둑스, 아로틀렘, 민심브리[330]라고 대답하지.

　—최초의 인간 아담은 무엇으로 만들었는지 말씀해 주세요.

329　　Fiat lux et facta lux.

330　　Arthox, Dux, Arotholem, Minsymbrie. 아일랜드 저본 에는 아나톨리(Anatoile), 디시스(Dissis), 아레소스 (Arethos), 메심브리아(Mesimbria)라고 기록되어 있다.

— 난 8파운드를 들여 만들었다고 대답하지.

— 어떤 재료를 사용했는지 말씀해 주세요.

— 난 먼저 1파운드의 먼지로 살을 만든 뒤에, 다른 1파운드의 불로 피를 만들었다고 대답하지. 그래서 피가 붉고 뜨거운 거라고. 세 번째 1파운드의 공기로 생명을 불어넣은 뒤에, 네 번째 1파운드의 구름으로 연약한 기운을 만들었지. 다섯 번째 1파운드의 은총으로 정신과 사고를 만든 뒤에, 여섯 번째 1파운드의 꽃으로 눈을 만들었지. 그래서 눈동자가 다양한 색을 지닌 거라고 말하지. 일곱 번째 1파운드의 이슬로 땀방울을 만든 뒤에, 마지막 여덟 번째 1파운드의 소금으로 눈물을 만들었지. 그래서 눈물이 짠 거라고 말하지.

— 아담이 창조됐을 때 몇 살이었는지 말씀해 주세요.

— 난 서른 살이었다고 대답하지.

— 아담의 신장은 어땠는지 말씀해 주세요.

— 난 116인치였다고 대답하지.

— 아담은 이 세상에서 얼마나 살았는지 말씀해 주세요.

— 난 900년을 살았다고 대답하지. 비탄에 잠겨 30년 동안 노동을 한 뒤 지옥에 갔다고 말하지. 이 잔인한 형벌을 5228년이나 겪었다고 말이야.

주해

위 대화에서 솔로몬은 스승으로 등장한다. 사투르누스는 솔로몬의 평범하면서도 놀라운 대답에 수동적으로 반응하는 제자로 등장한다. 수백 년의 세월이 흐른 뒤에 사투르누스는 반란을 일으키는 무례한 마르쿨로 변신한다. 이에 대해 폴 그루삭은 다음과 같이 기술했다. "중세 민간전승 설화에서 제자 마르쿨은 현자 솔로몬을 따라다녔다. 그는 고귀한 금언을 제공하는 현자 솔로몬과는 정반대의 성격을 지닌 제자였다."[331]

신의 말씀에 사용된 단어로 유추해 볼 때, 이 시의 작자는 라틴어를 모르는 것 같다.

이 시에 등장하는 별들의 이름은 그리스의 기본적인 네 방위에 해당한다.

숫자 30이나 서른 얼마는 인간의 생애를 나타내는 무지개의 한가운데에 가깝다. 성서의 시편 90편 10절에 의하면, 사람 목숨의 대략적인 한계는 70이기 때문이다. 그리고 숫자 30은 마지막 아담인 예수가 죽은 나이와도 일치한다. 또한 유대 학자의 해석에 의하면, 아담 역시 이브처럼 스무 살에 창조됐다고 여겨진다.

이 시에서 아담에 관한 정확한 연대기를 묘사했기 때문에, 중세의 신학자들은 매우 바빠졌다. 익명의 앵글로색슨 작자가 기록한 자료와 아담의 낙원 체류 기간을 서술했던 기존 자료들이 상호 보완적인 기능을 수행할 수 있었기 때문이다. 기존에 단테는 「천국」26장에서 아담의 체류 기간을 일곱 시간이라고 서술했고, 탈무드 또한 열두 시간으로 한정했기 때문이다. 예를 들어 탈무드에는 다음과 같이 기술되어 있다. "첫 시

---

331   『문학 비평(Crítica literaria)』, 39쪽.

간에 먼지를 끌어모아 아담을 빚을 진흙을 반죽했고, 둘째 시
간에 이 진흙으로 형태를 제대로 갖추지 못한 몸통이 만들어
졌다. 셋째 시간에 두 팔과 두 다리의 윤곽이 갖춰졌으며, 넷째
시간에 하느님이 몸통에 영혼을 불어넣었다. 다섯째 시간에
마침내 아담이 홀로 일어섰고, 여섯째 시간에 다른 피조물들
에 이름을 붙였다. 일곱째 시간에 이브를 아내로 맞이해, 여덟
째 시간에 둘이서 동침을 한 뒤, 카인과 아벨을 거느리고 넷이
서 함께 기상했다. 아홉째 시간에 선악과가 금지되었지만, 열
번째 시간에 죄악을 범하고 말았다. 열한 번째 시간에 심판을
받고 형벌에 처해졌으며, 마지막 열두 번째 시간에 결국 낙원
에서 추방되고 말았다."

　　위에 서술한 내용은 롱펠로가 1867년에 펴낸『신곡』의 영
역본에서 인용한 것이다.

5부   영국 문학의

이
해

호르헤 루이스 보르헤스
마리아 에스테르 바스케스

서문

세상에서 가장 풍요로운 문학을 간추린다는 것, 더군다나
이 책에서처럼 어쩔 수 없이 짧게 요약한다는 것은, 미리 얘기
하지만 사실상 불가능한 일이다. 그런 우리에게 불완전한 세
가지 해결 방안이 있었다. 첫째는 고유 명사들을 무시한 채 문
학사의 대략적인 개요만 서술하는 방식이었고, 두 번째는 8세
기부터 오늘날까지 작가의 이름과 연도를 철저하게 끌어모으
는 방식이었다. 마지막 방식은 각 시대를 대표하는 작품이나
작가를 탐구하는 것이었는데, 우리가 채택한 방식은 바로 마
지막 방식이었다. 노발리스[332]에 의하면 작가들이 사용하는 영

332　Novalis(1772~1801). 독일의 낭만주의 시인이자 철학
자로, '노발리스'는 필명이다. 본명은 프리드리히 폰
하르덴베르크(Friedrich von Hardenberg)다.

어는 각각 하나의 섬에 속한다. 이처럼 각각 떨어져 있는 섬 같은 개성 때문에 우리의 작업은 매우 힘들었다. 프랑스 문학과 달리 영국 문학은 학파가 아니라 개인들로 이루어져 있기 때문이다. 그런 이유들로 인해 바로 다음 쪽부터 누락된 부분을 찾기는 아주 쉽다. 하지만 작가나 작품의 누락이 무관심이나 망각, 무시를 의미하지는 않는다는 것을 미리 밝혀 두고자 한다.

우리가 이 책을 쓴 이유는 무엇보다도 독자의 흥미를 끌기 위해서, 먼 훗날 훨씬 더 심오한 연구가 이루어질 수 있도록 독자의 호기심을 자극하고 싶었기 때문이다. 우리가 쉽게 구할 수 있는 자료들의 출처를 참고 문헌에 수록한 이유도 그 때문이다.

1965년 4월 19일 부에노스아이레스에서
호르헤 루이스 보르헤스, 마리아 에스테르 바스케스[333]

---

333   마리아 에스테르 바스케스(María Esther Vázquez, 1937~2017)는 아르헨티나의 저술가로 보르헤스와 빅토리아 오캄포(Victoria Ocampo)의 협업 작가로 유명하다.

앵글로색슨 시대의 문학

　라틴 문학을 제외한다면 중세 유럽에서 만들어진 문학 작품들 중에서 영국 문학 작품이 가장 오래됐을 것이다. 좀 더 정확하게 말하자면, 7세기 말이나 8세기 초엽까지 거슬러 올라갈 수 있는 다른 나라의 텍스트들은 존재하지 않는다.

　사실 브리타니아의 섬들은 광대한 로마 제국에서 내버려지다시피 한 북쪽의 식민지로서, 주민 대부분은 켈트족 출신이었다. 5세기 중엽까지 브리타니아인들은 가톨릭을 믿었고, 도시에서 사용한 언어는 라틴어였다. 그러다가 로마가 붕괴되었다. 성 비드[334]가 작성한 연대기에 따르면 449년 로마의 수많

334　The Venerable Bede(672/673~735). 라틴어로는 베
　　다 베네라빌리스(Beda Venerabilis). 노섬브리아
　　(Northumbria) 출신의 기독교 수도사, 신학자, 역사

은 병사들이 섬을 버리고 떠났다. 그러자 그때까지 로마 제국이 정복하지 못했던 픽트인들[335]과 켈트인들이 섬으로 몰려들었다. 그들은 하드리아누스 성벽 북쪽, 즉 영국과 스코틀랜드의 경계 지역으로 몰려와 철저히 파괴하고 약탈했다. 한편 서부 및 남부 해안의 섬들에는 게르만 해적들이 몰려와 약탈을 자행했다. 그들은 덴마크와 네덜란드 및 라인강 하구에서 작은 배들을 타고 몰려왔다. 당시 브리타니아의 왕 보티건[336]은 게르만인들을 이용해 켈트족의 침략을 막을 수 있으리라 생각했다. 그래서 그는 당시의 관습에 따라 게르만 용병들의 도움을 모색했다. 맨 처음 끌어들인 인물들이 바로 유트족의 헹게스트와 호르사 형제였고, 그들에 뒤이어 또 다른 게르만 민족인 색슨족과 프리지아인 그리고 앵글족이 들어왔다. 이때 들어온 앵글족이 광활한 지역에 흩어져 살면서, '앵글인의 땅(England)'을 의미하는 영국(England)이라는 지명이 유래되었다.

용병들은 픽트인들을 물리쳤지만, 곧 해적들과 연합했다. 한 세기가 가기도 전에 영국의 비옥한 땅을 완전히 정복했고,

---

가, 연대기 학자로 『잉글랜드인들의 교회사(Historia ecclesiastica gentis Anglorum, 약칭 영국교회사)』를 집필했다. '잉글랜드 역사의 아버지'로 여겨지며 특히 그가 재편집한 라틴어 불가타(Vulgata) 성서는 유럽 교회의 공식 판본으로 1966년까지 사용되었다.

335 로마 제국 시기부터 10세기까지 스코틀랜드 북부와 동부에 거주했던 부족.

336 Vortigern(394~458). 아서왕 전설의 등장인물. 색슨족의 화신이자 비왕(卑王)으로 불린다.

일곱 개의 독립적인 소왕국을 건설했다. 그들의 칼에 쓰러지거나 노예가 되지 않은 브리튼인 중 일부가 웨일스 산악 지대에서 피난처를 모색했는데, 그 결과 그 후손들이 아직까지 그곳에 살게 되었다. 한편 또 다른 브리튼인들이 영국 해협의 남쪽인 프랑스로 이주했는데 그때부터 그곳을 브르타뉴라는 이름으로 부르게 되었다. 교회는 약탈당하고 불타 없어졌다. 게르만인들이 도시에 정착하지 않은 것을 주의 깊게 살펴보면 아주 흥미롭다. 그들은 도시가 너무 복잡하다고 생각하거나, 도시의 유령을 무서워했던 것이다.

사람들이 이들 침략자들을 게르만인이라고 말하는데, 이는 서기 I세기에 타키투스[337]가 묘사했던 바로 그 혈통을 의미한다. 그들은 정치적 연합체를 꿈꾸거나 이루지 않았고 유사한 관습과 신화, 전통, 언어 등을 공유했다. 그들은 북해나 발트해 사람들 또는 앵글로색슨족으로 서게르만 언어(고대 고지대 독일어)와 스칸디나비아의 다양한 방언들 사이에서 그 중간쯤 되는 언어를 사용했다. 고대 영어(앵글로색슨어)는 독일어나 노르웨이 언어처럼 세 가지 문법적 성이 있었고, 명사와 형용사에서는 격변화를 일으켰다. 또한 복합어를 풍부하게 사용했는데, 이런 점이 그들의 시에 커다란 영향을 끼쳤다.

모든 문학사에서 시문학은 산문보다 먼저 형성된다. 고대 영국 시에는 각운이 존재하지 않았고 음절 수도 정형화되어 있지 않았다. 반면에 두운 법칙으로 알려진 기법을 사용했는

---

337   푸블리우스 코르넬리우스 타키투스(Publius Cornelius Tacitus, 56~II7)는 고대 로마의 역사가다.

데, 그것은 각 행에서 동일한 소리로 시작하는 세 단어에 강세를 주는 방식이다. 예를 들어 보자.

wael spere windan on tha wikingas.[338]

서사시의 주제는 늘 동일했지만 필요한 어휘가 항상 두운에 맞지는 않았기 때문에, 시인들은 복합어를 만들어 사용해야 했다. 그런데 시간이 지나면서 그런 복합어를 은유로 사용할 수 있게 되었다. 그런 과정을 거쳐 '바다'는 '고래의 길'이나 '백조의 길'로, '전투'는 의미하려면 '창들의 만남'이나 '분노의 만남'으로 표현했다.

문학사가들은 고대의 영국시를 기독교적인 것과 이교도적인 것으로 분류하곤 한다. 이런 분류가 전적으로 잘못되지는 않았다. 고대의 영국 시 가운데 어떤 것은 발키리[339]를 노래하고, 또 어떤 것은 유디트[340]의 업적이나 사도들의 행적을 노래하기 때문이다. 그런데 기독교적인 주제의 시편에서도 이교

338　"바이킹에 맞서 파멸의 창을 던져라."라는 뜻으로, wael, windan, wikingas에 강세를 준다.

339　북유럽 신화에 등장하는 여전사. 노르드어에서 '발키리아'는 '살해될 자를 선택하는 자'라는 뜻으로, 전쟁터에서 죽을 이와 살아남을 이를 결정하는 존재다.

340　가톨릭 구약성서 유딧기에 등장하는 유대인 여성으로 아시리아의 장수 홀로페르네스(Holofernes)의 목을 베었다. 젠틸레스키와 구스타프 클림트 등 수많은 화가들의 작품을 통해 대중들에게도 널리 알려졌다.

도주의의 고유한 특징이라고 할 만한 서사적 특징들이 나타난다. 예를 들어 그 유명한 「십자가의 환영」[341]이라는 작품에서는 예수 그리스도가 "젊은 전사이자 전능하신 신"으로 표현되고, 다른 작품에서는 홍해를 건너는 이스라엘 백성들을 뜻밖에도 바이킹의 이름으로 노래한다. 그래서 우리는 다른 분류 방식이 훨씬 더 정확하다고 생각한다. 우리가 생각하는 첫째 그룹은 비록 영국에서 쓰였다 해도 게르만 민족이라는 공통의 전통에 해당하는 시들이다. 그럼에도 우리는 한 가지 사항을 명심해야 한다. 그것은 선교사들이 스칸디나비아 지역을 제외한 거의 대부분의 지역에서 고대 게르만 신화의 흔적들을 지우려 애썼다는 점이다. 두 번째 그룹은 애상시라고 부를 수 있는 것으로, 섬나라 고유의 특성이라고 여길 수도 있다. 이 시들에는 영국인들의 전형적 특징인 바다에 대한 향수와 고독, 열정이 담겨 있다.

당연히 가장 오래된 서사시들이 첫째 그룹에 속한다. 핀스부르흐 전투를 노래한 작품과 베어울프의 무훈을 3200행에 달할 만큼 길게 서술한 작품이 가장 대표적이다. 핀스부르흐에 관한 서사시는 프리지아 왕의 환대를 받았다가 훗날 비열하게 습격당한 덴마크 예순 명 용사의 영웅적 투쟁의 역사를 서술했다. 무명의 시인은 "나는 사내들의 전투에서 이들 예순 명의 전사보다 가치 있게 싸웠거나 훌륭하게 승리했다는 사람에 대

---

341   10세기 후반의 작품으로 북부 이탈리아 베르첼리
(Vercelli)에서 발견되었다. 고대 영국 시 중에서 가장
아름다운 시로 평가된다.

해 결코 들어본 적이 없다오."라고 노래했다. 최근의 연구에 의하면『베어울프』의 무훈시는 훨씬 더 야심 찬 계획을 갖고 있었을 것으로 추정된다. 베르길리우스[342]의 시구까지 1, 2행 삽입한 장대한 시를 보건대, 노섬브리아의 성직자로 봉직했던 저자가 게르만족의 아이네이스를 창조하려는 원대한 계획을 수행했음이 명확하다. 일반적인 언어 사용 행태와는 아주 다르게 미사여구를 과도하게 사용하여 무척 복잡해진『베어울프』의 구문을 살펴보면, 이런 추정은 쉽사리 이해할 수 있을 것이다. 이 노래는 아주 단순하다. 예아트족의 왕자 베어울프가 스웨덴에서 덴마크로 건너와, 연못에 살고 있던 식인 괴물 그렌델과 그 어머니를 죽인다. 50년 후 이미 왕이 된 영웅이 보물을 지키던 용을 죽이며 전사한다. 사람들이 그를 매장하고, 열두 명의 용사가 말을 타고 무덤 주위를 돌면서 그의 죽음을 탄식한다. 그들은 애가를 거듭 부르면서 베어울프의 이름을 칭송한다. 게르만 문학사에서 가장 오래됐으리라 추정되는 이 두 편의 시는 아마도 8세기 초에 창작됐을 것이다. 하지만 우리가 보았듯이 등장인물은 모두 스칸디나비아 사람들이다.

거의 구어체에 가까울 만큼 사실적이었던 핀스부르흐 전투의 문체는 10세기 말의 서사적인 담시(譚詩)「맬던 전투」[343]

---

342   Publius Vergilius Maro(B.C. 70~B.C. 19). 로마의 시성.
        로마의 서사시『아이네이스』의 저자.
343   991년 영국 에식스(Essex)의 맬던(Maldon) 근처 팬트
        (Pant)강 입구에서 벌어진 전투로 영국의 민병대가 바
        이킹 침략자들에 맞서 싸웠다.

에 다시 등장한다. 이 시는 노르웨이 국왕 올라프[344] 군대에 패배한 색슨족 민병대를 추도하는 내용이다. 올라프의 사신이 조공을 요구하지만, 색슨족 장수는 황금을 바치는 대신 창과 검을 휘두르며 싸우겠다고 대답한다. 이 시에는 당시 상황을 상세하게 알려주는 묘사들이 넘쳐 난다. 예를 들어 전투에 나선 젊은이에 대해서는 그가 적군과 마주치게 되리라 깨달았을 때, 자신이 사랑하는 매를 숲으로 날아갈 수 있도록 놓아준 뒤에야 비로소 전투에 임했다고 묘사한다. 일반적으로 아주 거친 서사시에 '사랑하는(querido)'이라는 형용사를 사용한 것도 아주 놀랍고 감동적이다.

두 번째 그룹은 대략 9세기에 출현했는데 고대 영국의 애상시라고 부를 수 있는 작품들이다. 이 시들은 인간의 죽음을 한탄하는 대신 개인적인 슬픔이나 지나간 시절의 영광을 노래한다. 「폐허」라는 제목의 시에서는 배스(Bath)의 무너진 성벽에 대해 애달파 한다. 첫 행에서 "운명에 무너진 이 석벽은 웅장도 하여라."라고 노래한다. 「방랑자」라는 다른 시에서는 자신의 주군이 이미 죽어 방랑길에 나선 인간에 대해, "서릿발 치는 차가운 바다를 두 손으로 헤쳐 나가며, 오랜 세월 추방의 여정을 밟아야 하는구려. 운명이란 참으로 가혹하구려."라고 노래한다. 또한 「바다 나그네」라는 시는 "나 자신에 대해 거짓 없는 노래 한 편 부르노니, 내 삶의 여정을 읊은 것이오."라는 선

---

344   올라프 트뤼그바손(Olaf Tryggvason, 960년대~1000)
은 비켄가 출신의 노르웨이 국왕(재위 995~1000)이
다.

언으로 시작한다. 그러고는 북해의 혹독함과 폭풍우에 대해 "북쪽에선 눈바람이 날리고, 땅은 서리에 얼어붙고, 세상에서 가장 차가운 씨앗인 우박이 땅에 떨어졌다오."라고 노래한다. 시인은 바다가 가혹하고 무섭다고 말한 뒤에, 그의 행동에 대해 "그는 하프 소리에도 보물의 분배에도 여인의 쾌락에도 세상의 권세에도 아무런 관심이 없다오. 오직 얼어붙은 높은 파도에 부대끼는 일 말고는 말이오."라고 노래했다. 이런 구절은 대략 11세기 후에 키플링이 「데인족 여인들의 하프 노래(Harp Song of the Dane Women)」에서 노래한 주제와 꼭 같다. 「데오르」 라는 시는 일련의 불행들을 나열하면서, 모든 연을 "그 슬픔은 이미 사라졌소. 나의 슬픔 또한 그러하길."이라는 우울한 시행으로 끝맺는다.

I4세기 문학

고대 영어는 두 번의 중요한 역사적 사건을 겪으며 해체된 뒤 결국 중세 영어로 바뀌었다. 하나는 8세기경부터 해안 지역에 자주 출몰했던 덴마크와 노르웨이의 바이킹들이 영국 북부와 중부 지역에 정착한 사건이었고, 또 다른 하나는 스칸디나비아 출신이지만 프랑스에 정착해 이미 프랑스의 문화와 언어를 습득했던 노르만족이 I066년 영국 전체를 정복한 사건이었다. 이 때문에 당시 영국 사제들은 라틴어를 사용하고 궁정에서는 프랑스어를 사용한 반면, 네 개의 서로 다른 방언, 그중에서도 특히 덴마크어 어휘를 주로 사용했던 앵글로색슨족은 하층민으로 전락했다. 그 2세기 동안 영국 문학은 완전히 사라졌다가 I300년 이후에야 비로소 부활했다. 이제 영국의 언어는 완전히 변모했고 계층에 따라 다른 언어를 사용했다. 민중이 사용하는 공통어는 오늘날처럼 대체로 게르만어였던 데 반해,

문화를 향유하는 지배 계층의 언어는 라틴어나 프랑스어였다. 하지만 그때 흥미로운 현상이 일어났다. 앵글로색슨족의 고대 영어는 사라졌지만 그들의 음악은 대기 중에 여전히 남아 있었다. 이제『베어울프』의 무훈을 해독할 수 없게 된 사람들이 두운 법칙에 맞춰 긴 시들을 창작하게 된 것이다.

그중에서 가장 유명한 작품이『농부 피어스의 꿈(The vision of Piers Plowman)』으로, 총 6000행이 넘는 긴 분량인데 줄거리를 말하기가 불가능하다. 만화경(萬華鏡) 속의 이미지처럼 하나의 이야기 위에 다른 것들을 겹쳐 만든 다채로운 꿈에 관해 이야기하기 때문이다. 먼저 우리는 "온갖 종류의 사람들로 가득 찬 아름다운 평원"을 본다. 그런데 그 평원의 한쪽 끝에는 지옥을 의미하는 지하 감옥이 있고, 또 다른 쪽 끝에는 천국을 의미하는 탑이 나타난다. 작품 속에서 농부 피어스는 길을 잃고 당황하는 순례자들에게 새로운 신전인 진리의 탑으로 안내하겠다고 제안한다. 진리의 탐구자는 점점 자신이 탐구하는 대상과 섞여 혼동을 일으킨다. 그리스도와 악마가 싸우는 지옥 정벌 과정은 시합이라는 중세의 규칙을 통해 제시된다. 나귀를 탄 피어스가 도착하자 이를 지켜보던 한 사람이 질문한다. "이 기사님은 유대인들이 살해한 그리스도입니까, 아니면 농부 피어스입니까? 누가 이분을 피로 물들였습니까?" 갑자기 빛이 사라지면서 상이한 등장인물인 악마와 사탄, 마왕이 예수의 공격에 맞서 대포를 쏘며 지옥을 방어한다. 훗날『실낙원(失樂園)』[345]에서도 사

---

345 영국의 시인 존 밀턴이 1667년에 발표한 대서사시.

탄은 똑같은 수단으로 저항하게 된다. 악마가 영원한 지옥행
에 처해진 죄지은 영혼들을 빛에 돌려주기를 거부하자, 신비
로운 여인이 나타나 악마가 뱀의 형상으로 이브를 속였던 것
처럼 전능하신 신이 인간의 모습으로 은총을 통해 거짓을 되
갚아 준 거라고 설명한다. 또한 그녀는 신이 인간의 모습을 취
했던 이유는 인간의 죄악과 비참함을 아주 내밀하게 알기 위
해서였다고 말한다. 이 작품은 윌리엄 랭글런드[346]가 집필했다
고 추정되는데, 작품 속에서 그는 롱 윌(Long Will)이라는 이름
으로 형상화된다.

색슨족의 두운 법칙과 켈트족의 주제라는 역설적인 결합
이 『가윈 경과 녹색 기사(Sir Gawain and the Green Knight)』라는 작
품에서 실현되었다. 작품은 중세에 '브리튼 이야기(mati?re de
Bretagne)'로 불렸던 아서왕과 원탁의 기사들에 관한 이야기다.
크리스마스이브에 거대한 녹색 말을 탄 녹색 괴물이 한 손에
는 녹색 가지를, 다른 한 손에는 도끼를 들고서 아서왕과 기사
들 앞에 나타난다. 그는 기사들 중에 용기 있는 자가 있다면 자
신의 목에 먼저 도끼를 내려치라고 도발한다. 단 1년 하고 하
루 뒤에 낯설고 머나먼 녹색 예배당(Capilla Verde)에서 그를 만
나 똑같은 일격을 감당하는 조건이었다. 하지만 아무도 그 도

---

346   William Langland(1332~1386). 영국의 시인. 중세 영
      어로 쓰인 환상시(幻想詩) 『농부 피어스의 꿈』의 작가
      로 추정된다. 중부 지방 출생으로 수도원에서 교육을
      받고 성직(聖職)에 취임하여 시작(詩作)을 했다는 것
      말고는 알려진 사실이 거의 없다.

전을 받아들이지 않자 아서왕이 명예를 지키기 위해 도끼를 집어 들려고 나선다. 그러자 젊은 가윈 경이 도끼를 잡아 들고 거인의 목을 내려쳐 두 동강을 낸다. 거인은 목을 집어 들고 재빨리 떠나면서 1년 하고 하루 동안 가윈 경을 기다릴 거라고 다시 말한다. 시인은 시간의 흐름에 따라 계절의 변화와 진눈깨비, 빽빽한 나뭇가지들을 묘사한다. 가윈 경은 길고 파란만장한 탐험에 나서, 산들과 황무지들을 뒤로한 채 습지와 진흙 수렁을 홀로 외롭게 건넌다. 그는 마침내 멋진 성을 발견하고, 그곳에서 원숙한 나이의 성주와 기네비어 왕비보다 훨씬 아름다운 부인의 환대를 받는다. 성주는 세 번에 걸쳐 사냥을 나가고 부인은 세 번에 걸쳐 가윈 경을 유혹한다. 가윈 경은 유혹에 저항하고 결국 이별의 선물로 황금 자수가 놓인 녹색 허리띠를 받는다. 성탄절에 녹색 기사의 도끼가 가윈 경의 머리를 내려치지만, 무거운 도끼날은 그의 목에 거의 아무런 흔적도 남기지 않는다. 녹색 기사는 세 번을 내려치려 하지만 실제로는 한 번에 그친다. 두 번이나 내려치는 시늉만 한 것은 그의 신의에 대한 보상이었지만, 세 번째에 입은 가벼운 상처는 그가 녹색 허리띠를 받았기에 겪어야 할 형벌이었다. 누가 지었는지는 알려져 있지 않지만, 이 시는 두운이라는 독특한 운율을 사용한 2000행 이상의 노래로 구성되었으며, 기사도의 이상을 그로테스크하고 환상적인 기법으로 묘사하고 있다.

우리는 드디어 영국 시의 아버지라 불리는 제프리 초서[347]

---

347   Geoffrey Chaucer(1343~1400). 잉글랜드의 작가, 시인, 관료, 법관, 외교관.

에 도착했다. 비록 앵글로색슨 시대의 시인들이 그보다 앞선
다 할지라도, 이런 평가가 다 잘못된 것은 아니다. 왜냐하면 앵
글로색슨 시대의 시인들이나 그들이 사용했던 고대 영어는 완
전히 망각된 반면, 초서가 남긴 위대한 시들은 밀턴[348]이나 예
이츠[349]의 작품들과 근본적으로 하나도 다르지 않기 때문이다.
셰익스피어는 초서의 작품을 읽었고, 워즈워스는 그의 작품들
을 근대 영어로 번역해 남겼다. 초서는 귀족의 시동(侍童)에서
시작해 군인, 궁정 관리, 하원 의원을 거쳐 오늘날의 정보부 위
원까지 지냈다. 또한 네덜란드와 이탈리아에서 외교관으로 근
무했고 마지막에는 세관의 검사관으로 일했다. 그는 프랑스어
와 라틴어에는 다소 서툴렀던 반면 이탈리아어에는 아주 능숙
했다. 그가 남긴 작품으로 아들을 위해 집필한『천체 관측 보고
서』와 보에티우스의『철학의 위안』번역서가 있다. 그래서 그
의 프랑스 친구는 그를 '위대한 번역가'라고도 불렀다. 중세 시
대의 번역이란 (존재하지도 않는) 사전을 참조하며 실행할 수
있는 문헌학적 작업이 아니라 원래의 텍스트를 미학적으로 재
창조하는 작업이었기 때문이다. 초서가 위대한 시인이었다는
것은 단 하나의 사례로도 충분히 증명할 수 있을 것이다. 히포

---

348   존 밀턴(John Milton, 1608~1674)은 영국의 시인이자
        청교도 사상가다. 셰익스피어에 버금가는 작가로 평
        가된다.
349   윌리엄 버틀러 예이츠(William Butler Yeats,
        1865~1939)는 아일랜드의 시인이자 극작가로 1923
        년 노벨 문학상을 받았다.

크라테스[350]가 "예술은 길고, 인생은 짧다"[351]라고 쓴 구문을, 초서는 다음과 같이 번역했다.

인생은 짧고, 배우고 익히는 데는 오랜 시간이 걸린다.[352]

건조했던 라틴어 격언이 초서를 만나 쓸쓸한 성찰로 변모한 것이다.

그는 문학 활동 초기에 프랑스의 『장미 이야기(Roman de la Rose)』[353]라는 작품의 영향을 받아 꿈과 알레고리를 애용하기 시작했다. 이런 알레고리적 글쓰기는 그의 초기 작품의 전형적인 특징으로, 『공작 부인 이야기(The Book of the Duchess)』에도 잘 나타나 있다. 그는 자신의 문학적 후원자였던 랭커스터 공작 부인의 죽음을 애도하기 위해 이 작품을 썼는데, 꿈이라는 환상의 기법을 도입한 이 작품에는 유머러스한 요소들도 포함되어 있다. 『새들의 의회(Parlement of Foules)』 또한 초기 작품에 해당한다.

---

350   의학사에서 가장 중요한 인물 중 하나로 보통 '의학의 아버지'라고 불린다.

351   Ars longa, vita brevis.

352   The lyf so short, the craft so long to lerne.

353   풍유적 꿈의 형식을 빌려 쓴 13세기의 시적인 소설로, 총 2만 2000행의 8음절 대구로 구성되어 있다. 기욤 드 로리스(Guillaume de Lorris, 1200~1240)가 1237년경에 4058행을 썼고, 나머지 1만 8000행은 장 드 묑(Jean de Meun, 1240~1305)이 1275년경에 완성했다.

초서의 작품 중에서 가장 중후하고 깊이 있는 작품으로는 (가장 유명한 책이어서가 아니라) 느릿느릿한 이야기 형식의 시 『트로일러스와 크리세이드(Troilus and Criseyde)』를 꼽을 수 있다. 줄거리와 시구의 3분의 I은 보카치오[354]의 『일 필로스트라토(Il Filostrato)』[355]로부터 영향을 받았지만, 초서의 장점은 등장인물의 성격을 바꾸었다는 점이다. 예를 들어 원작에서 방탕한 청년인 판다로스의 경우, 초서의 작품에서는 원숙한 남자로서 조카 크리세이드를 트로일러스 왕자와의 은밀한 사랑으로 인도하는 인물로 바뀌었다. 또한 이 작품에는 장황한 도덕적 설교 역시 풍부하다. 트로이라는 장소를 배경으로 한 이 비극적인 이야기는 유럽 문학 최초의 심리 소설로 여겨져 왔다. 그래서 나는 제5장의 연 하나를 원문에 충실하게, 열정적으로 수사적으로 옮겨 보려 한다. 트로일러스가 그를 버린 크리세이드의 집 앞을 말을 타고 지나가는 장면이다. "그는 이렇게 말했다. 오! 애처로운 궁전이여! 어제는 가장 좋은 집이라고 부를 수 있던 집이었으나 이제는 텅 비고 황폐한 궁전이여! 꺼져 버린 등불이여! 예전에는 밝은 대낮이었으나 이제는 캄캄한 밤으로 변해 버린 궁전이여! 너는 무너지고 나는 죽어야만 하는구나! 이곳에서 나를 이끌어 주던 사람이 떠나갔으니.

---

354 조반니 보카치오(Giovanni Boccaccio, I3I3~I375)는 이탈리아의 소설가이자 시인이다. 『데카메론(Decameron)』(I348~I353)과 『일 필로스트라토(Il Filostrato)』(I338) 등이 유명하다.

355 보카치오가 I338년에 쓴 연애시. 트로이의 왕자와 그리스 처녀 크리세이드 사이의 비련을 그렸다.

(…) 오, 루비가 떨어져 나간 반지여! 오, 버려진 이미지로 만들어진 신전이여!" 집필에 착수한 시들은 많았지만, 초서가 끝을 맺은 작품은 8000행 이상의 『트로일러스와 크리세이드』가 유일하다.

초서는 많은 이야기들을 미간행 상태로 쌓아 두었고, 1387년 그것들을 묶어 한 권의 책을 집필하기로 결심했다. 유명한 『캔터베리 이야기(The Canterbury Tales)』는 그렇게 탄생했다. 『천일야화』처럼 유사한 모음집에서 서술된 이야기들은 화자와 아무런 상관이 없다. 하지만 『캔터베리 이야기』에서는 서술된 이야기들이 그것을 말하는 화자의 개별적인 성격을 드러내는 역할까지 수행한다. 약 30여 명의 순례자들은 중세의 다양한 계층을 대표하는데, 그들은 베켓이 순교한 성지 캔터베리를 향해 런던의 타바드 여관에서 출발한다. 그 순례자 중 한 명이 초서이며 그가 창조한 나머지 등장인물들이 그를 괴롭히는 역할을 한다. 작품 속에서 순례자들을 안내하던 여관 주인이 여행의 따분함을 달래기 위해 놀이를 제안한다. 캔터베리로 가는 길에 모든 순례자가 네 편씩의 이야기를 하고, 그중 가장 재미있는 이야기를 한 사람에게는 훌륭한 만찬으로 보상을 하자는 것이다. 초서는 이 광대한 작품을 집필하는 데 무려 13년을 쏟아부었음에도 불구하고 미완성으로 남겨 놓았다. 작품에는 당대 영국의 이야기는 물론 플랑드르의 이야기와 고전 이야기까지 포함돼 있다. 나아가 『천일야화』에 등장하는 이야기도 들어 있다.

초서는 영국 시에 프랑스와 이탈리아에서 습득한 시작법, 즉 운율에 맞춰 시행을 계산해 쓰는 기법을 도입했다. 두운 법

칙을 조롱하는 부분도 있는데, 그것은 그가 두운 법칙을 촌스
럽고 케케묵은 방법이라고 확신했기 때문이다. 그는 숙명과
자유 의지에 관한 문제에 대해서도 아주 깊게 고민했다.

　1932년에 체스터턴이 집필한 초서에 관한 연구서는 아주
훌륭하다.

극문학

가톨릭 시대 초기에 교회는 예술을 이교도의 문화와 결부하여 비난했다. 그래서 중세의 예배의식에 연극이 부활한 점은 매우 역설적이다. 예배 의식에서는 그리스도의 수난은 물론 성서에 나오는 다양하면서도 극적인 사건들을 설명한다. 사제들은 신자들을 이해시키고 교화하기 위해 일부 극적인 사건들을 각색해 연극으로 공연하기도 했다. 연극 무대는 신전에서 마당으로 옮겼고, 언어 또한 라틴어 대신 지역 언어를 사용했다. 프랑스와 스페인에서 신비극이라 부르던 '기적극(miracle plays)'은 그렇게 하여 생겨난 것이다. 그런데 영국에서는 성서에 나오는 이야기들을 사제 대신 길드가 도맡아 각색했다. 그러자 천사의 추락에서 최후의 심판에 이르는 성서의 모든 이야기가 야외에서 공연되기에 이르렀다. 공연은 며칠간 지속됐는데 관습적으로 정착된 공연 시기는 5월이었다. 선박

건조 기술자들은 노아의 방주를 만들고 목동들은 양 떼를 몰고 오고 요리사들이 최후의 만찬을 준비하는 식이었다. 이제 연극의 주류는 기적극에서 도덕극으로 옮겨 갔다. 극중 인물들이 악인과 선인이라는 알레고리적 의미를 갖게 된 것이다. 그중 가장 유명한 작품이 바로 『만인(Everyman)』이었다.

시간이 흐름에 따라 종교극이 누렸던 위상은 이제 세속적인 연극에 넘어갔다. 그중에서 두각을 나타낸 대표적인 인물이 바로 크리스토퍼 말로[356]다. 그는 캔터베리에서 가난한 구두상의 아들로 태어났지만 케임브리지에 진학했고, 곧 '대학 재사파(University Wits)'[357] 그룹에 속해 영국 연극의 새로운 흐름을 이끌었다. '대학 재사파' 그룹은 나름의 독창성과 개성을 지니고서 길드의 위탁으로 단순하게 생산된 전통적인 도덕극과 경쟁했다. 말로는 그 유명한 '암흑파(School of Night)'[358]와 자주 만났는데, 이들은 가끔 역사가이자 탐험가요, 무신론자

---

356   Christopher Marlowe(1564~1593). 16세기 영국의 극
       작가.

357   셰익스피어와 같은 시대에 활동했던 케임브리지, 옥
       스퍼드 대학 출신 문인들의 모임으로, 셰익스피어 극
       을 비하하고 자신들의 작품이야말로 최고라고 자부
       했다. 존 릴리(John Lyly, 1554~1606), 조지 필(George
       Peele, 1556~1596), 로버트 그린(Robert Greene,
       1558~1592), 크리스토퍼 말로 등이 이 그룹에 속했
       다.

358   월터 롤리 중심의 무신론자 모임으로, 크리스토퍼
       말로, 조지 채프먼(George Chapman), 매슈 로이던
       (Matthew Roydon), 토머스 해리엇(Thomas Harriot)
       등이 속했다.

이자 신성 모독자인 월터 롤리³⁵⁹의 집에서 모임을 가졌다. 말로는 영국 왕실을 위해 대륙을 오가며 첩보원으로 활동했고, 1593년 스물아홉 살이라는 젊은 나이에 술집에서 단검에 찔려 죽었다. 짧은 인생에도 불구하고 한 미국 비평가가 셰익스피어의 작품이 그의 영향을 받았다고 주장했을 만큼, 그가 남긴 일곱 편의 극작품은 영국 문학사에서 확고한 위치를 차지하고 있다. 그는 동시대를 살았던 벤 존슨³⁶⁰이 '힘찬 시행(mighty line)'이라고 불렀을 정도의 독특한 시 형식, 즉 유려하고 웅장하면서 힘에 넘치는 무운시(blank verse) 형식을 개척했다. 거칠게 말하자면, 그가 쓴 모든 비극 작품에는 당대의 도덕 법칙에 맞서 투쟁하는 주인공이 등장한다. 탬벌레인(Tamburlaine) 대제는 세계 정복을 꿈꾸고, 몰타의 유대인 바라바스(Barrabas)는 황금을 탐하며, 포스터스(Faustus) 박사는 무한한 지식을 추구한다. 그런데 이런 주제는 모두 코페르니쿠스³⁶¹가 열어젖히고 조르다노 브루노³⁶²가 계승 발전시킨 시대적 요구에 부응한 것이

---

359   Walter Raleigh(1554~1618). 영국의 모험가, 작가, 아메리카 초기 식민 개척자.

360   Ben Jonson(1572~1637). 17세기 영국의 극작가, 시인, 비평가. 윌리엄 셰익스피어와 같은 시대에 활약한 문인으로, 1616년 계관 시인이 되었다.

361   니콜라우스 코페르니쿠스(Nicolaus Copernicus, 1473~1543)는 폴란드 천문학자다. 당시까지 진리처럼 믿어 온 지구 중심설(천동설)의 오류를 지적하고 태양 중심설(지동설)을 주장하여, 근대 자연 과학의 획기적인 전환, 즉 '코페르니쿠스의 전환'을 가져왔다.

362   Giordano Bruno(1548~1600). 이탈리아의 철학자로,

다. 코페르니쿠스는 공간의 무한성을 주장했던 인물이고, 브
루노는 암흑파를 방문했었으며 훗날 종교 재판에서 화형당한
인물이다.

엘리엇[363]은 말로의 작품에 등장하는 과장법은 항상 희화
화 직전까지 몰아붙였다가 마지막에 벗어난다고 평가했다. 그
러한 평가는 공고라[364]와 위고의 작품에나 적용될 수 있을 것이
다. 그의 이름을 딴 비극에서 탬벌레인 대제는 네 명의 왕이 끄
는 화려한 마차를 타고 등장한다. 그는 포로가 된 왕들에게 재
갈을 물려 그들을 모욕하고 채찍으로 매질한다. 또 다른 장면
에서는 터키의 술탄을 강철 감옥에 감금하고, 말로의 독자들
에게는 성서의 유사한 상징으로 읽힐 수도 있는 신성한 책 코
란을 불길 속에 던져 버린다. 세계 정복을 제외하고 그의 가슴
을 지배하는 유일한 열정은 제노크라테(Zenocrate)에 대한 사랑
이다. 그녀가 죽었을 때 탬벌레인은 자신 역시 죽을 수밖에 없는
존재라는 사실을 처음으로 깨닫는다. 광기에 사로잡힌 그는 병

　　　“우주는 무한하게 퍼져 있고, 태양은 하나의 항성에
　　　불과하며, 밤하늘에 떠오르는 별들도 모두 태양과 같
　　　은 종류의 항성이다”라는 무한 우주론을 주장하다가,
　　　종교 재판에서 화형당했다.

363　　토머스 스턴스 엘리엇(Thomas Stearns Eliot,
　　　1888~1965)은 미국계 영국 시인이자 극작가, 문학 비
　　　평가다.

364　　루이스 데 공고라 이 아르고테(Luis de Góngora y
　　　Argote, 1561~1627)는 스페인의 바로크 시인이다.
　　　『폴리페모와 갈라테아의 우화(La Fábula de Polifemo y
　　　Galatea)』가 대표작이다.

사들에게 하늘을 향해 대포를 겨누라고 지시하고, "하늘에 검은 깃발을 꽂아 신들의 죽음을 알려라"라고 명령한다. 탬벌레인의 입을 빌려 공표했기 때문에 포스터스 박사보다 구차스러워 보이긴 하지만, 그 내용은 르네상스의 특징을 정확하게 보여 주었다. "자연이 우리의 영혼을 창조했는데, 그것은 우리로 하여금 세상이라는 놀라운 건축을 이해하도록 만들기 위해서였다."

『포스터스 박사의 비극』은 괴테가 상찬했던 작품이다. 포스터스는 메피스토펠레스에게 이미 죽은 트로이의 헬렌을 데려오라고 명령한다. 그는 헬렌을 보면서 넋을 잃고 소리친다. "이것이 1000척의 배를 띄우고, 높이를 가늠 못 할 일리온의 성곽들을 불태워 버린 얼굴인가? 오! 아름다운 헬렌! 입맞춤 하나로 나를 불멸케 해다오!" 말로의 포스터스는 괴테의 파우스트와 달리 구원받지 못한다. 그는 마지막 날 해가 지는 것을 보면서 외친다. "저기, 저기 그리스도의 피가 천공에 흐르고 있잖아!" 그는 대지가 자신을 숨겨 주거나 자신이 작은 물방울로 변해 바다로 떨어지거나 한줌의 먼지로 변해 루시퍼를 피할 수 있기를 바란다. 하지만 열두 번의 종이 울린 뒤 악마들이 등장해 그를 끌고 퇴장한다. 그런 뒤 코러스는 "곧게 뻗을 수 있었던 가지는 잘렸고, 아폴로 신의 월계수 가지도 불타 버렸어요."라고 노래한다.

말로는 친구이기도 했던 셰익스피어 시대의 도래를 예비했다. 그는 이 작품에 이전 무운시에는 사용하지 않았던 화려함과 유연성을 동시에 부여했던 것이다.

그가 살았던 시대를 떠나서 살펴보면, 윌리엄 셰익스피어의 팔자만큼 불가사의한 것도 없다. 하지만 그런 신비는 실제로는 존재하지 않는다. 그가 살았던 시대에 사람들은 그를 오늘날만큼 맹목적으로 존경하진 않았다. 당시 연극은 그저 하층민의 장르였을 뿐이고, 그 역시 일개 극작가였을 뿐이다. 셰익스피어는 연극배우이자 극작가 겸 극장주였다. 그는 벤 존슨의 문학 모임에도 자주 방문했는데, 벤 존슨은 훗날 "라틴어는 잘 몰랐고 그리스어는 더 말할 것도 없다"고 그를 비난했다. 그와 교류했던 배우들의 말에 따르면, 셰익스피어는 글을 아주 쉽게 썼고 단 한 줄도 수정하는 법이 없었다. 이에 훌륭한 작가였던 벤 존슨은 "1000번을 수정했더라면 훨씬 더 좋았을 텐데"라고 의견을 밝혔다. 셰익스피어는 사망하기 4, 5년 전에야 재정 상태가 호전돼서 고향 스트랫퍼드에 대저택을 구입해 이주했지만 곧 은퇴했다. 그는 명성에는 아무 관심도 없었기에 죽은 뒤에야 첫 번째 전집이 출판되었다.

　도시 외곽에 위치한 극장들은 노천극장이었다. '그라운들링(groundling)'[365]이라고 불리던 관객들은 무대 정면 바닥에 서서 연극을 관람했다. 무대 주변에 위치한 발코니는 좀 더 비싼 좌석이었다. 배경을 알려 주는 무대그림이나 무대를 가리는 막조차 없었다. 의자를 가져다주는 하인을 대동한 궁정 신하들이 무대의 측면을 차지했기에, 배우들은 그들을 헤치며 등장해야 했다. 오늘날의 연극에서는 막이 올라가기 전에 대사를 시작하고 막이 올라간 후에도 계속할 수 있지만, 셰익스피어 시대에는 무대에 등장한 후에야 말할 수 있었다. 주로 마지막에 자주 등장했던 시체를 치우는 장면 역시 동일한 이유로

365　엘리자베스 시대 극장의 1층 바닥에 서서 관람하던 관객.

아주 정교하게 처리했다. 그런 이유로 햄릿은 최대한의 군례를 받으며 묻혔고, 동일한 이유로 네 명의 장교가 운구하는 가운데 포틴브라스가 "전하의 서거를 애도하는 군악을 연주하고 조포를 쏘아 전하의 유덕을 널리 알리자."라고 외친다. 우리에게는 다행스러운 일이지만, 배경을 나타내는 무대그림이 없었기 때문에 셰익스피어는 대사를 통해 경치를 설명해야 했다. 그는 등장인물의 심리 상태를 나타내기 위한 대사 역시 여러 차례 애용했다. 예를 들면 던컨 왕이 그날 밤 자신이 암살당할 맥베스의 성 앞에서 성을 살펴보는 장면이 있다. 그는 성안의 탑과 그곳을 날아다니는 제비를 쳐다보면서, 장차 자신에게 닥칠 운명도 모른 채 천진난만한 감성에 젖어 "공기가 상쾌하다."고 말한다. 반면 맥베스가 왕을 살해할 줄 알고 있었던 맥베스 부인은 던컨이 성안으로 들어오는 중임을 까마귀조차 목쉰 소리로 알리고 있다고 말한다. 맥베스가 그날 밤 던컨이 도착할 거라고 부인에게 알리자, 그녀는 "그러면 언제 이곳을 떠나실 예정입니까?"라고 묻는다. 이에 맥베스가 "내일이오, 왕의 예정대로라면."이라고 대답한다. 그러자 그녀는 "내일의 태양은 결코 볼 수 없을 겁니다!"라고 대답한다.

괴테는 모든 시가 상황의 산물이라고 했다. 그 의견을 참조한다면 맥베스의 비극 또한 우연한 사건에서 영감을 받아 집필했을 수도 있다. 즉 문학 작품 중 가장 격정적인 맥베스의 비극이, 스코틀랜드 왕 제임스 I세[366]의 영국 왕위 계승이라는 우

---

366 제임스 찰스 스튜어트(James Charles Stuart, 1566~1625)는 잉글랜드와 스코틀랜드 왕국을 통치했던 왕

연한 사건 때문에 태어났다는 것이다. 작품의 배경과 주제가
스코틀랜드의 왕위 찬탈에 관한 것이기 때문이다. 또한 세 마
녀와 관련해서도 기억할 게 있다. 마녀들과 주술 계약을 맺은
당사자이자 마법을 신봉하는 사람이 다름 아닌 왕 자신이라는
점이다.

『햄릿』의 비극은 맥베스보다 더욱 복잡하면서도 느릿느릿
하다. 원작은 덴마크의 역사가 삭소 그라마티쿠스[367]의 작품 속
에 있지만, 셰익스피어가 원작을 직접 읽었던 것은 아니다. 주
인공의 성격에 대해서도 다양한 논의가 있었는데, 콜리지[368]는
햄릿의 지적인 능력과 상상력이 그의 의지보다 강했기 때문에
비극이 발생했다고 보았다. 이 작품에는 요릭(Yorick)이라는 인
물을 제외하고는 부차적인 인물은 거의 존재하지 않는다. 그는
그의 해골을 손에 들고 있던 햄릿의 몇 마디 대사를 통해서만
존재하는 인물이다. 또한 대립적인 두 여성의 존재 역시 잊을
수 없다. 연인 오필리어는 햄릿을 이해하지만 그에게 버림받은
채 죽는다. 어머니 거트루드는 씩씩하고 관능적이지만 아들로

이다. 1567년 여왕 메리 I세의 뒤를 이어 스코틀랜드
의 군주 제임스 6세로 즉위했고, 1603년 여왕 엘리자
베스 I세의 뒤를 이어 잉글랜드의 왕 제임스 I세로 즉
위했다.

367   Saxo Grammaticus(1160?~1220?). 덴마크의 역사가,
신학자, 작가. 덴마크의 유일한 중세 문학 작품인『덴
마크 역사』를 썼다.

368   새뮤얼 테일러 콜리지(Samuel Taylor Coleridge,
1772~1834)는 영국의 시인이자 비평가로, 셰익스피
어 문학 강연으로도 유명했다.

인해 괴로워하다 죽음을 맞는다. 게다가 『햄릿』에서는 쇼펜하우어가 상찬했던 마술적인 효과가 발생하는데, 그것은 극중극의 형태로 세르반테스까지 만족시켰을 것이다. 『맥베스』와 『햄릿』에서 핵심적인 주제는 범죄 행위다. 첫 번째 작품의 범죄 행위가 야망 때문에 일어난 것이라면, 두 번째 작품의 범죄 행위는 야망과 복수, 그리고 정의가 필요했기 때문에 일어났다.

셰익스피어가 쓴 낭만적인 비극 『로미오와 줄리엣』은 지금까지 살펴본 두 작품과 아주 다르다. 작품의 주제로는 두 연인의 마지막 불행보다 사랑에 대한 찬미가 더 어울린다. 셰익스피어의 작품이 항상 그렇듯이 이 작품에도 심리적면서도 흥미로운 분위기가 존재한다. 사람들은 로미오가 로절린을 찾아 가장무도회에 갔다가 줄리엣에게 반하게 된 사건을 높게 평가했다. 그런데 로미오의 정신은 이미 사랑에 빠질 준비가 되어 있었다. 과장법의 빈번한 사용도 말로의 작품에서처럼 항상 열정으로 합리화했다. 로미오는 줄리엣을 보고 "오, 횃불보다 더 밝게 빛나는 아가씨다!"라고 외친다. 앞에 언급했던 요릭의 경우에서처럼 몇 마디 대사로만 등장하는 인물도 발견할 수 있다. 플롯에 의하면 주인공은 독약을 손에 넣어야만 한다. 그래서 약장수는 로미오에게 거절했음에도 불구하고 금화를 대가로 "제 의지가 아니라 빈곤 때문에 응합니다."라면서 독약을 팔게 된다. 그래서 로미오도 "네 의지가 아니라 빈곤에 지불하네." 라고 대답한다. 줄리엣의 방에서 이루어지는 이별 장면에서는 심리적 요인을 표현하기 위해 주위 환경을 개입시킨다. 로미오와 줄리엣 둘 다 이별이 늦춰지기를 바란다. 줄리엣은 방금 운 새는 아침을 알리는 종달새가 아니라 밤꾀꼬리였다며 로미오를 설득하려 한다. 이에 로미오 역시 자신의 목숨을 걸고 새벽 여명이 달님의 잿빛 반사일 뿐이라고 받아들이려 한다.

낭만적인 성격의 또 다른 희곡으로 『베니스의 무어인 오셀로의 비극』을 꼽을 수 있다. 이 작품의 주제는 사랑과 질투 및 악행에 관한 것으로, 오늘날에는 '열등감 콤플렉스'라고 부르는 것이다. 오셀로에게 유감이 있었던 이아고는 캐시오까지 증오하게 되는데, 그것은 캐시오가 자신보다 더 높은 군사 직급으로 승진했기 때문이다. 한편 오셀로는 데스데모나에게 열등감을 느끼고 있다. 그녀가 베네치아 여인인 데 반해 그는 흑인에다 그녀보다 더 늙었기 때문이다. 데스데모나는 자신의 운명을 받아들이고 오셀로에게 죽임을 당한다. 그녀는 자신의 죽음이 남편의 오해 때문이라는 것을 감추려고 노력했지만, 오셀로는 곧 그녀의 진실한 사랑과 정숙함을 깨닫게 된다. 이아고의 천박한 계략이 밝혀지자, 부끄러움을 느낀 오셀로는 칼로 자신의 목을 찔러 자결한다. 하지만 그의 자결은 후회 때문이 아니라 그녀 없이는 살 수 없다는 자각 때문이었다.

『안토니와 클레오파트라』와 『줄리어스 시저』, 『베니스의 상인』, 『리어 왕』 같은 중요한 작품들에 대해서는 제목만 나열할 수밖에 없는데, 이는 전적으로 입문서가 갖는 지면상의 제한 때문이다. 그럼에도 우스꽝스러우면서도 사랑스러운 귀족 폴스타프[369]라는 캐릭터만은 꼭 언급하고 싶다. 17세기 문학사에서 가장 파격적이면서도 유머가 풍부했던 돈키호테라는 캐

---

369   『윈저의 즐거운 아낙네들』에 등장하는 주요 인물이다.

릭터와는 또 다른 매력을 지니고 있기 때문이다.

셰익스피어는 희곡 외에도 140편이 넘는 소네트를 남겼는
데, 아르헨티나의 작가 마누엘 무히카 라이네스[370]가 스페인어
로 맵시 있게 번역해 우리에게 건네주었다. 셰익스피어의 소
네트는 의심의 여지 없이 자전적인 이야기로, 어느 누구도 완
벽하게 판독하지 못할 연애담을 은연중에 드러내 놓고 있다.
그래서 스윈번[371]은 그 작품들을 "신성하면서도 위험한 자료"
라고 불렀다. 그런데 그중 한 작품은 세계의 영혼에 관한 신플
라톤주의[372]적인 해석을, 또 다른 작품은 세상사는 주기적으로
반복된다는 피타고라스학파[373]의 사상을 담고 있다.

---

370   Manuel Mujica Láinez(1910~1984). 아르헨티나의 소
       설가, 수필가, 비평가.

371   앨저넌 찰스 스윈번(Algernon Charles Swinburne,
       1837~1909)은 영국의 시인이자 평론가다.

372   Neoplatonism. 이데아계-현상계(現象界)라는 플라톤
       적 2원론을 계승한 철학적 흐름으로, 르네상스 및 중
       세와 근세 철학에 큰 영향을 끼쳤다. 특히 세계의 영혼
       (Anima mundi)은 우주의 영혼이라고도 불리는데, 지
       구상의 살아 있는 모든 것이 본질적으로 연결되어 있
       다는 사상이다.

373   Pythagoreanism. 기원전 6세기에서 4세기 사이 피타고
       라스와 그의 계승자들을 통해 번성했던 고대 그리스
       의 철학 분파로, 수(數) 이론을 만물의 근원이자 철학
       의 핵심 요소로 삼았는데, 즉 "만물의 원리는 수이며
       만물은 수를 모방한다."라고 설명한다. 특히 피타고라
       스학파는 윤회와 전생을 믿었으며, 재산을 공유하여
       공동생활을 영위하고, 살생을 피하며, 조화로운 생활
       을 해야 한다고 주장했다.

　　『템페스트』는 셰익스피어가 집필했던 마지막 비극으로, 대조적인 두 등장인물 에어리얼과 캘리번은 훌륭한 피조물이다. 이 작품에서 프로스페로는 마법의 책을 찢어 버리고 주술 행위를 포기하는데, 이는 창작 행위와 이별하는 셰익스피어의 상징이 될 수도 있다.

17세기 문학

17세기에는 파란만장한 역사적 사건만큼이나 문학적인 사건들도 많았다. 하지만 우리는 그중에서 존 던과 토머스 브라운[374] 및 존 밀턴, 세 작가만을 소개할까 하는데, 서로 아주 다른 색깔을 지녔기 때문이다. 그런데 이 글을 본격적으로 시작하기 전에 먼저 『새로운 아틀란티스』에 대해 몇 마디만 짧게 언급하고자 한다. 이 소설은 철학자 프랜시스 베이컨[375]이 쓴 작품으로, 세계 문학사에서 최초의 SF 소설로 평가받는다. 중국과 일본을 향해 페루에서 출항한 배가 표류하다 남태평양에

---

374   Sir Thomas Browne(1605~1682). 영국의 의사, 수필가.
375   Francis Bacon(1561~1626). 영국의 철학자, 정치인. 영
         국 경험론의 창시자로, 데카르트와 함께 근세 철학의
         개척자로 알려져 있다.

위치한 가상의 섬 벤살렘에 도착한다. 그곳은 과학 문명이 발
전한 유토피아로 온갖 종류의 실험실이 가득하다. 별을 관찰
하는 실험실에서는 눈과 우박, 비를 인공적으로 내리게 하고,
천둥이 일고 번개까지 치도록 한다. 빛과 색채를 연구하는 실
험실에서는 무지개와 그림자를 만들어 내고, 음향 연구실에서
는 주어진 소리를 증폭해 메아리와 감미로운 음악까지 생산한
다. 이렇게 생산된 음악은 기계 장치를 통해 보존하고, 다양한
예배 의식과 전투에 관한 인공적인 이미지들까지 영사기로 송
출한다. 그곳의 조선소에서는 새를 모방해 어느 정도 하늘을
날 수 있는 기구도 발명하고, 물 밑이나 바닷속으로 잠수할 수
있는 배도 개발한다. 또한 다양한 종류의 동물원과 식물원도
조성해 놓고 인위적인 교배 실험을 통해 온갖 종류의 동물과
식물을 생산하고 연구한다. 그런 과정에서 향기만으로 인간의
질병을 치료하는 사과까지 만들 정도다.

존 던은 오랜 세월 망각된 작가였다. 사망한 뒤로 쭉 잊혔
다가 1789년 낭만주의 작가들에 의해 재평가됐는데, 오늘날
에는 영국에서 가장 위대한 시인 중 한 사람으로 불리기도 한
다. 그는 에식스 백작이 지휘한 영국 해군의 카디스 정벌까지
포함하면, 총 세 차례에 걸쳐 스페인과 이탈리아를 여행했다.
그는 가톨릭 가문에서 태어났지만 영국 국교인 성공회로 개종
한 뒤 사제직까지 수행했다. 박식과 천재성으로 영국 성공회
사제 중에서 가장 유명한 설교자가 되었고, 마침내 1621년 런
던 세인트 폴 대성당의 주임 사제가 되었다. 셰익스피어를 포
함한 모든 시인들이 이탈리아의 감미롭고 우아한 서정시를 모
방하던 시대에, 그는 자신도 모르는 사이 색슨족 조상들의 신

랄한 위트로 복귀했다. 예를 들어 그는 다음 두 시행에서 이렇게 말한다. "나는 아첨하기 위해 인어처럼 노래하지는 않는데, 왜냐하면 나는 까칠한 사람이기 때문이다." 그는 시에 의도적으로 산문정신을 삽입했다. 예를 들어 바다에 대한 시에서 관행처럼 넵튠[376]을 언급하기보다는 당시로서는 이례적으로 뱃멀미를 묘사했다. 초기의 시들은 관능적이지만 후기의 시들은 신비롭고 영적이다. 하지만 그의 모든 작품은 한마디로 말해 바로크적이다. 초기의 작품에서는 한 여인이 간통한 내력을 언급한 뒤 속고 있는 남편을 냉소적으로 비웃지만, 후기의 작품에서는 우상으로 가득 찬 도시를 제시한 후에 그 도시를 멸망시켜 달라고 하느님께 간청한다. 그의 시 일부를 읽어 보자. "당신이 굴복시켜 노예로 삼지 않는다면, 자유인이 되지 못할 것이고, 당신이 짓밟지 않는다면, 저는 순결한 영혼이 되지 못할 것입니다." 그는 자신의 설교에서 "저 자신이 바로 바빌로니아로서, 그곳에서 빠져나와야만 합니다."라고 말했다. 또 다른 설교에서는 움직이지 않는 무덤을 우리를 끌고 가서 타락시킬 회오리바람에 비교하기도 했다. 그가 쓴 책 중에 『자살론(Biathanatos)』이 있는데 바로 자살을 옹호한 책이다. 그는 이 책에서 순교자들의 사례를 들어 가며 정당한 살인처럼 정당한 자살도 있을 수 있다고 주장했다. 그는 성서를 제외한다면 세상에서 가장 뛰어난 시를 쓰려고 시도했는데, 바로 『진보하

---

376 Neptune. 넵투누스(Neptunus)의 영어 이름이다. 로마 신화에서 바다, 강, 샘의 신으로, 그리스 신화의 포세이돈에 해당한다.

는 영혼의(Of the Progress of the Soul)』라는 시집이다. 미완의 작
품임에도 아주 우수한 연들을 갖추고 있다. 이 시는 기본적으
로 영혼의 윤회라는 피타고라스 학설에 바탕을 둔다. 예를 들
어 보자. 한 영혼이 우리에게 자신이 겪었던 다양한 삶을 노래
하는데, 그는 식물과 동물 그리고 인간으로 모습을 바꾸며 살
았다. 처음에는 이브를 타락시킨 사과로, 다음엔 원숭이로, 마
지막에는 누군가 독을 얻기 위해 죽여 버린 거미로 살았다. 그
런 식으로 이 시는 인류의 모든 역사를 노래할 것이다. 그들은
"황금의 칼데아,[377] 은의 페르시아, 그리스의 구리, 로마의 철"
을 본 만큼 이야기할 것이다. 그들은 또한 자유로운 항로에서
매일 태양보다 더 많은 것들, 즉 "타호강[378]과 포강,[379] 센강, 템스
강, 도나우강" 등을 둘러보게 될 것이다.

　토머스 브라운 경은 영국 문학에서 가장 뛰어난 산문 작가
로 평가받았다. 그는 유럽 내 세 곳의 대학에서 의학을 공부했
는데 어느 곳에 있든 영국에 있었다고 말했다. 그것은 그가 공
부하던 모든 곳에서 마치 자신의 집에 머무르는 듯한 편안함
을 느꼈다는 의미다. 종교적 광신과 내전의 광풍이 몰아치던
시대에, 그는 보기 드물 정도로 인내심이 강한 사람이었다. 그

377　칼데아는 우르 근처의 바빌로니아 지방을 그리스 식
　　　으로 표기한 것이다.
378　이베리아 반도에서 가장 긴 강으로 마드리드 동쪽에
　　　서 발원하여 포르투갈의 리스본에서 대서양으로 흘러
　　　나간다.
379　이탈리아 북부를 흐르는 강. 이탈리아에서 가장 큰 강으
　　　로 알프스 산맥에서 시작하여 아드리아해로 흘러든다.

는 히브리어와 그리스어, 라틴어, 프랑스어, 이탈리아어, 스페인어를 알았으며, 고대 영어를 연구한 최초의 학자들 중 한 사람이었다. 그는 맨 처음 의사이자 신앙인으로서 종교와 과학의 대립에 대한 신념을 서술한『의사의 종교(Religio Medici)』(1643)를 집필했다. 이 책은 제목부터 아주 역설적인데, 당시 의사들은 대개 무신론자라고 생각되었기 때문이다. 거의 구어체로 집필된 이 책을 보면, 우리는 몽테뉴와 비슷한 작가의 품성을 떠올리게 된다. 그의 가장 대표적인 작품은 명상 논문인『호장론(壺葬論, Hydriotaphia, Urn Burial)』(1658)으로, 책의 제목은 자신의 삶과 죽음에 관한 명상을 표현하기 위한 단순한 구실일 뿐이다. 그는 매장 형식을 논하는 형태로 자신의 생사관(生死觀)을 아주 장대하면서도 현학적으로 잘 표현한다. 토머스 브라운은 라틴어법과 신조어를 과도하게 사용하는데, 아돌포 비오이 카사레스[380]가 번역한 5장의 마지막 부분을 살펴보자.

"사생활이 깨끗했던 사람, 이승에서 이웃과 잘 지내 저승에서 누구를 다시 만나더라도 무서울 게 없는 사람, 죽을 때 사자(死者)들 사이에서 소란을 일으킬 염려가 없는 사람, 그래서 이사야서에 나오는 악담을 들을 염려가 없는 사람은 행복할지어다. 예정된 죽음의 혼돈 상태, 즉 선존재(先存在)의 밤에 어둡게 누워 있을지라도, 미래를 생각하며 세월을 보냈던 인정 많은 사람은, 저승보다 이승의 삶을 별로 중요하게 여기지 않았다. 그래서 그가 기독교적인 소멸이나 황홀감, 쇠약, 변화, 신

---

380   Adolfo Bioy Casares (1914~1999). 아르헨티나의 작가.

부의 입맞춤, 신에 대한 음미, 신성한 그늘에의 합류 등을 이해
하는 행복을 이미 누렸었다면, 아름다운 천국에 대한 기대를
이미 지니고 있었던 것이다. 그에게 세상의 영광은 이미 지나
간 것이고, 세상은 재와 같은 것이다. 삶은 사실 우리 자신으로
되돌아가는 것이다. 고귀한 신자들에게 그것은 하나의 바람이
자 확신이다. 성 인노센티우스 성당 묘지에 묻히는 것이나 이
집트 사막에 누워 있는 것이나 똑같다. 영원한 존재의 황홀감
속에서는 무엇이라도 될 준비가 되어 있다. 그래서 하드리아누
스의 영묘처럼 여섯 개의 기둥으로도 아주 만족하는 것이다."

　그는 이전에도 다음과 같이 말했다. "하지만 한 줌의 재가
되어서도 화려하고 무덤에서도 휘황찬란한 고귀한 동물이 인
간이다. 인간은 출생과 사망을 똑같은 빛으로 성대하게 축하
한다. 자신의 육체가 갖는 치욕을 과장된 의식으로 축하하는
것이다."

　앞에 언급한 작가들보다 뛰어나지는 않았지만 훨씬 더 유
명한 작가가 존 밀턴이다. 그는 시인이자 신학자였고 논객이
자 극작가였다. 그는 열정적인 공화주의자로서 크롬웰의 라
틴어 비서관으로 근무했다. 당시에는 라틴어가 외교 언어였기
때문에, 주로 외교 문서를 번역하거나 대외적인 홍보 업무를
담당했다. 타고나길 허약했던 밀턴은 정치적 격무를 수행하면
서 시력을 완전히 잃어버렸다. 그는 두 번 결혼했으며 이혼과
일부다처제를 지지했다. 이탈리아에서 갈릴레이를 만났는데,
이때 망원경을 통해 본 달의 이미지가 먼 훗날 『실낙원』에서
사탄의 방패를 묘사할 때 사용됐다. 그는 라틴어와 이탈리아
어로 여러 편의 시를 썼는데, 초기 작품들 중 하나는 성서의 시

편을 운문으로 옮긴 것이었다. 그는 찰스 I세[381]의 폐위와 처형을 지지했는데, 훗날 찰스 2세[382]가 왕위에 오르면서 국왕을 살해한 사람들의 명단에 그의 이름도 올랐다. 환국 초기 국왕은 의회파의 처형에 반대하는 등 유화적인 태도를 보이기도 했지만, 크롬웰을 위해 일했던 밀턴은 결국 자산을 몰수당하고 감옥에 갇히는 고초를 겪었다.

존 밀턴은 사실 단 한 줄의 시도 쓰기 전부터 이미 시인이 되도록 예정되어 있었던 인물이다. 그는 "다가올 세대가 결코 잊지 못할" 책을 남기기를 바랐다. 영웅적인 행위를 노래하기 위해서는 순수한 영혼을 지녀야만 한다고 생각했기에, 향락적인 기질이었음에도 시에 전념하는 사제처럼 결혼식 전까지 순결을 유지했다. 17세기에는 모든 사람이 호메로스가 가장 뛰어난 시인이라고 생각했었는데, 그런 확신은 아마 대체로 타당했을 것이다. 그래서 호메로스의 장르였던 서사시 또한 다른 장르보다 우월하다고 여겨졌고, 밀턴 역시 위대한 서사시를 쓰기 위해 방대한 양의 자료를 준비했다. 하지만 세상에서 가장 유명한 작품들을 원어로 읽어 본 뒤, 그가 내린 결론은 남

---

381   Charles I(1600~1649). 1625년부터 1649년까지 잉글랜드를 통치했다. 왕권신수설을 지지했고 절대 권력을 추구했다. 의회파와의 갈등 속에 두 차례에 걸친 영국내전(1642~1645, 1648~1649)을 겪은 뒤, 결국 1649년 올리버 크롬웰에 의해 폐위, 처형되었다.

382   Charles II(1630~1685). 1660년부터 1685년까지 영국을 통치했다. 찰스 I세의 아들로 청교도 혁명 중 프랑스로 망명했다가 왕정복고 후 즉위했다.

달랐다. 히브리 문학이 그리스나 라틴 문학보다 훨씬 더 우수
하다고 결론 내렸던 것이다. 그리고 운율 역시 선조들이 별로
신경 쓰지 않았던 것으로, 근래에 생긴 서툰 기교일 뿐이라고
생각했다. 그래서 그에게 필요했던 유일한 일은 작품의 주제
를 선정하는 것뿐이었다. 그는 처음에 아서왕과 원탁의 기사
들에 매료되었다. 하지만 자신이 처형에 찬성했던 찰스 I세가
밴쿠오[383]의 후손이라는 점이 마음에 걸렸다. 전설에 의하면 밴
쿠오는 아서왕의 후손이었기 때문이다. 자신들이 반대하고 처
형했던 찰스 I세의 조상을 영웅적으로 노래하는 것이 공화주
의자에게는 맞지 않는 일이라고 생각했던 것이다. 그 주제를
선택하지 않은 데는 또 다른 이유도 있었는데, 아서왕이 켈트
족이라는 것이었다. 이제 영국인들, 그중에서도 특히 공화파
는 켈트족이 게르만 혈통이라는 점을 떠올리기 시작했던 것이
다. 그렇다면 이제 남은 주제로는 무엇이 있을까? 당시 밀턴은
토르콰토 타소[384]와 마찬가지로 『일리아스』가 지닌 유일한 결
점으로 장소 문제를 꼽았다. 트로이의 멸망이라는 주제가 모
든 사람의 관심을 끌기에는 약하다고 생각했기 때문이다. 그
에 반해 구약성서는 훨씬 광범위한 사건들이 담겨 있어, 많은
사람의 관심을 끌어낼 것이라고 생각했다. 천지 창조부터 시
작해 천사들의 전쟁과 아담의 원죄까지 매력적인 사건들이 넘
쳐 났기 때문이다. 그리하여 이탈리아에서 만났던 갈릴레이처
럼 이미 시력을 상실했던 밀턴이 1667년 드디어 『실낙원』을

---

383   윌리엄 셰익스피어의 희곡 『맥베스』에 등장하는 인물.

384   Torquato Tasso(1544~1595). 이탈리아의 시인.

출판하게 된 것이다.

장엄한 문체는 밀턴의 전형적인 문체다. 하지만 독자는 그 문체에 많은 장치들이 담겨 있음을 금세 알아차리면서 타락한 행위들을 모방하지 않게 된다.

18세기 영국에서 가장 권위 있는 평론가였던 새뮤얼 존슨은 『실낙원』에 대해 다음과 같이 평가했다. 독자들이 감탄하지만 계속 읽을 수는 없는 대표적인 작품이라고. "어느 누구도 그 책이 더 방대하기를 바라지 않았다. 그 책을 읽는 것은 즐거움이라기보다 차라리 의무감이었다. 우리는 자신을 교화하기 위해 밀턴의 작품을 읽지만, 곧 진절머리를 치면서 물러난다. 그러고는 다른 곳에서 새로운 오락거리를 찾는다. 대가로부터 탈출해 친구를 찾는 것이다." 이 작품에서 특기할 만한 것은 사탄의 반역과 저항 정신이다. 그래서 수많은 사람들이 이 책의 은밀하면서도 진정한 주인공으로 전지전능한 신에 맞서 투쟁하는 사탄을 꼽는다.

고대 그리스 비극 형식의 작품으로 1671년에 출판된 『투사 삼손』 역시 밀턴의 걸작일 것이다. 폭력적인 사건들은 무대 밖에서 일어나는데, 그 상황은 코러스의 노래를 통해 언급된다. 이 작품에도 뛰어난 시들이 많이 포함되어 있다. 특히 부인 델릴라에게 배신당해 장님이 된 채 적들에게 포위된 삼손의 모습은 압권으로, 밀턴 자신의 모습을 반영한 것이다.

밀턴은 오랜 세월 전형적인 청교도로 살았다. 사후에 발견된 신학 원고 『기독교 교리에 대하여(De Doctrina Christiana)』[385]

---

385   1823년에 발견된 라틴어 원고로 존 밀턴의 작품으로 간주된다.

에서 그는 청교도주의에 대해 칼뱅주의[386]처럼 로마가톨릭을 정화하려는 종교 개혁 운동이자 범신론에 가까운 새로운 시스템이라고 밝혔다. 프랑스의 밀턴 연구자 드니 소라[387]는 이 책이 카발라(Kabbalah)[388]의 영향을 받아 쓰였다고 평가했다.

---

386   프랑스의 장 칼뱅(Jean Calvin, 1509~1564)이 주창한
      기독교 사상 및 성서를 따르는 신학 사상. 종교 개혁을
      통해 체계화되어 개신교의 주요 신학으로 자리 잡았다.
387   Denis Saurat(1890~1958). 프랑스의 밀턴 연구학자,
      작가
388   유대교 신비주의 교파.

18세기: 신고전주의 문학

18세기는 문학이 작가나 작품보다는 두 가지 서로 다른 문학 사조로 정의될 수 있는 시대다. 18세기의 전반기는 고전주의나 유사 고전주의 시대로, 산문과 시를 쓸 때 부알로[389]가 정립했던 『시학』에 따라 이성과 명확성을 강조했다. 사실 후반기 문학이 훨씬 더 중요한데 그것은 바로 낭만주의 시대의 문학이기 때문이다. 낭만주의는 18세기 후반 스코틀랜드의 제임스 맥퍼슨[390]이 시작한 것으로, 영국과 독일, 프랑스를 거쳐 서구

---

389   니콜라 부알로 데스프로(Nicolas Boileau-Despréaux, 1636~1711)는 프랑스의 시인이자 비평가다. 『시학 (L'Art poétique)』을 통해 프랑스 고전주의 문학 이론을 정립했다.

390   James Macpherson(1736~1796). 스코틀랜드의 낭만주의 작가, 시인, 정치인.

세계 전체에 퍼진 문학 운동이다.

신고전주의 작가로는 시문학에서는 알렉산더 포프[391]를 꼽을 수 있고, 산문에서는 조지프 애디슨[392]과 조너선 스위프트[393]를 들 수 있으며, 마지막으로 위대한 역사가 에드워드 기번[394]도 포함할 수 있을 것이다.

에드워드 기번은 런던 근교에서 태어났다. 조상 중 한 사람이 중세 시대 국왕의 대리석공이나 건축가를 지내 귀족 작위를 받았지만, 할아버지가 '남해 회사(South Sea Company) 사건'[395]에 연루되어 귀족 자격을 박탈당했다. 즉 오래되긴 했지만 특별히 좋은 가문 출신은 아니었다. 어린 시절에는 병약해 부친의 도서관에서 공부했고, 훗날 옥스퍼드 대학교에 입학했다. 옥스퍼드와 케임브리지 대학교가 역사적 전통을 놓고 서로 다투지만, 기번은 훗날 두 명문 대학 모두 노쇠한 대학의 악습과 폐

---

391   Alexander Pope(1688~1744). 영국의 고전주의 시인.

392   Joseph Addison(1672~1719). 영국의 고전주의 수필
가, 시인, 극작가, 정치인.

393   Jonathan Swift(1667~1745). 아일랜드의 소설가, 성공
회 성직자. 주요 작품으로『통 이야기』,『책들의 전쟁』,
『기독교 폐지의 반론』,『걸리버 여행기』 등이 있다.

394   Edward Gibbon(1737~1794).『로마 제국 쇠망사』로
잘 알려진 영국의 역사가.

395   1711년 영국에 설립된 특권 회사로, 아프리카 노예
를 스페인령 서인도 제도에 수송함으로써 이익을 얻
는 것이 주목적이었다. 1719년 금융 회사로 변신했고
1720년 영국을 뒤흔든 거품 경제 위기인 '남해 거품
사건'을 일으켰다.

단만 보여 주고 있다고 비난했다. 그는 열여섯 살에 보쉬에[396]를 읽고 가톨릭으로 개종했다. 이에 격노한 가족들이 그를 개신교 정통파의 중심인 스위스 로잔으로 보냈지만, 가족들의 기대와는 달리 이번에는 회의주의자로 변모했다. 사람들은 기번 역시 밀턴처럼 작가가 되도록 예정되어 있었던 인물이라고 말했다. 그는 스위스 연방 역사에 대해 집필할 계획을 세웠지만, 생소한 독일 방언을 공부하는 게 힘들어 포기했다. 그는 롤리(Raleigh)에 관한 전기 역시 구상했지만, 이번에는 그 지역의 흥미밖에는 끌 수 없을 거라며 단념했다. 이런 과정을 거쳐 결국 1764년 로마로 갔고, 그곳에서 신전들의 폐허를 보며 역사상 가장 방대한 작품인 『로마 제국 쇠망사』를 계획하게 되었다. 이 책의 첫 줄을 쓰기 전에 그는 고대와 중세의 역사서를 모두 원어로 읽었으며, 유적과 고전 작품들에 대한 연구까지 마쳤다. 그 뒤 집필에 꼬박 11년을 쏟아부은 끝에, 1787년 6월 27일 밤 로잔에서 방대한 작업을 마칠 수 있었다. 그리고 7년 후 그는 런던에서 사망했다.

서로 맞지 않는 것처럼 보이는 두 가지 특징, 즉 아이러니와 허세가 기번의 작품에서 결합된다. 그런데 이것은 '영국 문학사에서 가장 중요한 사건이며, 어쩌면 세계 문학사에서도 가장 중요한 사건 중 하나로 기록될 만큼' 역사적으로 중요한 기념비적 사건이다. 기번은 가장 광범위한 역사를 포괄하는 제

---

396   자크 베니뉴 보쉬에(Jacques-Bénigne Bossuet, 1627~1704). 프랑스의 가톨릭 신학자. 저서로『철학 개론』,『연설의 소명에 대한 교훈집』등이 있다.

목을 선정했다. 그는 작품에서 트라야누스[397] 황제부터 콘스탄
티노폴리스의 함락[398], 콜라 디 리엔초[399]의 비극적인 운명까
자그마치 1300년에 걸친 로마의 역사를 다루고 있다. 화려한
수식어를 덧붙인 만연체 문장을 즐겨 사용했지만, 서술 기법
을 완전히 장악해 명문장으로도 꼽힌다. 이 책에는 샤를마뉴
대제부터 아틸라, 마호메트, 티무르[400] 황제에 이르기까지 다
양한 인물이 등장하며, 서고트족의 로마 약탈[401]에서부터 십자
군 전쟁, 이슬람교의 전파, 트라야누스의 동방 원정,[402] 게르만
국가들의 전쟁에 이르기까지 수많은 사건들이 아주 생동감 있
게 서술돼 있다. 거기에 작가의 날카로운 관찰은 물론 신랄한
비평까지 넘쳐 난다. 예를 들면 로마를 물리친 유일한 유럽 국
가라고 자부하는 스코틀랜드에 대한 기번의 평가가 대표적이

---

397   마르쿠스 울피우스 트라야누스(Marcus Ulpius
        Traianus, 53~117)는 98년부터 117년까지 로마를 통
        치했던 스페인 출신의 황제로, 로마의 오현제(五賢
        帝) 중 한 사람으로 꼽힌다.

398   1453년 5월 29일 비잔틴 제국의 수도인 콘스탄티노폴
        리스가 오스만 제국에 점령당한 사건.

399   Cola di Rienzo(1313~1354). 본명은 니콜라 가브리니
        (Nicola Gabrini)다. 이탈리아의 대중주의 정치인으로
        1354년 암살되었다.

400   Timur(1336~1405). 튀르크몽골인 군사 지도자로 티
        무르 제국의 창시자(재위: 1370~1405).

401   서기 410년 알라리크 1세의 서고트족이 서로마 제국
        의 로마를 침공, 함락하고 도시를 약탈한 사건.

402   113~117. 아르메니아와 메소포타미아 등을 정복한
        전쟁

다. 단지 세계의 지배자였던 로마의 황제들이 척박한 데다 안개도 자주 끼며 얼어붙어 쓸모없는 땅에 별 관심을 두지 않았기 때문이라는 것이다. 그는 "밤새워 하는 신학 논쟁"에 대해서도 "성직자들의 미로"일 뿐이라고 비판한다. 니체는 먼 훗날 기독교에 대해 기원이라는 측면에서 노예의 종교였다고 평가할 터였다. 하지만 기번은 신의 이런 신비스러운 결단에 오히려 감탄했다. 신이 진지하고 박식한 철학자를 통해서가 아니라 오히려 읽고 쓸 줄도 모르는 천박한 사람들을 통해 진리를 드러냈기 때문이다. 그는 신의 기적을 부정하지 않았기에, 플리니우스[403]처럼 신앙심 없는 학자들의 나태 또한 용서할 수 없었다. 그들이 세상에서 일어난 대부분의 경이로운 사건들을 기록했으면서도 정작 라사로의 부활을 기록하지 않았고, 예수 그리스도를 십자가에 못 박던 날 대지가 흔들리고 하늘까지 시커멓게 변했던 사건조차 단 한마디도 언급하지 않았기 때문이다. 또한 기번은 게르만족의 신앙심에 대해서도 남들과 다르게 평가했다. 타키투스[404] 이래로 수많은 사람들이 게르만족의 경건하면서도 신앙심 깊은 열정을 칭찬해 왔다. 게르만족은 자신의 신들을 신전에 가두어 두는 대신, 경건한 숲속에서

---

403 가이우스 플리니우스 세쿤두스(Gaius Plinius Secundus, 23~79)는 고대 로마의 박물학자이자 정치인, 군인이었다. 스토아학파의 논리와 자연 철학 및 윤리학을 신봉했으며, 자연계를 아우르는 백과사전『박물지』를 저술했다.

404 푸블리우스 코르넬리우스 타키투스(Publius Cornelius Tacitus, 56~117)는 고대 로마의 역사가다.

홀로 경배하는 방식을 선호했다는 것이다. 하지만 기번은 게르만족이 오두막 정도나 지을 수 있는 건축술밖에 없었기에, 신전 또한 허술하게 건축했을 뿐이라고 낮게 평가한다.

이 책을 영어로 집필하기 전, 기번은 먼저 프랑스어와 라틴어를 공부했다. 그런 뒤 파스칼과 볼테르의 저작들에 자연스럽게 연결되었는데, 그의 위대한 작품은 이런 수련 과정을 거쳐 집필된 것이다. 작품 출판 이후 그는 자연스럽게 치열한 신학 논쟁에 휩쓸렸다. 하지만 그는 그러한 논쟁들을 무척 즐겼다. 항상 승리했기 때문이다.

기번의 작품으로는 『로마 제국 쇠망사』 외에도 엘레우시스 밀교(Eleusinian Mysteries)[405]에 관한 책과 사후에 출판된 자서전 등이 있다.

18세기를 대표하는 또 다른 작가로 새뮤얼 존슨이 있다. 그는 사전 편찬자이자 수필가, 비평가, 도덕주의자면서 시인으로도 유명했다. 그는 가난한 집안에서 태어나 리치필드에 있는 아버지의 서점에서 공부했다. 그는 초등학교 교사를 지냈으며, 학비 조달이 어려워 대학을 중퇴한 후에는 닥치는 대로 일하고 공부하면서 체계는 없지만 광범위하게 지식을 쌓아 나갔다. 그러던 중 1735년 『아비시니아 여행(A voyage to Abyssinia)』[406]이라는 책의 번역을 요청받아 영어로 출판했다. 그

---

405   고대 그리스의 마을 엘레우시스를 기반으로 하는 그
　　　　리스 신화의 두 여신 데메테르와 페르세포네의 컬트
　　　　종교.

406   예수회 재단 소속이었던 포르투갈의 제로니모 로보

는 1735년 결혼했고 1737년 런던으로 이주한 뒤부터 생계를 유지하기 위해 본격적으로 글을 쓰기 시작했다. 런던 이주 10년 뒤인 1746년 런던의 서적상들이 그에게 훗날 커다란 명성을 안겨 주게 될 일을 부탁했다. 당시 사전에 대한 불만으로 새로운『영어 사전(A Dictionary of the English Language)』(1755)을 집필해 달라고 한 것이다. 존슨은 이제야말로 영어를 정확하게 정립할 시간이 도래했다고 생각했다. 그것은 프랑스어의 영향을 제거하고 되도록 튜턴족의 특징을 유지해야 하는 작업이었다. 그때 누군가 아카데미 프랑세즈가 발행한 사전에는 마흔 명의 학자들이 필요했다고 하자, 외국인을 업신여겼던 존슨은 "마흔 명의 프랑스인 대 한 명의 영국인이라면, 그 비율은 아주 공정하다."고 대답했다. 그는 꼬박 8년을 쏟아부어 사전을 출판했고, 그로 인해 '사전 존슨'이라는 별명까지 얻었다. 그런 별명은 작가는 물론 사전의 위대함까지 한꺼번에 드러냈고, 그는 1762년 당시 국왕 조지 3세로부터 300파운드의 연금까지 하사받았다. 연금으로 생활의 안정을 찾은 존슨은 그때부터 집필보다는 문학 작품의 발표와 토론에 전념했다. 탁월하고 주도적인 이야기꾼이었던 그는 당시의 지식인들과 함께 문학 동호회를 창설했는데, 회원들은 그가 없는 곳에서 존슨을 '큰곰자리'라고 불렀다. 동호회 창립 직후에 그는 제임스 보즈

신부가 1660년 포르투갈어로 집필하고, 조아셍 르 그랑(Joachim le Grand)이 1728년 프랑스어로 번역했다. 존슨은 1735년 프랑스어본을 영어로 다시 번역했다. 아비시니아는 오늘날의 에티오피아를 의미한다.

웰[407]이라는 스코틀랜드 청년을 알게 되었다. 그는 존슨과 함께 다니면서 존슨이 말하는 모든 것을 기록했다.(그리고 아마도 그의 말을 다듬었을 것이다.) 그는 그렇게 남긴 기록을 존슨이 죽고 5년 뒤에 출판했는데, 그 책이 바로 문학사에서 가장 흥미로운 책 중의 하나인 『새뮤얼 존슨의 삶(Life of Samuel Johnson)』이다.

존슨은 만년에 마지막 문학 작업으로 『영국 시인들의 삶(Lives of the English Poets)』이라는 전기 겸 비평서를 출판했다. 이 작품에는 존 밀턴에 대한 신랄한 비평과 함께 셰익스피어에 대한 균형 잡힌 비평도 포함되어 있다. 당시 고전주의자들은 셰익스피어의 작품이 3일치의 법칙을 위반하고 있다고 공격했다. 장소, 시간, 사건의 일치라는 아리스토텔레스의 3일치 법칙을 견지했던 부알로에 따르면, 연극의 1막에서 아테네에 있다던 관객들이 2막에서는 알렉산드리아에 있다고 생각하라는 것은 이치에 맞지 않는다고 주장했다. 하지만 존슨은 이러한 주장에 대해 관객은 바보가 아니라며 반박했다. 관객들은 알렉산드리아나 아테네에 있다고 생각하는 것이 아니라 단지 극장에 있을 뿐이라고 여긴다는 것이었다.

언젠가 어떤 사람이 존슨의 면전에서 뱃사람의 삶이 가엾다고 말했던 일이 있었다. 그때 존슨은 "선생님! 뱃사람은 위험을 감수했기에 품위가 있지요. 어떤 사람이 무시당했다면, 그것은 그 사람이 바다나 전쟁터에서 위험을 무릅쓰지 않았기 때문이에요."라고 반박했다. 신앙심이 깊었던 존슨은 세속적 영

---

407   James Boswell(1740~1795). 스코틀랜드 전기 작가.

화(榮華)의 무상(無常)도 종종 피력하곤 했다. 그는 사람들이 즐기는 파티 한가운데서 가끔씩 주기도문을 부르짖곤 했다.

앞에서 언급했던 보즈웰의『새뮤얼 존슨의 삶』은 에커만[408]이 쓴『괴테와의 대화』와 자주 비교된다. 하지만 두 작품 사이에는 근본적인 차이가 하나 있다. 에커만이 스승의 말씀을 공손하게 기록하는 단순한 제자였다면, 보즈웰은 두 명의 중심인물이 등장하는 희극으로 편집한 창작자였다. 이 작품에서 존슨은 항상 사랑스러운 인물로 그려진 반면, 보즈웰 자신은 항상 우스꽝스러우면서 모욕을 당하는 인물로 묘사된다. 그래서 토머스 매콜리[409] 같은 비평가들은 보즈웰에 대해 무례하고 비열한 인간이라고까지 비난했다. 하지만 이런 비난은 잘못된 것이다. 이런 주장을 펼치면서 비평가들이 제시한 사례들이 사실은 희극적 성격을 부여하기 위해 작가가 작품에 의도적으로 삽입한 것들이었기 때문이다. 그런 의도 자체를 망각한 채 비난하는 것이다. 그에 반해 버나드 쇼[410] 같은 작가는 보즈웰을 존슨에 대한 영속적인 이미지를 제공한 작가라고까지 극찬했다.

귀족 출신의 보즈웰은 스코틀랜드에서 태어났고, 에든버

---

408   요한 페터 에커만(Johann Peter Eckermann, 1792~1854)은 독일의 시인이자 작가다.

409   토머스 배빙턴 매콜리(Thomas Babington Macaulay, 1800~1859)는 영국의 시인이자 역사가, 정치인이다.

410   조지 버나드 쇼(George Bernard Shaw, 1856~1950)는 아일랜드의 극작가이자 소설가, 수필가, 비평가, 화가다. 1925년 노벨 문학상을 수상했다.

러 대학과 글래스고 대학에서 법률을 공부했다. 그가 인생에서 겪은 가장 중요한 사건 중 하나가 런던의 한 서점에서 '사전 존슨'과 조우한 일이었다. 그는 유럽에서 루소와 볼테르는 물론 코르시카 공화국[411]을 건립한 파올리[412] 장군까지 알게 되었다. 보즈웰은 노예제를 지지하는 시[413]를 썼는데, 노예제를 폐지하면 동정심과 인류애의 문이 닫힌다고 생각했기 때문이다. 그는 노예제가 없으면 아프리카 흑인들이 포로를 백인에게 판매할 수 없어서 죽일 거라고 생각했다. 보즈웰은 1769년 사촌 마거릿 몽고메리(Margaret Montgomerie)와 결혼해 일곱 명의 자녀를 두었다. 몇 년 전에 그가 쓴 일기들이 발견되어 1950년에 단행본으로 출판됐다. 그 책 역시 사적이면서 흥미로운 이야기들로 가득 하다.

---

411   1755년 11월 파스콸레 파올리가 주권 국가라고 주장했던 나라로 1769년까지 존속했다. 계몽주의 원칙 아래 최초로 여성 참정권을 보장한 코르시카 헌법을 제정했다.

412   필리포 안토니오 파스콸레 디 파올리(Filippo Antonio Pasquale di Paoli, 1725~1807)는 코르시카의 정치가로 코르시카 인민 의회 집행 평의회 의장이었다.

413   1791년에 발표한 'No Abolition of Slavery; or the Universal Empire of Love'를 말한다.

낭만주의 운동

역사철학자로 유명한 오스발트 슈펭글러[414]는 위대한 낭만주의 시인들의 간략한 목록을 작성하면서, 우리가 거의 잊고 지냈던 시인 제임스 맥퍼슨을 포함시켰다. 맥퍼슨은 당시 게일어가 사용되던 지역인 인버네스[415] 근교에서 출생했다. 하지만 그는 게일어를 완벽하게 말하거나 읽고 쓸 줄 몰랐는데도 불구하고 자신이 스코틀랜드인이라는 사실에 큰 자부심을 가진 인물이었다. 그는 초등학교 교사로 활동했으며, 1760년 친구의 도움을 받아 당시 게일어로 구전되던 서사시를 채록해 『고대 스코틀랜드 시선집(Fragments of Ancient Poetry collected in

---

414   Oswald Spengler(1880~1936). 독일의 철학자로 『서구의 몰락』이라는 책으로 유명하다.

415   스코틀랜드 하일랜드 지방의 수도.

the Highlands of Scotland)』이라는 제목으로 출판했다. 영어로 번역해 출판한 책은 엄청나게 큰 반향을 일으켰다. 2년 뒤에는 또 다른 서사시 『핑갈(Fingal)』을 영어로 번역해 출판했는데, 이는 저명한 문학 교수 블레어[416] 박사의 후원을 받은 결과물이었다. 책의 서문에서 맥퍼슨은 이 시는 원래 3세기경에 쓰였고, 자신은 스코틀랜드의 산악이나 도서 지역에 산재하던 것들을 채록해 단순히 번역만 했을 뿐이라고 주장했다. 이 작품의 화자는 오시안으로 켈트족의 영웅 핑갈의 아들이다. 이 작품은 운율을 갖춘 산문으로 쓰여서 성서의 시들을 떠올리게 한다. 이 작품은 국제적으로 큰 인기를 끌었으며, 유럽의 거의 모든 언어로 번역되어 낭만주의 사조가 출범하는 데 커다란 영향을 미쳤다. 수많은 독자 중 한 사람이 나폴레옹인데, 그는 출전할 때마다 사제 체사로티[417]의 이탈리아어본을 지참하고 다녔던 것으로 유명하다. 또 다른 유명한 독자로 괴테가 있다. 괴테는 오시안이 자신의 가슴에서 호메로스를 밀어낼 정도로 큰 영향을 끼쳤기에, 『젊은 베르테르의 슬픔』(1774)에 오시안의 시[418]

---

416   휴 블레어(Hugh Blair, 1718~1800)는 스코틀랜드의 작가이자 수사학자다.

417   멜키오레 체사로티(Melchiorre Cesarotti, 1730~1808)는 이탈리아의 문인이자 번역가다. 『오시안의 시(詩)』를 이탈리아어로 번역하여 전기 낭만주의 문학을 발흥시키는 데 기여했다.

418   크리스마스 직전 베르테르가 자신의 죽음을 암시하며 여주인공 로테에게 읽어 주던 시. "어찌하여 그대는 나를 깨우느뇨?/ 봄바람이여! 그대는 유혹하면서/ '나는 천상의 물방울로 적시노라'라고/ 하누나. 허나

일부를 삽입했다고 밝혔다. 하지만 일부 비평가들은『핑갈』이 출처가 불분명한 위작이라고 주장한다. 가장 대표적인 인물이 스코틀랜드인을 아주 혐오했던 존슨 박사다. 그는 다섯까지 셀 줄도 모르는 야만인들이 여섯 권의 시집을 집필했다는 것 자체가 말이 되지 않는다고까지 말했다.『핑갈』이라는 작품이 켈트족 서사시를 재구성한 것이 아닐 수도 있다. 하지만 그것이 유럽 문학 최초의 낭만주의 시라는 사실만은 이론의 여지 없이 분명하다. 스코틀랜드의 위대한 영광을 나타내기 위해 맥퍼슨은 자신의 영광을 의도적으로 희생시킨 시인이었다.

몇 구절을 옮겨 보도록 하자. "사람은 사람끼리 부딪히고 강철은 강철과 충돌했다네. 방패가 요란하게 울부짖으면 전사들이 쓰러졌다네. 대장간에서 붉은 강철을 내리치던 100개의 망치처럼, 자신의 검을 그렇게 똑바로 들고 노래했다네." 다른 구절에서는 "내 영혼은 예전의 일들로 가득 차 있네."라고 노래했고, 또 다른 구절에서는 "전사들은 자신의 눈에서 전투를 보았고, 자신의 검에서 군대의 살육을 보았다네."라고 노래했다.

대영 제국 밖에서는 영국의 낭만주의 문학을 대표하는 중

나 또한 여위고/ 시들 때가 가까웠노라./ 내 잎사귀를 휘몰아 떨어뜨릴 비바람도/ 이제 가까웠느니라. 그 언젠가/ 내 아름다운 모습을 보았던 나그네가/ 내일 찾아오리라. 그는 들판에서/ 내 모습을 찾겠지만 끝내 나를/ 찾아내지는 못하리라." 요한 볼프강 폰 괴테, 박찬기 옮김,『젊은 베르테르의 슬픔』(민음사, 2012), 125쪽.(전자책)

심인물로 여전히 바이런[419] 경을 꼽는다. 오늘날 그의 조국 영국에서는 바이런의 작품보다 그의 이미지가 훨씬 더 활기차게 소비된다. 미남인 데다 우울하고 방탕했던 귀족은 이복 누이 동생과의 근친상간이라는 은밀한 추문을 겪으며, 스페인과 포르투갈, 그리스, 터키, 독일, 스위스, 이탈리아 등을 여행했다. 선천적으로 다리를 절었던 시인은 자신의 장애를 극복하여 신화 속의 레안드로스[420]처럼 다르다넬스 해협[421]을 헤엄쳐 건넜다. 1824년 바이런은 그리스로 가서 터키의 지배로부터 벗어나기 위한 독립 전쟁에 참여하고 싶어 했다. 하지만 그해 4월 19일 그리스의 메솔롱기(Messolonghi)에서 열병에 걸려, 서른여섯 살의 젊은 나이에 객사하고 말았다. 하지만 그리스인들은 아직도 그를 국가적 영웅으로 추앙하고 있다.

수많은 작품 중에서 두 편의 작품을 언급하려 한다. 하나는 자전적 영웅 해럴드의 유랑을 환상적인 이야기체로 노래한 장시『해럴드 귀공자의 순례기(Childe Harold's Pilgrimage)』로, 특히 세 번째 칸토(canto)에서 워털루 평원의 전투를 회상하며 나폴레옹을 떠올리는 장면이 유명하다. 그는 나폴레옹에게서 자기 자아와의 유사성을 발견했던 것이다. 또 다른 시는 풍자서

---

419   조지 고든 바이런(George Gordon Byron, 1788~1824)
       은 영국의 낭만주의 시인이다. 존 키츠, 퍼시 비시 셸
       리와 함께 낭만주의 문학의 선구자로 불린다.
420   아프로디테의 매혹적인 여사제 헤로(Hero)와 사랑에
       빠져 밤마다 헬로스폰토스(다르다넬스) 해협을 헤엄
       쳐 건넜던 그리스 신화의 인물.
421   에게해와 마르마라해를 잇는 터키의 해협.

사시 『돈 주앙』으로 예상치 못한 사건과 선정적인 장면들로 가득한 작품이다. 바이런은 매우 자유분방하고 풍자적인 시 『돈 주앙』을 통해 자신을 비난한 당대의 위선적 사회상과 표리 부동한 도덕관념을 신랄하게 풍자하고 있다. 이 작품에 사용된 풍자적인 각운은 훗날 루고네스가 『센티멘털한 달(Lunario sentimental)』(1909)에서 사용하게 될 기법이다.

낭만주의 운동은 조지 3세의 통치 후반기인 1798년 워즈워스와 콜리지가 『서정 가요집(Lyrical Ballads)』을 출판하면서부터 본격적으로 시작된다. 두 사람은 사실상 번역이 불가능한 위대한 시인들이다. 워즈워스는 2년 뒤인 1800년에 출판한 『서정 가요집』 제2판 서문에서 자신의 시론을 밝혔다. 워즈워스에 따르면 시란 감정을 체험하는 순간에 바로 솟아나는 것이 아니다. 그보다는 오히려 체험된 순간을 홀로 회상할 때, 즉 시인이 행위자이면서도 동시에 관객으로 존재할 때 시가 솟아난다고 말한다. "시란 고요 속에서 회상된 정서에서 나온다."라는 것이다. 그는 18세기의 '시적 어법'에 따른 인습과 알레고리를 거부했고, 비록 사투리는 사용하지 않았지만 사람들이 쓰는 소박한 일상 언어를 통해 시적 대상을 표현하려 노력했다. 그는 도시 사람들이 시골 사람들보다 더 위선적으로 말하는 것은 자연의 영향을 덜 받기 때문이라고 말했다. 워즈워스는 그렇게 휘트먼과 키플링의 도래를 예비했는데, 그들은 훗날 의심의 여지 없이 세상을 떠들썩하게 만들 터였다. 자신이 사는 시대와 완벽하게 달라지는 일은 누구에게도 쉽게 허용되지 않는 법이다. 워즈워스 역시 검열의 고통은 겪지 않았지만 가끔 결핍의 고통은 겪었다. 워즈워스는 1770년 영국 북서부의 스코틀랜드 국경 근처에서 태어났고, 1850년 그가 태어났던 호반 지역에서 사망했다.

워즈워스는 시인의 시적 정신이 세상과 관계 맺는 방식을 철학적으로 탐구한 장시를 우리에게 미완성으로 남겨 놓았다.[422] 시 속에는 '아랍인의 꿈'이라는 일화가 등장하는데 세상이 홍수로 물에 잠기는 꿈이다. 이 일화의 주인공은 돈키호테와 같은 아랍인 기사로, 그는 두 번째 홍수에서 인류의 두 가지 중요한 작품을 구원할 사명을 지닌 인물이다. 두 가지 작품은 바로 예술과 학문으로, '돌과 조가비'로 표현되어 있다. 돌은 유클리드 기하학을 의미하고 조가비는 세상에 존재하는 모든 시를 나타낸다. 워즈워스는 후기에 소네트[423]도 즐겨 썼는데, 그의 소네트는 셰익스피어나 예이츠의 작품에 결코 뒤처지지 않는다. 체스터턴은 워즈워스의 작품을 읽는 것은 새벽녘 산속에서 한 잔의 물을 마시는 것과 같다고 썼다.

새뮤얼 테일러 콜리지의 삶에 관한 상세한 자료는 사실 매우 부족하다. 그는 1772년 데번셔에서 교구 목사의 막내아들로 태어났다. 콜리지의 부친은 설교에서 "성령의 일상어", 즉 히브리어 구절들을 섞어 말함으로써 시골 교구의 신자들을 흐

---

422   『서곡, 혹은 어느 시인의 마음의 성장(The Prelude, or Growth of a Poet's Mind; An Autobiographical Poem)』 (1850)을 말한다.

423   서양 시가의 한 형식. 14행의 단시(短詩)로 각 행 10음절로 이루어지며 복잡한 운으로 짜여 있다. 13세기 이탈리아에서 발생하여 단테, 페트라르카 등에 의해 완성되었다.

못하게 만들었다. 워즈워스처럼 프랑스 혁명을 지지했던 콜리
지는 미국 펜실베이니아에 사회주의 공동체를 세울 생각까지
했지만 로베스피에르의 공포 정치와 나폴레옹의 군사 독재로
인해 그런 이상으로부터 멀어지게 되었다. 콜리지의 총체적
삶은 연기(延期)와 방탕, 기념비적인 작품, 대중 강연, 낭송 모
임 등으로 이루어진 일련의 시리즈였다. 먼저 산문의 영역에
서 보자면, 그는 1817년 비평의 규범 문제를 독창적으로 제시
한 문학 비평서『문학 평전(Biographia literaria)』을 출판했다. 그
는 이 책에서 워즈워스의 시학과 시를 비평하고, 무의식적인
지 아닌지는 모르겠지만 피히테[424]와 셸링[425]의 글들을 베끼고
있다. 그는 토머스 드퀸시,[426]칼라일[427]과 함께 영국에 독일 철
학을 소개한 선구자 중 한 사람이었다. 시 문학과 관련해 그가
쓴 시는 모두 합쳐 대략 400쪽이다. 하지만「낙담: 어느 송가
(Dejection: An Ode)」(1802)라는 작품을 제외하면, 어느 비평가
가 한 편의『신곡』을 구성하고 있다고 말했던 세 편의 시로 축
약될 수 있다. 첫 번째 시는「크리스타벨(Christabel)」로 지옥에

---

424   요한 고틀리프 피히테(Johann Gottlieb Fichte,
       1762~1814)는 독일의 관념론 철학자다.

425   프리드리히 빌헬름 폰 셸링(Friedrich Wilhelm von
       Schelling, 1775~1854)은 독일의 관념론을 완성한 철
       학자다.

426   토머스 드퀸시(Thomas de Quincey, 1785~1859)는 영
       국의 소설가이자 수필가다.

427   토머스 칼라일(Thomas Carlyle, 1795~1881)은 19세
       기 사상계에 큰 영향을 끼친 영국의 평론가로, 이상주
       의적 사회 개혁을 제창했다.

해당하고, 두 번째 시는 신비로운 속죄 과정을 다루는 「노수부의 노래(The Rime of Ancient Mariner)」로 연옥에 해당할 것이다. 남극에서 한 수부가 신의 창조물인 알바트로스를 죽인 뒤 갈증의 고통을 겪는다. 인간의 죄와 신의 형벌을 그린 뒤 회개와 참회를 통한 구원의 과정을 아주 생생하게 묘사하는데, 그 과정에 인간과 천사, 악마가 참여하는 것이다. 세 번째 시는 「쿠빌라이 칸(Kublai Khan)」으로 천국에 해당하는데, 특히 이 작품의 창작 과정은 아주 흥미롭다. 아편 중독자였던 콜리지가 농장에서 요양을 하며 쿠빌라이 칸의 궁전 건축에 관한 책[428]을 읽다가 잠이 들었다. 아편에 취해 잠이 든 콜리지는 음악적이고 시각적이면서도 언어적 특징을 동시에 갖춘 꿈을 꾸었다. 꿈속에서 시를 낭송하는 목소리를 들었고, 기이한 음악을 들었으며, 중국 황궁을 건축하는 장면까지 본 것이다. 그는 꿈속에서 음악 소리가 궁전을 짓는 것을 보면서, 그것이 바로 마르코 폴로를 보호했던 황제 쿠빌라이 칸의 궁전임을 알게 된다. 콜리지는 깨어나자마자 그 장대한 시를 기억에 의존해 써 내려가기 시작했지만, 손님의 방문으로 중단할 수밖에 없었고 그 후에는 나머지 부분을 결코 기억할 수 없었다고 한다. 이렇게 복원된 54행만으로도 「쿠빌라이 칸」은 문학사에서 불멸의 작품 중 하나로 꼽히는데, 그것은 작품에 표현된 이미지와 섬세한 리듬이 아주 뛰어나기 때문이다. 시인이 죽고 몇 년이 지나자 황제 역시 꿈속에서 계시된 도면에 따라 궁전을 건축했

---

428   새뮤얼 퍼처스(Samuel Purchas, 1577~1626)의 『순례(Purchas, his Pilgrim)』(1613)를 말한다.

다는 사실이 알려졌다.

토머스 드퀸시는 콜리지와 워즈워스의 제자였다. 소설『클로스터하임(Klosterheim)』과 레싱[429]이 쓴 『라오콘(Laokoon)』을 번역해 출판한 것을 제외하면, 열네 권이나 되는 그의 작품 대부분은 당시의 잣대로는 단순한 에세이에 불과하다. 하지만 오늘날의 관점에서는 길이나 깊이 모든 면에서 훌륭한 문예 비평이나 문학 작품으로 봐도 무방할 것이다. 그는 운문처럼 시적인 산문을 시도했는데, 그 성취 또한 토머스 브라운 경처럼 대부분 높았다. 그의 대표작은 샤를 보들레르에 의해 일부가 프랑스어로 번역된『어느 영국인 아편쟁이의 고백 (Confessions of an English Opium-Eater)』이다. 그는 이 작품에서 아편 남용에 따른 환상과 고통에 대해 서술한다. 그는 아편을 통해 지적인 쾌락을 찾았는데, 아편은 음악을 즐기는 데 필요한 감수성을 증대해 주었다. 칸트의 가장 난해한 철학도 이해하도록 하거나 아니면 이해했다고 생각하도록 만들었다. 그는 매일 8000방울에서 1만 2000방울을 마시기에 이르렀다. 몇 년간의 아편 복용으로 그는 악몽에 시달렸고, 공간 감각은 엄청나게 손상되어 건물과 풍경이 사람의 눈으로는 수용할 수 없을 만큼 거대하게 확장되었다. 단 하룻밤을 100년으로 지속시켜 살기도 했고, 피폐해진 상태로 잠에서 깨기도 했다. 동양에 대한 꿈들이 그를 쫓아다녔고, 꿈속에서는 우상과 피라미드를 만났다. 이 작품에서는 세밀하면서도 복잡하게 얽히고설킨 단

---

429   고트홀트 에프라임 레싱(Gotthold Ephraim Lessing, 1729년~1781)은 독일의 극작가이자 비평가다.

락들이 성당에 울리는 음악처럼 열린다. 그의 작고 연약하면
서도 유달리 정중한 이미지는 실재했던 인물이 아니라 허구의
인물인 것처럼 사람들의 기억 속에 오래도록 남아 있다.

셸리[430]와 역사 소설 장르를 처음으로 개척했던 월터 스콧[431]
경은 이름만 언급하고 지나가도록 하자.

영국 문학사에서 가장 뛰어난 서정 시인으로는 존 키츠[432]
가 꼽힌다. 그는 I795년 런던의 비천한 가문에서 태어났으며,
I82I년 스물여섯 살의 젊은 나이에 이탈리아에서 폐결핵으로
요절했다. 그는 정규 교육도 제대로 받지 못한 시인이었다. 하
지만 매슈 아널드[433]가 희랍어는 배우지 못했지만 천부적인 그
리스인이라고 말했을 정도로, 키츠는 고대 그리스 문학의 정
신을 훌륭하게 구현한 작가였다. 그는 스무 살에 유명한 소네
트 「채프먼의 호메로스를 처음 보았을 때(On First Looking into
Chapman's Homer)」를 썼다. 그는 이 작품에서 호메로스의 시를
읽고 느낀 감동을 태평양을 처음 발견한 스페인 정복자의 놀
라움에 비교했다. 그는 헌트[434]와 셸리의 친구였으며, 밀턴의

---

430   퍼시 비시 셸리(Percy Bysshe Shelley, I792~I822)는 영
       국의 낭만주의 시인이다. 바이런, 키츠와 함께 영국 낭
       만주의의 3대 시인으로 꼽힌다.

431   Sir Walter Scott(I77I~I832). 영국의 시인, 소설가.

432   John Keats(I795~I82I). 영국의 낭만주의 시인이다.
       셸리, 바이런과 함께 영국 낭만주의의 3대 시인으로
       꼽힌다.

433   Matthew Arnold(I822~I888). 영국의 시인이자 평론
       가다.

434   제임스 헨리 리 헌트(James Henry Leigh Hunt,

시론을 충실하게 따른 시인이었다. 밀턴은 시란 단순하고 감각적이며 격정적이어야 한다고 말했다. 키츠의 작품은 고어의 남용을 제외하면 아름다운 시구들과 감각적인 묘사로 가득차 있다. 그가 남긴 두 편의 시 「나이팅게일에게 바치는 노래(Ode to a Nightingale)」와 「그리스 항아리에 바치는 노래(Ode on a Grecian Urn)」는 영어가 지속되는 한 영원히 기억될 것이다. 키츠의 묘비에는 그의 유언대로 "아무런 의미도 없는 이름을 가진 자, 여기 잠들다."라고 새겨져 있다. 셸리는 유명한 애가 「아도니스」를 통해 키츠의 요절을 슬퍼했다.

1784~1859)는 영국의 비평가이자 시인이다.

19세기의 산문 문학

18세기 후반부터 영국과 프러시아는 영보 동맹[435]을 체결해 상호 군사 협력은 물론 공통의 조상과 기원을 가진 형제로서의 유대 관계를 강화해 나갔다. 양국의 유대 관계는 19세기 초에 개신교 신앙의 동질성과 프랑스 고전주의에 대한 낭만주의의 반란, 나폴레옹 전쟁과 워털루전투에서의 승리 등을 통해 더욱 긴밀해졌다. 영국에서 양국의 협력을 가장 강조했던 인물이 바로 스코틀랜드 출신의 수필가이자 역사가인 토머스 칼라일이었다. 그는 독일 낭만주의 소설가 장 파울 리히터[436]의

---

435   7년 전쟁(1756~1763) 중에 영국과 프로이센이 체결한 군사 동맹.

436   Jean Paul Richter(1763~1825). 독일의 낭만주의 소설가로 본명은 요한 파울 프리드리히 리히터(Johann Paul

영향을 받아 열정적이고 감명 깊은 철학서『의상 철학(Sartor Resartus)』(1836)을 출판했다. 이 책은 가공의 독일 이상주의 철학자 디오게네스 토이펠스드뢰크(Diogenes Teufelsdröckh)를 내세워 그의 생애를 소개한 뒤, 그가 쓴 의상에 관한 철학 논문을 칼라일 자신이 수정하고 편집하는 형태를 취하고 있다. 칼라일에 의하면 세계사란 "신이 우리에게 써 내려간 상형 문자"로서 우리가 끊임없이 읽고 해석해야 하는 것이다. 그는 민주주의란 투표함을 갖춘 무질서일 뿐이라고 생각했기에 영웅에 의한 독재를 주장했으며, 크롬웰과 프리드리히 2세,[437] 비스마르크,[438] 윌리엄 I세,[439] 파라과이의 폭군 프란시아[440] 박사 등을 존경했다. 노예제 지지자였던 칼라일은 미국 남북 전쟁 기간에는 일정 기간마다 노예를 교체하는 것보다 평생 소유하는 편이 훨씬 더 낫다고 말했다. 그는 영국의 상황에 대해서도 통탄

Friedrich Richter)다.

437 Friedrich II(1712~1786). 독일 프로이센 왕국의 계몽군주.

438 오토 에두아르트 레오폴트 폰 비스마르크쇤하우젠(Otto Eduard Leopold Fürst von Bismarck-Schönhausen(1815~1898)은 독일을 통일하여 독일 제국을 건설한 프로이센의 외교관이자 정치인이다.

439 William I(1028?~1087). 노르만 정복을 통해 잉글랜드 왕국의 왕이 된 인물로 노르만 왕조의 창시자다. 보통 정복왕 윌리엄으로 알려져 있다.

440 호세 가스파르 로드리게스 데 프란시아 이 벨라스코(José Gaspar Rodríguez de Francia y Velasco, 1766~1840)는 스페인으로부터 독립을 이끌어 낸 파라과이의 초대 집정관이다.

스럽기는 하지만 모든 마을에 정신을 회복시키는 두 가지 수
단(병영과 교도소)이 있어서 그나마 괜찮다고 말했다. 그곳에
는 최소한의 질서가 존재하기 때문이었다. 그의 대표작으로
는『영웅 숭배론(On Heros, Hero-Worship)』과『프랑스 혁명사
(The French Revolution)』,『올리버 크롬웰의 편지와 발언 모음
집(Letters and Speeches of Oliver Cromwell)』,『과거와 현재(Past and
Present)』등이 있으며, 아이슬란드의 시인 스노리 스투를루손
[441]이 집필한『헤임스크링글라』를 정열적으로 요약한『초기 노
르웨이 왕들의 역사(The Early Kings of Norway)』도 있다. 그는 게
르만 민족이 우월하다고 생각했던 인물로 피히테와 함께 독일
나치즘의 선구자로 간주되었다. 그는 위궤양과 신경 쇠약, 불
면증 등의 병마와 평생 싸워야 했기에, 개인적으로는 매우 불
행하고 피폐한 삶을 살았다.

　전기적인 일화 몇 가지를 제외한다면, 찰스 디킨스[442]에 관
해 확실하게 말할 수 있는 유일한 사실은 그가 천재라는 것이
다. 훗날 스티븐슨[443]은 그에 대해 "감상주의에 홀딱 빠져 있었

441　　Snorri Sturluson(1178~1241). 아이슬란드의 시인, 역
　　　　사가, 정치가. 북유럽 신화 및 고대 노르드 시(詩)에
　　　　관한 중요한 자료인『신에다』와 초기 노르웨이 왕들
　　　　에 대한 전설과 역사를 묶은『헤임스크링글라』의 저
　　　　자다.

442　　찰스 존 허펌 디킨스(Charles John Huffam Dickens,
　　　　1812~1870)는 빅토리아 시대에 활동한 영국의 소설
　　　　가다.

443　　로버트 루이스 스티븐슨(Robert Louis Stevenson,
　　　　1850~1894)는 영국의 소설가로『보물섬』과『지킬 박

던 인물"이라고 비난할 테지만, 디킨스가 작중 인물들을 감상
적인 동시에 때로는 익살스럽고 우스꽝스러우며 때로는 초자
연적이면서도 비극적으로 그려 냈다는 사실을 망각해서는 안
된다. 동시대에 살았던 프랑스 작가 빅토르 위고처럼 디킨스
역시 위대한 낭만주의 소설가였다. 그가 세상에 내보낸 다양
한 인물 군상, 캐리커처처럼 우스꽝스러운 인물들은 결코 잊
히지 않을 것이다. 디킨스는 채무 문제로 여러 번 교도소에 투
옥되었던 가난한 회사원의 아들로 태어났다. 디킨스는 당시의
가난과 결핍을 잊지 않고 있다가,『데이비드 코퍼필드』라는 작
품에 마음씨는 좋지만 부채 때문에 투옥되는 미코버(Micawer)
씨라는 이름으로 그의 아버지를 등장시킨다. 그는 어린 시절
견습공부터 시작해 법원의 속기사와 기자, 신문사의 편집장을
거쳐 연재소설 작가가 되었다. 미국 여행 중에는 소란한 청중
들 앞에서 작가의 권리와 노예제 폐지를 주장하기도 했다. 바
이런과 스콧, 워즈워스가 바다와 산 등 자연의 아름다움을 노
래했다면, 디킨스는 동시대 빈민 구역에 사는 사람들의 정서
를 찾아냈다. 디킨스의 또 다른 발견이 아마 더 중요할 텐데, 그
것은 바로 어린 시절의 자전적 경험을 반영하는 마법이었다.
그 외에도 디킨스는 소설에 범죄와 관련한 주제를 도입했다.
특히 도스토옙스키에게 영향을 끼친 살인이라는 주제는 잊
을 수 없다. 여러 가지 사례들 중에서도 특히 조너스 처즐위트
(Jonas Chuzzlewit)가 몬터규 트리그(Montague Trigg)를 죽이는 장

사와 하이드 씨의 기이한 이야기』등을 썼다.

면[444]은 그 직접적인 묘사 때문에 더 잊히지 않는다. 문학적으로 성공했던 디킨스는 1870년 다음 작품을 집필하던 중 고향인 개즈힐(Gads Hill)에서 사망했다. 그는 탐정 소설 『에드윈 드루드의 비밀(The Mystery of Edwin Drood)』을 완성하지 못한 채 세상을 떠났다. 체스터턴은 이 작품의 수수께끼에 대해 하늘나라에 올라가 디킨스를 만나야만 알 수 있을 텐데 어쩌면 디킨스는 그 작품을 기억하지 못할지도 모르겠다며 웃었다. 사실 디킨스가 『돈키호테』의 영향을 받았으리라는 추정은 그럴싸하다. 왜냐하면 디킨스의 아버지가 『천일야화』와 『돈키호테』를 한 권씩 갖고 있었고, 디킨스가 단번에 부와 명예를 얻게 된 작품 『피크위크 클럽의 기록(The Posthumous Papers of the Pickwick Club)』이 모험 소설의 형식을 갖추었기 때문이다. 피크위크를 비롯한 세 친구가 여행을 하면서 다양한 모험을 겪는다는 구성은 『돈키호테』의 일화들과 유사하다.

디킨스는 인물의 다양한 성격을 창조한 개척자일뿐더러 다양한 부분에서도 선구적인 작가였다고 평가할 만하다. 오늘날 참여 작가라고 부를 수 있을 만큼 교도소와 학교, 보호 시설 등 사회의 개혁에도 앞장서 투쟁했던 작가이기 때문이다.

디킨스와 함께 여행을 했을 정도로 친했던 친구이자 그에게 탐정 소설이라는 장르를 알려 준 작가 윌키 콜린스도 주목할 만하다. 콜린스는 『흰옷을 입은 여인』, 『아르마달』, 『월장석』 등의 작품을 남긴 작가다. 엘리엇의 평가에 의하면, 콜린스

---

444   『마틴 처즐위트의 삶과 모험(The Life and Adventures of Martin Chuzzlewit)』(1844)에 나오는 장면.

의 탐정 소설 중에서도 가장 긴 『월장석』이 가장 뛰어난 작품
이다. 그는 18세기 서간체 소설의 영향을 수용했다. 그는 하나
의 화자가 아니라 다양한 등장인물을 내세웠고, 그들이 전달
하는 이야기를 통해 사건의 다양한 관점을 서술한 최초의 소
설이었다. 이렇게 등장인물들의 다양한 관점을 활용하는 기법
은 훗날 브라우닝[445]과 헨리 제임스[446]가 채택하면서 훨씬 더 심
화되었다.

메넨데스 이 펠라요[447]처럼 토머스 배빙턴 매콜리 역시 위
대한 작가인 동시에 뛰어난 지성인이었다. 두 사람 모두 기억
력이 뛰어나 세상에 존재하는 책은 모두 읽었을 거라는 인상
을 풍겼다. 하지만 둘 사이의 유사성은 딱 그뿐이다. 메넨데스
이 펠라요가 열렬한 가톨릭 신자였다면 매콜리는 소극적인 개
신교 자유주의자였을 만큼 두 사람은 달랐다. 하지만 가장 큰
차이는 상상력에 있었다. 매콜리는 줄거리와 갈등을 생생하게
풀어내는 서술 기법을 아는 작가였기 때문이다.

토머스의 부친은 유명한 노예 폐지론자 재커리 매콜리
(Zachary Macaulay)였다. 그는 부친의 노예 폐지 사상을 계승했
는데, 이는 시대의 흐름에 부합하는 것이었다. 그는 어려서부

---

445   로버트 브라우닝(Robert Browning, 1812~1889)은 영
       국 빅토리아 왕조 시대의 시인이자 극작가다.

446   헨리 제임스(Henry James, 1843~1916)는 미국에서 태
       어난 영국의 소설가다.

447   마르셀리노 메넨데스 이 펠라요(Marcelino Menéndez y
       Pelayo, 1856~1912)는 스페인의 학자이자 역사가, 문
       학 비평가다.

터 역사가가 되길 원했으며, 그러기 위해서는 수많은 책과 문서에 대한 공부와 훈련이 필요하다는 것도 알았다. 하지만 경제적으로 가난했기에 인도 최고 위원회에서 일하기로 결정했다. 그는 인도에서 5년 동안 일하며 역사서 집필에 필요한 돈을 모았다. 귀국 후에 그는 역사적 사실을 문서로 확인하는 데 그치지 않고, 가끔은 역사의 현장을 직접 찾아다니고, 내용과 문체를 끝없이 고치면서 천천히 집필했다. 이런 노력 끝에 출판한 역사서가 『영국사(History of England)』인데, 이 책은 비록 편향적이긴 하지만 그에게 이른바 '휘그 역사 해석'의 창시자로서의 지위를 가져다주었다. 그의 책은 재판을 거듭할 정도로 유례없는 성공을 거두었고, 영국과 미국에서 날개 돋친 듯이 팔렸다. 하지만 그는 1859년 마지막 5권을 완성하지 못한 채 사망했고, 2년 후인 1861년 그의 누이가 편집, 발행했다. 그는 역사가일뿐더러 훌륭한 평론가였다. 그가 남긴 수많은 평론 중에서도 영국령 인도의 토대를 만든 정치인 클라이브[448] 남작에 관한 평론과 존슨, 조지프 애디슨, 밀턴, 페트라르카, 단테에 관한 문학 평론이 유명하다. 그는 밀턴의 화려하지만 애매한 표현보다 단테의 구체적인 디테일이 상상력을 더 명확하게 보여 준다고 서술했다. 그는 1825년 밀턴에 대한 평론으로 처음 대중적인 성공을 거두었고, 이에 고무되어 시 창작에도 나섰다. 그는 호라티우스[449]와 베르길리우스 외에도 수많은 로

---

448   로버트 클라이브(Robert Clive, 1725~1774)는 영국령
       인도의 토대를 마련한 영국의 군인이자 정치가다.

449   퀸투스 호라티우스 플라쿠스(Quintus Horatius

마의 시인들이 다양한 로망스와 담시(譚詩)를 노래했을 거라고 생각했다. 그래서 고대 로마사의 뿌리라고 여겨지는 옛 민요들을 영국식으로 재구성해『고대 로마의 노래(Lays of Ancient Rome)』(1842)라는 서사시를 썼다. 이 시는 영어권 국가에서 지도자들이 큰 결단을 앞두고 주문처럼 암송할 만큼 여전히 많이 읽히고 있다. 이 시에서 매콜리는 이미 먼 훗날의 키플링처럼 영국과 로마 두 제국의 근본적인 정체성은 동일하다고 노래하고 있었다.

존 러스킨[450]은 매콜리와는 다르게 매우 복합적인 인물로 화려한 예술 비평가의 길과 험난한 사회사상가의 길을 차례대로 걸었던 지식인이다. 그는 어려서부터 그림에 큰 흥미를 느껴 대학원에 진학했고, 그곳에서 회화와 건축은 물론 사회 문제와 산문 문체 기술까지 공부했다. 그는 한때 영국 최고의 명문장가 중 한 명으로도 평가되었는데, 정교한 리듬을 갖춘 화려한 문체는 오스카 와일드와 마르셀 프루스트까지 매혹할 정도였다. 하지만 말년에는 이런 화려한 문체 대신 장식이 거의 없는 건조한 문체를 더 선호했다. 그는 부자였지만 자신의 부를 사유 재산이 아니라 공공 재산의 일부라고 생각했다. 그래서 자신이 타인의 손실을 대가로 얻은 소득을 단 한 푼도 헛되이 낭비하지 않고 있다는 것을 알리기 위해,《타임스》에 매년 자기 계좌의

Flaccus, 기원전 65~ 기원전 8)는 고대 로마 공화정 말기의 시인이다.

450   John Ruskin(1819~1900). 영국의 작가, 화가, 예술 비평가, 사회사상가.

수익 내역을 상세하게 공표했으며, 노동자 학교까지 설립했다. 그가 가장 역점을 두어 집필한 책은 『근대 화가론(Modern Painters)』으로, 1843년에 출판된 I권부터 1860년에 나온 마지막 5권까지 17년간에 걸쳐 그의 예술론을 발전시켜 나갔다. 재밌는 여담으로 가득한 이 책은 윌리엄 터너[451]의 위대한 성취를 옹호하기 위해 쓰였는데, 작가가 터너를 이 세상에서 가장 뛰어난 풍경 화가라고 생각했기 때문이다. 그의 다른 책들도 대부분 논쟁적인 성격을 가졌다. 바로 『건축의 칠등(The Seven Lamps of Architecture)』(1849), 『베네치아의 돌(The Stones of Venice)』(1851~53), 『회화의 요소(The Elements of Drawing)』(1857), 『원근법의 요소(The Elements of Perspective)』(1859), 『예술의 정치경제(The Political Economy of Art)』(1857), 『참깨와 백합(Sesame and Lilies)』(1865), 『티끌의 윤리학(The Ethics of the Dust)』(1866), 『독수리 둥지(The Eagle's Nest)』(1872) 등이다. 또한 말년에 쓴 가장 매력적인 자서전 『프라이테리타(Praeterita)』(1885~89)도 있다. 그는 라파엘 전파[452]의 화가들과 시인들을 옹호하고 그들에게 이론적 기반도 제공했는데, 이들에 관해서는 좀 더 뒤에 이야기할 기회가 있을 것이다.

러스킨은 고대와 중세에 통용됐던 자연에 대한 정서를 거

---

451   조지프 말러드 윌리엄 터너(Joseph Mallord William Turner, 1775~1851)는 영국의 화가다.

452   1848년 윌리엄 홀먼 헌트와 존 에버렛 밀레이, 단테 가브리엘 로세티 등 영국의 화가들이 결성한 개혁적 성격의 유파.

부했다. 그는 호메로스에게 아름다운 장소란 비옥한 땅이었다고 말했다. 낭만주의 작가들이 상찬하고 단테가 불안에 떨었던 산이나 밀림이 아니었다는 것이다. 그에 따르면 그림은 반원 형태로 그려져야 한다. 그래야만 인간의 시야에 상응할 수 있다는 것이다. 그럼에도 불구하고 그동안 화가들이 그림을 사각 형태로 그려 왔던 이유는 바로 벽이나 (창)문이 나쁜 영향을 끼쳤기 때문이라는 것이었다. 그는 또한 기차역 건설에도 반대했는데, 성서의 어디에도 강철로 만든 건축물에 대해 나와 있지 않기 때문이라는 것이었다. 그는 또한 미국화가 제임스 휘슬러[453]의 「야경」에 대해 속임수라고 비난하면서 소송에 휘말리기도 했다.

문학 비평가이자 사회 평론가였던 매슈 아널드의 작품 역시 아주 다양하고 복잡하다. 그래서 그의 작품에 대한 분석 역시 작가가 한동안 적극적으로 참여했던 정치 및 종교에 대한 논쟁에만 전념할 수 없게 만든다. 그는 미들섹스 주에서 태어나 럭비 스쿨(Rugby School)과 옥스퍼드 대학에서 공부했다. 그는 1851년부터 30년 동안 공립학교의 장학관으로 성실하게 복무했으며, 옥스퍼드 대학에서는 시 과목을 강의하기

453　　제임스 애벗 맥닐 휘슬러(James Abbott McNeill Whistler, 1834~1903)는 미국의 화가로 회화에서 주제성을 배격하는 대신 음악과의 상관 관계나 공통성을 추구했다. 「흰옷 입은 소녀」, 「화가의 모상(母像)」, 「알렉산더 양(孃)」, 「야경(夜景)」 연작 등의 작품이 있다.

도 했다. 르낭[454]과 생트뵈브,[455] 워즈워스 등이 그가 주로 강의
했던 작가들이다. 당시는 칼라일의 영향을 받아 영국을 완전
한 게르만족의 국가로 여긴 시대였다. 하지만 아널드는 자신
의 유명한 평론『켈트 문학 연구에 관하여(On the Study of Celtic
Literature)』(1867)에서 영국 문학에서 켈트족의 요소는 별로 중
요하지 않으며, 전 유럽을 매혹한 것은 맥퍼슨의 우수(憂愁)
였다고 주장했다. 또한 셰익스피어와 바이런의 정선된 문장
과 장면을 인용하면서 색슨족과는 아무 상관도 없다고 말했
다. 아널드는 영국 작가의 가장 큰 문제로 자의적 독단을 꼽았
기에, 프랑스 및 그리스, 라틴문학에 대한 연구를 통해 "감미
로움과 광명"을 모색했다. 그는 괴테를 존경했지만 괴테의 제
자로 간주되던 칼라일은 신랄하게 비판했다. 칼라일이 괴테
를 단 한 번도 제대로 이해하지 못했다는 것이었다. 그는 영국
의 지역주의에 대해서도 자주 비판했으며, 하이네[456]와 모리스
드 게랭[457]에 관한 평론도 집필했다. 그는 강연 때문에 미국을
돌아다녔지만 신세계에 대해 커다란 감흥은 느끼지 못했다.

---

454   조제프 에르네스트 르낭(Joseph Ernest Renan,
1823~1892)은 프랑스의 언어학자이자 철학자, 종교
사가, 비평가다.

455   샤를 오귀스탱 생트뵈브(Charles Augustin Sainte-
Beuve, 1804~1869)는 19세기 프랑스의 문예 비평가
다.

456   하인리히 하이네(Heinrich Heine, 1797~1856). 독일
의 유대계 시인이다. 괴테와 더불어 독일이 낳은 세계
적인 시인으로 평가된다.

457   Maurice de Guérin(1810~1839). 프랑스의 시인.

그는 자신의 대표작 『호메로스 번역에 대하여(On Translating Homer)』(1861)에서, 문학 번역이 원작에 충실하지 못한 경향이 있다고 주장했다. 번역자가 원작과는 다른 과장이나 새로운 결론을 창출해 독자를 부당하게 붙잡거나 놀라게 만들고 있다는 것이었다. 예를 들면 리처드 버턴[458] 경이 "천일야화" 대신에 "천 밤들과 하룻밤"이라고 번역함으로써, 아랍어에는 존재하지도 않던 기이하고 야릇한 분위기를 만들었다는 것이다. 왜냐하면 아랍어에서는 "천 밤들과 하룻밤"이라는 표현이 습관적으로 사용되던 단순한 어법이기 때문이다. 아널드의 시는 산문보다 중요도가 떨어지는데, 엘리엇은 그의 시를 신랄하게 혹평했다. 아널드는 자신의 세대에 아주 긍정적인 영향을 끼쳤던 인물로, 그의 차별성과 아이러니, 도시적인 특성은 이론의 여지가 없을 정도로 확실하다. 스티븐슨은 작가가 지녀야 할 덕목 중에서 가장 중요한 것이 사람을 매혹하는 능력이라고 말했다. 그 말을 기억하는 사람이라면 어느 누구도 아널드의 매력을 부인할 수 없을 것이다.

내가 좋아하는 찰스 럿위지 도지슨[459]은 아널드라면 결코

---

458   리처드 프랜시스 버턴(Richard Francis Burton, 1821~1890)은 영국의 탐험가이자 인류학자, 기행문 작가, 언어학자, 번역가, 군인, 외교관이다. 19세기 대영 제국을 대표하는 탐험가 중 한 명으로, 『아라비안 나이트』를 번역했다.

459   Charles Lutwidge Dodgson(1832~1898), 루이스 캐럴 (Lewis Carroll)이라는 필명으로 널리 알려진 영국의 작가, 수학자. 대표작으로 『이상한 나라의 앨리스』와

된 적도 없고 되고 싶어 하지도 않았을 영국의 괴짜다. 아주 내
성적이었던 이 작가는 보통 사람과 교류하기보다는 어린이들
과 우정을 쌓는 데 몰두했다. 그는 엘리스 리델이라는 소녀를
즐겁게 해 주기 위해, 루이스 캐럴이라는 필명으로 두 권의 환
상적인 동화책을 집필했다. 바로 훗날 캐럴을 유명하게 해 준
『이상한 나라의 앨리스(Alice in Wonderland)』와 『거울 나라의 앨
리스(Through the Looking-Glass)』였다. 첫 번째 책에서는 흰 토
끼를 쫓아가는 앨리스의 꿈속 여행이 그려진다. 앨리스는 흰
토끼의 뒤를 쫓아 숲을 지나고, 카드 속의 왕과 여왕 등 환상속
의 존재들이 사는 나라에 도착한다. 그녀는 왕과 여왕이 주관
하는 재판에서 유죄평결을 받는 등 다양한 모험을 겪다가, 그
들이 단지 카드에 불과하다는 것을 알게 되면서 잠에서 깨어
난다. 두 번째 책에서는 앨리스가 거울을 통과해 기이한 존재
들이 사는 나라에 도착한다. 기이한 존재들이란 대부분 체스
판의 말들로 살아서 움직인다. 이 나라 전체가 체스 판이고, 앨
리스의 모든 모험이 사실은 체스에서 말의 움직임이라는 게
마지막에 밝혀진다. 악몽의 근원은 인물들이 서로 해체되어
있는 불안정한 세상에 존재한다는 사실을, 도지슨이 그 사실
을 알았든 몰랐든 독자들은 결코 짐작도 할 수 없다. 수십 년 후
인 1889년 크리스마스에 그는 자신의 꿈에서 비롯한 두 권짜
리 동화책 『실비와 브루노(Sylvie and Bruno)』를 출판했지만, 방
대한 분량과 복잡한 줄거리 때문에 해독이 거의 불가능하다는

『거울 나라의 앨리스』 등이 있다.

평가만 받았다.

도지슨은 사실 수학 교수였다. 그래서 앞에 인용했던 동화책 외에도 재미있는 논리학 책과 『유클리드와 현대의 맞수들(Euclid and his Modern Rivals』(1879)이라는 책도 집필했다. 그의 또 다른 취미는 당시 예술가들이 경멸했던 사진이었다.

아르헨티나의 윌리엄 헨리 허드슨[460]은 부모 모두 미국인이었는데, 부에노스아이레스주 킬메스 근처에 있는 목장에서 태어났다. 그는 가우초들과 함께 자랐으며 승마에도 아주 능숙했다. 하지만 청년 시절에 류마티스 열병을 앓으면서 전원 생활을 청산했다. 하지만 아르헨티나 곳곳을 돌아다니면서 평원의 색채와 형태를 살펴보고 그곳에 사는 다양한 식물과 동물, 새를 관찰했던 기억은 오래도록 간직했다. 그는 스물여덟 살에 영국으로 떠났고 아르헨티나에 돌아오지 않았다. 하지만 에세키엘 마르티네스 에스트라다가 보기에 그는 고국에 대한 사랑을 항상 간직하고 있었다. 영국에서 외로울 때면 그는 항상 아르헨티나에서 보냈던 젊은 시절을 기억하며 향수를 느꼈다. 그런 기억 속에서 탄생한 소설 『보랏빛 대지(The Purple Land)』(1885)에는 콜로라도당(赤黨)과 블랑코당(白黨) 사이에 벌어졌던 우루과이 내전[461]의 사건들이 관능적인 장면들과 섞

---

460   William Henry Hudson(1841~1922). 아르헨티나의 작
       가, 자연 과학자.

461   1843~1851. 독립 후에도 콜로라도당과 블랑코당의
       대립이 지속되다가 결국 내전으로 발전했다. 이 내전
       에서 영국과 프랑스는 콜로라도당을 지지하고 아르헨
       티나는 블랑코당을 지지했으며 결국 블랑코당의 패배

여 등장한다. 그 외에『그린 맨션(Green Mansions)』(1904)이라는
작품이 있는데, 역시 남미를 배경으로 한 환상 소설이다. 그 외
에도『파타고니아의 무료한 나날들(Idle Days in Patagonia)』,『영
국의 새(British Birds)』,『런던의 새(Birds in London)』,『아르헨티
나의 동식물 연구자(The Naturalist in la Plata)』,『리치먼드 공원
의 사슴(Hind in Richmond Park)』,『목동의 삶(A Shepherd's Life)』
등 다양한 작품을 썼으며, 특히『저 멀리 오래전에(Far Away and
Long Ago)』라는 작품에는 아르헨티나에 대한 향수가 절절하게
느껴진다. 조지프 콘래드[462]는 허드슨의 명확하고 생생한 문체
에 대해 "마치 풀이 자라는 것처럼 생생하게 쓴다."라고 평가
했다.

로버트 커닝헤임 그레이엄[463]은 허드슨과 콘래드의 친구로
작가이자 정치인, 수필가, 여행가, 탐험가였다. 그 역시 아르
헨티나의 엔트레리오스주[464]에서 청년기를 보냈고, 자신의 목
장을 브라질 국경까지 확장했던 목동이었다. 그는『모로코 여
행(Mogreb-el-Acksa)』(1898)과『라플라타 강(El Río de la Plata)』

로 종결되었다.

462   Joseph Conrad(1857~1924). 폴란드 출신의 영국 소설
       가.

463   로버트 본틴 커닝헤임 그레이엄(Robert Bontine
       Cunninghame Graham, 1852~1936)은 스코틀랜드의
       정치인이자 작가, 언론인이다.

464   아르헨티나 북동부의 주. 남쪽으로는 부에노스아이레
       스주, 북쪽으로는 코리엔테스주, 서쪽으로는 산타페주
       가 있으며, 동쪽으로 우루과이와 국경을 맞대고 있다.

(1914), 『정복자의 말(Los caballos de la Conquista)』(1946), 『브라질 신비주의자(A Brazilian mystic)』(1920) 등 다양한 작품을 집필했으며, 스코틀랜드의 고귀한 조상과 선배들에 관한 전기도 다수 집필했다. 특히 『모로코 여행』은 버나드 쇼의 희곡 『브라스바운드 선장의 개종(Captain Brassbound's Conversion)』(1899)에 커다란 영향을 끼친 작품으로, 쇼는 희곡 서문에서 그의 영향에 대해 아주 자세하게 언급했다.

I9세기의 시 문학

윌리엄 블레이크[465]는 시인이자 화가, 조각가로서, 윌리엄 랭글런드와 함께 영국의 신비주의 문학을 대표하는 작가다. 시기적으로는 낭만주의 작가들과 동시대를 살았지만, 정신적으론 신플라톤주의나 스베덴보리,[466] 니체의 사상에 더 친숙했다. 예를 들면 스베덴보리는 인간의 속죄란 도덕적이면서 동

---

465   William Blake(1757~1827). 영국의 시인, 화가, 조각가.
대표작으로 『순수의 노래』, 『경험의 노래』 등이 있다.

466   에마누엘 스베덴보리(Emanuel Swedenborg, 1688~1772)는 스웨덴의 신학자이자 과학자다. I734년 태양계의 형성에 대한 가설인 '성운 가설'을 제창한 것으로 유명하며, I74I년에는 영적 생활에 들어가 천사나 여러 신령과 말하고 천계 및 지계에 대한 독자적인 해석을 시도한 '신비주의'를 강조했다.

시에 지적이어야 한다고 말했다. 그런데 블레이크 역시 "아무리 성스러워도 바보가 천국에 들어갈 수는 없다."고 말함으로써 스베덴보리의 견해를 분명하게 대변했다. 블레이크는 속죄란 심미적이기도 해야 한다고 덧붙였는데, 그것은 예수 그리스도가 비유(시)로서 교리를 설파했던 것처럼 속죄 또한 미적으로 행해져야만 한다는 뜻이었다. 블레이크는 용서보다 복수를 선호했다. 그는 상처받은 모든 사람들이 복수를 원하는데, 복수하지 못하면 불만족한 욕망이 자신의 영혼을 병들게 할 것이라고 설명했다.(이런 설명은 프로이트의 주장보다 훨씬 전에 이루어진 것이다.) 반세기 후에 러스킨이 화가에게 자연을 끈기 있게 관찰하라고 권고했다면, 블레이크는 이러한 인위적인 훈련이 예술가의 상상력을 죽이거나 방해할 뿐이라고 주장했다. 그는 오감으로 이루어진 지각의 문은 인간에게 우주의 비밀을 감출 뿐이라고 말했다. 그러므로 인간이 지각의 문을 닫을 수만 있다면 있는 그대로의 우주, 즉 무한하고 영원한 우주를 볼 수 있을 거라고 말했다. 훗날 파블로 네루다가 스페인어로 번역한 『천국과 지옥의 결혼(The Marriage of Heaven and Hell)』에서, 시인은 창공을 가르는 한 마리 새가 혹시 황홀한 우주는 아닌지 묻는다. 인간의 오감이 방해해서 보지 못하는 건 아닌지 묻는 것이다. 블레이크는 자기 나름의 신화를 창조했으며, 자신의 신들을 로스(Los), 에니타르몬(Enitharmon), 우툰(Oothoon), 유리즌(Urizen)이라고 불렀다. 그는 악의 문제에 대해서도 괴로워했는데, 가장 유명한 자신의 시에서 어린양을 창조하신 하느님이 어떤 모루와 용광로를 사용해 "한밤의 숲속에서 눈부시게 불타는" 호랑이를 벼리셨는지 묻는다. 다른 시에서는

"미로로 얽히고설킨 장소에 대해" 말하고, 또 다른 시에서는 자신의 연인을 위해 강철 그물과 다이아몬드 올가미로 무장한 채 "부드러운 양철과 황금으로 무장한 여인들을" 사냥하는 여신에 대해 노래한다.

블레이크는 1789년에는 『순수의 노래』를, 1794년에는 『경험의 노래』라는 정형 시집을 출판하면서 유명해졌다. 그 후에는 철학적이고 사변적이면서 난해한 『예언서』 시리즈를 발표했는데, 그 시들은 월트 휘트먼의 도래를 미리 예견하는 듯하다. 각운에 정확히 맞춰 노래한 구절들이나 복잡한 신화로 종결하는 형태 등이 휘트먼과 유사하다. 화가와 조각가로도 활동했던 윌리엄 블레이크는 이미 18세기부터 표현주의 화법을 보여 주었으며, 1827년 죽음이란 종결이 아니라 또 다른 세계로의 진입이라며 웃으면서 숨을 거두었다.

이질적이면서 논쟁적인 시대였던 빅토리아 여왕 시대를 지배했던 두 위대한 시인은 바로 테니슨[467]과 브라우닝이었는데, 오늘날 우리의 관점에서 보면 두 시인은 무척 닮았다. 사실 두 시인처럼 서로 개성이 다르면서도 굳건한 우정을 유지하기는 힘들다.

앨프리드 테니슨은 개신교 목사의 아들로 태어났으며, 아버지와 형제들 모두 시인이어서 문학과 자연스럽게 접촉하며 성장했다. 그는 케임브리지 대학교 트리니티 칼리지에 진학했으며, 자신이 사는 시대의 문제들을 끌어안고 고민했다. 최근

---

467   Alfred Tennyson(1809~1892). 영국 빅토리아 시대의 계관 시인.

에 지질학에서 이루어진 발견들과 다윈이 발표한 생물의 진화 이론 등 과학적 사고와 창세기 1장에 대한 종교적 믿음 사이에서 고민했고, 인류의 미래를 놓고 민주주의의 대립과 열망 사이에서 갈등했다. 하지만 그가 작품에서 가장 중요하게 생각했던 것은 다른 위대한 시인들처럼 시의 음악성이었다.

Far on the ringing plains of windy Troy[468]

위 시구는 사실상 번역이 불가능하다. 그의 시는 믿을 수 없을 만큼 아름다운 이미지들로 가득하다. 헬레나에 대해 말하다가 시선을 위로 돌리는데, 시인은 언제 말을 멈춰야 할지 모른다. 하지만 소리와 소리 사이의 간격을 빛으로 덮는다. 다른 시에서는 주지육림의 밤이 끝나자마자 탕아들이 거리로 나가 하늘을 쳐다본다. 신은 여명으로 "아름다운 장미"를 만들었다. 테니슨의 가장 대표적인 작품은 17년 동안의 오랜 명상 끝에 완성한 장편 추모시 『인 메모리엄(In Memoriam)』(1849)이다. 이 시에서 시인은 사랑하는 사람을 잃고 절망에 빠진 인간의 다양한 심리 상태를 노래했다. 베르길리우스를 가장 존경했던 시인은 1850년 계관 시인이 되었다.

로버트 브라우닝은 테니슨과는 달리 색슨족 선배들의 방법을 따랐다. 그는 감미로운 선율, 즉 음악성보다는 거칠고 투박한 리듬을 모색했다. 브라우닝은 추상적인 주제보다 자신의

---

468   '저 멀리 바람 부는 트로이의 아우성치는 벌판에서'라는 뜻이다.

개인적인 문제에 관심이 많았다. 그는 극적 독백이라는 특유의 기법을 사용했다. 예를 들면 나폴레옹 3세나 칼리반, 즉 가공의 인물이건 실존 인물이건 한 명의 화자가 등장해서 말하고, 이 이야기에 대한 화자의 해설이나 주위의 분위기 등이 첨가된다. 브라우닝의 작품은 매우 난해하고 모호했다. 그래서 시인이 아직 살아 있음에도 불구하고, 그의 작품을 연구하고 분석하는 학회가 만들어졌을 정도였다. 브라우닝은 학회에 참석해 자신의 작품을 해석하는 모든 사람을 격려했지만, 그들의 해석에는 그 어떤 개입도 하지 않았다. 그는 오랫동안 이탈리아에 살았으며 이탈리아의 자유로움을 아주 좋아했다. 바야돌리드에서 일어난 사건을 독백 형식으로 노래한「동시대를 겨냥하는 법(How it Strikes a Contemporary)」이라는 시에서, 시의 화자는 세르반테스일 수도, 하느님의 신비스러운 염탐꾼일 수도 있으며 혹은 플라톤적인 시인의 이상형일 수도 있다. 또한「카쉬시의 서신(An Epistle of Karshish)」에서는 아랍 의사 카쉬시가 화자로 등장해 나사로의 부활과 부활한 후의 삶에 대한 이상한 무관심에 대해 마치 의학 사례를 다루는 것처럼 서술한다.「나의 전처 공작 부인(My Last Duchess)」에서는 이탈리아 귀족이 화자로 등장해 아무런 양심의 가책도 느끼지 않은 채 부인을 독살했다고 말한다. 하지만 브라우닝을 대표하는 가장 뛰어난 작품은 총 2만 1000행이 넘는 방대한 분량의 장편 시집『반지와 책(The Ring and the Book)』이다. 로마에서 일어난 살인 사건의 재판 과정을 소재로 한 작품으로, 열 명의 화자가 등장해 살인 사건에 대해 각자 독백을 하는 형식으로 구성되어 있다. 그들 화자는 연인 관계로 추정되는 두 주인공, 즉 살인자와 살해된 여인을 포함해 검사와 변호사, 교황 등으로 구성되어 있다. 그들은 동일한 범죄 사건에 대해 아주 상세하게 설명한다. 그런데 사건은 동일하지만 각 주인공들의 생각은 다르다. 각자 자신의 행위가 정당했다고 다르게 생각하는 것이다. 만약에 시인이 되지 않았더라면, 브라우닝은 콘래드나 헨리 제임스 못지않은 위대한 소설가가 되었을 수도 있다.

에드워드 피츠제럴드[469]는 비교적 덜 알려지긴 했어도 역시 위대한 시인이었다. 케임브리지 대학교 트리니티 칼리지에서 수학했고, 1830년 졸업 직후 우드브리지 시골로 내려가 사회와 격리된 채 한가하고 검소한 삶을 살았다. 그는 시골에서 시를 쓰거나 친구들[470]에게 편지를 쓰는 일 외에 다른 일은 일체 하지 않았다. 그는 재능은 있지만 타인의 자극을 필요로 한 시인이었다. 특히 만날 수 없는 사람의 자극이라면 더욱 좋았다. 그는 칼데론과 에우리피데스[471]의 희곡을 번역했지만 커다란 행운을 누리지는 못했다. 그러다가 1859년 『오마르 하이얌의 루바이야트(Rubaiyat of Omar Khayyam)』라는 소책자를 익명으로 출판했는데, 결과적으로 그 작품이 피츠제럴드에게 불멸의 명성을 안겨 주었다. 오마르 하이얌은 11세기 페르시아의 유명한 천문학자이자 시인으로, 이항정리와 3차 방정식을 정리

---

469   Edward Fitzgerald(1809~1883). 영국의 시인, 번역가.

470   토머스 칼라일, 앨프리드 테니슨 등이 서신 교환을 하던 친구들이었다.

471   Euripides(기원전 480?~기원전 406?). 고대 그리스의 비극 시인.

한 수학책과 함께 'a, a, b, a'의 각운을 갖춘 수백 편의 4행시를 남긴 인물이다. 피츠제럴드는 하이얌의 시를 자유롭게 번안해 자신만의 연작 서정시로 만들었다.[472] 맨 앞에는 새벽과 봄, 포도주를 노래하는 연들을 배치하고 맨 뒤에는 밤과 절망, 죽음에 대한 연들을 배치함으로써 자신만의 방식으로 카르페 디엠을 노래한 것이다.[473]

예수회 교단의 제라드 맨리 홉킨스[474]는 영국의 고대 시작법을 복원하고 싶어 했던 시인이었다. 그것은 복합어와 두운 법칙을 사용하는 시작법으로, 기본적으로 음절의 양에 바탕을 둔 방식이었다. 그의 대표 시 「도이칠란트호의 난파(The Wreck of the Deutschland)」는 다음과 같이 시작한다.

Thou mastering me God! giver of breath and bread[475]

---

472 11연의 "여기 나무 그늘 아래 빵 한 덩어리/ 포도주 한 병, 시집 한 권 ── 그리고 황야에서도/ 내 곁에서 노래하는 그대가 있으니 ── / 황야도 낙원이나 다름없구나."라는 시구는 아주 유명하다. (오마르 하이얌, 에드워드 피츠제럴드, 윤준 옮김, 『루바이야트』, 지만지, 2020, 22쪽.)

473 시의 화자가 첫새벽에 일어나서 고뇌와 회의로 가득한 인생이라는 문제를 놓고 잠시 고민하다 이내 포도주에서 망각과 환희의 샘을 찾게 되고 결국 불가피한 삶의 종말에 숙명적으로 몸을 내맡긴 채 체념한다는 내용이다.

474 Gerard Manley Hopkins(1844~1889). 영국 빅토리아 시대의 독창적인 시인, 예수회 신부.

475 '당신은 저의 주인 되시는 하느님! 숨과 빵을 주시는

어떤 번역으로도 원작이 가진 투박한 소리의 힘을 재현할 수 없다. 영국 문학사에 한 획을 그었던 홉킨스의 길을, 훗날 『고에다』를 번역한 위스턴 휴 오든[476]과 스티븐 스펜더[477]가 뒤따라 걸었다.

단테 가브리엘 로세티[478]는 런던에서 태어나 거의 전 생애를 런던에서 보낸 영국인 작가지만, 부모는 혁명 활동 때문에 이탈리아에서 영국으로 망명한 이탈리아인이었다. 화가이자 시인이었던 로세티는 1848년 라파엘 전파 협회를 결성했는데, 그 중심 강령은 라파엘로 이전의 이탈리아 회화로 돌아가자는 것이었다. 라파엘로는 회화의 정점이 아니라 오히려 몰락을 의미한다며, 라파엘로 이전인 1400년대 이탈리아 예술의 강렬한 색감과 복합적인 구성, 풍부한 디테일로 회귀하자는 것이었다. 이러한 강령 때문에 시인은 원시 미술을 연구하고 모방했지만, 강령에 대한 자세한 언급은 이 책의 한계를 벗어나는 일이다. 그는 1860년에 결혼했지만 2년 뒤 부인이 자살했다. 당시 다른 여인과 부적절한 관계를 맺고 있던 로세티는 그녀의 죽음이 자신 때문이라고 자책했다. 그래서 그는 스스로를 벌하는 의미로 죽은 부인의 관 속에 시집의 원고를 함께 묻었다. 하지만 8년 뒤 무덤을 파헤쳐 원고를 꺼냈고, 이렇게 출판

분'이라는 뜻.

476   Wystan Hugh Auden(1907~1973). 영국의 시인.

477   Stephen Spender(1909~1995). 영국의 시인.

478   Dante Gabriel Rossetti(1828~1882). 영국의 화가, 시인. 라파엘로 이전의 중세 미술로 돌아가자고 주장한 라파엘 전파의 중심인물.

한 시집으로 유명해졌다. 말년의 로세티는 신경 쇠약과 불면
증, 약물 중독, 외로움 등으로 고통받았다.

로세티의 모든 작품에서는 따뜻한 온실과 병약한 아름다
움이라는 상반된 분위기가 펼쳐진다. 그의 대표작 「축복받은
처녀(The Blessed Damozel)」는 천국에 있는 처녀를 노래한 시다.
그녀는 황금 난간에 기대서서 연인을 기다리고 있는데, 아마
도 그가 도착할 때까지 영원히 기다릴 것이다. 이야기는 단계
적으로 전개되는데, 아름다운 천국에 대한 노래와 함께 연인
이 도착하지 않는 데 대한 근심도 노래한다. 이 외에 이야기체
로 구성된 시들인 「이든 바우어(Eden Bower)」와 「트로이 타운
(Troy Town)」도 나무랄 데 없이 훌륭한 작품이다. 말년에 발표
한 『삶의 집(The House of Life)』(1881)은 주로 남녀의 사랑에서
정신과 육체의 관계를 다룬 소네트 연작집이다. 하지만 우리
는 그 시집에서 워털루 전투가 벌어졌던 들판에 관해 쓴 시 한
편을 떠올리고 싶다. 시인은 먼지로 변해 그곳에 누워 있는 수
천 명의 사람들을 떠올리면서, 인간의 피로 물들지 않은 땅이
도대체 단 한 곳이라도 있는지 질문하고 있다.

불행한 삶을 살았던 로세티의 절친한 친구 윌리엄 모리
스[479]는 지칠 줄 모르는 활력의 소유자로 아마도 행복한 인물
이었을 것이다. 영국 사회주의 운동의 선구자 중 한 사람으로
여겨지는 모리스는 존 러스킨의 제자였으며 훗날 버나드 쇼
의 스승이 되었다. 그는 디자이너로서 미술 공예 운동을 일으

---

479   William Morris(1834~1896). 영국의 시인, 공예가.

켰고, 가구와 장식 예술은 물론 글자꼴의 디자인까지 개혁했다. 시인으로서 모리스는 1858년 중세 방랑 시인들의 노래로 가득 찬 『기네비어의 항변 외(The Defence of Guenevere, and other Poems)』라는 시집을 출판했다. 아서왕 신화 속 배신의 여인 기네비어를 다룬 시집으로, 「달빛에 비친 두 송이 붉은 장미」와 「일곱 탑의 멜로디」가 유명하다. 모리스는 9년 뒤인 1867년 느리고 긴 낭만적인 서사시 『제이슨의 삶과 죽음(The Life and Death of Jason)』을 발표하면서 시인으로서도 커다란 명성을 얻게 된다. 이 시는 아르고호 선원들의 원정과 메데이아의 사랑을 세련된 정서로 서술한 낭만적인 시로, 사실은 불륜의 상처를 잊기 위해 썼던 『지상의 낙원(The Earthly Paradise)』 연작시의 제1편이다. 아무튼 『제이슨의 삶과 죽음』이 커다란 성공을 거두면서 모리스는 1870년 드디어 최고의 산문 연작시 『지상의 낙원』을 출판하기에 이른다. 총 스물네 편으로 구성된 시집에는 『캔터베리 이야기』처럼 다른 시의 배경으로 사용되는 이야기가 맨 먼저 등장한다. 그 이야기는 이렇다. 14세기 노르웨이와 브리튼 사람들로 구성된 한 무리의 여행객이 페스트를 피해 항해를 시작한다. 그들은 천국의 섬을 찾아 그곳에서 영생을 누리려 했던 것이다. 하지만 그들은 그 섬을 찾는 데 실패하고, 힘든 항해로 인해 늙고 절망적인 상태에 빠진 채 그리스어를 사용하는 서쪽 지방의 섬에 도착한다. 그들은 그곳에서 도시에 사는 선배들과 교류하며 매달 이야기를 교환한다. 그렇게 교환한 이야기가 총 스물네 편인데, 그중 열두 편은 그리스 고전에 관한 것이고, 나머지 열두 편은 스칸디나비아나 켈트족 또는 아랍에 관한 이야기다. 이 시집을 출판하고 1년 뒤인

1871년 모리스는 자신이 성스러운 땅으로 여겼던 아이슬란드로 첫 번째 순례 여행을 떠났다. 1887년 모리스는 게르만 어원의 영어만 사용해서 그리스 고전을 번역하려 했지만, 그것은 처음부터 실현 불가능한 일이었다. 그렇게 번역한 책이 바로 호메로스의 『오디세이』였다.

"저 멀리 방랑했던 용사의 이야기를 해다오, 비밀에 찬 뮤즈 여신이여! 성스러운 도시 트로이를 함락한 후, 그는 전쟁으로 탕진했구나."

그러므로 위에 소개한 『오디세이』의 첫 구절은 원작의 지중해보다는 북해를 암시한다고 보는 게 정확할 것이다.

그는 『아이네이스』와 『베어울프』도 번역했다. 모리스가 번역한 『베어울프』에 대해 스코틀랜드의 인문학자 앤드루 랭[480]은 8세기의 원본보다 더 고풍스럽다고까지 말했다. 모리스가 번역한 또 다른 작품 중 가장 길면서도 의욕을 보인 작품이 바로 서사시 『시구르드(Sigurðr)』다. 이 작품의 주제는 『니벨룽의 노래』와 동일하다. 모리스는 또한 귀중한 『사가(Saga)』 시리즈도 번역, 출판했다. 일부 비평가들이 모리스의 느릿느릿한 시학을 비판했지만, 그럼에도 그는 위대한 시인이었다.

에로티즘 미학의 위대한 시인 앨저넌 찰스 스윈번 역시 모리스와 로세티처럼 라파엘 전파에 속한다. 그는 영어에 새로

---

480   Andrew Lang(1844~1912). 스코틀랜드의 시인, 소설
       가, 문학 평론가, 인류학자.

운 음악성을 도입한 시인으로 유명한데, 그의 시는 테니슨의 시보다 번역하기가 더 어렵다. 그럼에도 불구하고 「비너스 찬가(Laus Veneris)」[481]라는 시를 소개하고 싶다. 이 시의 주인공은 탄호이저로, 변태적인 성적 쾌락을 추구하여 방탕한 생활을 일삼지만 자신의 죄에 대해 전혀 후회하지 않는 인물이다. 시인 자신에게 커다란 영향을 끼쳤던 샤를 보들레르에게 바치는 아름다운 비가(悲歌)인 것이다.

---

481   1866년 출판한 첫 번째 시집 『시와 발라드(Poems and Ballads)』에 수록되어 있다.

19세기 말의 문학

스코틀랜드의 작가 로버트 루이스 스티븐슨은 짧지만 가치 있는 삶을 살았다. 그의 삶은 에든버러에서부터 런던과 프랑스, 캘리포니아를 거쳐 태평양의 사모아에 이르기까지 자신을 끈질기게 쫓아다닌 폐결핵과의 싸움으로 점철됐다. 그는 병마에도 불구하고, 아니, 어쩌면 병마 때문에 급박하게 썼을지도 모르지만, 문학사적으로 아주 중요한 작품들을 남겨 놓았다. 그의 작품에는 멋진 페이지들이 수없이 많지만, 허투루 쓴 페이지는 단 한 군데도 없다. 훗날 전기 작가 체스터턴이 가치를 재평가한[482] 초기 작품 중 하나인 『새로운 아라비안나이트(New Arabian Nights)』(1882)에서 이미 작가는 환상적이고 공

---

482   체스터턴은 1927년 『로버트 루이스 스티븐슨』이라는
비평서를 출간했다.

포에 찬 런던의 모습을 보여 준다. 여러 개의 단편을 모아 출판한 이 작품집에는 훗날 단행본으로 다시 출판될 『자살 클럽』도 포함되어 있었다. 1886년 스티븐슨은 『지킬 박사와 하이드 씨의 기이한 이야기』를 출판했다. 비교적 짧은 소설이었지만 완벽한 탐정 소설의 구조를 지닌 데다, 두 주인공이 실은 같은 사람이었다는 의외의 결말은 독자들에게 아주 커다란 충격을 주었다. 스티븐슨은 지킬박사가 잠을 자다가 하이드로 변신하는 무대를 제시했다. 그는 문체이론과 그것을 실행하는 방법에 대해 항상 고민했던 작가였다. 그는 운문이 직접적인 방식으로 독자의 기대감을 만족시키는 예술이라면, 산문이란 예상 밖의 방식으로 독자에게 즐거움을 주는 예술이라고 주장했다. 스티븐슨의 수필과 단편 또한 훌륭한데, 수필 중에서는 「풀비스와 움브라(Pulvis et Umbra)」가, 단편 중에서는 골동품 상인을 죽인 범죄 사건을 다루는 「마크하임(Markheim)」이라는 작품이 뛰어나다. 그는 정말 뛰어난 소설을 많이 남겼지만, 그중에서도 두 형제간의 증오를 다룬 소설 『썰물(The Ebb-Tide)』과 『밸런트레이 경(The Master of Ballantrae)』 그리고 미완성으로 남은 『허미스턴의 둑(Weir of Hermiston)』은 특히 언급할 만한 가치가 있는 작품이다. 그는 시도 썼는데 시에서는 문어체 영어와 구어체 스코틀랜드어를 번갈아 사용했다. 스티븐슨도 키플링처럼 아마 어린이 책을 썼다는 이유로 평단의 인색한 평가를 받았을 것이다. 『보물섬』이라는 상업 소설의 성공 때문에 수필가이자 소설가, 시인으로서 스티븐슨은 망각되었던 것이다. 그럼에도 불구하고 스티븐슨이 영국 문학사에서 가장 사랑받는 작가이자 용기 있는 작가 중 한 사람이라는 사실은 부인할 수 없을 것이다.

오스카 와일드가 퀸스베리 후작을 명예 훼손으로 고소한 사건과 그 재판 과정에서 나돌았던 떠들썩한 스캔들은 아주 유명하다. 문학 외적인 스캔들로 작가는 유명해졌지만, 역설적이게도 작품에 대한 순수한 관심과 기쁨은 멀어져 갔다. 와일드는 유미주의를 충실히 따랐지만 그렇다고 유미주의를 지나치게 신봉했던 작가는 아니었다. 그는 미소를 머금은 채 예술을 위한 예술이라는 강령을 설파했으며, 도덕적으로 좋거나 나쁜 책이 있는 것이 아니라 단지 잘 쓰거나 못 쓴 책이 존재할 뿐이라고 말했다. 그의 문학적 재능이 가장 잘 발현된 분야는 희극이지만, 초기의 작품들에서는 감정을 남용하는 점들이 거슬린다. 하지만 알폰소 레예스[483]가 번역한 그의 마지막 희곡 『진지함의 중요성(The Importance of Being Earnest)』(1895)에서는 사람들의 위선을 아주 맛깔나게 풍자하고 있다. 그가 구술한 것이 출판된 것보다 훨씬 더 좋았다고 그의 친구들이 늘 말했을 만큼 와일드는 뛰어난 달변가였는데, 비단과 금속 장신구를 착용한 듯 화려한 언어 능력이 아주 잘 발현된 것이 바로 이 작품이다. 와일드의 장식적인 기교는 그의 시 「스핑크스(The Sphinx)」와 「창부의 집(The Harlot's House)」을 살펴보아도 뚜렷하며, 특히 1891년에 집필한 유일한 소설 『도리언 그레이의 초상(The Picture of Dorian Gray)』에서도 경구적인 표현과 지나치게 화려한 표현이 진절머리가 날 만큼 많이 사용되었다. 하지

---

483   알폰소 레예스 오초아(Alfonso Reyes Ochoa, 1889~ 1959)는 멕시코의 작가이자 철학자, 외교관이다.

만 2년 동안의 강제 노역을 마친 후에 집필한 시집 『레딩 감옥의 발라드(The Ballad of Reading Gaol)』에는 앞서 쓴 시들과는 사뭇 다른 성격의 시들이 많이 수록되어 있다. 예전에는 즐겁게 꿈꾸거나 사랑하는 것을 노래했다면 옥살이를 마치고는 아프거나 슬픈 마음을 시에 담았기 때문이다. 그가 쓴 탐미적인 수필 또한 매우 훌륭하지만, 지면의 제약으로 두 가지 예만 소개할까 한다. 이것만으로도 그의 언어적 재능을 충분히 알 수 있을 것이다.

"전형적인 영국인의 얼굴이어서, 한 번 보고 난 뒤에는 잘 기억나지 않을 것이다."

"오! 사랑하는 친구! 그런 넥타이는 오직 귀머거리만이 맬 수 있을 거야."

소설가이자 시인인 러디어드 키플링은 잡지사의 기자와 편집위원으로 활동하면서 대영 제국의 팽창을 지지하는 제국주의적이고 보수적인 기사를 많이 썼고, 그 때문에 그는 "영국 제국주의의 선지자"로까지 불렸다. 수많은 비평가들이 천재적일 만큼 뛰어난 문학적 업적이 아니라 인종 차별주의자라는 정치적 견해로 그를 평가해 왔고, 지금도 그렇게 평가하는 이유가 바로 그런 기사들 때문이다. 키플링은 1865년 봄베이에서 태어나 1936년 영국에서 사망했다. 우리는 그의 삶에 대해 지리적 공간에서 역사적 시간으로 넘어갔다고 말할 수 있을 것이다. 그는 유럽으로 건너오면서부터 아시아에서는 거의 느끼지 못했던 과거에 대한 부담을 크게 느꼈다. 키플링은 한 마디로 이야기의 대가다. 단순하고 짤막한 초기 작품부터 헨리 제임스의 작품만큼 복잡하고 고통스러운 마지막 작품에 이르기까지 마찬가지다. 예를 들면 소설 『킴(Kim)』을 읽으면 우리는 인도 전체를 알거나 수천 명의 인도인들과 이야기한다는 착각이 든다. 소설은 두 주인공인 라마승과 거리의 소년이 인도 북부 지방을 함께 여행하면서 겪는 모험을 다루는데, 한 사람은 성찰적인 삶을 통해, 다른 한 사람은 행동을 통해 서로를 구원한다는 내용이다. 아주 세밀하면서도 생생한 묘사가 넘쳐 나는 소설은 마치 마법으로 가득 차 있는 것처럼 보인다. 대중성이 뛰어난 키플링의 시에 관해서는 현대의 비평가들이 다소 경시한 경향이 있었다. 그러다가 엘리엇이 그의 가치를 재평가하면서 시인으로서도 인정받게 되었다. 화려하고 우울한 시가 주류를 이룬 시대에, 시인으로서 키플링은 대중적인 은어로 인도의 병영 생활을 노래한 『병영의 노래(Barrackroom Ballads)』(1892)라는 작품을 들고 문단에 등장했다. 키플링은 항상 서사적인 영웅시를 쓰고자 했는데, 그가 마지막에 쓴 시들 중 「덴마크 여인이 퉁기는 하프의 노래(The Harp Song of the Dane Women)」와 「웰런드의 검에 새겨진 룬 문자(The Runes of Weland's Sword)」 등도 기억할 만하다.

그의 운명은 참 기구했다. 그가 쓴 책들은 전 세계의 모든 언어로 번역되어 수십만 부씩 팔려 나갔고, 1907년에는 영어권 최초이자 역대 최연소로 노벨 문학상을 받았을 만큼 문학적으로는 커다란 성공을 거두었다. 하지만 그러는 동안 자녀들은 잇달아 사망했고, 키플링은 그러한 죽음에 짓눌린 채 영국 버워시의 집에서 혼자 쓸쓸하게 살다가 1936년 고독 속에 사망했다.

H. G. 웰스[484]가 초기에 쓴 작품들은 오늘날 우리가 'SF 소설'이라고 부르는 것들이다. 그는 남들보다 반세기나 앞서 SF 소설을 보여 주었는데, 문학적 수준 또한 의심할 여지가 없을 만큼 뛰어난 작품들이다. 가난하고 병약했던 웰스는 자신의 고통을 독자들이 결코 잊을 수 없는 멋진 악몽으로 변환했다. 그렇게 탄생한 작품들이 바로 『타임머신(The Time Machine)』, 『투명 인간(The Invisible Man)』, 『달의 첫 방문자(The First Men in the Moon)』, 『맹인의 나라(The Country of the Blind)』, 『모로 박사의 섬(The Island of Doctor Moreau)』 등이다. 후기에는 과학 소설 대신 중산층의 삶을 묘사한 소설들을 발표했고, 이를 통해 찰스 디킨스의 전통을 잇는 훌륭한 계승자라는 칭송까지 받았다. 『킵스(Kipps)』와 『우연의 바퀴(The Wheels of Chance)』, 풍자적인 『토노 벙기(Tono-Bungay)』 등이 디킨스의 전통에 상응하는 작품들이다. 웰스는 문명 비판에도 관심이 많아서 버나드 쇼처럼 페이비언 협회(Fabian Society)[485]에도 가입했다. 그의 사회주의 사상이 잘 드러난 작품이 바로 『공개된 음모(The Open Conspiracy)』(1928)다. 그는 이 책에서 지구가 지금처럼 각각 다른 정부를 가진 다양한 국가로 분열된 모습은 아주 불합리하

---

484   허버트 조지 웰스(Herbert George Wells, 1866~1946)
       는 영국의 소설가이자 문명 비평가다. 『타임머신』,
       『투명 인간』 등 100여 편의 공상 과학 소설을 썼다.
485   1884년에 창립한 영국의 점진적 사회주의 단체.

다고 주장했다. 그래서 현재의 불합리한 모습을 완벽하게 이
해한 초인이 등장할 것이며, 그러면 국가는 현재의 모습에서
탈피하여 새로운 단일 정부의 형태로 변모할 거라고 선언했
다. 혁명의 결과로서가 아니라 국가와 정부 역시 인위적 결과
물이라는 사실을 사람들이 깨닫기 때문에 국가와 정부가 사라
진다는 것이다.

웰스는 펜클럽 창설자 중 한 명으로 전 세계 작가들의 단결
을 촉구했다. 말년에는 환상적인 상상력을 일부러 멀리하고,
인간성을 고양하기 위해 자신의 백과사전적 지식을 망라한 책
들을 출판했다. 이런 노력은 민중을 교육하기 위해 화려한 문
체를 포기했던 러스킨과 매우 유사했다. 웰스는 1934년『자서
전 실험(Experiment in Autobiography)』이라는 책을 출판했는데,
여기에는 자신의 가난했던 유년 시절부터서 비참했던 청소년
기, 과학적 지식의 형성 과정 및 정서적으로 변화무쌍하고 격
정적이었던 삶이 총체적으로 언급되어 있다. 벨록[486]이 시골 촌
놈이라며 자신을 비난하자 웰스는 "외관으로만 보자면 벨록
씨는 유럽 전체에서 태어났다고 할 수 있지요."라고 응수했다.
아나톨 프랑스[487]에 따르면 웰스는 "영어권 세계에서 지적 능
력이 가장 뛰어난 작가"였다.

아일랜드의 유명한 극작가 조지 버나드 쇼는 서른여섯 살

---

[486] 힐레어 벨록(Hilaire Belloc, 1870~1953)은 프랑스 태
생의 영국 작가이자 역사가, 정치인이다.

[487] Anatole France(1844~1924). 1921년 노벨 문학상을
수상한 프랑스의 소설가, 비평가.

에 처음으로 자신의 극작가적 자질을 발견했다. 이전까지 그는 음악과 연극 비평가로 활동하면서 셰익스피어를 비판하고 입센과 바그너의 뛰어남을 칭송했다. 버나드 쇼의 초기 희극에는 소작농 가정이나 매춘, 의료, 자유연애, 전쟁에 대한 낭만적 개념, 복수의 무익함 같은 일상적 주제들이 주로 드러난다. 하지만 말기의 작품에는 비록 독자들을 즐겁게 하는 유머가 풍부하다 할지라도 환상적이거나 심지어 메시아적인 주제까지도 등장한다. 19세기는 기독교 신앙을 신봉하거나 우연성의 맹목적 선택인 적자생존의 법칙을 믿었던 시대였다. 하지만 버나드 쇼는 두 가지 교리를 다 거부하고, 블레이크나 쇼펜하우어 또는 새뮤얼 버틀러[488]처럼 생명력을 예찬했다. 예를 들면 『인간과 초인(Man and Superman)』이라는 작품에서는 천국과 지옥은 장소가 아니라 인간 영혼의 조건이라고 선언했고, 『므두셀라로 돌아가라(Back to Methuselah)』에서는 인간이 미성숙한 상태인 여든 살에 골프채를 들고 다니다가 죽기보다 300년을 살 계획을 세워야만 한다고 설파했다. 물질세계는 정신에서 시작해 정신으로 돌아오기 때문이라는 것이었다. 그런데 이것은 중세 아일랜드의 신학자 스코투스 에리우게나[489]가 설파했던 교리와 유사하다. 버나드 쇼는 우리 시대에 영웅적인 캐릭터를 창조한 소수의 작가 중 한 사람이다. 우리는 「시저와 클

---

488   Samuel Butler(1835~1902). 영국의 소설가, 사상가.
489   요하네스 스코투스 에리우게나(Johannes Scotus
       Eriugena, 810?~877?)는 아일랜드의 스콜라 철학 선
       구자다.

레오파트라(Caesar and Cleopatra)」에 등장하는 율리우스 카이사르의 모습이나 또 다른 작품에 등장하는 블랑코 포스넷[490]과 바버라 소령[491]의 모습을 잊을 수 없다. 특히 "나는 등 뒤에 천국의 뇌물을 남겨 놓았다네. 내가 죽을 때 내가 아니라 신이 빚쟁이가 되길 바라서지."라고 말했던 소령의 모습은 아주 뚜렷하게 기억된다.

그가 쓴 희곡 작품들의 서문을 읽다 보면, 버나드 쇼가 18세기의 풍속 희극 전통에 근접한 뛰어난 작가라는 사실이 명확하게 드러난다. 그의 희곡은 우리 시대를 대표하는 중요한 작품 중 하나로, 중심 분위기는 매우 진지하다. 하지만 그는 인물들을 과장하고 희화화하는 자신만의 유머를 통해 심각한 분위기를 다소나마 경감하는 데 성공했다. 자신의 희곡에서 쇼는 각 등장인물의 행위와 윤리에 대해 정당성을 부여하려 노력했다. 예를 들어 잔 다르크를 처형했던 종교재판관들은 자신들의 기준에 따르면 나름 합리적으로 행동했던 것이다.

버나드 쇼는 1925년 노벨 문학상 수상자로 결정됐지만 명예만 수락하고 상금은 반납했다. 인간의 삶에 대한 끝없는 관심 때문에 3년 뒤인 1928년에는 러시아를 방문했고, 이어서 1931년에는 인도와 아프리카, 중국, 미국 등을 연달아 방문했다. 그러다 1950년 아흔네 살의 지칠 줄 몰랐던 육체가 드디어 종말을 맞게 된다. 정원의 나뭇가지를 치다가 넘어져 뼈가 부

---

490   1909년 초연된 단막극 「블랑코 포스넷의 출현」의 중심인물.

491   1905년 초연된 『바바라 소령』의 중심인물.

러진 것이다. 그 며칠 후에 그는 숨을 거두었다.

폴란드 출신의 선원 유제프 테오도르 콘라트 코제니오프스키, 우리에게는 조지프 콘래드라는 이름으로 더 잘 알려진 작가 역시 영국 문학사에서 뛰어난 업적을 남긴 소설가 중 한 사람이다. 버나드 쇼처럼 그도 문학적으로는 늦게 출발했다. 콘래드의 첫 번째 작품『올메이어의 어리석은 행동(Almayer's Folly)』은 작가가 서른여덟 살이던 1895년에 출판되었다. 이미 20여 년 동안 선원으로 일하면서 온 세상의 바다를 다 겪은 후였다. 글을 쓰겠다는 계획은 전혀 없었지만 마지막 작품 집필에 필요한 경험까지 그는 이미 완벽하게 습득한 상태였다. 그는 유명해지고 싶었지만 자신의 모국어가 지닌 지리적 접근 한계도 뚜렷하게 인식하고 있었다. 그래서 능숙하게 구사했던 프랑스어와 영어 사이에서 한동안 고민했다. 결국 영어로 작품을 썼지만 프랑스 산문의 고유한 특징인 허세 또한 잊지 않았다. 콘래드는 1897년『나르시스호의 검둥이(The Nigger of the 'Narcissus')』를 발표했고, 3년 뒤에는『로드 짐(Lord Jim)』을 간행했다.『로드 짐』은 그의 대표작으로 중심 주제는 명예에 대한 강박 관념과 겁쟁이였을 때의 수치심이다. 1913년『우연(Chance)』은 특이한 문학적 기법을 사용해 베스트셀러가 되기도 했던 작품이다. 제3의 인물을 함께 알지만 확실하게 알지 못하는 두 명의 인물이 등장해 그의 인생을 하나하나 다시 구성해 가는 방식이다. 다른 소설의 배경이 대부분 바다였던 것과 달리『비밀 요원(The Secret Agent)』의 무대는 런던이다. 작가는 이 작품에서 런던에 있는 무정부주의자 그룹의 행동을 아주 생생하게 묘사한다. 하지만 작가는 창작 노트에서 자신은

사실 무정부주의자를 단 한 사람도 알지 못한다고 밝혔다. 콘
래드의 주요 단편으로는「암흑의 핵심(Heart of Darkness)」,「청
춘(Youth)」,「결투(The Duel)」,「그림자의 선(The Shadow Line)」
등이 있다. 어떤 비평가가「그림자의 선」이 환상 문학적인 특
징을 갖고 있다는 견해를 밝히자, 콘래드는 환상성의 모색이
야말로 항상 똑같은 모습으로 존재하는 자연 자체에 대한 무
관심을 보여 주는 방식이었다고 답했다.

아서 코난 도일 경은 2류 작가로 취급되지만 온 세상에 불
멸의 주인공 셜록 홈스를 제공했다. 신화적인 인물로까지 승
화한 홈스는 에드거 앨런 포의 신사 뒤팽[492] 캐릭터를 진화시킨
인물이다. 하지만 그는 선배가 갖지 못했던 고유한 성격과 독
특한 매력을 지닌 채 오늘날까지 살아남는 데 성공했다. 홈스
는 1882년『주홍색 연구(A Study in Scarlet)』라는 작품에 처음 등
장하는데, 제목은 오스카 와일드의 작품에서 따온 것이 거의
확실하다. 홈스는 그 뒤에도『네 사람의 서명(The Sign of Four)』,
『바스커빌가의 개(The Hound of the Baskervilles)』등 다수의 작품
에 계속 출현하면서 여전히 기억력을 뽐내며 모험 또한 즐기
고 있다.

---

492   오귀스트 뒤팽(Auguste Dupin)은 에드거 앨런 포가 창
조한 탐정으로,『모르그가의 살인 사건』에 처음 등장
한다.

20세기 문학

분류의 편리성을 제외한다면 사실 100년 단위로 시대를 구분하는 엄밀한 이유는 없다. 그렇다고 이 분류법을 엄정하게 지켰느냐 하면 그것도 아닌데, 이런 미숙한 점에 대해서는 독자들이 양해해 주리라 믿는다. 아무튼 이번 장은 헨리 제임스부터 시작하려 한다. 그는 19세기에 활동을 시작해 20세기 초까지 계속 작품을 썼던 작가로, 사실 우리와 가장 가까운 곳에 있었다. 그는 뉴욕의 부유한 지식인 가문에서 태어났으며, 형제 중 한 명은 유명한 심리학자 윌리엄 제임스다. 헨리 제임스는 투르게네프, 플로베르, 공쿠르 형제,[493] 웰스, 키플링의 친구였고, 유럽을 자주 여행했으

---

493   프랑스의 소설가 형제. 형은 에드몽 드 공쿠르
(Edmond de Goncourt, 1822~1896), 동생은 쥘 드 공
쿠르(Jules de Goncourt, 1830~1870)로, 19세기 후반

며 영국으로 이주해 살다가 그곳에서 사망했다. 그는 사망하기 1년 전에 영국 시민이 되었다.

헨리 제임스가 가장 크게 관심을 가졌던 주제 중 하나는 유럽 내 미국인의 의식에 관한 문제였다. 제임스는 미국인이 유럽인보다 도덕적으로는 더 우월하지만 덜 복잡한 존재라고 생각했다. 그가 1877년에 발표한 『미국인(The American)』이라는 소설을 보면 마지막 장에서 주인공은 복수를 포기한다. 그런데 용서나 자비심 때문이 아니라, 복수로 인해 그를 모욕했던 사람들과 새로운 인연으로 엮이게 될 것이 두려워 포기한 것이다. 제임스의 또 다른 소설 『메이지가 알고 있었던 일(What Maisie Knew)』은 아무것도 이해하지 못한 어린아이의 순수한 무지를 통해 부모의 무책임함과 잔혹함을 서술한다. 제임스의 단편은 작가가 의도적으로 애매모호하게 쓴 것이 많다. 그중 가장 많이 읽힌 작품 「나사의 회전(The Turn of the Screw)」만 살펴봐도 최소한 두 가지 해석이 가능하다. 이 작품에 관해 많은 것들이 논의되었지만, 제임스가 의도적으로 모호하게 집필했다는 점에 대해서는 아무도 이해하려 들지 않았다. 소설에 등장하는 유령이 실제로 존재하는지 아니면 가정 교사의 환상에서 비롯되었는지, 즉 유령이 초자연적인 존재인지 아니면 인간의 심리에서 만들어진 것인지에 대해, 작가가 어느 쪽에도 구속되지 않는 상반된 해석을 모색했다는 사실을 아무도 주목하지 않았던 것이다. 작품 어디에도 명확

의 사실주의와 자연주의 문학을 지도한 대표적인 작가들이다.

한 결론, 즉 완전한 추론이 존재하지 않는 것이다. 미완성으로 남은 작가의 마지막 소설 『추억(The Sense of the Past)』은 웰스의 『타임머신』을 떠올리게 한다. 이 작품에는 명상과 고독을 통해 18세기로 거슬러 올라가는 젊은 미국인의 모험이 묘사되어 있다. 작품은 작중 인물이 시간 여행을 통해 자신이 현재 이방인인 것과 같이 과거에도 이방인이었음을 깨달으며 끝난다. 아마도 소설 속의 미국인처럼 헨리 제임스 역시 살면서 절절한 고독과 아득한 거리감을 느꼈을 것이다. 모든 지식인이 제임스를 스승으로 인정하지만 어느 누구도 그의 작품은 읽지 않는다. 그의 단편「정말 좋은 곳(The Great Good Place)」에서 천국이 호화로운 요양소로 표현되는 점은 매우 의미심장하다. 제임스는 아무런 희망도 없이 외롭게 살다가 죽었다. 하지만 30권이 넘는 제임스의 작품은 아주 중요하며 매우 훌륭하다.

길버트 키스 체스터턴은 20세기의 가장 영향력 있는 작가 중 한 사람으로, 수필가이자 나무랄 데 없는 전기 작가요, 역사가이자 시인이었다. 하지만 그중에서도 가장 뛰어난 업적은 가톨릭 신앙을 감동적으로 지킨 사제 겸 탐정 브라운 신부를 창조한 일이다. 그는 먼저 슬레이드 스쿨에서 미술을 공부한 뒤 런던의 유니버시티 칼리지에서 문학을 공부했다. 친구 힐레어 벨록이 쓴 책에 삽화를 그려 주었을 만큼 그림 실력이 뛰어났으며, 자신의 작품에도 회화적인 요소를 많이 첨가했다. 작품 속 인물들이 배우처럼 무대에 등장하고 풍경은 너무나 생생하고 비현실적이어서 독자의 기억 속에 오래도록 남을 정도다. 체스터턴은 '세기말'이라고 명명된 아주 우울한 시절을 살았다. 에드먼드 벤틀리[494]에게 보내는 시에서 "우리가 젊었을 때 세상은 이미 너무 낡은 상태였다."라고 선언했을 정도였다. 초기의 강요된 낙담으로부터 그를 구원한 인물이 바로 휘트먼과 스티븐슨이었다. 하지만 그럼에도 체스터턴을 공포 소설로 기울게 한 무언가가 남아 있었다. 체스터턴의 가장 유명한 소설은 『목요일이었던 남자(The Man Who Was Thursday)』로 악몽(A Nightmare)이라는 부제가 붙어 있다. 그는 또 다른 에드거 앨런 포나 카프카가 될 수도 있었을 테지만, 고맙게도 체스터턴 자신이 되기를 원했다. 그는 1911년 『백마의 발라드(The Ballad of the White Horse)』라는 작품을 출간했는데, 덴마크인들을 상대로 전쟁을 치렀던 앨프레드 대왕에 관한 서사시다. 이 작품에는 "가득 찬 보름달 빛 같은 대리석, 얼어붙은 불과 같은 황금"이라는 희한하면서도 역설적인 비교가 등장한다. 또 다른 시에서는 밤에 대해 "눈[目]으로 만들어진 괴물이나 세상보다 더 커다란 구름"이라고 묘사한다. 『레판토(Lepanto)』역시 아주 뛰어난 작품이다. 특히 마지막 연에서 세르반테스 제독은 검을 칼집에 넣고, 카스티야의 끝없는 길을 돌아다닌 기사를 떠올리면서 미소 짓는다. 하지만 체스터턴을 가장 유명하게 만든 것은 브라운 신부에 관한 이야기들이다. 각각의 이야기들에서는 언제나 환상적인 사건이 발생하지만, 마지막에는 늘 합리적으로 해결된다. 역설과 창의성은 원래 18세기에 종교에 반대하기 위한 목적으로 사용되었다. 하지만 체스

---

494   에드먼드 클레리휴 벤틀리(Edmund Clerihew Bentley, 1875~1956)는 영국의 소설가다.

터턴은 이제 정반대로 종교를 변호하기 위해 그것을 사용했다. 그런 그의 신앙 고백을 가장 잘 보여 주는 책이 바로 『정통(Orthodoxy)』(1908)으로, 이미 알폰소 레예스에 의해 스페인어로 훌륭하게 번역되었다. 이 책에서 체스터턴은 현대를 지배하는 똑똑한 사조들이 모순과 거짓으로 가득 차 있다고 비판하면서, 오히려 매력 없고 논리적으로 허술한 가톨릭이야말로 역설적으로 진리를 담고 있다고 옹호한다. 결국 그는 1922년 성공회에서 가톨릭으로 개종했다. 체스터턴의 문학 및 종교에 관한 비평 중에서는 성 프란체스코와 성 토마스, 초서, 블레이크, 디킨스, 브라우닝, 스티븐슨, 버나드 쇼에 관한 연구들을 언급할 만하다. 그는 『영원한 인간(The Everlasting Man)』이라는 역사책도 남겼을 만큼 다방면에 관심이 많았으며, 그래서 그가 남긴 책은 모두 합쳐 100권이 넘는다. 그가 하는 농담에는 항상 깊은 지혜가 담겨 있었고, 그가 앉은 버스 좌석 하나에 여인 세 명이 앉을 수 있다는 말이 전해질 만큼 그의 비만 또한 유명했다. 체스터턴은 그가 살았던 시대에도 가장 유명한 작가였지만, 문학사에서도 가장 매력적인 인물 중 한 명으로 꼽힌다.

데이비드 허버트 로렌스[495]는 광부 아버지와 교사 어머니 사이에서 태어났는데, 교육 수준과 성격이 달랐던 부모는 사이가 그리 좋지 못했다. 1913년에 그는 『아들과 연인(Sons and Lovers)』이라는 소설을 출간했는데, 이 책에서 폴이라는 등장인

---

495   David Herbert Lawrence(1885~1930). 영국의 소설가, 시인, 평론가.

물을 통해 자신의 가정 환경과 연애 경험 등 유년 시절의 아픈 기억을 거의 완벽하게 소환했다. 로렌스는 읽고 쓰기의 대가로 첫 소설 『하얀 공작(The White Peacock)』(1911)에서부터 작가로서의 자질을 유감없이 발휘했다. 로렌스는 1년 뒤인 1912년 프리다 위클리(Frieda Weekley)라는 유부녀와 사랑에 빠져 이탈리아로 떠났다가, 1913년 영국으로 돌아와 자전적인 소설 『아들과 연인』을 출판했다. 이 작품의 성공과 함께 1914년 프리다와 결혼하지만, 세계 대전의 발발과 함께 독일계였던 부인이 스파이로 의심받는 등 곤경에 처한다. 그는 같은 해부터 단편집 『프로이센의 사관(The Prussian Officer)』을 시작으로 장편 『무지개(The Rainbow)』(1915)와 여행기 『이탈리아의 황혼(Twilight in Italy)』(1916)까지 연달아 출간했다. 종전 후 로렌스는 부인 프리다와 함께 영국을 떠나 이탈리아와 호주, 멕시코 등을 떠돌다가 1919년 마침내 미국에 정착했다. 1920년 미국에서 장편 『길을 잃은 소녀(The Lost Girl)』(1920)를 출간했는데, 그 작품으로 영문학에서 가장 오래된 문학상 중 하나인 제임스 테이트 블랙 메모리얼 상을 수상했다. 이후에도 호주를 여행했던 경험을 꾸밈없이 묘사한 『캥거루(Kangaroo)』(1923)와 멕시코 방문 경험과 아스테카 문명에 대한 고고학적 지식을 바탕으로 한 『깃털 달린 뱀(The Plumed Serpent)』(1926) 등을 꾸준하게 집필했다.

　로렌스는 월트 휘트먼이나 이교도처럼 육체적인 사랑에 성스러운 것이 존재한다고 믿었다. 그래서 『채털리 부인의 연인(Lady Chatterley's Lover)』을 세 번 고쳐 쓰면서까지 이런 신념을 드러내고 싶어 했다. 그래서 이 작품에서는 때로는 아주 노골적으로 때로는 아주 섬세한 방식으로 남녀 간의 사랑을 묘사한다. 1925년부터 1928년까지 3년에 걸쳐 집필한 로렌스의 이 마지막 작품은 아마도 작가의 대표작으로서 가장 유명한 책이라는 사실만은 의심의 여지 없이 확실하다. 어쩌면 자신을 죽음으로 이끌었던 결핵 때문에 작가의 감수성이 항진되었을 수도 있고 또 그 때문에 극단적일 만큼 육체적 사랑을 옹호했는지도 모르겠다.

로렌스를 비난하거나 옹호했던 사람들의 폭력이 작가에게 나쁜 영향을 끼쳤을 수도 있다. 하지만 이런 논쟁을 차치하더라도 로렌스는 오늘날 위대한 작가 중 한 사람이다.

아라비아의 로렌스, 즉 토머스 에드워드 로렌스[496]는 전설적인 인물로『지혜의 일곱 기둥(Seven Pillars of Wisdom)』이라는 자전적인 장편 서사시를 쓴 시인이자 서사시의 주인공이 된 인물이다. 그는 옥스퍼드 대학교에서 동양어를 전공한 뒤 영국 박물관의 탐사대에 들어가 아라비아와 시리아를 조사했던 고고학자였다. 아랍을 진정으로 사랑했던 로렌스는 제1차 세계 대전이 발발하자, 후세인 왕의 아들 파이살과 함께 아랍 부족의 독립 운동을 이끌며 오스만 제국에 맞서 싸웠다. 그런 작가가 자신의 체험을 800여 쪽에 달할 정도로 자세하게 서술한 이 책은 작가가 직접 찍은 사진 등 풍부한 자료가 오히려 약점으로 지적될 만큼 거의 완벽한 작품이다. 로렌스는 뛰어난 용

---

[496]　Thomas Edward Lawrence(1888~1935). 영국의 저술가, 고고학자, 군인. 아라비아의 로렌스(Lawrence of Arabia)로 잘 알려져 있다.

기를 갖춘 영웅이자 감수성이 아주 예민했던 인간이었다. 한 쪽에서는 "승리의 실체적인 수치"에 대해 언급하고, 다른 쪽에 서는 적군의 용기를 다음과 같이 칭찬했다. "나는 그 벌판에서 처음으로 내 형제들을 죽인 적들의 가치에 대해 긍정적으로 평가할 수 있게 되었다." 로렌스는 연합군이 1918년 아랍인들 을 배신했다고 생각했다. 그래서 1925년 자신의 이름을 포함 해 모든 명예를 버린 채 쇼(Shaw)라는 성으로 영국 공군에 입대 해 복무했다. 1935년 10년간의 병역을 마치고 제대했으나, 바 로 그해 5월 12일 자신이 애용하던 오토바이를 타다 사고로 숨 을 거두었다.

로렌스는 그리스 문화 연구자로서도 훌륭한 업적을 남겼 다. 지금까지 『오디세이』를 영어로 번역한 판본이 30종이 넘 는데, 그중에서도 1932년 로렌스가 번역한 것이 가장 훌륭한 판본 중 하나로 여겨진다.

버지니아 울프[497]는 빅토리아 시대의 전통에 충실한 지식인 레슬리 스티븐 경의 딸로 태어나, 부친의 서재에서 역사와 문 학, 철학 등 다양한 서적을 탐독했다. 13세에 어머니를 잃은 그 녀는 기질적으로는 시인이 적합했지만 헨리 제임스나 프루스 트처럼 다양한 실험을 하고자 소설을 선택했다. 울프의 대표 작 『올랜도』의 주인공 올랜도는 단순히 한 개인을 의미하지는 않는다. 그는 16세기에서 20세기까지 300년이 넘는 오랜 시간

---

497   Virginia Woolf(1882~1941). 20세기 영국의 모더니즘 작가. '의식의 흐름'이라는 소설 형식을 시도하고 완성 한 작가 중 한 명이다.

을 살게 되는 가상의 인물로, 영국과 콘스탄티노플을 거쳐 다시 영국으로 작품의 무대가 바뀌는 가운데 남성에서 여성으로 성까지 바뀌면서 남성과 여성의 본질을 동시에 갖추게 된 인물이기 때문이다. 즉 올랜도는 중세에서 현대까지, 그리고 남성과 여성을 포괄하는 오래된 가문의 원형(原型)을 의미하는 것이다. 이 작품 외에도 『밤과 낮(Night and Day)』, 『제이컵의 방(Jacob's Room)』, 『델러웨이 부인(Mrs. Dalloway)』, 『등대로(To the Lighthouse)』, 『파도(The Waves)』 등이 뛰어나다고 평가받는다. 마지막으로 개의 시선을 통해 본 브라우닝 집안 사람들에 관한 이야기인 『플러시(Flush)』라는 작품 또한 아주 특이하면서도 익살스럽다. 버지니아 울프의 작품에서 플롯은 별 의미가 없으며, 변화무쌍한 심리 상태나 정교한 풍경 묘사가 훨씬 더 중요하다. 그녀의 문체는 시각적인 동시에 음악성 또한 풍부하다. 불안정한 정신 상태로 평생을 괴로워했던 울프는 2차 세계 대전 중인 1941년 우즈강에서 투신자살했다.

버지니아 울프의 친구이자 연인이었던 빅토리아 색빌웨스트[498]는 울프가 『올랜도』에서 묘사한 귀족 가문 출신의 구체적 모델이었다. 색빌웨스트는 1913년 외교관이자 작가인 해럴드 니컬슨과 결혼했는데, 그는 훗날 페르시아 주재 영국 대사를 지내고 베를렌[499]과 스윈번의 전기를 간행하게 될 인물이었

---

498   빅토리아 메리 색빌웨스트(Victoria Mary Sackville-West, 1892~1962). 영국의 시인이자 소설가, 정원 디자이너다.

499   폴마리 베를렌(Paul-Marie Verlaine, 1844~1896)은 프

다. 색빌웨스트는 1926년 2500행에 이르는 장편 시 『전원(The Land)』을 발표했는데, 이 시에서 고향 켄트주의 아름다운 사계절과 함께 전원생활의 수고로움을 노래했다. 이 외에도 전원생활을 노래한 또 다른 시들로 『정원(The Garden)』(1946), 『과수원과 포도밭(Orchard and Vineyard)』(1921), 『몇 가지 꽃(Some Flowers)』(1937) 등이 있다. 하지만 30권이 넘는 그녀의 작품들 가운데서도 특히 세 편의 소설 『에드워디언(The Edwardians)』(1930), 『암흑의 섬(The Dark Island)』(1934), 『다 써 버린 모든 열정(All Passion Spent)』(1931)이 두드러진다. 특히 마지막 작품의 제목은 존 밀턴이 쓴 『투사 삼손』의 마지막 행에서 따온 것이다. 이 작품에서 이야기는 회고적인 방식으로 서술되는데, 인도 총독의 미망인인 노파가 자신의 화려했던 과거를 회상하다가 그 과거가 실은 자신을 억압하는 부채였다는 것을 느끼고 결국 과거에서 해방되며 끝을 맺는 내용이다. 이 작품 역시 그녀의 또 다른 소설 『에드워디언』처럼 아이러니를 곁들인 섬세한 산문체로 집필했으며, 20세기 초 에드워드 7세 시대 영국 귀족 계급의 정서와 관습을 소환해 내고 있다. 그녀가 위대한 선배들의 전기를 쓴 사실은 잘 알려져 있지 않다. 그녀는 1927년 스파이이자 외설 작가로 활동했던 영국의 초기 지식인 여성 애프라 벤[500]의 전기를 간행한 것을 시작으로, 1929년에

랑스의 세기말을 대표하는 시인 중 한 사람이다.

500   Aphra Behn(1640~1689). 영국 왕정 복고 시대의 극작가, 시인, 번역가.

는 영국의 바로크 시인 앤드루 마벌,[501] 1936년에는 잔 다르크, 1943년에는 성녀 테레사[502]의 전기를 꾸준하게 출판했다.

아일랜드의 제임스 조이스[503]야말로 문학적인 면에서 우리 시대의 가장 뛰어난 작가 중 한 명이다. 그의 대표작『율리시스 (Ulysses)』(1922)는 통일성이 없는 대신 수많은 수수께끼와 퀴 즈를 간직한 상응 시스템을 사용하고 있어 아주 난해한 작품 으로 손꼽힌다. 소설은 900쪽에 이르지만 사실 1904년 6월 16 일 단 하루 동안 일어난 사건들을 기록하고 있다. 작품의 각 장 은 하나의 색이나 인체의 기능, 기관, 수사학적 방법 등과 관계 가 있으며, 시간상으로는 아주 정밀한 방식으로 특정 시간을 나타낸다. 그렇게 한 장에서는 붉은색을 과도하게 사용함으로 써 피의 순환을 과장하고, 다른 장에서는 질문과 응답의 문답 식 수사법을 사용한다. 주인공의 피로를 표현하기 위한 또 다 른 장에서는 흐리터분한 문장과 일상적인 장소들을 과도하게 사용함으로서 문체 또한 독자를 지치게 만든다. 조이스의 비 서 스튜어트 길버트(Stuart Gilbert)가 밝힌 바에 따르면, 작품 속 모든 사건은『오디세이』의 모험에 하나하나 대입된다. 특

---

501 Andrew Marvell(1621~1678). 영국의 형이상학 시인.

502 산타 테레사 데 헤수스(Santa Teresa de Jesús, 1515~ 1582)는 스페인의 신비주의 시인이자 수도원 개혁 에 전념한 인물이다. 아빌라의 테레사(Santa Teresa de Ávila) 또는 대(大)테레사로도 불린다.

503 제임스 오거스틴 엘로이시어스 조이스(James Augustine Aloysius Joyce, 1882~1941)는 아일랜드의 소 설가이자 시인, 극작가다.

히 더블린의 악명 높은 집에서 일어나는 환상적인 장면이 유명한데, 그것은 유령 및 사물과의 대화로 완전하게 이루어진 장이다. 조이스의 『피네건의 경야(Finnegans Wake)』(1939)는 수많은 외래어가 중첩되고 언어유희가 넘쳐흘러 훨씬 더 어려운 작품으로 꼽힌다. '피네건의 밤샘 모임'으로도 번역될 수 있는 이 작품은 죽음과 역사의 반복 및 각성을 다루고 있다. 『율리시스』가 더블린의 한낮의 이야기라면 『피네건의 경야』는 한밤의 꿈에 관한 이야기다. 주인공 이어위커(Earwicker)는 더블린에서 브리스톨(Bristol)이라는 주점을 경영하고 있다. 그는 이 도시에서 태어났고 켈트족과 스칸디나비아, 색슨족, 노르만족의 피를 물려받았다. 꿈을 꾸는 동안 그는 조상 중 하나이자 세상의 모든 사람으로 변신한다. 전치사와 관사를 제외하면 이 소설의 단어는 복합 언어로 이뤄져 있다. 그것은 아이슬란드어와 산스크리트어까지 포함해 아주 다양한 언어에서 취한 것들이다. 두 미국인 연구자[504]가 수년간의 연구 끝에 이 작품의 해설서를 출판했는데 바로 『피네건의 경야로 이끄는 곁쇠(A Skeleton Key to Finnegans Wake)』(1944)라는 책이다. 불행하게도 이 책은 조이스의 작품을 이해하는 데 필수 불가결한 책이다.

조이스의 뛰어난 재능은 엄밀하게 말해서 언어 능력이지만, 그 재능을 소설에만 사용해서 유감이라고들 말한다. 그러나 틀렸다. 아주 드물긴 하지만 그는 아름다운 시도 창작했다. 하지만 이 시들은 아름다운 자전적 소설 『젊은 예술가의 초상』

---

504   조지프 캠벨과 헨리 모튼 로빈슨.

이나 단편집 『더블린 사람들』과는 다르게 번역이 불가능하다.

I차 세계 대전이 발발하자 조이스는 파리와 취리히, 트리에스테 등으로 옮겨 다니며 살았다. 조이스가 전하는 바에 따르면, 그는 국외 추방을 당해 외국에서 고향을 그리워하며 작업했다. 그러다가 I941년 실명 상태로 가난과 피로에 지쳐 취리히에서 사망했다. 버지니아 울프는 『율리시스』가 영광스러운 패배라고 말했다.

엘리엇의 표현에 따르면, 윌리엄 버틀러 예이츠야말로 우리시대 최초의 시인이다. 예이츠의 작품은 두 시기로 분류할 수 있다. 첫째는 『켈트의 여명(Celtic Twilight)』(I893)을 집필했던 초기로, 감미로운 음악성과 방랑적인 이미지 등이 특징이다. 예이츠는 이 시기에 아일랜드의 고대 신화를 빈번하게 사용했는데, 라파엘 전파의 영향을 받아 화려한 수식을 자랑한다. 두 번째는 장년기로 이때는 초기와는 완전히 달라진 모습을 보여 준다. 신화적인 이미지는 여전히 남아 있지만, 더 이상 장식적이거나 향수에 젖어 있지 않고 구체적인 의미를 담은 심상들로 전환한다. 더군다나 생생하고 구체적인 현대적 이미지까지 교차적으로 사용한다. 시는 이제 암시가 아니라 정확함을 표현하려고 노력한다. 예이츠는 모든 인간의 개별적인 기억이 모여 보편적 기억을 형성하며, 모종의 상징을 통해 그 기억을 소환할 수 있다고 생각했다. 그는 평생 신비주의나 심령론적인 사색에 사로잡혔으며, 다른 많은 사람들처럼 역사적 순환론을 믿게 되었다. 예이츠가 스스로 밝힌 바에 따르면, 한 아랍인 여행객의 영혼이 자신에게 순환론을 일깨워 주었다고 한다. 예이츠는 희곡도 집필했는데, 그의 희곡은 일본 연극 예

술 기법의 영향을 받아 반사실주의적인 경향을 보였다. 예를
들어 전사의 검들이 적의 방패 위로 떨어지는 무대가 있다면,
예이츠는 무기들이 직접 부딪힐 필요는 없다고 밝혔다. 징소
리를 통해 가상의 충돌 상황을 충분히 표현할 수 있기 때문이
라는 것이었다.

우리는 예이츠의 시 몇 행을 소개해 볼까 하는데, 그의 시는
아름답고 깊이가 있다. 한 무리의 화려한 여인들이 계단을 타
고 천천히 내려온다. 그때 누군가 그녀들이 왜 창조됐는지 묻
는다. 그러자 "신을 모독하기 위해서 그리고 연인의 밤을 위해
서."라는 대답이 이어진다.

1923년 노벨 문학상을 수상한 예이츠의 대표작으로는
『마음속 욕망의 땅(The Land of Heart's Desire)』, 『왕궁 문턱(The
King's Threshold)』, 『갈대 속의 바람(The Wind Among the Reeds)』,
『일곱 개의 숲에서(In the Seven Woods)』, 『달의 친절한 침묵을
통하여(Per Amica Silentia Lunae)』, 『탑(The Tower)』, 『나선 계단
(The Winding Stair)』, 『오이디푸스 왕(King Oedipus)』, 『자서전
(Autobiographies)』 등이 있다.

로버트 그레이브스[505]는 이야기꾼이자 역사 소설가, 신화
의 창조자이자 탐구자였다. 그리스어와 페르시아어 번역가이
자 신랄한 문예 비평가였으며, 무엇보다도 시인이었다. 시적
영감의 본성을 탐구한 진기하면서도 매력적인 책 『하얀 여신
(The White Goddess)』(1948)에서 그는 세상에 존재하는 모든 시

---

505   Robert Graves(1895~1985). 영국의 시인, 소설가, 비
       평가, 고전학자.

의 근원으로 자신이 창조한 하얀 여신을 꼽는다.

찰스 랭브릿지 모건[506]은 켄트주에서 엔지니어의 아들로 태어났다. 그는 1차 세계 대전 중에 독일군의 포로가 됐으며, 4년 뒤 네덜란드에서 가석방되었다. 그는 네덜란드에서의 경험을 바탕으로 소설『샘(The Fountain)』(1932)을 집필하기도 했다. 모건 작품의 본질적인 주제는 크게 두 가지인데, 하나는 인간감정의 정화이며 다른 하나는 사랑과 의무 사이에서 겪는 갈등이다. 그의 대표작으로는 세 권의 소설,『거울 속의 초상(Portrait in a Mirror)』(1929)과『샘』,『스파큰브로크(Sparkenbroke)』(1936)를 꼽을 수 있다. 첫 번째 작품『거울 속의 초상』은 사랑하는 여인의 초상화를 그리지 못하는 젊은 화가에 관한 이야기다. 화가는 연인을 완벽하게 이해하기 전에는 그릴 수 없다며 미루다가, 결국 다시는 만날 수 없게 될 때까지 마치지 못한다. 두 번째 작품『샘』에도 서로 증오하고 사랑하는 두 명의 남자와 한 명의 여자가 등장하는데, 작가는 이들 사이에 얽힌 드라마를 언급하면서 이들의 갈등을 분석한다. 세 번째 작품『스파큰브로크』는 모든 작품 중에서 가장 복잡한 소설로, 작가로서 완벽주의를 꿈꾸는 과도한 욕망과 그 때문에 느끼게 되는 궁극적인 고독을 서술하고 있다. 그의 문체는 느리기로 유명한데, 이는 그가 이미지의 아름다움과 감정의 미묘한 변화를 충실하게 표현하고 싶어 하기 때문이다.

토머스 스턴스 엘리엇은 헨리 제임스처럼 미국에서 태어

---

506   Charles Langbridge Morgan(1894~1958). 영국의 극작
       가, 소설가.

난 영국 시인이자 극작가다. 하지만 영국 문학은 물론 세계 문학계에서 폴 발레리와 유사한 위치를 차지하고 있다. 그는 영국 유학 초기에 괴짜 에즈라 파운드와 교우하며 그의 조언을 따르던 총명하고 꼼꼼한 제자였다. 엘리엇이 1922년 발표해 영국 시에 커다란 변혁을 불러일으켰던『황무지(The Waste Land)』역시 에즈라 파운드의 충고에 따라 제사(題詞)와 일화를 변경한 후에 출판한 작품이다. 그는 20년 뒤인 1943년에『사중주(Four Quartets)』를 발표했는데, 이 작품은『황무지』와 같은 긴장감은 없으나 종교적인 주제가 강하게 나타나는 진귀한 시집이다. 엘리엇은 몇 편의 시에서 객관적 상관물로서 타인의 단어가 아니라 타인의 시구 전체를 차용해 사용하는 기법을 보여주었다. 예를 들어 호주 뮤직홀의 대중 발라드를 차용한 시행 다음에 베를렌의 시구를 차용하는 식이었다. 아르헨티나 시인 중에서는 라파엘 오블리가도[507]가『우리 시대의 청년(Las quintas de mi tiempo)』이라는 시의 첫 구절에서 동일한 기교를 사용했다. 하지만 오블리가도의 경우는 엘리엇처럼 요란스러운 대조를 표현하려던 것이 아니라 단지 우울한 효과를 주기 위해서였다. 엘리엇의 연극은 등장인물조차 기억하기 힘들지만, 무엇보다도 실험적인 가치를 지니고 있었다. 셰익스피어가 연극에서 자신의 시대에 맞는 무운시를 사용했던 것처럼, 엘리엇 역시 우리 시대에 적합한 시로 된 극의 형태를 찾고자 노력했다. 그는『가족의 재회(The Family Reunion)』(1939)에

---

507   Rafael Obligado(1851~1920). 아르헨티나의 시인, 극작가.

서 합창의 기능을 되살려 냈는데, 등장인물이 느끼긴 하지만 말하지 않은 내용을 합창을 통해 표현했다. 엘리엇은 문학 비평에서도 아주 정밀한 통찰력을 보여 주었다. 그의 비평 작업은 일반적으로 반낭만주의적인 대신 18세기 고전주의를 찬양하는 경향을 띤다고 평가된다. 그의 비평 작업 중에서는 단테와 밀턴에 관한 연구와 함께 엘리자베스 왕조 시대 연극에 끼친 세네카의 영향에 관한 연구가 높게 평가된다.

엘리엇은 1933년 영국 시민권을 획득했으며 1948년 노벨 문학상을 받았다. 엘리엇의 시들을 읽다 보면 그 시들을 배출한 땀에 찌든 초고들을 잊을 수 없다. 그 초고들은 때로는 화려하고 때로는 향수와 고독에 둘러싸여 있다. 때로는 라틴어의 간결한 표현도 볼 수 있는데, 예를 들면 어떤 시에서는 "라이플 총을 위해 새끼를 낳는" 사슴이라고 노래하고 있다. 엘리엇은 스스로 종교 문제에서는 앵글로 가톨릭[508]이고 문학에서는 고전주의자이며 정치에서는 왕당파라고 밝혔다.

에드워드 모건 포스터[509]의 수많은 작품 중에서는 두 작품 『인도로 가는 길(A Passage to India, 1924)』과 『내세(The Life to Come, 1972)』만 언급하고자 한다. 첫 번째 작품의 주요한 주제는 동양과 서양 사이에 존재하는 공감과 차이인데, 그것이 아주 감각적인 방식으로 훌륭하게 묘사돼 있다. 두 번째 작품은 작가가 50년에 걸쳐 쓴 열네 편의 단편을 모아 사후에 출판한 것이다. 그중에서도 특히 「알베르고 엠페도클레(Albergo

---

508   성공회의 가톨릭 전통을 중시하는 신학 조류.

509   Edward Morgan Forster(1879~1970). 영국의 소설가.

Empedocle)」라는 작품이 두드러지는데, 그런 성공을 낳은 마술
적 비밀은 먼 옛날 조상으로 변신하는 인간의 모습을 그렸다
는 데 있다.

참고 문헌

Chesterton, G. K., *The Victorian Age in Literature*.

Harvey, Sir Paul, *The Oxford Companion to English Literature*.

Kennedy, Charles, W., *The Earliest English Poetry*.

Ker, W. P., *Medieval English Literature*.

Lang, Andrew, *History of English Literature*.

Legouis, Emile, & Cazamian, Louis, *A History of English Literature*.

Saintsbury, George, *A Short History of English Literature*.

Sampson, George, *The Concise Cambridge History of English Literature*.

6부　　　중세 게르만 문학

호르헤 루이스 보르헤스
마리아 에스테르 바스케스

호르헤 루이스 보르헤스와 델타 인헤니에로스(Delta Ingenieros)가 함께 쓴『중세 게르만 문학』의 초판은『고대 게르만 문학』이라는 제목으로 멕시코의 폰도 데 쿨투라 에코노미카(Fondo de Cultra Económica) 출판사에서 1951년에 출간되었다. 이 초판은 '게르만 정복기 영국 문학', '스칸디나비아 문학', '독일 문학' 등 총 3부로 구성되었다.

1966년 보르헤스는 초판의 2부와 3부는 그대로 둔 채 마리아 에스테르 바스케스(María Esther Vázquez)와 함께 I부를 수정, 증보하면서 제목 역시 "앵글로색슨 문학"으로 바꾸었다. 이렇게 수정, 증보된 I부와 초판에 실렸던 2, 3부를 합쳐 보르헤스는『중세 게르만 문학』이라는 제목으로 1966년 부에노스 아이레스의 팔보 리브레로(Falbo Libero) 출판사에서 새롭게 출판했고, 1978년 에메세(Emecé) 출판사에서 재출판했다.

서문

이 책은 문학의 질료인 다양한 언어들과 그 언어들로 쓰인 문학 작품들이 복잡다기한 역사적 부침으로 인해 변형되고 분기되듯이, 한 뿌리에서 유래했지만 변형, 분기된 세 문학의 기원들을 취합하고자 한다. 이 한 뿌리란 다름 아닌 기원 후 I세기경 타키투스가 명명한 게르마니아(Germania)이다. 그에게 '게르마니아'는 지리적 개념의 지역이라기보다는 민족, 민족이라기보다는 유사한 습관, 언어, 전통, 신화 등을 가진 종족 전체를 의미했다. 커(William Paton Ker)[510]는 게르마니아는 결코 정치적 단일체를 구성하는 단계까지는 이르지 못했다고 주장했다. 하지만 유럽 대륙의 게르만족이 숭상하던 신 보

---

510 William Paton Ker(1855~1923). 스코틀랜드 출신의 문학자이자 수필가.

탄(Wotan)은 앵글로색슨족에게는 보덴(Woden)이었으며 스칸
디나비아인들에게는 오딘(Odin)이었다. 이 북유럽 지역에 로
마와 기독교가 영향을 미쳤다. 대서사시『베어울프』의 작자는
『아이네이스』를 알고 있었다. 아이슬란드 문학에서 가장 중요
한 작품인『헤임스크링글라(Heimskringla)』의 제목에서는 유명
한 라틴어 어구인 Orbis Terrarum(세계)의 번역이 엿보인다.

고대 게르만 문학에 대한 자료들은 너무나 먼 시대의 것들
로 현재와 시간적 간극이 크고 또한 거의 알려져 있지 않다는
점을 고려하여 이 책은 하나의 역사서일 뿐 아니라 선집의 형
태를 취하고 있다. 하지만 독자들은 시가 번역하기 매우 힘들
다는 사실을 염두에 둘 필요가 있다. 고대 시의 그 어떤 현대어
번역도 원본이 지닌 고풍스러운 진정한 맛을 완전하게 제시하
지는 못한다. 자음군이 풍요로웠던 게르만 언어들은 서정시의
고요한 감미로움이 아니라 서사시의 거친 아름다움에 이끌리
는 경향이 있었다. 독일어 혹은 영어에 대한 지식이 있는 독자
들에게 의고체 형식에 대한 연구는 말할 수 없이 난해하지는
않을 것이다. 이 글 말미의 참고 문헌에 관련 연구서들이 제시
되어 있다.

문학에 대한 훌륭하면서도 유명한 이야기들이 존재한다.
이것들 중 우리는 이 책에서 중세에 나온 문학을 다룬다. 이것
들을 다루지 않았다면 불합리했을 것이다. 그런데 우리는 독
자들에게 이 책의 구상과 집필은 울필라스 성서를 제외하고는
원전 텍스트의 바탕 위에서 진행되었다는 점을 알리는 것이
더 중요하다고 생각한다.

사가(Saga)를 읽는 독자들은 여기에서 근대 소설의 형상이

나타나고 있음을 목도할 것이다. 앵글로색슨 시, 스칸디나비아 궁정시를 연구하는 독자들은 여기에서 은유의 기이하면서도 바로크적인 예들을 발견하게 될 것이다.

1965년 1월 27일 부에노스 아이레스에서
호르헤 루이스 보르헤스, 마리아 에스테르 바스케스

울필라스

게르만 문학의 기원에는 고트족 출신의 주교 울필라스(Ulfilas)가 위치한다. 그의 이름은 고트어로 "작은 늑대"(Wulfila)를 의미한다. 울필라스는 311년에 출생하여 383년에 사망했는데 그의 아버지는 고트족 출신이고 어머니는 고트족에게 포로로 잡힌 기독교도였다. 울필라스는 고트어 외에도 라틴어와 그리스어를 완벽히 구사했다. 서른 살에 그는 콘스탄티노플에서 선교 활동을 해야 했고 이때 성자 예수의 영원성 및 성부와의 동일 본질을 부정하는 아리우스파를 신봉하게 되었다. 그리고 이 시기에 울필라스는 니코메디아의 유세비우스(Eusebius of Nicomedia) 콘스탄티노플 대주교에 의해 주교에 서임되었다. 얼마 후 그는 자신의 고향으로 돌아가 도나우강 북부 지역에서 고트족을 기독교로 개종시키는 작업을 시작했다. 그러나 그의 선교 사업은 지난했다. 고트족의 고유 신앙에 충실했던 아타나리쿠스(Athanaricus) 왕은 위압적인 오딘 상을 만들어 수레에 싣고 모든 지역을 순회하도록 명령했다. 그리고 오딘에 대한 숭배를 거부하는 자들은 화형에 처했다. 탄압은 지속되었고 울필라스는 마침내 348년 그를 추종하던 사람들을 이끌고 도나우강을 건너 오늘날 불가리아 지역에 위치한 오지로 들어갔다. 그곳에서 기독교로 개종한 고트족은 자신들의 동족이 벌이는 부족 간 전쟁과는 거리가 먼 평화롭고 목가적인 삶을 건설했다.

200년이 지난 후 역사가 요르다네스[511]는 자신의 저서 『고트족의 기원』에서 다음과 같이 기록하고 있다.

또한 덜 알려졌지만 상당한 규모의 고트족이 존재했다. 이들의 지도자는 울필라스 주교였다. 전해 오는 이야기에 따르면 그는 자신이 이끌던 고트족에게 글쓰기를 가르쳤는데 이들은 오늘날 에우코폴리스(Eucópolis)[512]에 거주하는 사람들이다. 이들은 평화로운 삶을 영위했지만 가난했다. 이들은 산기슭에 삶의 터전을 마련했는데 가축과 농지, 숲을 제외하고는 그 어떤 자원도 가지고 있지 않았다. 이들이 정착한 지역의 땅에서는 모든 종류의 과일이 풍요로웠지만 밀은 잘 자라지 못했다.

---

511   Jordanes 혹은 Jordanis. 6세기에 활동한 동로마 출신의 역사가. 대표작으로는 로마의 역사를 축약한 『로마사(Romana)』와 고트족의 역사를 다룬 『고트족의 기원(De Rebus Geticis)』이 있다.

512   발칸 반도 남쪽에 위치했던 곳으로 추정되는 도시.

또한 대부분의 사람들은 이 세상에 포도나무와 같은 것들이 있다는 사실을 모르는 것 같았다. 이들은 오직 우유를 통해 영양을 섭취할 뿐이었다.

울필라스의 글 중 그리스어로 쓴 글은 전혀 남아 있지 않다. 라틴어로 쓴 글은 그가 죽기 전 자신의 믿음을 반복하면서 확인했던 "나 울필라스는 언제나 이것을 믿었습니다.(Ego Ulfilas semper sic credidi.)"라는 짧은 고해문뿐이다. 울필라스의 위대한 작품은 다름 아닌 비시고트어로 번역한 성경이다. 에드워드 기번은 "울필라스는 야만족들의 무자비한 영혼을 자극할 수 있는 열왕기 4권[513]을 조심스럽게 생략했다."라고 평가했다. 성서 번역 작업에 착수하기에 앞서 울필라스는 그가 성서를 번역할 때 사용할 문자를 창안해야만 했다. 당시 게르만족에게는 스물네 개의 기호로 구성된 룬 문자가 있었는데, 이 문자는 나무나 금속에 새기기에 적합했고 또한 대중의 상상력 속에서 이교도적 마법과 결부되어 있었다. 울필라스는 열여덟 개의 그리스 문자와 다섯 개의 룬 문자, 하나의 라틴 문자, 그리고 Q의 역할을 하는 기원을 정확히 알 수 없는 문자 하나를 취해 울필라스 문자 또는 메조 고트 (Meso-Gothic) 문자를 창제했다.

우리는 울필라스 성서의 상당 부분을 아르겐테우스 고사

---

513   16세기 이후 열왕기는 상하 두 권으로 나뉘었지만 최초의 그리스어 성서인 70인역에서는 사무엘서 상하, 열왕기 상하 총 네 권으로 나눠 "왕국들"에서 다루고 있다.

본(Codex Argenteus)에서 찾아 볼 수 있다. 이 고사본은 문자와 양장이 은으로 제작되었기에 흔히 "은의 서"라고도 불린다. 16세기 베스트팔렌에서 발견된 아르겐테우스 고사본은 현재 웁살라에 보존되어 있다. 이탈리아의 한 수도원에서 발견된 팰림프세스트는 울필라스 성서의 다른 부분도 우리에게 보여 준다. (또 다른 텍스트를 쓰기 위해 원본을 지운 고문서를 팰림프세스트(Palimpsest)라 부른다.)

고트어 성서는 게르만 언어로 된 가장 오래된 역사적 기념물이다. 성서 번역을 위해 울필라스는 엄청난 난관을 극복해야만 했다. 성서는 한 권의 일반적인 책이라기보다는 하나의 문학 작품이다. 전사(戰士)와 목부(牧夫)의 방언으로 때로는 복잡하고 난해하기도 한 이와 같은 문학을 재생산하는 것은 선험적으로 불가능해 보이는 작업이다. 그런데 울필라스는 결단력을 가지고, 때로는 기지를 발휘해 이를 완수했다. 그는 당연히 어구상의 파격적 용법들과 신조어들을 제한 없이 사용했다. 울필라스는 언어를 문명화해야만 했다. 그의 성서 번역본을 읽는다면 종종 놀라운 장면과 마주치게 될 것이다. 예를 들어 마가복음에는 다음과 같은 글이 나온다. "사람이 온 세상을 얻고도 제 목숨을 잃으면 무슨 소용이 있느냐?"[514] 울필라스는 '세상'(원전에서는 cosmos)을 '아름다운 집'으로 옮겼다. 몇 세기 후 앵글로색슨족은 '세상'을 인간의 유한한 시간을 신성의 무한 지속과 대비되는 개념을 가진 Woruld(Wereald, 인간의 나이)

---

514   마가복음 8:36. 한국 천주교 주교회의 편, 신약 성서.

로 번역하게 된다. 코스모스, 그리고 세계라는 개념은 단순했
던 게르만족에게는 지나치게 추상적이었던 것이다.

이렇게 위클리프와 루터의 먼 선구자라 할 수 있는 울필라
스의 성서 덕분에 비시고트족은 속어 성서를 가진 유럽 최초
의 민족이 되었다. 프랜시스 폴그레이브[515]는 고트족이 이렇게
유럽 최초로 자국어 성서를 갖게 된 이유에 대해 다음과 같이
설명한다. 즉 라틴어로 쓰인 성서를 로망스어로 번역할 경우
라틴어와 로망스어가 지닌 유사성 때문에 조잡한 모방작이 되
거나 불경스러운 패러디가 될 위험이 있었기에 로망스어로의
번역은 당시로서는 불가능했다는 것이다.

기원전의 게르만 언어는 크게 동게르만어, 서게르만어, 북
게르만어 등 세 개의 그룹으로 나뉘어 있었다. 북게르만어는
바이킹족이 사용하던 언어를 통해 최대로 확산되었다. 이들
은 영국, 아일랜드, 노르망디로 진출하면서 이 지역에 그들의
언어를 유포했으며, 심지어 바이킹어는 아메리카 대륙의 해
안과 콘스탄티노플의 거리에서도 사용되었다. 서게르만어로
부터는 현재 세계를 장악하고 있는 영어, 독일어, 네덜란드어
가 유래했다. 복잡한 문학의 미래를 위해 울필라스가 연마했
던 동게르만어는 영원히 소멸해 버렸다. 이들 후손들이 지니
게 될 제국 건설의 운명도 소멸을 막지는 못했다. 케베도와 만
리케[516]는 비시고트족의 과거를 찬양했지만 그 언어는 이 종족

---

515   Francis Palgrave(1788~1861). 영국의 역사학자. 영국
       국가 문서 보관소의 설립을 주도했다.

516   호르헤 만리케(Jorge Manrique, 1440~1479): 스페인

이 사용했던 동게르만어가 아니라 라틴어의 아들인 스페인어
였다.

중세 시문학의 대표적 시인. 그의 작품들 중 특히 「아
버지의 죽음에 바치는 송가(Coplas por la muerte de su
padre)」가 아버지를 잃은 작가의 내면적 고통이 아름
다운 시어로 섬세하게 묘사되어 많은 독자들의 사랑
을 받고 있다.

앵글로색슨 문학

우리가 아는 한, 이후 잉글랜드(England)라는 명칭을 통해 다시 공명하게 될 앵글족이라는 이름을 언급한 이는 타키투스다. 그는 『게르마니아』에서 소수 부족 목록을 소개하며 이 이름을 언급했다. 이 책 40장에서 타키투스는 다음과 같이 기록하고 있다.

강과 숲으로 보호를 받으며 레우디그나족, 아비오네스족, 앵글족, 바리나족, 에오도세스족, 수아리네스족, 누이토네스족 들이 살고 있다. 이들 부족들에게는 네르투스, 즉 어머니의 대지를 숭배하는 점 외에는 특별히 언급할 만한 것이 없다. 이들 부족들의 신앙에 따르면 네르투스는 인간사에 개입하여 인간들 사이를 돌아다닌다고 한다. 큰 바다의 한 섬에 카스토라 불리는 신성한 숲이 있고 이 숲에는 천으로 덮인 마차가 있다. 오직 사제만이 이 마차를 만질 수 있고 비밀의 신전에서 여신의 존재를 느낄 수 있다. 암소가 이 마차를 끌며 사제는 경외심을 가지고 이 마차를 뒤따른다. 이때는 행복과 기쁨이 넘치는 날들이며 여신이 방문하고 머무를 만한 가치가 있다고 생각한 모든 곳에서는 축제가 열린다. 이때는 전쟁도 없으며 사람들은 무기도 잡지 않는다. 모든 무기는 안전한 장소에 보관된다. 인간들과의 만남에 지친 여신을 사제가 다시 비밀의 신전으로 모셔다 드릴 때까지 사람들은 평화와 안식을 만끽한다. 비밀의 호수에서 마차를 닦고 천을 빨며, 이 사실을 기꺼이 믿는다면 여신도 목욕을 시킨다. 이 작업은 노예들이 담당하는데 이들은 모든 작업을 마치고 나면 호수 속으로 던져진다. 이러한 이유로 사람들은 오직 죽을 운명에 처한 자들만이 여신을 볼 수 있다는 은밀한 두려움과 성스러운 무지를 느끼게 된다.

타키투스가 이 글을 쓴 시기는 기원후 I세기였다. 400년이 지난 후 앵글족과 주트족 혹은 프리슬란트족이 이후 잉글랜드라고 불리게 될 브리타니아의 로마 통치 지역에 침입했다. 덴마크, 네덜란드, 라인강 어귀 지역에서 유래한 이들은 북해와 발틱해의 사람들이었고 수백 년 동안 이 지역들에 대한 기억과 향수를 간직했다. 주트족은 용병이었고 색슨족은 해적 연합체였다. 앵글족은 부족 전체가 잉글랜드로 이주해 버려 이들의 원거주지였던 덴마크 남부 지역은 불모지가 되어 버렸다는 이야기가 전해 내려온다. 이들 부족들은 잉글랜드에 작은 왕국들을 건설했고 곧 자신들이 숭배하던 오딘을 버리고 기독교로 개종했다. 그러나 자신들의 언어와 전통에는 충실했다. 이들은 자신들이 정복한 로마 시대에 건설된 도시에 정착하지 않았다.

오히려 이 도시들을 포기하고 떠나 고독과 폐허의 공간으로 만들어 버렸다. 자신들의 영역을 확장해 가는 과정에서 이들 게르만 전사들은 기존에 구축되어 있던 간선 도로를 이용하는 대신 들판을 횡단하여 전진하는 방법을 선호했다. 도시와 도로는 바다와 밀림의 사람들에게는 너무나 복잡한 존재였던 것이다.

이들에 관한 가장 오래된 역사서는 이들의 잉글랜드 정복이 보여 주는 폭력적 특징을 부각하고 있다. 길다스 사피엔스[517]는 다음과 같이 기록하고 있다.

야만스러운 사자 굴인 게르마니아로부터 수많은 사자 새끼들이 세 척의 전함에 나눠 타고 돛에 바람을 가득 안은 채 상서로운 조짐과 예언을 가지고 떠났다. 이전에 저질러진 범죄 행위로 인해 정당하게 야기된, 그리고 우리 적들의 손에 의해 동쪽 바다에서 길러진 복수의 불길이 온 바다에 퍼졌다. 이 복수의 화염은 섬의 반대편에 도달하여 흉포한 붉은 혀를 서쪽 바닷속으로 가라앉혔다. 산에서 사로잡힌 이들은 살해되었고 굶주림에 고통받던 이들은 즉시 죽임을 당할 위험을 감수하면서도 스스로 침략자들의 노예가 되겠다고 제안했다. 노예로의 길은 침략자들이 이들에게 베풀 수 있는 최대의 자비였던 것이다. 어떤 사람들은 바다를 건넜고 어떤 사람들은 자신들의

---

517   Gildas Sapiens(500?~570?). 6세기에 활동한 영국의 사제로 색슨족의 영국 이주 당시의 상황을 기록한 『브리튼의 파괴와 정복에 관하여(De Excidio et Conquestu Britanniae)』를 썼다.

구원을 산과 협곡, 숲과 바닷속 바위에 의탁하며 그들의 고향에 남았다. 하지만 이들은 언제나 두려움에 떨어야만 했다.

길다스는 바다를 건넌 사람들에 대해 언급하고 있는데, 이들은 바로 색슨족의 침입을 피해 오늘날 브르타뉴(Bretagne)라는 이름으로 불리는 아르모리카(Armorica) 지역에서 피난처를 찾던 브리튼족이다. 세 척의 전함은 영국을 정복한 세 민족을 상징하는 것으로 볼 수 있다. 그러나 에드워드 기번은 세 척의 전함은 세 민족의 상징이라기보다는 수백 척의 작은 배이고, 이들의 정복은 단 한 번의 군사 작전을 통한 것이 아니라 한 세기에 걸쳐 이루어진 침략과 이민의 긴 과정이라고 간주한다. 그리고 그는 다음과 같이 부연 설명한다.

색슨족 침략자들은 이들을 둘러싼 상황으로 인해 고기잡이나 해적질 같은 위험한 일에 종사할 수밖에 없었다. 그리고 이들의 초기 모험의 성공은 이 성공을 이끈, 자신들을 둘러싼 숲들과 산들이 발생시키는 음울한 고독에 염증을 느끼고 모험에 나섰던 가장 용맹스러운 동료들을 능가하고자 하는 경쟁의식을 불러일으켰다.

덴마크의 언어학자 오토 예스페르센[518]은 앵글로색슨어,

---

518   Otto Jespersen(1860~1943). 덴마크의 언어학자로서
       영어사 연구에 큰 공헌을 했다. 저서에『영어의 발달
       과 구조(Growth and Structure of the English Language)』,
       『국제어(An International Language)』등이 있다.

혹은 고대 영어는 프리슬란트어(Frisian Languages)와 마찬가지로 서게르만어와 스칸디나비아어 중간에 위치한다고 생각하는데, 지리적 상황이 이 가설을 뒷받침한다. 우리가 앞에서 살펴보았듯이 상당한 규모의 게르만 침략자들이 덴마크와 슐레스비히홀슈타인(Schleswig-Hostein) 인근 지역에서 유래했다. 오늘날 일반적으로 앵글로색슨어라는 단어는 크게 두 가지 방식으로 해석되어 왔다. 우선 앵글로색슨어는 앵글족과 색슨족의 언어라는 의미로 인식되어 왔다. 또한 이 표현은 영국으로 건너온 색슨족의 언어와 유럽 대륙에 남은 색슨족의 언어를 구분하기 위해 사용되어 왔는데, 이것이 앵글로색슨어라는 말을 더 정확하게 정의한다고 볼 수 있다. 중세 시기 잉글랜드는 '색슨족의 땅'이라는 의미의 세악스란드(Seaxland)로 불리기도 했다. 반면 잉글랜드 지역에서 사용했던 언어는 항상 엥글리스크(Englisc)로 불렸다. English라는 단어는 England라는 단어보다 역사적으로 앞선다.

강자음과 개모음이 특징이었던 고대 영어는 현대 영어와 비교했을 때 울림소리와 거센소리가 강했다. 현대 영어의 발음은 이런 발음들을 많이 순화한 발음이다. 고대 영어는 오늘날에는 사라진 자음군을 가지고 있었다. 예를 들어 빵을 의미하는 loaf는 blaf였고 '말이 울다'라는 의미를 지닌 동사 neigh는 hneagan이었다. 반지를 의미하는 ring은 bring이었고 고래를 의미하는 whale은 hwael이었다. 고대 영어의 문법 구조 역시 현대 영어에 비해 매우 복잡했다. 독일어와 라틴어처럼 세 개의 문법적 성과 네 개의 격, 그리고 상당히 많은 동사 활용과 어미 변화가 있었다. 고대 영어의 어휘들은 초기에는 앵글로색슨족이 사용하던 단어로만 구성되었지만 시간이 경과함에 따라 스칸디나비아어, 켈트어, 라틴어 어휘들을 수용했다.

　　모든 문학에서와 마찬가지로 앵글로색슨 문학에서도 시가 산문보다 먼저 출현했다. 각 연은 전체 음절 수에 제한이 없었으며 두 부분으로 나뉘는데, 각 부분은 강세를 받는 음절, 즉 운율적 강세가 두 개씩 있었다. 각운과 유운(類韻)은 존재하지 않았다. 시에서 가장 중요한 요소는 동일한 문자로 시작하는 단어를 연속적으로 배열하는 방식인 두운이었다. 일반적으로 한 행에는 이러한 단어 세 개가 배열되는데 행의 전반부에 두 개가 배치되고 후반부에 한 개가 배치된다. 운율적 강세가 네 개이고 두운이 세 개라는 사실은 고대 영시에서 가장 기본적이며 중요한 것은 강세이고 두운은 이에 맞추기 위한 것이라는 점을 우리에게 제시해 준다. 고대 영시 작품에서 매우 엄격하게 지켜지던 이 규칙은 시간이 경과함에 따라 잘 지켜지지 않게 되었다. 앵글로색슨어는 이미 소멸했다. 하지만 두운을 통한 언어유희는 현대 영어에서 일반적 표현뿐 아니라(safe and sound, fair or foul, kith and kin, fish, flesh or fowl, friend or foe) 신문 표제어나 광고 문구(pink pills for pale people) 등에 여전히 살아 있다. 18세기 말 새뮤얼 테일러 콜리지는 『늙은 뱃사람의 노래』에서 각운과 두운을 다음과 같이 결합하고 있다.

　　　　순풍이 불고 흰 거품이 날았으며
　　　　선미의 물이랑은 막힘없이 따라왔소.
　　　　그 고요한 바다에 들어온

첫 번째 사람들이 우리였소.

The fair breeze blew, the white foam flew,

The furrow followed free;

We were the first that ever burst

Into that silent sea.

　사물을 지칭하는 일반 명사들은 두운 법칙에 적합하지 않은 경우도 많았다. 따라서 이런 명사들은 합성 명사들로 대체할 필요가 있었고 시인들은 곧 합성 명사가 은유가 될 수 있음을 발견했다. 그래서『베어울프』에서 바다는 '돛들의 길', '백조의 길', '파도의 잔', '고래의 길'로 표현되고 태양은 '세상의 촛불', '하늘의 행복', '하늘의 소중한 돌'로 묘사된다. 그리고 하프는 '환희의 재목'으로, 검은 '망치들의 잔재', '싸움의 동반자', '전투의 빛'으로, 전투는 '검들의 놀이', '철의 폭풍'으로, 배는 '바다의 횡단자'로, 용은 '석양의 위협', '보물 지기'로, 몸은 '뼈들의 거주지'로, 여왕은 '평화의 직조자'로, 국왕은 '반지의 제왕', '백성의 황금빛 친구', '백성의 지도자', '재물의 분배자'로 그려진다.『성자의 삶(Lives of Saints)』에서 바다는 '물고기의 욕실', '바다표범의 길', '고래의 연못', '고래 왕국'으로, 태양은 '인간의 촛불', '대낮의 촛불'로, 눈은 '얼굴의 보석'으로, 배는 '파도의 말', '바다의 말'로, 늑대는 '숲의 주민'으로, 전투는 '방패의 놀이', '창의 비행'으로, 창은 '전쟁의 뱀'으로, 신은 '전사들의 행복'으로 묘사된다.『브루난부르흐 전투(Battle of Brunanburh)』에서 전투는 '창들의 교섭', '깃발들의 균열', '검들의 영성체', '남자들의 만남'으로 제시된다. 이후 시간이 지남에 따라 관용어가 되어 버린 이와 같은 동의어들의 취급은 시인들 사이에서 매우 엄격한 법칙으로 간주되었다. 사물의 묘사와 제시에서 직접적으로 그것을 언급하지 않는 것은 시인들에게는 하나의 의무였다.

문맥으로부터 발췌하여 나열해 놓은 이 은유들은 매우 차갑게 느껴진다. 하지만 우리는 시의 멜로디가 이 은유들과 적절하게 조화를 이루고 있다는 사실을 기억할 필요가 있다. 더욱이 원래의 작품들에서 이 은유들은 스페인어로 해석해 놓은 것보다 더 간결하다. 즉 각각의 은유적 표현들은 한 단어의 합성어로 되어 있으며, 따라서 마치 하나의 단위처럼 느껴진다. 그러므로 스페인어로는 '창들의 만남(encuentro de las lanzas)'이라고 어렵게 구성한 은유가 앵글로색슨어로는 garmitting으로 간단히 구성되었다. 합성어는 게르만어에서 자연스러운 조어법이었다. 예를 들어 독일어로 골무를 의미하는 Fingerhut는 스페인어로 풀어 쓰면 sombrero del dedo(손가락 모자)가 되며, 장갑을 의미하는 Handschuh는 zapato de la mano(손 구두)가 되고, 무지개를 의미하는 Regenbogen은 arco de la lluvia(비의 아치)가 된다.

『베어울프』

8세기에 창작된 『베어울프』는 게르만 문학에서 가장 오래된 서사시다. 1705년에 발견된 이 작품은 덴마크인들과 스웨덴인들의 전쟁을 다룬 무훈 서사시로서 앵글로색슨 문학 필사본 목록에 등재되었다. 그런데 이는 오류다. 『베어울프』에 대한 잘못된 확인 및 정의는 시어가 지닌 난해함에 기인한다. 18세기 초 영국에는 앵글로색슨어로 창작된 산문을 해독할 수 있는 학자들이 있었다. 그렇지만 이들은 우리가 앞에서 살펴본 합성어처럼 인위적으로 만든 언어로 집필된 운문을 해독할 능력은 없었다.

앵글로색슨 문학 필사본 목록에 등재되어 있던 『베어울프』에 매료된 덴마크 학자 토르켈린[519]은 이 작품을 필사하기 위해 영국으로 갔다. 그는 21년 동안 이 작품을 연구했는데, 필사를 하면서 라틴어 번역본과 함께 출판하기 위한 준비 작업을 했다. 1807년 영국 함대가 코펜하겐을 침략했을 때 토르켈린의 집이 불탔고, 이때 20여 년의 열정과 노고가 깃든 경건한 결실물도 소실되었다. 토르켈린으로 하여금 영국으로 건너가게 했던 애국적 열정은 이 덴마크 학자보다는 오히려 베어울프와 유사하게 폭력적인 영국인들에게서 더 잘 형상화되어 그에게 부메랑으로 돌아왔고, 결국 그의 헌신적 노력을 무화시켜 버린 것이다. 그러나 토르켈린은 이 불운을 극복하고 1815년에 『베어울프』의 초판을 출간했다. 하지만 오늘날 이 판본은 학술적 가치보다는 희귀본으로서의 가치만 갖고 있을 뿐이다.

또 다른 덴마크 출신 목사이자 학자인 그룬트비[520]는 1820년

519 　그리무르 욘손 토르켈린(Grímur Jónsson Thorkelin, 1752~1829). 덴마크 출신의 고문서 학자. 코펜하겐 대학교 교수를 역임했다.

520 　니콜라이 프레데리크 세베린 그룬트비(Nikolai

『베어울프』의 새로운 판본을 출간했다. 당시는 앵글로색슨어 사전도 문법도 존재하지 않던 시절이었다. 그룬트비는 앵글로색슨어로 창작된 산문 작품들과 『베어울프』를 통해 이를 학습했다. 그는 토르켈린 판본을 수정했고 정정을 제안했다. 이 제안은 이후 『베어울프』 원본에 의해 확인되었는데, 그룬트비는 원본을 보지는 못했다. 하지만 그룬트비의 토르켈린 판본에 대한 수정과 정정 제안은 당연히 『베어울프』의 최초 편집자였던 토르켈린의 분노를 야기했다. 이후 영어본과 독일어본 등 많은 판본이 출간되었다. 이 중 클라크 홀(John Richard Clark Hall)과 얼(John Earle)의 산문본, 윌리엄 모리스의 운문본이 주목할 만한 가치가 있다.

『베어울프』를 둘러싼 부차적인 에피소드들이 있지만 더 이상 언급할 필요는 없다. 이 작품은 크게 두 부분으로 나뉘는데 다음과 같은 내용이다.

스웨덴 남쪽에 위치한 기트 왕국의 왕족 출신인 베어울프는 그를 따르던 용사들과 함께 덴마크를 통치하고 있던 흐로드가르(Hrothgar) 왕의 궁전에 도착한다. 어떤 학자들은 기트족을 주트족으로 간주하며 또 다른 학자들은 고트족과 동일시한다. 인간의 형상을 한 거대한 괴물 그렌델은 늪지에 살며 12년 동안이나(작품에서 열두 번의 겨울이라고 언급한다.) 한밤중에 왕의 궁전을 습격하여 데인족 전사들을 죽이고 잡아먹었다. 그

Frederik Severin Grundtvig, 1783~1872). 덴마크의 문화사 연구에 큰 족적을 남긴 시인이자 철학자, 역사학자, 목사.

렌델은 카인의 후예였고 마법으로 그 어떤 무기도 물리칠 수
있는 능력을 갖고 있었다. 한 손으로 서른 명의 남자를 움켜쥘
수 있는 능력을 가진 베어울프는 그렌델을 죽이겠다고 약속하
고 무장도 하지 않은 채 옷을 벗고 어둠 속에서 괴물을 기다린
다. 전사들은 잠이 들고 연회장에 나타난 그렌델은 전사들 중
한 명을 산산조각 내 뼈뿐 아니라 모든 부위를 먹어 치우고 큰
컵에 피를 담아 마신다. 그러나 그렌델이 베어울프를 공격하
려 할 때 베어울프는 괴물의 팔을 붙잡고 놓아 주지 않는다. 둘
은 혈투를 벌이고 베어울프는 그렌델의 팔을 잘라 버린다. 그
렌델은 비명을 지르며 자신이 사는 늪지로 도망을 가는데 이
는 자신의 거처에서 죽기 위해서다. 거대한 손과 팔 그리고 어
깨가 마치 전리품처럼 연회장에 남아 있다.

그렌델을 물리친 다음 날 밤 승리를 축하하기 위해 연회가
열린다. 하지만 '바다의 늑대 여인', '바다의 여인' 혹은 '해저
의 늑대 여인'이라 불리는 그렌델의 어미가 연회장을 습격해
흐로드가르 왕의 친구를 죽이고 제 아들의 잘린 팔을 가져간
다. 베어울프는 좁은 길과 황무지에 남겨진 핏자국을 따라 그
렌델의 어미를 추격해 마침내 그녀가 거주하는 늪지에 도달
한다. 늪에 고인 물 속에는 뜨거운 피와 뱀들 그리고 전사들의
머리가 있다. 무장을 한 베어울프는 물속으로 뛰어들고 얼마
지나지 않아 늪 바닥에 도달한다. 물속이지만 물이 없고 설명
할 수 없는 기이한 빛들이 둘러싼 홀에서 베어울프와 그렌델
의 어미인 마녀가 혈전을 벌인다. 베어울프는 벽에 걸려 있던
명검으로 마녀를 참살하고 홀에 있던 그렌델 시신의 목을 자
른다. 그렌델의 피는 베어울프가 사용한 검의 날을 태워 버린

다. 베어울프는 칼자루와 그렌델의 머리를 가지고 물 밖으로 나오고 네 명의 전사가 그렌델의 무거운 머리를 흐로드가르 왕의 궁전으로 가져간다. 이렇게 『베어울프』의 제I부가 막을 내린다.

제2부는 50년 후의 이야기로 시작된다. 베어울프는 기트 왕국의 왕이 되었고 어두운 밤을 선회하는 용이 이야기에 등장한다. 이 용은 300년간 보물 창고를 지키고 있었다. 어느 날 도망치던 노예가 보물이 있는 동굴로 숨어 들어가 황금 주전자를 훔쳐 달아난다. 잠에서 깬 용은 곧 도난 사실을 알게 되고 도둑을 죽이기로 마음먹는다. 용은 종종 동굴로 내려가 보물이 잘 보관되어 있는지 확인한다.(인간적인 불안을 공포스러운 용에게 투영한 것은 시인의 기발한 착상이다.) 용은 기트 왕국을 황폐화하기 시작한다. 이제는 나이 든 노왕 베어울프는 용의 동굴로 찾아가 용과 처절한 싸움을 벌인다. 사투 끝에 베어울프는 용을 죽이지만 그 역시 용에 물린 상처에 독이 퍼져 죽게 된다. 기트 사람들은 베어울프를 위한 무덤을 만들어 유골을 안장하고 열두 명의 전사가 말을 타고 무덤 주위를 돌면서 "그의 죽음을 애도하고, 왕을 위해 눈물을 흘리며, 그를 위한 애가를 반복해서 부르고 그의 이름을 찬양한다".

『베어울프』의 이 연은 『일리아스』의 마지막 행과 비교가 되었다.

사람들은 말들의 조련사 헥토르의 장례식을 이렇게 거행했다.

『베어울프』를 통해 보았을 때 게르만족의 장례식은 훈족의
그것과 동일했다. 에드워드 기번은 그의 대표작『로마 제국 쇠
망사』에서 훈족의 아틸라 왕의 장례식을 다음과 같이 묘사하
고 있다.

말을 탄 기병들이 영웅을 추모하고 장송곡을 부르며 왕의
시신 주위를 돌았다. 그의 삶은 영광으로 가득했고 그는 죽어
서도 무적이며 백성의 아버지이자 적들에게는 매서운 채찍 같
았으며 전 세계의 공포의 대상이었다.

또 다른 장례식 장면이『베어울프』에 등장한다. 덴마크 왕
의 시신이 배에 실렸고 이후 사람들은 이 배를 "대양의 권능"
에게 내보냈다. 그리고 이렇게 적혀 있다. "집회에서 말하는 사
람도, 하늘 아래의 영웅들도 누가 그 직무를 받았는지 진정 선
언할 수 없었다."

영국 출신의 게르만학 학자 윌리엄 페이튼 커는 그의『서사
시와 로망스』에서 아리스토텔레스가 스물네 권에 달하는『오
디세이』를 단 몇 줄로 축약했음을 밝히면서『베어울프』역시
구조적 약점을 밝히기 위해 아리스토텔레스가 축약한 분량 수
준으로 요약할 수 있다고 언급한다. 그는 다음과 같이 아이러
니하게『베어울프』를 요약한다. "일을 찾던 한 남자가 왕궁에
도착한다. 왕궁의 주인인 왕은 잔혹한 여인들 때문에 고통을
받고 있다. 남자는 이 왕궁을 깨끗이 정리한 다음 명예롭게 자
신의 고향으로 돌아간다. 몇 년 후 남자는 자신의 왕국에서 왕
이 되고 용을 죽이지만 용의 독 때문에 죽는다. 백성들은 그의

죽음을 애석해 하고 그가 영면할 무덤을 만든다."

커는 그 어떤 단순화도 『베어울프』 이야기가 지닌 근원적 이중성을 제거할 수 없다고 하면서 용과의 결투는 그저 사족이라는 의견을 개진한다. 그리고 헤라클레스를 소재로 이용한 작가들은 헤라클레스를 영웅으로 간주하면서도 그의 열 두 과제 우화의 하나로 생각했다는 아리스토텔레스의 경멸에 찬 평가를 상기시킨다. 커는 다음과 같이 말한다.

용과 다른 괴물들을 죽이는 것은 전통 설화에서부터 영웅들이 담당한 일상적인 일이다. 이렇게 사소한 사항에 개별성 혹은 윤리적 존엄성을 부여하는 것은 사실 난망한 일이다. 하지만 『베어울프』는 바로 이것을 성취하고 있다.

『베어울프』에서 용의 등장이 이 서사시를 평가절하 하는 것처럼 보이는 것도 사실이다. 우리는 실재로서 그리고 상징으로서 사자를 믿는다. 우리는 실재로서가 아니라 상징으로서 미노타우로스를 믿는다. 하지만 용은 신화 속 동물 중에서 가장 불운한 동물이다. 용은 매우 유치해 보이고 이런 유치함은 용이 등장하는 이야기들을 오염시켜 버린다. 그럼에도 이것은 요정들의 이야기에 용들이 지나치게 많이 등장함으로써 유발된 현대적 편견이라는 점을 상기할 필요가 있다. 하지만 요한 계시록은 용에 대해 "그 옛날의 뱀, 악마라고도 하고 사탄이라고 하는 자"라고 두 차례 언급하고 있다. 이와 유사하게 성 아우구스티누스 역시 악마는 "사자이자 용이다. 그 무모함 때문에 사자와 같고 그 음흉함 때문에 용과 같다"고 기술하고 있다.

카를 융 역시 용에는 땅과 하늘을 의미하는 뱀과 새가 혼재한다고 말한다.

커는 『베어울프』의 통일성을 부정한다. 이 통일성을 추정하기 위해서는 용과 그렌델 그리고 그렌델의 어미를 악의 상징 혹은 형상으로 간주하는 것만으로도 충분하다. 베어울프 이야기는 이와 같은 해석에 따르자면 한 전투에서 자신이 승리했다고 믿는, 그리고 많은 시간이 흐른 뒤 다시 한번 나라를 구해야 했지만 승리하지 못한 한 남자의 이야기가 될 것이다. 또한 결국에는 운명에 압도된 한 남자의 반복된 싸움에 대한 우화가 될 것이다. 카인의 먼 후예인 그렌델은 어떤 면에서는 용, 즉 "절망적 공포이자 황혼의 역병"일 것이다. 이러한 이유로 커는 통일성을 부정하는 것이다. 나는 『베어울프』의 스토리가 그렇다고 말하는 것은 아니다. 내가 말하고자 하는 것은 이와 같은 스토리가 바로 『베어울프』의 작자가 시도했던, 혹은 작품을 집필하는 과정에서 지향했던 것이라는 점이다.

사실 가능한 스토리는 많지 않다. 이들 중 하나가 자신의 운명과 결부된 한 남자에 관한 스토리다. 『베어울프』는 이와 같은 영원한 스토리의 초보적 형태일 것이다.

게다가 호메로스식 서사시를 추종했던 작가들이 무훈이나 괴물의 제거보다는 관용과 충성심, 예절 그리고 느린 수사적 담론에 더 큰 관심을 기울였던 것과 마찬가지로 피로 점철된 『베어울프』 스토리는 이 스토리가 생산된 문맥보다는 덜 중요하다. 그렌델이 사는 늪지에 대한 묘사에서 베르길리우스의 『아이네이스』가 『베어울프』에 미친 영향은 유명하다. 『베어울프』의 작자는 라틴어 작품 강독과 스칸디나비아어로의 번역에 많은 관심을 갖고 매진했던 노섬브리아 왕국[521] 출신의 사제로 추정된다. 기독교도로서 그는 이교도 신들을 언급할 수 없었고 예수 그리스도와 기독교 성인들에 대해서도 말할 수 없었다. 이렇게 해서 그는 이교도적 요소와 기독교적 요소에 대한 언급 없이 신화와 신학을 앞서는 고대 세계의 효과를 획득할 수 있었다.

『베어울프』는 약 3200행으로 구성되었으며 거의 온전하게 오늘날까지 전해 내려오고 있다. 등장인물들은 기트족, 데인족, 프리슬란트족이며 앞에서 살펴보았듯이 사건은 유럽 대륙에서 전개된다. 이는 다양한 게르만족이 자신들이 본질적으로는 하나라는 점을 인식했음을 알려 주는 지표다. 게르만족은 라틴족을 적의가 담긴 단어로 통칭했는데 영국에서는 오늘날 웨일스에 거주하던 사람들을 "welsh"라고 불렀으며 독일에서는 이탈리아인들과 프랑스인들을 "welsh"라고 불렀다.

스페인 문학뿐 아니라 다른 유럽 국가 문학에서도 풍경에 대한 감흥은 문학 작품 속에 상당히 뒤늦게 나타나는데『베어울프』에는 이미 나타나고 있다.

일반적으로『베어울프』를『일리아스』와 비교하는 것은 어불성설이라고 말한다.『일리아스』는 이미 유명한 문학 작품으로서 오랜 기간 읽히고 잘 보존되어 왔으며 많은 독자들로부터 숭배를 받는 반면『베어울프』는 단 하나의 필사본만 전승되

---

521   서기 654년부터 954년까지 오늘날 잉글랜드 북부 지역과 스코틀랜드 남동부 지역에 걸쳐 존재했던 앵글족이 세운 왕국.

어 온 우연의 결과이기 때문이라는 것이다. 이렇게 생각하는
사람들은『베어울프』가 많은 앵글로색슨 서사시들 중 하나일
뿐이라고 주장한다. 조지 세인츠버리[522]는 그 같은 서사시들이
많이 존재했다는 사실을 부정하지는 않지만 오늘날에는 존재
하지 않는다고 주장한다.

『핀스부르흐 전투』 단장

인문학자들에 따르면『베어울프』의 동시대 작품으로『핀
스부르흐 전투』서사 단장(短章)이 있다. 이 작품은 대략 50행
으로 구성되어 있으며 덴마크 왕비 힐데부르흐의 비극적 이야
기를 다룬다. 힐데부르흐의 남편은 프리슬란트 왕국의 왕 흐
내프인데 이 두 사람의 아들을 힐데부르흐의 오빠가 살해하고
흐내프는 자신의 처남을 죽인다. (또 다른 단장이『베어울프』에
등장하는데 음유 시인(scop)이 이를 낭송한다.)[523]

내용은 다음과 같다. 어둠이 짙게 내린 밤에 핀의 성안에 머
물고 있던 덴마크 전사들은 기이한 빛을 보게 되는데 그것은 사
실 이들을 죽이기 위해 포위를 하고 있던 적들의 방패에 반사된

---

522   조지 에드워드 베이트먼 세인츠버리(George Edward
       Bateman Saintsbury, 1845~1933). 영국 출신의 작가이
       자 문학사가.

523   『베어울프』1063행에서 1159행까지가 흐내프에 관한
       내용이다.

달빛이다. "처마가 불타는 것은 아니다." 전투에 처음 임하는 왕이 말한다. "동쪽에서 동이 트는 것도 아니고 용이 여기까지 날아오는 것도 아니며 이 성의 처마가 불타는 것도 아니다."

경내에는 두 개의 문이 있는데 용맹무쌍한 덴마크 전사들이 이 문들을 지킨다. 전투에 임하기 전 전사들은 자신들이 누구인지 밝힌다. "내 이름은 지크프리트다." 전사가 말한다. "나는 섹간족 출신이며 그 명성이 자자한 전사로 숱한 고난과 전투로 단련되었다."

전투는 닷새 동안 지속되고 "성 전체가 불길에 휩싸인 듯 검들이 번쩍거린다". 이 작품 속에는 게르만 서사시의 전형적 소재인 독수리, 까마귀, 회색 늑대가 등장한다. 『핀스부르흐』의 문체는 『베어울프』에 비해 수사적 표현이 약한 대신 좀 더 직접적인데, 이 점은 『핀스부르흐』가 『베어울프』와는 다른 문학적 전통에 속함을 보여 준다. 우리는 이러한 문체를 몇 세기 뒤 『맬던 전투』에서 다시 만나게 된다.

기독교화 이전의 시들

현존하는 가장 오래된 시는 『여행자의 노래(Widsith)』로 추정된다. 이 시의 창작 연대는 비록 이 작품에서 메디아,[524] 페르시아, 이스라엘 같은 곳이 언급되어 기원후 10세기경으로 추

---

524   아시리아 멸망 후 기원전 8세기에 메디아인이 현재의
       이란 북서부 지역에 세운 왕국.

정하기도 하지만 실제로는 기원후 7세기경이다. Widsith는 '넓은 길', '원거리 여행', '여행자'를 의미한다. 주인공은 음유시인(scop)으로, 자신이 여행했던 지역을 읊고 이것을 들은 왕들은 그에게 보상금을 주었다. (이것은 청중들의 관대함을 자극하여 더 많은 돈을 벌 수 있는 매우 훌륭한 예다).『여행자의 노래』는 통치자들의 이름을 나열하는 목록으로 시작된다. 아틸라는 훈족을, 에오르만릭(Eormanric)은 고트족을, 카이사르는 그리스인을, 오겐테오우(Ogentheow)는 스웨덴인을, 오파(Offa)는 앵글족을, 알레위흐(Alewih)는 데인족을 통치한다고 시인은 말한다. 이후 그는 자신이 훈족, 영광스러운 고트족, 스웨덴인, 색슨족, 로마인, 사라센인, 그리스인, 그의 권력 아래 번창하던 도시와 부 그리고 부러운 것들을 가지고 있던 카이사르, 스코틀랜드인, "이스라엘인과 아시리아인, 히브리인과 유대인, 그리고 이집트인", 메디아인과 페르시아인과 함께 지냈다고 언급한다. 그러고는 "도시에 거주하는 사람들의 지도자"인 고트족의 왕이 자신에게 순금으로 만든 반지를 선물로 주었다고 자랑하면서 다음과 같은 말로 이야기를 마친다.

이렇게 음유 시인들은 운명이 이끄는 대로 여러 나라를 여행합니다. 시인들은 자신들이 무엇을 필요로 하는지 말하고 사의를 표명합니다. 남쪽에서 혹은 북쪽에서 시인들은 시를 이해하고 선물을 넉넉하게 주는 이를 언제나 만나게 됩니다. 그는 자신의 영광이 빛과 삶이 소멸될 때까지 전사들 앞에서 찬양되길 열망합니다. 찬양을 받는 사람의 영광은 이 하늘 아래서 오래 지속될 것입니다.

따라서 Widsith는 특정한 개인이 아니라 포괄적 음유 시인, 모든 음유 시인에 대한 확장과 상징임이 명백하다. 아마 작품 초반부에서 음유 시인은 한 개인이었을 것이다. 그러나 왕과 나라의 목록을 백과사전식으로 확장하는 능력은 그를 결국 포괄적 음유 시인으로 전환할 수 있었다. Scop이라는 단어는 '형상을 부여하다, 창조하다'라는 의미를 가진 동사 scieppan에서 유래했다. 따라서 Scop의 어원은 그리스어에서 '제작자, 제조자'의 의미를 지니는 '시인'과 유사하다.

애가

지금까지 우리가 살펴본 작품들은 게르만 민족이 공유하는 과거에 해당한다. 반면 앵글로색슨 애가라 불리는 운문은 매우 영국적이다. 고독에 대한 감정과 바다에 대한 열정, 감상적 성격 때문에 시대착오적 오류를 범할 위험이 있지만 그럼에도 불구하고 나는 우리가 이 애가를 낭만주의적 작품으로 분류할 수 있다고 생각한다.

가장 뛰어나지는 않지만 가장 유명한 작품은 「방랑자(The Wanderer)」라는 제목이 붙은 시다. 작품의 도입부에서 시인은 다음과 같이 말한다.

> 외로운 방랑자는 주님의 은총과 자비를
> 갈구하노니, 비록 슬픔으로 가득 찬 가슴을 안고,
> 넓게 펼쳐진 파도 위로 차가운 바다를 두 손으로

헤쳐 나가며 오랜 세월 추방의 여정을 밟아야 할

운명일지라도 말이오. 운명은 참으로 가혹하구려.

시인은 과거의 행복했던 추억을 떠올리며 괴로워한다.

말은 어디로 갔는가? 전사는 어디로 갔는가? 주군은 어디
로 갔는가?

향연의 자리는 어디로 갔는가?

화려했던 향연의 즐거움은 어디로 갔는가?

아, 번득이는 술잔이여! 아, 갑옷 있는 전사여!

아, 제왕의 영광이여! 시간은 속절없이 흘러, 어두운

밤 그림자 속에 흔적도 없이 사라지고 말았구나!

훌륭한 전사들이 사라진 자리에 남아 있는 것이라고는

용틀임 장식 새겨진 우뚝 솟은 텅 빈 벽뿐.

살육에 지침이 없는 창대와 가혹한 운명이

숱한 전사들을 죽음으로 몰아가고 말았구나![525]

또 다른 애가인 「항해자(The Seafarer)」는 두 가지 방식으로
해석된다. 이 작품을 오랜 세월 바다를 경험한 뱃사람과 바다
에 매료된 젊은이 사이의 대화로 보는 평론가들이 있다. 이들
은 뱃사람은 바다의 가혹함을, 젊은이는 바다의 물리칠 수 없

---

525   번역은 이성일 역주, 『고대 영시선』(한국문화사,
2017), 172~77쪽을 따르면서 보르헤스의 스페인어
해석에 맞춰 부분적으로 수정했다.

는 매력을 강조한다고 본다. 또 다른 평론가들은 이 작품의 등장인물을 한 명으로 보며 대화는 사실 등장인물 자신과의 대화라는 입장을 견지한다. 미학적으로 더 우월한 해석인 이 견해는 시를 더욱 난해하게 만들고 스윈번과 키플링 그리고 메이스필드(Masefield)[526]의 시에서 살아 숨 쉬는 1000년 전통의 시작을 이 작품에서 찾게끔 한다. 「항해자」에는 우리가 기억할 만한 가치를 지닌 시구가 있다.

> 세상에 제아무리 자부심으로 넘쳐 나는 기개와
> 풍부한 천부의 재능과 젊음에 찬 용기를 갖추어,
> 행동이 담대하고 주님의 은총을 받은 자일지라도,
> 뱃길을 나섬에 불안해 하지 않고, 앞에 놓인 여로에
> 무슨 일이 닥칠지 걱정하지 않을 사람은 없다오.
> 그에게는 연회장의 비파 소리도, 보물 하사 의식도,
> 여인과 함께 있는 기쁨도, 세속적 희망도, 그 밖의
> 어떤 생각도 없다오. 파도에 부대낄 일 말고는.

이어지는 행에서 시인은 다음과 같이 말한다.

> 여름을 지키는 새인 뻐꾸기는 구슬픈 목소리로
> 노래하며, 듣는 이의 가슴을 미어지게 할 쓰라린

---

526   존 메이스필드(John Masefield, 1878~1967). 영국의
       계관 시인.

슬픔을 예고한다오.[527]

「항해자」의 초반부에는 월트 휘트먼의 「나 자신의 노래
(Song of Myself)」에 나타나는 개인적 어조와 유사한 표현이 등
장한다. "나 자신에 대해 거짓 없는 노래 하나 부를 수 있소, 내
삶의 여정을 읊을 수 있소."

전반적으로 「항해자」는 낭만적인 작품으로서 고독, 폭풍
우가 몰아치는 사나운 바다, 겨울에 대한 묘사가 풍부하다. 다
음의 특이한 은유적 표현에 우리는 주목할 필요가 있다.

북으로부터 눈바람이 몰아쳤고,

땅에는 세상에서 가장 찬 씨알인

우박이 내렸소.

또 다른 색슨 애가로는 「폐허(The Ruin)」로 명명된 작품이
있다. 스토퍼드 브룩[528]은 색슨족이 도시에 거주하는 것을 경멸
했다고 정중하게 주장했다. 색슨족은 영국에 있던 로마 도시
들이 폐허가 되도록 방치했고 이후 폐허가 되어 버린 도시를
바라보면서 한탄하는 애가를 지었던 것이다. 「폐허」에서 언급

---

527   번역은 기본적으로 이성일 역주, 앞의 책, 180쪽을 따
        랐다.
528   Stopford Brooke(1832~1916). 아일랜드 출신의 성직
        자이자 작가.

되는 온천탕은 이 시가 배스(Bath)[529]에서 영감을 받았음을 보여준다. 작자 미상인 이 작품은 다음과 같다.

> 이 석벽은 웅장도 하여라, 하나 운명은 성채를
> 무너뜨렸으니, 거인들의 작품도 부서지누나.
> 지붕은 내려앉았고, 탑들은 뭉그러져 버렸고,
> 녹슨 문은 망가졌고, 서리는 돌 틈을 메우며,
> 금 간 건물들은 주저앉았고, 세월의 흐름 속에
> 밑동부터 먹혔도다. 오래전에 죽은 석공들은
> 일백 세대의 사람들이 세월 속에 흐르는 동안
> 차가운 땅속에 누워 갇혀 지낸 지 오래도다.
> 돌이끼로 잿빛을 띠고 녹물에 붉어진 석벽은
> 폭풍설을 견디며 왕국의 흥망을 지켜보았지만,
> 높고 넓다 한들, 무너졌구나. 하나 풍우에 찢기고
> 터졌어도, 석벽들은 여전히 끈질기게 남았구나.
> (......)
> 기막힌 형상들은
> 둥근 테 안에 새겨 넣었고, 무서운 집념으로
> 쇠줄을 엮어 돌덩이들을 묶어 놓았구나.
> 성채는 밝게 빛났으리라. 또한 욕망들도 많았고,

---

529   영국 남서부에 위치한 도시. 영국에서 유일하게 자연
       온천수가 나오는 곳으로 기원후 I세기 로마의 브리
       튼 섬 점령 직후부터 온천 휴양 도시로 개발되었으며
       1987년에 유네스코 세계유산으로 지정되었다.

수없는 박공들이 치솟고, 와자지껄한 무사들은

그네들이 술 마시는 방마다 가득 채웠으리나,

운명은 이 모두를 완전히 바꾸어 놓았도다.

재앙의 날이 닥쳐, 사나이들 죽어 넘어지고,

죽음은 용맹스러운 전사들을 다 데려갔도다.

비교(秘敎)의 방들은 텅 비어 폐허가 되고,

도시는 쑥밭이 되었도다. 건물 수리공들 스러지니,

이교(異敎)의 성역들도 땅에 묻히고 말았도다.

그리하여 황량함만이 휩쓸게 되니,

붉은 궁륭의 지붕에선 기와가 떨어지고,

폐허의 대지 위엔 돌 더미만 쌓일 뿐이더라.

번득이는 갑옷을 떨쳐 입고 오만하게, 술기운에 붉어진

얼굴로 수없는 무사들 으스대고 즐거워하던 곳이런만.

광활한 제국의 휘황찬란한 성채에서 무사들의 눈길은

머물렀으리라. 보물과 은과 보석과 부의 더미 위에…….

여기 돌로 된 건물들이 우뚝 서 있었고,

뜨거운 온천 뿜어 도도한 물길 흘렀고,

벽으로 둘러싸인 한가운데엔 뜨거운 온천수가

그득 넘쳐 났으리라, 참으로 운치 있었으리라.

뜨거운 물은 잿빛 돌 위를 넘쳐흘렀겠지![530]

마법의 목적을 지닌 시들도 있다. 그중 하나는 마치 가시나

---

530   번역은 기본적으로 이성일 역주, 앞의 책, 194~196쪽
       을 따랐다.

작은 창이 몸에 박힌 것 같은 극심한 고통을 퇴치하기 위한 것이다. 이 시는 창을 던지는 강인한 여인들에 대해 노래하는데 이 여인들은 전쟁터에서 전사자들을 선별해 오딘의 천국으로 인도하는 발키리의 기독교적 변형인 마녀다.

> 대지 위에서 말달릴 때,
> 그래,
> 그녀들은 진정 우렁찼고,
> 산 위에서 말달릴 때
> 그녀들은 의연하네.

퇴마사가 시의 마지막 부분을 낭송하고 나면 고통은 인간에게서 나와 산으로 도망가야만 한다. 또 다른 시는 난쟁이를 대상으로 하는데 이때 난쟁이는 경련을 동반한 질병의 상징일 수 있다. 또 다른 시는 여행을 떠나기 전 낭송해야 하는 시이고, 또 다른 시는 잃어버린 동물을 찾기 위해 읊던 시이며, 또 다른 시는 땅의 풍요를 기원하며 낭송하는 시다. 지금까지 언급한 시들에서는 기독교 사상의 편린들이 엿보인다. 예를 들어 우리는 다음과 같은 구절을 찾아 볼 수 있다.

> 마테오가 나의 투구가 되기를,
> 마르코스가 나의 갑옷이 되기를,
> 루카스가 번득이는 날을 지닌 나의 검이 되기를,
> 요한이 나의 영광스러운 훌륭한 방패가 되기를.

이교도 신들 역시 등장하는데 스칸디나비아어로 오딘이라 불리는 보덴(보탄)이 언급된다.

『십자가의 꿈』 혹은 『십자가의 환영』

확실하지는 않지만 텍스트에 특이한 방식으로 룬 문자를 이용해 서명했던 퀴너울프(Cynewulf)가 『십자가의 환영』 혹은 『십자가의 꿈』이라 불리는 작품의 작자로 추정된다. 스코틀랜드에 있는 유명한 루스웰 십자가에 이 시의 초반부가 새겨져 있다. 적막에 잠긴 한밤중에 시인은 하늘에서 빛이 나는 의상을 걸치고 황금과 보석으로 덮인 십자가를 본다. 그런데 이 십자가는 곧 피로 물들었다가 다시 황금과 보석으로 덮인다. 마침내 나무들 중 가장 아름다운 나무가, 수 세기가 지난 후에 나온 단테의 『신곡』에서 지옥의 문이 이야기하듯이 그렇게 자신의 이야기를 시작한다. 오래된 기억의 파편들을 모으는 사람처럼 십자가는 예수의 수난에 대해 언급한다.

그 일은 오래전에 일어났지요. 지금도 나는 생생히 기억합니다. 숲 가장자리에서 그들은 나를 뿌리째 뽑아냈지요. 거기서 흉악하기 그지없는 적들이 나를 탈취했지요.

나무는 계속해서 적들이 자신을 끌고다 언덕에 세워 놓았다고 말하고 신께서 자신에게 금지하셨기에 그리스도의 적들 위를 자신이 덮치지 못한 것에 대해 용서를 구한다. 여기까지 시인은 '나무', '승리의 나무', '교수대' 등의 단어를 사용하지만 전지전능한 신이었던 젊은 전사가 십자가를 껴안는 순간 우리는 처음으로 '십자가'라는 단어를 듣게 된다.("십자가가 세워졌지요.")

십자가는 예수의 수난을 공유하는데, 검은 못이 자신에게 박히는 고통과 예수의 피로 물든 자신 역시 예수와 동일한 고통을 겪고 있다고 느끼는 것이다. 산후안 데 라 크루스[531]의 시와 마찬가지로 이 특별한 시는 신비주의적이고 관능적인 요소를 가지고 있다. 십자가는 어떤 면에서 예수 그리스도의 부인을 의미하는데 예수가 십자가를 포옹하자 몸을 떤다는 표현에서 우리는 이 점을 엿볼 수 있다. 이후 전사로 묘사되는 사도들이 도착하여 "황혼 녘에 슬픔에 잠긴다".

게르만 시의 전통은 기본적으로 서사시를 중심으로 전개되었다. 작자 미상의 『십자가의 환영』이 지닌 독창성은 기독교적 신앙의 가장 극적인 최고의 순간을 그리기 위해 이 서사시적 전통을 도입했다는 점이다. 그리고 우리는 예수 그리스도의 수난을 말하는 주체를 십자가로 설정한 작자의 독창적인 구상을 기억할 필요가 있다.

중세에는 십자가를 나무와 비교하는 것이 전통이었다. 당

---

531   San Juan de la Cruz(1542~1591). 16세기 스페인 신비주의 문학을 대표하는 시인이자 사제. 대표작으로는 『카르멜 산의 등반(Subida del Monte Carmelo)』,『어두운 밤(Noche oscura)』,『생생한 사랑의 불꽃(Llama de amor viva)』 등이 있다.

시 십자가는 두 번째 아담인 예수 그리스도가 못 박혀 죽음으로써 인간을 구원하는 나무로, 인간을 타락시킨 도구인 선악과 나무에 대비되었다.

퀴너울프

서사시 전통을 기독교에 접목한 또 다른 예를 우리는 퀴너울프의 『그리스도』에서 찾아 볼 수 있다. 그는 이 작품에서 예수가 처형될 당시 십자가 위에 붙여 놓은 죄목의 표시이자 예수를 조롱하는 반어적 표현인 "유대인의 왕"을 축의적으로 이용한다. 예수 그리스도는 왕이고 사도들은 그를 호위하는 전사다. 동시에 이 작품은 구약 성서 아가 2장 8절[532]부터 시작하여 예수의 여섯 단계 도약을 그리고 있다. 첫 번째 도약은 하늘로부터 성모 마리아의 배로의 이동이고, 두 번째 도약은 마리아의 배로부터 구유로의 이동이며, 세 번째 도약은 십자가의 가장 높은 곳으로의 이동이다. 네 번째 도약은 십자가로부터 무덤으로의 이동이고, 다섯 번째 도약은 무덤으로부터 지옥으로의 이동인데 여기에서 예수는 불족쇄로 악마의 왕을 굴복시킨다. 여섯 번째 도약은 하늘로의 이동인데 예수는 승천할 때 "즐거운 놀이를 하면서 행복에 찬 천사들이 영광의 왕, 위대한 왕이 그의 나라, 빛나는 그의 안식처로 돌아가는 모습"이었다.

---

532   아가 2:8 "(여인) 내 연인의 소리! 보셔요, 그이가 오잖아요. 산을 뛰어오르고 언덕을 뛰어넘어 오잖아요."

이 부분에서 퀴너울프는 알쿠니우스[533]의 해석을 운문으로 표현하고 있다.

베르길리우스, 단테, 롱사르,[534] 세르반테스, 휘트먼, 브라우닝, 루고네스 그리고 페르시아 시인들 등 많은 시인들은 자신의 이름을 작품 속에 삽입하는 기법을 선보였다. 8세기경에 작품 활동을 했을 것이라 추정되는 앵글로색슨 시인 퀴너울프는 탐정 소설 같은 장르에서 등장하는 이 문학적 기법을 이용했다. 그는 칼, 왕관, 사슴 뿔, 팔찌, 묘비 등에 새겨져 있으며 아랍 문자나 히브리 문자와 마찬가지로 오른쪽에서 왼쪽으로 쓰던 룬 문자를 이용해 자신의 이름을 『성녀 줄리아』에 삽입했는데 아크로스틱[535] 형식을 이루고 있다.

슬픔에 빠진 이는 방황할 것이요
C, Y 그리고 N. 승리를 선사하신 왕께서는
분노로 가득 차게 되실 것입니다
E, W 그리고 U가 죄로 더럽혀진 채
그들의 삶의 행위에 적절한 판결에 대해

---

533   플라쿠스 알비누스 알쿠니우스(Flaccus Albinus Alcunius, 735?~804). 영국 요크 출신의 철학자이자 신학자, 시인.

534   피에르 드 롱사르(Pierre de Ronsard, 1524~1585). 프랑스의 시인. 대표작으로는 핀다로스풍 송시와 호라티우스풍 송시가 있다.

535   보통 각 행의 첫 글자를 조합하면 특정한 어구가 되도록 쓴 시나 글.

떨면서 기다려야 할 때

The sad ones will go wrong

C, Y, and N. The king, he who gives the victory,

will be filled with anger when, stained by sin,

E, W, and U, trembling, should await the sentence

which the actions of their life deserve. L and F shake, wait,

grief-stricken and anguished.

각 룬 문자의 명칭은 생각 혹은 대상에 대한 명칭이다. 즉 N은 '니드'로 불리며 '필요, 번민'을 의미한다. U는 '아우어'로 불리며 소유 형용사 '우리의'를 뜻한다. C는 '킨'으로 불리는데 '용감한'을 의미한다. 퀴너울프는 다른 시에서도 이와 같은 의미를 표현하고 자신의 이름을 삽입하기 위해 룬 문자를 사용하고 있다. 퀴너울프가 채택한 기법을 명료하게 설명하기 위해서는 문자가 오랜 기간 동안 어떤 신성한 의미를 내포하고 있었다는 사실을 고려해 볼 필요가 있다. 신은 문자를 통해 세계를 창조할 수 있었다고 믿었던 신비주의자들을 통해 우리는 이 사실을 확인할 수 있을 것이다.

룬 문자로 된 이름이 삽입되어 있는 시들을 제외하고 우리는 퀴너울프에 대한 그 어떤 정보도 갖고 있지 않다. 음유 시인이었고 이후에는 힘든 시간을 보낸 후 수도사의 길을 걸었으리라 짐작만 할 뿐이다. 사실 그의 시 작품들은 그가 기독교로 개종했다는 점을 우리에게 알려 주지만 소수의 문학사가들이 주장하는 그의 일대기는 명백한 상상력의 산물이다. 왜냐하면 우리는 퀴너울프라는 이름이 한 개인의 이름인지 혹은 시인 집단을 지칭하는지조차 모르기 때문이다.

캐드먼

영원히 지속될 캐드먼(Caedmon)의 명성은 사실 미학적 차원 및 그 향유와는 거리가 멀다. 『베어울프』가 작자 미상의 작품인 반면, 캐드먼은 최초의 앵글로색슨 시인이며 따라서 최초의 영국 시인으로 지금까지 그 이름이 전해 내려오고 있다. 「탈출(Exodus)」과 「사도들의 운명(Fates of the Apostles)」에서 사용된 언어와 인명들은 기독교적이지만 감성은 이교도적이다. 캐드먼은 기독교 정신으로 충만했던 최초의 색슨 시인이다. 이를 설명하기 위해서는 캐드먼을 둘러싼 특별한 일화를 소개할 필요가 있다. 이 일화는 비드의 『잉글랜드인들의 교회사』 제4권에 수록되어 있다.

힐드(Hild)가 수도원장으로 있던 수도원에 신의 은총을 받아 매우 놀랍고 뛰어난 수사 한 사람이 있었다. 그는 자비와 신앙에 관련된 노래들을 만들곤 했는데, 학자들을 통해 배운 모든 종교적 내용을 매우 아름답고 감동적인 시적 언어로 만들어 냈다. 많은 영국인들이 종교적인 시를 쓸 때 그를 모방했다. 그 누구도 그에게 노래 짓는 법을 가르쳐 주지 않았다. 그는 하느님의 도움을 받았으며 그의 시 창작 능력은 신으로부터 직접 전수받았다. 이러한 연유로 그는 간교하거나 즐거움

만 추구하는 시는 절대 쓰지 않았다. 그는 성년이 될 때까지
속세에서 살았는데 이때까지는 시에 대해 전혀 알지 못했다.
그는 종종 술자리에 가곤 했는데 그 자리에 있던 사람들은 분
위기를 살리기 위해 하프의 선율에 맞추어 돌아가며 노래를
불러야 했다. 캐드먼은 노래를 부를 순서가 되어 하프 연주자
가 그에게 다가올 때마다 쑥스러워서 술집을 나와 집으로 돌
아가곤 했다. 언젠가 한번은 술집을 나와 마구간으로 갔는데
그날 밤에 말들을 돌봐야 했기 때문이다. 그는 잠이 들었고 꿈
속에서 한 남자를 보았다. 이 남자는 캐드먼에게 "캐드먼, 나
에게 노래를 부르거라."라고 명령했다. 캐드먼은 "저는 노래
를 부를 줄 모릅니다. 그래서 술집에서 빠져나와 이곳에 잠을
자러 온 것입니다."라고 대답했다. 꿈 속의 남자가 캐드먼에게
다시 "너는 노래를 할 수 있을 것이다."라고 말하자 캐드먼은
"제가 무슨 노래를 할 수 있단 말입니까?"라고 되물었다. 캐드
먼의 질문에 남자는 "나에게 만물의 근원에 관한 노래를 하거
라." 하고 대답했다. 이 말에 캐드먼은 이전에 전혀 들어 본 적
이 없는 노래를 하기 시작했는데 순서는 다음과 같았다. "하
늘 나라 왕국의 수호자이시며, 창조주의 권능 그리고 그분 정
신의 가르침, 영광의 아버지께서 만드신 작품들, 영원한 주님
이신 그분이 이 모든 경이로운 것들을 창조하셨음을 찬미합시
다. 그분께서는 지상의 자식들을 위해 지붕과 같은 하늘을 창
조하셨고, 전지전능하신 그분께서는 인간에게 바닥을 주기 위
해 땅을 창조하셨네." 잠에서 깬 후에도 캐드먼은 자신이 꿈속
에서 불렀던 모든 노래를 기억했다. 그리고 여기에 동일한 문
체로 신에게 적합한 여러 시구를 더했다.

힐드 원장은 수도사들이 캐드먼이 새로 갖게 된 능력을 시험해 볼 수 있도록 준비하라고 지시했고 신이 캐드먼에게 부여한 시 창작 능력을 확인하고는 수도원으로 들어오도록 요청했다고 비드는 적고 있다.

그는 천지 창조, 인간의 기원, 이스라엘의 전체 역사, 이집트로부터의 탈출과 약속의 땅으로의 여정, 예수 그리스도의 현현, 예수의 수난과 부활 그리고 승천, 성령의 강림, 사도들의 가르침에 대해 노래했다. 또한 최후의 심판에 대한 두려움, 지옥의 공포, 천국에서의 기쁨에 대해서도 노래했다.

그리고 비드는 캐드먼이 세월이 흐른 뒤 자신이 언제 죽을지를 예언하고 잠자리에 들어 죽음을 기다렸다고 첨언한다. 신 혹은 신을 모시는 천사가 그에게 시 창작법을 가르쳤기에 그 무엇도 캐드먼을 두려움에 떨게 할 수는 없었던 것이다.

캐드먼이 꿈에서 영감을 얻었다는 것은 사실 의심스럽다. 그러나 심각한 출혈 후 열병을 앓으며 꾼 꿈에서 『지킬 박사와 하이드 씨의 기이한 이야기』의 영감을 얻은 스티븐슨의 경우를 우리는 기억할 필요가 있다. 그는 두 개의 인격을 가진 사람, 인격의 분열에 대한 글을 쓰고 싶어 했다. 그리고 꿈을 통해 그는 자신이 찾던 형식을 발견하게 된 것이다. 새뮤얼 콜리지의 경우는 더욱 기이하다. 1806년에 콜리지는 마르코 폴로를 등용했던 중국 황제 쿠빌라이 칸의 명령으로 지어진 궁궐에서 영감을 받아 널리 알려진 시 「쿠블라 칸(Kubla Khan)」(1816)을 꿈속에서 썼다. 그런데 이후에 궁궐의 설계도 역시 쿠빌라이

칸이 꿈속에서 본 것이라는 사실이 알려졌다. 이 일화는 14세기 초 페르시아에서 발간된 세계사에 실려 있었는데, 이 책은 콜리지 사후까지도 그 어떤 유럽어로도 번역되지 않았다.

비드

비드는 비록 라틴어로 작품 활동을 했지만 앵글로색슨 문학사에서 그의 이름을 생략할 수 없다. 비드와 앨프레드 대왕은 게르만 정복기 영국이 배출한 가장 뛰어난 인물들이다. 비드의 명성은 전 유럽으로 퍼졌으며 그는 단테의 『신곡』에도 등장한다. 단테는 「천국편」 제10곡에 나오는 네 번째 하늘에서 태양 속에서, 태양보다 더 빛나는 밝음 속에서 공중에 왕관의 형상을 하고 있는 열두 영혼을 보게 되는데, 이 영혼들 중 하나가 비로 비드다.

비드(673?~735)는 모리스 드 울프[536]에 따르면 7세기 아일랜드 수도원의 켈트 문화를 대표한다. 실제 비드는 재로(Jarrow) 수도원의 아일랜드 수도사들로부터 교육을 받았다.

비드는 "장수자"라는 별칭을 갖고 있었는데 중세에 출판된 몇몇 책들에서는 그가 장수했다는 잘못된 사실을 기록하고 있다. 실제 비드는 예순세 살에 사망했다. "장수자"라는 별칭은

---

536   Maurice de Wulf(1867~1947). 벨기에의 철학자. 대표작으로 『중세 철학사(Histoire de la Philosophie Médiévale)』(1900)가 있다.

비드 생존 당시 모든 수도사들에게 부여되었다고 한다. 한 전설에 따르면 비드의 묘비명을 쓰고자 했던 한 수도사가 첫 행을 끝내지 못했다.

여기 비드의 유해가 안치되다.

Hac sunt in fossa Bedae... ossa,

이렇게 쓰고 나서 수도사는 잠을 청했는데 깨어나서 보니 알 수 없는 손이, 의심의 여지 없이 천사의 손이 그가 자는 동안 "장수자"라는 단어를 써 놓은 것을 발견했다고 한다.

비드는 영국 북부 재로에 있는 성 베드로 수도원 인근에서 출생했다. 쉰아홉 살이 되던 해에 그는 다음과 같은 글을 남겼다.

나는 내 모든 삶을 이 수도원에서 성서 공부에 전념하며 보냈다. 수도원 규율의 준수와 업무 중 낭송이라는 일상적 과제 사이에서 나의 즐거움은 배우고, 가르치고, 글을 쓰는 것이었다.

비드는 운율법에 관한 저서와 플리니우스의 작품에 기반한 자연사, 기독교 총 연대기, 성인 열전, 역대 재로 수도원 원장들의 일대기 그리고 총 다섯 권으로 구성된 『잉들랜드인의 교회사』 등을 남겼다. 그의 모든 작품들은 우화적 방법에 따라 집필한 성서에 대한 긴 주석 및 해석서와 함께 라틴어로 집필되었다. 또한 그는 라틴어 성가와 경구집, 철자법에 관한 책도 썼으며 앵글로색슨어로 쓴 시와 임종 직전에 인간 지식의 공허함에 대해 읊은 작품도 남겼다. 그리스어를 할 줄 알았고 "성 히에로니무스의 모든 저작이 그를 가르칠 수 있을 정도"로 히 브리어에 많은 관심을 기울였다. 비드의 한 친구는 그를 "우리 의 노래에 박식한(doctus in nostris carminibus)", 즉 앵글로색슨어 로 시를 잘 쓰는 사람으로 기록하고 있다. 『잉글랜드인의 교회 사』에서 비드는 에드윈의 개종, 캐드먼의 꿈에 대해 기술하고 기이한 환영에 대한 두 편의 이야기를 소개한다.

첫 번째 환영은 많은 색슨족을 기독교로 개종시킨 아일랜 드 출신의 수도사 퍼사(Fursa)의 환영이다. 그는 화염으로 가득 찬 깊은 구덩이, 즉 지옥을 보았다. 그는 불길에 휩쓸리지 않았 는데 한 천사가 나타나 그에게 "그대가 불을 붙이지 않는다면 불길에 휩쓸리지 않을 것이오"라고 설명해 준다. 악마들은 퍼 사가 고통으로 가득한 한 죄수의 옷을 훔쳤다고 그를 비난한다. 연옥에서 악마들은 퍼사를 향해 불길에 휩싸인 영혼을 던지고 그는 얼굴과 어깨에 화상을 입는다. 이때 천사가 나타나 퍼사에 게 "지금 그대가 붙인 불이 그대를 태우고 있소. 그대는 지상에 서 그 죄인의 옷을 취했고 지금 그 죄인에게 내려진 형벌이 그 대에게 도달했소"라고 말한다. 죽을 때까지 퍼사는 아래턱과 어깨에 환영 속에서 입은 화상의 상처를 지니고 있었다.

두 번째 환영은 노섬브리아 출신의 드릭텔름(Drycthelm)이 라는 사람의 환영이다. 그는 죽었다가 부활했다. 자신의 전 재 산을 가난한 사람들에게 나눠 준 후 얼굴에 빛이 나는 한 남자 가 끝을 알 수 없는 계곡으로 그를 데려갔는데 계곡의 왼쪽에 는 불 폭풍이 불고 있었고 오른쪽에는 우박과 눈 폭풍이 불고 있었다고 말한다. 그때 천사가 나타나 "그대는 아직 지옥에 있

는 것은 아니오"라고 말한다. 그러고 나서 드릭텔름은 지옥에
서 솟구치고 떨어지는 무수한 검은 불덩이들을 본다. 이후 한
사제와 평범한 남성 그리고 여성의 영혼을 이 지옥의 바닥으
로 끌고 왔기에 웃고 있던 악마들을 본다. 그러고 나서는 끝을
알 수 없는 깊이와 높이를 가진 벽과 흰옷을 입은 사람들이 거
주하는 꽃으로 뒤덮인 넓은 평원을 보게 된다. 천사는 드릭텔
름에게 "그대는 아직 천국에 있는 것은 아니오"라고 말한다.
드릭텔름이 계곡을 내려가고 있을 때 그는 너무나도 어두워
앞서가는 천사의 옷만 겨우 볼 수 있는 지역을 지나게 된다. 비
드는 이 장면을 묘사할 때『아이네이스』제6권에 나오는 구절
을 삽입한다.

> 그들은 밤의 어둠 속을 외롭게 걸어갔네.
> (Ibant obscuri) sola sub nocte per umbram

여기서 비드는 원문 표현인 umbram을 umbras로 쓰는 사소
한 실수를 저질렀다. 그런데 이 실수는 비드가 이 단어를 베르
길리우스의 책을 보고 쓴 것이 아니라 기억을 되살려 썼음을
의미하며, 이는 또한 이 색슨족 역사가가 베르길리우스를 매
우 잘 알았음을 보여주는 증거다.『잉글랜드인의 교회사』에는
베르길리우스의 흔적이 곳곳에 산재한다. 한 예로 비드는 또
한 천사로부터 흰색의 얇은 책을 받은 남자의 이야기를 기록
하고 있다. 천사로부터 받은 이 책에는 그의 선행들이 기록되
어 있었지만 선행의 수가 많지는 않았다. 이 남자는 또한 악마
로부터 소름 끼치는 검은색 책을 받았다. 그런데 이 책은 "엄청

나게 크고 견딜 수 없을 만큼 무거웠는데" 여기에는 그의 죄악들과 사악한 사유들이 기록되어 있었다.

　지금까지 우리는 『잉글랜드인의 교회사』가 지닌 특징들을 살펴보았다. 그러나 이 작품은 우리에게 일반적으로는 매우 진중하고 이성적인 인상을 던져 준다. 상궤에서 벗어난 내용의 등장은 비드의 개인적 성향이라기보다는 그가 당대의 요구에 부응한 결과로 보아야 할 것이다.

　스토퍼드 브룩은 "비드의 거의 모든 저작은 독창성은 거의 없는 방대한 지식의 학술적 요약본과 같다. 그러나 명료하며 온화하다"라고 평가한다. 그의 저작들은 프랑스, 독일, 이탈리아 등에서 온 유럽 출신 학생들이 모이던 요크(York)의 학교에서 교재로 사용되었다.

　비드는 와병 중에도 요한복음을 앵글로색슨어로 번역했다. 비드의 구술을 적던 필경사가 "한 장이 부족합니다"라고 말하자 비드는 곧 그 장 전체를 구술하여 적도록 했다. 이후 필경사가 그에게 "한 줄이 부족합니다. 하지만 매우 피곤해 보입니다"라고 말하자 비드는 개의치 않고 그 줄을 구술하여 적도록 했다. 그리고 필경사가 마침내 그에게 "이제 끝났습니다. 완성되었습니다"라고 말하자 비드는 "그래요, 완성했군요."라고 했고 이 말을 하고 얼마 지나지 않아 사망했다. 그리스어와 라틴어를 이후 영어로 발전하는 앵글로색슨어로 번역하면서 죽어 갔다는 점이 참으로 아름답다. 비드는 최고의 겸손과 희생으로 자신의 문학적 과업을 이루고자 했던 것이다.

「브루난브루흐 찬가」

이 시는 937년 애셀스탄 왕과 그의 동생 에드문드가 지휘하는 서색슨족이 데인족, 스코트족 연합군에 맞서 싸워 거둔 승리를 기리고 있다. 아일랜드의 데인족 왕 안라프(혹은 올라프)는 영국을 침입하여 음유 시인으로 변장한 채 색슨족 군영에 침투한다. 그리고 하프 선율에 맞춰 애셀스탄 왕과 그의 손님들을 위해 노래를 부르고 왕은 대가로 안리프에게 얼마간의 돈을 주는데 안라프는 자신이 곧 죽일 사람에게서 받은 돈을 묻어 버린다. 그런데 이 장면을 안라프를 수행해서 영국에 온 한 군인이 목격한다. 안라프는 자신의 진영으로 돌아가지만 이 군인은 돌아가지 않고 남아 색슨족의 왕에게 그를 위해 노래를 불렀던 음유 시인이 실제로는 누구인지 밝힌다. 애셀스탄 왕은 이 군인에게 "그대는 왜 나에게 미리 말하지 않았는가?"라고 묻는다. 그러자 군인은 "만약 제가 수년 동안 섬겨 온 분을 배신했다면, 전하께서는 제가 지금 전하를 진정으로 섬긴다는 것을 믿어 주시겠습니까?"라고 대답한다.

애셀스탄 왕은 그에게 포상을 하고는 군대의 진영을 옮겼다. 다음 날 전투가 시작되었는데 "저 유명한 별, 신의 빛나는 촛불인 태양이 떠오른 후부터 영광스러운 창조물이 대지 위로 미끌어져 낙조가 될 때까지" 지속되었다. 전투에서 패배한 안라프는 자신이 타고 왔던 배로 도망쳤고 그와 함께 서색슨족을 공격하러 왔던 "다섯 명의 젊은 왕은 검에 의해 영면에" 들었다.

테니슨은 『브루난브루흐 찬가』를 영어, 그것도 순수 게르만식 영어로 표현했다. 그의 개작은 고전적인데 원작의 두운

법을 유지하려 하고 있다. 전투 장면을 매우 생생하게 그린 한
연을 소개한다.

> 들판은 병사들의 피로
> 물들었다오.
> 아침을 몰고 오는 물결의 별,
> 하느님의 촛불,
> 위대한 태양이 떠올라
> 대지를 미끄러져 날이 저물어
> 영광스러운 창조물들이 자기의
> 자리로 잠겨 들 때까지,
>
> 거기에는 방패 너머 창에 찔리고,
> 화살에 맞은 북쪽 사람들과,
> 전쟁에 지쳐 넌더리를 치는
> 스콧인들이 죽어 누워 있었소.

3행에 나오는 '물결'은 시간을 지칭하기 위한 적절한 단어
이지만 '파도의 물결'이라는 강한 의미를 내포하기에 시에 역
동적인 추동력을 부여한다. 『브루난브루흐 찬가』에서 전투는
창들의 교섭, 검들의 성찬식, 깃발들의 충돌, 전사들 간의 만남
으로, 태양은 '신의 빛나는 촛불(Godes Condel beorht)'로 표현된
다. 야만족들은 이러한 은유적 표현들을 매우 존경했다. 그렇
지만 그들은 10세기에 이미 은유가 일반적으로 사용되고 있었
다는 사실을 몰랐다.

『맬던의 노래』

영국 북쪽에 있는 한 비석에는 일군의 노섬브리아 전사들에 대해 알려 주는 서툰 솜씨로 그린 그림이 새겨져 있다. 한 전사가 부러진 칼을 휘두르고 있는데 이들의 주군은 전쟁 중에 전사했다. 그리고 그를 따르던 전사들은 주군과 함께함으로써 명예를 지키기 위해 적진으로 돌진한다.『맬던의 노래』는 이와 유사한 에피소드에 대한 기억을 담고 있다. 이 작품은 완전체가 아니라 부분적으로만 전하는데 잉글랜드를 침범한 바이킹족과 색슨족의 전투를 다루고 있으며 내용은 다음과 같다. 잉글랜드를 침범한 바이킹족은 색슨족에게 조공을 요구한다. 색슨족 민병대장은 자신들의 오래된 칼로 맞서겠다고 말하며 화친을 거부한다. 바이킹족과 색슨족은 강 하나를 사이에 두고 대치한다. 색슨족 민병대 장군은 바이킹족이 강을 건너도록 내버려 둔다. "뱃놈들아, 방패를 높이 들고 건너오너라!" 치열한 전투가 시작되고 "살인 늑대"들인 바이킹족은 색슨족을 압박해 온다. 전투 중 치명상을 입은 장군은 숨을 거두며 자신이 이 세상에서 향유했던 행복에 대해 신에게 감사드린다. 이 말이 끝나자 바이킹족은 그를 죽이며 그를 오랫동안 모셨던 한 백전의 용사가 다음과 같이 외친다.

우리의 군사력이 약할수록
우리는 각오를 더욱 단단히 해야 하오.
여기 우리 장군의 시신이 갈기갈기 찢긴 채 누워 계시오.
세상에서 가장 용감한 분이

이 먼지 구덩이에 누워 계시오.

지금 이 전쟁터에서 도망치려는 자는

영원히 후회하게 될 것이오.

나는 비록 나이가 들었지만

이곳을 사수할 것이오.

내 장군의 곁에,

내가 흠모했던 분 곁에.

색슨족 전사 고드릭은 비겁하게 전사한 장군의 말을 타고 도주한다. 이 작품은 "그는 도망친 고드릭이 아니었다."라고 동명이인 고드릭의 죽음을 언급하면서 끝난다.『맬던의 노래』에는 이후 스칸디나비아 사가에서와 마찬가지로 의심의 여지 없이 세부적인 역사적 환경에 대한 묘사가 풍부하게 드러나 있다. 시 초반부에 한 젊은이에 대한 이야기가 나온다. 이 젊은이는 사냥을 하러 갔는데 장군의 소집 명령을 듣고는 "자신의 손으로부터 그토록 사랑하는 매를 숲으로 날려 보내고 곧 전투에 임했다". 이 작품의 서사적 힘을 고려할 때 "그토록 사랑하는 매"라는 표현은 우리에게 특히 감동을 준다.

이 작품이 가진 호메로스적 특징은 훌륭한 평가를 받아 왔는데 이는 작품에 대한 매우 적절한 평가였다. 에밀 르구이[537]

---

[537]   Émile Legouis(1861~1937). 프랑스의 영문학자이자 번역가. 대표적인 연구서로는 루이 카자미안(Louis Cazamian)과 공동 집필한 『영문학사(Histoire de la littérature anglaise)』(1924)가 있다.

는『맬던의 노래』와『롤랑의 노래』를 비교했다. 하지만 그는 전자가 역사를 그대로 반영하는 반면 후자는 전설의 권위를 갖고 있음을 상기시킨다. 색슨족 노래에는 대천사가 등장하지는 않는다. 하지만 패배의 순간에도 용기가 피어오르고 있다.

기독교 시

7세기에 영국은 아일랜드와 로마에서 온 선교사들에 의해 기독교화된다. 이후 영국 선교사들은 독일의 기독교화에 크게 기여한다. 우리는 초기에 기독교로의 개종은 기존에 숭배하던 신을 다른 신으로 바꾸는 것, 기존의 이미지를 다른 이미지로 바꾸는 것, 이름과 소리를 덧붙이는 것 그 이상도 이하도 아니었으리라고 상정할 수 있다. 기독교로의 개종 초기에는 윤리적 변화가 전혀 존재하지 않았다.『날(Njal)의 사가』에서 영국 선교사 탕브란드가 미사곡을 부르는데 할이 누구를 위해 미사곡을 부르느냐고 묻는다. 이 질문에 탕브란드는 대천사 미카엘을 위해 부른다고 대답하면서 대천사는 인간들의 선행을 좋아하는데 선행이 악행보다 무게가 더 많이 나갈 수 있도록 한다고 덧붙인다. 이 말을 듣고 할은 미카엘 대천사를 친구로 두고 싶다고 탕브란드에게 말하는데, 탕브란드는 그에게 만일 오늘 기독교로 개종한다면 미카엘이 그를 지켜 줄 수호천사가 될 수 있을 것이라고 대답한다. 할은 탕브란드의 제안에 동의하고 탕브란드는 할뿐 아니라 할을 따르던 모든 이들에게 세례를 준다. 비드의『잉글랜드인의 교회사』에는 노섬브리아의 에드윈 왕의 개종에 대한 이야기가 나온다. 7세기 초 하느님의 종을 섬기는 종 보니파시오 주교[538]는 에드윈 왕의 왕비에게 애정 가득한 따뜻한 편지와 은거울, 상아로 만든 빗을 선물로 보냈다. 그리고 왕에게는 그에게 새로운 종교를 가르칠 선교사를 보냈다. 에드윈 왕은 곧 왕국의 주요 인사들을 궁으로 소집했고 그들에게 자문을 요청했다. 제일 먼저 말을 꺼낸 이는 사제장 코이피였다. 그가 에드윈 왕에게 말했다.

전하, 전하를 모시는 사람들 중에 저만큼 우리의 신을 경배하는 데 헌신한 사람은 없습니다. 그럼에도 불구하고 많은 사람들이 저보다는 전하를 더 따르고 전하께서 주도하고 계시는 일들은 더욱 번성하고 있습니다. 만약 신들이 무언가를 위해 도움을 주셨더라면 그들을 지금까지 성심껏 섬겨 온 저에게 보다 많은 자비를 베푸셨을 것입니다. 그러므로 이 새로운 교리가 좀 더 효용성이 있다면 더 이상 지체 없이 받아들이는 것이 좋을 듯합니다.

왕의 자문관 중 한 사람이 이어서 말했다.

인간은 마치 눈보라가 치고 폭우가 오는 어느 밤 온기와 빛으로 가득한 궁전 안으로 날아 들어온 제비와 같습니다. 이렇

---

538   Boniface(675?~754). 라틴어로는 보니파키우스로 불린다. 앵글로색슨족 출신 선교사로서 초대 마인츠 대교구장이었다

게 인간은 순간적으로만 보이는 찰나의 존재이옵니다. 이전에 무슨 일이 발생했는지도 모르고 이후에 어떤 일이 일어날지도 우리는 모르옵니다. 만약 이 새로운 교리가 우리에게 무언가를 가르쳐 줄 수 있다면 우리는 이것을 경청해야만 하옵니다.

모두 이 말에 동의했다. 코이피 사제장은 왕에게 그가 사용하는 칼과 그가 타는 수말을 달라고 요청했다. 신들을 섬기는 사제는 무기를 사용할 수 없었고 오직 암말만 탈 수 있었다. 코이피는 창 하나를 움켜쥐고 왕이 하사한 수말을 타고는 자신이 섬겼던 신들을 모시는 신전으로 들어갔다. 그는 신전을 모독하고 우상들 사이로 창을 던졌으며 그곳을 불살랐다. 여기에 대해 비드는 "이렇게 하느님의 영감을 받은 사제장이 자신이 오랫동안 섬겨 온 형상들을 모독하고 불살라 버렸다"라고 적고 있다. 그런데 우리는 비드가 이 극적인 에피소드의 해석에서 실수를 범하고 있다고 생각한다. 왜냐하면 우리는 코이피 사제장이 개종 전이나 개종 후나 여전히 충동적인 야만인, 혹은 냉철한 계산가였다고 생각하기 때문이다.

「창세기(Genesis)」, 「출애굽기(Exodus)」, 「그리스도와 사탄(Christ and Satan)」, 「다니엘(Daniel)」, 「사도들의 운명(The Fates of the Apostle)」 등 영국에서 창작된 초기 기독교 시들에서 윤리적 변화는 명확하게 드러나지 않는다. 이들 시인들은 게르만 신화를 노래하는 대신 성서에 대한 주제를 노래했지만 이들의 세계는 몇몇 고유 명사를 제외하고는 변하지 않았다. 즉 사도들은 튜턴족 전사들이며, 바다는 언제나 북해이고, 이집트를 탈출한 이스라엘인들은 바이킹족이었던 것이다. 이 텍스트들은 전투에 대한 묘사에 만족할 뿐이었다. 시인들의 창작 방식은 성서 번안 수준이었는데 여기에서도 게르만적 고대 은유는 여전했다. 즉 바다는 고래의 길로, 창은 전쟁의 뱀으로 제시되는 것이다. 문체는 완만했고 많은 단어를 사용했다. 이런 완만함은 장엄한 분위기를 창출할 때 사용되었다. 예를 들어 "밤이 깊었다"라고 직설적으로 단순하게 표현하는 대신 "고귀한 빛이 그의 목적지를 찾네, 연무와 어두움이 세상을 덮는구나"라고 표현했다.

「데오르의 애가」

데오르(Deor)는 몇몇 사람들이 생각하듯 이 시의 작자가 아니라 주인공이다. 데오르는 작은 왕국 포메라니아의 궁전에서 왕을 모시는 음유 시인이었다. 하지만 라이벌에게 그 자리를 뺏기고 왕의 총애와 재산마저 잃었다. 이 애가는 절망적 상황에 처한 데오르가 느낄 수 있는 감정을 극적으로 표현하고 있다. 역사와 신화에 등장하는 인물들이 겪은 다양한 불행들을 열거하는데, 각 연은 "그 슬픔은 사라졌네, 나의 슬픔"이라는 후렴구로 끝난다. 청각적 차원에서 각운보다 약한 두운으로 인해 연 구성을 할 수 없는데 후렴구가 바로 그 역할을 하고 있다. 그리고 각 연의 행은 불규칙적이다.

데오르가 첫 번째로 회상하는 불행한 운명은 대장장이 웰란드의 운명이다. 그는 스칸디나비아 시인들도 찬양할 만큼 유명한 검 제조자였다. 어떤 검에 대한 최고의 찬사가 "웰란드가 만든 검"일 정도였다. 영국에 이 명장의 이름을 간직한 전설이 있다. 이 전

설에 따르면 웰란드의 대장간이라 불리는 돌 하나가 있는데 만약
이 돌에 말을 묶어 두고 동전 하나를 놓아둔 후 잠시 자리를 비운
뒤 돌아와 보면 말에 편자가 박혀 있는 것을 보게 되리라는 내용
이다. 키플링은 그의 작품 『푸크 언덕의 요정(Puck of Pook's Hill)』
에서 웰란드 이야기에 대한 감상적인 변주를 상상했는데, 그를
제련에 종사한, 기독교에 의해 대치된 고대의 신으로 간주했다.

다른 연에서는 다음과 같은 내용이 전개된다.

우리는 들었네,
늑대의 영혼을 지닌 에오만릭에 대해.
그는 고트족의 거대한 왕국을 세웠으며
잔인하기 이를 데 없는 왕이었네.
많은 이들이 슬픔에 찬 채 불행을 기다라며
그의 왕국이 멸망되길 기원하였네.
그 슬픔은 사라졌네, 나의 슬픔도 사라질 것이네.

또 다른 연은 "괴로운 사랑이 꿈을 뺏어 간" 한 왕의 이야기
를 다루고 있다. 이러한 감상적인 언급은 색슨 시에서 매우 예
외적인 경우다. 여섯 개의 연 중 마지막 연은 시인 자신이 누구
인지를 밝히는 개인적인 내용을 담고 있다.

수수께끼

엑서터 사본에는 운문으로 된 아흔다섯 개의 수수께끼가

포함되어 있다. 아리스토텔레스는 『수사학』 3권에서 수수께끼가 우리에게 주는 즐거움을 인정한다. 그리고 수수께끼가 교육적이고 은유적인 것이 될 수 있다고 말한다. 중세에는 수수께끼가 하나의 문학 장르였고 모든 사람들은 이것이 은유 및 풍유와 유사하다고 여겼다. 엑서터 사본에 나오는 아흔다섯 개의 수수께끼에는 엄밀한 의미에서 수수께끼가 갖는 특성이 결여되어 있다. 오히려 이 작품들은 수수께끼에서 흔히 발견할 수 있는 기지가 녹아 있다기보다는 시적이다. 몇몇 수수께끼는 너무나 막연해서 오늘날에도 정답을 찾지 못했을 정도다. 이 수수께끼들 중 85번 수수께끼의 정답은 강과 물고기다.

내 집은 조용하지도 않고 나 또한 시끄럽지 않습니다. 신께서는 우리가 함께하기를 명하셨습니다. 나는 내 집보다 빠르고 때로는 더 강합니다. 하지만 나의 집은 나보다 더 열심히 일하지요. 나는 가끔씩 쉬곤 합니다. 하지만 나의 집은 절대 쉬지 않습니다. 나는 내가 살아 있는 동안 내 집에서 살 것입니다. 만약 우리를 갈라놓는다면 나는 곧 죽음의 운명을 맞게 될 것입니다.

86번 수수께끼의 정답은 애꾸눈 마늘 판매상이다.

한 사람이 현인들이 모이는 곳에 도착했습니다. 그는 눈이 하나고 귀는 두 개이며 다리도 두 개입니다만 머리가 1200개입니다. 불룩한 배가 하나고 등도 하나지요. 손과 팔과 어깨는 둘이고 목은 하나이며 옆구리는 둘입니다. 나는 누구인지 맞혀 보십시오.

엑서터 사본에 나오는 수수께끼들 중 가장 유명한 것은 8번 수수께끼로 백조에 관한 것이다.

내가 대지 위를 걸을 때, 혹은 대지의 거처로 내려올 때, 혹은 깊은 물을 휘저을 때 내 옷은 조용합니다. 때때로 나의 장식품들과 높은 하늘은 영웅들의 집 위로 나를 끌어올리지요. 그리고 구름의 힘은 나를 저 멀리 사람들 너머로 보낸답니다. 나의 장식물들은 아름다운 소리를 내며 음악을 만들지요. 또한 나의 장식물들은 내가 물과 대지 위 매우 높은 곳에 있을 때는 명료하게 노래를 한답니다. 나는 방랑자의 영혼입니다.

48번 수수께끼는 매우 특이한데 책벌레에 관한 수수께끼다.

한 벌레가 단어들을 먹었습니다. 나에게 그건 마치 놀랄 만한 이야기를 듣는 것 같았습니다. 어둠 속의 도둑인 벌레가 한 사람의 유명한 노래와 그 굳건한 토대를 먹어 치워 버린 겁니다. 밤손님께서 단어들을 먹어 치운 것을 통해 배운 것은 아무것도 없답니다.

49번 수수께끼의 주제는 성배(聖杯)다.

나는 반지 하나가 영웅들에게 소식을 전하는 것을 들었습니다. 혀도 없고 완강한 말도 할 수 없는데 말입니다. 황금으로 만든 이 둥근 원은 인간을 위해 말합니다. "영혼의 구원자이시여, 인간을 구하소서." 인간들은 붉은 황금이 말하는 신비로운 언어, 마술 같은 말들을 이해하는 것 같습니다. 현명한 이들은 반지가 말했듯이 자신의 구원을 하느님에게 맡깁니다.

29번 수수께끼는 태양과 달에 대한 내용이다.

나는 경이로운 존재, 즉 전쟁이 가져온 전리품을 자기의 뿔 위로 옮기는 하늘에 떠 있는 배를 보았습니다. 그것은 자신의 요새에 침실을 만들고 싶어 했습니다. 그리고 산 정상 위로 엄청난 존재가 도착했습니다. 이 땅에 거주하는 모든 사람은 그가 누구인지 알지요. 이 존재는 전리품을 취하고 나서는 서쪽을 향해 길을 걷던 한 여자 여행자에게 그것을 던져 주었습니다. 먼지가 하늘로 피어올랐고 이슬은 대지 위로 떨어졌습니다. 그리고 밤은 물러났습니다. 누구도 그 존재가 어디서 왔고 어디로 가는지 모르지요.

비평가들은 수수께끼에서 언급되는 전리품이 빛이라고 이해한다.

동물 우화집

7세기 초에 토머스 브라운 경은 "자연은 하느님의 예술이다."라고 쓸 수 있었다. 자연과 성서라는 두 가지 성서가 존재한다는 개념은 르네상스기에는 일반적이었다. 모든 창조물 속에서 도덕적 교훈을 찾는 경향은 의심의 여지 없이 이와 같은 경향의 바탕을 형성했다. 중세에는 라틴어로 '생리학(Physiologi)'이라 불리던 동물학 관련 서적들이 존재했다. 앵글로색슨어는 유럽의 속어들 중 최초로 동물학 혹은 동물 우화집이라는 단어가 등장한 언어다. 이 책을 구성하는 각 장들은 두 부분으로 구성된다. 첫 번째 부분은 동물을 묘사하고 두 번째 부분은 이 동물이 갖고 있는 우화적 가치를 설명한다. 앵글로색슨 동물 우화집에서 표범은 온순하며 아름다운 소리를 내고 숨을 쉴 때 향기를 분출하는 짐승으로, 예수 그리스도의 상징이다. 맹수를 이렇게 묘사하는 파격을 이해하기 위해 우리는 표범이 색슨족에게는 맹수가 아니라 색슨족이 알던 그 어떤 구체적인 형상과 부합하지 않는 이국적인 단어였다는 점을 기억할 필요가 있다. 우리는 특이하게도 T. S. 엘리엇이 한 시에서 "호랑이 예수(Christ the tiger)"라는 표현을 했다는 점을 첨언할 수 있다.

반면 고래는 악마의 상징이자 바다의 상징이다. 선원들이 고래를 잡아 한 섬으로 가져갔다. 그리고 불을 피웠는데 잡자기 대양의 이방인이자 물의 공포인 고래가 물속으로 들어가 버렸고, 자신들이 고래를 확실히 잡았다고 믿었던 선원들 역시 무방비로 익사해 버렸다. 이 이야기는 『천일야화』와 브렌던 성인[539]의 켈트족 전설 그리고 밀턴의 작품에도 등장한다. 『모비 딕』에서 허먼 멜빌은 작자 미상의 『동물 우화집』에서와 마찬가지로 고

---

539   Saint Brendan(484~577). 아일랜드 출신의 사제.

래를 바다의 상징으로 그리고 있다. 이 작품에서 작가는 고래
의 이름을 파스티토칼론(Fastitocalon)이라고 부른다.

「피닉스」

이 앵글로색슨 시는 라틴어 원작(「불사조 송가(Carmen de
Phoenice)」)의 번안 시다. 타키투스와 플리니우스는 불사조에
대해 언급했는데, 이 새는 아라비아의 적막 속에서 살며 신성
한 도시 헬리오폴리스에서 제 몸을 태운 재로부터 부활하기
위해 주기적으로 불 속에서 죽는다. 라틴어 시에는 불사조에
대한 역설적인 구절들이 많이 등장한다. 예를 들어 피닉스에
게 비너스는 곧 죽음이며 오직 죽음 속에서만 즐거움을 찾기
에 부활을 위해 언제나 죽음을 갈망한다. 그러므로 죽음은 피
닉스에게 아버지이자 아들인 것이다. 색슨어 시는 라틴어 시
에 보이는 예리함과 기지를 제거하거나 순화하고 있다. 시의
마지막 부분에는 색슨어와 라틴어가 혼동되어 있는데 작가는
앞부분은 색슨어로, 뒷부분은 라틴어로 집필했다.

천사들 중 가장 복된 그를
영원히 찬양하라. 할렐루야

and him lof singan laude perenne

eadge mid englum, alleluia.

솔로몬과 사투르누스

솔로몬과 사투르누스의 대화는 완전체가 아닌 단편으로 전해 내려오는 작품으로 9세기경 창작된 것으로 추정된다. 이 작품에서 솔로몬은 기독교적 지식을 대변하는 인물로, 사투르누스는 이교도들의 무지를 상징하는 인물로 제시된다. 중세 문학에서는 이와 같은 대화가 매우 일반적이었다. 사투르누스는 말년에 저열하고 저급한 외모와 마르쿨 혹은 마르쿨포라는 이름을 갖게 된다. 그는 산초 판사의 선조다. 그루삭은 『돈키호테』에 관한 연구에서 다음과 같이 주장한다.

기사를 수행하는 촌스러운 익살꾼과 속담 재담꾼의 전형은 문학에서 새로운 것이 아니다. 중세의 민담에서 현인 솔로몬은 언제나 시종 마르쿨을 데리고 다닌다. 그의 역할은 주인이 말하는 고귀한 경구들의 의미를 아이로니컬하게 그 반대로 바꾸는 것이다.

첫 번째 대화는 지혜와 관련된 것이다. 사투르누스는 솔로몬에게 "맹렬하게도 대지 위를 여행하고 별과 돌과 귀한 보석과 맹수들을 정복하는 이것은 무슨 경이로움입니까?"라고 질문한다. 여기에 솔로몬은 "녹슨 철을 먹어 치우고 또한 우리를 먹어 치워 버리는" 시간에 대해 자신들이 토론하고 있다고 대답한다.

두 번째 대화는 좀 더 특이하다. 사투르누스의 간청에 따라 솔로몬은 주기도문(Paternoster)이 가진 힘에 대해 설명한다. 솔로몬은 Paternoster를 구성하는 각 철자는 고유의 특별한 의미를 가진다고 말한다. 예를 들어 P는 긴 황금창으로 무장한 전사로서 이 창으로 악마를 공격한다. 이후 A와 T가 악마를 압박한다. 산문으로 된 한 단편에서는 Paternoster와 악마가 전투를 위해 취하는 다양한 방법들과 Paternoster의 머리, 내장, 몸의 형상을 그린다. 이에 대해 존 얼[540] 교수는 다음과 같이 극찬한다.

> Paternoster에 대한 생각은 1만 2000개의 성령에 대한 생각보다 기민하다. 비록 각 성령이 열두 개의 깃털 망토를 가지고 있고, 각 망토는 열두 개의 바람을, 각 바람은 열두 개의 승리를 가지고 있다 할지라도 말이다.

교리 문답식으로 쓴, 오늘날에는 마술이나 시라고 간주할 수 있는 부분을 소개한다.

> 여기 솔로몬과 사투르누스가 그들의 지혜를 어떻게 재는지에 대한 이야기가 나온다. 사투르누스가 솔로몬에게 말했다.
> — 하늘과 땅을 창조하실 때 신이 어디에 계셨는지 말씀해 주세요.
> — 난 바람의 날개 위에 계셨다고 대답하지.
> — 신의 입에서 나온 첫 번째 단어가 무엇이었는지 말씀해 주세요.

540　John Earle(1824~1903). 영국의 고대 앵글로색슨어학자. 대표적인 연구서로는 『앵글로색슨 문학(Anglo-Saxon Literature)』(1884)이 있다.

— 난 "빛이 있으라 하시매 빛이 있었다."[541]라고 대답하지.

— 하늘이 왜 하늘로 불리게 됐는지 말씀해 주세요.

— 난 모든 사물이 그것 아래에 있기 때문이라고 대답하지.

— 신이 무엇인지 말씀해 주세요.

— 난 그의 능력 안에 모든 사물을 지니신 분이라고 대답하지.

— 신이 모든 사물을 창조하는 데 며칠이 걸렸는지 말씀해 주세요.

— 난 신이 모든 사물을 6일 만에 창조하셨다고 대답하지. 첫째 날엔 빛을 만드셨고, 둘째 날엔 하늘을 지키는 물건들을 만드셨지. 셋째 날엔 바다와 땅을 만드셨고, 넷째 날엔 하늘의 별들을 만드셨지. 다섯째 날엔 물고기들과 새들을 만드셨고, 여섯째 날엔 네발 달린 짐승과 가축 그리고 최초의 인간인 아담을 만드셨지.

— 아담의 이름은 어떻게 지었는지 말씀해 주세요.

— 난 네 개의 별을 가지고 만들었다고 대답하지.

— 그 별들의 이름이 무엇인지 말씀해 주세요.

— 난 아독스와 둑스, 아로틀렘, 민심브리[542]라고 대답하지.

— 최초의 인간 아담은 무엇으로 만들었는지 말씀해 주세요.

— 난 8파운드를 들여 만들었다고 대답하지.

---

541   Fiat lux et facta lux.

542   Arthox, Dux, Arotholem, Minsymbrie. 아일랜드 저본에는 아나톨리(Anatoile), 디시스(Dissis), 아레소스(Arethos), 메심브리아(Mesimbria)라고 기록되어 있다.

―어떤 재료를 사용했는지 말씀해 주세요.

―난 먼저 1파운드의 먼지로 살을 만든 뒤에, 다른 1파운드의 불로 피를 만들었다고 대답하지. 그래서 피가 붉고 뜨거운 거라고. 세 번째 1파운드의 공기로 생명을 불어넣은 뒤에, 네 번째 1파운드의 구름으로 연약한 기운을 만들었지. 다섯 번째 1파운드의 은총으로 정신과 사고를 만든 뒤에, 여섯 번째 1파운드의 꽃으로 눈을 만들었지. 그래서 눈동자가 다양한 색을 지닌 거라고 말하지. 일곱 번째 1파운드의 이슬로 땀방울을 만든 뒤에, 마지막 여덟 번째 1파운드의 소금으로 눈물을 만들었지. 그래서 눈물이 짠 거라고 말하지.

―아담이 창조됐을 때 몇 살이었는지 말씀해 주세요.

―난 서른 살이었다고 대답하지.

―아담의 신장은 어땠는지 말씀해 주세요.

―난 116인치였다고 대답하지.

―아담은 이 세상에서 얼마나 살았는지 말씀해 주세요.

―난 900년을 살았다고 대답하지. 비탄에 잠겨 30년 동안 노동을 한 뒤 지옥에 갔다고 말하지. 이 잔인한 형벌을 5228년이나 겪었다고 말이야.

『앵글로색슨 연대기』

문학사에서 산문 문학은 시 문학보다 언제나 늦게 발전했다. 이는 확정된 규범 없이 창작하는 것보다 6보격이나 8음절 같은 규범을 지속적으로 반복하는 편이 더 용이하였기 때문이라 사료된다. 그런데 시문학의 발전이 산문 문학의 발전보다 선행하는 근원적인 이유는 운문이 산문보다 암송의 차원에서 월등한 강점을 가지기 때문이다. 이런 연유로 앵글로색슨족은 매우 복합적이고 발전된 시 문학을 창출할 수 있었던 반면 산문 문학의 수준은 빈약했다. 우리는 이와 같은 사실을 앨프레드 대왕이 주도한 오로시우스와 보에티우스의 저서 번역 및 『앵글로색슨 연대기』에서 목도할 수 있다. 이 연대기는 여러 세대에 걸쳐 수도사들이 쓴 작자 미상의 집단 창작 작품이다. 9세기와 12세기 사이에 집필된 『앵글로색슨 연대기』는 영국의 기원에서부터 그 역사를 기록하고 있다. 스넬은 이 작품이 "여러 세대에 걸친 필경사들의 애국적 기념비로서 이들은 각자 영국의 과거에 대한 기억을 기리는 헌사들을 수집하고, 이후 잊힌 채 죽어야 하는 임무를 영광으로 받아들였다."라고 평가한다. 한 해 동안 발생한 사건들이 단 두 페이지에 걸쳐 기술되어 있고 일반적으로는 단 몇 줄로 사건들을 기록한 사실을 고려한다면, 이 작품에 대한 분석에 헌신했던 연구자들의 노력이 우리에게 큰 감동으로 다가오지는 않는다. 이 연대기는 노르만족이 영국을 정복한 지 거의 한 세기가 지난 1154년까지를 다루고 있다. 이 작품은 "국왕께서는 소니(Thorney)와 스팔딩(Spalding), 그리고……"라는 기이하면서도 완결되지 않은 문장으로 갑자기 끝난다.

『앵글로색슨 연대기』는 영국과 그 주변 왕국에서 오랜 기간에 걸쳐 발생했던 사건들을 기록하고 있다. 서기 993년에 발생했던 사건 항목 중에는 "국왕께서 엘프릭의 아들 엘프가르의 눈을 뽑으라고 명하셨다."라는 기록이 있다. 그다음 항목에는

"데인족이 말을 타고 저희들이 다닐 수 있는 만큼 다니면서 이루 형언할 수 없는 악행들을 저질렀다"는 기록이 나온다. 이 기록은 다음 페이지까지 계속되어 995년의 사건으로까지 연결되는데, "이 해에는 혜성이 나타났다."라는 기록으로 끝난다.

1012년에 발생했던 사건 항목에는 한 주교의 죽음에 대한 일화가 다음과 같이 기록되어 있다. "남부에서 가져온 술을 진탕 마시고 만취한 군인들이 큰 뼈와 소뿔로 주교를 괴롭혔다. 그리고 군인들 중 한 명이 쇳덩이로 그의 머리를 내려쳤다. 성스러운 그의 피가 땅을 적셨고 그의 영혼은 신에게로 갔다." 퀴너울프 왕의 죽음에 대한 일화 역시 매우 극적이다. 왕은 자신의 애첩 집에서 사랑을 나누고 있었는데 왕의 적들이 그곳에 난입하여 왕을 살해했다. 즉 왕은 사랑의 단계에서 시작하여 싸움 그리고 죽음의 단계로 간 것이다.

774년에 발생했던 사건 항목에는 다음 기록이 남아 있다. "일몰 후 하늘에 불 십자가가 나타났다. 그리고 머시아 왕국과 켄트 왕국 군인들이 옥스퍼드에서 전투를 했다. 남부 색슨족의 영토에 불가사의한 뱀들이 출몰했다."

앤드루 랭은 이 연대기의 초반부 항목들은 마치 아이들이 쓴 일기 같다고 평가한다. 자신들을 정복한 윌리엄 1세에 대한 색슨족의 평가는 매우 공정했다. 『앵글로색슨 연대기』는 "우리는 사람들로 하여금 선한 것을 따르고 악한 것을 멀리하며 우리를 하늘의 왕국으로 인도할 길을 따르도록 하기 위해 좋고 나쁜 일들에 대해 기록했다"라는 말로 끝을 맺는다.

앞에서 우리가 살펴보았던 『브루난브루흐 찬가』가 이 연대기에 등장한다.

「묘지」

1066년 앵글로색슨 왕조의 마지막 왕인 해럴드 왕은 유명한 스탬퍼드 다리 전투에서 노르웨이군을 물리쳤다. 하지만 프랑스 문화와 언어 환경 속에서 성장한 또 다른 스칸디나비아 종족인 노르만족에게 패했다. 이렇게 잉글랜드 침공 600여 년 후 색슨족의 영역은 잉글랜드 지역에 국한되었다.

네 집은 태어나기 전부터 만들어졌구나.

네 땅은 엄마 배 속에서 나오기도 전부터 준비되었구나.

사람들이 아직 파지는 않았단다. 깊이는 모르겠고.

길이 또한 얼마나 될지 아직은 모르겠구나.

이제 너를 네 자리로 데려가련다.

우선 네 크기를 측정한 뒤에 대지를 측량할 거야.

네 집은 그렇게 높지 않단다. 소박하고 왜소할 거야.

그곳에 묻힌다면 울타리도 낮고 검소할 거야.

천장은 가슴 가까이 있을 거고. 흙먼지에 뒤덮인 채 추위를 느끼겠지.

온갖 어둠과 그림자가 동굴을 썩게 만들 거야.

집엔 대문도 없고 내부엔 빛도 없을 거야.

넌 그곳에 단단히 유폐될 거고, 죽음이 열쇠를 갖게 되겠지.

흙집은 불쾌하고 그곳에 산다는 것은 끔찍할 거야.

그곳에 네 몸이 있을 거고 구더기들이 파헤치겠지.

친구들과 멀리 떨어져서 그곳에 누워 있겠지.

어떤 친구도 너를 만나거나, 그곳이 맘에 드는지 묻지 않을 거야.

아무도 대문을 열지 않을 거고.

아무도 그곳에 내려가지 않겠지, 넌 곧 혐오스럽게 변할
테니까.

머리에서 머리카락이 빠지며 그 아름다움도 사라지겠지.

이 시는 우리가 상식이라고 부를 만한 단 하나의 은유로 구
성되어 있다. 즉 인간의 마지막 거주지로서 무덤이라는 개념
을 은유로 도입한 것이다. 하지만 이 개념은 우리가 앵글로색
슨어로 쓰인 마지막 애가를 걸작으로 느끼게 할 정도로 큰 감
흥을 준다. 롱펠로는 이 작품을 현대 영어로 옮겼다.

레이어먼, 마지막 색슨 시인

영국에서 게르만어 시는 특이하게도 13세기 초 사제인 레
이어먼(Layamon)의 작품에 의해 부활했다. 그의 대표작은 『브
루트(Brut)』로, 3만 행으로 구성된 이 비정형시는 브리튼족의
전투들, 특히 픽트족, 노르드족, 색슨족에 맞서 싸웠던 왕이자
그들과 맞서 싸울 왕인 아서왕이 이끌었던 전투들에 대해 노
래하고 있다. 레이어먼은 자신을 3인칭화 하여 다음처럼 서문
을 쓴다.

이 왕국에 레오베나트의 아들이자(주님의 영광 속에 이분
을 거두어 주시길) 사제인 레이어먼이 살았다. 그는 언리 교구

에 있는 매우 훌륭한 장소인 시번 강둑에 위치한 고귀한 교회에서 생활했다. 그는 영국인들이 어떻게 불렸는지, 어디에서 왔는지, 대홍수 이후 누가 이 영국 땅에 도착했는지에 대해, 즉 영국인들이 일군 위업에 대해 언급하려는 생각을 하게 되었다. 레이어먼은 영국 전역을 여행했고 자신이 집필할 책의 본보기가 되는 소중한 책들을 얻었다. 그는 우선 비드가 영어로 쓴 책을 얻었고 우리에게 세례를 준 알반 성인과 아우구스티누스 성인이 라틴어로 쓴 책들을 획득했다. 또한 그가 세 번째로 보게 된 책은 와스(Wace)라 불리는 프랑스 사제가 프랑스어로 쓴 책으로, 레이어먼은 이 책을 비드의 책과 라틴어로 쓴 책들 사이에 두고 참조했다. 와스는 어떻게 해야 훌륭한 글을 쓸 수 있는지 잘 알았고 자신의 책을 헨리 대왕[543]의 왕비인 엘레오노르에게 바쳤다. 레이어먼은 이 세 책의 책장을 한 장한 장을 넘겼다. 그는 애정을 가지고 이 책들을 보았고(전지전능한 신께서 그와 함께하시길!) 이후 펜을 들고 적합한 단어들을 선택해 양피지에 적었다. 레이어먼은 그가 읽은 세 권의 책을 종합해 한 권의 책으로 썼다. 이제 레이어먼은 이 책을 읽고 이 책이 가르치는 진리를 배우고자 하는 독자들에게 전지전능하신 주님의 사랑으로 간청하는 바이다. 레이어먼을 이세상에 있게 한 그의 아버지의 영혼을 위해 기도해 주시길. 레이어먼을 이 세상에 나오게 한 그의 어머니의 영혼을 위해 기도해 주시길. 그리고 레이어먼의 영혼이 더 선한 영혼이 될 수

---

543   플랜테저넷 왕조를 연 헨리 2세(1133~1189)를 지칭한다.

있도록 기도해 주시길. 아멘.

색슨어로 시를 쓴 마지막 영국 시인 레이어먼에게 아서왕이 통치했던 켈트족이 진정한 영국인이며 색슨족은 혐오스러운 적이라는 사실은 매우 흥미롭다.『베어울프』와『맬던의 노래』에 나타나는 상무적 기상이 경이로운 방식으로 이 사제의 시 속에서 부활하고 있다.

세속을 등지고 칩거했던 레이어먼은 폭력적인 언어 사용을 즐겼다. 와스는 자신의 작품『브뤼 이야기』에서 "그날 브리튼족은 파스켄티우스와 아일랜드 왕을 죽였다."라고 쓰고 있는데 레이어먼은 이 부분을 다음처럼 확장한다.

그리고 선인(善人) 우서(Uther)는 "파스켄티우스, 네놈은 여기서 한 발도 움직이지 못할 것이다. 여기 말을 타고 우서가 간다."라고 말했다. 우서는 파스켄티우스의 머리를 가격했고 그를 넘어뜨렸다. 그리고 파스켄티우스의 입에 칼을 대었는데, 그가 칼을 입에 댄 것은 난생처음이었다. 곧 칼끝은 입을 관통하여 땅에 박혔다. 이후 우서는 "아일랜드 놈아, 모든 게 다 잘될 것이다. 영국 전체가 네놈의 것이다. 네놈이 우리와 영원히 함께 살 수 있도록 영국을 네놈에게 주마. 자! 여기 있다. 영원히 영국을 가지거라."라고 말했다.

결론

『항해자』, 『맬던의 노래』, 『십자가의 환영』처럼 의심의 여지 없는 문학적 가치를 지닌 작품들과 함께 우리는 성서의 일부분에 이런저런 내용을 덧붙인 단순한 번역에 불과한 단편들을 살펴보았다. 이와 같은 불균형은 발견된 사본들의 썩 좋지 않은 보존 상태에 기인한다. 500년 이전에 창작된 작품들은 단지 네 개의 사본에만 수록되어 있다. 그중 하나가 이탈리아 북부에 있는 수도원의 이름을 딴 베르첼리 사본(Vercelli Codex)인데, 우리로서는 다행스럽게도, 로마로 성지 순례를 간 앵글로색슨 순례자들이 그것을 그곳에 두고 왔을 것이다.

독일 문학

초기 게르만족에 대한 가장 오래되고 유명한 원천은 타키투스의 『게르마니아』다. 수많은 서지들이 이 책의 주해를 위해 작성되었다. 어떤 학자들은 이 책에서 민속학의 바이블을 목도하며, 또 다른 학자들은 이 책이 로마 사회의 부패를 극명하게 드러내기 위해 대조적으로 야만족을 이상화하며 이들 집단을 유토피아적 사회로 그린다고 여긴다. 에드워드 기번은 야만족과 그 사회에 대한 타키투스의 정교한 관찰과 성실한 탐구 자세를 높게 평가한다. 반면 테오도어 몸젠[544]은 『게르마니

---

544   Theodor Mommsen(1817~1903). 독일의 고전학자이자 역사학자, 고고학자. 『로마사』(1854~1856)를 통해 로마사 연구에 큰 업적을 남겼으며 역사학자로는 최초로 1902년 노벨 문학상을 수상했다.

아』가 회화적 저널리즘에 불과하다는 비판적 시각을 보여 준다. 이와 같이 극단적으로 대조되는 견해를 추종하기보다는 타키투스가 여러 목적에서 이 작품을 집필하도록 했다고 가정하는 것이 더 합리적인 태도일 것이다. 그는 도나우강과 라인강 유역에 거주하는 게르만족의 풍속과 제도를 기록하고자 했다. 또한 그는 로마가 쇠퇴하고 있다는 자신의 생각을 표출하고자 했다. 타키투스는 복합적인 인간이었다. 그는 게르만 사회에 대한 연구를 통해 인간의 지적 진보와(타키투스는 고대의 웅변가들이 현대의 웅변가들보다 수준이 낮았다고 생각했다.) 도덕적 퇴보를 믿을 수 있었던 것이다.

타키투스의 관점이 무엇이었든 그것은 언제나 로마인의 관점이었다. "그 누구도 무시무시한 바다를 건너는 모험을 하면서까지 영토도 명확치 않고 하늘은 사납고 살기에 부적절한 게르마니아"로 가려 하지 않았기에 게르만족은 다른 민족과 섞일 수 없었고 따라서 토착 원주민일 수밖에 없었다는 사실을 증명할 때 타키투스는 미학적 판단을 내린 게 아니었다. 그는 문명의 손길이 미치지 않은 야만 지역의 혹독한 환경과 추운 기후를 알렸을 뿐이었다. 고대인들에게는 풍경에 대한 미학적 감수성이 결여되어 있다고 주장한 러스킨의 견해를 우리는 고려할 필요가 있다.

타키투스에게 게르마니아는 오늘날의 스칸디나비아, 폴란드, 독일, 오스트리아 지역을 의미했는데 타키투스 자신은 게르마니아를 하나의 섬으로 생각했다. 게르만족의 영국 정복은 『게르마니아』가 나오고 500년 후에 이루어졌다.

타키투스는 자신의 저서에서 게르만족의 시에 대해 두 차례 언급하고 있다. 첫 번째 언급은 다음과 같다.

게르만족은 그들이 가진 유일한 연대기 장르이자 기억인
시에서 대지에서 태어난 투이스토(Tuisto) 신과 그의 아들이
자 그들 종족의 시조인 만누스(Mannus)를 찬양한다. 그리고
이는 오래전부터 전승되어 온 시다.

이어서 타키투스는 게르만족의 시에 대해 다음의 내용을
덧붙인다.

게르만족은 자신들의 땅에도 헤라클레스가 있었다고 말
한다. 그들은 전쟁터로 갈 때 헤라클레스를 가장 용감한 전사
로 찬양하는 노래를 부르면서 간다고 한다. 게르만족에게는
바르디투스(Barditus)라는 또 다른 유명한 노래도 있었는데 이
노래를 통해 그들은 전의를 다지고 곧 벌어질 전투의 결과를
예측했다고 한다. 실제로 그들은 전열의 맨 앞에 선 전사들이
부르는 노래에 따라 적에게 공포감을 불러일으키거나 자신들
이 공포에 휩싸였는데, 이 노래가 그들에게는 단순한 합창이
아니라 용기의 신호였기 때문이다. 그들은 용의주도하게 거칠
면서도 공포스러운 목소리를 내려고 했다. 이를 위해 게르만
전사들은 목소리를 가두어 그 소리가 더 확대되고 힘차게 들
릴 수 있도록 방패를 입 앞에 대고 노래를 불렀다.[545]

---

545   타키투스에게 헤라클레스는 토르(Thor)다. 라인강 남
       쪽에서 발견된 비문에서는 토르를 헤르쿨레스 마구

타키투스가 언급한 시에 대해서는 현재 남아 있는 것이 전무하다. 만약 이 시들 중 몇 작품이 우리가 아는 단편들 속에 포함되어 있다면 참조할 만한 자료들이 전혀 없는 상황이기에 우리가 모를 리 없을 것이다.

따라서 한 뿔에 새겨져 있는 "나 흘레가스트 휠팅이 이 뿔을 만들었다.(Eke Hlewagastir Holtingar horna tawrido)"라는 각인과 두 편의『메르제부르크 주문(Merseburger Zaubersprüche)』이 유구한 독일 문학의 실질적 출발점이다. 뿔에 새겨진 각인은 기원후 5세기경에 쓰인 것으로 추정되는데, 이 문구는 H자의 반복을 통한 두운시 형식을 갖추고 있다.『메르젠부르크 주문』은 기원후 10세기경에 나온 한 필사본에 수록되어 있지만 실제로는 훨씬 이전에 쓰인 작품이다. 첫 번째 주문은 다음과 같다.

> 어느 날
> 지혜의 여인들이 내려왔네.
> 그녀들은 이곳 저곳에 앉아 있었네.
> 몇몇 여인들은 적들을 밧줄로 묶었고
> 다른 여인들은 적군을 가로막았으며
> 또 다른 여인들은 결박되어 있던 아군을 풀어 주었네.
> 사슬을 풀어라

사누스(Hercules Magusanus)로 부르고 있다. 투이스토는 스칸디나비아 신화에서는 튀르(Týr)로서 로마인들은 마르스(Mars)와 동일시했다. 영어에서 화요일이 Tuesday인 점을 상기하라.(원주)

적으로부터 탈출하라.

이 첫 번째 주문에 나오는 여인들은 의심의 여지 없이 발키리다. 첫 번째 주문과 마찬가지로 역시 이교도적 배경을 가진 두 번째 주문은 폴(Phol)과 보단(Wodan)의 대화로 시작한다. 폴의 말이 다리가 부러졌는데 이때 보단이 다음과 같은 주문으로 말을 치료한다.

다리는 다리로, 피는 피로,
뼈는 뼈로, 붙어 있던 그대로

Bên zi bêna / bluot zi blouda
lid zi geliden / sôse gelîmida sî!

『베소브룬의 기도문(Wessobrunner Gebet)』이라는 제목이 붙은 기도문은 8세기 말에 나왔다. 이 기도문은 두운시로 된 서문과 두운과 각운으로 구성된 산문 기도문이 합쳐져 있다.

저는 이 세상 지식들 중 가장 경이로운 지식을 사람들에게서 배웠습니다. 대지도 하늘도 나무도 산도 존재하지 않았습니다. 태양도 달도 빛을 발하지 않았으며 사나운 바다도 없었습니다. 끝도 경계도 없던 그때 전지전능하시며 인간들 중 가장 자비로운 신께서 계셨습니다. 그분과 함께 많은 성령들 역시 계셨습니다. 신은 성스러움 그 자체이십니다.

천지를 창조하시고 인간들에게 수많은 것들을 하사하신

주님, 악마와 맞서고 악을 멀리하며 당신의 의지를 실현할 수 있도록 제게 올바른 믿음과 선한 의자, 지혜, 신중함 그리고 힘을 주옵소서.

『베소브룬의 기도문』에서 우리는 천지창조에 관한 스칸디나비아인들의 위대한 시 작품 『무녀의 예언(Voluspa)』 3연 "대지도 없었고/ 그 위에 하늘도/ 입을 벌린 심연도/ 풀 조차도 없었더라."의 흔적을 찾을 수 있다.[546]

『힐데브란트의 노래』

독일 카셀 인근 풀다 수도원에서 9세기에 쓰인 신학 필사본이 발견되었는데, 이 필사본의 맨 앞 페이지와 맨 뒤 페이지에 미완성의 단편 시가 실려 있다. 그리고 이 작품에 『힐데브란트의 노래(Hildebrandslied)』라는 제목이 붙여졌다. 이 필사본은 G. J. 폰 에크하르트가 1729년에 발견했는데, 그는 게르만시의 특징인 두운 법칙을 무시한 채 라틴어 산문으로 된 주해서를 출간했다.

『힐데브란트의 노래』의 주제는 고트족 전설에 포함된다. 테오도리크(혹은 디트리히) 왕은 오도아케르에게 왕국을 빼앗겨 망명을 떠나게 된다. 그리고 30년이 지난 후 마침내 잃어버

---

546   번역은 임한순, 최윤영, 김길웅 옮김, 『에다』(서울대학교출판부, 2015), 6쪽을 따랐다.

렸던 왕국을 되찾기 위해 돌아온다. 테오도리크 왕의 충실한 전사 중 한 사람인 힐데브란트는 자신의 부인과 어린 아들을 놔둔 채 주군을 따라 망명의 길에 올랐다. 테오도리크군과 오도아케르군이 대치하게 되었을 때 한 동고트족 청년이 단판 결투를 하자고 힐데브란트를 자극한다. 이에 힐데브란트는 청년에게 신분을 묻는다.

> 그대는 어느 가문 출신인가?
> 그대의 조상들 중 한 분의 이름을 내게 말하라.
> 그러면 내가 다른 분들의 이름을 그대에게 알려 주리라.
> 왜냐하면 나는 이 왕국의 모든 사람들 알고 있기 때문이네.

호메로스의 세계에서와 마찬가지로 게르만 세계에서는 기사가 아무하고나 결투를 하지 않는다. 우리가 영국 문학을 살펴볼 때 다루었던 『핀스부르흐 전투』에 나오는 지크프리트의 말을 상기해 보라. 힐데브란트의 질문에 젊은 전사는 자신은 힐데브란트의 아들 하두브란트이며 자신의 아버지는 오도아케르의 분노를 피해 테오도리크 왕을 수행하여 동쪽으로 피신했다고 대답한다. 이 대답을 듣고 힐데브란트는 자신이 그의 아버지임을 밝히고 그에게 금으로 만든 팔찌를 주려고 한다. 하지만 하두브란트는 이것이 비겁한 기사의 계략이라고 생각하고 힐데브란트에게 결투를 재촉한다. 뒷부분은 소실되었는데 『영웅 전기(Heldenbuch)』의 일부에는 아들이 아버지의 손에 죽는 것으로 기록되어 있다. 부자 상극의 결말은 매우 비참하다. 13세기에 나온 『테오도리크 전설(Thidrekssaga)』과 15세기에 나온 『청년 힐데브란트의 노래(Jüngeres Hildebrandslied)』에서는 부자가 화해하여 끝을 맺는다.

아버지의 아들 살해 주제는 또한 켈트족 및 페르시아 전통에 속한다. 6만 행의 평운으로 구성된 『열왕기(Shah-nama)』는 페르시아의 전 역사를 담고 있다. 10세기에 쓰인 이 대서사시에는 루스탐과 그의 아들 수랍의 결투에 대한 이야기가 나온다. 페르시아군과 타타르군 앞에서 부자가 결투를 하는데 결투 도중 칼이 부러지자 두 사람은 못을 들고 싸워야 하는 상황에 이른다. 결국 루스탐이 수랍을 죽이게 되고 수랍은 죽어가면서 자신의 아버지가 루스탐에게 복수할 것이라고 말한다. 결투는 이틀 동안 지속되었고 루스탐은 수랍의 시신을 매장한다. 자신이 죽인 젊은 청년이 친아들이었다는 사실은 한참 뒤에 밝혀진다. 『힐데브란트의 노래』에서는 아버지가 훈족 군대를 지휘하는 반면, 『열왕기』에서는 아들이 타타르의 전사로 등장한다. 각 작품 속에 등장하는 군대가 몽골계 군대라는 점이 흥미롭다.[547]

---

547 프리드리히 뤼케르트(Friedrich Rückert)가 1838년에 유려한 평운으로 구성된 『로스템과 수라(Rostem und Suhrah)』를 발표했다. 1853년에는 매슈 아널드가 생트뵈브가 한 논문에서 제시한 호메로스식 시작법을 신중히 따라 『소랍과 러스텀 이야기(Sohrab and Rustum: Episode)』를 출간했다. 이 작품에서는 러스텀이 자신의 망토로 아들의 얼굴을 덮고 모래 위에 누운 아들의 시신 곁에 눕는다. 그러고는 양쪽 군대가 아들의 시신을 보지 못하도록 동이 틀 때까지 그의 곁을 지킨다.(원주)

『힐데브란트의 노래』는 두운으로 구성된 고대 게르만 영웅시의 한 예다. 유일하게 남아 있는 이 작품을 통해 우리는 오늘날 비록 전하지는 않지만 이와 유사한 장르가 존재했음을 유추할 수 있다. 이 작품의 작시법 자체는 매우 초보적인데 복합어를 사용하기는 하지만 은유는 존재하지 않는다.

『무스필리』

『베소브룬의 기도문』이 세계의 기원을 다루는 반면 바이에른주에서 발견된 9세기 초반에 쓰인 『무스필리』는 최후의 심판을 다루고 있다. 이 작품은 초반부에서 각각의 인간이 죽는 순간에 발생하는 바를 묘사한다. 육신이 죽어 가는 순간 악마와 천사는 영혼에 대해 토론한다. (단테의 『신곡』 「연옥편」 제5곡에서 캄팔디노 전투에서 단테가 죽인 것으로 나오는 부온콘테 다 몬테펠트로의 영혼이 그의 고통들 가운데 『무스필리(Muspilli)』에서 다루는 것과 유사한 것에 관해 언급한다. 천사가 이기자 절망에 빠진 악마는 시신을 모욕하며 강으로 던져 버린다.) 『무스필리』에서는 엘리야가 그리스도의 적과 벌인 결투가 언급된다. 시는 두운행으로 구성되어 있지만 이후 발전하게 될 각운행도 엿보인다. 이 작품의 마지막 부분은 다음과 같다.

> 모든 산은 불타오르고
> 지상에는 나무 한 그루 남아 있지 않다.
> 습지는 파괴되고

하늘은 불타 버린다.

달은 떨어지고

세상은 불길에 휩싸이고

돌 하나 남아 있지 않다.

불로써 인간을 심판하기 위해

최후의 심판이 세상을 덮쳐 온다.

누구도 주위 사람들을 도울 수 없다.

무스필리가 다가올 때는.

무스필리는 세상의 마지막 불이며, 『고에다』에서는 무스펠이라는 거인으로 의인화되어 제시되었다. 스토아학파 역시 물에 의한 소멸이 아니라 불에 의한 세계의 소멸을 믿는다.

『헬리안트』

고색슨족(영국으로 이주한 색슨족과 구별하기 위한 명칭)의 시 문학 작품 중에 지금까지 전하는 것은 『헬리안트(Heliand)』와 『창세기(Genesis)』 둘이다. 단편으로만 남아 있는 『헬리안트』는 프라하, 뮌헨, 바티칸 도서관, 영국 국립 도서관에 소장된 네 개의 필사본에 흩어져 있다. 가장 오래된 필사본은 영국 국립 도서관에 보관된 것으로, 10세기경에 쓰였지만 시는 9세기 작품이다. 한 라틴어 문서에 따르면 샤를마뉴 대제의 아들인 루도비쿠스 I세 피우스 황제가 색슨족 사이에서 훌륭한 시인으로 명성을 얻고 있던 한 색슨족 시인에게 성서를 운문화

하는 작업을 맡겼다고 한다. 그는 황제의 명을 충실히 받들었
다. 그런데 꿈속에서 천사가 그에게 또 다른 시를 쓰라는 명을
내려 그는 "그 어떤 독일어 시들보다 아름다운 시들을(ut cuncta
Theudisca poemata sua vincat decore)" 쓰게 되었다. 이 시들 중 하나
가 『헬리안트』다. 꿈에 관한 일화를 통해 우리는 캐드먼 이야
기의 영향을 확인할 수 있다.

『헬리안트』(현대 독일어로 '구원자'를 의미하는 Heiland)는 기
독교 성인들의 복음서에 직접적으로 바탕을 둔 것이 아니라
비드, 알쿠니우스, 백과사전 집필자인 라바누스 마우루스[548]의
라틴어 주석들에 기반을 두고 있다. 그런데 이같이 많은 지식
들에 기반을 둔 점은 작품에서 드러나는 시인의 단순한 구도
설정과 대비된다. 즉 시인은 하느님을 왕으로, 예수를 왕자로,
예수의 사도들은 전사로, 헤롯 왕은 반지의 헌납자로, 목자들
은 마구간지기로, 사탄은 "투명 망토를 가진 자" 혹은 타른카
페(Tarnkappe)로 치환하고 있는 것이다. 시인은 시몬 베드로가
자신의 칼을 뽑아 대사제의 종을 내리쳐 그의 오른쪽 귀를 잘
라 버리는 장면(요한복음 18: 10)에서 흥분하고, 예수가 나사로
를 부활시키는 장면에 대해 "그분께서는 목숨을 잃은 영웅에
게 생명을 주셨고 지상의 즐거움을 영위하도록 허락하셨다."고
적고 있다. 시인은 예수가 다윗 왕의 후손이라고 주장한다. 그리

---

548   Rrabanus Maurus(780?~856?). Hrabanus 혹은
Rhabanus로도 알려진 프랑크 왕국 출신의 베네딕트
수도회 수도사이자 시인, 백과사전 집필자. 마인츠 교
구의 대주교를 역임했다.

고 "그대의 뺨을 때리는 이에게 다른 쪽 뺨도 내어 주라."는 경고를 누락하고 있다. 『헬리안트』는 고대 게르만 서사시의 모방작이라기보다는 비록 주인공이 게르만족의 전통과는 거리가 멀지만 서사시 장르의 독창적인 예로 평가받는다. 우리는 이 작품을 쓰기 전에 시인이 누렸던 명성은 기독교화가 된 사회에서는 더 이상 생존할 수 없게 된 이교도적 작품을 통해 획득했을 것이라고 추정할 수 있다. 이 작품의 문체와 은유법 그리고 이 작품에 사용된 단어들은 전형적으로 서사시의 특성에 해당한다. 라틴어 주해들을 잘 이해하고 다루고 있다는 점은 『헬리안트』의 작자가 사제였다는 사실을 우리에게 알려 준다. 이 작품은 현재까지 6000행이 전해 내려온다. 작자가 이 작품을 풀다 수도원에서 썼다는 점을 고려하면 우리는 이 수도원 도서관에서 우리에게 필요한 자료들을 발견할 수도 있다.

『창세기』

『창세기』는 『헬리안트』가 쓰인 이후에 나온 시로, 900행으로 구성되었으며 아담의 추락을 다루고 있다. 천국에서 추방된 아담은 갈증과 배고픔, 네 개의 거센 바람, 폭우와 우박, 강렬한 태양에 시달려야 하는 형을 선고받은 자신의 슬픈 운명에 대해 한탄한다. 작품의 다른 부분에서는 강 위에서 몸을 기울인 하와가 카인에 의해 살해된 아벨의 피 묻은 옷을 강물에 빨면서 통곡하는 모습을 그린다.

시인은 아브라함 이야기와 평원의 도시들이 받는 벌에 대

해 언급하면서 프리드리히 포크트[549]가 주장한 것처럼 "우리
의 도덕적 감성에 상처를 줄 수 있는 것들을 신중하지만 대담
한 방식으로 피하고 있다". 『창세기』는 『헬리안트』 작자의 문
하생이 쓴 것으로 추정되는데, 종교적 감성과 상상력의 차원
에서는 제자가 스승을 능가했다. 이 작품은 또한 9세기에 나온
앵글로색슨어본 혹은 번안으로도 존재한다.

오트프리트 폰 바이센부르크

사제였던 오트프리트 폰 바이센부르크[550]는 7000행의 각
운으로 구성된 시 『복음서』의 작자라는 점보다 자국어로 지
식인의 유형을 구현한 최초의 독일 시인이라는 점 때문에 독
일 문학사에서 매우 중요한 인물이다. 그는 풀다 학파의 창시
자인 라바누스 마우루스의 제자였다. 라바누스 마우루스는
『성직자의 교육(De Clericorum Institutione)』을 집필하여 교양 교
육 및 고대 철학 교육을 옹호했는데, 그래서 '게르만족의 스승
(Praeceptor Germaniae)'이라는 명칭을 얻었다. 그는 또한 매우 체
계적으로 구성된 백과사전인 『우주론(De Universo)』의 작자이
기도 하다. 이 백과사전의 초반부는 신에 대한 내용을, 후반부
는 돌과 금속들을 다룬다. 그런데 메아리가 돌을 설명하는 부

---

549   Friedrich Vogt(1851~1923). 독일의 문헌학자.

550   Otfried von Weissenburg(800?~870). 독일의 시인, 수
　　　　　　도사.

분에서 언급되는 사실이 흥미롭다. 오트프리트는 스승이 사망한 후에 자신의 대표작『복음서』를 완성했다. 그는 이 작품을 두 개의 아크로스틱으로 이루어진 헌시를 덧붙여 루도비쿠스 2세 게르마니쿠스[551]와 솔로몬 콘스탄츠 주교에게 보냈다.

『헬리안트』의 작자와는 달리 오트프리트는 고대 그리스, 로마의 시들과 비견할 만한 독일어 시를 써야 한다는, 그때까지 전례가 없던 과업을 스스로 떠맡았다는 사실을 명확하게 인식했던 시인이었다. 그는 게르만시의 전통이었던 두운시를 혁파했거나 혁파하고자 했고 독일어 각운시의 엄격한 형식을 추구했다. 애국적 목표가 이와 같은 그의 생각을 추동했다. 그는 프랑크족이 전사의 덕성에서는 이미 그리스인, 로마인 들과 같은 반열에 올랐다고 썼으며, 정신적 덕성에서도 그리스인 로마인 들과 동일한 수준에 도달하기를 갈구했다. 그는 또한 신앙심 깊은 청중을 모욕하지 않는 책을 쓰고자 했다.

다섯 권으로 구성된『복음서』의 초반부는 각운이 종종 생략되고 있으며 두운이 존재한다. 작가의 의도에도 불구하고 고대 게르만시의 전통이 여전히 남아 있는 것이다. 또한 은유적 표현도 나타나는데, 아기 예수의 탄생을 성모 마리아에게 알려 줄 천사가 태양의 길, 별들의 길, 구름의 거리 등을 가로지른다와 같은 표현이 대표적이다.

『헬리안트』에는 성서에 대한 우화적 해석이 나타나지 않는

---

551   샤를마뉴 대제의 손자. 817년에 바이에른의 왕으로 즉위했지만 베르됭 조약 체결 후 동프랑크 왕국의 왕으로 즉위했다.

다. 오트프리트에게 실제 발생한 사건들은 이것들이 상징하는
교리와 교훈보다는 덜 중요했다. 예를 들면 신약성서에서 동
방 박사들이 아기 예수에게 황금과 유향, 몰약을 예물로 바치
는데(마태복음 2: II). 오트프리트는 이 예물들이 성직자의 위
엄, 왕과 죽음의 위엄을 의미한다고 이해한다.

각운은 오늘날 일반적이다. 하지만 I000년 전의 시 문학에
서 각운은 확고히 정립되지 않는 새롭고도 난해한 작법이었
다. 오트프리트의 시구를 살펴보자.

태양은 그와 같은 악행에 진노해
세상 사람들이 그 찬란한 빛을 볼 수 없게 한다.

Súnna irbalg sih thnáito / súslichero dato
ni liaz si sehan worolthiot / thaz ira frunisga lioht.

오트프리트의 작품은 인기가 없었다. 각운을 도입한 점에
서 우리는 독일 남부 지방의 영향을 느낄 수 있으며 각 페이
지에서 엄격하면서도 폐쇄적인 수도회의 분위기를 엿볼 수
있다. 또한 신플라톤주의의 흔적과 독특한 상상력도 감지할
수 있다. 예를 들어 영광의 왕관을 쓴 예수는 세상의 통치자
로, 그의 옆 천상의 여왕 마리아는 빛을 발하는 존재로 묘사
된다.

『루트비히의 노래』

루도비쿠스 2세의 아들이자 서프랑크 왕국의 왕이었던 루도비쿠스 3세(혹은 루이 3세)는 811년 프랑스를 침공한 바이킹족 군대를 소쿠르(Saucourt)에서 물리쳤는데 9000명의 바이킹 침략자들이 이 전투에서 사망했다. 서프랑크인들은 오래전부터 게르만계 언어가 아닌 로망스계 언어를 사용했는데 서프랑크 왕국의 왕이 거둔 이 승리를 『루트비히의 노래(Ludwigslied)』라는 독일어 시를 통해 찬양하고 있다. 프랑크족은 이 작품에서 신이 선택한 민족으로 제시된다. 하느님은 그들을 시험하고 그들의 죄를 벌하기 위해 야만족 무리로 하여금 바다를 건너 프랑크족의 땅을 침범하고 파괴하도록 했다. 마침내 하느님이 자비를 베풀기로 하고 왕에게 명한다.

나의 왕 루트비히여, 나의 백성들을 구하고
북쪽에서 온 야만족을 엄히 벌하라.

Hludwig, kuning min / Hilph minan liutin!
Heigun fa northman / Harto bidwungan.

루트비히 왕은 하느님의 허락을 받아 자신의 전투 깃발을 높이 들고("Tho man her godes urlub, Hueb her gundfanon uf") 전쟁터로 나가 침략자들을 무찌른다. 시인은 하느님의 권능을 찬양하며 작품을 마친다. 『브루난브루흐 찬가』와 달리 시인은 인간들의 단순한 용기가 아니라 하느님에게 승리를 돌린다. 이렇게 『루트비히의 노래』는 서사적 성격과 신에 대한 경건함을 공유하고 있다.

루도비쿠스 3세는 소쿠르에서 승리를 거둔 다음 해인 812년에 사망한다. 이 승리를 기리기 위해 쓰인 『루트비히의 노래』는 9세기의 기억할 만한 마지막 작품으로 남는다. 이후 200년이 넘는 침묵의 시간이 흘렀고 독일어 작품은 나오지 않았다. 수도원에서 수도사들은 라틴어로 시를 썼다. 카롤링거 왕조는 911년에 막을 내렸다. 새로운 왕조를 연 오토 I세가 신성 로마 제국 황제의 칭호를 받았는데 그는 독일 문화를 그리스, 로마 문화화 하는 작업을 제시했다. 게르만 문화를 소재로 한 『루오틀리프(Ruodlieb)』는 라틴어로 집필되었다. 영국 케임브리지 대학교에 11세기 라틴어와 독일어로 번갈아 쓰인 평운으로 구성된 장시의 필사본이 소장되어 있는데 Heinrich는 dixit와, manus는 godes hus(하느님의 집)와 운을 맞추는 식이다. 다음은 사랑의 대화에서 가져온 부분이다.

사랑스러운 수녀이시여, 나의 사랑을 시험하소서.
나의 노래는 이 밀림에서 메아리칩니다. 새들은 숲속에서 노래합니다.

suavlsslma nunna / coro miner minna
resonante odis nunc silvae / nun singant vogela in walde.

노트커 라베오[552]는 독일어를 보호하기 위한 노력을 기울였다. 그는 "모국어를 통해 우리는 외국어에서는 이해할 수 없거나 잘못 이해한 것들을 빨리 이해할 수 있다"고 주장했다. 그는 수사학에 관한 책을 독일어로 썼고, 욥기와 시편 등 성서의 일부와 아리스토텔레스의 『범주론』, 보에티우스의 『철학의 위안』 등을 독일어로 번역했다. 그는 자신의 수사학에서 고대 두 운법과 새롭게 적용되기 시작한 각운법이 공존하는 당대의 시 작품들을 인용하고 있다.

11~13세기 작품들

11세기와 12세기는 금욕주의 문학과 종교 문학의 시기다. 이 시기에 나온 시들은 Memento mori(죽음을 기억하라), Vom Glauben(믿음에 대해), Von des Todes Gehugede(죽음의 기억에 대해)로 불렸다. 이 중 마지막은 오스트리아 출신 수도사 하인리히 폰 멜크(Heinrich von Melk)의 작품으로, 지상에서 획득한 영광을 먼지와 부패로 바꿔 버리는 죽음의 승리가 주제다.

12세기에는 젊은 아일랜드 출신 기사 툰달(Tundal)의 내세에 대한 환영을 주제로 한 시 작품이 나왔다. 툰달의 영혼은 자신의 수호천사의 안내를 받으며 사흘 동안 불과 얼음의 지역이 있는 지옥, 그리고 순교자와 주교, 대주교 들이 있는 천국을 경험한다. 툰달의 환영 속에서 악마는 배에 뱀과 개, 곰, 사자가 있는 짐승이다. 라틴어 원전은 중세에 매우 인기가 높았다.

---

552   Notker Labeo(952~1022). 베네딕트회 소속 사제로서 '독일인 노트커'라 불린다.

이 라틴어 원전을 무난하게 독일어로 옮긴 겸손한 단테의 선구자의 이름은 알려지지 않았다. 내세에 대한 환영은 우리에게 앞에서 살펴보았던 비드의 유사한 장면을 상기시킨다.

성모 서정시(Marienlyrik) 혹은 성모 숭배시는 비애의 요소가 덜한 유형의 시 문학으로의 이행을 보여 준다. 1172년경 아우크스부르크의 사제 베른허(Vernher)는 탄생부터 이집트로의 탈출까지 성모 마리아의 삶을 그린 서사 전기『마리아의 생애(Marienleben)』전반부 세 권을 썼다. 이 시기에 직접 쓰거나 교회의 마리아 탄원 기도를 번역한 마리아 찬가가 급증했다. 성모 숭배시에서는 "꽃이 핀 아론의 지팡이", "닫힌 정원", "상아탑", "불타는 들장미" 등과 같은 표현들이 일반적인 케닝그(Kenning)[553]로 사용되었다.

십자군 전쟁은 서구인들의 상상 속에 동방 세계를 가져다 주었다. 1130년경 설교사 람프레히트(Lamprecht)는 한 프랑스어 작품에 자극을 받아 알렉산더 대왕에 대한 공상적 시「알렉산더의 노래(Alexanderlied)」를 썼다. 이 작품의 마지막 권에서 알렉산더는 지상 전체를 점령하고 천국마저도 점령하려 한다. 마침내 그는 자신의 군대와 함께 끝이 없는 성벽 아래에 도착한다. 성의 가장 높은 곳에서 사람들이 그에게 보석 하나를 던져 저울에 재 보니 세상의 모든 황금보다 무게가 더 나간다. 그런데 저울의 다른 쪽 접시에 먼지를 조금 올려놓으니 보석을 올려놓은 쪽 접시가 위로 올라간다. 이때 알렉산더 대왕은 이

---

[553]　고대 게르만 문학에서 사용하던 완곡어법의 일종.

보석이 어떤 면에서는 세상의 모든 보물에도 만족하지 않는, 하지만 세계의 극히 작은 일분에 불과한 바로 자신이라고 이해하게 된다.[554] 이후 그들은 알렉산더 대왕을 바빌로니아에서 독살하는데 "가장 가난한 사람이 이 세상에 올 때처럼 그에게 남은 것은 거의 없었다".

1135년에 바이에른 출신의 사제 콘라트 폰레겐스부르크 (Konrad von Regensburg)가 『롤랑의 노래』를 독일어로 번역했다. 우리가 예상할 수 있듯이 그는 원전에 등장하는 영웅들의 프랑스적 특징을 약화하고 대신 가톨릭적 특성을 강화한다. 한 예로 작가는 샤를 왕조의 전사들을 12세기 십자군으로 대치한다. 콘라트 폰 레겐스부르크는 또한 무책임하고 두서없는 역

---

554   유베날리스 또한 『풍자시밥』 10편 147에서 같은 생각을 피력한다. 프란시스코 데 케베도도 소네트 「죽음의 소환(Llama a la Muerte)」에서 다음과 같이 쓰고 있다.

파비우스 가문 사람들과 쿠리우스 가문 사람들도 죽었네.
마케도니아에서 그릇됨을 조장하는 이른 아침 빛줄기가 재로 변하니 한줌도 되지 않는구나.

빅토르 위고는 「황혼의 노래(Les Chants du crépuscule)」 2에서 같은 생각을 더 아름답게 표출한다.

사려 깊은 순례자가…… 바위에 무릎을 꿇고
그의 손 텅 빈 곳에 있는 먼지와도 같은,
나폴레옹 같은 이가 함락시킬 수 있는 것의
무게를 재기 위해 올 것이리니.(원주)

사서인『제국 연대기(Kaiserchronik)』의 작자로 추정된다.

　『알렉산더의 노래』와『롤랑의 노래』등은 고트프리트 폰 슈트라스부르크(Gottfried von Strassburg)의『트리스탄(Tristan)』과 볼프람 폰 에셴바흐(Wolfram von Eschenbach)의『파르치팔(Parzival)』에서 절정을 이루는 궁정 서사시의 도래를 준비하는 작품들이다. 이 작품들은 언어적 문제와 초기 게르만 시의 기법 및 정신과는 관련이 없기에 본 연구의 한계를 넘어선다.[555] 이 작품에서 기사도 세계는 자연스러운 과정과 감성을 보여 주기 위한 공간이다. 한 예로 이른 저녁의 별은 밤을 지낼 곳을 준비하는 전초로 제시된다. 어떤 행복한 남자에 대해 볼프람 은 "그의 고뇌는 너무나 멀리 가 버렸기에 어떤 창도 그것에 도달할 수 없다."라고 말한다.

　스페인 중세 서정시「연인의 노래(Cantigas de amigo)」와 유사한 12세기의 작자 미상의 노래 중 하나를 보자.

　　그대는 나의 것, 나는 그대의 것. 이 사실을 그대는 확실히 해 주소서

555　『파르치팔』은 크레티앵 드트루아(Chretien de Troyes) 의『페르스발 혹은 성배 이야기(Perceval le Gaulois)』에서 영감을 받았다. 브리튼 서사시군에 속하는 모든 작품에서 성배는 최후의 만찬에서 쓴 잔이다.(누가복음 22:20) 성서에서 아리마대 요셉은 성배에 십자가의 피를 붓는다. 볼프람의 작품에서 성배는 천사가 가져온 돌로서 기사들의 명에 의해 보호를 받는다. 또한 마법과 예언 능력을 갖추었으며 하늘에서 내려온 비둘기가 성 금요일마다 깨끗이 한다.(원주)

dû bist mîn, ich bin dîn / des soft dû gewis sîn

이와 같은 노래는 궁정 사랑을 노래하는 미네젱어(Minne-sänger)들의 시가 도래했음을 알려준다. 미네젱어들은 고대 게르만 서사시의 종류가 매우 다양함에도 불구하고 프랑스 프로방스 음유 시인들의 작시법을 추종하면서 매우 독일적인 시를 창조했다. 단정적이며 확정적인 것들을 간결하면서도 순수한 방식으로 표현하는 데 대가인 티롤 출신의 발터 폰데어포겔바이데(Walther von der Vogelweide)에 의해 미네장(Minnesang)은 최고의 경지에 오르게 된다.

살아가는 데 연인의 존재보다 더 도움되는 것이 있을까요?

Waz stiuret baz zu lebenne / danne ir werder lîp?

이후 어느날 폰데어포겔바이데는 지금까지 그의 삶이 꿈에 불과한 것은 아닌지 의심할 수 있게 된다.

오, 고통이며! 어찌 나의 모든 삶이 사라졌는가?
나는 삶을 꿈꾸었던가 아니면 진정한 삶이었던가?

Owé war sint verswunden alliu mîniu jâr?
ist mir mîn leben getroumet, oder ist ez wâr?

『영웅 열전』

5세기 말 6세기 초 테오도리크 왕은 동고트와 로마의 왕이 었다. 그는 20만 대군의 선두에 서서 베로나에서 이탈리아 왕 오도아케르를 무찔렀다. 오도아케르는 군량미가 부족해지자 테오도리크 왕에게 화친 조약을 제안했고 긴 협상 끝에 두 왕은 마침내 왕권을 공유하기로 합의했다. 협상 타결을 축하하기 위해 테오도리크 왕은 오도아케르를 초대하여 왕궁 정원에서 연회를 베풀었다. 두 남자가 오도아케르 앞에서 무릎을 꿇고 청원을 하고 그의 손을 잡았다. 그러자 테오도리크 대왕은 자신의 칼로 오도아케르를 죽여 버렸다. 오도아케르는 "신은 어디에 있는가?"라고 말하며 죽었다. 그때 오도아케르는 예순 살이었다. 테오도리크는 철이 인간의 육체를 아주 쉽게 관통하는 데 놀랐다. 그는 분노에 차, 혹은 아연실색하며 "불쌍한 자들은 뼈가 없군"이라고 말했다. 요르다네스는 『게티카(Getica)』 57장에서 "테오도리크 대왕은 오도아케르를 용서했고 이후 그에게서 빛을 빼앗았다"고 간결하게 적었다.

베로나의 테오도리크, 디트리히 폰 베르네라고도 불린 테오도리크 왕과 까마귀 전쟁이라고도 알려진 라베나 전투에 대한 불투명한 기억이 『영웅 열전(Heldenbuch)』에 남아 있다. 이 작품은 13세기 서사 모음집으로, 아틸라와 크림힐트 그리고 힐데브란트에 대한 내용도 담겨 있다. 이미 우리는 앞에서 전투와 맹금류에 대한 개념이 모든 게르만 서사시에서 불가분의 관계라는 사실을 살펴보았다.

『영웅 열전』에 포함된 작품 중 하나인 「늑대 디트리히

(Wolfdietrich)」에서 디트리히 대왕은 로물루스와 레무스 형제처럼, 혹은 키플링의 작품『정글 북』의 주인공 모글리처럼 늑대에 의해 양육된다.

세월이 지남에 따라 역사적 사실들은 비현실적 형식을 취했다. 거인, 난쟁이, 용, 용의 알 그리고 마법의 정원 등이 독일어로 출판된 초기 작품들 중 하나인『영웅 열전』을 가득 채우고 있다. 바이에른주 뮌너슈타트 출신의 카스파르 폰데어로엔(Kaspar von der Roen)이라는 작가가 모든 독일인이 접근할 수 있는 표준 독일어로 쓴 15세기 시의 한 연을 그대로 옮긴다.

왕관 앞에
석류석이 있었네
아름다운 궁전의 정원을
촛불처럼 밝히는.
깨끗하고 부드러운 머리카락이
태양 빛 못지않게
밝은 빛을 발하네.
그의 머리에서.

Da vornen in den kronen
Lag ein karfunkelstein.
Der in dem pallast schonen
Aecht als ein kertz erschein;
Auf jrem haupt das hare
War lauter und auch fein,

Es leuchtet also klare

Recht als der sonnen schein.

『니벨룽의 노래』

안드바리[556]의 보물에 대한 비극적 이야기는 두 개의 유명한 작품 속에 남아 있다. 하나는 우리가 다음 장에서 살펴볼 노르웨이 혹은 아이슬란드에서 13세기에 쓰인 『볼숭가 사가 (Vǫlsunga Saga)』다. 다른 하나는 지금 우리가 살펴볼 『니벨룽의 노래(Nibellungenlied)』로 13세기 초 오스트리아에서 쓰였다. 이 작품을 쓴 독일 시인은 약간 이른 감이 있지만 우화 장르의 진화에서 후기 단계에 해당하는 작가다. 『볼숭가 사가』의 세계가 신화적이고 야만적이라면 『니벨룽의 노래』의 세계는 궁정풍의 낭만적인 특징을 가지고 있다. 1755년 스위스의 호헤넴스에서 '니벨룽의 노래' 혹은 작품의 마지막 행 ("여기서 노래는 끝납니다. 이것이 바로 니벨룽의 불행입니다.(hie hat das maere ein ende: / das ist der Nibelunge not:)")을 따라 '니벨룽의 불행'으로 명명할 수 있는 필사본 전체가 발견되었다. 이후 독일, 오스트리아, 스위스의 여러 대학 도서관에서 15세기 이전에 나온 스물네 개의 양피지 필사본 전체 혹은 단편들과 15세기 이후에 나온 열 개의 양피지 혹은 종이 필사본이 발견되었다. 『니벨룽의 노래』

---

556   북유럽 신화에 나오는 난쟁이로 많은 보물을 소유한 것으로 묘사된다.

첫 연구판은 카를 라흐만(Karl Lachmann)에 의해 1826년 출간되었고, 가장 신뢰할 만한 현대 독일어판은 이듬해에 나온 원본의 운율을 살린 카를 짐로크(Karl Simrock)의 번역본이다.

낭만주의 운동에 대한 관심과 오시안(Ossian)[557]에 대한 숭배 분위기 덕분에 『니벨룽의 노래』의 명성은 확대되었다. 그러나 프로이센의 프리드리히 2세는 이 작품에 대한 그의 관심과 선호를 부정했는데, 그는 독일에서는 그 어떤 좋은 것도 나올 수 없다고까지 공언했다. 우리는 볼테르를 추종했던 프리드리히 2세가 프랑스 문학 외에는 그 어떤 문학도 인정하지 않았다는 점을 고려할 필요가 있다. 그에게 독일어는 국내에서만 사용하는 언어였다. "나는 왕국을 황동 바윗돌같이 굳건히 다졌다"라는 유명한 말을 남긴 부왕 프리드리히 I세와 마찬가지로 그는 독일어를 무시했다. 해방 전쟁(1813~1814)은 당연히 독일 민족주의를 고양했다. 그 결과 중 하나가 바로 군인들을 위해 저렴한 가격으로 『니벨룽의 노래』를 재인쇄하여 판매한 것이었다. 괴테는 이 시의 재발견은 독일 역사에서 특정한 시대의 표식이라고 여겼다. 그리고 또 다른 기회를 통해 그는 이 작품이 고전이기는 하지만 중국인, 세르비아인, 칼데론을 모델로 삼지 않는 것과 마찬가지로 모델로 삼지는 말아야 한다고 주장했다. 몇몇 『니벨룽의 노래』 예찬론자들은 이것을 '북유럽의 일리아스'라고 불렀다. 하지만 토머스 칼라일은 서사적

---

557   3세기에 활동한 켈트족 시인. 스코틀랜드 시인 제임스 맥퍼슨은 1760년부터 발표한 서사시의 작중 화자로 오시안을 등장시켰다.

성격과 전투를 소재로 한다는 점을 제외하면 두 작품에서 어떤 공통점도 찾을 수 없다는 의견을 개진했다. 쇼펜하우어 또한 『니벨룽의 노래』와 『일리아스』를 비교하는 것은 호메로스의 작품에 대한 모욕이며 젊은이들이 이 모욕을 들어서는 안된다고 했다. 쇼펜하우어의 이런 견해가 나온 지 얼마 되지 않아 크로체는 "우리는 아마 프리드리히 2세의 경멸적인 판단과 『니벨룽의 노래』를 위대한 독일 민족시 그리고 이유는 모르겠지만 게르만족의 작품으로 만들어 버린 낭만주의 비평가들의 찬양 사이에서 절충안을 발견할 수도 있을 것이다"라는 의견을 피력했다.

호메로스의 시 작품들에서와 마찬가지로 『니벨룽의 노래』 초반부 행들을 이 작품의 전체 주제를 알려 준다.

옛이야기들 중에는 우리들에게 많은 놀라운 것들이 전해지고 있소.

명성에 넘치는 영웅들의 격렬한 전투, 즐거운 잔치와 축제들,

슬픈 일과 비통한 일들 그리고 담대한 호걸들의 처절한 싸움들.

이제 여러분들도 이런 놀라운 것들에 관한 이야기를

전해 들을 수 있을 것이오.[558]

Uns ist in alten maeren / wunders vil geseit

---

[558] 이하 번역은 허창운 편역, 『니벨룽겐의 노래』(서울대학교 출판부, 1996)를 따랐다.

von heleden lobebaeren / von grosser arebeit,

von frouden, hochgeziten, / von weinen und von klagen,

von kuener recken striten muget ir nu wunder hoeren sagen.

군터와 게르노트, 기젤헤어 세 왕의 여동생인 크림힐트는
세상에서 가장 아름다운 아가씨로 라인 강변의 보름스에서 살
고 있다. 그녀는 두 마리의 독수리가 그녀가 사랑하는 매를 갈
기갈기 찢어 버리는 꿈을 꾼다. 그녀의 어머니는 그녀에게 매
는 그녀가 결혼했다가 잃을 남자라고 해몽해 준다. 네덜란드
의 고귀한 왕의 아들 지크프리트는 기사들 중 가장 용감한 기
사로 니벨룽족의 보물과 빌뭉이라는 칼 그리고 타른카페라는
망토를 얻게 된다. 타른카페는 이것을 걸친 사람을 보이지 않
게 하는 마법의 망토다. 크림힐트에 대한 새로운 소식이 지크
프리트에게 당도하고 그는 자신을 수행하던 용사들과 함께 보
름스로 향한다. 지크프리트는 크림힐트를 만나지 못한 채 1년
을 보낸다. 어느 날 두 왕을 격퇴한 전투에서 승리한 후 돌아왔
을 때 궁전에서 연회가 열리고 마침내 여기서 지크프리트와
크림힐트가 만나게 된다.

구름 사이로 그토록 청명하게 빛을 발하는
밝은 달이 별들을 무색게 하듯이,
그녀는 지금 다른 많은 훌륭한 귀부인들 앞에 서 있었다.
이러한 모습을 보고 그 늠름한 영웅들의 가슴은 더욱 두근
거렸다.

Sam der liechte mane / vor den sternen stat,

der scin so luterliche / ab den wolken gat,

dem stuont si nu geliche / vor maneger frouwen guot,

des wart da wol gehoehet / den zieren heleden der muot.

영웅은 크림힐트를 보자 너무나도 황홀하여 탁월한 미술가가 양피지에 그려 놓은 듯한 모습을 하고 있었다.

군터는 지크프리트에게 아이슬란드의 여왕 브륀힐트를 자신이 차지할 수 있도록 도와준다면 크림힐트와의 결혼을 허락하겠다고 제안한다. 브륀힐트는 자신과 결혼하기 위해서는 어려운 시험들을 통과해야 한다는 조건을 내걸고 있었다. 12일에 걸친 항해 끝에 지크프리트와 군터는 브륀힐트가 거주하는 이젠슈타인 성에 도착한다. 타른카페를 걸쳐 사람들의 눈에 보이지 않게 된 지크프리트는 마치 군터가 무훈을 세운 것처럼 행동한다. 브륀힐트는 일곱 명의 남자도 들지 못할 바윗돌을 멀리 던지고 날아간 돌보다 멀리 도약한다. 지크프리트는 그 돌을 더 멀리 던지고 군터를 안고서 브륀힐트가 뛴 거리보다 더 멀리 도약한다. 이를 보고 브륀힐트는 자신의 패배를 인정한다.

브륀힐트의 많은 신하들이 곧 열릴 여왕의 결혼식을 축하하기 위해 이젠슈타인 성으로 오는데 군터의 측근 중 하나인 하겐은 이들이 배신을 할까 두려워한다. 그러자 지크프리트는 병력을 강화하기 위해 자신이 왕으로 있는 니벨룽족의 나라로 떠난다.

니벨룽족을 니플룽가르(Niflungar)로 부르는 『고에다』에서는 안개의 땅, 망자들의 땅이라는 의미를 갖는 니플하임

(Niflheim)이 여러 번 언급된다. 아마도 니벨룽족은 망자들일 것이며, 그들의 보물을 얻는 자들은 언젠가는 그들과 함께해야 하는 운명을 갖게 된다. 바그너는 보물을 획득하는 자들은 니벨룽족이 된다고 신화를 해석한다.

지크프리트가 다른 사람들이라면 100일이 지나도 도착하지 못할 니벨룽족의 나라에 도착하기까지는 채 이틀이 걸리지 않는다. 그는 거기서 1000명의 전사들을 데리고 이젠슈타인으로 돌아와 브륀힐트의 신하들을 놀라게 한다.

보름스에서 지크프리트와 크림힐트, 군터와 브륀힐트 두 쌍의 결혼식이 한날 동시에 열린다. 순종적이지 않은 브륀힐트는 군터의 사랑을 거부한다. 그는 자신의 부인을 제압하기 위해 다시 지크프리트에게 타른카페를 쓰고 자신을 도와달라고 요청할 수밖에 없다. 브륀힐트를 굴복시키는 이 모험에서 지크프리트는 그녀의 반지를 보관하게 되는데, 이후 크림힐트에게 자초지종을 말하면서 이 반지를 준다. 그러나 이 일은 지크프리트에게 불행으로 다가온다.

지크프리트는 크림힐트를 자신의 나라로 데려간다. 10년의 세월이 흐른 뒤 이들은 다시 군터의 왕국으로 돌아오는데, 브륀힐트와 크림힐트는 누가 먼저 성당에 들어가야 하는지를 두고 말싸움을 벌인다. 매우 화가 난 크림힐트는 브륀힐트에게 실제로 그녀를 정복한 사람은 군터가 아니라 자기 남편 지크프리트였으며 이 말을 증명하기 위해 지크프리트한테서 받은 브륀힐트의 반지를 보여 준다. 지크프리트가 자기를 속이고 경멸했다는 사실을 알게 된 브륀힐트는 그를 죽여 복수를 하겠다고 결심한다.

하겐이 영웅을 죽일 계략을 세운다. 지크프리트는 용의 뜨거운 피로 목욕을 하면서 온몸을 적셔 어떤 무기도 자신에게 상처를 입히지 못하도록 몸을 강화했다. 하지만 목욕을 할 때 보리수 잎이 양어깨 사이로 떨어져 그 부분만은 용의 피가 묻지 않아 상처를 입을 수 있었다. 얼마 지나지 않아 군터와 지크프리트는 사냥을 나간다. 여기서 지크프리트는 멧돼지 한 마리, 사자 한 마리, 들소 한 마리, 소 네 마리, 곰 한 마리를 죽인다. 그가 어느 샘에서 물을 마시기 위해 몸을 숙였을 때 하겐은 지크프리트의 양어깨 사이로 창을 던져 관통시킨다. 죽기 전 지크프리트는 하겐을 땅바닥에 쓰러뜨린다. 이후 "크림힐트의 남편은 꽃밭 사이로 쓰러진다".(Do viel in die bluomen der Kriemhilde man.) 크림힐트는 매일 첫 미사에 갔는데 하겐은 그녀가 날이 밝을 때 발견하게끔 성당 문 앞에 피투성이가 된 지크프리트의 시신을 놓아둔다. 비탄에 잠긴 크림힐트는 사흘 밤낮으로 지크프리트를 지킨다. 사람들이 그를 무덤으로 옮길 때 그녀는 관을 열게 하고 지크프리트에게 입을 맞춘다.

게르노트와 기젤헤어가 보물을 크림힐트에게 주는데 민심을 얻기 위해 크림힐트는 이것을 가난한 자와 부자 모두에게 나누어 준다. 니벨룽족의 보물은 결코 소진되거나 줄어들지 않는다. 온 세상을 산다 해도 단 한 푼도 부족하지 않을 만큼 막대한 양이다. 크림힐트가 많은 추종자들을 끌어모을 것에 불안을 느낀 하겐은 군터의 동의하에 보물을 라인강 모처에 숨긴다. 이렇게 『니벨룽의 노래』 I부가 끝난다.

13년의 세월이 흐른 뒤 변경백 뤼디거가 보름스에 도착하고 크림힐트에게 자신의 주군인 훈족의 왕 에첼(아틸라)과 결혼할 것을 청한다. 크림힐트는 지크프리트의 복수를 할 목적으로 청혼을 받아들인다. 그녀는 에첼른부르크로 긴 여행을 하고 훈족의 왕과 결혼하여 아들 오르틀리프를 낳는다. 또다시 13년이 흐르고 크림힐트는 에첼른부르크로 형제들을 초대한다. 하겐은 이들이 훈족의 나라를 방문하는 것을 말리지만 군터 왕과 그 형제들은 방문하기를 고집한다. 이들 일행이 도나우강을 건너는데 지크린트라는 인어가 왕실의 사제를 제외하고 일행 모두가 죽게 될 것이라고 예언한다. 하겐은 인어들의 예언이 거짓임을 증명하기 위해 왕실 사제를 뱃전 너머로 밀어 강물에 빠뜨린다. 그러나 그는 익사하지 않고 살아서 강변으로 나온다. 결국 하겐은 피할 수 없는 운명을 받아들이고 일행이 강 반대편에 도착하자 배들을 부수어 버린다.

에첼른부르크에서 크림힐트가 하겐에게 보물을 가져왔냐고 묻자 하겐은 그의 방패와 칼을 가져왔다고 대답한다. 천 명의 전사들이 군터와 하겐을 따라왔고 수천 명의 훈족 병사들이 군터 왕을 수행해 온 일행이 머무는 숙소를 에워싼다. 양측은 하루 종일 싸우고 그날 밤 훈족 병사들은 부르군트 전사들이 있던 숙소를 불태운다. 목이 말라 괴로워하던 이들은 죽은 자들의 피를 마시기까지 한다. 크림힐트는 훈족 전사들에게 하겐의 머리를 가져오는 이에게는 방패에 붉은 황금을 가득 담아 주겠다고 제안한다. 전투는 계속되고 결국 포위된 부르군트 전사들 중 군터와 하겐만 살아남는다. 이 장면은 앞에서 살펴보았던 『핀스부르흐 전투』와 상당히 유사하다. 디트리히 폰 베르네(베로나의 테오도리크)가 이들을 공격하여 무찌른 후 결박해 크림힐트에게 인도한다. 하겐은 그녀에게 자신의 주군이 살아 있는 한 보물을 숨겨 둔 곳을 밝히지 않겠다고 말한다.
그러자 크림힐트는 군터를 죽이라고 명하고 하겐은 그녀에
게 "이제는 오직 신과 나만이 보물이 있는 곳을 아는구나."(den
scaz den weiss nu niemen wan got unde min)라고 말한다. 크림힐트는
남편이었던 지크프리트의 칼로 하겐의 머리를 벤다. 디트리히
의 기사들 중 힐데브란트가 여자가 기사를 죽이는 데 격노하
여 크림힐트를 잔인하게 죽인다.

『니벨룽의 노래』는 다음 연으로 막을 내린다.

> 나는 여러분들에게 그 뒤 무슨 일이 일어났는지는 말할 수
> 없습니다.
> 단지 얘기할 수 있는 것은 기사들과 여인들 및 기품 있는
> 종자들이
> 그들의 소중한 친구들의 죽음을 슬퍼했다는 사실입니다.
> 이야기는 여기서 끝을 맺게 되는데 이것이 니벨룽의 비극
> 입니다.

> I'ne kan iu niht bescheiden / was sider da geschach;
> wan ritter unde vrouwen / wein man da sach,
> dar zuo die edeln knehte, / ir lieben friunde tot.
> hie hat das maere ein ende; / daz ist der Nibelunge not.

『니벨룽의 노래』는 모험담이라는 이름을 가진 서른아홉 개
의 노래로 구성되어 있다. 이 작품의 작자는 오스트리아 출신
음유 시인이라 사료된다. 작품 속에 나오는 상상의 도시 자자

만크와 아자고우크는 볼프람 폰에셴바흐의 『파르치팔』에 등장한 도시 이름을 이용한 것으로 추정된다. 각 연은 네 개의 장행(langzeilen)으로 구성되어 있으며 각운은 짝을 이룬다. 하지만 가끔 내부 각운도 있다. 모리스 콜레빌르와 에르네스트 토네라는 1944년 파리에서 출간된 『니벨룽의 노래』 연구본에서 이 작품의 운율을 잘 분석하였다.

『니벨룽의 노래』 전반부는 『볼숭가 사가』와 서로 연관되는 부분에서는 문학적 완성도와 질이 떨어진다고 볼 수 있다. 한 예로 투명 망토 타른카페는 아주 독창적인 발명이라고는 할 수 없다. 하지만 하겐이라는 인물이 크게 지배하는 후반부는 그렇지 않다. 하겐 폰 트로네게, 혹은 다른 텍스트에서는 트로이의 하겐으로 나오는 이 전사는 게르만적 충성을 현현하는 인물로, 오토 이릭젝[559]이 『독일 영웅 사가(Die deutsche heldensaga)』에서 주장하는 바에 따르면 "범죄와 배신, 기만과 편견과도 양립 가능한 존재다. 왜냐하면 고대 게르만족은 충성을 추상적이며 일반적인 윤리법으로 간주하지 않고 법적이며 개인적 관계로 간주했기 때문이다". 하겐은 부러울 정도로 높은 명성과 평판을 지닌 주군에게 충성을 다한다. 이 충성 때문에 주군의 명성에 흠집을 내지 않으면서 그는 기꺼이 크림힐트를 속이고 지크프리트를 죽이기까지 한다. 하겐은 운명이 자신에게 자비를 베풀 것을 기대하지 않는다. 그의 세계를 지배하는 법칙은 남성의 힘만큼 강하고 엄격하다.

---

559   오토 루이트폴트 이릭젝(Otto Luitpold Jiriczek, 1867~1941). 독일의 영문학, 게르만문학 연구자.

구드룬은 두 형제의 죽음에 복수한다. 반면 크림힐트는 남편의 죽음에 복수한다. 결국 부부간의 기독교적 유대가 피로 엮인 고대의 이교도적 유대보다 강한 것이다.

『니벨룽의 노래』의 작자가 경이로운 것들에 대한 서사나 묘사를 없애거나 약화한 점은 안타깝다. 하지만 우리는 그가 이렇게 작품을 씀으로써 요정 이야기로부터 소설로 진화하는 길을 구축하는 데 기여했다고 생각한다.

『구드룬』

『신에다』49장에는 다음과 같은 내용이 나온다.

전투는 햐드닝족의 폭풍 혹은 햐드닝족의 눈폭풍으로, 무기는 햐드닝족의 지팡이 혹은 불로 불린다. 이와 같이 부르게 된 이유가 있다. 회그니라 불리는 왕에게 딸이 하나 있었는데 이름이 힐드였다. 그리고 그녀는 회그니 왕이 다른 지도자들과의 회합에 참석하기 위해 나라를 떠나 있을 때 하란다의 아들 헤닌에게 납치되었다. (왕이 의회에 가 있었다는 것은 스노리[560]가 비현실적 요소를 축소하기 위해 첨가한 일상적 측면이

---

560   스노리 스투를루손(Snorri Sturlusson, 1179~1241). 아이슬란드의 작가이자 정치인. 중세 아이슬란드 의회인 뢰스쉬귀마뒤르의 의장을 역임하였지만 노르웨이의 호콘 4세에 대한 모반 혐의로 암살되었다. 북유

다.) 회그니 왕은 자신의 나라가 약탈당하고 공주가 납치되었다는 사실을 알고는 군대를 이끌고 헤딘을 추격했다. 그는 헤딘이 북쪽으로 향하고 있다는 소식을 듣게 되었다. 하지만 노르웨이에 도착한 회그니 왕은 헤딘이 서쪽으로 배를 타고 갔다는 소식을 듣는다. 이 말을 들은 회그니 왕은 배를 타고 오크니 제도까지 그를 쫓아갔다. 호이 섬에 도착했을 때 헤딘은 자신의 군대를 이끌고 그곳에 있었다. 납치되었던 힐드는 아버지를 찾아와 헤딘이 보낸 목걸이를 화친의 표시로 제시했다. 헤딘은 전투를 할 준비가 되어 있고 회그니 왕이 이 제안을 거절한다면 그를 용서치 않을 것이라고 말했다. 딸의 말에 회그니 왕은 냉랭하게 대답했다. 힐드는 헤딘에게 자신의 아버지가 화친을 원하지 않으니 전투 준비를 하라고 말한다. 양군대는 전투 준비를 했다. 헤딘은 자신의 장인과 이야기를 나누고 많은 금을 주겠다고 제안했다. 이에 회그니는 "그대의 제안은 너무 늦었다. 나는 이미 난쟁이들이 만든 다인슬레이프를 뽑았다. 이 칼은 한번 뽑으면 반드시 사람을 죽여야 하기 때문이다."라고 말했다. 그러자 헤딘이 "장인께서는 칼을 자랑하고 있지 승리를 자랑하고 있는 것은 아닙니다. 모든 칼이 자신의 주인을 위해 복무하는 것은 좋은 일이지요."라고 대답했다. 그리고 햐드닝족의 폭풍이라 불리는 전투가 시작되었는데 전투는 하루 종일 계속되었다. 밤이 되자 그들은 각자의 배

럽 신화와 아이슬란드어 시작법을 다룬 『신에다』와 노르웨이 왕조사를 다룬 『헤임스크링글라』를 집필하여 중세 북유럽 문학사에 큰 발자취를 남겼다.

로 돌아갔다. 그날 밤 힐드는 전투가 벌어졌던 곳으로 가 자신
의 마법으로 죽은 자들을 되살렸다. 다음 날 왕들은 배에서 내
려 다시 싸웠다. 그리고 그들과 함께 전날 죽었던 전사들도 함
께 싸웠다. 이렇게 전투는 매일 계속되었다. 밤이 되면 전사자
와 무기, 갑옷 들이 돌로 변했다. 하지만 날이 밝으면 전사자
들이 다시 일어나 싸웠고 버려졌던 무기들과 갑옷들도 다시
전투에 사용되었다. 전투가 신들이 내리는 황혼이 올 때까지
계속되리라는 사실은 유명하다.

이 이야기는 13세기 초 오스트리아나 바이에른 혹은 티롤
에서 나온 『구드룬(Gudrun)』 혹은 『쿠드룬(Kudrun)』이라는 시
의 원천 중 하나다. 이 시에는 에다에서 나오는 끝없는 전투는
없다. 하지만 3대에 걸친 갈등이 존재한다.

아일랜드 왕의 아들 하겐은 어릴 때 그리핀에게 납치되어
버려진 섬으로 가게 된다. 그리핀에게 포로로 잡혀 있던 인디
아 왕의 딸과 포르투갈 왕의 딸 그리고 이저란드 왕의 딸 등 세
명의 공주가 하겐을 보살핀다. 한 배가 그들을 발견하여 싣고
는 포르투갈로 데려다준다. 하겐은 왕위를 물려받고 인디아
공주 힐데와 결혼한다. 그들 사이에서 공주가 태어나는데 그
녀의 이름 역시 힐데다. 그녀는 매우 아름다웠고 많은 남성들
이 그녀에게 구혼하는데 하겐은 그녀에게 구혼하러 온 특사들
을 교수형에 처한다. 덴마크 출신인 호란트와 프루데 그리고
스토르멘 출신인 바테 등 세 영웅이 힐데를 그들의 주군인 헤
겔링스 왕국의 헤텔 왕과 맺어 주기로 결심하고 화려하게 치
장한 배에 귀한 물건들을 싣고 군사들을 은밀히 숨겨 출항한

다. 그들은 아일랜드에 도착한 후 자신들은 헤텔 왕에 의해 추방당했다는 소문을 퍼뜨리고 하겐 왕에게 자신들을 보호해 달라고 요청한다. 선단의 수장 바테는 『니벨룽의 노래』에 나오는 힐데브란트처럼 노전사다. 상인 프루테는 가게를 열어 아일랜드 사람들이 살 수 없는 것을 그들에게 선물로 준다. 가수 호란트는 그가 노래를 부를 때는 물고기와 파충류 그리고 새들도 그의 노래를 듣기 위해 움직임을 멈추는 새롭게 태어난 오르페우스다. 궁궐의 모든 사람이 그의 노래에 매료된다. 힐데는 그에게 자신이 사용하던 허리띠를 선물하고 호란트는 그것을 자신의 주군에게 가져갈 것이라고 말한다. 그리고 자신의 주군은 위대한 군주로 그녀와 결혼하기 위해 자신을 아일랜드에 보냈다고 덧붙인다. 이 말에 힐데는 "그대의 음악을 사랑하기에 그분을 사랑하겠소."라고 대답한다. 다음 날 힐데와 그녀의 시종들은 프루테가 가져온 귀한 물건들을 보기 위해 배에 오른다. 그런데 배는 예고도 없이 갑자기 출항하고, 하겐 왕과 그의 전사들이 배를 향해 창을 던지지만 아무런 소용이 없다. 하겐은 그들을 추격하고 독일 북쪽에 위치한 것으로 추정되는 헤겔링스의 해변에서 혈투가 벌어진다. 헤텔은 하겐에 의해 부상을 입고 하겐은 바테에게 부상을 당한다. 두 왕은 화해하고 힐데는 헤텔과 결혼한다.

　　동일한 운명의 형식은 세 번째 세대에서도 반복된다. 헤텔과 힐데의 딸 구드룬은 자신의 모친, 조부모들과 마찬가지로 납치를 당해 13년 동안 노르망디 해변에 포로로 잡혀 있다. 그녀를 납치한 자들은 그녀에게 그녀의 머리카락으로 먼지를 닦고 불을 피우고 해변에서 빨래를 하도록 강제한다. 어떤 새가 사람의 목소리로 구드룬에게 곧 자유의 몸이 될 것이라고 말한다. 어느 날 동이 틀 무렵 구드룬은 평원이 무기로 가득하고 바다는 범선들로 가득 찬 모습을 보게 된다. 헤겔링스의 전사들이 그녀가 10여 년 동안의 굴욕적인 생활을 하면서 빨고 빨아 하얗게 해진 옷을 붉게 물들이기 위해 온 것이다. 마침내 구드룬의 오빠와 약혼자가 그녀를 구출한다. 이 작품은 행복한 결말로 끝을 맺는다.

일반적으로『구드룬』과『니벨룽의 노래』의 관계는『오디세이』와『일리아스』의 관계와 같다고 말한다. 즉『오디세이』가『일리아스』보다 늦게 나왔듯이『구드룬』역시『니벨룽의 노래』보다 늦게 나왔고, 두 작품 모두 이전 작품들보다 다채로우며 등장인물들의 열정 역시 이전 작품들보다 순화되어 있다. 그리고『니벨룽의 노래』는『일리아스』와 마찬가지로 땅이 주 배경인 반면,『구드룬』은『오디세이』와 마찬가지로 바다가 주 배경이다.『구드룬』은 단 하나의 필사본에만 포함되어 있다. 운율적 측면에서 이 작품은 각 연의 네 번째 행이 이전 행들과 동일한 운을 갖고 있고 추가 강세 음절을 포함하지 않는다는 점을 제외하고는『니벨룽의 노래』와 동일하다.

결론

1066년 노르만족의 영국 정복은 역사가들에게는 앵글로색슨 문학의 소멸을 표식하지만 그것이 소멸의 원인은 아니었다. 노르만족의 배가 영국 해변에 도착하기 100년 전에 이미 바이킹족의 침입으로 추동된 언어적 분열이 시작되었다. 격변화와 문법적 성은 사라졌고 발음은 불분명해졌으며 각운이 두운의 자리를 대신했다. 독일에서는 외부 세력의 침입 없이 동일한 생물학적 과정이 발생했다. 초기 게르만 문학에서 사용되었던 고대 고지 독일어(Althochdeutsch)와 고대 색슨어(Altniederdeutsch 혹은 Altsächsisch)는 대략 1050년 혹은 1100년에 소멸되었다. 언어학적 차원에서『알렉산더의 노래』,『니벨룽의 노래』,『구드룬』은 이전 문학이 아닌 새로운 문학에 속한다. 『힐데브란트』의 시인 혹은 메르제부르크의 주술사들은『니벨룽의 노래』를 한 연도 해독할 수 없었을 것이다. 또한 이 작품이 운문이라는 점도 인식하지 못했을 것이다.

비애, 충성, 용맹은 초창기 독일 시를 정의하는 요소들이다. 유명하기 그지없는 혈연 관계는 영국 시와 매우 유사하지만 북유럽 시와는 상이하다. 독일 시의 운율 및 사용 어휘는 단순하고, 아이슬란드 시에서와 마찬가지로 은유로 구성된 은유는 존재하지 않으며, 퀴너울프의 특이한 서명과 같은 개별적 특수성도 존재하지 않는다. 독일은 진중하게 어린 전사에 대해 노래한다. 그리고 그 목소리 속에는 괴테나 횔덜린의 출현을 예고하는 그 무엇도 존재하지 않는다.

부록

1. 발터 폰 아키타니엔의 도주

10세기 독일 문학을 요약하면서 우리는 독일적 주제 및 앵글로색슨족에 대해서도 다루는 라틴어로 쓰인 『발터의 강한 손(Walthartus manufortis)』에 대해 언급했다. 이 작품의 작자는 생갈의 베네딕트회 수도원 수사였던 에켄하르트로, 그는 이 작품을 자신의 스승인 게라르트를 위해 썼는데, 게라르트는 몇 년이 지난 뒤 작자의 이름을 밝히지 않은 채 이 작품을 한 주교에게 헌정했다. 『발터의 강한 손』은 베르길리우스의 훌륭한 독자인 작자가 1500행의 6보격으로 쓴 시다. 부르고뉴 서사시 군에서 소실된 한 서사시의 영향을 받은 이 작품의 주제는 아틸라 왕의 궁정으로부터 도망친 발터 폰 아퀴타니엔과 11명의 프랑크족 전사 그리고 이후에는 자신의 주군 군터 왕 및 군터의 가신 하겐과의 대결이다.

하겐과 발터 그리고 부르고뉴 공국의 공주 힐데군트는 아틸라의 궁전으로 인질로 잡혀가 성장한다. 하겐은 탈출에 성공하여 군터 왕의 궁전으로 돌아가고 남아 있던 발터와 힐데군트 또한 아틸라 왕의 금궤 두 상자를 훔쳐 숲으로 우거진 밀림을 통과해 말을 타고 서쪽으로 도주하여 43일 만에 라인 강변이 보이는 곳까지 도달한다. 이들은 뱃사공에게 발터가 잡은 물고기로 강을 건네준 대가를 지불하고 이 물고기는 군터의 식탁에 오르게 된다. 군터가 뱃사공에게 물고기에 대해 캐묻자 뱃사공은 도망자들과 궤짝 안에서 나던 금속 소리에 대해 이야기한다. 이 말을 듣고 하겐은 "나와 함께 기뻐하라, 나의 동료 발터가 훈족의 땅으로부터 돌아왔다."라고 말한다. 군터 왕 역시 "나와 함께 기뻐하라, 훈족의 황금이 돌아왔구나."라고 말한다. 그는 하겐과 열한 명의 용사들에게 자신을 수행할 것을 명령하고 좁은 길로 연결된 숲속의 한 동굴에 피신해 있는 발터와 힐데군트를 발견한다. 전사들 중 한 명이 발터에게 그의 목숨을 살려 주는 대가로 보물과 말 그리고 힐데군트를 요구하지만 발터는 거절한다. 그리고 열한 명의 전사들과 차례로 결투를 벌여 이들 모두에게 승리를 거두고 결국 열한 명 모두를 죽여 버린다. 날이 저물고 발터는 신에게 자신의 승리에 대해 감사를 드리며 자기가 죽였어야 했던 사람들을 천국에서 다시 만나고 싶다는 소망을 밝힌다. 이 사람들 중 한 명이 하겐의 조카다. 다음 날 하겐과 군터 왕은 평원에서 발터를 공격하는데 이 결투에서 발터는 오른손을 잃고 군터 왕은 다리 하나를 그리고 하겐은 눈 하나를 잃는다. 여기에 대해 작자인 에켄하르트는 "이렇게 그들은 나누었소, 훈족의 팔찌를."이라고 묘사한다. 발터와 하겐은 자신들이 당한 부상에 대해 농담을 주고받으며 화해하고 헤어졌다. 발터는 힐데군트와 함께 아키타니엔을 통치한다. "이것이 니벨룽의 비극입니다."라는 문장으로 끝나는 『니벨룽의 노래』와 유사하게 이 작품 역시 "이것이 발터에 관한 시입니다."(haec est Waltherii poesis)라는 문장으로 막을 내린다.

1860년 덴마크에서 두 장의 양피지에 앵글로색슨어로 쓰인 『왈데레(Waldere)』의 n단편이 발견되었는데 8세기경 작품으로 추정된다. 앵글로색슨 버전은 에켄하르트의 작품보다 초보적이다.『발터의 강한 손』에서 힐데군트는 자신의 약혼자에게 불공평한 결투를 피하라고 간청하는 반면『왈테레』에서 힐데군트는 약혼자에게 그가 아틸라를 모시는 지휘관이며 그의 칼은 웰란드가 만들었기에 무적이라고 상기시킨다. 13세기에 쓰인 폴란드 작품(*Chronicon Boguphali Episcopi*) 역시 발터의 도주에 대한 이야기다.

2. 아리오스토와『니벨룽의 노래』

16세기 초 루도비코 아리오스토는 샤를마뉴 대제 혹은 프랑스 이야기(matière de France)와 영국 이야기(matière de Bretagne)의 모티프와 등장인물들을 차용, 각색하여 방대하면서도 변화무쌍한 찬란한 시를 썼다. 이것이 서구 문학사에서 가장 큰 축복 중의 하나인『광란의 오를란도(Orlando furioso)』다. 이 작품의 원천에 대한 연구는 이제 더는 나올 만한 것이 없을 정도로 많이 이루어졌다. 하지만 루이지 룬(Luigi Lun)은 오늘날까지 연구자들이 간과해온『니벨룽의 노래』의 영향을 지적하고 이 주제에 대한 연구를 수행했다.[561]『니벨룽의 노래』의 일곱 번째 모험담에서 지크프리트는 군터의 모습으로 브륀힐트와 대결하여 그녀를 이긴다.『광란의 오를란도』제45곡에서 루지에로는 레오네의 모습으로 브라다만테와 대결하여 그녀를 이긴다. 단 한 번의 대결로 자기를 이긴 남성과 결혼하려는 처녀 전

---

561   『노르딕 신화(Mitologia nordica)』(로마, 1945),
       183~192쪽.

사 브라다만테는(제44곡 60연) 특이하게도 브륀힐트와 일치한다. 하지만 이런 유형의 여성들의 전거는 다른 작품에서도 찾아 볼 수 있다. 오비디우스의 『변신』에 등장하는 아탈란타, 마테오 보이아르도(Mateo Boiardo)의 『사랑에 빠진 오를란도』에 등장하는 레오딜라 그리고 마르코 폴로가 『동방견문록』에서 언급한 타타르 왕국의 공주가 그러하다. 이 공주는 그녀에게 청혼한 무수한 왕들과 왕자들을 이겼는데 마침내 한 대결의 큰 소동 속에서 그녀는 의심의 여지 없이 왕들이 죽이려고 하는, 그리고 자신의 남편이 될 기사를 매혹한다.(『동방견문록』 III, 49) 브륀힐트는 아이슬란드를 통치한다. 아리오스토의 작품 제32곡에서 우리는 브라다만테가 카호르스의 외곽에서 잃어버린 섬(다른 사람들은 이 섬을 아이슬란드라고 부른다.)의 여왕이 샤를마뉴 대제에게 그의 용사들 중 가장 용감한 용사에게 주라고 보낸 방패를 가진 한 여인을 보는 장면을 목도한다. 이 방패를 가질 만한 이가 여왕의 사랑을 얻을 수 있는 것이다.

아리오스토는 『니벨룽의 노래』를 직접적으로 알 수 없었다. 우리가 열거한 작품들과의 유사성을 명확히 밝히기 위해서 우리는 아쉬운 대로 라틴 문학이 원천일 수 있다는 가설에 의지할 수밖에 없다.

스칸디나비아 문학

중세 게르만 문학에서 가장 복잡하고 풍요로운 문학은 단연 스칸디나비아 문학이다. 영국과 독일의 탄생기에 쓰인 작품들은 이후에 쓰일 작품들이 어떻게 형성될지 우리에게 미리 알려 주기에, 혹은 우리가 그렇게 믿기에 우리의 관심을 끈다. 우리는 앵글로색슨 비가에서 낭만주의 운동을 예감하여 『니벨룽의 노래』에서 바그너의 오페라를 예감할 수 있다. 반면 고대 스칸디나비아 문학은 그 자체로서 가치가 있다. 이 문학을 연구하는 사람들은 입센과 스트린드베리를 상기하지 않아도 된다. 기본적으로 스칸디나비아 문학은 아이슬란드에서 탄생했다. 그렇다면 우리는 로마인들이 최북단(Ultima Thule)으로 간주했던 이 외딴섬이 어떻게 고대 이교도 문화를 보존할 수 있었으며 또한 마지막 피난처가 되었는지 그 역사적 이유를 알 필요가 있다.

9세기 말엽 노르웨이는 서른 개 공국으로 분열되어 있었다. 이중 한 공국의 왕이었던 하랄 호르파그레(Hárald Harfagre, 아름다운 머리카락의 하랄드)는 다른 작은 공국의 공주와 결혼하고 싶어 했다. 그녀는 하랄에게 그가 노르웨이를 통일하지 않으면 그와 결혼하지 않겠다고 말했다. 스노리 스투를루손의 기록에 따르면 하랄은 통일을 완수할 때까지 머리도 빗지 않고 이발도 하지 않겠다고 맹세했다. 10년간의 전쟁이 끝났을 때 노르웨이에는 하랄 외에 그 어떤 왕도 남아 있지 않았다. 하랄은 10년 전 자신의 맹세를 기억했고 자신을 위해 봉사하는 한 공작에게 머리를 잘라 달라고 요청했다. 이때부터 하랄에게는 '아름다운 머리카락의 하랄'이라는 별명이 붙었다. 마침내 그는 야심만만한 여인과 결혼하게 되었다. 하랄은 그녀 외에 다른 여인들도 부인으로 삼았는데 일부다처제는 스칸디나비아 왕실의 특권이었기 때문이다.

많은 노르웨이인들이 하랄의 독재를 피해 아이슬란드로 이주했다. 그들은 무기, 연장, 경작에 필요한 도구, 재산, 말 들을 가지고 왔다. 아이슬란드로 이주한 노르웨이인들은 의회에 해당하는 알팅(Althing)이 통치하는 공화국을 건설했다. 나라는 가난했다. 농업과 어업 그리고 해적질이 일반적인 직업이었다. 이런 직업들은 양립 불가능하지 않았다. 해적이 된다는 것, 바이킹이 된다는 것은 기사들의 사명이었다. 아일랜드와 러시아에는 이미 스칸디나비아 왕국들이 존재하고 있었다. 10세기에 그린란드가 발견되어 스칸디나비아인들에 의해 식민화되었다. 11세기에 이들은 아메리카 대륙을 발견했다. 그들은 이 대륙을 '포도의 땅', '와인의 땅'이라는 의미의 빈란드

(Vinland)라고 불렸다. '초록의 땅'이라는 의미의 그린란드는
정착민들을 유인하기 위해 붙인 지명이었을 것이다. 스칸디나
비아인들은 자신들이 발견한 그린란드와 아메리카 대륙을 유
럽의 일부라고 생각했다. 따라서 아메리카 대륙의 발견은 그
들에게 큰 의미를 갖지 않았다.

바이킹족이 룬 석비에 새긴 비문은 전 세계에 퍼져 있다. 한
비문에는 다음과 같은 내용이 적혀 있다.

툴라는 인그바르의 형제이자 그의 아들인 하랄을 기억하
기 위해 이 비석을 세웠다. 이들은 남자답게 출항하여 먼 곳까
지 항해했으며 동쪽에서는 독수리를 잡아먹었다. 그들은 남쪽
스페인에서 사망했다.

다른 비문의 내용은 다음과 같다.

신이시여, 오름과 군라우그의 영혼에 자비를 베푸소서. 하
지만 그들의 시신은 런던에 안장되어 있다.

흑해의 한 섬에 있는 바이킹의 비문에는 다음과 같이 적혀
있다.

그라니가 그의 동료 칼을 기리기 위해 이 무덤을 만들었
다.

다음 비문은 피레에프스에 있는 대리석 사자상에 각인되
어 있는데 이것은 이후 베네치아로 옮겨졌다.

전사들이 룬 문자를 새겼다 ……. 스웨덴의 남성들이 이것들을 사자상 위에 각인했다.

아이슬란드를 세운 사람들은 망명객이었다. 그들은 운동을 통한 여가 활동과 자기 종족의 전통에 대한 향수를 즐겼다. 또한 이들은 전 세계 어디에서도 하지 않는 고유의 스포츠를 발명하기도 했다. 망아지 싸움이 바로 그것인데, 암말이 보는 앞에서 발길질하고 물어뜯으며 싸우게 한다.

이들은 매우 폭넓은 운문 및 산문 문학을 창작했다. 영국과 독일에 있었던 왕국들과 달리 새로운 기독교 신앙은 전통 신앙을 고수하던 이들을 적대시하지 않았다. 전통 신앙은 언제나 떠나온 자신들의 땅을 향한 이들 종족의 향수의 일부였다. 이와 관련된 일화가 있다. 이미 기독교로 개종한 올라프 트뤼그바손 왕의 궁전으로 어느 날 밤 어두운 망토를 걸치고 눈 위까지 모자를 눌러쓴 한 늙은이가 찾아왔다. 왕은 그에게 할 줄 아는 게 있느냐고 물었다. 이방인은 하프를 연주할 수 있으며 이야기를 할 줄 안다고 대답했다. 그리고 그는 하프로 오래된 곡조를 연주했고 구드룬과 군나르에 대한 이야기도 왕에게 들려주었다. 그리고 마지막으로 오딘의 탄생에 대해 이야기했다. 그에 따르면 운명의 여신 셋이 강림했는데 두 여신은 그에게 크나큰 행복을 약속했지만 나머지 한 여신은 진노하여 "아이는 그대 옆에 타고 있는 촛불보다도 오래 살지 못할 것이다."라고 말했다. 그래서 오딘의 부모는 아이가 죽지 않도록 촛불을 껐다. 올라프 왕은 이방인의 이야기를 믿지 않았는데 이방인은 거듭 사실이라고 말하며 초를 꺼내 불을 붙였다. 주위 사람들이 촛불이 타는 것을 보는 동안 이방인은 너무 늦었다며 떠나야 한다고 말했다. 촛불이 다 탔을 때 사람들은 이방인을 찾아 나섰다. 왕궁에서 얼마 떨어지지 않은 곳에 오딘이 죽어 있었다.

『고에다』

1643년 아이슬란드의 주교 브뤼뇰푸르 스베이손(Brynjólfur Sveisson)은 13세기에 쓰인 코덱스 혹은 필사본 하나를 입수했다. 마흔다섯 장의 양피지로 구성된 이 코덱스는 32쪽부터 소실되어 있었다. 13세기에 스노리 스투틀루손은 운문과 고대식 연들로 설명한 시학서 『에다(Edda)』를 썼다. 이 산문 시학서는 이전에 나온 어떤 시 모음집에 기반을 둔 것으로 추정되었는데 이 추정은 정확했다. 브뤼뇰푸르는 자신이 입수한 코덱스가 바로 이 시 모음집이며 스노리 스투틀루손이 이 코덱스로부터 현재는 '시학'으로 해석하지만 이전에는 '할머니', '조상', '증조할머니'로 해석했던 '에다'라는 제목을 가져왔다고 생각했다. 그러고는 에다라는 제목을 자신이 가지고 있던 코덱스에 붙였는데, 그는 이 코덱스를 '현인 세문드'라는 이름으로 더 유명한 세문드 시그푸손(Saemundr Sigfussón)의 작품이라고 여겼다. 세문드는 12세기에 활동안 아이슬란드 출신의 사제이자 학자로 마법을 부리는 것으로 유명했으며 라틴어로 역사서를 쓰기도 했다. 그리스 사람들이 작자 미상의 작품들을 오르페우스의 작품으로 간주하고 신비주의자들이 신비주의와 관런된 작자 미상의 작품들을 아브라함의 작품으로 간주하듯이 아이슬란드인들은 작자 미상의 모든 고대 작품들을 세문드의 작품으로 간주할 정도로 그의 명망은 광범했다. 브뤼뇰푸르는 코텍스의 표지에 『현인 세문드의 에다(Edda Saemundi Multiscii)』라는 제목을 붙여 이것을 코펜하겐 왕립 도서관으로 보냈다. 이런 연유로 현재 이 코텍스는 왕실 코텍스(Codex Regius)라 불린다. 이후 스노리 스투를루손이 쓴 작품은 "스노리 에다", "산문 에다" 혹은 "신에다"로 불리고 코텍스에 실린 시들, 즉 "세문드 에다"는 "시 에다" 혹은 "고에다"로 불리게 되었다.

『고에다』는 9세기에서 13세기 사이에 노르웨이, 아이슬란드, 그린란드에서 쓰인 서른다섯 편의 시와 단편들로 구성되어 있다. 『고에다』에 실린 시들 중 하나는 제목이 「그린란드의 아틀리의 노래」다. 아틀리는 마케도니아의 알렉산더 대왕이 '두 뿔의 알렉산더'[562]로 이슬람 문화에 용해된 것과 마찬가지로 게르만 전통과 게르만족의 기억에 합체된 유명한 훈족의 왕 아틸라다.

『고에다』의 시들은 격언적이고 서술적이고 익살스럽고 비극적으로, 신들과 영웅들에 대해 노래한다. 비애 가득하며 느린 서술이 특징인 앵글로색슨 시인들과 달리 에다의 무명 작자들은 심지어는 어둠까지도 매우 빠르게 진행시키고 에너지로 충만하다. 이들의 시에는 절망과 분노가 자주 등장하지만

---

562   아랍 세계에서는 알렉산더 대왕을 Iskandar Dhul al-Qarnayn이라고 부르는데 알렉산더 대왕이 두 뿔이 달린 투구를 쓴 데서 유래했다.

슬픔은 존재하지 않는다.

『고에다』의 첫 시는 「무녀의 예언(Voluspa)」으로 이 작품은 「무녀의 환영」으로도 알려져 있다. 커는 이 위대한 시의 숭고함에 대해 논하면서 이 시를 고대 게르만 시의 최고봉으로 평가한다.

타키투스는 게르만족은 여성이 예언력을 가졌다고 썼다. 「무녀의 예언」에서는 오딘 신이 한 무녀에게 신들과 대지의 운명에 대해 묻는다. 구드브란두르 비그푸손[563]에 따르면 무녀는 죽었지만 예언하기 위해 부활했다. 따라서 『오디세이』 제 11권과 유사한 「무녀의 예언」의 이 장면은 죽은 자에 의한 강령술 혹은 예언의 장면이다. 이 장면은 신들의 모임을 배경으로 하는 듯 보인다. 무녀는 모래와 바다, 대지 그리고 그 위의 하늘, 초원이 생기기 이전의 시간을 기억하는 것으로 이야기를 시작한다. 태양은 이미 존재했지만 어디에 자리를 잡아야 할지 몰랐고 별은 자신의 길을 무시하였으며 달은 자신이 가진 능력을 몰랐다.[564] 무녀는 신들이 모여 밤과 아침, 낮, 석양, 한 해의 구분에 이름을 붙이는 것을 본다. 이후 신들은 한 평원에 도착하여 제단과 사원을 건설하고 대장간을 지어 여기서 요툰

---

563   Guðbrandur Vigfússon(1827~1889). 아이슬란드의 스칸디나비아문학자.

564   문법성을 가지고 있는 게르만계 언어에서 달은 남성명사이며 태양은 여성명사다. 『산문에다』에서는 달의 신 마니와 태양의 여신 솔이 언급된다. 니체는 달을 별의 양탄자 위를 걷는 고양이이자 수도승이라고 묘사한다.(원주)

헤임으로부터 막강한 힘을 가진 트롤(거인)의 세 딸이 도착할 때까지 금으로 된 연장들을 만든다. 요툰헤임은 세상의 가장자리가 바다와 맞닿아 있는 북동쪽 지역이다. 이 세 처녀는 과거, 현재, 미래라는 이름을 가진 운명의 세 여신으로 추정된다.

신들은 나무로 최초의 인간 남녀 한 쌍을 만들었다. 이후 무녀는 물푸레나무 위그드라실을 본다. 그 누구도 위그드라실의 뿌리를 모르며 나뭇가지들은 땅 위까지 뻗어 있었다. 그리고 나무의 몸통에는 세 운명의 여신인 노르나가 거주했다. 이 나무는 『고에다』에 실린 다른 곡들에서는 신화적인 '세계 지도(Mapamundi)'와 같은 것이다. 이 나무는 뿌리가 셋인데 첫 번째 뿌리 아래에는 망자들의 세계가 있고, 두 번째 뿌리 아래에는 거인들의 세계가 있으며, 세 번째 뿌리 아래에는 인간들의 세계가 있다. 줄기에는 황금 수탉, 혹은 독수리, 혹은 눈 사이에 매가 있는 독수리가 있다.

위그드라실의 뿌리 아래에는 뱀 한 마리가 있고 다람쥐 한 마리가 아래위로 뛰어다니며 소문들을 퍼뜨리면서 독수리와 적대 관계를 형성하려 한다. 그런데 이러한 장식적이고 패러디적인 세밀함은 이후에 첨가된 것이다. 무녀는 전투와 전쟁을 바라보고 여기에서 신들이 승리를 거둔다. 그러나 최후의 날에 "도끼의 시간, 검의 시간" 그리고 "폭풍우의 시간, 늑대의 시간"이 도래한다. 이 시간이 도래하기 전 볏이 황금으로 된 수탉(Gullinkambi)이 영웅들을 깨우며 다른 검붉은 수탉은 망자들을, 또 다른 수탉은 거인들을 깨운다. 이것이 바로 신들의 황혼인 라그나로크(Ragnarök)다. 검으로 재갈이 물린 늑대 펜리르는 천년 감옥을 탈출하여 오딘을 잡아먹어 버리고 망자들의

손톱으로 만든 배 나글파르가 출항한다. 스노리 에다에 나글
파르에 대한 다음과 같은 내용이 나온다.

> 나글파르는 망자의 손톱으로 만들기 때문에 어떤 자가 손
> 톱을 깎지 않고 죽는 것을 허용해서는 안 된다. 손톱을 깎지
> 않고 죽는다면 그 사람은 신과 인간들이 완성될까 봐 두려워
> 하는 이 배를 만드는 데 재료를 제공하는 셈이 되기 때문이다.

바닷속에 가라앉아 있던 세계 뱀 요르문간드는 제 꼬리를
물면서 세계를 에워싸고 토르와 대결을 벌인다. 그리고 마침
내 토르가 이 뱀을 죽인다. 신들은 매몰찬 거인들과 대결하고
거인들은 무지개를 통해 하늘로 올라가려 하지만 무지개는 붕
괴된다. 태양은 어두워지고 대지는 바닷물로 범람하며 하늘에
서는 빛나는 별들이 떨어진다.

무녀는 마지막 노력을 기울여 소생한 대지와 태초와 마찬
가지로 평원으로 돌아온 신들을 본다. 신들은 초원에서 체스
조각을 발견하고 자신들이 치른 전투에 대해 이야기한다.

세계의 역사에 대한 이 경이로운 시각 속에서 세계의 기원
과 종말이 다뤄진다. 현재와 인간들의 운명에 대해서는 그 어
떤 언급도 없다. 버사 필포츠[565]는 신들과 거인들 간에 벌어진
전투의 비극적 숭고함에 매료된 무녀가 인간과 인간의 운명에
대해 언급하는 것을 망각했으리라고 추측한다. 「무녀의 예언」

---

565   Dame Bertha Phillpotts(1877~1932). 영국의 스칸디나
        비아문학자.

의 행복한 결말은 기독교의 영향 때문인 것으로 간주된다. 왜냐하면 고대 게르만족은 우주의 종말이 비극적이라고 믿었기 때문이다. 이 작품의 내용은 역사의 순환적 반복을 제시하는데, 이와 유사하게 상승적 순환 속에서 우주가 전개된다는 개념은 인도 우주관의 전형적인 모습이다. 동일한 순환 속에서 우주가 전개되고 이 우주 속에서 동일한 개인이 끝없이 재탄생하여 동일한 운명의 길을 걷는다는 개념은 또한 피타고라스 학파와 스토아학파의 교리이기도 하다.

『고에다』에서 독백으로 이루어진 또 다른 유명한 작품은 「지존자의 노래(Havamal)」로, 이 작품은 다섯 혹은 여섯 개의 원천에서 원용된 오딘의 일련의 말을 엮은 것이다. 몇몇 말은 대중적 성격을 가지고 있으며 책략을 가르치고 다른 말은 덕을 권하고 있다.

가축이 죽고 일가친척도 죽나니 나 역시 죽으리라. 결코 죽지 않는 것이 하나 있으니 바로 좋은 평판이니라.

신이 룬 문자와 이 문자에 담긴 지혜를 발견하기 위해 어떻게 자신을 희생했는지를 기술하는 연들(138~141연)은 그 성격이 매우 상이하다.

바람 몰아치는 나무에 아홉 밤을 매달려 있었음을 기억하노라.
창에 찔려서 목숨을 바치니
바로 나 자신에게 바쳤도다.

뿌리의 근원을 아무도 모르는

나무에 매달려 있었노라.

빵도 술도 가져다주지 않았으나

거기에서 내가 몸을 굽혀

룬 문자들을 거둬 올려 소리치며 배웠다.

결국 땅에 떨어져 풀려났도다.

베스틀라의 아비이자 뵐토른의 현명한 아들에게

아홉 개의 중요한 노래를 배웠도다.

또한 오드뢰리르에서 퍼 온 귀한 꿀술도

한 모금 마셨도다.

그후 지력이 늘고 깊은 생각 시작하니

부쩍 성장했고 기분도 좋아졌구나.

말에서 말이 나와 다음 말을 이어 주고

행위에서 행위가 나와 다음 행위를 이어 주었도다.[566]

자신을 희생한 신, 창에 찔려 상처 입고 나무에 매달린 신은 의심의 여지 없이 예수 그리스도를 상징한다. 또한 이로부터 기독교 신화와 북유럽 신화 공히 공통의 원천을 가진다는

566　번역은 임한순, 최윤영, 김길웅 옮김, 앞의 책, 96~97
　　　쪽을 따랐다. 이후 『고에다』의 모든 번역은 이 책을 따
　　　른다.

추정을 할 수 있다. 말, 심지어는 인간을 오딘에게 제물로 바치는 것이 하나의 풍속이었음은 잘 알려져 있다. 이 의식에서는 제물을 나무에 매달고 창으로 찔러 죽였다. 아마 이 시는 어떤 면에서는 제사의 입문 의식을 반영하는지도 모른다. 실제로 혹은 상징적으로 오딘처럼 죽는 사람은 오딘이 되리라고 믿었을 것이다. 비록 로마인들은 타키투스의 『게르마니카』에 따라 오딘이 메르쿠리우스에 해당한다고 생각했지만, 게르만 신화에서 오딘은 여호와 혹은 유피테르에 상응한다고 할 수 있다. 이렇게 로마인들이 오딘을 메르쿠리우스와 동일시한 결과 영어에서 수요일을 오딘의 날이라는 의미의 Wednesday(Woden's day)라고 부르는 것이다. 오딘과 메르쿠리우스의 동일화는 바로 여기에 기인한다.

「발드르의 꿈(Baldrs draumar)」이라는 제목을 달고 있는 단편은 형식이 「무녀의 예언」과 유사하다. 오딘과 프리그의 아들 발드르는 사나운 꿈을 꾼다. 오딘은 여덟 개의 발을 가진 자신의 말 슬레이프니르를 타고 지옥으로 내려간다. 피투성이가 된 개 한 마리가 오딘에게 다가와 짖고 오딘은 서쪽에 있는 문에 도착하여 주문을 왼다. 무덤에서 죽은 무녀가 일어나 불평을 하지만 오딘은 자기 아들이 꾼 꿈을 해몽해 달라고 요구한다. 그녀는 불길한 예언을 하고 피곤하다며 다시 무덤으로 돌아가고 싶어 한다. 「발드르의 꿈」은 1761년 토머스 그레이(Thomas Gray)가 영어로 번역했는데 매우 아름다운 연들을 포함하고 있으며 낭만주의의 도래를 예고한다.

오랜 잠을 자는 그곳에

무녀의 먼지가 있네

Where long of yore to sleep was laid

The dust of the prophetic Maid

발드르의 사나운 꿈은 한 신화와 관련이 있다. 이 신화에 따르면 아들의 안위가 걱정된 프리그는 물과 불, 얼음 등 모든 창조물과 모든 쇠와 새, 뱀 들로 하여금 발드르를 해치지 않겠다는 서약을 하도록 한다. 자신이 불사신이라는 사실을 아는 발드르는 위험한 놀이를 생각해 낸다. 그는 그 무엇도 자신을 해치지 않을 것이라고 생각해 신들에게 자신을 향해 무엇이든 던져 보라고 요청한다. 여인의 모습을 한 아름답지만 악마적인 신 로키가 프리그에게 서약을 하기에는 너무 어려 겨우살이 가지가 서약을 하지 않았음을 알게 되었다. 로키는 이 가지를 잘라 발드르의 장님 형제에게 주었고 그는 이것을 발드르에게 던졌으며 이것을 맞고 발드르는 죽었다. 이 신화는 "이것이 신들과 형제들에게 일어난 가장 큰 불행이었다."라고 이야기한다. 시로 쓰인 「발드르의 꿈」에는 발드르의 죽음에 대한 예언이 담겨 있다.

「그림니르의 노래(Grímnismál)」에서도 오딘이 주인공으로 등장한다. 오딘은 게이로드라 불리는 왕의 궁전에 도착한다. 사람들은 그를 죽이게 될 한 마술사와 그의 만남에 주의를 기울이고 있다. 오딘이 도착하고 왕은 그를 궁전 가운데 타고 있는 불 속에 앉힌다. 게이로드 왕의 아들 하나가 뿔잔에 물을 담아 오딘에게 마시라고 줄 때까지 오딘은 8일 밤을 불 속에 앉아 있어만 했다. 불이 오딘의 망토를 태우기 시작하자 오딘은 불과 이야기를 하여 물러나라고 명령한다. 이후 오딘은 신들의 궁궐과 보이지 않는 세계의 모습 그리고 지옥의 강들에 대해 천천히 묘사한다. 그러고 나서는 시크파터, 알파터, 발파터, 그림니르 등 자신의 다른 이름들을 말한다. 게이로드 왕은 이 기이한 손님이 누구인지 이해하지 못하고 결국 오딘은 다음과 같이 말한다.

> 이제 위그(오딘)는 칼 맞은 시체를 가지게 되니
> 목숨이 네놈을 버릴 것이다.
> 디세 영들도 적대적이니, 이제 오딘을 보아라,
> 할 수만 있다면 가까이 다가오라.

왕좌에 앉아 있던 게이로드 왕은 무릎 사이에 칼을 반쯤 뽑아 놓고 있었다. 그는 벌떡 일어나서 신을 공격하려 했다. 그러나 곧 칼에 걸려 넘어졌고 칼이 그의 몸을 관통했다.

앵글로색슨 시에는 존재하지 않는 관능적인 주제가 『고에다』에서는 상당히 많이 보인다. 이러한 예를 「스키르니스의 노래(Skírnismál)」 혹은 「스키르니르 찾기」 6연에서 찾아볼 수 있다.

> 기미르의 정원에서 어여쁜 소녀가
> 걸어가는 걸 보았다.
> 두 팔이 환히 빛나니 공기와 바다도 그 빛을 내더구나.

『고에다』에 수록된 많은 시들이 안드바리의 보물 이야기와 아틸라의 죽음을 다룬다.

민중적이며 분노에 찬 헤라클레스와 같은 존재로서 두 마리의 염소가 끄는 수레를 타고 다니거나 어깨에 바구니를 메고 걸어 다니는 서민적인 신 토르(Thor)는 「알비스의 노래(Alvíssmál)」와 「트륌스크비다(Thrymskvitha)」의 주인공이다. 『알비스의 노래』에서는 한 난쟁이가 토르의 딸과 결혼을 하고자 한다. 아침 햇살은 어둠 속에서 살아가는 데 익숙한 난쟁이들을 돌로 만들어 버린다. 토르의 딸과 결혼을 하려는 난쟁이는 매우 지적이었다. 토르는 그에게 아침 해가 뜰 때까지 많은 질문을 하여 시간을 지체한다. 난쟁이는 토르의 질문에 다채로우면서도 현명하게 대답한다. 토르와 난쟁이는 구름, 바람, 공기, 바다, 불, 밀림, 밤, 씨, 맥주 등에 대해 이야기를 나눈다. 마침내 토르가 다음과 같이 말한다.

> 한 가슴으로부터 태고에 대한 지식을
> 이토록 많이 들은 적이 없었다.
> 교묘한 계략에 걸려 너는 내기에 졌으니
> 햇빛이 마법을 거는구나, 난쟁이야.
> 햇살이 궁궐 안으로 들어오지 않느냐.

「트륌스크비다」 혹은 트륌의 노래 역시 "망치 찾기"라는 제목이 붙어 있다. 거인인 트륌은 토르의 망치를 훔쳐 여덟 길이나 되는 땅속 깊은 곳에 숨긴다. 그리고 프레이야 여신이 자신과의 결혼에 동의하지 않으면 결코 망치를 돌려주지 않겠다고 말한다. 로키의 조언을 받은 토르는 프레이야로 변장하여 거인의 거처로 간다. 결혼식 피로연에서 신부는 3톤에 달하는 맥주와 소 한 마리, 연어 여덟 마리를 먹어 치운다. 거인이 이 모습에 놀라자 로키는 신부가 거인과의 결혼을 너무나 열망하여 8일 밤이 지나도록 아무것도 먹지 못했다고 설명한다. 이와 같이 여덟 편으로 이어지는 일련의 에피소드 끝에 토르는 망치를 되찾고 거인과 연회에 참석한 손님들을 그것으로 내리친다.

「리그의 노래(Rigsthula)」는 증조부와 증조모의 집, 조부와 조모의 집, 아버지와 어머니의 집을 방문한 어떤 신의 모험담을 서술하고 있다. 신은 각각의 집을 방문할 때마다 부부 사이에서 잠을 잤는데 아홉 달 후 각 집의 여인들이 아이를 낳는다. 증조모의 아들은 노란 피부와 검은 머리털을 가진 노예이고, 조모의 아들은 농부이고, 어머니의 아들은 귀족이다. 이 작품은 결말 부분이 소실되었다.

「뵐룬드의 노래(Völundarkvida)」의 주인공 뵐룬드는 앵글로색슨 문화에서는 웰란드다. 이 곡은 낭만적이면서도 마법적인 모험을 서술하고 있다.

『고에다』의 각 연은 네 개의 행으로 구성되는 것이 일반적인 규칙이다. 앵글로색슨 시와 마찬가지로 각운은 없고 두운만 존재한다. 모든 자음은 오직 동일한 자음과만 두운을 형성할 수 있다. 반면 모음과 이중 모음은 다른 모음 및 이중 모음과 두운을 형성할 수 있다. 앵글로색슨 운율법에 따르면 각 행 전반부의 두 단어와 후반부의 한 단어, 즉 총 세 단어는 반드시 동일한 문자로 시작해야 한다. 반면 『고에다』의 운율 규칙은 더욱 복잡하다. 각 행 전반부 두 개의 강세음은 두 개의 다른 문자로 시작한다. 행 후반부의 강세음은 동일한 순서 혹은 역순으로 구성하면서 동일한 문자로 시작해야 한다.

『고에다』와 『신에다』는 거의 모든 게르만 신화를 아우른다. 즉 이 두 에다는 문학적 가치뿐 아니라 위대한 역사적, 민족지학적 가치를 함유하고 있다. 게르만 신화가 공통적으로 가지고 있는 주요 신에 관한 내용 외에 영국과 독일 지역에서 게르만 신화는 거의 남아 있지 않다. 만약 북유럽 신화, 더 정확히 말하자면 노르웨이와 아이슬란드 지역의 신화가 없었더라면 우리는 게르만 신화를 논할 수 없었을 것이다.

『고에다』에서는 오딘의 천국 '발할라' 혹은 '발홀'이 여러 번 언급된다. 13세기에 스노리 스투를루손은 발할라를 황금으로 지어진 궁전으로 묘사했다. 발할라에서는 램프 대신 검이 빛을 발한다. 여기에는 500개의 문이 있으며 종말의 날에 각각의 문에서 800명의 전사들이 나올 것이다. 전쟁터에서 사망한 전사들이 이곳 발할라로 올 것이다. 전사들은 매일 아침 무장을 하고 전투를 하며 전사하고 환생한다. 이후 이들은 벌꿀술을 마시고 결코 죽지 않는 멧돼지 고기를 먹는다. 명상적이고 관조적인 천국, 관능적인 천국, 스베덴보리와 같은 인간의 모습을 한 천국, 소멸과 혼돈의 천국은 존재하지만 발할라 외에는 또 다른 전사들의 천국, 전투가 즐거움인 천국은 존재하지 않는다. 많은 이들이 다양한 기회를 통해 고대 게르만족 용자의 신전을 보여 주기 위해 발할라를 원용했다.

힐다 로더릭 엘리스[567]는 『지옥으로 가는 길(The Road to Hell)』(케임브리지, 1945)에서 스노리 스투를루손이 8세기 혹은 9세기에 쓰인 것으로 추정되는 원전의 교리를 그 엄격함과 일관성을 희생시켜 가며 단순화했다고 주장했다. 그리고 영원한 전투에 대한 개념은 오래되었지만 천국적 성격은 그렇지 않다고 강조했다. 삭소 그라마티쿠스는 『덴마크인의 사적(Gesta Dahorum)』에서 한 신비스러운 여인이 지하 세계로 데려간 어떤 남자에 대해 이야기한다. 남자는 그곳에서 전투를 보게 되는데, 여인은 그에게 지금 전투에 임하고 있는 전사들은 세계 전쟁에 참전했다 전사한 이들이며 이들의 갈등은 영원하다고 말한다. 토르스테인 우사포트르 사가에서 주인공은 어떤 무덤 속으로 들어가는데 무덤 속 양옆에는 벤치가 있다. 오른쪽에는 붉은 옷을 입은 용자 열두 명이, 왼쪽에는 검은 옷을 입은 혐오스럽게 생긴 전사 열두 명이 있다. 이들은 서로 적의 가득한 눈길을 보내다 결국에는 대결을 벌여 심각한 부상을 당하지만 죽지는 않는다. 이와 같은 텍스트들에 대한 검토는 영원한 전쟁에 대한 생각은 결코 인간의 희망이 아니었다는 사실을 밝히려는 경향이 있다. 전설은 지속적으로 변했고 불확실했으며 아마도 천국적인 속성보다는 지옥적인 속성이 강했을 것이다. 프리드리히 판처[568]는 이 전설의 기원을 켈트족 신

---

567   힐다 로더릭 엘리스 데이비드슨(Hilda Roderick Ellis Davidson, 1914~2006). 영국의 게르만·켈트 신화학자이자 고서학자.

568   Friedrich Panzer(1870~1956). 독일의 게르만학자.

화에서 찾는다. 일련의 웨일스 전설 중 하나인 『마비노기온
(Mabinogion)』의 제7화는 공주를 차지하기 위해 매년 5월 1일
대결을 하는 두 전사에 대해 이야기한다. 이들은 최후의 심판
의 날이 이들을 갈라놓을 때까지 대결을 멈추지 않는다.

사가

에드먼드 고스[569]는 아이슬란드를 식민화한 귀족들에 의한
산문의 발명은 문학사에서 가장 특별한 사건 중 하나라고 주
장했다. 이 산문 예술은 구술로부터 시작되었는데 이야기를
듣는다는 것은 아이슬란드의 긴 밤을 보내기 위한 하나의 여
가 활동이었다. 이렇게 10세기에 산문 서사시 사가(Saga)가 탄
생했다. 이 단어는 '말하다'를 의미하는 독일어 sagen 및 영어의
say와 매우 유사하다. 연회에서 직업 가수가 사가를 반복하며
낭송했다.

한 세대 혹은 두 세대에 걸쳐 구술 낭송자들이 각 사가의
형식을 확립했고 이는 이후에 더욱 확장되었다. 사가는 아이
슬란드인들의 전기이자 때로는 아이슬란드 시인들의 전기다.
이 경우 시인들은 사가의 대화 속에 자신이 지은 시를 삽입했
다. 문체는 간결하고 명료하며 구어체에 가깝다. 그리고 장식
적 요소로서 두운을 포함하곤 하며 가문의 계보와 분쟁, 전투

---

[569]   에드먼드 윌리엄 고스(Edmund Gosse, 1849~1928).
영국의 시인이자 작가, 비평가.

에 관한 내용이 주를 이룬다. 구조는 엄격하게 연대기적이며 등장인물들은 행위와 말을 통해 제시된다. 이러한 창작 방법들로 보건대 사가는 드라마적 특성을 가지며 현대 영화 기법을 미리 보여 준다고 할 수 있다. 작자는 자신이 언급한 것에 대해 논평하지 않는다. 현실과 마찬가지로 사가에서도 처음에는 불명확하지만 이후 명확히 밝혀지는 사건들과, 처음에는 의미 없어 보이지만 이후 중요성을 갖게 되는 사건들이 존재한다. 예를 들어 『냘의 사가』에서 한번은 미녀 할게르드가 저열한 행동을 하자 그녀의 남편이자 세상 남자들 중 가장 용감하면서도 차분한 군나르가 그녀의 뺨을 때린다. 몇 년 후 적들이 군나르의 집을 포위한다. 문들은 닫혔고 집은 적막감에 휩싸인다. 침입자들 중 한 명이 창틀까지 올라오고 군나르는 그를 미늘창으로 찔러 부상을 입힌다.

　　"군나르가 집에 있던가?" 그를 죽이러 함께 온 이들이 부상당한 동료에게 물었다.

　　"그가 집에 있는지는 모르겠네. 하지만 그의 미늘창은 있더군." 부상당한 이가 말했다. 이 농담을 하고서 그는 죽어 버렸다.

　　군나르는 화살이 미치는 범위 내에서 침입자들과 대치하고 있었다. 하지만 마침내 침입자들이 군나르의 활줄을 끊어 버리는 데 성공했다.

　　"당신의 머리카락을 잘라 활줄로 만들어 주시오." 군나르가 할게르드에게 말했다.

　　"그것들로 당신이 살 수 있을까요?" 그녀가 물었다.

"그렇소." 군나르가 대답했다.

"당신이 이전에 제 뺨을 때린 일이 기억나네요. 죽든 말든 당신이 알아서 하세요." 힐게르드가 말했다.

이렇게 군나르는 수적 열세로 패배했고 결국에는 죽었다. 침입자들은 그의 반려견 삼르마저 죽였는데 삼르는 죽기 전에 침입자들 중 한 명을 물어 죽였다.

이 일화는 우리에게 남편을 향한 할게르드의 원한에 대해 전혀 언급하지 않는다. 결말 단계에 와서야 비로소 우리는 할게르드의 현재적이며 소름 끼치는 원한을 알게 되며, 군나르가 할게르드의 행동에 놀랐듯이 우리 또한 경악한다.

중세 예술은 자연스럽게 상징적이다. 단테의 베아트리체에 대한 열정의 이야기가 자서전 형식으로 서술되는『새로운 삶(Vita nuova)』에는 복잡한 숫자 유희가 있는데, 이 작품의 편집자 중 한 사람은『새로운 삶』이 액면 그대로 해석될 수 없다고 주장한다. 그리고 단테는 실제적 삶을 직접적인 방식으로 기술하고 싶어 하지 않았다고 첨언한다. 중세의 사가와 같은 사실주의 예술의 경이롭고 뛰어난 점을 감상하기 위해서는 바로 이 같은 환경을 염두에 두는 것이 좋다. 피카레스크 장르에 나타나는 스페인적 사실주의는 언제나 도덕적 목적을 가지고 있었다. 프랑스 사실주의는 관능적 자극과 폴 그루삭이 '쓰레기통 사진'이라 부른 것 사이를 오간다. 북미의 사실주의는 잔혹함에서 감상적인 것으로 옮겨 간다. 사가에서 목도되는 사실주의는 어디에도 치우치지 않는 관찰에 해당한다. 그것은 파리와 런던의 세계와 비교했을 때 우리에게 더욱 야만적인,

그리고 프로방스와 이탈리아의 세계와 비교했을 때 더욱 야만
적인 세계를 명료하고 솔직하게 묘사한다. 서술자와 청중 모
두가 유령과 마법을 확실히 믿기에 사가의 사실주의는 초자연
성을 허용한다. 예를 들어 『냘의 사가』에서 우리는 다음과 같
은 장면을 읽을 수 있다.

둘째 날 밤 브로디르의 배들에서 칼들이 칼집으로부터 튀
어나왔다. 도끼들과 창들이 하늘을 날아다니며 싸웠다. 무기
들이 사람들을 뒤쫓았다. 방패로 방어했지만 많은 이들이 부
상을 당했고 각 배에서 한 사람씩 죽었다.

이 기호는 배교자 브로디르를 패퇴시킬 전투가 일어나기
전 그의 모든 배들에서 목격되었다. 이와 유사한 일화가 그림
(Grimm) 동화집에 나온다. 한 소년이 마법의 지팡이를 가지고
있는데 그 지팡이는 주인의 목소리를 들으면 주머니에서 나와
주인을 위협하는 자들을 때린다.

사가의 등장인물들은 완벽하게 선하거나 완벽하게 악하지
않다. 좋은 괴물도 나쁜 괴물도 없다. 선인이 항상 우세한 것도
아니고 악인이 항상 벌을 받지도 않는다. 현실과 마찬가지로
우연 및 기회에 대한 대칭적인 묘사가 존재한다. 불확실성은
마치 현실과 같다. 예를 들어 서술자는 "어떤 사람들은 이 일에
대해 이런 식으로 말한다. 그러나 다른 사람들은 다르게 이야
기한다."라고 말한다. 만약 한 등장인물이 거짓말을 해도 텍스
트 자체는 우리에게 그가 거짓말을 한다고 알려주지 않는다.
텍스트를 읽고 나서야 우리는 이 인물의 말이 거짓이었음을

알게 된다.

지형도는 매우 정확하다. 펠릭스 니트너[570]와 윌리엄 알렉산더 크레이지[571]의 입문서에는 아이슬란드의 지도들이 수록되었는데 여기에는 여러 사가에서 발생한 사건들이 표시되어 있다. 가장 많이, 그리고 가장 잘 표시되어 있는 곳은 서쪽 지역으로, 이 지역은 아이슬란드로 망명한 노르웨이인들과 아이슬란드인들의 피가 섞인 지역이다. 1871년 영국 시인 윌리엄 모리스는 구드룬이 죽은, 힘센 그레티르의 은신처가 있었던 지역을 방문할 수 있었다. 『그레티르의 사가』 45장에 나오는 내용을 그대로 옮겨 본다.

어느 날 토르뵤른은 투구를 쓰고 칼을 차고 날이 넓은 창을 든 채 성 요한의 밤이 다가오기 직전에 말을 타고 뱌르그로 갔다. 그날은 비가 왔다. 아틀리의 인부들 중 일부는 건초 수확을 하고 있었고 다른 사람들은 북쪽 호른스트란디르로 물고기를 잡으러 갔다. 아틀리는 자신의 집에서 몇몇의 사람들과 같이 있었다. 토르뵤른은 정오 즈음해서 도착하여 혼자서 집 문 앞까지 말을 타고 갔다. 문은 닫혀 있었고 밖에는 아무도 없었다. 토르뵤른은 사람을 부른 후 사람들이 문에서부터 자신을 보지 못하도록 집 뒤로 숨었다. 누군가가 부르는 소리를

---

570   펠릭스 니트너(Felix Niedner, 1859~1934). 독일의 문학사가이자 북유럽문학 연구가.

571   윌리엄 알렉산더 크레이지(W. A. Craigie, 1867~1957). 영국의 영문학자이자 아이슬란드문학자.

하인들이 들었고 한 여인이 문을 열고 나왔다. 토르뵤른은 그녀가 자신을 보지 못하는 곳에 숨어서 그녀를 보았다. 아무도 없자 그녀는 다시 집안으로 들어갔다. 아틀리는 그녀에게 누가 밖에 있냐고 물었고 그녀는 밖에는 아무도 없다고 대답했다. 이런 대화를 나눌 때 토르뵤른은 다시 문을 힘차게 두드렸다.

"누군가가 나를 찾는군, 나에게 매우 급한 전갈을 가져왔을 거야." 아틀리가 말했다.

그는 문을 열고 밖을 바라보았지만 아무도 없었다. 그때 폭우가 내렸고 그래서 아틀리는 집 밖으로까지는 나가지 않았다. 그는 문틀에 손을 올린 채 밖을 바라보았다. 그때 토르뵤른이 갑자기 나타나 두 손으로 창을 잡고는 아틀리를 찔러 쓰러뜨렸다.

"요즘은 날이 넓은 창을 쓰는군." 불의의 습격을 받으면서 아틀리는 이렇게 말했다.

그러고는 문지방 위로 고꾸라졌다. 여인들이 뛰어 나왔고 그가 죽은 것을 목도했다. 말 위에 앉아 토르뵤른은 자신이 아틀리를 죽였다고 표호했고 자신의 집으로 돌아갔다.

윌리엄 페이튼 커는 『서사시와 로망스(Epic and Romance)』(1896)에서 다음과 같은 예리한 분석을 하고 있다.

사가에서 가장 대표적인 장면 중 하나는 『그레티르의 사가』에서 자기 집 문 앞에서 창에 찔려 죽은 아틀리처럼 치명상을 입은 남성이 특이한 말을 하며 죽는 장면이다. 아틀리가 죽는 장면은 사가 중에서도 가장 훌륭한 장면의 하나다. 여기서 는 그 어떤 결점도 찾아 볼 수 없다. 하지만 이 상황과 말들이 이미 관습적으로 짜 맞춘 것이라는 의심을 불러일으키기에 충 분할 만큼 이와 흡사한 장면들과 특이한 말들이 사가에서 지 나치게 많이 등장한다.

군나르의 단창에 찔려 죽은 남자가 죽어 가면서 남긴 마지 막 말을 상기할 필요가 있다.

사가의 차별적인 특성은 사가가 출현한 환경에 기인한다. 사가는 실제 일어났던 사건을 다루거나 다루고자 하기에 사실 주의적이다. 사가는 또한 서술자가 등장인물의 생각은 알 수 없고 그의 행위와 말들만 알 수 있기에 심리적 분석을 생략한 다. 사가는 역사적 사건에 대한 객관적인 연대기다. 그래서 사 가를 집필할 때 작자의 개성과 주관이 배제될 수 있었다. 사가 는 작자가 존재하지 않기에 작자의 이름이 보존되어 내려오지 않는다. 일화와 마찬가지로 사가는 구술로 전승되는 과정에서 지속적으로 반복되며 다듬어졌다.

사가에서는 말싸움, 결투와 경주 등이 자주 언급되고 구 술 사가를 경청하면서 여흥을 즐기는 것도 언급된다. 이는 기 억과 낭송에 의해 습득되었는데, 구술 사가 낭송은 며칠간 지 속될 수 있었고 회합이나 모임에서의 잘 알려진 일반적인 여 흥이었다. 예를 들어 노르웨이의 하랄 하르드라다 왕은 자신 에 관한 사가를 한 아이슬란드 낭송가로부터 12일에 걸쳐 들 었다. 13일째 되던 날 왕은 "아이슬란드인이여, 자네가 낭송한 것들이 내 마음에 드는구나. 누가 자네에게 이것을 가르쳐 주었는가?"라고 물었다. 그러자 아이슬란드인은 "아이슬란드에서 저는 매 여름마다 총회에 참석합니다. 거기서 할도르 스노라손이 낭송하는 것을 들었습니다."라고 대답했다. 다시 왕이 말했다. "그렇다면 자네가 그렇게 잘 아는 것이 이상하지는 않군." 할도르는 하랄 왕의 그리스, 이탈리아, 아프리카 원정에 동행했다.

구술 사가에서 기록 사가로의 이행 과정에는 여러 요소가 개입되었다. 북유럽에서 룬 문자는 고대부터 알려졌고 돌이나 쇠에 짧은 문구를 각인하는 데, 혹은 칼로 나무에 메시지를 새기는 데 사용되었다. 그러나 양피지 등에 펜과 잉크로 글을 쓰기 위해 룬 문자를 사용했다는 증거는 존재하지 않는다. 서기 1000년경 아이슬란드 공화국은 기독교를 공식 종교로 받아들였다. 그리고 많은 아이슬란드인들은 라틴어를 배웠고 이 새로운 언어가 그들에게 제공한 종교적이고 세속적인 책들을 쓰는 데 전념할 수 있었다. 라틴어 기록 문학은 아이슬란드어로 문학을 기록할 수 있다는 생각을 아이슬란드인들에게 제공해 주었다. 초기 아이슬란드 필사본의 문자들에서는 앵글로색슨 서체의 영향을 확인할 수 있다. 라틴 문학과 함께 이 또 다른 본보기는 아이슬란드 문학의 형성에 매우 효율적인 영향을 미칠 수 있었다.

12세기 초에 '사제' 혹은 '현자'라 불린 아리 토르길손은 『아이슬란드인의 책(Íslendingabók)』을 집필했는데 이 책은 아이슬란드의 기원에 관한 역사를 정확하게 기술하고 있다. 작자는 특히 법적이며 교회와 관련한 소재에 많은 관심을 기울였다. 연대기적 기술 방식은 매우 엄격하며 작자는 중요한 사건에 대해서는 이 사건에 대한 정보를 제공해 준 이들의 성명을 기록하고 있다. 스노리 스투를루손은 『헤임스크링글라』 서문에서 자신의 선배 작가에 대해 "아리가 아이슬란드와 다른 국가들의 역사적 사건에 정통했음은 그리 놀랄 만한 일이 아니다. 왜냐하면 그는 지식인들과 노인들로부터 이 사건들에 대해 배웠고 그 자신이 또한 학구적이었고 뛰어난 기억력의 소유자였기 때문이다."라고 평가한다. 1117년에 최초의 아이슬란드 법률서가 편찬되었는데 이전의 문서들에 대해서는 의회 의장의 기억 말고는 남아 있는 것이 없었다. 1130년경 집필된 것으로 추정되는 『아이슬란드인의 책』은 사실을 기록하고 있으며 동시에 아이슬란드 기록 문학의 시발점이 된다. 다른 국가들의 경우와는 달리 아이슬란드 중세문학은 언어적 측면에서 볼 때 현대 독자들도 직접적으로 접근할 수 있을 만큼 언어의 형태 변화가 미미했다. 따라서 사가의 대중판에서는 단어의 현대화 작업을 할 필요도 없었고 주해를 달 필요도 없었다. 19세기 고전 문학 연구는 오늘날 그 순수성과 유연성으로 정평이 난 훌륭한 아이슬란드 산문 문학의 문체에 유익한 영향을 미쳤다. 가장 뛰어난 사가들의 문체는 구술체에 기반한 유기적 문체로, 외부 모델에 의한 영향 없이 자연적으로 진화한, 유일한 유럽 산문 문학이라고 할 수 있다. 사가의 정결한 문체는 단지 단순함이나 조야함에서 기인한 게 아니다. 말라르메나 공고라의 문체와 유사한 복잡한 시적 문체가 공존했기 때문이다. 사가의 등장인물들의 수는 상당히 많다. 예를 들어 『그레티르 사가』에는 200명 이상의 인물이 나온다. 이들 중 상당수가 다른 사가 작품에도 등장하는데, 이는 등장인물들을 더욱 현실적인 존재로 만들어 준다. 윌리엄 새커리, 발자크, 졸라, 존 골즈워디와 같은 근대 소설가들 역시 사가와 마찬가지로 자신들이 창조한 상상의 인물을 다른 작품에도 등장시킴으로써 이들에게 현실성을 부여했다.

많은 수의 사가가 소실되어 현재는 140여 편의 작품만 전승되고 있다. 13세기에 많은 작가들이 사가의 인기를 이용해 '고 사가(Old Saga)'의 위작을 썼다. 이런 위작들은 원작의 몇몇 측면들을 확장한, 혹은 무책임하기 그지없는 창작물에 불과했기에 문학적 가치가 전혀 없다. 이 시기에는 모든 종류의 이야기에 사가라는 명칭이 붙었다. 예를 들어 샤를마뉴 대제와 그의 기사들에 대해 서술하는『샤를마뉴 대제 사가(Karlamagnús Saga)』, 햄릿에 관한 이야기인『암로다 사가(Amloda Saga)』, 성모 마리아에 대한 이야기인『마리아 사가(Maria Saga』), 몬머스의 제프리[572]의 빼어난 연대기를 번역한『브레타 사가(Breta Sögur)』,『알렉산더 대왕의 사가(Alexander Mikla Saga)』, 부처님에 관한 전설을 반영하고 있는 바를람과 조사팟 전설의 번역인『바를람의 사가(Barlaams Saga)』등을 꼽을 수 있다.

아이슬란드 영웅들에 대한 사가는 지리적 혹은 지형적으로 분류되는데, 일반적으로 서부 지역의 사가들이 형식적 측면에서 다른 지역에서 나온 사가들보다 우수하다고 간주된다.『뱀의 혀 군라우그의 사가(Gunnlaugs saga ormstungu)』가 바로 서

---

572   Geoffrey of Monmouth(1095?~1152?). 영국의 사제
       이자 연대기 작가. 대표작으로『브리타니아 열왕사
       (Historia Regum Britanniae)』가 있다.

부 지역에서 나온 사가 그룹에 속한다. 이 사가의 주인공인 군라우그의 별명이 뱀의 혀인 것은 그가 지어낸 매우 모욕적이면서 상대방의 감정을 해치는 풍자 때문으로, 군라우그는 노르웨이와 영국까지 가서 자신이 지은 시를 낭송한다. 군라우그 이야기는 다음과 같다.

군라우그와 그의 일행은 항해를 하여 가을에 런던 다리에 도착해 그곳에서 내렸다. 당시 영국은 에드거의 아들 에설레드가 통치하고 있었는데 그는 훌륭한 왕이었으며 런던에서 겨울을 보내곤 했다. 에설레드가 통치할 당시 영국과 노르웨이와 덴마크는 같은 언어를 사용했다. 그러나 사자왕 윌리엄 I세가 영국을 정복했을 때는 언어가 바뀌었다. 영국에서 이후 프랑스어를 사용했기 때문이다. 군라우그는 왕에게 가서 품위있게 인사했다. 왕은 군라우그에게 어느 나라에서 왔느냐고 물었고, 군라우그는 "그런데 전하! 저는 전하를 뵈러 이곳에 왔습니다. 제가 전하를 위한 시를 하나 지었고 전하께서 이 시를 들으시면 즐거워하실 거라 생각했기 때문입니다."라고 대답했다. 왕은 알았다고 했고 군라우그는 자신이 쓴 시를 낭송했다…… 왕은 매우 비싼 가죽으로 안감을 대고 테두리까지 금으로 수를 놓은 진홍색 망토를 군라우그에게 보상으로 주었고 그를 신하로 삼았다. 군라우그는 겨우내 왕과 함께 있었다.

『에길의 사가(Egilssaga)』는 『군라우그의 사가』보다 더 유명하다. 에길은 기독교화 이전 시기 시인들 중 최고의 시인이었다. 그의 삶은 파란만장했다. 그는 일곱 살 때 도끼로 열한 살

소년을 죽였다. 그의 어머니는 자신의 아들이 매우 용감한 기질을 가진 것을 보고는 성장하면 바이킹 배를 한 척 사 주겠다고 그에게 약속한다. 그는 유명한 찬양시 두 편을 남겼는데 하나는 영국의 색슨족 왕 애설스탠을 위한 것으로, 에길은 그의 명에 따라 브루난브루흐 전투에서 싸웠다. 이 전투에서 에길의 형 토롤프가 전사했고 에길은 이 전투의 승리를 기리는 시에서 형의 죽음을 애도한다. 에길의 또 다른 찬양시는 그의 철천지원수 피도끼왕 에이리크를 위한 것이다. 에길은 요크에서 에이리크 왕에게 사로잡히는데 에이리크 왕은 그에게 사형을 선고한다. 사형 집행 전날 밤 에길은 "머리의 구출"이라는 제목으로 자신의 원수를 찬양하는 시를 한 편 쓴다. 이 시에서 에길은 많은 이들이 왕으로부터 철과 석재를 받았지만 자신은 왕에게 '참수하지 않는다'라는 가장 소중한 보물을 빚졌다고 쓴다. 에이리크 왕은 이 시가 마음에 들었고 자신의 눈앞에 또다시 나타나면 죽여 버리겠다고 경고하면서 그를 풀어 준다.

『에길의 사가』마지막 장들은 에길의 노년기와 그의 죽음을 그리고 있다. 늙은 에길은 눈이 멀었고 귀도 들리지 않는다. 사람들은 그를 비웃고 하녀는 그가 벽난로 근처에 오지 못하도록 한다. 에길은 자기 전성기의 상징이자 애설스탠 왕에게서 받은 선물인 은화가 가득 담긴 두 개의 상자를 보관하고 있다. 에길은 이 은화 상자를 의회가 열리는 곳에 뿌려 사람들이 은화를 차지하려고 싸우는 광경을 보고 싶다고 제안한다. 그의 가족들은 당연히 반대한다. 홀로된 에길은 말을 타고 집을 떠나 떠돌다 낙마하여 사망한다.

이 작품의 78장은 매우 감동적이다. 아들 하나를 잃자 에길은 음식을 끊고 아사하기로 결심한다. 여러 날이 지났지만 그는 여전히 자신의 방에서 나오지 않는다. 그의 딸 아스게르드는 아버지의 결심이 매우 단호하다는 것을 알고는 그를 구하려 한다. 그녀는 노크를 하고 에길에게 같이 여행을 하자고 제안한다. 에길은 그녀가 방으로 들어오도록 허락한다. 해가 질 무렵 아스게르드는 뿌리 하나를 씹기 시작하는데 에길에게 이 뿌리를 씹으면 죽음의 시간이 가까이 온다고 설명한다. 이 말을 듣고 에길은 아스게르드에게 그녀가 씹는 뿌리를 달라고 요청한다. 잠시 후 에길은 심한 갈증을 느끼는데 아스게르드는 사람들을 시켜 물을 담을 뿔을 가져오게 한다. 곧 사람들이 이것을 가져오고 아스게르드는 이것을 마시며 "아버지, 사람들이 우리를 속였어요. 이것은 물이 아니라 우유예요."라고 말한다. 에길은 자신이 운명과 직면하고 있다고 느끼며 결국에는 딸에게 항복한다. 그러고 나서는 죽은 아들을 위한 비가를 쓴다. 아스게르드의 이 자비로운 계략은 이 작품의 장면들이 지닌 복합성을 고갈시키지 않는다. 에길의 정신적 갈등이 드러나는 장면이 등장하는데 이는 『에길의 사가』가 복합성을 지속적으로 유지하고 있음을 보여 주는 대표적인 예다. 북부 지역에서 나온 사가들 중 가장 유명한 것은 앞서 살펴보았던 『그레티르의 사가』로, 이 사가는 글람의 일화를 포함하고 있다. 글람은 성격이 사악한 양치기로 크리스마스 전날 금식하기를 거부한다. 언덕에서 사람들은 "황소처럼 부은, 죽음처럼 파래진" 그의 시신을 발견한다. 무엇이 그를 죽였는지는 모른다. 그런데 그는 곧 집 주위를 맴돌고, 지붕 위에 올라가고, 벽들을 발로 걸어차고, 동물들을 죽이기 시작한다. 어느 날 밤 그레티르는 그가 나타나길 기다려 그와 결투를 벌인다. 싸우는 과정에서 가구들이 부서지고, 그들은 혈투를 벌이면서 교외로 나간다. 그레티르는 어느 무덤에서 꺼낸 단검을 가지고 있었는데 이것으로 부활한 글람을 죽인다. 달빛이 글람의 무시무시한 두 눈을 비추고 그레티르는 그것을 본다. 이후 그레티르는 어둠을 두려워하게 되고 혼자서는 절대 외출하려 하지 않는다.

『그레티르의 사가』 마지막 장은 다음과 같은 글로 이뤄져 있다.

판사 스투리아는 힘센 자 그레티르만큼 유명한 무법자는 없다고 선언하는 바이다. 그 이유는 다음 세 가지 때문이다. 첫째, 그는 가장 용의주도하고 빈틈이 없는 사람이었다. 그만큼 오랜 시간을 들여 무법자들을 체포한 자가 없었기 때문이다. 둘째, 그는 그가 생존했던 시대에 가장 힘이 센 자였고 가장 훌륭하게 악마, 유령과 싸웠던 자이기 때문이다. 셋째, 아이슬란드 사람들 중 유일하게 그의 죽음에 대한 복수가 콘스탄티노플에서 이루어졌기 때문이다.

원작에는 콘스탄티노플 대신 콘스탄티노플의 아이슬란드식 이름인 미켈가르드(큰 성)로 쓰여 있다. 9세기 중반 스웨덴인들은 러시아 영토에 가르다리키(Gardariki) 왕국을 세웠는데 수도가 '섬의 성'(노브고로드)이라는 의미의 홀름가르드였다. 11세기 중반 콘스탄티노플에서는 스웨덴 출신 전사들이 활약했는데 이들은 황실 근위대의 일원으로 복무했다. 노르만족의 영국 정복을 피해 콘스탄티노플로 건너온 데인족과 앵글로색슨족이 이들 스웨덴 출신 전사들과 함께 아시아와 아프리카에서 벌어진 전쟁에 참전했다.

북부 지역에서 나온 또 다른 유명한 사가는 『반다만나 사가(Bandamanna Saga)』로 상대적으로 평온했던 11세기 중반에 있었던 사건들을 다룬다. 늙고 가난하고 괴짜인 한 남자가 부유한 귀족들을 풍자하는 내용의 이 작품은 유일하게 익살스럽고 해학적인 사가로 알려져 있다. 따라서 전반적으로 코믹한 분위기가 지배적인 가운데 예외적으로 감상적인 다음 장면은 우리를 놀라게 하며 감동을 준다.

봄이 오고 오드는 우스팍에게 복수를 하기 위해 스무 명의 남자들과 함께 그의 집으로 간다. 우스팍의 집에 거의 다다르자 발리가 오드에게 "자네는 여기 있게. 내가 그의 집으로 먼저 가서 우스팍과 이야기를 해 보겠네. 사람들은 대화를 통해 서로를 이해할 수 있지."라고 말한다. 그래서 다른 일행은 가던 길을 멈추고 발리만 혼자 말을 타고 우스팍의 집으로 간다. 집 밖에는 아무도 없다. 문들이 열려 있어 발리는 우스팍의 집으로 들어간다. 집 안은 어둡다. 갑자가 한 남자가 튀어나와 발리의 어깨뼈 사이를 칼로 찌른다. 발리는 쓰러진다. 땅바닥에 누운 채 발리는 우스팍에게 "이 불행한 친구, 조심하게나. 오드가 자네 집에 곧 도착할 것이고 자네를 죽일 걸세. 자네 부인을 그에게 보내 우리가 타협을 보았고 나는 집으로 갔다고 말하도록 하게."라고 말한다. 그러자 우스팍은 "일이 잘못되었군. 나는 자네를 오드로 착각해 찌른 걸세."라고 대답한다.

『비가글룸의 사가(Víga-Glúms Saga)』에는 미신과 마법적 요소들이 존재한다. 망토와 검, 창 그리고 주인공의 할아버지 비그푸스의 선물들은 주인공에게 행운을 가져다준다. 그런데 주인공이 이것들과 떨어져 있을 때 불행이 시작된다.『에길 사가』와 마찬가지로 이 작품 역시 시력 상실과 늙음으로 막을 내린다.

『락사르달 사람들의 사가(Laxdoela saga)』는 일관성이 없다. 특이하게도 낭만주의적 색조를 지닌 사가인데 이를 통해 우리는 이 작품이 사가 장르의 발전 과정에서 상대적으로 후반부에 집필된 것으로 추정할 수 있다. 이 작품에서 영감을 받아 윌리엄 모리스는 서사시「구드룬의 연인들(The lovers of Gudrun)」을 썼고 이후 니벨룽의 슬픈 이야기를 다루게 된다. 입센은『헬게란드의 전사들』에서 초자연적 장치를 제거하고 다른 이름들을 통해 브륀힐드의 이야기를 제시했다. 이름을 알 수 없는『락사르달 사람들의 사가』의 서술자들은 입센보다 수 세기 앞서 입센과 유사한 실험을 했다. 캬르탄은 사구르드이고 볼리의 부인 구드룬은 군나르의 부인 브륀힐드다. 작가는 의도적으로 동일한 상황과 말을 반복하는데, 그 목적은 의심의 여지없이 이전 작품과 명확하게 새로운 작품의 일치점을 독자들에게 알려 주기 위한 것이다.

남부 지역의 사가들은 소실되었거나『냘의 사가』에 통합되었다. 냘은 올바른 인간의 전형이다. 냘의 행동에서 보이는 도덕성은 기독교적 도덕성이다. 그의 죽음은 순교자의 죽음이다. 적들이 그의 집을 둘러싸고 불을 지른다. 냘의 부인 베르그토라는 결코 냘을 포기하지 않는다. 그들은 황소 가죽을 펼쳐 그 아래 누운 뒤 가운데 자리에 어린 손자를 누이고 기도를 하며 불을 기다린다. "이 세상에서 우리를 불타게 하신 주님, 다른 세상에서는 우리를 불타게 하지 말아 주옵소서."라는 말이

낱이 마지막으로 남긴 말 중 하나다. 그의 아들 스카르페딘은 "아버지께서 일찍 잠드셨네. 고령이시니 당연히 그래야지."라고 말한다. 그리고 그는 불타는 집 대들보 아래에서 숨진다. 낱의 집을 포위한 자들은 내려앉은 지붕과 연기 아래서 스카르페딘이 노래하는 것을 듣고 아직 그가 살아 있음을 알게 되지만, 얼마 지나지 않아 아무 소리도 들리지 않는다. 낱의 아들은 그렇게 숨진다.

동부 지역에서는 『하바르드의 사가(Hávarthar saga)』와 『스바르파달루르 사람들의 사가(Svarfdoela saga)』가 나왔다. 특히 『스바르파달루르 사람들의 사가』에는 바이킹과 베르세르케르의 전투 장면이 많이 나온다. 베르세르케르는 초인적 힘으로 격렬하게 싸우다가도 이후에는 아이들처럼 온순해지는 이들로, 전투에서는 불사신과 같았다. 싸울 때는 갑옷 대신 곰의 가죽을 걸쳤다.(베르세르케르는 곰의 가죽을 의미하는 bear-sark와 발음이 비슷하다). 전투 전에 이들은 자신들의 방패를 깨물고 울부짖었으며 늑대 인간(Werewolves, Werwölfe)이 늑대로 변하듯이 곰으로 변했다. 마치 아르헨티나의 파쿤도 키로가[573] 장군이 "호랑이 부대"라는 근위대를 두었던 것처럼 몇몇 왕은 베르세르케르로 구성된 경호 부대를 두고 있었다. 급작스럽게 분노에 휩싸였다가 온순해지는 베르세르케르는 우리에게 말레이시아의 "아모크(Amok)"[574]를 상기시킨다.

573　　　Facundo Quiroga(1788~1835). 아르헨티나의 군벌.

574　　　급격한 흥분과 이로 인한 폭력 및 살인을 범하고 이후에는 피로와 기억상실을 남기는 현상.

지금까지 우리는 아이슬란드 사가에 대해 살펴보았다. 이 제부터는 아메리카 대륙 발견에 대해 이야기하는 사가들을 검토해 보자.『붉은 에이리크의 사가(Eirikssaga Rautha)』는 에이리크의 그린란드의 발견과 식민화, 그리고 그의 아들 레이프 에이릭손의 헬룬드(평평한 돌의 땅), 라르크란드(숲의 땅), 빈란드(포도의 땅)의 발견에 대해 기술하고 있다. 이곳들의 정확한 위치에 대해서는 논쟁이 많지만 북미 동부 해안 지역이라는 데에는 이견이 없다.

붉은 에이리크에 대한 이야기에는 아메리카 대륙에 정착한 최초의 유럽인인 토르핀 카를세프니의 여행과 모험담도 등장한다. 이 작품은 어느 날 가죽으로 만든 카누를 타고 많은 사람들이 상륙하여 외부 침입자들을 기이한 듯 바라본다고 쓰고 있다. "그들은 피부는 어두운 색이었고 매우 못생겼다. 그들의 머리카락은 역겨웠다. 눈이 컸으며 빰이 넓었다." 스칸디나비아인들은 이들을 "열등한 사람"이라는 의미의 스크렐링(Skraeling)이라 불렀다. 스칸디나비아인들도, 에스키모들도 그들의 만남이 역사적 순간이었다는 점을 몰랐다. 아메리카와 유럽은 순진무구한 상태로 서로를 바라보았던 것이다. 이 역사적 사건은 11세기에 일어났다. 14세기 초 식민자들은 질병과 "열등한 사람"들 때문에 죽어 갔다. 아이슬란드 연대기는 "1121년 그린란드의 주교 에릭은 빈란드를 찾아 떠났다."라고 기록하고 있다. 이후 그의 운명에 대해 우리는 아는 바가 전혀 없다. 에릭과 아메리카는 우리의 시야에서 사라져 버린 것이다.

그린란드에서 탄생한『의형제들의 사가(Fostbroethrasaga)』는 복수에 대한 이야기로 점철되어 있다.『그레티르의 사가』에서는 한 아이슬란드인이 동료의 복수를 위해 콘스탄티노플로 가서 황실 근위대원이 된다.『의형제들의 사가』에서는 토르모 트라는 한 남자가 자신과 관계가 틀어졌던 친구의 죽음에 복수하기 위해 바다를 건너 그린란드로 간다. 마침내 토르모트 는 복수를 한다. 몇 년이 지난 후 토르모트는 한 전투에서 적들을 자극하는 서사시를 크게 낭송하고 결국에는 시를 반쯤 읊조리면서 전사한다.

아이슬란드 주교들의 일대기를 담고 있는『주교들의 사가(Biskupasögur)』는 특이한 장르다. 이 사가의 앞부분에 수록된 사가는 제목이「배고픔의 유발자(Hungrvaka)」인데 이런 제목이 붙은 이유는 독자들이 이 작품을 읽고 자비의 또 다른 예들을 알고 싶다는 욕구를 가지길 작가가 기대했기 때문이다. 성직자들의 일대기를 다루는 사가 중 일부는 라틴어로 쓰였는데 『주교들의 사가』에 수록된 모든 사가는 지루한 편이다.

사가의 역사에서 후반부에 쓰인 사가들을 보면 단순한 산문 속에서 화려한 시적 문체가 발견된다.『의형제들의 사가』에서 우리는 "란의 딸들이자 바다의 여신들은 뱃사람들에게 구애하며 자기들의 품을 그들에게 안식처로 제공했다." 같은 아연실색할 장면과 만나게 된다. 이러한 보기 드문 장식들은 사가의 쇠퇴를 알리는 것이다.

가장 유명한 사가인『냘의 사가』에 깊은 정신적 영향을 미친 기독교 사상이 역설적으로 사가의 쇠퇴를 촉진했다는 견해가 존재한다. 모든 소설과 마찬가지로 사가 역시 등장인물들의 풍요로움과 복잡성으로부터 자양분을 공급받는다. 그런데 새로운 신앙인 기독교는 특정한 이념적, 종교적 편향성이 배제된 사가 작가들의 사유에 방해물로 작동했고, '선인과 악인', 그리고 '선인에게는 보상', '악인에게는 벌'이라는 이중적 세계를 사가 작가들에게 부여했다. 사가는 곧 쇠퇴했다. 후기에는 현기증이 날 만큼 아슬아슬한 모험담을 담은 사가들이 급증했지만 재미는 별로 없었다. 이 모험들이 실제 인간들을 중심으로 벌어지는 것이 아니라 모범적인 선인들 내지 악마와 같은 악인들을 중심으로 전개되었기에 현실성을 결여했던 것이다. 결국 이와 같은 등장인물들의 양극화는 숙명적으로 선인과 악인의 대결과 기존의 잘 알려진 도덕적 교훈들로 사가를 이끌게 되었다.

커는 앞서 우리가 인용한 저서에서 "위대한 아이슬란드학파는 사라져 버렸고 숙고와 불확실성의 수 세기가 지난 후 위대한 소설가들이 독립적으로 창작법들을 재발명할 때까지 이 학파는 후계자를 갖지 못했다."라고 정확하게 통찰하고 있다.

모든 인간들과 마찬가지로 국가 역시 운명을 지닌다. 소유와 상실은 국가들의 공통적인 영고성쇠다. 모든 것을 다 가질 뻔했지만 모든 것을 다 잃어버린 것이 바로 독일의 비극적인 운명이다. 하지만 더욱 특이하고 꿈같은 것이 바로 스칸디나비아 국가들의 운명이다. 세계사에서 스칸디나비아에서 벌어졌던 전쟁들과 이곳에서 나온 책들은 마치 존재하지 않았던 것처럼 보인다. 마치 꿈속이나 예언자들이 바라보는 유리구슬 속에 존재했던 것처럼 모든 것들이 격리되어 있고 그 흔적도 없다. 12세기에 아이슬란드인들은 세르반테스와 플로베르의 예술인 소설을 발견했다. 그런데 이 발견은 이들의 아메리카 대륙 발견과 마찬가지로 너무도 비밀스러웠고 이들을 제외한 다른 세계에는 무익했다.

스칼드의 시

서기 1000년경 이름을 알 수 없는 낭송자(Thulir)들을 문학적 의식과 창작 의도를 가진 시인들인 스칼드(Skáld)가 대체하면서 북유럽 문학사에 등장한다. 시의 형식들이 한층 진화했는데 아일랜드 켈트족 및 라틴 시인의 영향 아래에 유사음과 각운이 오래전부터 내려오던 시 형식인 두운과 공존했다. 서쪽 섬들(북방 민족들이 영국을 지칭할 때 부르는 것과 같은 이름이다.)에서 스칸디나비아인들은 서사 송가(kvitha), 계보시(tal), 찬시(drapa), 주문(galdr), 대화시(mal) 그리고 비가 운율에 맞춘 노래(liod) 등의 시 장르를 창조하고 발전시켰다. 이 간결하면서도 애상적인 "서부 지역 시"의 예들이 사가에 삽입되어 있는 경우를 우리는 자주 본다.

스칼드의 시들에서 시적 언어는 점증하는 복합성을 통해 진화했다. 앵글로색슨 시인들을 살펴볼 때 우리는 이들이 작품 속에서 일반적으로 '고래의 길'이라고 표현하며 '바닷길'이라고 표현하지 않고, '전쟁의 뱀'이라고 표현하며 '창들의 뱀'이라고 표현하지 않는 것을 보았다. 이와 유사하게 『고에다』에서도 몇몇 경우에 우리는 피를 '무기의 이슬'로, 하늘을 '달의 집'으로 표현하는 것을 볼 수 있다. 하지만 이런 완곡법은 드물었고 독서를 방해하지도 않았다. 그러나 스칼드들은 자신들의 작품을 해치는 이러한 표현법을 좋아하여 배가하거나 조합했다. 이런 연유로 에길 스칼라그림손(Egil Skallagrímsson)이 쓴 다음과 같은 시가 나오게 된다.

늑대 이빨의 색은

붉은 백조의 피를 마음껏 쓰네.

칼 이슬의 매는

평원에서 영웅들을 먹네.

해적의 달의 뱀은

대장장이들의 소원을 충족시켜 주네.

"늑대 이빨의 색"은 전사를 의미한다. 왜냐하면 이들은 자신이 죽인 적의 피를 자신의 이에 칠했기 때문이다. 붉은 백조는 시체를 먹어 치우는 맹금류를 의미한다. 칼의 이슬은 피이고, 매는 붉은 백조와 마찬가지로 피 냄새를 맡고 몰려오는 맹금류다. 해적의 달은 방패이며 방패의 뱀은 창을 의미한다. 그리고 대장장이들은 신을 가리킨다.

또 다른 예를 보자.

거인족의 파괴자가

갈매기 평원의 힘센 들소를 요절내었다.

종지기가 슬퍼할 때 신들은

강변의 매를 조각내 버렸다.

그리스인들의 왕은 돌포장길을 혼자 달리는

말 위에 올라탔다.

거인족의 파괴자는 토르 신이다. 종지기는 예수 그리스도의 믿음을 전하는 성직자를 의미한다. 그리스인들의 왕은 예수를 상징하는데, 콘스탄티노플의 황제가 가졌던 칭호 중 하나가 그리스인들의 왕이라는 다소 결함 있는 이유로 예수를 왕으로 표현한 것이다. 갈매기 평원의 들소, 강변의 매, 돌포장 길을 달리는 말은 특이한 세 동물이 아니라 심각하게 파손된 한 척의 배를 상징한다. 이 어려운 구문 방정식에서 첫 번째 방정식은 2차 단계에서 유래한다. 왜냐하면 갈매기 평원은 이미 바다를 지칭하는 용어 중 하나이기 때문이다. 『신에다』에서 스노리 스투를루손은 "단순 은유는 전투를 활들의 폭풍이라고 표현할 때다. 2중 은유는 검을 활들의 폭풍의 장작개비로 표현할 때다."라고 말한다. "활들의 폭풍"이라는 표현에서 "활들의 폭풍의 장작개비"라는 표현으로의 이동에는 아이슬란드 시의 쇠퇴의 역사가 요약되어 있다.

1918년 폴 그루삭은 다음과 같은 말로 "기지주의의 명교수"인 발타사르 그라시안(Baltasar Gracián)에 대한 연구를 마친다.

> 인도인들의 신전에서는 3중, 4중의 복잡한 자물쇠가 달리고 섬세하게 상감된 백단향 상자와 칠기 상자가 발견되곤 한다. 잠긴 자물쇠를 하나씩 여는 데 성공한 호기심 많은 이가 상자의 중심부 가장 안쪽으로 들어가면 발견할 수 있는 것은 마른 잎 혹은 먼지뿐이다.

인도 가구 장인은 본질적인 것은 상자 안쪽의 한 줌의 먼지가 아니라 상자의 복잡함이라고 말할 수 있을 것이다. 아이슬란드 시인은 본질적인 것이 까마귀에 대한 사유가 아니라 "붉은 백조"의 이미지라고 말할 수 있을 것이다. 은유 속에는 직접적인 말에는 없는 즐거움이 존재한다. "피"라고 말하는 것은 "검의 파도"라고 말하는 것과는 다르다.

케닝(Kenning)은 이 같은 화법 형태의 명칭인데, 케닝가르(Kenningar)는 바로 케닝의 복수형 명사다. 『신에다』에는 다음과 같은 케닝가르의 긴 목록이 수록되어 있는데, 왜 이렇게 표현하는지 그 역사적, 신화적 배경에 대한 설명은 생략되었다.

새들의 집   공기
바람들의 집

바다의 화살: 청어
파도의 돼지: 고래
의자의 나무: 벤치
턱뼈의 숲: 수염

검들의 회합   전투
검들의 폭풍
샘들의 만남
창들의 활공
창들의 노래
독수리들의 향연
붉은 방패들의 비
바이킹들의 향연

활의 힘   팔

견갑골의 다리

피에 젖은 백조   독수리
망자들의 닭

재갈을 흔드는 자 : 말

투구의 기둥   머리
어깨의 정상
육체의 성곽

노래의 대장간 : 시인의 머리

뿔의 파도   맥주
컵의 파도

공기의 투구   하늘
하늘의 별들의 대지
달의 길
바람들의 잔

가슴의 사과   심장
생각의 단단한 도토리

증오의 갈매기   까마귀

부상자들의 갈매기
마녀의 머리카락
까마귀의 사촌

말들의 바위: 이빨

검들의 땅	방패
배의 달	
해적들의 달	
전투의 지붕	
전투의 먹구름	

결투의 얼음	검
분노의 회초리	
투구들의 불	
검의 용	
투구들의 설치류	
전투의 가시	
전투의 물고기	
전투의 노	
부상자들의 늑대	
부상자들의 가지	

활들의 우박	화살
전투의 우박	

집들의 태양   불
나무들의 소실
신전들의 늑대

까마귀들의 환희   전사
까마귀 부리를 붉게 물들이는 자
독수리를 행복하게 하는 자
투구의 나무
검의 나무
검을 물들이는 자

아궁이의 검은 이슬: 그을음

늑대들의 나무   교수대
목재로 만든 말

고통의 이슬: 눈물

시체들의 용   창
방패의 뱀

입의 칼   혀
입의 노
매의 자리   손
황금 반지의 나라

고래의 지붕   바다

백조의 땅

범선들의 길

바이킹의 유영지

갈매기의 평원

섬들의 사슬

까마귀들의 나무   망자

독수리의 귀리

늑대들의 밀

파도의 늑대   배

해적의 말

바이킹의 걸음

파도의 망아지

바다의 경작 수레

해변의 매

얼굴의 돌   눈

이마의 달

뱀의 침대[575]   금

---

575   뱀이 보물을 지킨다는 믿음에 대한 언급이다.(원주)

손의 발광체
싸움의 청동

창들의 휴식: 평화

음식의 집   가슴
심장의 배
영혼의 바닥
웃음의 자리

지갑의 눈   은
유리 얼음
저울의 이슬

반지의 제왕   왕
보물의 분배자
검들의 분배자

암석의 피   강
그물들의 땅

늑대의 개울   피
살육의 파도
죽은 자의 이슬
전쟁의 땀

까마귀들의 맥주

칼의 물

칼의 파도

달의 자매   태양

공기의 불

꿈들의 회합: 꿈

동물들의 바다   땅

폭풍의 계단

안개의 말

사람들의 증가   여름

독사들의 생기

불의 형제   바람

숲의 상처

밧줄들의 늑대

　원전에서 각 케닝가르는 단 하나의 복합어와만 상응한다
는 점을 잊지 말아야 한다. 즉 집들의 태양(sol de las casas)이라
고 쓴 곳에 우리는 형용사를 이용하여 집의 태양(sol doméstico)
라고 쓸 수 있었을 것이다. 전투의 가시(espina de la batalla)라고
쓴 곳에는 역시 형용사를 이용하여 전투의 가시(espina guerrera)

라고 쓸 수 있었을 것이다. 각 케닝을 별칭을 통해 특정한 명사로 번역하는 것이 원문에 가장 충실한 번역일 것이다. 하지만 형용사가 결여되어 있기 때문에 이는 가장 비효율적이며 가장 어려운 작업이 될 것이다.

우리는 거의 모든 언어권, 거의 모든 문학권에서 케닝가르와 유사한 구조들을 찾아 볼 수 있다. 아랍어에는 아버지와 자식의 관계에 대한 파생어가 풍부하다. 즉 향기의 아버지는 재스민, 아침의 아버지는 닭, 화살의 아버지는 활, 발걸음의 아버지는 산을 의미한다. 그리스의 비극 시인 리코프론은 헤라클레스를 "사흘 밤의 사자"라고 명명했다. 왜냐하면 제우스가 하룻밤을 세 배로 늘려 사흘을 알크메네와 보냈을 때 헤라클라스가 잉태되었기 때문이다. 이탈리아 시인 잠바티스타 마리노(Giambattista Marino)는 나이팅게일을 "숲의 요정"으로 칭했다. 러시아 시인 블라디미르 마야콥스키는 달빛을 "나이팅게일의 홍차"라고 표현했다. 스페인의 시인이자 소설가 프란시스코 데 케베도는 고통을 "검들의 춤"이라고 묘사했다. 테레사 데헤수스는 환영을 "집 안의 광인"이라고 그렸다. 빅토르 위고는 도마뱀을 "거실의 악어"로 묘사했다. 부에노스 아이레스의 콤파드리토(Compadrito)들은 묘지를 "납작코 별장" 혹은 "두개골 별장"이라고 불렀으며, 플로베르 작품의 한 등장인물은 관을 소나무로 불렀다. 성모 마리아를 위한 탄원 기도 역시 케닝가르의 목록 중 하나다. 사자를 동물의 제왕이라고 하는 것처럼 사막의 배는 초등학교에서 낙타를 표현할 때 자주 사용하는 동의어다. 독일 시인 빌헬름 클렘(Wilhelm Klemm)은 꿈을 "죽음의 원숭이(Affe des Todes)"라 불렀다. 러디어드 키플링은 바다에 산재한 광산을 "죽음의 계란"이라고 불렀다. 영화가 처음 나왔을 때 이것을 지칭하는 용어 중 하나는 "침묵의 연극"이었다. 중국인들은 계산대 뒤에 있는 가게 주인을 "나무 앞치마를 두른 사람"이라고 불렀다. 토머스 브라운은 17세기 중반에 출간한 『박사의 종교(Religio Medici)』에서 "빛은 신의 그림자다(Lux est umbra Dei)"라며 빛에 대한 경탄할 만한 정의를 내리고 있다. 길버트 키스 체스터턴은 폐허를 "창문 제작자(Ruin is a builder of windows)"라고 표현했다. 『율리시스』에서 제임스 조이스는 천구를 "별들의 하늘나무(Heaventree of Stars)"로 묘사했다.

반면 스칼드의 시에서 보이는 은유의 복잡한 유희는 문맥의 복잡성을 차단하는 단순한 시들에는 감상적 가치를 부여한다. 에길 스칼라그림손이 "내가 쌓아 올린 영광의 봉분은 시의 왕국에서 영원히 지속될 것이다."라고 말할 때 그의 말은 거의 직설처럼 보이며 우리에게 특별한 감동을 던져 준다. 일반적인 케닝가르의 목록에서 소실된 코르마크(Kormak)의 "스테인게르드와 같은 아름다운 여인이 태어나기 전 돌들은 헤엄을 칠 것이고 바다는 산들을 감출 것이다."라는 찬탄에서도 동일한 현상이 발생한다.

우리는 사가 문학을 다루며 스칼드들의 파란만장한 삶을 살펴보았다. 영국의 에설레드 왕으로부터 진홍색 망토를 하사받았던 군라우그는 라이벌의 손에 죽임을 당했다. 토르모트는 한 전투에서 시를 읊조리며 사망했다. 에이빈드는 선배 스칼드들의 시를 표절했기에 "스칼드들의 약탈자"라는 불명예스러운 별명을 얻었다. 왕이자 시인이었던 하랄 3세(하랄 하르드라다)는 토스티그와 동맹을 맺으면서 불운을 자초했다. 할프레드는 바다에서 죽었고 스코틀랜드의 한 섬, 맥베스의 옆에 누워 영면해 있다. 하르바르트는 아들이 살해되었고 결국 아들의 복수를 한다. 오타르 스바르티(Óttar Svarti)와 법률가 마르쿠스 역시 굴곡진 삶을 살았다.

역사가 아리 토르길손

앞에서 우리는 '사제', '현자'라고 불린 역사가 아리 토르길손(1067~1148)에 대해 언급했다. 그는 명문가 출신이었다. 9세기경 더블린 왕국의 왕이었던 올라프 힌 흐비티와 스코틀랜드인들에게 배신을 당한 토르스테인 라우디, 그리고 『락사르달 사람들의 사가』의 여주인공 구드룬의 남편 중 한 사람이었던 토르켈이 그의 선조들이다.

그는 노르웨이 왕국의 기원부터 1066년 하랄 3세의 사망 때까지 왕조의 역사를 다룬 『열왕전(Konungabók)』을 썼다. 또한 학자들은 그가 덴마크 및 영국과 관련된 유사한 책을 『열왕전』보다는 짧게 편찬했을 것이라 추정한다. 『열왕전』의 여러 부분이 스노리 스투를루손의 작품에 실려 있다.

아리의 작품들 중 가장 유명한 『정착기(Landnamabók)』는 다섯 부분으로 구성되어 있다. 1부는 아이슬란드의 발견에 대해 기술한다. 2부부터 5부까지 나머지 네 부분은 지리적 순서에 따라 정착민들의 이름과 그들의 선조, 역사에 대해 상술한다. 이 작품에서는 총 4000명의 사람들이 언급되는데 이 중 약 1300명은 여성이다. 아리는 또한 2000곳이나 되는 지역에 대

해서도 거론한다. 그의 세 번째 작품인『아이슬란드인의 책』은
1127년에 집필되었지만 소실되어 현재 전하지 않는다. 다만
라틴어 요약본(*Libellus Islandorum*)이 남아 있다.

아리는 아이슬란드 문학과 역사에서 매우 중요한 위치를 차
지하기에 그의 중요성에 대해서는 더 이상 과장할 수 없을 정도
다. 그는 아이슬란드 역사학의 아버지이고, 아이슬란드어로 산
문을 쓴 첫 번째 작가이며, 이후 위대한 사가들과 고명한『헤임
스크링글라』가 따르게 될 문체를 발견했다. 또한 후배 작가 스
노리 스투를루손이 도래할 수 있는 길을 마련해 준 사람이었다.

13세기 초에 사망한 역사가 웨일스의 제럴드[576]는 아리가
지닌 가치들을 평가한 후 아이슬란드에는 "자신들의 언어와
진실로써 스스로를 타인들과 구분하는 종족이 거주한다. 속
임수와 같은 그 무엇도 그들을 폄하할 수 없다. 그들을 거짓말
을 할 줄 모른다."라고 선언했다. (그 누구도 이 같은 제럴드의 평
가 능력을 부인할 수 없을 것이다. 그가 얼마나 솔직한 작가인지 예를
하나 들어 보자. 그는 대표작『웨일스 여정기(Itinerarium Cambriae)』
에서 경배할 만한 가치가 있는 두 호수에 대해 언급한다. 한 호수에
는 바람에 따라 여행을 하는 떠다니는 섬이 있다. 다른 호수에는 눈이
하나밖에 없는 물고기들이 있는데, "왜냐하면 왼쪽 눈이 없기 때문이
다. 그런데 만약 독자가 나에게 이 경이적인 환경에 대한 설명을 부탁

---

576   Gerald of Wales(1146?~1223?). 웨일스의 브레콘
       (Brecon) 교구 부주교이자 역사가. 왕실 사제로서 여
       러 지역을 여행한 후 다양한 여행기와 역사서를 집필
       했다.

한다면 나는 독자의 호기심을 만족시킬 능력이 없다".)

스노리 스투를루손

스노리 스투를루손(1179~1241)은 명문가인 스투를룽 가문 출신으로 아이슬란드 서부 지역에서 출생했다. 그가 태어난 지역은 노르웨이에서 아이슬란드로 건너온 망명객들과 켈트족의 피가 섞인 곳이며 앞에서 우리가 이미 언급했듯이 가장 유명한 사가 작품들이 쓰인 곳이기도 하다.

『스투를룽가 사가』에서 스노리는 그가 손댄 모든 것에 통달한 사람으로 그려진다. 지금도 스노리 스투를루손이 13세기 초에 재건축을 명령하여 돌을 다듬어 만든 온천탕이 잘 보존되어 있다. 온천수는 10세기 때 발견된 것으로 온천수가 나오는 땅은 교회 소유였다. 스노리는 온천탕 재건축 사업을 책임졌으며 한동안 그곳에 머물렀다.

스무 살 때 스노리는 매우 부유한 집 여인과 결혼했지만 자식 둘을 낳은 후 이들은 이혼했다. 그의 부인은 사제의 딸이었는데 아이슬란드에는 사제의 독신주의 의무가 존재하지 않았다. 스노리는 유명한 법률가였는데 서른다섯 살의 나이에 아이슬란드 최고 입법 기관인 알팅의 의장으로 선출되었다. 당시 아이슬란드에서는 알팅의 의장을 "입법가"라고 불렀다. 그는 매년 시민들에게 법을 낭독해 주었고 자세하게 설명해 주었다.

스노리는 자신의 시들을 노르웨이의 하콘 왕과 그의 왕비에게 헌정했다. 이에 하콘 왕은 그에게 답례로 선물을 보내 주었고 큰 명예를 약속하며 자신의 궁으로 그를 초대했다. 1218년 스노리는 마침내 노르웨이 여행을 준비했다. 스노리는 노르웨이의 고대 문화에 박식했으며 노르웨이에 관한 역사서를 쓰기 위해 역사를 공부했다. 하지만 하콘 왕이 죽었다는 헛소문으로 인해 스노리의 노르웨이행은 연기되었다. 아이슬란드 공화국은 독립 국가였다. 하콘 왕의 환대를 받은 스노리는 하콘 왕으로부터 남작(lenderman) 칭호를 받았다. 그런데 이 칭호는 법률적으로 스노리가 하콘 왕의 신하가 되었다는 것을 의미했다. 아이슬란드 시민이자 알팅의 의장인 스노리는 자신이 노르웨이 하콘 왕의 신하가 되었음을 인정하고 자신의 모든 재산을 하콘 왕에게 양도했다. 하지만 하콘 왕은 곧 스노리의 재산을 그에게 선물로 돌려주었다. 스노리는 하콘 왕에게 아이슬란드인들이 노르웨이 왕의 통치를 받아들일 수 있도록 하겠다고, 환언하면 아이슬란드를 노르웨이에 이양하겠다고 약속했다. 아이슬란드로 돌아온 스노리는 자신의 아들을 노르웨이에 인질로 보냈다. 이 약속 때문에 스노리는 배신자라는 말을 듣게 되었다. 아이슬란드를 노르웨이에 이양하겠다는 약속으로 그는 아이슬란드를 배신했다. 또한 아이슬란드를 노르웨이에 이양하려는 노력을 하지 않았기에 하콘 왕을 배신했다. 스노리가 아이슬란드를 노르웨이에 넘기기로 약속한 것은 다른 아이슬란드인들로부터 비난을 받지 않기 위해서였다고 추정한다. 그러나 실제로 스노리는 많은 비난을 받았다.

아이슬란드에서 스노리는 법적으로 불완전한 재혼을 했다. 1224년부터 그는 아이슬란드 최고 갑부였다. 그는 가장 부유했고, 가장 부를 갈망한 사람이었다. 하지만 가장 용기있는 자가 아니라 가장 탐욕스러운 인간이었다.

스노리는 자신의 장남과 심한 논쟁을 벌였고 결국 장남에게 유산을 상속하지 않기로 했다. 그러자 그의 장남은 노르웨이로 가 버렸지만 그곳에서 자신의 처남 기주르 토르발드손에게 살해되었다.

아이슬란드를 노르웨이에 넘기겠다는 스노리의 약속을 의심하던 하콘 왕은 약속의 이행이 계속 지체되자 스투를라 시그바트손(Sturla Sighvatsson)을 직접 찾아가 아이슬란드를 노르웨이에 이양하는 일을 책임지라고 요구했다. 스투를라는 스노리의 조카로 그와는 적대 관계였다. 결국 양 진영 사이에 내전이 발발했다. 스노리는 군대를 모았고 의심의 여지 없이 자신의 조상들이 수많은 전투를 치렀음을 상기했다. 전투를 앞두고 날이 밝자 스노리는 자신에게 전투할 능력이 없다는 사실을 깨닫고는 서쪽 해안으로 피신한 후 노르웨이로 건너갔다. 내전은 계속되었고 스투를라는 한 전투에서 사망했다. 망명지에서 이 소식을 전해 들은 스노리는 한 비가에서 자신의 조카이자 적이었던 스투를라의 죽음을 애도했다.

하콘 왕의 명령을 따르지 않고 스노리는 다시 아이슬란드로 돌아왔다. 이에 하콘 왕은 스노리의 장남을 살해한 기주르 토르발드손에게 스노리를 죽이라는 임무를 부여했다. 기주르는 스노리의 저택을 포위하고 밤이 되자 집 안으로 들어갔다. 이날 오후 스노리에게 위험을 경고하는 룬 문자로 쓴 비밀 메시지가 도착했지만 스노리를 그것을 해독하지 못했다. 암살자들이 스노리의 저택을 점령했고 아르니 브리스크르(쓰디쓴 아르니)라 불리는 한 암살자가 지하실에서 스노리를 살해했다.

10년이 지난 뒤 희대의 폭력 사건이 발생했다. 침입자들에게 포위된 채 불타고 있던 집에서 한 남자가 탈출했다. 그는 바닥으로 뛰어내리다가 넘어졌다. 누군가가 그를 알아보고는 질문했다.

"여기 스노리 스투를루손을 기억하게 하는 사람이 있잖은가?"

그러자 침입자들이 몰려들어 그를 죽였다. 그는 바로 스노리를 죽인 아르니였던 것이다. 잠시 후 이들은 역시 집 안에 있던 기주르를 죽였다.

아르니의 죽음은 스노리 자신에 의해 고안된 것처럼 보인다. 간결한 말로 아르니에게 죽음을 선고한 남자는 자신의 운명과 사가의 수사학에 종속될 수밖에 없었던 스노리의 분신인 것이다.

길크리스트 브로듀어[577]는 스노리의 삶을 "배신의 복잡한 연대기"라고 정의한다. 스노리의 위대함은 그의 인간성이 아니라 그의 작품에 있다.

『신에다』

아이슬란드에서 새롭게 들어온 종교인 기독교는 고대 토

---

577   아서 길크리스트 브로듀어(Arthur Gilchrist Brodeur, 1888~1071). 미국의 고대 게르만문학 연구가.

착 종교에 적대적이지 않았다. 따라서 노르웨이, 스웨덴, 독일, 영국에서와는 달리 아이슬란드에서 기독교로의 개종은 유혈의 비극 없이 이루어졌다. 아이슬란드에 정착한 노르웨이인들은 귀족 계급의 종교에 무관심했다. 그들의 후손들은 이미 잃어버린 옛것들을 바라볼 때처럼 자기 종족의 고대 신앙을 향수를 가지고 바라보았다. 게르만 신화에서도 이후 그리스 신화에서 발생했던 동일한 현상이 발생했다. 즉 누구도 이 신화를 믿지 않았지만 신화에 대한 지식은 지식인들에게 필수 사항이 되어 버린 것이다. 『고에다』는 북유럽 시 문학의 바탕이었다. 게르만 신화에 대한 이해 없이는 이 작품을 이해할 수 없을 것이다. 윌리엄 셰익스피어나 공고라를 제대로 감상하기 위해서는 오비디우스의 『변신 이야기』에 대한 이해가 필수적이다. 이와 마찬가지로 에길 스칼라그림손을 제대로 감상하기 위해서는 에다에 대한 이해가 전제되어야 한다.

스노리 스투를루손은 『신에다』 혹은 『산문 에다』를 시인과 독자를 위해 집필했다. 『신에다』 서문에서 그는 다음과 같이 쓴다.

이 열쇠는 시 창작술을 익히고 싶어 하거나 전통적인 은유법을 통해 형상들에 대한 표현을 더욱 잘 축적하고자 하는 초보자들 혹은 신비로운 내용이 담긴 글을 이해할 수 있는 덕을 획득하고자 하는 이들을 위한 것이다. 거의 모든 이들에게 만족할 만한 수준인 이 이야기들을 우리는 존중해야 할 것이다. 하지만 기독교도들은 자신들의 신앙을 상기해야 한다.

『신에다』혹은 『산문 에다』는 서설과 「귈피의 속임수 (Gylfaginning)」, 「스칼드의 시 창작법(Skáldskaparmál)」, 운율 형식 목록인 「하타탈(Háttatal)」 등의 세 부분으로 구성되어 있다. 그런데 일군의 학자들은 그 신빙성을 의심하며 서설을 『신에다』에 포함시키는 것을 거부한다. 서설은 창세기에 나오는 "태초에 하느님께서 하늘과 땅을 창조하셨다."라는 말로 시작한다. 이후 아담에 관한 이야기와 대홍수 그리고 인간 사회의 분열 등에 대해 언급한다. 스노리는 이교도적 천지 창조설을 이야기하기 전에 다른 천지 창조설, 즉 진정한 기독교적 천지 창조설을 독자에게 상기시키려는 것이다. 이후 스노리는 다음과 같이 쓴다.

세상의 중심 근처에 우리가 현재 터키라고 부르는 트로이라는 유명한 도시가 있었다. 이 도시에는 인간이 만든 가장 아름답고 훌륭한 궁전이 있었다. …… 열두 왕국과 한 제왕이 있었으며 각 나라에는 여러 공국들이 있었다. 그리고 열두 왕국은 열두 명의 왕이 통치했는데 그중 한 왕이 메논이었다. 그는 프리아무스의 딸 트로얀과 결혼했고 트로르라는 아들 하나를 두었는데 우리는 그를 토르라고 부른다. 토르는 로리쿠스 공작이라 불리는 사람이 양육했다. 그리고 열 살이 되던 해 자기 아버지의 무기를 물려받았다. 그는 외모가 출중하여 마치 참나무 목재 가운데 상아가 하나 끼어 있는 것과 같을 정도였다. 그의 머리카락은 금보다 더 빛났다. 열두 살이 되었을 때 그의 힘은 절정에 달했다. 한번은 열두 마리 곰의 가죽을 단 한 번만에 땅에서 들어 올렸다. 이후 그는 자신을 키워 준 로리쿠

스 공작과 그의 부인 글로라를 죽이고는 트라킨 왕국을 수중
에 넣었다. 이 왕국을 오늘날 우리는 트루드헤임이라 부른다.
트라킨 왕국을 차지한 후 그는 세계 곳곳을 다니며 곰 가죽을
둘러 입고 싸우던 게르만 전사들과 거인들, 용들 중에서 가장
흉포한 용 그리고 많은 야수들과 대결하여 이겼다. 자신이 통
치하던 나라의 북쪽 지방에서 그는 예언녀 시빌을 만나 결혼
했다. 시빌의 가문에 대해서는 알려진 바가 없다. 그녀는 모든
여성들 중 가장 아름다웠으며 그녀의 머리카락은 마치 금과
같았다.

이후 스노리는 "오늘날 우리가 오딘이라고 부르는" 보덴에
이르기까지 토르와 시빌의 후손들을 나열한다. 오딘은 자신이
세상의 북쪽 지역에서 유명해지리라는 사실을 미리 알았고,
많은 사람들을 대동해 오늘날 독일의 작센 지역까지 여행한
다. 오딘은 세 아들을 두었는데 자신이 차지한 지역을 세 부분
으로 나눠 이들로 하여금 통치하도록 했다. 그는 여행을 계속
하여 스웨덴, 노르웨이까지 갔는데 여기에는 세상의 끝인 바
다가 있어 더 이상은 가지 못했다.

외전적 내용이 기술된 이후 「귈피의 속임수」가 이어진다.
귈피는 스웨덴의 왕으로 마법에 능하다. 그는 노인으로 변장
하여 신들의 성에 도착한다. 귈피는 신들에게 자신의 이름이
강글레리이며 뱀의 길을 따라 왔다고 말하는데, 이 말은 길을
잃었다는 뜻이다. 궁전의 거실에는 세 신이 제자리에 앉아 있
다. 그런데 이들이 앉은 자리는 각각 높이가 다르다. 이 신들의
이름은 하르(높으신 분), 야픈하르(똑같이 높으신 분), 트리다(세

번째 분)이다. 강글레리는 이들로부터 신들의 왕국의 역사와
「무녀의 예언」에 의거한 세계의 종말에 대한 이야기를 듣는다.
신들이 강글레리에게 설명해 주는 어투는 적대적이지는 않지
만 꽤 신랄하다. 명확하게 익살스러운 부분도 나온다. 한 장면
을 예로 들어 보자. 태양을 삼키려는 늑대를 잡아 두기 위해 신
들은 절대 끊어지지 않은 포승줄을 만드는데, 이 줄은 고양이
발소리, 여자의 수염, 바위의 뿌리, 곰의 힘줄, 물고기의 호흡,
새의 침 등 여섯 가지 재료로 만들어졌다. 신들은 강글레리에
게 다음과 같이 말한다.

그대는 우리가 그대에게 거짓말을 하고 있지 않다는 사실
을 알게 될 것이다. 즉 여자는 수염이 없고 물고기들은 호흡이
없다. 우리가 그대에게 알려 준 모든 것은 확실하다. 비록 그
중 몇몇은 확인하기 어렵지만.

이후에도 익살 섞인 장면이 등장한다.

늑대 펜리르가 주둥이를 벌렸다. 아래턱은 땅에 닿았고 위
턱은 하늘에 닿았다. 그놈은 공간만 있으면 주둥이를 더욱더
벌릴 것이다.

『신에다』에 나오는 이와 같은 장면들이 지닌 유쾌한 어조
를 강조했던 베르타 필포츠는 정교한 단순성과 타자의 감정을
부각한다. 겨우살이 가지 하나가 발드르를 죽이는데, 이 장면
은 『신에다』에서 다음처럼 기술된다.

발드르가 쓰러졌을 때 신들은 말 한마디 못 한 채 서 있었
고 그를 일으켜 세울 힘도 없었다. 서로 바라보기만 할 뿐이었
고 누가 발드르의 죽음에 책임이 있는가에 대해서는 같은 생
각이었다. 하지만 어떤 신도 발드르를 죽음에 이르게 한 이에
게 복수할 수 없었다. 왜냐하면 그곳은 성지였기 때문이다. 오
딘은 발드르의 죽음이 신들에게 얼마나 큰 재앙인지를 잘 알
았기에 그 어떤 신들보다도 발드르의 죽음을 괴로워했다.

또한 우리는 다음 장면을 기억할 필요가 있다. 신들은 발드
르의 시신을 수습해 바닷가로 옮겼다. 신들은 발드르의 배에
서 그를 화장하려 했다.[578] 하지만 배는 움직이지 않았고 신들
은 거인국으로 사람을 보내 거인 여자를 오게 했다. 그녀는 독
사를 고삐 삼아 늑대를 타고 왔다. 오딘은 마법 반지를 장작 위
에 올려놓았다. 이 반지는 9일에 한 번씩 밤마다 똑같은 반지
여덟 개를 만들어 냈다. 신들은 발드르의 시신을 안치한 배를
띄워 보냈고, 9일 밤이 지난 뒤 발드르의 형제 중 한 사람인 헤

---

[578] 발드르의 장례 의식은 게르만족의 풍속을 반영한다.
『베어울프』에 한 왕의 시신을 배에 실어 바다로 보내
는 일화가 나온다. 게르만족이 바다 건너에 죽은 자들
의 나라가 있다고 믿었기 때문에 이런 장례 의식이 생
겼을 것으로 추정된다. 삭소 그라마티쿠스는 한 색슨
족 왕의 시신을 배로 만든 장작더미 위에 올려놓고 태
운 뒤 무덤 아래 매장한 일화를 언급한다. 힐다 로더릭
엘리스는 『지옥으로 가는 길』에서 이 문제에 대해 논
하고 있다.(원주)

르모드가 지옥에 도착했다. 한 여신은 그에게 세상 모두가 발드르를 위해 운다면 그를 다시 돌려보낼 수 있다고 말한다. 인간과 동물, 대지, 평원, 나무, 금속 등 세상의 모든 존재가 발드르를 위해 울었다. 그런데 한 오두막집에 있는 여인은 발드르를 위해 울지 않겠다고 말한다. 그녀는 바로 겨우살이 가지로 오딘의 아들 발드르를 죽게 한 로키였다. 우리가 이미 살펴본 이 이야기는 다음과 같이 대칭적인 결말을 갖고 있다. 즉 단 한 사람을 제외한 모든 존재가 발드르를 해치지 않겠다고 선언했다. 단 한 사람을 제외한 모든 존재가 그의 죽음을 애도했다.

신들에 대한 설명이 끝나자 신들과 성은 사라져 버렸고 궐피는 평원에 혼자 남겨진 자신을 발견한다. 이와 같은 급작스러운 결말은 이야기를 극적으로 끝맺으며 동시에 "궐피의 속임수"라는 제목을 정당화한다. 또한 이 내용이 환상적이라는 사실도 우리에게 알려 준다. 신들은 궐피 왕을 속였다. 동시에 그들의 존재 자체도 속임수다.

『신에다』의 두 번째 부분은 「스칼드의 시 창작법」으로서 여기에서는 스칼드들의 언어에 대한 대화 혹은 시 작법에 대해 논한다. 두 번째 부분의 서술 기법은 첫 번째 부분과 동일하다. 마법에 능한 에기르 혹은 흘레르라는 남자가(다른 부분에서는 스웨덴 왕으로 나온다.) 신들이 사는 성에 도착한다. 저녁이 되자 오딘은 검들을 가지고 오라고 하는데, 이 검들은 강한 빛을 발하여 어둠을 밝힐 다른 빛이 필요 없을 정도다. 신들 중 하나와 에기르는 시에 대해 대화를 나누는데, 이 신은 시인이라면 반드시 사용해야 할 표현법들을 열거한다. 점진적으로 이들 사이 대화의 허구적 성격은 잊히고 「스칼드의 시 창작법」은 하나의 은유 사전(알파벳순은 아니다.)으로 변모한다. 은유는 앞에서 우리가 살펴보았던 케닝가르다. 예를 들어 「스칼드의 시 창작법」28절을 보자.

불은 어떻게 명명하는가? 그대는 불을 바람의 형제, 바다의 형제, 나무와 집의 폐허와 파괴, 집의 태양이라고 부를 수 있을 것이다.

다른 절에서는 신화에 대한 언급이 자주 등장한다. 32절에는 다음과 같은 내용이 나온다.

금은 어떻게 명명하는가? 그대는 금을 에기르의 불, 글라시르의 바늘, 시프의 머리카락, 프레이야의 눈물, 거인들의 말과 말씨 그리고 목소리, 드라우프니르의 방울, 드라우프니르의 비 혹은 소나기, 누트리아의 배상금, 퓌리스의 씨앗, 모든 물의 불, 손의 불, 손의 돌, 손의 암초 혹은 손의 광채라고 부를 수 있을 것이다.

다른 절에서는 각 케닝가르에 대한 설명이 전개된다. 금은 에기르의 불로 불린다. 왜냐하면 오딘이 검의 빛으로 연회장을 밝혔듯이 에기르는 금으로 자신의 집을 밝혔기 때문이다. 금은 드라우프니르의 방울, 드라우프니르의 비 혹은 소나기로 불린다. 왜냐하면 오딘이 발드르를 화장하기 위해 쌓아 놓은 장작더미 위에 올려 둔 드라우프니르는 똑같은 반지를 여러 개 만들어 낼 수 있는 마법의 반지이기 때문이다. 금은 모든 물의 불로 불린다. 왜냐하면 에기르의 집은 바닷속에 있기 때문이다. 금은 손의 불로 불린다. 왜냐하면 불은 붉은색이고 손을 아름답게 꾸며 주기 때문이다. 스노리는 다음과 같이 적고 있다.

우리는 금을 팔과 다리의 불이라고 부를 수 있을 것이다. 왜냐하면 붉은색이기 때문이다. 그러나 은은 얼음, 눈, 우박 혹은 서리로 부를 수 있을 것이다. 왜냐하면 흰색이기 때문이다.

이후 스노리는 에이빈드 스칼다스필리르의 시를 인용한다.

나는 돌다리와 같은 견실하고 굳건한
찬시를 쓰고자 하네.
우리의 국왕 전하는 팔꿈치의 불타는 석탄에
인색하지 않다고 생각하네

59절은 새에 대해 다룬다.

우리는 새들 중 먹이 삼아 시체를 먹고 피를 마시는 두 종의 새를 지적해야만 한다. 이들은 바로 까마귀와 독수리다. 피혹은 망자의 이미지와 결부된 새는 모두 까마귀 혹은 독수리라 부를 수 있다.

이러한 연유로 에길 스칼라그림손은 "붉은 백조의 고기"에 대해 말했으며 에이나르 스쿨라손(Einarr Skúlason)은 "증오의 갈매기를 포식하는 왕"에 대해 언급했던 것이다.

62절은 하늘, 며칠 전, 세대, 오래전, 해, 계절, 겨울, 여름, 봄, 가을, 달, 주, 날, 낮, 밤, 아침, 오후, 어스름, 이른, 곧, 늦은, 이후, 그저께, 그저께 밤에, 어제, 내일, 시간, 순간 등과 같이 시간과 관련된 명칭들을 나열하고 있다. 『고에다』에 실린 「알비스의 노래」의 한 연을 살펴보자.

> 인간들은 밤이라
> 신들은 안개라
> 귀족들은 숨겨진 시간이라 말한다.
> 거인들은 고통 없는 시간이라
> 엘프들은 잠자는 행복이라 부른다.
> 그리고 난쟁이들은 꿈의 직조자라 칭한다.

51절은 예수를 칭할 수 있는 명칭들을 나열한다. 스노리는 시인들이 예수를 하늘의 창조주, 땅의 창조주, 천사의 창조주, 태양의 창조주, 세상의 지배자, 천사들의 지배자, 하늘의 왕, 태양의 왕, 천사들의 왕, 예루살렘의 왕, 요르단의 왕, 그리스의 왕, 사제들의 수장, 성인들의 수장이라 일컫는다고 말한다. 그리고 예수를 '폭풍의 집의 지배자', 즉 하늘의 지배자로 묘사한 마르쿠스의 시를 인용한다. 구스타프 넥켈[579]은 기독교로 개종한 게르만족에게 예수는 곧 신이었으며, 그들은 삼위일체의 다른 존재들에 대해서는 어떠한 언급도 하고 있지 않다고 주

---

579   Gustav Neckel(1878~1940). 독일의 중세 게르만문학
       연구가.

장했다. 실제로 위에서 언급한 예수에 대한 명칭들은 성부에 적절한 것들이다.

1638년에 스페인에서 발타사르 그라시안의 『기지와 재치의 기술(Agudeza y Arte de Ingenio)』이 출간되었다. 이 책 10장은 「스칼드의 시 창작법」을 떠올리게 하는 장면을 포함하고 있다.

이렇게 현명한 웅변가는 태양의 별칭들을 찾았다. 베르길리우스는 이를 "빛의 왕(Per duodena regit Sol aureus astra)"이라 불렀고 호라티우스는 "명예" 혹은 "하늘의 광휘(Lucidum Coeli decus)"라 표현했으며 오비디우스는 "하루의 거울(Opposita speculi imagine Phoebus)"이라 묘사했다. 루시아노스에게 태양은 "빛의 샘(Largus item liquidis fons luminis ethereus Sol)"이었고 실리우스 이탈리쿠스에게는 "세계의 빛(Explorat dubios Phoebea lampade natos)"이었으며 스타티우스에게는 "삼라만상의 아버지(Pater igneus Orbem impleat)"였다. 비극 작가 세네카는 태양을 "명료함의 학장(O lucis alme Rector)"이라 칭했으며 마르코 지롤라모 비다는 "분홍빛 램프(Et face Sol rosea nigras disiecerat umbras)"로 그렸다. 플라톤은 태양을 "하늘의 황금 사슬(Aurea caeli catena)"로 명명했고 플리니우스는 "세상의 영혼(Mundi animus, et mens)"이라 묘사했으며 아우소니우스는 "빛의 장남(Aurea proles)"이라 칭했다. 보에티우스에게 태양은 "하루의 마부(Quod Phoebus roseum diem)"였고 아르노비우스에게는 "천체의 왕자(Syderum Sol Princeps)"였다. 키케로는 태양을 "횃불의 수장(Moderator luminum)"으로 묘사했으며 나지안조스의 그레고리우스는 "별들의 지도자(Reliquorum syderum Chorifeus)"로 명명했다. 성 바실리우스는 태양을 "하늘의 빛나는 눈(Oculus caeli splendidus)"으로, 다윗 왕은 "빛의 거인(Exultavit ut Gigas)"이라 칭했다. 마지막으로 진중하면서도 박식했던 필론은 태양을 "별들의 공작(Stellarum Dux)"이라 불렀다.

「스칼드의 시 창작법」과 이 글이 나오고 400년이 지난 후에 등장한 『기지와 재치의 기술』은 은유의 표본이다. 그런데 「스칼드의 시 창작법」이 전통을 표출하는 반면 그라시안의 작품은 기지주의라는 문학 학파의 선언문이 되고자 했다.

『이탈리아 바로크 시대의 역사(Storia dell'età barocca in Italia)』에서 베네데토 크로체(Benedetto Croce)는 17세기 예술을 '내적 차가움'과 '약간의 기지만 깃든 기지'의 예술로 평가했다. 우리는 크로체가 지적한 바로크 시대 예술의 이 같은 결점들을 스노리가 제시한 은유 형태들에서도 파악할 수 있다.

번역가이자 사가와 에다 연구가인 영국 시인 윌리엄 모리스는 자신의 서사시 『볼숭 가문의 시구르드 이야기와 니벨룽 가문의 몰락(The story of Sigurd the Vosung and the Fall of the Niblungs)』(1876)에 케닝가르를 상당히 많이 삽입했다. 그중 일부를 그대로 옮겨 쓴다.

전쟁의 호출: 깃발

살육의 파도   공격
전쟁의 바람

암석의 세계: 산

전쟁의 숲　　　　　　　　　　군대
장창의 숲
전투의 숲

검의 직조: 죽음

파프니르(Fafnir)의 상실　　　　지크프리트의 검
결투의 낙인
지크프리트의 분노

　『신에다』의 마지막 부분은 운율 형식 목록인 「하타탈」로, 스노리 스투를루손이 이후 자기를 죽이게 될 하콘 왕에게 보낸 찬시를 다루고 있다. 이 송가는 총 102개 연으로 구성되어 있는데 각 연마다 운율이 다르다. 그리고 각 연 뒤에는 해당 연의 독특한 운율에 대한 설명이 이어진다. 연을 길게 구성한 데에는 하콘 왕에 대한 찬양과 하나의 시 작품 속에서 북유럽 시의 다양한 운율을 모두 보여 주려는 두 가지 목적이 있다. 『신에다』가 나오기 80년 전 로근발드(Rögnvald)와 할 토라린손(Hall Thorarinsson)은 이와 유사한 정교하고 섬세한 시적 기법을 시도했고 이 기법을 하탈뤼킬(Háttalykil)이라고 명명했는데 '연의 열쇠'라는 의미를 지닌 하탈뤼킬은 하타탈에 비하면 수준이 낮다. 시인이 삽입한 연에 대한 설명은 순수하게 기술적이다. 예를 들어 보면 우리는 "첫째 행과 셋째 행은 각운을 형성하지 않는다. 둘째 행은 넷째 행과 각운을 이룬다. 각 행마다 두 개의 두운이 있다."라는 시인의 설명을 볼 수 있다.

스노리 스투를루손의『신에다』는「하타탈」로 끝을 맺는다. 몇몇 필사본은 스칼드들의 목록과 문법에 대한 글을 포함하고 있는데, 이것은『신에다』가 나온 이후에 첨가된 것이다. 구스타프 네켈과 펠릭스 니드너는 이같이 후대에 첨가된 글들 중 최초의 작품을 독일어로 번역했는데 이 작품의 작자는 사제로 추정된다. 이 작품은 주로 철자법과 발음법에 대해 고찰하는데 두 번째 단락에서 작자는 "비록 우리 나라나 영국에서 혹은 양국 모두에서 언어적 변형이 많이 발생했음에도 불구하고 우리의 언어는 영어와 공통점을 갖는다."라고 쓰고 있다. 작자는 전 세계 모든 언어가 하나의 단일 언어에서 유래했다는 사실을 인지하기에, 아이슬란드어를 영어뿐 아니라 라틴어와도 비교하고 있다.

『헤임스크링글라』

12세기에 활동한 덴마크의 역사가이자 시인인 삭소 그라마티쿠스는『덴마크인의 사적』에서 "아이슬란드인은 모든 민족의 역사를 배우고 기록하는 활동을 좋아한다. 또한 자신들의 우수함에 대한 글을 써 출간하는 것만큼이나 타 민족의 우수한 점들을 기록한 책을 출간하는 것을 영광스럽게 생각한다"고 썼다.

앞에서 우리는 아이슬란드 역사의 아버지인 아리에 관해

살펴보았다. 그와 동시대인인 세문드 시그푸손(1056~1131)은 라틴어로 정확한 기록으로 높은 평가를 받는『열왕기』를 썼다. 하지만 이 책은 현재 전하지 않는다. 일군의 학자들이 그를『고에다』의 작자로 간주한 나머지 이 작품을 '세문드의 에다'라고도 불렀지만 이는 잘못된 것이다. 세문드 시그푸손은 영국의 프란체스코회 사제였던 로저 베이컨(Roger Bacon)과 마찬가지로 사후에 마법사라는 별칭을 얻었을 만큼 신학자로서 매우 박식했다.

12세기 중반에 에이리크 오드손(Eirik Oddson) 또한 역대 노르웨이 왕들에 대한 역사서를 집필했다. 이 책은 현재 일부만 전한다. 이 책이 나오고 얼마 후 아이슬란드 북부 팅게이라르 수도원의 원장이었던 칼 욘손(Karl Jónsson)은『스베리르의 사가 (Sverrissaga)』를 썼는데 이 작품은 스베리르 본인이 구술했고 또한 원고를 검토했다. 또한 올라프 I세(Olaf Tryggvasson)의 전기가 두 권 출간되었는데 이 중 일부가 현재 보존되어 있다.

인용할 만한 가치가 있을 만큼 수준 높은 시와 문체로 집필된 또 다른 역사서가 있는데, 바로『아름다운 양피지 (Fagrskinna)』라는 제목으로 널리 알려진 책이다. 이와 같은 제목이 붙은 이유는 17세기까지 전승되었던 두 판본 중 하나의 제본이 매우 뛰어났기 때문인데 아쉽게도 이 판본들은 화재로 소실되었다. 이와 유사하게『곰팡이 낀 양피지(Morkinskinna)』라는 제목을 가진 유사 편집본이 존재하는데, 이 책은 노르웨이와 덴마크의 왕이었던 마그누스 올라프손(Magnus Olafson), 이탈리아, 시칠리아, 중동에서 벌어진 전투에 참전했던 냉혈왕 하랄 3세(Harald Hardrada), 더블린 인근에서 적들의 매복에

의해 전사한 맨발왕 마그누스 베르포에트(Magnus Berfoett), 스
페인의 아랍 세력과 싸웠고 미쳐서 죽은 순례자 왕 시구르드 I
세(Sigurd Jorsalafari)의 전기를 포함하고 있다.

현재 소실되었거나 큰 의미가 없는 이 역사서들은 문학사
에서 가장 중요한 작품 중 하나인 스노리의 『헤임스크링글라』
의 출현을 예비했다.

1875년 칼라일은 다음과 같은 글을 썼다.

> 달만은 아이슬란드인들은 긴 겨울 동안 글쓰기를 즐겼는
> 데 예전에도 명필가였고 지금도 그렇다라고 말했다. 북유럽
> 왕들에 대한 역사와 고대 비극, 범죄, 영웅들에 관해 지금까지
> 전승되는 작품들은 바로 이와 같은 환경 때문에 탄생할 수 있
> 었던 것이다. 아이슬란드인들은 종이나 양피지에 아름다운 글
> 을 남겼을 뿐 아니라 역사를 훌륭하게 관찰했고 정확성을 갈
> 구한 것처럼 보인다. 그리고 이들은 야만족 국가들 사이에서
> 양과 질에서 비교가 되지 않는 일련의 산문, 즉 사가를 우리에
> 게 남겼다. 스노리 스투를루손의 『북유럽 열왕기』는 바로 이
> 고대 사가의 바탕 위에 축조되었으며, 뛰어난 시적 표현과 검
> 토와 대조의 작업에서 다른 역사서들과 크게 차이가 난다. 매
> 우 훌륭하게 편집된 이 작품은 우리에게 정교한 지도와 연대
> 기적 요약을 제공함으로써 세계 최고의 역사서 중 하나로 간
> 주될 수 있다.

다른 책에서도 칼라일은 "감상적인 위대함과 간결함 그리
고 스노리의 투박한 귀족성, 운율 혹은 호메로스적 멜로디가

없는, 하지만 모든 진중함과 단호한 진실로, 그리고 이 세계에서 언제나 숭고한 것에 대해 그리스 음유 시인들이 우리에게 던져 줄 수 있는 것보다 더한 존경과 헌신 그리고 경의로 구성한 서사적 혹은 호메로스적인 것"에 대해 찬사를 보낸다. 칼라일은 이렇게 열광적으로 스노리를 높게 평가하고 있다. 하지만 칼라일은 그를 단지 좋은 인간, 투박한 인간으로 축소해 버렸다. 즉 스노리의 아이러니, 관용적 태도, 문명화된 인간이 갖는 고요한 복합성 같은 측면을 간과한 것이다.

『헤임스크링글라』는 열여섯 명의 왕에 대한 전기로 구성되어 있으며, 노르웨이, 스웨덴, 아이슬란드, 영국, 스코틀랜드, 덴마크, 이베리아 반도, 시칠리아, 러시아, 팔레스타인 등의 400년에 걸친 역사를 포괄한다. 그리고 오늘날 요크셔 지방에 위치했던 요르비크(Jorvik), 현 웨일스 지역 혹은 영국을 지칭했던 브레틀란드(Bretland), 현 지브롤터 지역인 뇌르베순드(Nörvesund), 스페인이나 알제리 혹은 소아시아 등 이슬람 제국을 지칭하는 세르클란드(Serkland), 오늘날 아프리카 대륙으로 녹색의 땅 혹은 흑인들의 땅을 의미하는 블라란드(Blaaland), 콘스탄티노플을 지칭하는 거대한 성을 의미하는 미클라가르드(Miklagard), 현 독일 지역을 지칭하며 색슨인들의 땅을 의미하는 세악슬란드(Seaxland), 프랑스 서부 해안을 가리키는 발란드(Valland), 오늘날 러시아 영토인 가르다리키(Gardariki), 아메리카 대륙을 지칭하는 빈란드(Vinland)에 대해서도 언급한다.

『헤임스크링글라』는 위에서 나열했듯이 광활한 지역을 다루지만 스칸디나비아 제국의 서사시는 아니다. 에르난 코르

테스(Hernán Cortés)[580]와 프란시스코 피사로(Francisco Pizarro)[581]
는 자신들이 섬기는 스페인 국왕을 위해 아메리카를 정복했
다. 모든 혹은 거의 모든 바이킹족의 과업은 국가나 국왕을 위
한 것이 아니라 개별적이며 개인적인 것들이었다. 노르망디
지역에 정착하여 이곳에 자신들을 지칭하던 이름을 붙였던 스
칸디나비아인들은 한 세기가 지난 후 자신들의 언어를 상실하
고 프랑스어를 사용하게 되었다. 바이킹족은 유럽 해안을 초
토화했다. 당시 유럽인들에게 이들이 얼마나 공포의 대상이었
는지는 "저희를 북쪽 오랑캐들의 광란으로부터 구해 주소서(A
furore Normannorum Iibera nos)"라는 주문을 탄원 기도문에 덧붙
인 사실에서도 드러난다. 바이킹족은 아일랜드, 영국, 노르망
디, 시칠리아, 러시아에 자신들의 왕국을 수립했다. 이들의 가
공할 팽창의 순간들은 유럽 곳곳에 산재하는 룬 문자로 새긴

---

580   에르난 코르테스(Hernán Córtes, 1485~1547). 스페인
의 정복가. 1504년 아메리카로 건너가 쿠바 정복에 참
가하였고 이후 멕시코 내륙으로 진출하여 아즈텍 제
국을 붕괴시켰다. 스페인의 시각에서는 제국의 영역
을 확대하는 데 혁혁한 공을 세운 영웅이지만 아메리
카 대륙 원주민의 시각에서는 냉혹한 침략자로 평가
받고 있다.

581   프란시스코 피사로(Francisco Pizzaro, 1478~1541). 스
페인의 정복가. 1502년 신대륙으로 건너가 바스코 누
녜스 데 발보아의 원정대에 참가하여 대륙을 횡단하
여 태평양 연안에 도달하였다. 에르난 코르테스가 아
즈텍 제국을 점령했다는 소식을 듣고 자극받아 오늘
날 페루 지역으로 탐험에 나서 잉카 제국을 정복하고
현재 페루의 수도인 리마를 건설하였다.

비석들과 몇몇 지명에 반영되어 있다. 대표적인 예로 드네프르강[582]의 일곱 개 지류가 여전히 스칸디나비아식 명칭을 가지고 있다. 반대로 우리는 노르웨이에서 그리스와 아랍의 동전, 동방의 금팔찌와 장신구들을 만나 볼 수 있다.

13세기 중반에 쓰인 『헤임스크링글라』 초판은 첫 페이지가 소실되었다. 재판은 "세계의 운행"을 의미하는 Kringla heimsins라는 말로 시작하는데, 이러한 연유로 이 작품에 Kringla Heimsins, Kringla 혹은 Heimskringla라는 제목이 붙은 것이다. 임의의 두 단어가 작품의 제목이 되어 버렸지만 이 단어들은 작품이 포괄하는 광대한 영역을 정확히 표현하고 있다. 『헤임스크링글라』에 수록된 열여섯 편의 전기 중 오직 두 편만 완전한 형태로 전하고 나머지 열네 편은 요약본으로 되어 있는데, 이들은 스노리가 아닌 다른 작가들이 쓴 것으로 많은 오류가 발견된다.

서문에서 스노리는 이 책을 통해 아이슬란드의 역사뿐 아니라 전설도 다루려 한다고 집필 목적을 밝히고 있다. 그리고 "우리는 우리 나라의 역사와 전설 속에 어떠한 진실이 있는지 모르지만 우리의 조상들과 현인들은 이것들을 진리로 받아들였다는 확실한 사실을 안다"고 덧붙인다. 또한 이 책을 집필하기 위해 이용한 자료들에는 스칼드들의 시가 포함된다고 밝히며 이 시들을 자료로 선택한 기준들에 대해 다음과 같이 설명한다.

---

582   러시아 서부 스몰렌스크주 발다이 구릉 지대에서 발원하여 벨라루스, 우크라이나를 거쳐 흑해로 흘러 들어가는 2290킬로미터에 달하는 국제 하천.

하랄 I세(아름다운 머리카락의 하랄)의 궁전에는 스칼드들이 있었고 사람들은 그들의 기억을 통한 시와 노르웨이를 통치했던 역대 모든 왕들에 관한 시를 알고 있었다. 우리의 역사는 국왕이나 왕자들 앞에서 낭송되었던 시들에 바탕을 둔다. 그리고 우리는 국왕들의 업적과 전투에 관해 스칼드들이 우리에게 들려준 것들을 진리로 받아들인다. 스칼드들이 자신이 섬기는 왕을 찬양하는 것은 관례적이었다. 하지만 한 명의 왕이 명백하게 허위로 가득 찬 위업들을 이뤘다고 화려하게 치장하여 말하려는 사람은 아무도 없었을 것이다. 그러면 그것은 찬양이 아니라 조롱이 될 수 있었기 때문이다.

스노리가 수집한 자료들보다 우리의 관심을 끄는 것은 그가 『헤임스크링글라』를 집필하는 데 도입한 문학적 기법들이다. 이 기법들이 어떤 것들인지 밝히는 일은 그리 어렵지 않다. 스노리는 서술 방식에 사가 창작 기법을 도입했는데 영웅 사가는 역사 사가에 자리를 내어 준다. 예를 들어 하랄 I세 편에서 작자는 하랄 I세가 무모하기 그지없는 야를 하콘 공작을 격퇴하는 이야기를 하고 있다. 어떤 숲 인근 늪지에서 벌어진 전투에서 하콘 공작이 전사했는지에 대한 논쟁이 전개된다. 왕의 전사들이 하콘 공작의 깃발을 탈취했다. 기마병들이 줄을 지어 숲을 통과하는데 신원 미상의 한 기병이 갑자기 무성한 숲 뒤에서 나타나 미늘창을 들고 하콘 공작의 깃발을 지니고 있던 기병에게 달려들어 깃발을 빼앗아 달아났다. 이 소식은 곧 하랄 I세에게 전해졌고 그는 "하콘 공작이 살아 있다. 내 검과 투구를 가져오너라."라고 명한다.

여기서 스노리는 사가의 기법을 이용하고 있다. 작가는 하랄 왕이 대번에 신원 미상의 전사가 하콘 공작이라고 생각하도록 그린다. 왜냐하면 하콘 공작만이 기마병들을 습격하여 깃발을 탈취할 대담성을 가졌기 때문이다.

『헤임스크링글라』에는 교묘한 순수성이 있다. 12세기 중반에 시성된 '노르웨이의 영원한 왕(perpetuus rex Norregiae)'이라는 특이한 칭호를 가진 올라프 2세(성 올라프)에 대해 지루할 정도로 장황하게 언급한다. 작가는 아마 그를 좋아했던 것 같다. 올라프 2세를 '존경하는 왕'으로 칭했으며 그가 죽은 지 수백 년이 지났음에도 위기의 순간에 그의 유령을 등장시킨다. 그러나 스노리는 올라프 2세의 많은 기적들을 생략하는데, 이에 대해 작가는 다른 것들은 자비로운 거짓말이라고 설명하며 환영을 꿈으로 전환하고 있다.

『헤임스크링글라』에는 우리가 기억할 만한 문장과 함축적이며 간결한 진술이 풍부하게 존재한다. 올라프 I세(올라프 트리그바손)가 마지막으로 참전한 전투에서, 이미 승기를 잡은 적군의 전함에서 화살 하나가 날아와 왕 휘하의 전사들 중 최고의 궁수인 에이나르 탐바르스켈베르의 활을 두 동강 내 버렸다. 그때 에이나르는 적장을 죽이려던 찰나였다.

"무엇이 부러졌는가?" 올리프 I세가 돌아보지도 않고 물었다.

"폐하의 손에 있는 노르웨이이옵니다." 에이나르가 올라프 I세에게 외쳤다.

이 전투에서 노르웨이는 패했고 올라프 I세는 익사한다.

사가의 비인칭성은 스노리의 『헤임스크링글라』에서도 지속된다. 600년이 지난 후 노르망디 출신의 작가 플로베르가 스노리가 보여 준 작품 구성에서의 비인칭성과 경제적 글쓰기를 소설에 도입한다.

작품은 전체적으로 극적 요소가 강하게 드러난다. 이 작품에 나오는 수많은 생생한 장면들 중 최고는 아마 전투가 시작되기 전의 대화 장면일 것이다. 상황은 다음과 같다. 영국의 색슨족 왕 해럴드 2세(고드윈의 아들 해럴드)의 동생 토스티그는 왕위를 탐해 노르웨이의 하랄 3세와 손을 잡았다. 이들은 노르웨이군과 함께 영국 서부 해안에 상륙해 요르비크 성을 함락하고 요르비크 남쪽에서 해럴드 2세의 색슨군과 마주쳤다. 이 사건을 스노리는 다음과 같이 기술한다.

　

　　스무 명의 기병들이 침략군이 도열해 있는 곳으로 접근했다. 기병들과 말들은 모두 중무장한 상태였다. 이들 중 한 명이 적진을 향해 외쳤다.

　　"너희 진영에 토스티그 백작이 있느냐?"

　　"여기 없다고 하지는 않겠다." 토스티그가 말했다.

　　"그대가 진정 토스티그 백작이라면," 기병이 말했다. "나는 전하의 말씀을 그대에게 전하기 위해 왔소. 전하께서는 형제인 그대를 용서하시고 왕국의 3분의 I을 그대에게 줄 것이라고 말씀하셨소."

　　"만일 내가 그 제안을 수용한다면 형님 전하께서는 하랄 왕에게 무엇을 주실 것인가?" 토스티그가 말했다.

"왕께서는 하랄 왕을 잊지 않고 있소. 그에게는 영국 땅 6피트 정도를 줄 생각이시오. 그리고 하랄 왕은 키가 크니 1피트 정도는 더 주실 생각이시오." 기병이 대답했다.

"그렇다면 우리는 죽을 때까지 싸울 것이라 그대의 왕에게 전하시오." 토스티그가 말했다.

기병은 자기 진영으로 돌아갔다. 하랄 3세는 곰곰이 생각하며 토스티그에게 물었다.

"저토록 말을 잘하는 저 기병이 누군지 그대는 아시오?"

"영국 왕 해럴드 2세이옵니다." 토스티그가 대답했다.

그날 날이 저물기 전 노르웨이군은 패배했고 하랄 3세는 전사한다. 토스티그 백작 역시 사망한다.

말에 담긴 서사적 톤 뒤에는 매우 정교한 심리적 유희가 존재한다. 해럴드 2세는 동생인 토스티그가 자신을 알아보아서는 안 된다고 말하기 위해 자신의 동생을 몰라보는 것처럼 행동한다. 토스티그는 이러한 형을 배신하지 않는다. 그러나 자신의 동맹인 하랄 3세를 배신하지도 않는다. 동생을 용서할 준비는 되어 있지만 노르웨이 왕의 개입에 대해서는 용서할 수 없었던 해럴드 2세는 매우 납득이 가는 방식으로 행동한다. 여기에서 우리는 동생에게는 영국 영토의 3분의 1을 주겠다고 하고, 노르웨이 왕에게는 6피트만을 주겠다고 한 해럴드 2세의 대답에 담긴 문학적 기술을 『헤임스크링글라』가 지닌 가치들에 추가해야 할 것이다. 그런데 이 대답보다 더 뛰어난 것이 하나 있다. 그것은 바로 이 같은 상황을 전승한 이가 노르웨이인이라는 점이다. 이는 마치 한 카르타고인이 레굴루스[583]의 위업에 대한 기억을 우리에게 전하는 것과 같다.

스노리 스투를루손은 이 이야기의 결말을 다음과 같이 전한다. 노르웨이군을 패퇴시킨 해럴드 2세는 노르망디 공국 군대가 영국 남부 해안에 상륙했다는 소식을 접하고는 그들과의 전투를 위해 출정한다. 하지만 그는 패하였고 헤이스팅스 전투에서 사망한다. 그런데 『헤임스크링글라』라는 작품을 떠나 스노리는 이야기하는 일 자체를 좋아했던 것 같다. 그는 시신이 심하게 훼손된 해럴드 2세의 신원이 그를 사랑했던 여인 이디스(Edith the Fair)에 의해 밝혀졌다는 일화를 적고 있다. 독일시인 하인리히 하이네는 그의 대표작 『로만체로(Romanzero)』(1851)에서 이 일화에 대해 노래한다.

『헤임스크링글라』에 열광한 칼라일, 오귀스탱 티에리,[584]

---

583 마르쿠스 아틸리우스 레굴루스(Marcus Atilius Regulus, 기원전 307?~기원전 250). 로마 공화정의 집정관을 역임했고 1차 포에니 전쟁에 장군으로 참전해 시칠리아 근해에서 카르타고 군대를 격파했다. 하지만 튀니스에서 포로로 잡혀 수감 생활을 하다가 가석방되어 로마로 일시 귀국했다. 카르타고와의 약속을 지키기 위해 주위의 반대에도 불구하고 카르타고로 돌아와 다시 수감 생활을 하다가 그곳에서 사망했다.

584 오귀스탱 티에리(Augustin Tierry 1795~1856). 프랑스의 역사학자로서 사료를 바탕으로 역사 연구에 접근한 최초의 역사가들 중 한 명으로 평가받지만 역사 기술에 있어 문학적 문체를 즐겨 사용하여 낭만주의 사학자로 간주된다. 대표작으로 『노르만족 영국 정복사(Histoire De La Conquête De L'angleterre Par Les Normands)』(1851)가 있다.

불워 리턴,[585] 앨프리드 테니슨 같은 19세기 작가들은 이 아이슬란드 역사가가 절제된 문체로 쓴 이 작품을 풍경과 감탄사, 고풍스러운 맛과 강조를 통해 숭앙하면서, 원작을 능가하려는 희망을 가지고 화려한 문체로 다시 썼다. 성서를 다시 쓰려 했던 사람들이 걸었던 같은 길을 이들도 걸은 것이다.

스노리에 대한 평가

게르만 문화는 자유와 망명 그리고 향수로 인해 아이슬란드 문화에서 절정을 구가한다. 그리고 아이슬란드 문화는 스노리의 혼종적 작품 속에서 절정에 달한다.

칼라일은 스노리에 대한 예찬의 글에서 그를 호메로스적인 작가로 간주했다. 우리가 보기에 칼라일의 평가에는 오류가 있다. 역사적 정당성이 있건 없건 간에 호메로스라는 이름은 언제나 여명과 유사한, 상승하는 그 무엇과 유사한 것을 연상시킨다. 스노리의 경우는 이와 같지 않다. 그는 이전의 장구한 과정을 요약했고 그것에 가치를 부여하여 역사로 편입시켰다. 따라서 우리는 역시 문학적 전통을 역사에 적용한 투키디

---

585   에드워드 불워 리턴(Edward Bulwer-Lytton 1803~
       1873). 영국의 언론인이자, 문학가, 정치인. "펜은 칼
       보다 강하다"라는 유명한 말을 남겼다. 대표작으로는
       『폼페이 최후의 날(The Last days of Pompeii)』(1834)
       이 있다.

데스와 스노리를 비교하는 것이 더 적합하다고 생각한다. 투키디데스가 그의 『펠로폰네소스 전쟁사』에 삽입한 담론에는 잘 알려진바 서사시와 연극이 큰 영향을 미쳤다. 『헤임스크링글라』의 문체에서는 사가의 영향이 뚜렷하게 보인다.

스노리는 자기 민족의 역사적, 전설적 과거를 수집하여 『헤임스크링글라』를 썼다. 그는 『신에다』에서 다양한 이교적 신화를 합쳐 체계적으로 구성, 연구했다. 이렇게 스노리는 R. M 마이어[586]가 『고대 게르만 종교사(Altgermanische Religionsgeschichte)』에서 주장했듯이 신학자로서의 기능과 연구가로서의 기능이라는 이중적 기능을 완수했다. 마이어는 "신학자의 궁극적 활동은 편찬 작업이다. 신학자는 자료를 수집하고 이 자료를 정제하여 글로 써야 한다. …… 스노리는 북유럽의 고대 신학을 완성했으며 고대 게르만 종교학 연구의 시초다."라고 평가한다. 또 다른 페이지에서 그는 "스노리는 신화적 진화사에 속하는 동시에 신화학의 역사에도 속하는 인물이다. 그는 야코프 그림(Jakob Grimm)과 시대를 달리한 동료였고 무엇보다 위대한 고전 산문 작가였다."라고 쓴다.

자연 과학과 철학은 스노리의 주목을 받지 못했다. 이러한 점을 제외한다면 스노리는 중세의 한복판에서 르네상스의 전인적 인간형의 모습을 선구적으로 보여 주었다고 말할 수 있다. 어떤 면에서 그는 북유럽의 깨어 있는 의식이었다. 북유럽의 역사와 시, 신화가 그의 의식 속에서 부활했던 것이다. 아마

---

586   리하르트 모리츠 마이어(Richard Moritz Meyer, 1860~1914). 독일의 게르만문학자.

스노리는 고대 스칸디나비아 문화가 종말에 다다랐다는 것을 직관적으로 느끼고 자기 삶의 허약성과 허위 속에서 고대 북유럽 세계의 붕괴를 예견할 수 있었기에 후대를 위해 고대 북유럽 문화를 항구적으로 고정화하는 과업을 수행했던 것이 아닐까 사료된다.

기타 역사 사가들

스노리 스투를루손이 사망하고 20여 년이 지난 1264년경 아이슬란드는 노르웨이 왕실에 복속되었다. 거듭된 내전으로 위대한 가문들이 몰락했다. 스노리의 조카인 스투를라 토르다르손(Sturla Thórdarson)은 『스투를룽가 사가(Sturlunga Saga)』혹은 "스투를룽 가문의 역사"라 불리는 사가의 일부분을 집필했다. 역사가 스투를라라고 불리는 스투를라 토르다르손은 1263년 노르웨이로 건너갔다. 노르웨이로 향하는 왕실 전용 배에서 그는 왕비의 요청에 따라 그녀에게 마법사 홀드에 대한 이야기를 들려주었다. 왕비는 스투를라의 이야기에 크게 만족했고 이에 마그누스 왕은 스투를라에게 자신의 아버지이자 선왕인 하콘의 일대기 『하콘 사가(Hákons Saga)』를 집필하라고 명했다. 하콘 왕은 스코틀랜드 원정에 나섰다가 돌아오지 못했다. 스투를라는 또한 『마그누스 사가(Magnus Saga)』를 쓰기도 했다. 『스투를룽가 사가』에는 궁수이자 수공업자이며 스칼드, 운동 선수, 법률가, 의사로 명성을 떨쳤던 흐라폰 스베인브요른손(Hrafn Sveinbjörnsson)의 삶에 대한 이야기가 실려 있다. 흐라

픈은 신앙심과 결부된 북유럽 종족 특유의 유랑적 기질 탓에
산티아고 데 콤포스텔라와 로마, 프랑스를 순례했다. 영국에
서는 캔터베리 대성당에 바다코끼리 상아를 봉납하기도 했다.
아이슬란드로 돌아온 그와 대척 관계에 있던 토르발드 스노라
손(Thorvald Snorrason)이 그의 집에 불을 질렀고, 흐라폰은 탈출
하지 못해 결국 죽고 말았다.

또 다른 복잡한 내용의 작품은 오르크네이(Orkney) 백작들
의 이야기를 다룬 『야를라 사가(Jarla Saga)』 혹은 『오르크네이
사가(Orkneyinga Saga)』다. 오르크네이는 9세기 중반 바이킹족
의 통치에서 벗어나 하랄 I세에게 복속되었고 I23I년까지 노
르웨이의 영지였다. 팔레스타인으로 성지 순례를 떠난 오르크
네이의 한 백작이 요단강에 바치는 헌시들을 남겼다.

의고체 사가들

I3세기에 의고체 사가(Fornaldarsögur)라 일컫는 작품들이
등장했다. 일반적으로 이 사가들은 역사적 가치가 거의 없다.
이 사가 작품들은 환상 및 모험 속에서 경험하는 로맨스를 추
구한다. 한 노르웨이 왕은 허풍으로 가득 찬 이 사가들이 자
신에게는 가장 재미있는 작품들이라고 말했다. 『할프 사가
(Hálfssaga)』 혹은 『할프 왕 이야기』는 바로 이 장르에 속한다.
『할프 사가』는 시대를 알 수 없는 고대를 배경으로 전개되는데
『천일야화』에 나오는 신드바드의 모험과 매우 유사하다. 할프
왕의 아들 효를레이프는 거인에게 창을 던져 그의 눈에 부상

을 입힌다. 어느 새벽녘에 인간의 형상을 한 산이 바다에서 솟아올라 효를레이프에게 말을 건넨다. 이후 효를레이프는 예지력을 가진 인어와 만난다.

『프리트요프 사가(Frithjofssaga)』는 『할프 사가』보다 더 유명한 작품이다. 1825년 스웨덴 시인 에사이아스 텡네르(Esaias Tegnér)는 스물네 개의 노래로 구성된 이 사가의 번역본을 출간하여 엄청난 성공을 거두었다. 텡네르의 번역본은 영어로 스물네 차례, 독일어로는 스무 차례나 번역되었다. 말년의 괴테는 "이 고대의 생생하면서도 거대하고 야만적인(Gigantisch-barbarisch) 문학 장르"를 추천하기 위해 펜을 들었다. 『프리트요프 사가』는 기독교적 도덕주의로 가득한 사랑 이야기다. 주인공은 바이킹족 남성으로 그는 "오직 악인만 죽이고 상인이나 농부는 절대 죽이지 않는다.[587]" 그의 적들은 발드르를 섬기며 마법을 부린다. 프리트요프는 적들 중 한 명을 죽이고는 나머지 적에게 "이 결투는 나의 명분이 너희의 명분보다 선하다는 것을 입증한다."라고 말한다. 필포츠는 이에 대해 덕의 입증을 성공으로 생각하는 개념은 고대 게르만족의 종교관과는 동떨어진 것이라고 단언한다.

---

587 로빈 후드, 루이스 칸델라스, 프라 디아볼로 그리고 다음의 멕시코 민요와 비교해 보라.

나는 맹세하네, 말에 오른 마카리오가
얼마나 아름다운지.
그는 절대 가난한 자들을 갈취하지 않네.
그들에게 돈을 나눠 준다네. (원주)

『라그나르 로드브로크 사가(Ragnarr Lodbrók Saga)』 역시 유
명하다. 이 작품에서도 주인공 라그나르는 바이킹족인데 노섬
브리아의 색슨족 왕 엘라가 그를 뱀 구덩이로 던져 버린다. 라
그나르는 노래를 부르며 매우 기쁘게 죽음을 기다린다. 이 작
품의 한 구절을 소개한다.

나는 발드르의 아버지가 연회를 베풀기 위해 의자를 준비
하고 있다는 사실을 알게 되어 기쁘다네. 곧 둥근 뿔에 가득
부은 맥주를 마시겠지. 뙬니르[588]의 궁전에 도착한 전사는 죽
음을 슬퍼하지 않는다네. 나는 결코 두려움에 사로잡힌 말들
을 읊조리며 들어가지 않을 터……. 신들께서 나를 환영해 주
시겠지. 그곳으로 빨리 떠나고 싶네. 내 삶의 날들은 이미 지
나갔지. 난 웃으며 죽어 가네.

『라그나르 로드브로크 사가』는 13세기에 쓰인 작품이다.
그런데 라그나르의 노래는 1100년에 쓰였다. 힐다 로더릭 엘
리스는 우리가 앞에서 인용한 책에서 이 같은 노래는 오딘에
게 제물로 바쳐진 희생자들이 부른 것이라고 주장한다. 『뵐숭
가 사가』에서 우리는 뱀 구덩이 속에서 죽는 한 남자를 다시 만
나게 될 것이다.

---

588   니르는 오딘의 다양한 이름 중의 하나다.(『그림스말』
47) 휴고 게링은 이 이름을 "많은 형상으로 변할 수 있
는 자"로 번역할 수 있다는 가설을 제기했다.(원주)

『볼숭가 사가』

『고에다』에 수록된 열 곡의 노래는 독백이나 대화 형식을 취한다. 이 노래들은 광활한 지역을 포괄하며 여러 세대에 걸친 인간들을 둘러싼 장대하면서도 비극적인 이야기다. 여기에는 군나르, 시구르드, 브륀힐드, 파프니르, 구드룬 등이 등장한다. 이 장편 이야기들은 게르만적 상상력의 최초 창조물 중 하나였다. 문헌학자들은 이 이야기가 라인강 유역에서 탄생했다고 추정한다. 하지만 오늘날 전하는 판본들 중 가장 오래된 것은 『고에다』에 수록된 판본이다. 13세기 중반, 혹은 마그누손에 따르면 12세기 중반에 이름을 알 수 없는 한 노르웨이 작가가 『고에다』에 나오는 노래들에서 영감을 받아 『볼숭가 사가』를 썼다. 이 작품은 『고에다』에 나오는 노래들을 산문으로 확장한 것으로, 비록 집필 시기는 상대적으로 늦지만 원형적이며 야만적인 측면을 잘 간직하고 있다. 야코프 그림은 "시구르드의 과거에 대한 사가는 고대성의 표식인 야만성이 특징이다."라고 주장한다.

『볼숭가 사가』의 첫 장과 마지막 장에서 우리는 회색 수염으로 얼굴을 덮어 자신을 가리고 눈 위까지 모자를 눌러 쓴 한 남자를 보게 된다. 이 남자는 바로 오딘으로, 이야기를 시작하고 끝맺는 역할을 수행한다. 이야기가 전개됨에 따라 많은 사람들이 탄생하고 죽는다. 『볼숭가 사가』에서는 도덕적 역경과는 거리가 먼 한 신이 시작과 끝을 결합하고 있다.

오딘과 회니르, 로키 세 명의 신은 어떤 폭포수에 도착한다. 로키는 돌로 수달 한 마리를 쳐 죽인다. 그날 밤 이들은 흐레이드마르의 집에서 묶게 되는데 집주인에게 수달의 가죽을 보여준다. 흐레이드마르와 그의 두 아들 파프니르와 레긴은 신들을 억류한다. 로키가 죽인 수달이 실은 물고기를 잡기 위해 수달로 변신한 흐레이드마르의 아들 오트르였기 때문이다. 흐레이드마르는 신들에게 금으로 수달 가죽을 가득 채우라고 요구한다. 로키는 자신의 동료들을 구하기 위해 금을 찾아 떠나고 폭포수에서 그물로 물고기 한 마리를 잡는다. 그런데 이 물고기는 사실 보물 창고를 지키는 난쟁이 안드바리였다. 안드바리는 로키에게 보물을 내어 주기 전에 보물을 갖는 자는 죽음을 면치 못할 것이라고 저주를 내린다.

신들은 흐레이드마르에게 몸값을 지불하고 이에 흐레이드마르는 그들을 풀어 준다. 그런데 신들이 떠난 뒤 흐레이드마르는 보물을 아들들에게 나누어 주지 않는다. 이에 격분한 파프니르는 잠든 아버지를 죽이고 보물을 차지한다. 그러고는 이것을 지키기 위해 용으로 변신한다. 레긴은 덴마크 왕 할프레크의 궁전에서 대장장이로 일하기 위해 떠난다.

할프레크왕은 레긴에게 『볼숭가 사가』의 영웅 시구르드를 교육하라고 명한다. 시구르드는 시그문드와 그의 두 번째 부인 효르디스 사이에서 태어난 유복자다.(시그문드는 두 번 결혼했는데 결혼하기 전 그의 아름다운 여동생 시그니와 근친상간을 했다. 그녀는 볼숭 가문을 위한 복수를 결심했고 그래서 오빠 시그문드와 잠자리를 같이했던 것이다.) 레긴은 시구르드를 숲속에서 키웠다. 그리고 그에게 "당시 왕실의 후손들이라면 익혀야 할 덕목"인 체스, 룬 문자, 다양한 언어 등을 가르쳤다. 아버지를 죽이고 보물을 모두 차지한 형 파프니르에게 복수하려 했던 레긴은 시구르드를 위해 명검인 그람을 제작했다. 이 검은 시구르드가 한번 휘두르면 대장간의 모루를 두 동강 낼 정도로 단단했고 다시 한번 휘두르면 물속에서도 가느다란 털실을 두 쪽으로 자를 수 있을 만큼 예리하게 벼려졌다. 레긴의 간청에 따라 시구르드는 용과 싸워 결국 용을 죽이는 데 성공한다. 용은 죽어 가면서 시구르드에게 "살아가는 동안 네놈은 엄청난 금을 발견하게 될 것이다. 그러나 그 금은 너의 파멸이 될 것이고 그 금을 만지는 모든 이의 파멸이 될 것이다."라고 말한다. 이에 시구르드는 "내가 금을 잃어버림으로써 죽지 않을 것이라고 믿는다면 나는 이곳을 떠날 것이고 금을 잃어버릴 것이다. 하지만 정직하고 용감한 이들은 그들의 마지막 날까지 부를 얻고 싶어 하지. 파프니르, 네놈은 죽을 때까지 고통 속에서 몸부림칠 것이고 죽어서는 지옥으로 떨어질 것이다."라고 응수한다.

파프니르가 죽자 레긴은 시구르드에게 파프니르의 심장을 달라고 요청한다. 심장을 꺼내 레긴에게 건넬 때 시구르드는 용의 피가 묻은 손을 입술로 가져간다. 용의 피는 시구르드에게 새들의 말을 이해할 수 있는 능력을 준다. 새들은 시구르드에게 레긴이 그를 죽일 계획이라고 알려 주고 시구르드는 그람으로 이 명검을 만든 레긴을 죽여 버린다. 새들은 시구르드에게 남쪽, 불의 장벽으로 둘러싸인 곳에 한 발키리가 잠들어 있다고 말해 준다. 시구르드는 금이 가득한 상자 두 개를 싣고는 너무나 광대하고 밝아 하늘까지 도달하는 커다란 빛을 수평선에서 볼 수 있는 곳까지 말을 타고 간다. 이곳은 프랑크족의 땅이었다. 거대한 불길 가운데 방패로 둘러싸인 성이 있었고,[589] 성안에는 무장한 채 잠든 여인이 있었다. 시구르드가 그녀의 투구를 벗기자 그녀는 눈을 뜨고 시구르드에게 "아! 머리에는 파프니르의 투구를 쓰고 손에는 파프니르의 유물을 들고 시구르드 시그문드손 당신이 오셨군요."라고 말한다. 그러고는 젊은 전사와 늙은 전사의 결투에서 당연히 승리했어야 할 늙은 전사 대신 젊은 전사에게 승리를 안겨 준 죄로 오딘이 자기에게 마법을 걸었다고 설명한다. 오딘은 그녀를 꿈의 가시로 결박해 놓았던 것이다. 그녀는 더 이상 승리를 나눠 주기 위해 다른 발키리들처럼 전쟁터로 갈 수 없었고 피할 수 없는 숙명과도 같은 남자와 결혼해야만 했다. 그녀는 시구르드에게 상처를 치유할 수 있고 전투에서 승리할 수 있으며 바다를 진정시키고 여성의 출산을 도울 수 있는 룬의 기술을 가르친다. 그리고 자신의 이름을 시그르드리파라고 소개하는데 많은 학자들은 그녀를 브륀힐드와 동일시한다. 시구르드는 그녀에게 자신이 돌아오면 그녀와 결혼하겠다는 약속을 하고는 그녀를 남겨 둔 채 떠난다. 이 일화는 독일어로는 Dornröschen, 프랑스

---

589   콜빌(Colleville)과 토넬라(Tonnelat)는 이 장면을 이같이 해석한다. 게링(Gering)은 불의 장벽도 없고 성도 존재하지 않는다고 주장한다. 그는 또한 시구르드가 본 빛은 발키리를 둘러싸고 있던 방패들에서 나온 것이라고 해석한다. 렘그뤼브너(Lehmgrübner)는 『발키리의 부활(Die Erweckung der Walküre)』(1936)에서 불의 장벽은 원시적 개념에 상응하며 경이로운 것들을 축소하려는 목적 때문에 이후에는 방패로 둘러싸는 것으로 대치되었다고 주장한다.(원주)

어로는 La belle au bois dormant이라 부르는 잠자는 숲속의 미녀 이야기의 한 형태다.

시구르드는 보물을 가지고 라인강 변경에 있는 규키 왕국의 궁전에 도착한다. 이 왕국의 왕비 그림힐드는 시구르드에게 기억을 잃게 하는 묘약을 마시게 하고, 기억을 상실한 시구르드는 그림힐드의 딸 구드룬과 결혼하게 된다. 구드룬의 오빠 군나르는 브륀힐드와 결혼하고 싶어 하는데 그녀는 성을 에워싼 불의 장벽을 뛰어넘을 수 있는 남자와만 결혼할 것이라고 선언한 상태다.

군나르와 시구르드는 불의 장벽에 도착하는데 군나르의 말은 화염을 뛰어넘으려 하지 않는다. 군나르는 시구르드의 말을 타고 화염을 뛰어넘으려 하지만 역시 수포로 돌아간다. 그러자 시구르드는 군나르로 변장하여 말을 타고 불 속으로 들어가 브륀힐드의 방 앞에서 내린다. 시구르드와 브륀힐드는 대화를 시작하고 시구르드는 브륀힐드에게 "저는 규키 왕의 아들 군나르입니다. 저는 당신을 에워싸고 있는 불길을 헤치고 왔으니 당신은 저의 부인이 될 것입니다."라고 말한다. 이 말에 브륀힐드는 "군나르, 만약 당신이 최고의 남자가 아니라면 제게 그런 말을 하지 마세요. 저는 러시아 왕과 결투를 벌였으며 우리의 무기들은 인간의 피로 물들었지요. 저는 여전히 결투를 벌이고 싶군요."라고 대답한다.

시구르드는 그녀에게 그녀가 한 맹세를 상기하라고 말하고 이들은 사흘 밤을 동침한다. 그리고 3일째 되던 날 이들은 서로 반지를 교환한다. 그런데 시구르드는 브륀힐드와 사흘 밤을 함께 보냈음에도 그녀를 건드리지 않으며 침대 가운데

칼집을 제거한 채 칼을 놓아 둔다. 이와 유사한 장면이 『천일야
화』에도 나온다. 이 작품을 번역한 리처드 버턴(Richard Burton)
경은 이 같은 상황 속에서 칼은 주인공의 명예를 상징한다고
주장했다.

브륀힐드는 군나르와 결혼식을 올린다. 어느 날 브륀힐드
와 구드룬은 강으로 함께 목욕을 하러 간다. 브륀힐드는 구드
룬과 떨어져 강 위쪽에서 목욕한다. 이 때문에 두 여인은 곧 말
다툼을 하기 시작한다. 브륀힐드는 자신의 남편이 구드룬의
남편보다 훨씬 뛰어나다고 말한다. 그러자 구드룬은 "당신의
말은 전혀 이치에 맞지 않아요. 불길 속으로 뛰어든 이는 사실
당신의 남편 군라드가 아니라 제 남편 시구르드예요. 당신은
이 반지를 군나르에게 준 것이 아니라 실제로는 제 남편에게
준 거예요."라고 말하며 브륀힐드에게 반지를 보여 준다. 브륀
힐드는 자신이 주었던 그 반지를 곧 알아보고 "마치 죽은 사람
처럼 얼굴이 창백해져 궁으로 돌아간 뒤 그날 밤 내내 단 한마
디도 하지 않는다". 이후 브륀힐드는 군나르에게 만일 시구르
드를 죽이지 않는다면 그의 곁을 떠나겠다고 협박한다.

군나르의 이복동생 구토름이 시구르드를 죽이는 임무를
맡게 된다. 군나르는 구토름을 더욱 잔인한 사람으로 만들기
위해 그에게 뱀 고기와 늑대 고기를 먹인다. 구토름은 두 번씩
이나 시구르드 암살이라는 가공스러운 임무를 수행하려 하지
만 시구르드의 시선을 견딜 수 없다. 세 번째 시도에서 구토름
은 잠들어 있던 시구르드를 칼로 찌른다. 하지만 시구르드는
자신이 죽기 전 구토름을 죽인다. 시구르드의 어깨에 기대어
자고 있던 구드룬은 피범벅이 된 채 깨어나고 브륀힐드는 구

드룬의 통곡 소리를 듣고는 웃음을 짓는다.

시구르드가 죽고 난 후 브륀힐드는 그를 소생시킬 방법이 없다는 사실을 깨닫고는 군나르에게 마지막으로 자비를 베풀어 달라고 요청하며 스스로 목숨을 끊는다.

저는 시구르드와 함께 같은 장작더미 위에 눕고 싶군요. 시구르드와 저 사이에 다시 칼집을 제거한 칼을 놓았으면 합니다. 마치 우리가 처음으로 함께 침대에 들었던 날처럼 말입니다. 이제 시구르드와 저는 실제로 부부가 될 것입니다. 제가 그의 뒤를 따를 때 이제는 시구르드의 등 뒤에서 문이 닫히지 않을 것입니다.

몇 년의 시간이 흐른 뒤 구드룬은 자신에게 기억을 잃게 하는 묘약을 먹인 어머니의 간청에 따라 훈족의 왕 아틀리와 재혼한다. 아틀리는 보물을 탐내 음흉한 계획을 세우고는 군나르와 그의 동생 회그니를 자신의 왕국으로 초대한다. 이들은 구드룬의 경고와 부인들의 흉몽에도 불구하고 훈족의 왕국까지 긴 여행을 시작한다. 이 여행을 시작하기 전 군나르는 라인강 바닥에 보물을 숨겨 둔다.

군나르와 회그니는 아틀리의 왕국에 도착하지만 치열한 전투 끝에 포로로 붙잡힌다. 아틀리 왕의 부하들은 회그니의 심장을 도려내고 군나르를 뱀 구덩이 속으로 던져 버린다. 그러나 군나르는 보물을 어디에 숨겨 두었는지 말하지 않는다.

전남편 시구르드의 죽음에 대해서는 복수를 생각하지 않았던 구드룬은 오빠들의 죽음에 대해 복수하기로 결심한다.

그녀는 아틀리 왕과 화해한 척하면서 장례식 연회를 준비한
다. 그러고는 자신과 아틀리 왕 사이에서 태어난 두 아들을 죽
여 그 피를 와인과 섞어 아틀리에게 마시게 하고 아들들의 심
장을 꺼내 구워서 아틀리에게 먹으라고 바친다. 그러고 난 후
그녀는 아틀리 왕에게 그가 마신 와인과 고기가 실제로는 자
식들의 피와 심장이었다고 밝힌다. 그날 밤 구드룬은 아틀리
왕을 죽이고 궁전을 불살라 버린다.

훈족의 왕 아틀리는 명백하게 아틸라 왕이다. 『볼숭가 사
가』의 마지막 장들에서 우리는 이 유명한 왕의 죽음을 극적으
로 그린 장면들을 보았다. 기번은 6세기에 활동했던 요르다네
스의 아틸라 왕의 마지막 모습에 대한 설명과 동일하게 위대
한 훈족 왕의 최후의 모습을 다음과 같이 그린다.

아틸라 왕은 자신이 품은 무수한 여성들 목록에 일디코라
는 아름다운 처녀를 추가했다. 결혼식은 도나우강 너머 아틸
라의 목조 궁전에서 야만족의 화려한 의식으로 치러졌다. 술
에 취해 졸고 있던 아틸라 왕은 늦은 밤 연회장을 빠져나와 자
신의 거처에 마련된 혼인 침상으로 갔다. 아틸라 왕의 시종들
은 왕이 젊은 신부와 충분히 즐길 수 있도록, 혹은 그의 평안
한 휴식을 방해하지 않기 위해 다음 날 오후까지 왕을 깨우지
않았다. 그러나 평소 같지 않은 적막에 시종들은 불안했다. 왕
의 침전 밖에서 여러 번 소리를 질러 왕을 깨워도 왕이 기침할
기미를 보이지 않자 이들은 왕의 침전으로 들어갔다. 얼굴을
베일로 가린 채 침대 끝에 앉아 있던 젊은 신부는 자신에게 닥
쳐올 위험과 밤사이 숨을 거둔 왕의 죽음에 대해 한탄했다.

이 비극적 사건은 450년경에 발생했다. 그리고 700년 혹은 800년이 지난 후 한 노르웨이 작가가 이 사건을 생생하게, 변형하여 생각해 낸 것이다.

『볼숭가 사가』는 문학사상 최고의 서사시 중 하나이다. 이 장편 서사시는 교과서와 같은 교육용 서적에 수록하려면 불가피하게 요약본으로 만들어야 하는데, 이 요약본들은 의심의 여지 없이 원작의 원시적 속성을 강조하면서 내용을 왜곡해 버렸다. 하지만 『볼숭가 사가』는 전승되어 온 이야기보다는 덜 야만적이다. 『맥베스』의 요약본에서 발생한 현상이 『볼숭가 사가』 요약본에서도 동일하게 발생한다. 즉 요약본이 일반적으로 주는 첫 인상은 잔혹함의 혼돈스러운 상황이다. 우리는 『볼숭가 사가』의 주제가 동시대인들에게 매우 익숙한 주제였다는 사실을 망각하고 있다. 또한 우리는 뱀 구덩이 속에서 죽어 가는 군나르에게 놀라는 것이 마치 어떤 그림 속에서 한 남자가 십자가에 매달려 죽어 가기 때문에 놀라는 것과 같으리라는 점을 잊고 있다. 셰익스피어 혹은 그리스 비극 작가들과 마찬가지로 『볼숭가 사가』의 작가는 경이로운 고대의 이야기를 수용했고 신화가 요구하는 사항에 적합한 인물들을 상상하는 과업을 자기 자신에게 부과했다. 어떤 독자들은 불의 장벽과 꿈의 가시를 믿지 않을 것이다. 하지만 누구도 브륀힐드와 그녀의 사랑, 그녀의 고독은 믿지 않을 수 없다. 사가에 나오는 일들은 허위일 수 있다. 그러나 사가의 인물들은 실제적이다.

더욱이 19세기의 두 시인, 자신들의 시대를 만들었고 현재까지 우리에게 영향을 미치고 있는 두 시인이 『볼숭가 사가』에 고취되었다는 사실은 매우 의미심장하다. 1876년에 게르만문학자이자 화가, 장식가, 영국 사회주의의 아버지, 버나드 쇼의 스승인 윌리엄 모리스는『볼숭 가문의 시구르드(Sigurd the Volsung)』를 출간했다. I848년부터 I874년까지 26년 동안 리하르트 바그너는 저 유명한「니벨룽의 반지(Der Ring des Nibelungen)」4부작을 작곡했다.

삭소 그라마티쿠스

II세기에 덴마크의 한 왕은 노르웨이와 잉글랜드 왕을 겸했다. 또 다른 덴마크 왕 발데마르 2세는 엘베강에서 페이푸스 호수에 이르는 광활한 지역을 지배했으며 함부르크와 뤼베크의 통치자였다. 오늘날 인문학자들이 고대 노르웨이어(gammelnorsk)라고 부르는 바이킹족의 언어는 포괄적으로 덴마크어(dǫnsk tunga)로 불렸다. 중세에 덴마크는 전사의 나라였다. 앞서 살펴본『앵글로색슨 연대기』에서 우리는 "덴마크인들은 말을 타고 그들이 원하는 모든 곳을 돌아다녔고 이루 형언할 수 없는 악행들을 저질렀다."와 같은, 당시 덴마크인들이 이웃 나라 사람들에게 얼마나 두려운 존재였는지를 알려 주는 증언들을 확인했다. 한 고대 아일랜드 역사가의 작품 속에도 덴마크인들에 대한 유사한 내용이 담겨 있는데, 이 작품은 수식어를 과도하게 사용하여 우리의 호기심을 자아낸다.

한마디로 말해, 목에 I00개나 되는 철로 된 머리가 붙어 있다 할지라도, 각 머리마다 재치 있고 기민하며 새롭고 녹슬지 않는 황동으로 된 100개의 혀가 있다 할지라도, 각 혀마다 달변에 강하고 유창한 100개의 목소리가 있다 할지라도 이 모든 것들은 아일랜드의 남자들과 여자들, 신도들과 사제들, 젊은이들과 노인들, 귀족들과 평민들이 저 용감무쌍하고 분노로 가득 찬, 하느님을 전혀 모르는 이교도들로부터 받은 수모와 고통을 언급하거나 기술하거나 일일이 말하거나 읊을 수 없을 것이다. 비록 잔인함과 억압, 폭정이 심했을지라도, 비록 승리에 익숙한 아일랜드의 부족들이 많았고 그 가족들 또한 많았을지라도, 비록 영웅들과 승리자들, 용맹한 군인들, 용기와 위업과 명망이 높은 지도자들이 많았을지라도 그들의 압도적인 수적 우위 탓에, 그들의 잔혹함 탓에, 세밀하게 만들어진, 폭이 넓고 3중으로 된, 상당한 중량의 견고하면서도 광채 가득한 갑옷의 우수성과 단단하면서도 강하고 멋진 칼과, 잘 벼려진 긴 창을 그들이 보유한 탓에, 그들의 위업과 행동의 위대함, 그들의 대담성과 용기, 그들의 증오심과 흉포함 탓에, 이 훌륭하고 풍요로우며 고결한 삶을 영위하는, 폭포수와 강과 만으로 가득한, 순수하고 소탈하며 달콤하고 아름다운 아일랜드로 건너오려 욕망을 불러일으킨 엄청난 배고픔과 갈증을 야기하여 억압을 가했던 잔혹하고 흉포하며 무시무시하고 억제할 수 없는 무자비한 종족의 분노 탓에 그 누구도 이 억압과 폭정으로부터 벗어날 구원과 자유를 줄 수 없었고 해방시킬 수도 없었다.[590]

---

590   한 수도원에 보관된 필사본의 여백에 4행시가 적혀 있
는데 쿠노 메이어(Kuno Meyer)는 『고대 아일랜드 시

덴마크 역사가는 이 호전적인 자신들의 과거를 기록하고 있다. 『스콜둥 가문의 사가 (Skjóldunga Saga)』는 고대의 왕들에 대해 다루는데 제I편은 『소구브로트(Sogu-brot)』와 라그나르 로드브로크 및 공구흐롤프(Gongu-Hrolf)에 대한 전설적인 사가의 단편들을 제외하고는 소실되었다. 제2편에서는 하랄 블로탄 왕[591]과 스벤 2세[592]의 삶을 다룬 부분이 전해 내려오고 있다. 『욤스비킹가 사가(Jómsvikinga Saga)』는 포메라니아의 요충지 욤스보르그를 거점으로 활동했던 바이킹 해적들의 이야기를 소설 형식으로 서술한다. 이러한 작품들이 삭소 그라마티쿠스가 I2세기 후반 그의 대표작 『덴마크인의 사적』을 쓰는데 바탕이 되었다.

전사의 아들이자 손자였던 삭소 그라마티쿠스는 I2세기 중

(Ancient Irish Poetry)』(1911)에서 이를 영어로 다음과 같이 번역했다.

오늘 밤 부는 바람은 고통스럽고,
바다의 흰 머릿결을 휘젓는다.
오늘 밤 나는 흉포한 북쪽의 전사들을 두려워하지 않는다
아일랜드의 바다를 휘젓고 다니는.(원주)

591   하랄 블로탄 고름센(Harald Blåtand Gormsen, 935?~986?). 덴마크와 노르웨이의 국왕으로 두 나라를 통합했으며 '푸른 이빨 왕'이라는 별명으로 유명하다.

592   스벤 에스트리센(Svend Estridsen, 1019?~1076). 덴마크 왕으로 1047년부터 1076년까지 통치했으며 덴마크 교회 체계를 확립했다.

반에 태어났으며 성직자의 길을 걸었다. 그는 압살론 주교[593]의 비서로 활동했고 발데마르 I세의 대신이었다. 특히 압살론 주교는 그에게 조국 덴마크의 역사에 대한 책을 기술하도록 권했다. 12세기까지 라틴어는 유럽 문화의 국제적 연결 고리였다. 자신의 공식 업무를 수행하면서 삭소는 훌륭한 문체를 습득했다. 하지만 우리는 그의 문체에 어느 정도 과시적인 측면이 있다는 사실을 부정할 수 없다. 그는 발레리우스 막시무스(Valerius Maximus), 유스티누스(Justinus), 백과사전 집필자인 마르티아누스 카펠라(Martianus Capella)를 본보기로 삼았다. 삭소는 뛰어난 라틴어 시 창작 능력을 통해 속어로 쓰인 시들을 라틴어로 번역하여 『덴마크인의 사적』에 실었는데 이것들이 오늘날에는 소실된 원작을 대체하고 있다. '덴마크 역사'라고도 불리는 이 작품은 총 열여섯 권으로 구성되어 있다. 이 책은 후반기를 다룰수록 더욱 상세하며 사실에 충실하다.

삭소 그라마티쿠스는 비드와 스노리 스투를루손이 창조한 전통의 계승자다. 유감스럽게도 우리에게 비드는 이교주의에 지나치게 가까웠기에 그 이교도적 시각 속에서 우리는 적 말고는 아무것도 볼 수 없다. 스노리는 친근함과 아이러니를 통해 다양한 고대 신화들을 체계적으로 정리했다. R. M 마이어

---

593   Absalon(1128~1201). 덴마크를 지역 강국으로 발전
       시키는 데 크게 기여한 정치가이자 덴마크 최대 섬인
       셸란의 주교를 역임했다. 또한 수도 코펜하겐을 건설
       하는 데 주도적인 역할을 했다. 덴마크 역사에서 그는
       조국의 아버지로 추앙받고 있다.

가 주장했듯이 삭소에게는 종교적 감성이 거의 존재하지 않았다. 그는 학자로서 『덴마크인의 사적』에 과거의 종교를 포함시켰다. 이와 유사하게 빌켄[594]은 종교 문제에 대해 삭소는 냉담한 태도를 취했다고 지적하고 있다.

그러나 삭소 그라마티쿠스는 이 같은 종교에 대한 무관심과 냉소적 태도 덕분에 경이로운 사건들을 간과하지 않았다. 그는 실제 사건뿐 아니라 신화와 전설을 기술하는 것도 역사가의 의무라고 생각했다. 따라서 그는 『덴마크인의 사적』 제10권에서 한 여인을 사랑한 곰에 대해 우리에게 이야기한다. 이 곰은 사랑하는 여인을 자신의 동굴 속에 오랫동안 감금한 뒤 그녀를 임신시켜 아들 하나를 얻었는데 많은 왕들이 곰과 여인 사이에서 태어난 아이의 후손이다. 제8권에서 삭소는 선원들에게 바람을 파는 마녀들과 죽을 때까지 야생마에게 밟혀야 하는 형벌을 받은 아름답기 그지없는 한 여왕에 대해 언급한다. 그런데 야생마들은 그녀의 미모에 도취되어 그녀를 해치지 않고 사납게 날뛰지 않는다.

우연은 삭소 그라마티쿠스의 편이었다. 『덴마크인의 사적』 제3권은 햄릿 이야기의 원형을 포함하고 있다. 여기에서 작가는 암로디 혹은 암레트의 아버지인 호르벤딜 왕이 자신의 동생 펭에게 암살당한 사건을 언급한다. 펭은 형을 죽이고는 형수인 게루트와 결혼한다.(게루트는 세익스피어의 극에서 햄

---

594   울리히 빌켄(Ulrich Wilcken, 1862~1944). 독일의 그리스 로마 문학자이자 역사학자. 대표작으로 『알렉산더 대왕』(1932)이 있다.

릿의 어머니로 등장하는 거트루드다.) 암레트는 펭의 폭정으로부터 벗어나기 위해 미친 척한다. 이에 펭은 암레트가 실제로 미쳤는지 아닌지 확인하기 위해 매춘부 한 명을 그에게 보낸다. 암레트는 친구들로부터 이 소식을 미리 전해 듣고 펭이 쳐 놓은 덫에 걸리지 않는다. 그러자 펭은 자신의 측근에게 암레트를 감시하라고 명하고, 이자는 게루트의 침실 커튼 뒤에 숨어서 암레트를 지켜본다. 암레트는 닭처럼 울고 마치 날개를 퍼덕이듯이 팔을 흔들면서 자신을 감시하던 펭의 측근을 발견하고 칼로 죽여 버린다. 그러고는 시신을 토막 내 끓는 물에 삶아 돼지가 먹도록 성의 구덩이 속으로 던져 버린다. 펭은 영국 왕에게 암레트를 참수해 달라는 서한을 보내는데 암레트는 이것을 가로채 영국 왕의 딸과 암레트를 결혼시키라는 내용을 담은 편지로 바꿔치기한다. 결혼식을 올린 뒤 암레트는 덴마크로 돌아오고 자신의 죽음을 축하하는 장례 연회가 열리고 있음을 본다. 모든 하객들이 술에 취하자 암레트는 연회장을 불살라 버리고 그곳에 있던 하객들은 모두 사망한다. 암레트는 펭의 왕좌에 올라가 그를 참수한다.

세익스피어는 『덴마크인의 사적』을 알지 못했다. 그에게 『햄릿』 집필의 영감을 준 것은 1570년 파리에서 출간된 프랑수아 드벨포레스트(François de Belleforest)의 『비극 이야기(Histoires tragiques)』다. 햄릿의 대사들 중 불가사의하면서도 간결한 문체는 이미 삭소 그라마티쿠스의 『덴마크인의 사적』에 전조로서 존재하고 있었던 것이다.

참고 문헌

프랑스어를 읽을 수 있는 독자들은 알프레드 졸리베(Alfred Jolivet)와 페르낭 모제(Fernand Mossé)가 파리 오비에 출판사에서 출간한 훌륭한 정선 작품집을 참조할 수 있다. 이 책은 문법서이자 비평 연구서이기도 하다.

앵글로색슨 문학의 경우 『베어울프』부터 연구를 시작하는 것이 이미 전통이 되었다. 3200행의 운문을 포함하여 교수들은 편리하지만 라틴어 구문과 느린 진행 때문에 우리가 기억할 만한 훌륭한 장면들이 있음에도 불구하고 학생들은 이 작품에 싫증을 느끼거나 아예 강독 자체를 포기할 수도 있다. 보스턴에서 1950년에 출간된 프레더릭 클래버(Frederick Klaeber)의 판본이 가장 좋다.

핀스부르흐의 영웅적 단장이나 『항해자』 혹은 『무덤』의 애가부터 읽기 시작하면 좋다. Sweet, *Anglo-Saxon Reader*(Oxford,

1948)와 Martin Lehnert, *Poetry and Prose of the Anglo-Saxons* (Berlin, 1955)가 추천할 만하다.

사전은 J. R. Clark Hall, *A Concise Anglo-Saxon Dictionary* (Cambridge, 1960)가 가장 충실하다.

아이슬란드어에 관한 최고의 텍스트는 E. V. Gordon, *An Introduction to Old Norse*(Oxford, 1957)다.

기초 아이슬란드어 학습에는 Glendening, *Teach yourself Icelandic*(London, 1961)이 유용하다.

가장 쉽게 접근할 수 있는 『고에다』 판본은 카를 빈터(Carl Winter) 출판사 판(Heidelberg, 1962)이다.

유용하게 이용할 수 있는 아이슬란드어 사전으로는 Zoëga, *A Concise Dictionary of Old Icelandic*(Oxford, 1961)이 있다.

초기 독일 시는 슈테판 게오르게 학파의 일원인 카를 볼프스켈(Karl Wolfskehl)의 *Älteste Deutsche Dichtungen*에 수록되어 있다.

W. P. Ker, *Epic and Romance*, 1896; Bertha Phillpotts, *Edda and Saga*, 1931; Jan de Vries, *Altnordische Literaturgeschichte* 등이 중세 게르만 문학에 관한 훌륭한 연구서다.

번역서

R. K 고든(Gordon)은 매우 조잡한 몇몇 수수께끼를 제외하고 모든 앵글로색슨 시를 영어 산문으로 옮겼다. 이 책은 문화적, 문학적 가치가 매우 높은 에브리맨스 라이브러리(Everyman's Library) 시리즈의 한 권으로 출판되었다.

개빈 본크(Gavin Bonc)의 판본 혹은 개정본은 매우 훌륭하다. 유명한 에즈라 파운드의 고대 앵글로색슨 시작품에 대한 실험적 다시 쓰기는 매우 흥미롭다. 그러나 원작에 사용된 단어들의 의미보다는 소리를 재현하는 데 주안점을 둔 것은 아쉽다.

가장 뛰어난 『고에다』 영역본은 텍사스 대학교 출판부에서 간행한 리 홀랜더(Lee Hollander)의 번역본이다. 가장 뛰어난 독일어 역본은 후고 게링(Hugo Gering)의 번역본(Leipzig, 1892)과 펠릭스 겐츠머(Felix Genzmer)의 번역본(Jena, 1933)이다.

스노리 스투를루손의 『헤임스크링글라』는 에를링 몬센 (Erling Mossen)이 영어로 번역했고(Cambridge, 1932) 펠릭스 니드너(Felix Niedner)가 독일어로 번역했다(Jena, 1922). 니드너는 또한 『신에다』를 독일어로 옮겼다.(Jena, 1925) 아서 길크리스트 브로듀어(Arthur Gilchrist Brodeur)의 번역본(Oxford, 1929)은 유일한 영어 완역본이다.

홀륭하면서도 쉽게 접근할 수 있는 아이슬란드 사가 작품들의 영어본, 독일어본, 현대 북유럽 언어본은 상당히 많다.

『덴마크인의 사적』은 헤르만 얀첸(Herman Jantzen)이 독일어로 번역했고(Berlin, 1900) 영어본으로는 올리버 엘턴(Oliver Elton)과 F. Y. 파월 (Powell)의 번역본(London, 1894)이 있다.

카를 짐로크(Karl Simrock)의 고전적인 『니벨룽의 노래』 번역을 능가하는 번역은 없다. 최신 번역본은 크뢰너(Kröner) 출판사에서 나왔다.(Stuttgart, 1954)

7부

미국 문학

입문

호르헤 루이스 보르헤스
에스터 젬보라인 데 토레스 두간

서문

 개론의 제한된 공간이라는 한계 때문에 3세기에 걸친 문학 활동을 우리는 단 한 권으로 압축할 수밖에 없었다. 하지만 우리는 영어를 도구로 사용하는 미국 문학 전체를 심리 분석을 포함한 다양한 각도에서 바라보고 싶었다. 물론 문학을 사회학에 종속시켜야 한다는 시각도 있지만, 이는 우리가 원하는 바가 아니다. 우리에게 가장 본질적인 문제는 심미적인 측면이다. 영국과 마찬가지로 미국에서는 소규모 문학 모임이나 유파 따위보다는 개인을 더 중시했고, 그들의 작품은 다양한 삶의 모습에서 자연스럽게 결실을 맺었다. 그래서 우리는 작품 자체가 던져 주는 매력을 좇기로 결정했다. 하지만 문학사는 문학을 생산한 나라의 역사와 분리될 수 없기에 절대적으로 필요한 역사적 측면은 포함했다.

 이 책은 비록 개론서이지만 분량이 많은 책에서나 찾아 볼 수 있는 주제, 예컨대 추리 장르와 SF 소설, 서부를 다루는 단편 소설, 그리고 원주민인 홍인의 독특한 시 세계까지 담아낸다는 것도 미리 밝히고자 한다.

가장 중요한 목적은 근대 들어 민주 정치 체제를 처음으로 담금질했던 국가, 즉 미국의 문학이 어떤 식으로 전개되는가에 대한 지식을 얻고 싶다는 독자의 욕망을 자극하는 것이다.

1967년 부에노스아이레스에서
J. L. B., E. Z. de T. D.

기원

구이랄데스의 친구인 프랑스 비평가 발레리 라르보(Valéry
Larbaud)는 다리오와 루고네스에게서 비롯된 라틴아메리카 문
학이 스페인 문학에 강한 영향을 미쳤다면, 미국 문학은 과거
뿐 아니라 현재에도 광대한 영어권 세계를 뛰어넘어 전 세계
에 영향을 미치고 있다고 지적했다.

성서의 창세기식 서술 방법을 빌린다면, 에드거 앨런 포는
보들레르를 낳았고, 보들레르는 상징주의자들을 낳았으며, 상
징주의자들은 발레리를 낳았고, 우리 시대의 이른바 민중시
혹은 참여시라고 부르는 것은 월트 휘트먼에게서 비롯되어 샌
드버그와 네루다로 이어졌다고 이야기할 수 있다. 이 글의 목
적은 미국 문학사의 윤곽을 가볍게 그려 보는 것이다.

속표지에는 관념론 철학을 대표하는 아일랜드의 유명한
철학자 조지 버클리(George Berkeley)의 이름을 새기고 헌사를

바칠 것이다. 18세기 초 버클리는 시 한 편에 순환론적 역사관을 담아냈다. 예컨대 그는 제국 역시 태양처럼 동쪽에서 떠서 서쪽으로 진다는 이론을 지지했으며(제국은 서쪽으로 나아가는 길을 택한다.) 아메리카가 5막짜리 비극에 쓰인 것처럼 역사상 가장 위대한 대제국이 될 것이라고 했다. 그는 버뮤다 제도에서 열린 세미나 프로젝트를 통해 영국의 투박한 식민자들과 아메리카 대륙의 홍인종을 교육해 찬란하게 빛나는 머나먼 목적지를 향해 나아가게 하는 일을 맡았다. 뒤에서 조너선 에드워즈(Jonathan Edwards)에 관해 이야기할 때 버클리를 다시 다룰 것이다.

조금 과장되게 이야기하자면 미국 독립은 1620년 어느 날 아침, 예컨대 메이플라워호를 탄 102명의 청교도가 동부 해안에 상륙한 날 아침에 갑자기 시작되었다. 잘 알려진 바와 같이 그들은 성공회와 다른 입장을 가진 사람들로, 신학적으로는 칼뱅주의자였기 때문에 성공회에 적대적인 입장이었다. 그뿐 아니라 정치적으로는 왕권신수설을 믿지 않고 의회주의를 신봉했다. 이들은 테러에 무릎 꿇지 않으면 하느님이 반드시 지옥이 아닌 영광스러운 천국으로 자신들을 이끌 것이라는 예정설을 굳게 믿었다. 성서를 열심히 봉독했던 식민지 개척자들은 자신들을 출애굽기의 이스라엘 사람들과 동일시하는 등 하느님으로부터 선택받은 백성으로 여겼으며, 메시아의 숭고한 목적이 자신들을 안내할 것이라고 믿어 매사추세츠에 신권 정치에 기초한 공동체를 일구었다. 하지만 야만적인 환경이 그들을 에워싸고 있었다. 그들은 고독과 원주민, 거친 숲과 싸워야 했으며, 시간이 지나면서 프랑스군, 영국군과도 맞서 싸워야 했다. 초기 기독교인들과 마찬가지로 그들은 예술에 적대적인 자세를 취했는데, 예술이 구원이라는 하느님의 가장 근본적인 사업으로부터 인간을 빗나가게 한다고 생각했다. 17세기 초 런던에서도 청교도는 극장을 파괴한 적이 있었다. 그런 의미에서 버나드 쇼가 쓴 『청교도를 위한 세 편의 희곡(Three plays for puritans)』의 제목에는 역설이 담겨있는데, 밀턴은 찰스 I세가 사형을 당하기 전 마지막 며칠을 불경스럽게 셰익스피어의 작품이나 읽고 지냈다고 비난했을 정도였다. 청교도들은 세일럼에서 많은 사람을 마녀로 기소했는데, 성서에 사술을 행하는 마법사에 관한 이야기가 있다는 이유에서였다. 이때 결백을 밝히기 위해서는 자신의 죄를 인식하는 것만으로 충분하다고 본 것 또한 매우 흥미로운데, 악마는 자신의 소유물이 된 사람들이 죄를 고백하도록 허용하지 않기 때문이라는 이유를 든다. 자신을 방어하기 위해 고집스럽게 신을 부정한 몰상식한 사람은 결국 사형을 당했다.

이제 면면이 드러나는 몇몇 이름을 살펴보자.

미국 최초의 역사가들은 영국에서 태어난 사람들이었다. 매사추세츠의 주지사였던 존 윈스럽(John Winthrop, 1588~1649)은 주법을 제정했는데, 이는 다른 식민지의 모범이 되었다. 메이플라워호를 타고 도착한 윌리엄 브래드퍼드(William Bradford, 1590~1657)는 30년 동안이나 주지사로 선출되었다.

보스턴 출신으로, 인크리즈 매더(Increase Mather)의 아들이자 하버드 대학의 총장이었던 코튼 매더(Cotton Mather, 1663~1728)는 우리에게 관대한 칼뱅주의자의 한 예를 보여 주었는데, 때로는 이신론(理神論)에 경도되기도 했다. 역사적으로 그는 세일럼의 마녀재판과 관계있는데, 법원의 사형 선고에 반대하지는 않았지만, 악령에 사로잡힌 사람들도 기도와 금식을 통해 구원받을 수 있다고 믿었다. 그의 저서 『보이지 않는 세계의 놀라움(The Wonders of the Invisible World)』에서는 악마에 씐 사람들의 사건을 언급하며 이에 대해 분석한다. 그는 7개 국어를 정복했다. 지치지 않는 독서 애호가이자 작가였던 그는 아들들에게 2000여 권의 책이 비치된 도서관을 물려주었으며, 450여 편의 논문을 썼는데 그중에는 스페인어로 쓴 『기독교인의 믿음(La Fe del cristiano)』도 있다. 그는 뉴잉글랜드가 제네바와 에든버러도 결코 도달하지 못했던 곳이 되기를, 다시 말해 칼뱅의 교리에 귀의한 세계에서 가장 핵심적인 지역이 되기를 원했다. 그는 글을 쓸 때는 언제나 무언가 도움이 되는 것을 전해 줄 수 있어야 한다고 생각했으며, 이때 암시와 인용은 "러시아 대사의 옷을 꾸미는 장신구처럼" 효율성을 배가할 수 있고 교의를 아름답게 꾸밀 수 있다고 믿었다.

에드워즈처럼, 거미의 습성을 연구할 만큼 과학적 호기심이 있던 매더는 최초로 예방 접종을 옹호하기도 했다.

조너선 에드워즈(1703~1758)는 칼뱅주의 신학자 중에서 가장 치열한 삶을 산 인물로, 복합적인 성격을 띤다. 그는 코네티컷주 이스트윈저에서 태어났다. 런던에서 편집된 방대한 분량의 그의 저서는 아주 두툼한 책으로 열여섯 권이나 되지만, 오늘날 관심을 보이는 사람은 소수의 역사가뿐이다. 이외에 일기를 포함한 작품도 있다. 그는 '대각성(The Great Awakening) 운동'이라고 명명된 종교 운동을 주도했으나 시간이 지나자 오히려 이를 비난했는데, 그의 전기 작가에 따르면 종교적 무아경에 빠져 대중을 개조하기 위해 시작했으나 많은 유사 사례에서와 같이 지나친 방종에 빠져 결국 타락해 버렸다는 것이었다. 윌리엄 제임스(William James) 역시 『종교적 경험의 다양성(The Varieties of Religious Experience)』에서 수차례 그를 인용했다. 에드워즈는 열정적이면서도 유능한 선구자였지만, 위협적인 이야기도 서슴지 않았다. 그의 설교에서 가장 유명한 구절은 "분노한 하느님 손안의 죄인들"로, 이는 그의 스타일을 확실히 보여 준다. 좋은 예가 될 수 있는 문장을 인용해 보자. "성스러운 분노의 무지개가 이미 펼쳐졌습니다. 시위에 메긴 정의의 화살이 곧 여러분의 가슴을 향할 것입니다. 오직 주님의 결심만이 여러분의 피로 화살이 물드는 것을 막을 수 있습니다." 이와 같은 메타포를 보면 시인의 자질을 타고난 에드워즈가 신학 때문에 시인의 길을 포기하지 않았나 의심할 수밖에 없다.

지나치게 조숙했던 그는 열두 살에 예일 대학에 입학해 열네 살 때 목사 서품을 받았다. 1750년까지 성직을 수행했는데, 대각성 운동으로 인한 스캔들로 결국 성직을 포기할 수밖에 없었다. 그 후 1년 동안 아내와 딸들의 도움을 받아 인디언을 대상으로 선교 활동을 했다. 1757년 프린스턴 대학의 총장으로 임명되었으나 다음 해에 세상을 떠났다.

그는 읽기보다는 쓰기를, 쓰기보다는 생각하기를 더 좋아했고, 수시로 차분하게 성찰하고 열렬히 기도했다. 책에서 행동의 자극제가 될 것을 찾기 위해 노력했다. 그렇지만 로크를 제외하고 동시대인들의 책은 별로 읽지 않았다. 플라톤의 사상을 영원한 전범으로 여겼으며, 버클리에 대해 전혀 몰랐음에도 물질로서의 우주는 인간의 이데아에 지나지 않는다고 확신했다는 점에서 스피노자가 아닌 버클리와 생각을 같이했다. 다른 한편으로는 스피노자와 마찬가지로 그 역시 하느님과 자연을 동일시했다. 말년의 저작에서 그는 하느님에 대해 이렇게 이야기했다. "모든 것이자 홀로 계시는 분."

주님은 대부분의 영혼을 지옥에서 불태우기 위해 창조했으며, 소수만이 영광을 누릴 수 있다는 칼뱅주의자들의 교리를 에드워즈는 너무나 명확하면서도 두려운 원리로 받아들였다. 젊은 시절 계시를 받은 덕에 그는 이러한 교리가 "상큼하고 명확하고 달콤하다."고 느꼈다. 놀랍게도 교리 안에서 두렵지만 달콤한 무언가를 발견한 것이다. 예전에는 두려움에 떨게 했던 번개와 천둥 속에서 우리에게 말씀하시는 하느님의 목소리를 인식했다. 그는 테르툴리아누스[595]와 마찬가지로 신에게 버림받은 사람들의 고통을 지켜보는 것이 천국의 복 있는 사람들이 느끼는 환희 중 하나라고 생각했다. 자유 의지를 거부하고 하느님을 필요 개념으로 확장했고, 예수의 행위에 대해서는 숭배할 만하지만, 그것은 성자로서의 행동일 뿐이라고 여겼다. 에드워즈는 브라만이라고 불리는 그룹에 속했는데, 이는 글자를 깨친 힌두교 사제인 인도의 브라만 계급을 지칭

---

595   퀸투스 셉티미우스 플로렌스 테르툴리아누스(Quin-
       tus Septimius Florens Tertullianus, 155?~240?). 기독교
       의 교부이자 평신도 신학자. '삼위일체'라는 신학 용어
       를 가장 먼저 사용한 이로 알려져 있다.

하는 것이었다.

어느 정도 세상에 알려진 미국 최초의 시인은 필립 프레노(Philip Freneau, 1752~1832)로 그는 위그노 가문 출신이었다. 그의 조부는 프랑스의 상인으로 1707년 뉴욕으로 이주했다. 프레노의 초기 작품은 말년의 작품과 마찬가지로 풍자적인 성격을 띠었는데, 그는 또한 서사시를 열망했다. 그의 전집에는 젊은 시절 선지자 요나에 관해 쓴 서사시가 포함되어 있다. 뉴욕에서 태어난 그는 "언제나 적빈(赤貧)의 마녀가 몰아붙이는" 신문 기자, 농장 관리인, 선원으로 살았다. 열대 지방의 바다를 항해하는 등 멜빌과 마찬가지로 직접 바다를 체험했다. 독립전쟁 중 그가 지휘한 배가 영국의 프리깃함에 나포된 탓에 시인은 뉴욕항의 부교에서 기나긴 혹한을 겪어야 했다.

워싱턴의 대척점에 선 그는 제퍼슨의 열렬한 지지자였다. 정치적으로 복잡다단했던 그의 행동을 여기에서 논하고 싶지는 않다.

이보다 더 중요한 것은 그의 서정시다. 그의 시 중에서 가장 널리 알려진 「인디언의 묘지(The Indian Burying Ground)」에서는 우리 인간이 본능적으로 죽음을 꿈처럼 품고 살아가야 한다는 그의 생각을 엿볼 수 있다. 예컨대 다음 생에서도 계속 사냥할 수 있도록 활과 화살을 가지고 앉은 채로 땅에 묻히는 인디언들처럼, 우리 또한 죽은 자들 곁에 눕는 순간에도 죽음을 실제 삶의 연장으로 인식해야 한다는 것이다. 우리는 이 시에서 아주 유명한 "사냥꾼과 사슴이 한 그늘에"라는 구절을 만날 수 있는데, 이는 『오디세이』 II 권에 나오는 6보격의 시를 연상시킨다.

더 재미있는 것은 「인디언 학생(Indian Student)」이라는 시로 백인의 신비한 지식을 공부하고자 전 재산을 처분한 젊은 인디언의 이야기이다. 그는 고난의 순례 끝에 가장 가까운 대학에 도착해 영어와 라틴어 공부에 차례로 매달렸다. 개인적으로 그를 가르친 교사들은 찬란한 미래를 예견했다. 어떤 사람은 그가 반드시 신학자가 되리라 생각했고, 다른 사람들은 수학자가 되리라 믿었다. 시간이 흐르자 그는 동료들에게서 벗어나 숲속 오솔길을 걸어 떠나는데, 그때까지도 그의 이름은 여전히 베일에 싸여 있었다. 시인은 다람쥐가 호라티우스를 암송하던 그를 유인하여 다른 곳으로 데려갔다고 이야기한다. 천문학은 그를 불안하게 했다. 즉 둥근 지구와 무한 공간이라는 생각에 두려움과 불확실성이 가슴을 가득 채웠고, 결국 어느 날 아침 그는 이 세상에 처음 나왔던 때처럼 조용히 자기 부족이 사는 울창한 숲속으로 돌아갔다. 시는 언제나 소설이어야 한다. 프레노는 이에 대해 멋지게 이야기했고, 누구도 이런 일이 한 번쯤은 분명히 있었으리라는 것을 의심하지 않았다.

우의적인 프레노의 문체는 가끔 당대의 영국 시와도 상응한다. 그러나 그의 감수성은 이미 낭만주의를 향해 나아가고 있었다.

프랭클린, 쿠퍼, 역사가들

벤저민 프랭클린(1706~1790)을 빼놓고는 미국 문학사를 논할 수 없다. 그는 다방면에 관심을 가졌다. 인쇄술, 언론, 농업, 보건, 항해술, 외교, 정치, 교육학, 윤리학, 음악, 종교 등에 열정적인 지성으로 온 힘을 기울였다. 미국 최초의 신문과 잡지도 창간했다. 하지만 그가 편집한 수천 쪽의 글은 모두 목적이 아니라 수단일 뿐이었다. 열 권이나 되는 그의 작품집은 당대에 맞춰진 것이었으며, 그는 언제나 즉각적인 반응을 얻기 위해 글을 썼기 때문에 순수 문학과는 거리가 멀 수밖에 없었다. 이렇게 현실에 기초한 프랭클린의 예술 활동의 특징은 우리로 하여금 사르미엔토를 떠올리게 한다. 사실 사르미엔토는 프랭클린을 매우 존경했다. 그러나 프랭클린의 화려한 작품에서는 사르미엔토의 대표작 『파쿤도』를 빛나게 해 준 열정이 드러나지 않는다.

그는 『자서전(Autobiography)』에서 존경심이 절로 우러나는 굴곡진 운명을 시기별로 나누어 놓았다. 보스턴의 미천한 집안에서 태어난 그는 자수성가형 인물이었다. 산문을 쓰는 능력을 키우기 위해 애디슨의 수필을 읽고 또 읽은 뒤 잠시 잊고 있다가 다시 써 보는 등 연습을 쉬지 않았다. 1724년 그는 인쇄 자재를 구매하는 공식적인 일로 런던에 갔다. 스물두 살에는 선행을 중심 계율로 강조하는 종파를 만들었지만, 그리 큰 세력은 얻지 못했다. 그뿐 아니라 그는 가로등 시스템과 도로포장 계획 등에 기초한 시스템으로 도시 경찰 제도를 기획하기도 했고, 최초로 순회 도서관도 만들었다. 사람들은 경멸의 의미를 담아 그를 상식의 선지자라고 조롱하기도 했다. 처음에는 영국과 다른 식민지로부터 분리 독립하는 데 반대했으나, 시간이 흐르자 미국의 독립을 열렬히 지지했다. 1778년 미 공화국 정부는 그를 파리의 특명 전권 대사로 임명했다. 프랑스는 그를 '자연인(Homme de la nature)'의 탁월한 모범으로 받아들였으며, 볼테르는 공개적으로 그를 옹호하는 발언을 했다.

에드거 앨런 포와 마찬가지로 그는 기발한 속임수를 즐겨 사용했다. 1773년 영국 정부가 식민지에 조세를 부과하려고 하자 프랭클린은 프로이센 국왕의 출처가 의심스러운 칙령, 즉 영국이 5세기에 독일에서 건너간 부족에 의해 식민지가 된 적이 있으므로 영국에 세금을 부과한다는 내용의 칙령을 영국 신문에 발표했다.

그가 남긴 격언 중 하나는 "오늘 할 수 있는 일을 내일로 미루지 말라."이다. 그런데 마크 트웨인이라면 이 문장을 "모레 할 수 있는 일을 내일로 앞당겨 하지 말라."로 바꾸었을 것이다.

프랭클린이 피뢰침을 만들었다는 사실은 잘 알려져 있다. 이 일로 그는 튀르고[596]의 과분한 찬사를 받았다. "그는 하늘로 부터 번개를 빼앗고, 폭군으로부터는 왕홀을 빼앗았다."

프랭클린은 유럽에서 명성을 얻은 최초의 미국 작가였는 데, 18세기에는 작가라는 말의 의미가 철학자에 좀 더 가까웠 다. 두 번째로 알려진 작가는 소설가 페니모어 쿠퍼(Fenimore Cooper, 1789~1851)다. 오늘날에는 소수의 젊은이들 사이에서 만 거론되나, 당시에 그의 작품은 유럽의 거의 모든 언어뿐 아 니라 아시아의 일부 언어로까지 번역되었다. 발자크 또한 그 를 찬양했으며, 빅토르 위고는 그를 월터 스콧보다 더 높이 평 가했다. 유럽인들 중에는 그를 미국의 스콧이라고 부르는 사 람도 있었다.

뉴저지주 벌링턴에서 태어난 그는 인디언 마을과 숲에 인 접한 옷세고 호수 주변 농장에서 유년 시절을 보냈다. 인근 학 교에서 교육을 받은 뒤 예일 대학에 진학했으나 사소한 잘못 으로 퇴학당했고, 1805년 해군에 입대해 5년 동안 복무했다. 1813년 군에서 제대하고 결혼한 다음 마마로넥에 정착해 농 장주가 되었다. 1819년 우연인지 운명인지 그는 부인과 함 께 정말 형편없는 영국 소설을 읽었고 자신이 이것보다 나은 작품을 쓸 수 있다고 장담하자, 부인은 내기를 걸었다. 그 결 과물이 『경계(Precaution)』로, 영국의 세속적인 사람들 사이에 서 벌어지는 일을 다룬다. 1년 뒤 그는 『스파이(The Spy)』를 출

---

596   안 로베르 자크 튀르고(Anne Robert Jacques Turgot,
         1727~1781). 프랑스의 정치인이자 경제학자.

간했다. 미국을 배경으로 사건이 전개되는 이 책은 훗날 발표된 그의 작품들의 성격을 선명하게 보여 준다. 다른 작가들과 마찬가지로 쿠퍼가 먼 나라의 이야기뿐 아니라 지금 이곳에서 일어나는 일 역시 흥미로운 이야깃거리가 될 수 있음을 깨닫기까지는 다소 시간이 걸렸다. 그가 문학 작품에서 주로 다룬 주제로는 바다와 국경, 선원과 식민지 개척자, 홍인 등을 들 수 있다. 가장 널리 알려진 『모히칸족의 최후(The Last of the Mohicans)』를 비롯한 다섯 권의 연작 소설에서 페니모어 쿠퍼는 사슴 가죽 각반으로 인해 '가죽 각반'이라는 별명이 붙은 인간형을 인간의 상상력에 덧대어 주었다. 이 작품에서는 울창한 숲에 오솔길을 낸 시골뜨기 백인이 숲과 하나가 되어 가는 과정을 다룬다. 도시를 증오하는 그는 용감하며 충직할 뿐 아니라 거친 야생의 삶에 익숙해진 사람으로, 그의 도끼와 소총은 빗나가는 법이 없었다.

쿠퍼는 1826년부터 7년 동안 유럽에서 살았다. 그는 프랑스 리옹에서 미국 영사로 근무하며 그가 스승으로 여겼을지도 모를 월터 스콧 경이나 라파예트[597] 등과 대화를 나눌 기회를 얻었다. 훗날 라파예트에게는 영국을 심하게 비난하는 편지를 보냈는데, 영국의 소설가 앤드루 랭에 따르면 그가 이 편지로 "영국 사자와 미국 독수리"를 분노하게 했다고 한다. 미국으로 돌아온 쿠퍼는 다시 소설을 쓰기 시작했지만, 계속되는 소송

---

597   질베르 뒤 모티에 마르키스 드 라파예트(Lafayett, 1757~1834). 프랑스의 정치인으로 미국의 독립 전쟁에도 참전했다.

과 비난,『항해사』등의 출간으로 자주 중단되었다. 그의 전집
은 서른세 권에 달한다.

다소 수다스러울 뿐 아니라 라틴어 단어로 점철된 그의 산
문은 당대 문체의 장점은 찾아 보기 힘들고 오히려 모든 결점
만 모아 놓은 듯 보였다. 사건의 폭력성과 그의 아둔한 붓 사이
에는 읽기 불편한 대조적 성격이 자리 잡았다. 스티븐슨은 이
에 대해 너그럽게도 "쿠퍼는 밀림이자 파도다."라고 평했다.

쿠퍼와 동시대인이었던 워싱턴 어빙(Washington Irving,
1783~1859)은 역사가이자 수필가였다. 그는 뉴욕에서 태어났
다. 영국으로부터의 독립을 지지한 부유한 상인의 아들이었
던 어빙은 신문 기자에서 출발해 변호사와 풍자 작가 등을 전
전했다. 1809년 그는 뉴욕시를 비꼬는 내용의 이야기를 네덜
란드 출신의 현학적이고 상상력 풍부한 연대기 작가 디트리히
니커보커(Dietrich Knickerbocker)라는 이름으로 발표했다. 쿠퍼
와 달리 그는 유럽에 적대감보다는 애정을 품고 있었다. 영국,
프랑스, 독일 등을 잇달아 여행했고, 1826년부터는 스페인을
여행했다. 17년 동안 외국을 떠돌다가 고국으로 돌아와 이번
에는 미국 서부 국경 지대를 돌아보았다. 1842년 스페인 주재
미국 공사로 임명된 후 그는 오랫동안 그라나다에 거주하면서
『알람브라 이야기(Tales of Alhambra)』를 썼다. 그는 말년을 서
니사이드에 있는 자택에서 보내며 역사서 집필에 여생을 바쳤
다. 그중 최고의 야심작은 다섯 권에 달하는 기념비적 워싱턴
전기였다.

미국에는 낭만적인 과거가 부족하다고 생각한 그는 다른
곳, 다른 시대의 전설들을 미국식으로 각색했다. 예를 들어 황

제에게 박해받은 일곱 명의 기독교인 이야기를 각색하기도 했다. 그들이 동굴에서 개를 데리고 잠을 자다 깨어 보니 기번의 말처럼, "순식간에 200년이 지나 있었다". 기독교 세계에서 아침을 맞은 그들은 금기시되던 십자가가 도시 입구에 세워진 걸 보고 매우 놀란다. 어빙은 개 이야기만 원형대로 유지한 채, 200년을 20년으로 줄이고 잠들었던 기독교인 일곱 명을 농부한 명으로 바꿔 버렸다. 농부는 사냥을 나가 네덜란드풍의 옷을 입은 낯선 이를 만난다. 이 네덜란드 사람이 그를 비밀 모임에 데려가 신비한 맛의 음료수를 준다. 이를 받아 마신 농부가 잠에서 깨어나 보니 이미 독립 전쟁이 끝나 있었다. 립 밴 윙클(Rip Van Winkle)[598]은 이제 영어권 나라에서는 아주 친숙한 이름이 되었다.

어빙은 역사적 사실의 뿌리를 찾거나 그것을 독창적으로 해석해 내는 사람이 아니었다. 그래서 그는 콜럼버스의 전기를 쓸 때는 나바레테(Navarrete)[599]의 작품에, 무함마드의 전기를 쓸 때는 동양학을 전공한 독일계 유대인 구스타프 바일(Gustav Weil)의 유사한 내용을 담은 책에 의지했다.

윌리엄 프레스콧(William Prescott, 1796~1859)은 어빙과 마찬가지로 스페인의 언어와 문화에 특별한 매력을 느꼈다. 매사

---

598   낮잠 자고 일어났더니 세상이 바뀌어 있더라는 이야기. 어빙의 단편 소설을 통해 영어권 세계에 널리 알려졌다.

599   마르틴 페르난데스 데 나바레테(Martín Fernández de Navarrete, 1765~1844). 스페인 항해자이자 역사가.

추세츠주 세일럼에서 태어난 그는 저명인사를 많이 배출한, 보스턴의 '브라만'이라는 별명이 붙은 지식인 가문 출신이었다. 1843년 그는 어빙에게 물려받은 주제인 『멕시코 정복사(The History of the Conquest of Mexico)』를 출간했다. 뒤이어 1847년에는 『페루 정복사(The History of the Conquest of Peru)』를 발간했지만, 마지막 세 번째 역사서인 『펠리페 2세 치세사(History of the Reign of Philip II)』는 결국 완성을 보지 못하고 눈을 감았다.

그는 엄밀한 사실성을 잃지 않고 역사 서술을 예술의 경지로 끌어 올렸다. 사회적인 요소보다 극적인 요소를 더 중시한 그는 스페인의 페루 정복사에서는 피사로의 개인적인 모험에 주목했으며, 주인공인 피사로가 죽자 이 서사시를 끝맺었다. 그의 책은 낭만적 요소가 지나친 면이 없지 않지만, 한 편의 멋진 소설처럼 읽히는 장점도 있다. 최근 그에 대한 평가가 몇 가지 세부적인 측면에서 수정되었지만, 누구도 그가 위대한 역사가였다는 점을 부정하지는 못할 것이다.

이런 평가에 조금도 손색이 없는 작가로는 프랜시스 파크먼(Francis Parkman, 1823~1893)을 들 수 있다. 그는 보스턴에서 태어났다. 건강이 좋지 않았던 그는 프레스콧과 마찬가지로 시력이 많이 나빴지만 심각한 장애를 효율적으로 극복했다. 대부분 역사서인 작품의 상당 부분을 그는 다른 사람들에게 구술로 받아쓰게 했는데, 자전적 소설인 『배설 모턴(Vassall Morton)』과 꽃에 대한 열정을 그린 『장미의 책(The Book of Roses)』만 예외다. 그는 미국적인 것에서 주제를 찾고자 노력했다. 광대한 대륙을 여기저기 여행하며 소작인과 인디언의 삶을 체험했다. 신대륙 지배를 둘러싼 영국과 스페인, 프랑스의 피비린내 나는 각축전을 웅변적이면서도 면밀함을 잃지 않는 필치로 끊임없이 써 내려갔다. 그는 캐나다에서 벌어진 전사들의 영웅적 투쟁, 17세기 예수회의 선교 활동, 개종한 인디언 부족을 물리친 이교도 이로쿼이족의 승리에 대해 연구했다.

그의 작품 중 가장 널리 알려진 것은 18세기 중엽에 일어난 오타와족 폰티액 추장의 반란을 다룬 작품이다. 이 유명한 추장은 프랑스와의 동맹을 위해 영국의 힘에 맞서 탁월한 전술과 마술적인 주술을 사용했는데 결국 암살당했다.

파크먼은 월트 휘트먼보다 1년 뒤에 죽었다. 그는 영적인 측면에서 휘트먼보다는 보스턴의 '브라만' 그룹에 더 가까웠다. 우리는 그의 다음 글에서 이런 면을 찾아 볼 수 있다.

"나의 정치적 신념은 민주주의와 절대 권력이라는, 각기 결함을 담보한 두 극단 사이를 헤매고 있다. 나는 입헌 군주제에 반대하지 않지만, 보수적인 공화제를 선호한다."

호손과 포

단편 소설과 장편 소설을 모두 쓴 너새니얼 호손(Nathaniel Hawthorne, 1804~1864)은 앞서 거론한 작가들보다 훨씬 더 중요한 인물이다. 그는 세일럼의 청교도 마을에서 태어났는데, 이 사실이 평생 그를 무겁게 짓눌렀다. 그의 할아버지는 마녀사냥의 재판관이었고, 해군 함장이었던 그의 아버지는 호손이 네 살이었을 때 동인도 제도에서 사망했다. 호손은 메인주에서 학업을 마쳤는데, 그곳에서 피어스,[600] 롱펠로와 우정을 맺었다. 그는 학교를 졸업한 뒤 세관에서 일자리를 구했다. 아버지가 죽은 후 호손의 가족들은 기이한 은둔 생활을 했다. 성서와 기도에 빠져 함께 식사도 하지 않았으며, 서로 대화도 거의

---

[600]　프랭클린 피어스(Franklin Pierce, 1804~1869). 호손의 평생지기로, 훗날 미국의 14대 대통령이 되었다.

하지 않았다. 호손의 어머니는 음식을 쟁반에 담아 복도에 두 곤 했다. 너새니얼은 낮에는 짧은 환상 소설을 썼고, 황혼 녘이 되어서야 밖으로 나가 산책을 했다. 이런 은둔 생활은 12년이 나 지속되었다. 1837년 그는 롱펠로에게 이런 편지를 보냈다. "나는 스스로를 은둔 생활 속으로 몰아넣었네. 그럴 의도는 조 금도 없었고, 이런 일이 나에게 일어나리라 전혀 생각지 못했 는데 말일세. 나는 죄수가 되어 버렸네. 스스로를 감옥에 가두 어 버린 게지. 그런데도 나는 열쇠를 찾고 싶지 않네. 문이 열려 있어도 바깥세상에 나가기가 너무 두렵네." 이 시기에 호손은 「웨이크필드(Wakefield)」라는 짤막한 글을 썼는데, 여기에 자신 의 기이한 고립 생활을 반영한다. 런던 출신의 멋진 신사인 주 인공은 어느 날 오후 아내를 버리고 나가 자기 집 뒤로 숨어 들 어간다. 그는 결국 20년 만에 집으로 돌아오는데, 스스로도 왜 그런 행동을 했는지 여전히 모른다. 이 이야기는 다음과 같은 말로 끝을 맺는다. "우리가 살아가는 이 신비한 세계에 엄연히 자리 잡은 무질서 속에서 각 개인은 사회 시스템에 멋지면서 도 확실하게 적응되어 있다. 그리고 모든 시스템 역시 서로 유 연한 관계를 맺고 있다. 누구든 잠시라도 정도에서 벗어나면 영원히 제자리를 찾지 못할 위험에 빠진다. 우주가 버린 천민 웨이크필드와 같은 존재가 될지도 모르는 위험 말이다." 설명 불가능한 법칙이 지배하는, 예컨대 호손이 이야기하는 그 신 비의 세계는 다름 아닌 칼뱅주의자들의 예정론에 기초한 삶이 었다.

1841년 그는 몇 달간 사회주의 공동체인 브룩 팜(Brook Farm)[601]에 참여했다. 1850년에는 그가 남긴 가장 유명한 소설

『주홍 글자(The Scarlet Letter)』를 출판했고, 다음 해에는『일곱 박공의 집(The House of Seven Gables)』을 발표했다. 1853년 미국 대통령에 당선된 프랭클린 피어스는 그를 영국 리버풀 주재 영사로 임명했다. 훗날 그는 이탈리아에서 살며『대리석 목양신(The Marble Faun)』을 썼다. 앞에서 언급한 작품 외에도 여러 권의 단편 소설집을 더 발표했는데, 그중 가장 널리 알려진 작품은『눈의 이미지(The Snow Image)』다.

호손은 죄의식과 윤리적 편견이라는 면에서는 청교도주의와 관계가 깊으며, 탐미적 성향과 환상적 허구라는 측면에서는 또 다른 대가인 포와 연결된다.

가난한 배우 부부의 아들 애드거 앨런 포(1809~1849)는 보스턴에서 태어나 상인인 존 앨런에게 입양되었는데, 포는 양아버지의 성을 자신의 중간 이름으로 사용했다. 그는 버지니아주와 영국에서 교육을 받았다. 영국에서의 학교 생활은 짤막한 환상 소설 「윌리엄 윌슨(William Wilson)」에 묘사되어 있다. 이 소설의 주인공은 자신의 분신을 죽이는 순간 자신도 죽고 만다. 포는 나중에 웨스트포인트에 들어갔지만 퇴학당한다. 이후 그는 언론계에 종사하며 불행한 삶을 이어 간다. 당대에 가장 필명이 높았던 문필가들을 적으로 만들었으며, 표절 문제로 롱펠로를 비난하기도 했다. 젊은 시절부터 그는 술과 정신병으로 망가졌다. 1836년 열세 살 어린 사촌 누이 버지니아 클렘과 결혼했으나, 그녀는 1847년 결핵으로 세상을 떠났

60I   19세기 공상적 사회주의자 푸리에의 영향을 받아 만들어진 집단 농장.

다. 포 역시 볼티모어에 있는 병원에서 세상을 떠났는데, 열병으로 고통받았던 당시의 모습은 『아서 고든 핌의 이야기(The Narrative of Arthur Gordon Pym of Nantucket)』에 나오는 잔혹한 일화에 아주 생생하게 그려져 있다. 그는 짧고 불행한 삶을 살았다. 하지만 불행이 짧았다고도 말할 수 있을 것이다.

의지가 약했던 탓에 동시에 상반된 열정에 사로잡히곤 했던 포는 이성과 명석한 머리를 숭배했다. 본성대로 낭만적인 삶을 살면서도 영감을 부정했으며 미학적인 창조는 순수한 지성에서 비롯된다고 밝혔다. 그는 「글쓰기 철학(The Philosophy of Composition)」에서 자신의 유명한 시 「갈까마귀(The Raven)」를 어떻게 썼는지 설명하며, 창작 과정을 몇 단계로 나누어 분석한다. 어쩌면 분석하는 척한 것인지도 모른다. 우리에게 이야기한 바에 따르면 시작할 때에는 100행 내로 쓸 생각이었다고 한다. 100행이 넘으면 자신이 추구하는 효과의 통일성이 파괴될 테고, 모자라면 밀도가 부족하리라 생각했다. (사실 「갈까마귀」는 108행이다.) 여기에서 한 걸음 더 나아가 포는 아름다움은 절대적이며, 시에 사용할 수 있는 모든 어조 중 감상적인 것이 최고라는 생각에 이르렀다. 그리고 보편성을 생각한다면 후렴을 붙이는 것이 효과적이라고 생각했다. 'o'와 굴림소리 'r'를 가장 듣기 좋은 낭랑한 소리로 판단했기 때문인지 그는 처음으로 떠오른 단어가 바로 '두 번 다시 ……하지 않다'라는 의미의 'Nevermore'였다고 한다. 그가 당면한 가장 중요한 문제는 그가 사용하는 단어의 단조로운 반복을 어떻게 이성적이고 합리적인 것으로 정당화할 것인가였는데, 비이성적이지만 언어로서의 가능성을 갖춘 단어를 통해 그는 그 문제를 해결했다. 그는 원래 앵무새를 염두에 두었지만, 장엄하고 감상적인 분위기를 자아내기 위해 갈까마귀라는 단어가 더 낫다고 생각했다. 그리고 죽음보다 더 감상적인 것은 없다는 생각에, 아름다운 여인의 죽음이야말로 최고의 시적 주제라고 생각했다. 그래서 두 가지 개념을 결합했다. 즉 사랑하는 여인의 죽음을 슬퍼하는 청년이라는 개념과 연이 끝날 때마다 Nevermore를 반복하는 갈까마귀라는 개념, 이 두 개념을 조화롭게 결합하고자 했다. 다만 언제나 같은 단어지만 그 의미는 반복할 때마다 달라져야 했다. 이를 위한 유일한 방법은 사랑에 빠진 청년이 질문을 던지는 것이었다. 처음에는 평범하고 사소했던 이 질문들은 마지막에는 아주 특별한 것이 되어야 했다. 뭔가 불길한 답변을 예감했던 사랑에 빠진 청년은 사랑하는 여인을 떠올리며 가슴 절절한 고통을 느낀다. 청년은 마지막으로 그녀를 언제 다시 만날 수 있느냐고 묻지만, 갈까마귀는 '네버모어'라고 대답한다. 시의 마지막 부분에 있는 이 시행은 사실 시인이 가장 먼저 쓴 것이었다. 그는 이 같은 시작법과 관련하여 무엇보다도 독창성을 추구했다. 그는 다양한 운율과 함께 조합했으며, 두운과 각운을 동시에 사용했다.

사랑에 빠진 청년과 갈까마귀가 어디서 만나게 하는 게 좋을까? 포는 들판이나 숲속을 먼저 떠올렸지만, 자신이 원하는 인상을 집중시키기 위해서는 닫힌 공간이 더 적절하리라 생각했다. 그는 이제는 사라지고 없는 사랑하는 여인에 대한 추억이 가득한 방에 청년을 배치하며 이 문제를 해결했다. 어떻게 하면 새를 이 방에 들어오게 할 수 있을까? 여기에서는 창문이라는 착상이 불가피했을 것이다. 갈까마귀가 피난처를 찾아

오는 것을 정당화하는 데는 폭풍우가 몰아치는 밤이 가장 그럴듯했다. 게다가 폭풍우가 몰아치는 상황은 실내의 차분하게 가라앉은 분위기를 한층 고조할 수도 있다는 장점도 있었다. 갈까마귀는 아테나 여신의 흉상에 내려앉는데, 포는 세 가지 이유, 즉 검은 깃털과 흰 대리석의 대비, 서재가 담아내고 있는 지혜의 상징이라는 유사한 이미지의 어우러짐, 아테나라는 이름이 지니는 열린 모음의 낭랑한 음성 측면에서의 효과를 들어 여신상을 정당화한다. 조금은 농담조로 사랑에 빠진 청년은 갈까마귀에게 저승에서는 '밤'을 뭐라고 부르는지 묻는다. 갈까마귀는 '네버모어'라고 대답한다. 대화는 계속 이어져, 환상적인 것에서 감상적인 것으로 주제가 옮아간다. 여신의 대리석 흉상에 앉은 갈까마귀는 청년을 뛰어넘어 독자에게까지 감동을 준다. 그 가운데 조용히 대단원을 준비한다. 사랑에 빠진 청년은 갈까마귀가 낼 수 있는 소리 조합이 '네버모어'뿐이라는 것을 알게 된다. 그런데도 청년은 의도적으로 슬픈 대답밖에 들을 수 없는 질문을 던져 자신을 괴롭히는 것이다. 여기까지의 구성은 정말 탄탄하다고 볼 수 있다. 그런데 시인은 우화적 요소를 풀어놓았다. 갈까마귀는 끝없이 이어지는 불행에 대한 불멸의 추억을 상징한다. 여기까지가 포가 우리에게 제시하는 시에 대한 분석이다.

포의 단편은 두 범주, 그러니까 공포 소설과 추리 소설의 두 범주로 나뉘는데 때로는 그 둘이 서로 뒤섞인다. 누군가가 그의 공포 소설이 독일 낭만주의 작가들을 모방했다고 비난하자 포는 "공포는 독일산이 아니다. 영혼으로부터 나온 것이다."라고 맞받았다. 추리 소설은 당시로서는 새로운 장르였던 탐정 소설의 시작을 알렸다. 포의 추리 소설은 결국 전 세계를 정복했으며, 디킨스, 스티븐슨, 체스터턴 등을 숭배자로 거느릴 수 있었다.

에드거 앨런 포는 시에서 사용하던 기법을 단편 소설에도 적용하여, 모든 것이 마지막 한 줄에 드러나도록 써야 한다고 생각했다.

초월주의

아메리카 대륙에서 일어난 가장 중요한 지적 현상으로 초
월주의(transcendentalism)를 들 수 있다. 이는 폐쇄적인 학파
가 아니라 열린 사상 운동을 형성했으며, 작가, 농부, 수공업
자, 상인, 기혼 및 미혼 여성 들까지 이 운동에 참여했다. 이는
1836년부터 사반세기 동안 꽃을 피웠는데, 중심지는 뉴잉글
랜드 지방에 있는 콩코드시였다. 초월주의는 18세기의 이성주
의, 로크의 심리학 그리고 유니테리언주의(unitarianism)[602]에
대한 반발에서 나온 운동이었다. 정통 칼뱅주의를 계승한 유
니테리언주의는 예수가 행한 기적의 역사적 진실까지는 수용
했지만, 이름이 말해 주듯 삼위일체설은 부정했다.

602　　이신론의 영향을 받은 반삼위일체론 계통의 기독교
　　　　교리. 신은 하나라는 단일신론을 주장한다.

초월주의의 뿌리는 다양하다. 힌두교의 범신론, 신플라톤주의, 페르시아의 신비주의자들, 스베덴보리의 신지학(神智學), 독일의 관념론, 영국의 시인이자 비평가였던 콜리지와 역사학자 칼라일의 글 등을 들 수 있다. 한편으로는 청교도의 윤리적 관심사를 계승하기도 했다. 하느님은 선택받은 자들의 영혼에 초자연적인 빛을 비추어 준다고 조너선 에드워즈는 가르쳤다. 스베덴보리와 유대의 카발라주의자들은 외부 세계는 영적인 세계의 반영이라고 가르쳤다. 이 같은 사상은 콩코드에 살던 시인들과 산문가들에게 영향을 주었다. 아마 우주에 내재하는 신이라는 개념이 중심이었을 것이다. 초월주의 시인 에머슨은 모든 존재가 소우주, 즉 작은 세계라고 주장했다. 그는 각 개인의 영혼이 전 세계의 영혼과 동일할 뿐 아니라 물리법칙은 도덕법칙과 하나로 섞여 있다고 보았다. 만일 각자의 영혼에 신이 존재한다면 외부에 세워진 모든 권능은 소멸될 수밖에 없다. 모든 사람의 가슴속에 내재된 은밀한 신성으로 충분한 것이다.

최근 에머슨과 소로는 이 같은 초월주의 운동의 가장 저명한 인사가 되었다. 이 운동은 롱펠로, 멜빌, 휘트먼 등에게 지대한 영향을 끼쳤다.

우리가 살펴보고자 하는 이 초월주의 운동의 가장 탁월한 인물은 랠프 월도 에머슨(Ralph Waldo Emerson, 1803~1882)이다. 그는 보스턴에서 태어났는데 아버지와 할아버지는 모두 개신교 목사였다. 에머슨 역시 조상들의 뒤를 따라, 1829년 안수를 받은 뒤 유니테리언 교회의 목사직을 맡았고 같은 해 결혼했다. 1832년 그는 아내와 형제들의 잇따른 죽음으로 영적인 위기를 겪으며 결국 성직을 떠났다. '형식적 종교의 시대는 이미 지나갔다.'고 생각한 그는 얼마 후 첫 번째 영국 여행을 떠났다.

영국에서 그는 워즈워스, 랜더, 콜리지, 칼라일과 사귀게 되었고, 칼라일의 문하생으로 자처했다. 하지만 실제로 두 사람은 전혀 다른 유형이었다.

에머슨은 언제나 자신을 반노예주의자라고 밝혔지만, 칼라일은 노예제를 신봉했다. 보스턴으로 돌아온 에머슨은 순회 강연에 나섰고, 덕분에 그는 미국을 속속들이 알게 되었다. 방청객들이 연단 앞까지 밀려들 정도였다. 그의 명성은 점점 퍼져 미국을 뛰어넘어 유럽에까지 알려졌다. 니체는 에머슨에게 편지를 보내 그가 너무 가깝게 느껴져 감히 칭송하지 못하겠다고까지 이야기했다. 에머슨을 칭송하는 것이 자기를 칭송하는 것처럼 느껴졌기 때문이라는 말이다. 몇 차례 여행을 떠났을 때를 제외하고 그는 대부분의 시간을 콩코드에서 보냈다. 그는 1853년에 재혼했으며, 1882년 4월 27일 세상을 떠났다.

에머슨은 논리로는 아무도 설득할 수 없으며, 다소 시간이 걸릴지라도 결국 상대방에게 영향력을 미칠 수 있으려면 진실을 이야기해야 한다고 썼다. 이와 같은 신념 때문에 그의 작품은 단상의 성격을 띤다. 지혜로 가득하여 한번 들으면 잊을 수 없는 문장이 많다. 다만 이러한 문장들은 앞의 글과 자연스럽게 연결되지 않을 뿐 아니라 이어지는 문장에 대비할 수 있도록 도와주지도 않는다. 전기 작가들의 말에 따르면 강연을 하거나 글을 쓸 때 그는 풀어 흩어진 짧막한 문장들을 여럿모아 놓았지만, 결국 우연에 맡겨 순서를 정했다고 한다. 초월주의에 관한 우리의 논의 역시 그가 밝힌 원칙을 따라갈 수밖에 없다. 흥미로운 것은 힌두교도들을 무위로 이끈 범신론으로 인해 에머슨은 인간이 할 수 있는 일에 한계가 있을 수 없다고 설교한 점이다. 그는 우리 각 개인의 가슴속에 신성이 있음을 믿었기 때문이다. "당신은 모든 것을 알아야 하고, 모든 것에 도전해야 한다." 그의 영적인 너그러움은 정말 놀랄 만하다. 이에 대해서는 1845년에 했던 여섯 차례 강연의 제목을 떠올리는 것만으로도 충분하다. '플라톤 혹은 철학자', '스베덴보리 혹은 신비주의자', '셰익스피어 혹은 시인', '나폴레옹 혹은 세계인', '괴테 혹은 작가', '몽테뉴 혹은 회의론자'. 열두 권에 달하는 그의 전집에서 가장 흥미로운 것은 그의 시를 담아낸 책이다. 에머슨은 위대한 지성을 갖춘 시인이었다. 약간은 경멸 어린 투로 '시끌시끌한 인간'이라는 별명을 붙이는 등 그는 에드거 앨런 포에게 별로 관심을 두지 않았다. 그의 시 「브라마(Brahma)」를 번역해 보자.

> 만일 피에 주린 자가 살인을 저질렀다고 생각한다면
> 혹은 피살자가 살해당했다고 생각한다면,
> 그들은 삶의 통찰이 깃든 나의 이 섬세한 길을 모르는 것이다.
> 나는 지나가고 또 돌아온다.
>
> 내게는 먼 것과 잊힌 것 모두 가까운 존재이며
> 그늘과 햇빛 역시 똑같다는 생각이 든다.
> 사라진 신들이 다시 모습을 드러내고

수치와 명예도 같은 것이다.

나를 등지려는 생각은 잘못된 것이며

내게서 도망치려고 할 때, 나는 기꺼이 날개가 되어 줄 것

이다.

나는 회의론자이자 회의 그 자체다.

나는 브라만이 노래하는 찬가다.

강한 신들은 내 집을 갈망하며

일곱 성자 역시 헛되이 내 집을 갈망한다.

그렇지만 너, 겸허한 마음으로 선을 사랑하는 자여

나를 찾아라! 하늘에 등을 돌려라.

수필가이자 자연주의 작가이며 시인인 헨리 데이비드 소로(1817~1862)는 콩코드에서 태어났다. 그는 하버드 대학에서 그리스어와 라틴어를 공부했으며, 동양과 역사 그리고 인디언의 관습에 관심이 있었다. 한 걸음 더 나아가 그는 자급자족하는 삶을 원했으며, 장기 과제에 얽매이고 싶어 하지 않았다. 그는 직접 배와 울타리를 만드는 측량 기사이기도 했다. 2년 동안 에머슨의 집에서 살았는데 그러다 보니 외모까지 에머슨을 닮아 갔다. 1845년 드디어 그는 월든의 외딴 호숫가 통나무집에 은거하기 시작했다. 하루하루 고전을 읽고, 글을 쓰고, 자연을 꼼꼼히 관찰하며 보냈다. 그는 고독을 즐겼다. 그는 자신의 글에서 이렇게 쓴다. "내가 만난 사람들 대부분이 그들이 깨뜨린 침묵보다 더 큰 교훈을 주지는 못했다."

에머슨은 가장 간결하지만 가장 뛰어난 헨리 데이비드 소

로 전기를 썼다. "그처럼 모든 것을 버린 삶을 산 사람은 그리 많지 않다. 직업도 없었고, 결혼도 하지 않았고, 혼자 살았으며, 교회에도 나가지 않았고, 투표도 하지 않았고, 세금 납부도 거부했으며, 육식도 하지 않았고, 포도주도 입에 대지 않았으며, 담배도 모르고 살았다. 또한 자연주의자였지만 덫을 놓지도 않았고, 총기도 사용하지 않았다. 승부욕, 식욕도 없었고, 열정도 느끼지 않았으며, 짐짓 우아해 보이지만 결국 하찮은 것에는 전혀 마음을 주지 않았다."

그의 저서는 서른 권이 넘는데, 가장 유명한 책은 1854년에 출판된 『월든(Walden or Life in the Woods)』이다.

마르크스의 『공산당 선언』이 나오고 1년 후인 1849년 소로는 『시민 불복종(Resistance to Civil Government)』을 출간했다. 이 책은 훗날 간디의 사상과 생애에 영향을 주었다. 그는 이 책의 첫 부분에서, 좋은 정부는 가장 적게 통치하는 정부이고, 더 좋은 정부는 전혀 통치하지 않는 정부라고 밝혔다. 이런 의미에서 그는 상비군과 상설 정부라는 개념을 거부했다. 그는 정부가 미국인의 자연스러운 발전을 오히려 방해한다고 믿었다. 그가 받아들인 유일한 의무는 매 순간 정당하다고 생각되는 바를 실행하는 것이었다. 그리고 그는 인간이 만든 법률보다 정의에 복종하는 것을 선호했다. 신문을 읽는 것도 의미 없다고 판단했다. 화재나 범죄 소식은 하나만 읽어도 모든 것을 미루어 알 수 있다고 생각했기 때문이다. 그는 비슷비슷한 사건들을 낱낱이 모아 놓는 것이 아무 의미가 없다고 보았다.

그는 이런 글을 남겼다. "언젠가 토끼 사냥개 한 마리, 털북숭이 말 한 마리, 멧비둘기 한 마리를 잃어버렸는데, 아직도 찾고 있다. 나는 수많은 여행객에게 물어보았다. 어떤 사람은 개 짖는 소리를 들었다고 했고, 말 달리는 소리를 들었다는 사람도 있었으며, 멧비둘기가 나는 것을 본 사람도 있었다. 그들은 모두 기꺼이 나와 고민을 나누려 했다." 동양 우화에서 영감을 받은 듯한 이 글에서 우리는 소로의 감상을 짙게 느낄 수 있다. 무정부주의 역사가들은 흔히 소로의 이름을 빠뜨리는데, 이는 아마도 그의 무정부주의가 그의 삶 전반처럼 평화적이고 비폭력적인 성격을 띠기 때문일 것이다.

지금은 다소 잊힌 헨리 워즈워스 롱펠로(1807~1882)는 살아생전에 미국에서 가장 사랑받는 시인이었다. 메인주 포틀랜드에서 태어난 그는 하버드 대학에서 어문학을 강의했다. 그의 지적인 활동은 지칠 줄을 몰랐다. 중세 스페인 시인 호르헤 만리케(Jorge Manrique), 스웨덴 시인 에사이아스 텡네르(Esaias Tegnér), 프로방스와 독일의 음유 시인들, 앵글로색슨계 무명 시인의 시를 영어로 옮겼으며, 스노리 스투를루손의 『헤임스크링글라』 일부를 시로 만들었다. 남북 전쟁이 계속되던 불안한 시기에는 지적 호기심이 잘 드러난 상세한 주석 덕분에 최고의 영역본으로 꼽히는 『신곡』을 번역하여 자신의 영혼을 위로하기도 했다. 1847년에는 6보격 장시 『에반젤린(Evangeline)』을 발표했고, 핀란드 서사시 『칼레발라(Kalevala)』풍으로 백인이 아메리카 대륙에 올 것을 예감한 인디언을 노래한 『히아와타의 노래((The Song of Hiawatha)』도 출판했다. 『밤의 소리(Voices of the Night)』에 수록된 수많은 시는 동시대인들의 애정과 존경심을 불러일으켰으며, 오늘날에도 다양한 시 선집에 실려 있다. 다만 지금 다시 읽어 보면, 조금 더 손질하면 좋겠다

758

는 인상을 준다.

헨리 팀로드(Henry Timrod, 1829~1867)는 초월주의와는 달리 남부의 희망, 승리, 영고성쇠와 최후의 패배 등을 노래했다. 그는 사우스캐롤라이나주 찰스턴에서 독일계 제본업자의 아들로 태어났다. 그는 남부 동맹군에 입대했지만 폐결핵 때문에 군인의 길을 포기했다. 그의 시에는 열정이 넘칠 뿐 아니라 형식 면에서는 고전적인 감각도 녹아 있다. 그는 서른여덟 살에 세상을 떠났다.

휘트먼과 허먼 멜빌

휘트먼의 시를 읽은 다음 그의 전기로 넘어간 사람들은 분명 조금은 기대에 어긋난다고 느낄 것이다. 이는 휘트먼이란 이름 안에 완전히 다른 두 인물이 공존하기 때문이다. 예컨대 아주 평범한 작가로서의 인물과 거의 신에 가까운 주인공으로서의 인물이 공존하는 것이다. 우리는 이 이중성의 이유를 살펴보고자 한다. 먼저 작가로서의 면모를 살펴보자.

영국과 네덜란드계 혈통을 이어받은 월트 휘트먼(1819~1892)은 롱아일랜드에서 태어났다. 아버지는 목조 가옥을 짓는 건축가로, 휘트먼 역시 이 일에 종사했다. 어린 시절부터 그는 자연과 독서에 탐닉했다. 그래서『천일야화』, 셰익스피어, 성서를 즐겨 읽었다. 1823년 온 가족이 브루클린으로 이주했으며, 여기에서 휘트먼은 인쇄공, 교사, 신문 기자 등의 직업을 가졌다. 스물한 살에는《브루클린 데일리 이글(Brooklyin

Daily Eagle)》의 편집장을 맡았는데, 별로 의욕을 보이지 않은 탓에 1847년 자리를 잃고 말았다. 이때까지만 해도 그가 이룬 문학적 업적은 그리 눈여겨볼 만한 것이 없었다. 전기 작가 역시 술을 배척하는 내용의 소설과 평범한 시 몇 편밖에 떠오르지 않는다고 이야기했다. 1848년 그는 동생과 뉴올리언스로 여행을 떠났는데, 여기에서 전기가 마련되었다. 이 여행에서 사랑을 경험했다는 사람도 있고, 그를 결정적으로 변화시킨 신의 계시가 있었을 거라 주장하는 사람도 있다. 1855년 그는 열두 편의 시를 담은 『풀잎(Leaves of Grass)』의 초판을 출간했다. 에머슨이 열정적인 편지를 보냈을 정도로 대단한 가치를 지닌 책이었다. 휘트먼은 평생 열두 번 『풀잎』의 증보판을 냈는데, 새로운 판본을 발표할 때마다 신작 시를 넣어 시집을 풍성하게 살찌웠다. 1860년 3판을 출간했을 때는 비근한 예를 찾아보기 힘든, 대범하다고 말할 수밖에 없는 에로틱한 표현으로 적지 않은 독자들을 경악시켰다. 에머슨은 먼 길을 한걸음에 달려와 그를 설득하고자 했다. 몇 년이 흐른 뒤 휘트먼은 친구 에머슨의 논리에 반박하기 힘들었지만 고집을 꺾고 싶지 않았다고 이야기했다.

남북 전쟁이 진행되는 동안 휘트먼은 피비린내 진동하는 병원에서 부상병을 간호하기도 하고, 때로는 전장에 직접 뛰어들기도 했다. 그가 나타나기만 해도 부상병들의 고통이 가라앉았다는 이야기도 전해진다. 1873년 초에 그는 갑작스러운 마비 증상으로 쓰러졌다. 1876년에는 캐나다와 서부를 여행할 정도로 호전되었다가 1885년에 다시 건강이 급격히 악화되었다. 그러는 동안에도 그의 명성은 미국 전역을 넘어 유럽에까지 퍼져 나갔다. 그는 수많은 제자를 거느렸는데, 이들은 그의 별로 중요하지 않은 말까지 모두 기록해 남겼다. 그는 캠던에서 유명하고 가난한 삶을 마감했다.

휘트먼은 미국 민주주의의 서사시라고 할 수 있는 메시아적인 작품을 쓰고자 했다. 그가 사랑한 시인은 테니슨이었지만, 작품을 위해서 그는 좀 더 색다른 언어를 사용해야 할 것 같다고 생각했다. 예컨대 그는 미국의 길거리와 변방에서 사용되는 구어체를 주로 구사했다. 그만 아니라 자신의 서사시가 대륙 전역을 끌어안을 수 있도록 인디언들이 사용하던 단어, 스페인어와 프랑스어에서 비롯된 단어들을 시에 아주 많이 삽입했다. 형식적인 측면에서는 정형시와 각운을 거부하고, 성서의 시편에서 영감을 받아 운율을 살린 긴 연을 선택했다.

과거의 전통 서사시에서는 대체로 한 영웅, 예컨대 아킬레우스, 오디세우스, 아이네이아스, 룰랑 혹은 엘시드 같은 영웅한 사람이 전편을 지배했다. 반면에 휘트먼은 모든 등장인물을 영웅으로 만들었다. 그는 이렇게 썼다.

이것은 만인의 사상이다.
모든 시대, 모든 국가의 것으로 어느 개인의 것이 아니다.
이편과 저편을 아우르지 못한다면 아무 의미가 없다.
수수께끼와 답이 함께하지 않는다면 아무 의미가 없다.
먼 것을 가까운 것으로 똑같이 취급하지 않는다면 아무 의미가 없다.

이는 흙과 물이 있는 곳이라면 어디서나 자라는 풀이다.

이는 지구를 둘러싼 모든 사람의 공기다.

책에 나오는 월트 휘트먼은 복수의 인물로, 작가인 동시에
동시대 혹은 미래의 독자다. 이런 식으로 이해해야만 너무나
뚜렷하게 나타나는 모순을 비로소 설명할 수 있다. 휘트먼은
어디에서는 롱아일랜드에서 태어났다고 하고, 또 다른 곳에
서는 남부가 고향이라고 한다.「포마녹을 떠나며(Starting from
Paumanok)」라는 시에서 그는 환상적인 일대기를 시작한다. 시
인은 여기서 한 번도 해 본 적이 없는 직업인 광부로서의 경험
을 언급한다. 그뿐 아니라 한 번도 가 본 적 없는 초원에서 들소
떼가 돌아다니는 광경을 묘사하기도 한다.

「세상에 보내는 인사(Salut au Monde!)」라는 시에서는 낮과
밤을 동시에 묘사하면서 지구의 전체적인 광경을 담아낸다.
그가 본 많은 장면 중에는 아르헨티나의 대평원도 등장한다.

아르헨티나의 평원을 달리는 가우초를 본다.
탁월한 솜씨의 기수가 밧줄 던지는 것을 본다.
대평원에서 사나운 소들을 뒤쫓는 것을 본다.

휘트먼은 동틀 녘의 세상을 묘사하며 노래를 시작한다. 에
드거 앨런 포와 그와 함께한 사람들은 아메리카를 단순히 유
럽의 연장선에서 본 반면, 휘트먼과 그의 후계자들은 아메리
카의 탄생을 시인들이 당연히 축복해야 할 새로운 사건으로
생각했다고 존 브라운(John Brown)은 썼다. 미국 문학사는 바로
이 두 개념의 끊임없는 갈등이다.

마크 트웨인이나 잭 런던 혹은 여타의 많은 미국 작가들처럼 허먼 멜빌(1819~1891)은 모험으로 점철된 삶을 살았다. 집에만 틀어박혀 지낸 휘트먼 역시 그런 삶을 꿈꾸었지만 운명이 거부했다. 멜빌은 뉴욕에서 태어났다. 열다섯 살 되던 해 스코틀랜드 혈통의 아버지가 파산하자 극도로 궁핍해졌다. 이후 은행원, 잡부, 교사 등으로 되는대로 일하다가 1839년에 견습 선원이 되었다. 이렇게 바다와의 오랜 우정이 시작되었다. 1841년 포경선을 타고 태평양을 항해했다. 그리고 남태평양 마르키즈 제도에서 배에서 벗어났다가 원주민에게 붙잡혀 한동안 그들과 함께 살 수밖에 없었다. 그 후 1847년 결혼하여 잠시 뉴욕에 정착했다가, 다시 뉴욕에서 매사추세츠의 어느 농장으로 이주했다. 그곳에서 자신의 대표작 『모비 딕(Moby Dick)』에 결정적인 영향을 준 너새니얼 호손과 우정을 맺는다. 그는 생의 마지막 35년을 세관 직원으로 보냈다.

　　멜빌의 작품으로는 항해와 모험 이야기, 환상·풍자 소설, 시와 단편 그리고 놀라운 상징 소설인 『모비 딕』을 들 수 있다. 그의 단편 소설 중에서는 「빌리 버드(Billy Budd)」가 가장 먼저 떠오르는데, 정의와 법 사이의 갈등을 다룬 작품이었다. 그의 작품 속 인물 베니토 세레노 선장은 콘래드의 『나르키소스호의 흑인(The Nigger of the Narcissus)』을 미리 보여 주는 것 같고, 『필경사 바틀비(Bartleby, The Scrivener: A Story of Wall Street)』는 카프카의 말기 작품과 분위기가 묘하게 일치한다. 『모비 딕』의 문체에서는 칼라일과 셰익스피어의 영향이 보인다. 즉 연극 무대 같아 보이는 부분들이 눈에 띌 뿐 아니라 절대 잊을 수 없는 문구도 차고 넘칠 만큼 많다. 소설 앞부분에 설교단에서 무

릎을 꿇고 간절히 기도하는 선교사에 대해 이야기하는 구절이
있다. "그는 바닷속 깊은 곳에서 무릎 꿇고 기도하는 것처럼 보
인다." 모비 딕은 바다의 상징인 흰 고래의 이름이다. 그리고
그 고래를 아무 생각 없이 추적하는 것이 이 작품의 전체 줄거
리다. 그런데 9세기 앵글로색슨계의 야수 문학에서는 고래가
악마의 상징으로 등장한다는 점이 정말 흥미롭다. 또한 흰색
이야말로 두려워해야 하는 것이라는 개념은 에드거 앨런 포의
「아서 고든 핌의 이야기」의 중요한 주제로 등장한다. 소설 속
에서 멜빌 자신은 이 작품이 우의적이라는 사실을 부정한다.
우리가 이 작품을 과학 소설과 상징 소설이라는 두 가지 측면
에서 읽을 수 있다는 것 또한 부정할 수 없는 사실이다.

『모비 딕』의 중요한 가치와 심오한 의미, 참신한 성격 등은
당대에는 인정받지 못했다. 1912년판『브리태니커 백과사전』
은 이 책을 단순한 모험 소설로 다루고 있다.

1850~1855년의 5년간은 미국 문학에서 가장 중요한 시
기다. 1850년에는 호손의『주홍 글자』, 에머슨의『대표적 인물
(Representative Men)』, 1851년에는『모비 딕』, 1854년에는 소로
의『월든』, 1855년에는 월트 휘트먼의『풀잎』이 출간되었다.

서부

서부 정복과 멕시코 전쟁으로 해가 지는 서쪽과 남쪽을 향해 영토를 확장하면서, 미국에서는 뉴잉글랜드의 청교도주의나 콩코드의 초월주의와는 거리가 먼 신세대 작가들이 출현했다. 롱펠로와 팀로드는 여전히 영국 문학의 전통에 속해 있었다. 그러나 주로 외딴 미시시피나 캘리포니아로부터 새롭게 목소리를 내기 시작한 신세대 작가들은 이러한 전통에 반기를 들 필요조차 없었다. 첫 번째로 거론할 작가는 마크 트웨인이라는 필명으로 세계적인 명성을 얻은 새뮤얼 랭혼 클레먼스(1835~1910)다.

클레먼스는 식자공, 신문 기자, 수로 안내인, 남군의 준사관, 캘리포니아에서는 금광 개발자, 해학 작가, 강연자, 신문 편집자, 소설가, 출판 편집자, 사업가, 미국과 영국 대학의 명예 박사 등 다양한 경력을 거친 끝에 말년에는 저명인사가 되었다. 그는 미주리주의 작은 마을 플로리다에서 태어났다. 인구가 100명 정도밖에 안 되는 곳으로, 마크 트웨인은 자기가 인구를 1퍼센트나 증가시켰다고 자랑하곤 했다. "그 어떤 저명인사도 조국을 위해 이런 위업을 이루지 못했다." 얼마 지나지 않아 그의 가족은 미시시피강 가에 자리 잡은 하니발로 이주한다. 마크 트웨인은 평생 미시시피의 이미지와 향수를 안고 살아갔는데, 이는 훗날 최고의 걸작인 『톰 소여의 모험(The Adventures of Tom Sawyer)』과 『허클베리 핀의 모험(Adventures of Huckleberry Finn)』을 쓰는 데 영감을 주었다. 스물한 살이 되자 그는 아마존 발원지 탐사 계획을 세웠으나, 뉴올리언스에 도착하자마자 미시시피강의 도선사가 되는 쪽으로 방향을 틀었다. 이 시기에 그는 다양한 유형의 사람들을 알게 되었다. 몇 년 뒤 그는 이런 글을 쓴다. "픽션이나 역사에서 멋진 인물을 발견할 때마다 나는 개인적으로 그 사람에게 푹 빠져들었다. 이미 우리가 알던 사람이기도 하고, 강을 오가며 이미 만났던 사람이기도 했기 때문이다." 1861년 남북 전쟁으로 미시시피강을 오가는 항로가 닫혔다. 전쟁에 뛰어든 마크 트웨인은 형과 함께 15일 정도 행군한 끝에 서부로 갔다. 두 사람은 정말 부지런하게 기나긴 여행을 했다. 캘리포니아의 샌프란시스코에서 만난 브렛 하트(Brett Harte)와 풍자 작가 아티머스 워드(Artemus Ward) 덕분에 문학에 입문했다. 그때부터 마크 트웨인이라는 필명을 사용했는데, 수로 안내인들이 사용하던 용어로는 '깊이가 두 길'이라는 의미였다. 1865년 발표한 아주 짧은 단편 「캘러베러스군(郡)의 명물 뛰어오르는 개구리(The Celebrated Jumping Frog of Calaveras County)」가 전국적인 명성을 안겨 주었다. 그때부터 그는 순회강연을 하며 유럽, 성지, 태평양을 여행하는 등 전 세계를 떠돌았다. 그의 일생을 몇 단어로 설명한다면 거의 모든 언어로 번역된 책, 결혼, 건강, 경제난, 아내의 죽음, 아들의 죽음, 명성 뒤에 숨겨진 고독과 염세주의 등을 들 수 있다.

마크 트웨인은 동시대인들에게는 해학적인 사람이었다. 그의 소소한 일상마저도 전보를 통해 지구 반대편까지 전해졌다. 그의 농담들은 오늘날 우리에게는 너무 오래되어 진부하다는 느낌을 준다. 하지만『허클베리 핀의 모험』은 지금도 그렇지만 앞으로도 오랫동안 살아남을 것이다. 헤밍웨이는 모든 미국 소설이 이 작품에서 비롯되었다고 말했을 정도다. 구어체를 바탕으로 한 이 작품은 장난꾸러기 소년과 도망친 흑인 두 주인공이 뗏목을 타고 캄캄한 밤하늘 아래 넓은 미시시피 강을 여행하는 이야기를 통해 남북 전쟁 이전 남부의 삶의 모습을 우리에게 보여 준다. 소년은 스스로 감당하기 힘들었던 넓은 마음으로 흑인 노예를 도와주면서도, 자신이 마을에 사는 어떤 아가씨의 소유였던 흑인 남자 노예의 도주를 도운 공범자라는 양심의 가책에 끝없이 괴로워한다. 이 책에는 미시시피강의 아침과 황혼 그리고 황량한 강변을 절로 연상시키는 감탄할 만한 표현이 가득한데, 이 위대한 작품의 영향을 받아 약간의 시간 간격을 두고 두 권의 책이 연이어 태어났다. 물론 이 두 권 역시 전체적인 틀은 별반 다르지 않다. 키플링의『킴』(1901)과 리카르도 구이랄데스의『돈 세군도 솜브라 씨』(1926)가 바로 그 책들이다.『허클베리 핀의 모험』은 1884년 출간되었다. 마크 트웨인은 가식 없는 언어를 사용한 최초의 미국 작가였다. 존 브라운은 이에 대해 이렇게 이야기했다. "『허클베리 핀의 모험』은 모든 미국 소설에 이야기하는 방법을 가르쳐 주었다."

핼리 혜성이 하늘에서 밝게 빛나던 해 마크 트웨인은 세상에 태어났다. 그는 혜성이 돌아올 때까지는 삶을 이어 갈 것이라고 예언했고, 이 예언은 현실로 이루어졌다. 1910년 다시 혜성이 출현했고 그는 죽음을 맞이했다.

소설가 하월(Howell)은 이렇게 썼다. "우리가 아는 에머슨, 롱펠로, 홈스는 서로 닮은 점이 많다. 그러나 클레먼스는 다른 사람과 비교할 수 없는 유일무이한 인물이다. 문학계의 링컨인 셈이다."

미국이 서부에 얻은 광활한 황무지는 주민들이 다양한 활동을 할 수 있게 해 주었다. 그래서인지 올버니에서 태어나 마크 트웨인의 친구이자 후견인이 된 브렛 하트(1836~1902)는 교사, 약국 종업원, 광부, 배달원, 식자공, 리포터, 단편 소설 작가, 잡지《황금시대(The Golden Era)》의 고정 기고자 등 여러 직업을 전전했다. 1868년부터는 상당한 비중을 지녔던《월간 오버랜드(The Overland Monthly)》의 편집장을 지냈다. 그의 글 가운데 주목할 만한 작품으로는 짧고 감상적인「포효하는 캠프의 운명(The Luck of Roaring Camp)」,「포커 플랫 가문의 버림받은 자들(The Outcasts of Poker Flat)」,「테네시의 파트너(Tennessee's Partner)」등을 들 수 있다. 작가는 이 단편들을『캘리포니아 스케치(The Californians Sketches)』라는 제목하에 한 권으로 묶었다. 아마 이 책은 서부 시대를 확실히 보여 주는 최초의 작품일 것이다. 그는 해학적인 시『이교도 중국인(The Heathen Chinese)』

으로 태평양에서 대서양까지 대륙을 가로지르는 전국적인 명성을 얻었다. 1878년 청원이 받아들여져 그는 프로이센에 있는 크레펠트의 영사로 임명되었고, 훗날 글래스고 영사까지 역임했다. 말년은 런던에서 보냈다.

서부만의 독특한 특징을 작품에 담아낸 브렛 하트와 마크 트웨인 모두 엉뚱하게 다른 지역 출신이다. 그러나 훗날 잭 런던이라는 필명을 사용한 존 그리피스 런던(1876~1916)은 캘리포니아의 샌프란시스코에서 태어났다. 그의 운명도 앞에 언급한 사람들 못지않게 복잡했다. 그는 가난을 잘 알았고, 농장과 목장에서 막일을 했으며, 신문팔이, 떠돌이, 깡패 두목, 선원 등으로 닥치는 대로 살았다. 구걸과 감옥까지도 낯설지 않을 만큼 다양한 경험을 했다. 공부를 하기로 마음먹고는 2년치 공부를 단 석 달 만에 마치고 캘리포니아 대학에 들어갔다. 1897년 알래스카에서 금광이 발견되자 잭 런던은 다시 모험에 뛰어들었다. 한겨울에 캐나다와 미국 국경에 있는 칠쿠트 패스를 넘었지만 원했던 금광을 발견하지 못하자 이번에는 동료 두 사람과 난파선이나 다름없는 배를 타고 베링 해협을 횡단할 계획을 세웠다. 1903년에는 150만 부나 팔린『야성의 부름(Call of the Wild)』을 출간했다. 이는 늑대였던 개가 결국 다시 늑대가 된다는 이야기를 담았다. 그 전에『그의 조상들의 신(The God of his Fathers)』이라는 책을 발표했는데 그다지 성공을 거두지 못했다. 1904년 러일 전쟁이 일어나자 특파원으로 가기도 했다. 마흔 살에 세상을 떠나기까지 그는 50여 권의 책을 남겼는데, 그중 여기에서 거론하고 싶은 작품은『밑바닥 사람들(The People of the Abyss)』다. 이 작품을 쓰기 위해 작가는 직접 런던 하층민들의 삶을 체험했다. 『바다늑대(The Sea Wolf)』
에서 주인공인 선장은 폭력을 미리 알리고 행사하는 인물이었
다. 『비포 아담(Before Adam)』은 선사 시대를 다룬 소설이다. 화
자는 파편화된 꿈에서 전생의 파란만장한 날을 되살린다. 이
뿐 아니라 잭 런던은 모험과 환상으로 가득한 나무랄 데 없는
단편 소설들을 썼다. 여기에 속한 작품으로 「그늘과 섬광(The
Shadow and the Flash)」이 있는데, 이 작품은 보이지 않는 두 인간
의 경쟁의식과 슬픈 최후를 서술한다. 그의 문체는 사실에 잘
부합하지만, 여기에서 말하는 사실은 어디까지나 작가 스스로
재창조한 고양된 현실이다. 그가 스스로 풀무질한 삶의 활력
이 다시 작품에 생동감을 불어넣는다. 그의 작품은 지금도 계
속해서 젊은 세대들을 유인하고 있다.

프랭크 노리스(Frank Norris, 1870~1902)는 시카고에서 태
어났지만, 그의 작품은 서부와 관계가 깊다. 그는 샌프란시스
코에서 수학한 다음 파리에서 중세 예술을 공부하고 남아프
리카와 쿠바에서 전쟁 특파원을 지냈다. 초기 작품들은 낭만
적인 경향을 띠었지만, 금세 19세기 말 졸라풍의 자연주의자
로 바뀌어 샌프란시스코의 하층 계급을 배경으로 한 『맥티그
(McTeague)』(1899)를 발표했다. 밀을 주인공으로 삼아 생산부
터 시작하여 투기와 유럽으로의 수출 등을 담아내고자 했던 3
부작은 결국 완성하지 못했다. 주로 도서관에서 글을 쓰기 위
한 사전 조사를 했던 스승과 달리 프랭크 노리스는 3부작을 기
획하기 전 미리 캘리포니아에서 일용 노동자로 농장 일을 체
험했다. 그는 비인격적인 힘(밀, 철도, 수요와 공급의 법칙 같은)
이 개개인보다 더 중요할 뿐 아니라 결국 이런 힘이 인간을 지

배할 것이라고 굳게 믿었다. 그러면서 한편으로는 불멸을 믿었다. 사람들은 그를 시어도어 드라이저(Theodore Dreiser)에게 영향을 준 선배 작가로 평가하는데, 그는 드라이저의 첫 작품 『시스터 캐리(Sister Carrie)』의 출판을 도와주기도 했다.

19세기의 세 시인

시드니 러니어(Sidney Lanier, 1842~1881)의 전기에 대해서는 그의 시학과 이를 구현한 작품들에 비해 알려진 바가 훨씬 적다. 그는 조지아주 메이컨에서 태어났다. 그는 스코틀랜드의 위그노 집안 출신이었다. 그가 처음으로 열정을 보인 것은 음악으로, 말년에 그는 뛰어난 플루트 주자로 이름을 떨쳤다. 남북 전쟁 당시 남군으로 참전하여 4년간 복무했는데, 결국 북군에게 포로로 잡히는 신세가 되었다. 그는 이미 결핵에 걸려 있었고, 플루트가 유일한 위안거리였던 가혹한 포로 생활 탓에 그의 병은 악화될 수밖에 없었다. 그의 편지에는 이런 말이 나온다. "내 일생의 대부분이 죽는 것보다 조금 나았을 뿐이다." 그는 교도직(敎導職), 법학, 음악, 낭만주의 서적의 편집과 앵글로색슨족의 시 연구에 대부분의 시간을 할애했다. 1879년에는 존스 홉킨스 대학에서 영시를 강의하기도 했다.

베를렌은 "무엇보다 음악이 먼저."라고 이야기했다. 시드니 러니어는 여기에서 한 걸음 더 나아가, 악기를 이용한 음악과 시의 음악성은 근본적으로 동일하다고 확신하여, 전자의 방법과 법칙을 후자에도 똑같이 적용했다. 그는 음운론에서 가장 중요한 것은 박자이지 강세가 아니라고 밝혔다. 그는 음악적 관심에 형이상학적 관심을 결합했는데, 이러한 이유로 그의 시는 17세기 영국 시인들의 시와 상당히 닮았다. 러니어는 휘트먼이 질과 양을 혼동한다고 비판했다. 그는 이렇게 썼다. "휘트먼은 초원이 넓다는 이유로 주신제가 멋지다고 하고, 미시시피강이 넓다는 이유를 들어 모든 미국인이 신과 같다는 논리를 편다." 그는 위대한 시인이 되지는 못했다. 미리 정립한 이론을 증명하려는 의지로 시를 썼기 때문에 영감이 흐려질 수밖에 없었다. 하지만 그는 아름다운 시구를 남겼다. 그의 음운론과 자전 소설 『참나리(Tiger Lily)』(1867), 셰익스피어를 비롯한 선배 시인에 관한 연구 등은 기억할 만하다.

존 그린리프 휘티어(John Greenleaf Whittier, 1807~1892)는 당시 북부 지방에서는 다재다능하고 박식했던 롱펠로 못지않게 대중적인 인기를 누렸다. 그는 매사추세츠주 해버힐에서 태어났다. 그의 부모와 마찬가지로 그도 '친구들 모임'이라고 불리던 퀘이커교 공동체의 일원이었다. 이들은 17세기부터 폭력 사용을 거부하고, 전쟁 혹은 전쟁터에도 의무병으로만 참가했다. 오늘날이었다면 그를 참여 시인이라고 불렀을 것이다. 그는 낭랑한 시를 무기로 노예 제도의 폐지를 위해 싸웠다. 이런 경우에 흔히 일어나는 일이지만, 그가 지지한 대의가 승리를 거둠으로써 오히려 그의 작품 자체의 아름다움은 급격히 빛이 바랬다. 그의 시선집에서는 뉴잉글랜드 지방의 폭설을 생생히 묘사한 장편 시「눈에 갇혀서(Snow-Bound)」가 살아남았다고 볼 수 있다. 휘티어는 너무나 미국적이어서 오히려 아메리카니즘에서 벗어날 수 있었다.

많은 사람이 에밀리 디킨슨(Emily Dickinson, 1830~1886)을 마지막 초월주의자라고 생각한다. 그녀는 매사추세츠주 애머스트에서 태어나 평생을 이곳에서 보냈다. 그녀의 아버지는 청교도 구파에 속한 사람이었다. 에밀리는 자신의 마음에 대해 "순수하지만 두렵기도 하다."라고 썼다. 그녀는 사생활을 포기한 스스로에게 경외에 가까운 사랑을 보였다. 아버지 에드워드 디킨슨은 변호사였다. 그는 딸에게 책을 선물하면서도 정신이 산란해질 수 있으니 독서를 하지 말라는 모순적인 주문을 했다. 청교도적인 신정 정치는 이미 존재하지 않았지만, 그는 후손들에게 엄격하면서도 고독한 삶의 방식을 유산으로 남겨 주었다. 스물세 살에 잠시 워싱턴을 방문했을 때 그녀는 젊은 선교사를 보자마자 사랑에 빠졌다. 하지만 그가 기혼자라는 사실을 알고는 교제를 거부하고 고향으로 돌아왔다. 그녀는 아름다웠고 언제나 웃음을 잃지 않았다. 친구들과의 편지 교류에서, 친척들과의 대화에서, 키츠나 셰익스피어 그리고 성서 같은 몇 권 안 되는 책을 신실하게 읽으면서, 반려견 카를로와 들녘을 하염없이 걸으면서, 짧은 시를 쓰면서 도피처를 찾기 위해 끊임없이 노력했다. 이런 식으로 모은 시가 1000편이 넘었지만, 그녀는 출판에는 전혀 관심을 보이지 않았다. 집 밖으로 한 발짝도 나가지 않은 채 몇 년씩 지내기도 했다. 편지에 이런 글을 쓰기도 했다. "당신은 친구에 대해 물으셨지요. 언덕과 석양과 아버지가 사 주신 나만큼이나 덩치가 큰 개 한 마리가 친구랍니다. 인간보다 훨씬 나은 존재들이지요. 그들은 다 알면서 아무 말도 하지 않으니까요. 한낮의 시냇물 소리가 피아노 소리보다 더 아름답거든요." 또 이런 구절도 있다. "내 모습을 담은 그림은 아직 없습니다. 나는 새처럼 조그맣고, 머리카락은 밤처럼 윤기 흐르고, 두 눈은 손님이 남긴 백포도주 색이랍니다."

눈에 띄는 차이점에도 불구하고 에머슨과 에밀리 디킨슨의 시는 서로 많이 닮았다. 이는 에머슨의 직접적인 영향이 아니라 그들이 공유한 청교도적 분위기 때문으로 보아야 한다. 두 사람 모두 지적인 시인이었으며 똑같이 시의 달콤함은 무시해 버리거나 소홀히 다루었다. 상대적으로 지성은 에머슨이 더 뛰어났으나, 감성은 에밀리가 더 섬세했다. 두 사람 모두 추상적인 단어를 풍부하게 사용했다. 출판을 위한 것도 아닌 시가 1000편이 넘다 보니 수준이 천차만별이라는 결점은 피할 수 없었다. 하지만 존슨이 '형이상학파'라고 별명을 붙인 17세기 영국 시인들의 작품과 마찬가지로 그녀의 절창이라 할 수 있는 시 작품에서는 신비스러운 정열과 천재적인 재능이 잘 결합해 있음을 볼 수 있다. 또한 이 같은 성격은 어떤 면에서는 17세기 스페인의 기지주의 시인들에 상응하는 모습을 보이기도 한다. 에밀리는 진부한 표현, 예를 들어 '인간은 먼지다.'와 같은 평범한 생각을 세심한 시로 승화하기도 한다. 그녀는 이런 식으로 표현한다. "이 말 없는 먼지는 기사와 숙녀였습니다." 또 다른 시에서는 패해 본 사람만이 승리를 맛볼 수 있다고 밝힌다. 이번에는 우리가 글자 그대로 옮긴 다른 시를 살펴보자. "내 유일한 소식은 온종일 불멸의 세계에서 날아온 회보들뿐. 나의 유일한 볼거리 역시 내일과 오늘 혹은 영원뿐이라네. 나는 단 한 분 하느님밖에 만나지 않으며, 그분이 유일한 거리이자 존재라네. 혹시 거리를 거닐다 다른 소식이나 놀라운 광경이 있으면, 반드시 당신께 전해 드리리." 우리가 앞서 언급한 사랑의 에피소드 외에 다른 일도 있었던 것 같다. 그녀는 이렇게 썼다. "진짜로 죽기 전에 나는 이미 두 번이나 죽었네. 영생(永生)이 내게 세 번째 사건을 던져줄지 모르겠네. 이미 두 번이나 일어났지만, 너무 아득하여 이해하기 어려운 사건을. 작별이란 우리가 천국에 대해 알아야 하고 지옥이 필요한 까닭이리라."

이야기꾼

오 헨리라는 필명으로 유명한 윌리엄 시드니 포터(William Sidney Porter, 1862~1910)는 노스캐롤라이나주 그린즈버러에서 태어났다. 그는 약국 종업원이었다가 신문 기자가 되었다. 후안 마누엘 데 로사스[603]와 마찬가지로 그는 백과사전을 첫 장부터 마지막 장까지 읽었는데, 아마 그럼으로써 인간이 쌓은 지식을 모두 얻을 수 있으리라 믿었던 것 같다. 1895년 오스틴의 텍사스 은행에 근무하던 그는 횡령죄로 기소되자 온두라스로 도주했다가 아내가 죽어 가고 있다는 소식에 돌아왔다. 아내의 고통스러운 임종을 지켜본 뒤 3년 동안 감옥에서 복역했다. 에드거 앨런 포는 모든 단편 소설은 결말을 미리 고려하고

603　　Juan Manuel de Rosas(1793~1877). 19세기 아르헨티나의 독재자.

써야 한다고 주장했는데, 오 헨리는 이 이론을 과장되게 적용하여 마지막 줄에 독자를 놀랠 수 있는 무언가를 숨겨 놓은 '트릭 스토리'를 만들었다. 글을 따라가다 보면 이 같은 전개 과정이 독특한 메커니즘을 지니고 있음을 알 수 있다. 오 헨리는 「크리스마스 선물(The Gift of the Magi)」이라는 짧지만 매우 애잔한 대작을 남겼다. 이 작품은 연작 소설집 『400만(The Four Million)』에 수록되어 있다. 몇몇 장편과 100여 편에 달하는 그의 단편은 향수에 젖은 뉴욕과 모험을 즐기는 늙은이들로 가득한 서부를 거울처럼 반영한다.

미시간주 캘러머주에서 태어난 에드나 퍼버(Edna Ferber)(1887~1968)의 장편과 단편, 연극 작품들은 의도적으로 한 편의 긴 미국 서사시를 구성하고 있을 뿐 아니라 차세대와 다양한 지역을 담아낸다. 『쇼 보트(Show Boat)』(1926)의 등장인물은 미시시피강을 따라 떠도는 야바위꾼이자 배우다. 『게으른 선원(Cimarron)』(1930)은 우리에게 낭만적인 방법으로 서부 정복을 이야기한다. 『붉은 장미(American Beauty)』(1931)는 폴란드 이민자들 인생의 흥망성쇠를 다룬다. 『이리 와서 가져 가!(Come and Get it)』는 위스콘신의 임업을, 『새러토가 트렁크(Saratoga Trunk)』(1941)는 새러토가의 온천 역에서 풍운아들이 서로에게 벌이는 사기 행각을, 『자이언트(Giant)』(1950)는 텍사스의 성장을 다룬다. 그의 작품 대부분은 영화로 만들어졌다.

젊은 작가 스티븐 크레인(Stephen Crane, 1871~1900)은 뉴저지주 뉴어크에서 태어났다. 동시대인이자 친구였던 웰스는 자서전에서 그를 존경한다고 표현했다. 크레인은 최소한 두 편의 짧지만 뛰어난 작품, 「난파선(The Open Boat)」과 장편 소설

『붉은 무공 훈장(The Red Badge of Courage)』을 남겼다. 후자의 주제는 남북 전쟁인데, 그가 용감한지 비겁한지 결과로 증명되기 전까지는 알 수 없었던 한 신병에 대한 살아 숨 쉬는 기록이다. 전투 중 병사들이 느끼는 고독, 행동을 유인하는 전략에 대한 무지, 용기와 두려움을 오가는 불안, 보병의 임무를 맡았던 짧은 시간, 그렇지만 그에게는 절대 끝날 것 같지 않게 느껴졌던 그 짧은 시간에 다시 확인할 수 있었던 놀라움, 그리고 그가 쟁취했던 얼마 되지 않는 땅뙈기, "지친 인간들의 용감한 꿈" 등이 생동감 넘치는 이 책이 담아내는 것들이다. 그의 유일한 단점이라면 아마 지나친 수사일 것이다.

크레인은 멕시코에서 신문 기자로, 그리스와 쿠바에서 종군 기자로 일했다. 독일에서 결핵으로 죽은 그가 남긴 작품집 두 권에는 시 두 편, 즉 「검은 기수(Black Rider)」와 「전쟁은 친절해!(War is Kind)」가 수록되어 있다.

시어도어 드라이저(1871~1945)의 문체의 특징에서 크레인의 영향을 찾아 볼 수 있지만, 한편으로는 이런 영향 역시 우연의 결과로 생각할 수 있다. 크레인의 글은 짧고 생동감 넘칠 뿐 아니라 진리나 삶에 대한 느낌이나 사상을 간결하고 날카롭게 표현한 경구로 가득하다. 드라이저 역시 그가 거둔 효과를 자기화한다. 즉 집요함과 축적된 양과 크기를 통해 만든 효과를 확연하게 보여 준다. 크레인은 현실을 상상했지만, 드라이저는 우리에게 현실을 연구한 듯한 인상을 남겼다. 독일 이민자의 아들로 열렬한 종교인이었던 드라이저는 인디애나주 테러호트에서 태어났다. 유년 시절 물질적 결핍을 경험한 그는 평생 풍요와 이에 기초한 힘을 갈망했다. 바로 이것이 『자본가(The Financier)』, 『타이탄(The Titan)』, 『금욕주의자(The Stoic)』에 등장하는 인물들을 한마디로 정의할 수 있는 갈망이었다. 그는 미국 내 여러 지역을 전전하며 언론계에 종사했다. 발자크와 스펜서, 헉슬리를 읽은 덕분에, 엄청난 에너지를 지녔음에도 어리석음 때문에 극적인 갈등을 일으키는 존재에 대한 생각을 키워 마침내 글로 표현했다. 1900년 그는 『시스터 캐리(Sister Carrie)』를 발표했으나, 서점에 배포하지는 않았다. 적대적인 비평으로 인한 불쾌한 사건과 대중의 몰이해에 그는 격분했다. 그의 후기 작품들, 즉 『제니 게르하르트(Jennie Gerhardt)』, 『천재(The Genius)』, 『방파제(The Bulwark)』, 『미국의 비극(An American Tragedy)』 등은 전기 작품이 보여 주었던 사실주의에 방점을 찍고, 그가 아름다움과 문체의 완벽성 등에 점차 관심을 기울이고 있음을 잘 보여 준다. 그는 우주에 내재된 특성인 카오스 때문에 모든 도덕적 만족이 불가능하다고 생각했기에, 우리는 반드시 부자가 되어야 하며 또 부자가 되려 노력해야 한다고 굳게 믿었다. 절망적이면서도 강한 진정성을 담은 그의 작품은 이와 같은 생각을 잘 드러낸다. 1927년에 그는 공산주의자로 변신하여 러시아를 방문했다. 냉철한 사상과 폭력적인 성격에도 불구하고 그의 가슴 깊은 곳에는 낭만적인 성격이 잠재되어 있었다.

기업인이었던 셔우드 앤더슨(Sherwood Anderson, 1876~1941)은 문학인으로서의 소명을 마흔이 다 된 늦은 나이에 발견했다. 그는 오하이오주 캠던에서 태어났으며, 이곳은 평생 그의 작품에 영감을 주었다. 그는 쿠바 전쟁에 사병으로 참전했다. 1915년 문학 중심지로 탈바꿈하던 시카고에 정착한 후 시인 칼 샌드버그(Carl Sandburg)의 영향을 받아 첫 번째 소설『윈디 맥퍼슨의 아들(Windy McPherson's Son)』을 구상했다. 이 작품의 주제는 삶에 불만을 품은 남자가 진실을 찾기 위해 주변을 벗어나 본다는 것이다. 이는 후기 작품들의 주제가 되었을 뿐 아니라 자기 삶의 여정을 반영한 것이기도 했다. 영국의 비평가는 셔우드 앤더슨은 에피소드의 중심에서, 즉 현실과 상상의 세계 한복판에서 모든 것을 생각하고 있다고 지적했다. 이는 보편적으로 단편이 장편보다 뛰어난 이유를 설명해 준다. 몇몇 작품은 서로 어울리지 않는다는 문제점에도 불구하고,『와인즈버그, 오하이오(Winesburg, Ohio)』에 수록된 일련의 작품이 그의 대표작이라는 데는 반론의 여지가 없다.

그는 네 번 결혼했다. 오랫동안 버지니아주 메리언의 공화당 계열 신문의 편집장과 민주당 계열 신문의 편집장을 동시에 맡았다.

1930년 노벨상을 받은 그날 이미 싱클레어 루이스(Sinclair Lewis, 1885~1951)는 조국인 미국에서 가장 유명한 소설가였다. 그는 미네소타의 사우크센터에서 태어났다. 그의 작품에서 가장 높은 비중을 차지하는 것은 풍자적인 작품으로, 이 때문에 스웨덴 학술원이 그를 지지해서라기보다 그가 비판한 사회 때문에 노벨상을 수여한 것이 아닌가 의심하는 사람도 적지 않았다. 1926년 루이스는 퓰리처상 수상을 거부했다. 그의 작품은 인간적인 면모를 있는 그대로 드러냄으로써 현실에 내재된 모순을 표출한 것이 많으며, 대부분의 작품에서 주인공은 전형적인 인물이다. 예를 들어 배빗은 사업가로 다소 의례적인 우정과 애정 사이에서 줄타기하며 사는 사람인데, 사회가 그를 끝도 없이 몰아붙인다. 앨머 갠트리는 말 많은 성직자로 비양심적이고 도벽도 있는 사람인데, 냉소적인 태도와 위선적인 행동을 반복해서 보인다. 애로스미스는 자기 직업에 충실한 의사이고, 도즈워스는 자산가이지만 피곤에 찌든 사람으로 유럽에서 원기를 회복하고자 한다. 『메인 스트리트(Main Street)』(1920)는 광활한 서부 외딴 마을에서 벌어지는 권태로운 일상을 묘사한다.

　루이스는 사회주의자였다. 1906년 업턴 싱클레어(Upton Sinclair)가 창설한 헬리컨 홈 콜로니(Helicon Home Colony)라는 유토피아 공동체에 참여했다. 사실주의 소설을 구상하기 전에는 희곡과 언론 기고문, 낭만주의 소설을 주로 썼다. 처음에는 개인주의자로 출발하여 사회주의자가 되었지만, 타고나기를 철저한 허무주의자였다.

　장폴 사르트르가 우리 시대의 가장 위대한 작가라고 칭송한 존 더스패서스(John Dos Passos)는 1896년 시카고에서 태어났다. 포르투갈계 미국인이다. 하버드에서 수학했으며 1차 세계 대전 때는 군인으로, 훗날 스페인 내전기에는 종군 기자로, 그 후에는 프랑스, 멕시코, 소아시아를 떠돌았다. 그의 작품은 현기증이 날 만큼 성격이 다양할 뿐 아니라 한편으로는 익명성도 갖고 있다. 작품 속에서는 주변의 군중들이 등장인물들보다 오히려 더 큰 목소리를 낸다. 작가의 내밀한 감정은 그가 '카메라의 눈(The Camera Eye)'[604]이라고 부른 단락으로 밀려

604　더스패서스가 사용한 기법. 수많은 에피소드를 병렬로 나열하는 파노라마식 구성과 의식의 흐름, 빠른 장

나, 결국 엉뚱한 상황이 내밀한 감정을 억누르는 결과를 가져온다. 비평가들이 한목소리로 그의 대표작이라고 보는 작품은 미국을 다룬 3부작인데, 열정과 신념이 사라져 고통받는 사회를 그리며 그가 우리에게 던져 주는 마지막 인상은 슬픔과 무기력이다. 더스패서스는 신문의 인쇄 과정과 신변잡기적이고 피상적인 이야기를 소설 속으로 끌어왔다. 극적인 성격의 그의 에세이나 시는 산문보다 중요하지 않다. 우리는 그의 작품이 영원히 살아남을 수 있을지 알 수 없지만, 그의 글에 담긴 기교의 중요성만은 부정할 수 없다.

지금까지 이 장에서는 논란의 여지가 없는 재능 있는 작가들 위주로 논의를 전개해 왔다. 그렇지만 지금부터는 그야말로 천재적인 작가, 예컨대 의도적으로 혼란스럽게 행동한 천재를 다루어 보고자 한다. 윌리엄 포크너(William Faulkner, 1897~1962)는 미시시피주 옥스퍼드에서 태어났다. 광대무변한 그의 작품의 배경이 되는 이곳은 가난한 백인들과 흑인들의 오두막이 서로 붙어 있는 곳으로, 먼지 풀풀 날리는 도시는 요크나파타파(Yoknapatawpha)라는 인디언 문화에 뿌리를 두었을 것으로 추정되는 이름을 가진 세계의 중심지이기도 했다. 1차 세계 대전 중 포크너는 캐나다의 영국 왕립 공군에 들어간다. 전역 후 그는 시인, 뉴올리언스 간행물의 기자, 유명한 소설가, 영화 시나리오 작가 등으로 살아갔으며, 1950년에는 노벨문학상 수상자로 지명되기도 했다. 오늘날에는 잊힌 헨리 팀로드

면 전환과 객관화된 시점 등이 특징이다.

와 함께 포크너는 미국 문학사에서 봉건적인 남부 농촌 지방
을 대표한다. 이곳은 나폴레옹 전쟁과 프로이센·프랑스 전쟁
을 포함해도 19세기에 벌어진 가장 피비린내 나는 처참한 전
쟁이라 할 수 있는 남북 전쟁에서 수많은 희생자를 낸 끝에 처
참하게 몰락해 버린 곳으로, 팀로드에게는 최초의 희망을 보
여 주었고, 포크너에게는 최초의 승리를 안겨 주었다. 포크너
는 수 세대에 걸쳐 서사적으로 진행된 남부의 해체를 묘사한
다. 포크너의 환상적인 추진력은 셰익스피어에 견줄 정도였지
만, 어쩌면 그를 향한 가장 본질적일 수 있는 질책 또한 당연한
것이었다. 포크너는 미로 같은 세계를 표현하려면 그에 걸맞
게 미로의 성격을 담은 문학적 기교가 어울린다고 생각했다.
『성역(Sanctuary)』(1931)의 경우를 제외하면 그는 잔인한 이야
기를 독자들에게 직접적으로 전달하지 않는다. 독자들은 반드
시 암호를 풀듯 이야기를 해독해야 한다. 제임스 조이스가『율
리시스(Ulysses)』의 마지막 장에서 사용했던 독자를 불편하게
만드는 '수법(modus operandi)'을 통해 내적인 독백이 담아내는
불길한 기운을 미리 느껴 볼 수 있다. 이와 똑같은 방법을 사용
하여『소리와 분노(The Sound and Fury)』에서는 콤프슨 가문의
쇠락과 비극을 서로 다른 네 시간 동안 느릿느릿 이어 가며 독
자들에게 암시적인 문장을 들이민다. 네 시간은 백치 한 사람
을 포함한 세 등장인물이 느끼고, 보고, 회상한 것을 반영한다.
포크너의 또 다른 주요 소설로는『내가 죽어 누워 있을 때(As I
Lay Dying)』(1930),『8월의 빛(Light in August)』(1932),『압살롬,
압살롬(Absolom, Absolom!)』(1936),『무덤의 침입자(Intruder in
the Dust)』(1948) 등을 들 수 있다.

일리노이 출신 시골 의사의 아들 어니스트 헤밍웨이(Ernest Hemingway, 1899~1961)는 일리노이주 오크파크에서 태어났다. 미시간호 주변과 주변의 숲에서 보낸 기나긴 방학이 그의 유년 시절에 결정적인 영향을 미쳤다. 그는 아버지와 함께 사냥과 낚시를 즐겼다. 그는 의학 공부를 거부하고 1차 세계 대전이 일어나 이탈리아군에 사병으로 입대하기 전까지 신문 기자로 일했다.

전쟁 중 입은 심각한 부상으로 그는 십자 훈장을 받았다. 1921년까지는 파리에 머물렀는데, 그곳에서 거트루드 스타인(Gertrude Stein), 에즈라 파운드(Ezra Pound), 포드 매덕스 포드(Ford Madox Ford), 셔우드 앤더슨 등과 교유했다. 셔우드 앤더슨의 경우는 『봄의 급류(The Torrents of Spring)』(1926)에서 패러디 하기도 했다. 그해 『태양은 다시 떠오른다(The Sun also Rises)』를 발표해 동 세대 작가들 중에서 첫손가락에 꼽히게 되었다. 1929년에는 『무기여 잘 있거라(A Farewell to Arms)』를 출간했다. 그는 중동과 스페인에서 종군 기자를 지냈고, 아프리카에서는 사자 사냥을 즐겼다. 이 같은 다양한 경험이 작품에 온전히 반영되어 있다. 그는 경험을 단순히 문학적인 목적에서 모색한 것이 아니라 진심으로 좋아했다. 1954년 스웨덴 학술원은 인간의 가장 영웅적인 덕성을 고양했다는 평과 함께 그에게 노벨 문학상을 수여했다. 더는 글을 쓸 수 없다는 강박 관념과 광기에 사로잡힌 그는 1961년 요양원에서 나오자마자 자살한다. 말년에 그는 순수한 지적 훈련은 간과한 채 지나치게 육체적인 모험에만 평생을 바친 것을 가슴 아파했다.

『세 편의 단편과 열 편의 시(Three Stories and Ten Poems)』

(1923), 『우리 시대에(In our Time)』(1924)에는 미시간주 숲속에서 보낸 자신의 유년 시절에 대한 기억을 담아낸다. 『태양은 다시 떠오른다』는 파리에서 보헤미안으로 보낸 시절을, 『여자 없는 남자들(Men Without Women)』(1927)은 투우사, 권투 선수, 강도들의 용기를, 『무기여 잘 있거라』는 이탈리아 전장에서의 기억과 전후의 환멸을 다룬다. 그리고 『오후의 죽음(Death in the Afternoon)』(1932)은 투우사의 기교와 죽음의 개념을, 열네 편의 단편을 모은 단편집 『승자는 아무것도 갖지 마라(Winner Takes Nothing)』(1933)는 허무주의를 다루며, 『아프리카의 푸른 언덕(The Green Hills of Africa)』(1935)에서는 작가의 소설 작법에 대한 예리한 분석이 훗날 「킬리만자로의 눈(The Snows of Kilimanjaro)」과 「프랜시스 매컴버의 짧았던 행복(The Short Happy Life of Francis Macomber)」을 잉태하도록 영감을 불러일으켜 줄 치밀한 관찰을 대신한다. 1937년부터 그는 도덕적 신념을 찾아 먼 여행을 떠난다. 1940년에는 존 던의 시구에서 제목을 따온 스페인 내전을 다룬 소설 『누구를 위하여 종은 울리나(For Whom the Bell Tolls)』를 출간한다. 『강 건너 숲속으로(Across the River and into the Trees)』(1950)에서는 나이 차가 많이 나는 두 사람의 사랑을, 『노인과 바다(The Old and the Sea)』에서는 늙은 어부가 물고기와 벌이는 용감하면서도 고독한 투쟁을 다룬다.

헤밍웨이는 키플링과 마찬가지로 자신을 손끝이 매운 장인, 즉 수공예가로 여겼다. 그에게 가장 근본적인 문제는 숙제를 잘 마쳐 죽음 앞에서 당당한 모습을 보이는 것이었다.

국외에서 활동한 작가들

주로 국외에서 활동한 작가 중 가장 먼저 꼽을 수 있는 저명 작가로는 헨리 제임스(Henry James, 1843~1916)가 있다. 그는 실용주의 철학을 창시한 철학자이자 심리학자였던 윌리엄 제임스(1842~1910)의 동생이었다. 그의 아버지는 스토아 철학자들처럼 아들들이 세계 시민이 되기를 원했지만, 그렇다고 행동이나 사고가 지나치게 조숙하기를 바라지는 않았다. 중고등학교와 대학을 그다지 신뢰하지 않았기에 그는 이탈리아, 독일, 스위스, 영국, 프랑스 등지에서 윌리엄과 헨리에게 가정 교사들을 붙여 그들이 흥미를 느끼는 과목을 주로 교육했다. 1875년 하버드에서 잠시 법학을 공부했던 헨리는 마침내 뉴잉글랜드를 떠나 유럽에 정착한다. 1871년 그는 첫 소설 『파수꾼(Watch and Ward)』을, 1877년에는 『아메리칸(The American)』을 발표했다. 이 작품의 주인공은 깊은 상처 탓에 마지막 장에서 쉽게 실행할 수도 있었던 복수를 포기한다. 제임스는 이 작품을 개정했는데, 개정판에서는 복수를 포기하는 행위가 영웅의 고귀한 성격에서 비롯되는 것으로 바뀐다. 즉 복수는 모든 것을 잊고 끝낼 수 있게 해 주는 것이 아니라 오히려 적들과 한 차원 더 세게 옭아매는 고리와 같다는 심정이 드러난다.

　헨리 제임스는 개인적으로 플로베르, 도데, 모파상, 투르게네프, 웰스, 키플링 등과 교유했다. 20세기가 막 시작될 무렵 그가 처한 상황은 매우 흥미로웠다. 모두가 그를 찬양했으며 위대한 작가로 여겼는데 아무도 그의 책을 읽지 않았던 것이다. 명성보다 대중적 인기를 갈망한 그는 자신과 잘 맞지도 않는, 대중에 영합한 연극을 제작했다. 1915년까지도 미국은 전쟁에 참전하지 않았기 때문에 그해에 그는 영국 시민권을 취득함으로써 간접적으로 연합국이 표방하는 사상과 신념에 지지 의사를 표시했다. 뉴욕에서 태어났지만 한 줌의 재가 된 그는 매사추세츠의 묘지에 영면해 있다.

　에머슨이나 휘트먼과 달리 제임스는 플로베르의 영향을 받아 고대의 복합적 성격의 문명을 습득하는 게 예술 훈련의 필수 요소라고 생각했다. 그리고 미국인은 도덕적으로는 유럽인보다 우월할지 모르지만, 지적으로는 다소 열등하다고 믿었다. 초기 작품의 주제는(그중 하나는 이미 앞에서 언급했다.) 두 가지 상반된 유형의 인물들을 대조하는 것이었다. 소설 『대사들(The Ambassadors)』(1903)의 주인공 램버트 스트레더는 자신이 무척 사랑하는 과부 뉴섬 부인의 요청을 받고 타락에 빠진 그녀의 어린 아들 채드(Chad)를 구하기 위해 파리로 여행을 떠난다. 파리에 도착한 램버트는 파리의 매력에 빠져 그동안 자신이 헛된 삶을 살았다는 것을 깨닫는다. 하지만 충만한 삶을 영위하기에는 무언가 부족한 미국으로 돌아와 과거를 잊고 살아가기로 한다. 또 다른 소설 『메이지가 아는 것(What Maisie Knew)』(1897)은 정반대의 성격을 띤다. 이 작품은 아무런 의심 없이 이야기를 풀어 나가는 화자로 등장하는 소녀의 정신세계를 통해 혐오스러운 행위들을 총체적으로 엿볼 기회를 제공한다.

제임스의 단편은 장편 못지않게 밀도가 있으며 독자에게 읽는 재미를 안겨 준다. 가장 유명한 작품 『나사의 회전(The Turn of the Screw)』은 의도적으로 모호하면서도 섬세한 공포를 조장한다. 이 작품에는 세 가지 해석이 가능한데, 셋 모두 텍스트에 의해 정당화될 수 있다는 점이 특징이다. 「밝은 모퉁이의 집(The Jolly Corner)」은 오랜 세월이 지난 뒤 뉴욕에 있는 집으로 돌아오는 미국인의 이야기다. 전체적으로는 현실로부터 도망치는 인간의 모습을 어스름한 불빛 아래 뒤쫓는다. 자신을 닮은 듯한 주인공이 불구가 되어 버린 처절한 모습이야말로 작가가 만일 미국에 남아 있었더라면 보여 주었을지도 모를 모습이 아닌가 싶다. 「양탄자의 무늬(The Figure in the Carpet)」는 소설가에게 일어난 사건을 이야기한다. 스케일이 큰 그의 작품에는 처음에는 눈에 띄지 않지만 페르시아 양탄자의 얼기설기 수놓아진 무늬처럼 깊은 의도가 숨겨져 있다. 작가가 죽자 일군의 비평가들은 절대로 찾지 못할 그 비밀의 형태를 찾는 데 평생을 바친다. 「대가의 교훈(Lesson of the Master)」에도 위대한 작가가 등장하는데, 그는 비서로 하여금 젊은 호주 출신 상속녀와의 결혼을 단념하게 만든다. 비서가 결혼하면 반드시 마쳐야 할 작품을 마무리하지 못할 수도 있다는 이유에서였는데, 이에 비서 역시 동의한다. 그런데 반전은 작가가 그 호주 아가씨와 결혼한다는 것이다. 결국 충고가 진실된 것이었는지는 정확하게 밝혀지지 않았다. 「지식의 나무(The Tree of Knowledge)」는 죽은 조각가 친구의 아들이 조금은 용렬했던 제 아버지의 작품 세계를 알지 못하게 막으려고 노력한 사람의 이야기다. 마지막 문장에서 아들은 언제나 아버지의 작품을 경멸해 왔음이 밝혀진다. 「최고로 좋은 곳(The Great Good Place)」에서는 우리에게 고급 요양원이라는 형식을 통해 천국을 보여 주는데, 바로 이런 점이 제임스 작품의 복선으로서의 징후를 잘 보여 준다. 물론 이 요양원은 행복을 꿈꿀 수 있는 곳이 아니다. 「사생활(The Private Life)」에는 두 명의 주인공이 등장한다. 한 사람은 하원 의장으로서 사회를 보거나 사절단을 맞이하거나 사람들 앞에서 열변을 토할 때 말고는 아무 쓸모가 없어 완벽하게 사라져 버리고, 다른 한 사람은 활발하게 사회 활동을 하고 다니는 시인으로서 사람들의 눈길을 끄는 작품을 쓴다. 화자는 시인이 피타고라스처럼 두 장소에 동시에 나타나는 기술을 익히고 있음을 보여 준다. 즉 그는 축제에 참여하는 동시에 서재에 앉아 글을 쓸 수 있다. 유럽에 사는 미국인들이 느끼는 당혹감을 제임스는 우주에 있는 인간의 당혹감으로 치환한다. 그뿐 아니라 그는 근원적인 문제에 대한 윤리와 철학 혹은 종교 차원의 해결책을 전혀 신봉하지 않았다. 그의 세계는 카프카의 설명 불가능한 세계와도 맞닿아 있다. 제임스가 보여 주는 세심한 주의력과 미묘하고 복합적인 성격에도 불구하고, 그의 작품에는 삶 혹은 생명의 부재라는 커다란 단점이 있다.

거트루드 스타인(Gertrude Stein, 1874~1946)은 개인적인 문제나 독특한 문학 이론 탓이라기보다는 읽기 어려울 뿐 아니라 어떤 때에는 지나치게 공을 들여 꾸민 어두운 분위기 탓에 그리 중요하게 대접받지 못하고 있다. 그녀는 펜실베이니아주의 앨러게니에서 태어났으며, 심리학자 윌리엄 제임스의 제자로 의학과 생물학을 공부했다. 1902년부터 미술에 눈을 뜬 오빠를 따라 파리에 정착한다. 오빠는 훗날 유명 인사가 된 피카소, 브라크, 마티스 등과 동생을 연결해 준다. 이들의 그림은 그녀에게 색과 형태가 그것들이 재현하는 주제와는 전혀 다른 방식의 인상을 줄 수 있다는 생각을 불어넣었다. 거트루드 스타인은 이런 원리를 자신이 즐겨 사용하는 단어에 풀어놓았다. 그녀에게 단어는 결코 단순한 이데올로기적 상징만은 아니었다. 30년 만에 돌아온 조국에서의 강연에서 그녀는 자신의 문장 작법을 설명했는데, 이는 윌리엄 제임스의 미학 이론과 베르그송의 시간 개념에 기초했다. 그녀는 문학의 목적은 현재 이 순간의 표현이자 개인적인 테크닉과 영사기를 비교하는 것이라고 생각했다. 한 화면에 두 개의 같은 영상이 존재할 수 없는데도, 연속적인 장면은 흐르듯 이어지는 연속성을 눈에 제시하는 것이다. 그녀는 동사를 지나치게 많이 사용했지만, 연속성을 해칠 수 있다고 생각한 명사는 제한하는 독특한 문체를 사용했다. 그녀는 세 세대에 걸친 예술가들에게, 예컨대 셔우드 앤더슨, 헤밍웨이, 에즈라 파운드, 엘리엇, 스콧 피츠제럴드 등에게 영향을 미쳤다. 그녀의 주요 작품으로는 『세 인생(Three Lives)』(1908), 『어떻게 쓸까(How to Write)』(1931), 『앨리스 B. 토클라스 자서전(The Autobiography of Alice B. Toklas)』

을 들 수 있다.

프랜시스 스콧 키 피츠제럴드(Francis Scott Key Fitzgerald, 1896~1940)는 미네소타주 세인트폴에서 태어났고, 아일랜드 출신 가톨릭 신자였다. 프린스턴 대학에서 공부했으며, 1917년 북군에 입대하기 위해 학교를 그만두었다. 그는 용감한 사람이 되겠다는 야망을 품었지만, 안타깝게도 전쟁은 그가 전선에 투입되기 전에 끝나 버렸다. 그의 일생은 완벽을 찾기 위한 기나긴 여정이었다. 그는 인간들에게 커다란 관용과 공평무사함, 자발적인 친절을 허용하는 젊음, 아름다움, 귀족, 부 등의 개념에서 완벽을 찾았다. 그의 등장인물들은 모두 개인적인 경험, 즉 초기의 환상과 말년의 환멸로부터 나왔다. 수많은 작품 중에서 가장 뛰어난 책 두 권을 고른다면 우선『위대한 개츠비(The Great Gatsby)』(1925)를 들 수 있다. 이 책은 젊은 날의 사랑을 되찾으려 헛되이 노력한 남자의 이야기다. 이 작품에서는 신세계에 대한 미국인들의 오랜 꿈의 노스텔지어가 찬란하게 빛난다. 데이지와 그녀의 남편 뷰캐넌, 부자들, 불굴의 사람들은 변함없이 하나로 묶여 살아남지만, 개츠비는 철저하게 망가진다. 기교적 측면에서는『밤은 부드러워(Tender is the Night)』(1934)가 더 탁월하다. 이 작품은 내면에 감춰진 실패를 숨기기 위해 해외에서 살다가 미국으로 돌아온 사람을 분석한다. 스콧 피츠제럴드는 동 세대의 다른 어떤 작가보다도 1차 세계 대전 직후의 세계를 잘 표현했다.

롱펠로의 먼 친척이었던 에즈라 파운드(Ezra Pound, 1885~1972)는 가장 모순적인 판단을 불러일으키는 작가다. 그를 '가장 위대한 대가'로 불렀던 엘리엇에게는 최고였을지 모르지만, 로버트 그레이브스(Robert Graves)에게 그는 모방꾼에 불과했다. 파운드는 아이다호주 헤일리에서 출생했다. 그는 펜실베이니아 대학을 졸업한 후 그곳에서 교수로 재직하기도 했다. 1908년 베네치아에서 첫 작품 『램프가 꺼지고(A Lume Spento)』를 발표했다. 1908년부터 1920년까지 런던에서 살았는데, 자신이 미국인임을 강조하기 위해 카우보이 차림으로 문학 모임에 나타나곤 했다. 그뿐 아니라 채찍을 가지고 다니면서 밀턴에 반하는 촌철살인의 경구를 뱉을 때마다 휘둘렀다. 그는 철학자 T. E. 흄(Hulme)의 제자로, 지나치게 감상적이면서 수사법에만 경도된 시를 순화하기 위해 흄과 더불어 이미지즘을 창조했다. 1928년에는 미국 문학에 기여한 공을 높이 평가받아 다이얼상을 수상했다. 1924년부터 이탈리아 라팔로에 살면서 파시스트가 되어 급진적인 강연을 하고 다니며 파시즘을 선전했고, 미국이 참전했음에도 이 원칙을 고수했다. 전쟁이 끝난 뒤 1946년 조국으로 송환되었고 결국 배신자 취급을 당했다. 다만 법원은 별다른 책임을 묻지 않고 석방하는 대신 그를 정신병자들을 수용하는 요양원에 수년 동안 감금했다. 이에 대해서는 그를 구하기 위한 전략으로 보는 사람도 있고, 정확한 진단이었다고 보는 사람도 있다. 이 모든 역경에도 불구하고 1949년 『피사의 노래(The Pisan Cantos)』로 볼링겐상을 받았다. 이상하게도 파운드는 제퍼슨이 이해했던 민주주의 따위는 파시즘과 비교될 수 없다고 굳게 믿었다. 지금은 이탈리아 귀족의 딸이 소유한 라팔로의 저택에 살고 있다.

파운드의 작품은 시, 논란이 된 수필 그리고 중국어, 라틴어, 앵글로색슨어, 프로방스어, 이탈리아어, 프랑스어 번역 등으로 구성된다. 특히 번역은 학자들에게 가혹한 비판을 받았는데, 학자들에게는 파운드가 모색한 목적이 다소 생소했던 것 같다. 파운드는 원본 텍스트의 의미는 그다지 중요하게 여기지 않았고, 단어가 지닌 음가와 리듬의 재생산을 훨씬 더 중시했다. 파운드의 대표작은 『노래(The Cantos)』로서, 지금은 100편을 다 채웠다고 하는데, 그중 약 90편이 출판되었다. 그의 작품에 주석을 달고 있는 사람들이 밝힌 바에 따르면, 파운드 이전에 시인들이 기본 단위로 생각한 것은 단어였다. 하지만 지금 기본 단위로 생각하는 것은 별다른 관계도 없는 폭넓은 구절이다. 파운드가 쓴 첫 번째 노래는 『오디세이』 II권과 구이도 카발칸티[605]에 대한 견해를 이탈리아어로 가필하여 아름다운 자유시로 번역한 작품으로서 세 페이지에 달한다. 마지막 노래들에 많은 공자 인용은 번역하지 않은 한자로 되어 있다. 파운드가 시도한 일련의 흥미로운 방법들은 시적 단위의 확장으로도 받아들일 수 있다. 그는 표의 문자인 한자에서 힌트를 얻었다고 밝혔는데, 원 위에 그어진 수평선은 낙조를 재현한 것이라고 이야기했다. 예컨대 수평선은 나뭇가지가 될 수 있으며, 원은 지는 해를 표현할 수 있다는 것이었다. 마지막 노래 몇 편은 시적이라는 말보다는 교훈적이라는 말이 어울린다. 파운드의 작품들은 대체로 난해하고 가독성이 떨어진다. 다시 말해 예측 불가능한 유연함을 담아내기 때문에 때로는 휘트먼을 연상시키기도 한다.

---

605   Guido Cavalcanti(1255?~1300). 13세기 이탈리아의 시
        인이자 번역가.

토머스 스턴스 엘리엇(Thomas Stearn's Eliot, 1888~1965)은 미시시피 강변에 자리 잡은 미주리주 세인트루이스에서 태어났다. 이곳에 대해 그는 "강은 엄청난 힘을 가진 갈색 신이다."라고 이야기했다. 그의 가족은 뉴잉글랜드 출신으로, 엘리엇은 하버드와 소르본, 옥스퍼드에서 수학했다. 그는 다양한 출판물, 예컨대《하버드 어드보케이트(Harvard Advocate)》(1909~1910)[606]와《시(Poetry)》(1915), 이미지즘 운동을 주도하던《에고이스트(Egoist)》(1917) 그리고 엘리엇 자신이 주도했던 〈크라이테리언(The Criterion)〉(1922~1939) 등에 기고했다. 로이드 은행에서도 잠깐 일했고, 1918년에는 미 해군에 입대하려 했지만 성공하지 못했다. 1927년 영국에 귀화했으나, 18년 후에 미국으로 돌아와 하버드에서 시를 강의했다. 1922년 『황무지(The Waste Land)』로 다이얼상을 수상했으며, 1947년에는 노벨문학상과 메리트 훈장을 받았다.

엘리엇은 문학 비평과 극예술, 시에 종사했다. 그러나 그를 생각할 때 우리는 그의 다양한 활동을 망각하고 단순히 시인이자 비평가로만 평가하는 경향이 있다. 깔끔한 산문으로 쓴 초기 비평에서 그는 벤 존슨, 존 던, 드라이든, 매슈 아널드 등은 찬양했지만 밀턴과 셸리는 공박했다. 이 시기의 작품에서는 단테에 관해 오랫동안 공부하며 받은 영향을 반복적으로 연습하는 모습이 보인다. 또한 이 작품들은 엘리엇이 자신을 찾아 나가는 과정에서 쏠쏠한 역할을 할 뿐 아니라 일군의

---

606   하버드 대학의 학생 잡지.

젊은 시인들에게는 자극제가 되었다. 시적인 드라마의 가능성에 대해 그는 이렇게 이야기했다. "지식 노동은 특히 의식의 정화에, 지나치게 깊이 생각하는 일을 자제하는 것에 기초한다. 그뿐 아니라 성찰을 불필요한 것으로 만들기 위해서는 상당 부분을 드러낼 줄 알아야 한다." 그의 희곡은 『사원의 살인(Murder in Cathedral)』를 제외하고는 우리 기억 속에 살아 숨 쉬는 인물을 남겨 주지 않았다. 엘리엇은 우리 시대를 위한 연극 작품에서도 셰익스피어의 후기 시와 그의 추종자였던 웹스터와 포드의 시와 유사한, 거의 구전 문학에 가까운 시를 창조하고자 노력했고, 메시지 전령과 합창 같은 고전적인 요소를 즐겨 사용했다. 특히 합창은 『가족의 재회(The Family Reunion)』(1939)에서 잠재의식에 해당하는 아주 흥미로운 역할을 수행한다. 예컨대 현실주의자처럼 이야기를 늘어놓는 등장인물들은 시차를 두고 느낀 바를 이야기하기 위해 잠깐씩 대화를 끊었다가 다시 이어 간다. 이때 그들은 자신들이 낭송하는 상궤를 벗어난 시 구절을 크게 의식하지 않는다. 『사원의 살인』에서 합창은 임금의 음습한 의지 앞에 선 민중의 무기력함과 예감, 비극적인 결과를 밝히는 역할을 한다. 에즈라 파운드 선집의 서문에서 엘리엇은 그의 작품 세계가 휘트먼과 브라우닝 그리고 프로방스와 중국의 시인들에게서 비롯되었다고 밝힌다. 하지만 엘리엇 자신은 라포르그(Laforgue)와 트리스탕 코르비에르(Tristan Corbière)를 읽은 덕에 자유시에 이를 수 있었다. 척박한 땅 『황무지』(1922)는 선과 악이 배제된 삶이라는 상징성을 띤 문체를 사용하는데, 이는 1918년 1차 세계 대전이 마무리되고 이어진 몇 년 동안 느낀 환멸과 일치한다. 『재의 수요일(Ash Wednesday)』은 1930년 모습을 드러냈는데, 여기에는 여섯 편의 시가 들어 있다. 마지막 시에서는 바람과 바다만 보여 줄 뿐 배는 보여 주지 않는데, 이는 신의 의지에 영혼을 맡기는 것을 의미한다. 엘리엇의 가장 중요한 작품으로는 1943년 발표한 『네 개의 4중주(Four Quartets)』를 들 수 있다. 그는 이 제목 아래 여러 편의 작품을 모아 두었다. 만약 1940년부터 따로따로 발표되었다 해도 이 작품들은 부정보다는 긍정에 해당하는 일관성을 보여 주었을 것이다. 네 편의 제목은 각각 영국과 미국의 네 곳을 가리킨다. 4중주는 자의적인 단어가 아니다. 네 편의 시는 소나타에서 비롯된 시적 등가성에 맞춰 구성되었고, 다섯 개의 움직임을 구별하여 담아낸다. 중심 주제는 앞서 『가족의 재회』에서 보여 준 바와 같이 일시적인 것과 영원한 것이 하나 되는 일의 기독교적 가능성이다.

엘리엇은 문학적으로는 고전주의자, 정치적으로는 군주주의자, 종교적으로는 성공회 신자로 정의할 수 있다.

시인 에드워드 에스틀린 커밍스(Edward Estlin Cummings, 1894~1962)는 매사추세츠주 케임브리지에서 태어나 하버드에서 수학했다. 1차 세계 대전에는 프랑스군의 구급차 운전 기사로 참전했다. 그런데 행정 착오로 그는 부당하게 몇 달 동안 강제 수용소에 구금되었다. 그의 대표작 『거대한 방(The Enormous Room)』은 1922년 출판되었는데, 커밍스 자신의 감옥 생활을 순례자의 삶으로 표현한다. 그리고 이 작품은 자서전에서나 볼 수 있음 직한 상황을 한곳에 모아 놓았다는 점에서 17세기에 쓰인 버니언(Bunyan)의 『천로역정(The Pilgram's progress)』에 나오는 청교도적 알레고리에 기초한다고 말할 수 있다. 커밍스의 시 작품은 인간의 모든 우연이 만들어 낼 수 있는 기발함으로 넘쳐 날 뿐 아니라 양도 매우 많다. 여기에서는 소네트 한 편의 도입부를 떠올려 보고자 한다. "숟가락보다 빛나는, 신의 잔인한 얼굴은, 치명적인 한 단어가 가진 이미지를 모은다, 나의 삶은, 달과 해를 좋아했던 나의 삶은, 아직은 일어나지 않은 뭔가를 닮았다. 나는 개를 찾아 헤매는 목걸이다, 새가 없는 새장이다."

뉴욕 교외의 브루클린에서 태어난 헨리 밸런타인 밀러(Henry Valentin Miller, 1891~1980)는 다른 대부분의 근대 미국 작가들처럼 직접 경험으로 가득 찬 삶을 살았다. 그는 종업원, 재봉사, 전보 배달원, 교역 중개인, 비밀 주점 지배인, 단편 소설가, 광고 편집자, 마지막으로 역설적이지만 수채화가까지도 경험했다. 1928년 두 번째 아내와 유럽에 건너갔다가 1930년 혼자 돌아왔다. 그때부터 교정을 보면서 돈을 받고 글을 쓰는 대필 작가로 일했고, 프랑스 디종에서는 영어 교사로 일하기도 했다. 1932년에 그는 『북회귀선(Tropic of Cancer)』을 썼다. 책은 1934년 파리에서 출판했는데, 오히려 미국에서는 지나치게 외설적인 내용으로 판매가 금지되었다. 1933년 그는 프랑스 클리시에서 알프레트 페를레스(Alfred Perlès)와 같이 살며 『검은 봄(Black Spring)』을 써 1936년 파리에서 출판했다. 당시 그의 주변에는 블레즈 상드라르(Blaise Cendrars)와 셀린(Céline)을 포함해 매우 많은 작가가 몰려들었다. 1939년에는 파리에 머물며 『남회귀선(Tropic of Capricorn)』을 탈고하여 출판했다. 같은 해 그는 고고학 박물관이 아니라 살아 움직이는 국가로 여긴 그리스로 여행했다. 유럽에서 2차 세계 대전이 일어나자

1940년 1월 미국으로 돌아갈 수밖에 없었지만, 그리스 여행은 『마루시의 거상(The Colossus of Maroussi)』(1941)과 관련된 영감을 주었다. 그는 평생을 구대륙과 신대륙을 오가며 살았다. 지금은 캘리포니아에 거주하면서 오롯이 문학과 그림에 몰두하고 있다.

작가에 따르면 『북회귀선』은 예술 작품이라기보다는 신과 인간, 운명에 대한 모욕으로 점철된 풍자서다. 『검은 봄』은 서로 연결되지 않는 열 개의 소제목으로 이루어졌는데, 악몽, 조롱기 어린 과장된 표현들, 허무에 대한 수긍, 자신에 대한 끝없는 탐구, 브루클린에 대한 향수 어린 기억 등을 담고 있다. 『남회귀선』은 어둠의 지배를 받는다. 여주인공 마라는 까무잡잡한 여인으로 언제나 검은 옷을 입고 다닌다. 키르케이자 릴리스이고 동시에 성적 매력이 넘치는 날개 달린 미국 여인이다. 작가를 절단 내 악의 구렁텅이 속으로 밀어 넣는 악마인 셈인데, 그녀는 언제나 뱀과 괴물, 기계에 둘러싸여 있다. 결국 밀러는 부활의 희망에 몰려 파멸의 강에 몸을 던졌다. 『냉방된 악몽(The Air-Conditioned Nightmare)』에서 작가는 미국을 냉방이 잘되는 악몽 같은 곳으로 그린다. 작가는 삶의 배후가 되어 준 파리와 지중해를 사랑했다. 3부작 『장밋빛 십자가(The Rosy Crucifixion)』(『섹서스(Sexus)』, 『플렉서스(Plexus)』, 『넥서스(Nexus)』)는 다섯 권에 달하는 분량이다. 냉소적이면서 메시아적인 양극단의 성격을 동시에 가지고 있는 작품으로, 중심 주제는 고통에 기초한 기쁨과 구원이며, 유대교는 그의 작품에 끊임없이 드러나는 강박 중 하나다.

밀러의 전집은 환영에 둘러싸인 그의 삶을 폭넓게 반영하는 자서전이라 할 수 있다. 그는 어찌 보면 진부하고 속물적인 세계에서 벗어나지 않으려 의도적으로 노력했으며, 때로는 이런 세계에도 신비한 섬광이 빛날 수 있다고 믿었다. 밀러는 무정부주의자이자 평화주의자였고 모든 정치인을 불신했다. 과연 앞으로 똑같은 모습을 유지할지 궁금하다.

시인들

휘트먼은 1855년 자신의 작품이야말로 미래 세대의 시인들이 정당화하고 계승해야 할 충고와 메모의 집합체라고 선언했다. 하지만 테니슨과 스윈번의 섬세한 음악성에 매료되었던 미국이『풀잎』의 유산을 수용하기까지는 반세기가 걸렸다.

초기 혁신 세력 중 한 사람은 에드거 리 매스터스(Edgar Lee Masters, 1868~1950)다. 그는 캔자스주 가넷에서 태어났다. 시카고에서 변호사 사무실을 개업했으며, 1898년부터 시집과 희곡집을 출간했지만 그리 큰 반향은 없었다. 1915년 하루 아침에 그를 유명하게 만든 것은『스푼 리버 선집(Spoon River Anthology)』이었다. 이 작품은 우연히 읽은『그리스 선집(Greek Anthology)』에서 아이디어를 얻은 것이었다. 이 선집은 연극 같은 인간의 운명을 다룬 것으로, 250여 개의 비문과 금언 그리고 궁벽한 시골에서 살다가 고인이 된 인간들의 내밀한 모습을 보여 주는 생에 대한 고백으로 이루어진 책이었다. 여기에는 "에이브러햄 링컨이 평생 연모한 여인이었으나, 결합이 아니라 오히려 이별로 그와 결혼할 수 있었던" 앤 루틀리지(Anne Rutledge)의 비문도 실려 있었다. 그리고 시인 프티(Petit)도 등장한다. 그는 자신을 에워싼 삶에 무감각한 사람으로 "호메로스와 휘트먼이 선박에 올라 사자후를 토할 때"라는 고리타분한 2운각 8행시를 썼다. 그뿐 아니라 여기에는 자신을 그다지 사랑하지 않았던 아내의 사랑을 삶의 버팀목으로 삼은 벤저민 펜티어도 나온다. 이 작품은 자유시 형식으로 쓰였는데, 작가가 우리에게 남긴 수많은 작품 중에서 유일하게 의미가 있다.

에드윈 알링턴 로빈슨(Edwin Arlington Robinson, 1869~1935)은 메인주, 헤드타이드에서 태어났다. 그는 한때 하버드에서 공부했으며, 중퇴 이후 시청 검사원으로 일했다. 시어도어 루스벨트가 그의 시를 읽고 감동한 나머지 1905년 그에게 뉴욕 세관원 자리를 주었다. 세 차례 퓰리처상을 받았는데, 처음에는 1896년부터 1922년 상을 받기 직전까지 발표된 시를 모은 시집으로 받았다. 두 번째는 1924년 『두 번 죽은 사나이(The Man Who Died Twice)』로, 마지막은 1927년에 『트리스트럼(Tristram)』으로 받았는데, 마지막 작품은 아서왕의 전설 연작 중 일부였다. 그의 작품 대부분은 여타 대가들의 작품과 마찬가지로 상상 속 인물들의 심리를 드러낸 초상화로, 브라우닝의 복합적인 영향 아래서 노래한 것이었다. 그는 전통적인 문체를 즐겨 사용했다. 예컨대 로빈슨은 단어 사용이라는 측면에서 표현력이 아주 풍부한 시인이었다. 지금은 문학사에서만 거론되는, 사람들의 뇌리에서 거의 사라진 작가지만, 비평가

존 크로 랜섬(John Crowe Ransom)은 그가 1900~1950년 활동한 미국 시인 중 T. S. 엘리엇, 로버트 프로스트와 함께 가장 위대한 세 명으로 꼽힐 자격이 있다고 평가했다. 그의 작품 내면에는 청교도의 엄정함이 저변에 흐르는데, 이 때문에 그는 훗날 유물론적 의미의 염세주의에 빠지고 말았다.

미국인들의 존경과 사랑을 가장 많이 받은 시인은 두말할 나위 없이 로버트 리 프로스트(Robert Lee Frost, 1874~1963)일 것이다. 그는 월트 휘트먼의 열정적인 전통보다는 과묵하면서도 감각적인 에머슨 계열에 속한다고 볼 수 있다. 캘리포니아 샌프란시스코에서 태어났지만, 혈통과 성격, 주로 다루었던 주제 등을 감안한다면 오히려 뉴잉글랜드, 그러니까 미국 문화의 전통과 뿌리를 간직한 동부를 대표하는 시인이라고 할 수 있다. 방직 공장에서 일하다가 하버드에서 공부했지만 결국 졸업은 하지 못했다. 그 뒤 교사, 제화공, 신문 기자, 농장 경영 등의 일을 했다. 1912년 가족과 함께 영국에 정착하여 루퍼트 브룩(Rupert Brooke), 러셀러스 애버크롬비(Lascelles Abercrombie)를 비롯한 여러 시인과 친교를 맺었다. 늦은 나이에 자신의 소명을 발견한 그는 1914년 영국에서 처음으로 세인의 주목을 받은 작품『보스턴의 북쪽(North of Boston)』을 출간했으며, 그의 명성을 단단하게 다져 준 이 작품에 이어 많은 작품을 발표했다. 1915년에 미국으로 돌아온 그는 하버드에 시학 교수로 임명되었다. 미국은 그를 자국을 대표하는 시인으로 인정했고, 시 부문에서 네 차례 퓰리처상을 수여했다. 1938년 문학과 예술 부문 미국 예술 아카데미 메달을 수상했으며, 1941년에는 미국 시인 협회에서 수여하는 메달을 받았다. 그 외에 열여섯 개 대학에서 명예박사 학위를 받았다.

프로스트는 부분으로 전체를 대변하는 수사법인 제유법의 시인으로 정의된다. 실제 그의 시는 첫눈에는 대단히 평범해 보이지만 복합적인 의미가 담긴 경우가 많아 다양한 측면에서 읽힐 수 있다. 겉으로 드러난 의미와 암시된 의미를 함께 읽어야 한다. 논하고자 하는 사물에 대해 모든 것을 한꺼번에 이야기하지 않는 이런 방식은 주로 절제된 표현에 사용되던 것으로 영국과 뉴잉글랜드의 전통이기도 하다. 전원의 삶에서 벌어지는 일상적인 것들이 그에게는 영적인 현실을 간결하면서도 적절하게 시사해 주는 동시에 조용하면서도 이해하기 어려운 의미를 담아내는 것이었다. 자유시를 경멸한 그는 고전적 형식을 주로 개발했지만, 겉으로는 노력의 흔적이 잘 보이지 않는 은근한 솜씨로 다듬었다. 그의 시들은 어두운 색채를 띠지 않았다. 그의 시에 담긴 우리가 다양하게 해석할 수 있는 측면들 하나하나가 헤아릴 수 없이 많은 상상을 불러와 우리를 즐겁게 해 준다. 「밤에 익숙해지며(Acquainted with the Night)」를 읽고 어떤 사람은 빈민가에서의 내밀한 옛 경험에 대한 고백을, 또 어떤 사람은 밤이라는 단어를 통해 악이 아닌 비참한 삶과 죽음 그리고 신비함에 대한 상징을 읽어 낸다. 「눈 덮인 저녁 숲에 멈춰 서서(Stopping by Woods on Snowy Evening)」는 실제 있었던 에피소드를 이야기하지만, 시각적인 아름다움을 담아낸 상상의 세계를 의미한다고 말할 수도 있다. 즉 아름다움을 문자 그대로 읽을 수도 있고, 길게 이어지는 은유의 세계로 읽을 수도 있다. 이와 같은 메커니즘은 「가지 않은 길(The Road not Taken)」을 이야기할 때도 똑같이 적용된다. 이 시의 첫 행은 우리에게 노란 숲길을 보여 주는 구체적인 현실에서 시작하지만, 결국 모든 선택이 가능한 노스텔지어의 상징으로 문을 닫는다.

로버트 프로스트가 죽은 후 칼 샌드버그(1878~1967)는 어떤 의미에서 프로스트의 이면을 보여 주는 시인이 된다. 그는 지금 미국에서 가장 널리 알려진 시인으로, 그의 명성의 상당 부분은 여섯 권이나 되는 에이브러햄 링컨 전기에 기인한다. 1950년 그는 이 작품으로 퓰리처상을 받았다. 스웨덴 이민자의 아들이었던 그는 일리노이주 게일스버그에서 태어나 우유 배달원, 트럭 운전사, 미장이, 농장 노동자, 접시닦이 등의 직업을 전전했을 뿐 아니라 스페인 내전이 한창일 당시에는 푸에르토리코에서 군인, 신문 기자, 문학도로 생활하기도 했다. 그의 첫 작품『무모한 황홀(In Reckless Ecstasy)』은 1904년 출간되었지만 별다른 반향이 없었고, 그는 10년 후 시카고에서 해리엇 먼로(Harriet Monroe)의 문학지《시(Poetry)》에 작품을 기고하면서 유명해졌다. 1916년 그의『시카고 시편(Chicago Poems)』이 널리 알려지면서, 1919년과 1920년 연이어 미국 시인 협회에서 수여하는 상을 받았다. 그는 노래하고 시를 암송하고 민요를 수집하며 전국을 순회하여, 1927년 이를『미국의 노래 주머니(American Song Bag)』에 모았다. 수많은 책 중에서 우리는『연기와 강철(Smoke and Steel)』(1928),『민중이 맞아(The People, Yes)』(1936) 등을 거론하고 싶다. 1950년 그는『샌드버그 시 전집(The Complete Poems of Carl Sandburg)』으로 퓰리처상을 받았다.

그의 모든 작품에서는 휘트먼의 영향이 엿보인다. 두 사람은 모두 길거리 언어를 구사하는 자유시를 즐겨 썼다. 물론 칼

샌드버그의 시에 나타나는 길거리 비속어가 좀 더 즉흥적이고 풍성하다. 초기에 그는 조금은 폭력적이고 저속하다는 느낌이 들 정도로 활력 넘치는 시인이었지만, 후기에는 감상적이고 향수에 젖게 하는 시를 주로 썼다. 이러한 변화는 그의 가장 널리 알려진 시 「서늘한 무덤(Cool Tombs)」에 잘 나타나 있다.

매스터스와 샌드버그 두 사람과 마찬가지로 니컬러스 베이철 린지(Nicholas Vachel Lindsay, 1879~1931)는 링컨의 고향이기도 한 일리노이주 스프링필드에서 태어났으며, 뜨거운 신앙이라는 측면에서는 링컨과 똑같은 모습을 보여 주었다. 낮에는 가게에서 일하며 시카고 예술 교육 센터와 뉴욕의 예술 학부에서 공부를 계속했으나, 자신의 그림을 파는 데 실패하자 시의 세계에 뛰어들었다. 1913년 그의 가장 유명한 시 「윌리엄 부스 장군 천국에 들어가다(General William Booth Enters into Heaven)」가 해리엇 먼로에 의해 출간되기까지 그는 저글링을 하거나 자작시를 낭송하여 식사를 해결하고 연극 구경도 하며 도보로 서부를 돌아다녔다. 그는 1925년 결혼해 워싱턴주 스포캔에서 살다가 6년 후 스프링필드에서 세상을 떠났다. 그의 작품으로는 『걸인을 위한 간편한 안내서(Handy Guide for Beggars)』, 『중국의 나이팅게일(The Chinese Nightingale)』, 『캘리포니아의 황금빛 고래(The Golden Whales of California)』, 『모든 사람은 서커스이다(Every Soul is a Circus)』 등이 있다.

린지는 구세군의 시인이 되고 싶어 했다. 독립 전쟁과 인디언과의 전쟁에서 영웅으로 추앙받은 앤드루 잭슨(Andrew Jackson), 노예 폐지론자인 존 브라운, 링컨, 메리 픽퍼드(Mary Pickford)처럼 대중적인 인기를 누린 인물들의 신화와 같은 삶을 시로 썼다. 그의 작품은 심하게 들쑥날쑥한 편인데, 영적인 것에 대한 열렬한 신앙심과 재즈가 그의 작품에 크게 영향을 미쳤다. 어떤 시에서는 작가가 직접 각각의 단어에 반주로 사용해야 할 멜로디와 악기를 지적하기도 했다.

미국에 거주하는 흑인의 시에 대한 기여도는 음악에 비하면 많이 떨어진다. 첫 번째로 꼽을 수 있는 사람은 제임스 랭스턴 휴스(James Langston Hughes, 1902~)다. 그는 미주리주 조플린에서 태어났으며, 샌드버그와 마찬가지로 휘트먼의 뒤를 이었다고 말할 수 있다. 재즈 리듬을 차용한 그는『사랑스럽고 아름다운 죽음(Dear Lovely Death)』,『꿈의 수호자(The Dream Keeper)』,『할렘의 셰익스피어(Shakespeare in Harlem)』,『편도 승차권(One Way Ticket)』 등의 작품과 자서전『거대한 바다(Big Sea)』를 발표했다. 휴스 시의 특징은 가슴 절절한 구절과 적지 않게 풍자적인 표현이다.

그보다 더 노력파이면서 감각적인 시인으로는 카운티 컬런(Countee Cullen, 1903~1946)을 들 수 있다. 그는 고향에 있는 뉴욕 대학과 하버드 대학에서 공부했다.『구리 태양(Copper Sun)』,『검은 예수(The Black Christ)』 등을 발표했으며, 역서로 에우리피데스의『메데이아(Medeia)』가 있다. 그는 흑인 시 선집 두 권을 편집했지만, 인종적인 것보다는 내면적인 것에 관심을 가졌다. 비평가들은 그의 시에서 키츠의 영향을 찾아냈다.

소설

파란만장한 삶의 여정을 통해 문학에 접근한 여타의 미국 작가들과 달리 델라웨어주 윌밍턴에서 태어난 존 필립스 마퀀드(John Philips Marquand, 1893~1960)는 뉴잉글랜드 유명 가문의 지적인 분위기에서 편안하게 공부할 수 있었다. 그는 초월론자 마거릿 풀러(Margaret Fuller)의 종손이었다. 그는 하버드에서 공부했고, 그의 아내 역시 보스턴의 유서 깊은 가문 출신이었다. I차 세계 대전 당시 포병으로 참전했으며, 한때 신문 기자로 일하기도 했다. 그의 대표작 『고(故) 조지 어플리(The Late George Apley)』는 보스턴의 세련된 분위기를 역설적으로 반영하고 있다. 그는 탐정 소설을 쓰기도 했다.

　루이스 브롬필드(Louis Bromfield, 1896~1956)의 경력은 훨씬 더 다채롭다. 그의 아버지는 오하이오의 농장주였다. 브롬필드는 코넬 대학과 콜롬비아 대학에서 공부했으며, 프랑스 상리스의 시골집에서 머무르기도 했다. I차 세계 대전 때에는 구급차를 몰아 십자 훈장을 받았다. 그는 연극 비평가이자 신문 기자였다. 1926년 산업화 시기를 살아가던 가족 연대기의 일부였던 『초가을(Early Autumn)』을 발표해 퓰리처상을 받았다. 그는 많은 작품을 썼다. 또 다른 대표작으로는 『비가 오던 날(The Rains Came)』(1937)이 있는데, 이 작품은 영화로 만들어졌다. 『봄베이의 밤(Night in Bombay)』(1940)과 『파킹턴 부인(Mrs. Parkington)』도 주목할 만하다.

독일과 아일랜드 혈통을 물려받은 존 언스트 스타인벡(John Ernst Steinbeck, 1902~1968)은 캘리포니아 설리너스에서 태어났다. 그는 스탠퍼드 대학 학비를 마련하기 위해 다양한 직업을 전전했다. 제당 공장 종업원, 미장이, 농장 관리인, 신문 기자 등으로 일했다.

해적 모건에 대한 소설 『황금 잔(Cup of Gold)』의 출판을 시작으로 스물일곱 살에 문인으로서의 경력을 쌓기 시작했다. 최근 발표한 수많은 작품 중에서 기억할 만한 것으로는 『생쥐와 인간(Of Mice and Men)』(1937), 「붉은 당나귀(The Red Pony)」가 수록된 연작 소설 『긴 계곡(The Long Valley)』(1938), 퓰리처상 수상의 영예를 안겨 준 『분노의 포도(The Grapes of Wrath)』(1939), 『에덴의 동쪽(East of Eden)』(1952) 등이 있다. 몇몇 작품은 유명한 영화에 영감을 주었다. 작품의 배경 대부분은 캘리포니아로, 1930년대 대공황의 결과를 반영하여 처절한 분위기를 보여 준다. 스타인벡은 대화를 이어 가는 힘, 그가 경험했던 삶에 대한 묘사, 이야기 전개 능력이 탁월했으나, 철학적이거나 사회적인 문제에는 그리 만족스러운 결과를 보여 주지 못했다.

사람들은 피카레스크 소설에 대해 굶주림의 문학이라고
이야기한다. 어스킨 프레스턴 콜드웰(Erskin Preston Caldwell,
1903~1987)의 작품에 대해서도 그것들이 굶주림, 관능적 광기
그리고 죄의식을 배제한 동물적 감각의 순수한 운명 등이 서
로 얽혀 있다는 점을 제외한다면 똑같은 이야기를 할 수 있다.
콜드웰은 포크너와 마찬가지로 독립 전쟁 이후 몰락한 남부의
모습을 묘사한다. 그러나 그의 작품 속 등장인물들은 몰락한
귀족이 아니라 헐벗은 땅에서 담배와 면화 생산에 매달리는
가난한 백인들이다. 장로교 목사의 아들이었던 어스킨 프레스
턴 콜드웰은 조지아주 화이트오크에서 태어나 버지니아 대학
과 펜실베이니아 대학에서 공부했으며, 미국의 여타 작가들과
마찬가지로 다양한 직업을 경험했다. 1926년 글쓰기 훈련을
위해 폐허가 된 농장으로 들어가 스스로 은둔 생활을 시작했
다. 바로 이곳에서 그의 대표작 『타바코 로드(Tobacco Road)』를
구상했는데, 이 작품은 훗날 연극으로 만들어져 수년 동안 공
연되었다. 여기에서 그는 먹고, 섹스하고, 땅을 경작하는 등의
원초적 욕망에 매몰된 인간 군상의 모습을 보여 주는데, 잔인
한 것과 우스꽝스러운 것, 기괴한 것이 서로 뒤엉켜 있다. 『신
이 버린 땅(God's Little Acre)』은 콜드웰의 가장 뛰어난 작품으
로 평가받는다. 독자들 역시 이 작품 속 등장인물들과 충분히
공감할 수 있을 것이다. 단편 소설집 『우리는 살아가는 사람이
다(We Are the Living)』에서 그는 수수하고 절제된 표현을 사용
해 에둘러 이야기하는 방식을 보여 준다.

우리가 앞에서 살펴본 작가들보다 좀 더 복합적인 사람으
로는 로버트 펜 워런(Robert Penn Warren, 1905~1989)을 들 수 있

다. 그는 소설가이자 시인, 대학 교수, 비평가이자 이야기꾼이기도 했다. 켄터키주 거스리에서 태어난 그는 예일 대학과 옥스퍼드 대학에서 공부했으며, 루이지애나 대학과 미네소타 대학 등에서 영문학을 가르쳤다. 1942년 시 부문에서 셸리상을 수상했으며, 문학 잡지《서던 리뷰(Southern Review)》를 주도했다. 1950년에는 예일 대학 드라마 예술 학부에서 희곡 작법 교수로 일하기도 했다. 젊은 시절 그는 지역주의 작가 그룹에 속했다. 나무랄 데 없는 그의 시는 초기의 서사적이고 대중적인 성격에서 점차 철학적 성찰로 변화해 갔다. 그의 시에서는 17세기 영국 형이상학 시의 영향을 엿볼 수 있다. 대표 소설로는 퓰리처상을 받은『모두 대왕의 백성(All the King's Men)』(1946),『밤의 기사(Night Rider)』(1938),『천국으로 통하는 문(At Heaven's Gate)』(1943),『충분한 세상과 시간(World Enough and Time)』(1950) 등을 들 수 있다. 마지막 작품의 제목은 17세기 영국 시인이었던 앤드루 마벌(Andrew Marvell)의 시 첫 구절에서 따왔다. 단편 소설집으로는『다락방에서의 서커스(The Circus in the Attic)』(1948)가 있다.

흑인 소설가 리처드 라이트(Richard Wright)는 1908년 미시시피주 나체스 근교의 농장에서 태어났다. 아버지가 가족을 버린 탓에 리처드 라이트는 보육원과 친척의 도움을 받아 근근이 학교를 다닐 수밖에 없었다. 그는 열다섯 살 때부터 멤피스의 우체국에서 일했다. 그 후 시카고와 뉴욕을 거쳐 1946년 이후로는 파리에 정착했다. 1938년 여러 단편으로 구성된 연작 소설『톰 아저씨의 아이들(Uncle Tom's Children)』을 발표하여 500달러의 상금과 상을 받았다. 최고의 성공을 거둔 작품

『흑인의 아들(Native Son)』(1940)은 의도치 않게 범죄의 길에 들어선 사람의 끔찍한 결말을 다룬다. 자전적인 작품 『흑인 소년(Black Boy)』은 1945년에 발표했고, 『1200만의 검은 목소리(Twelve Million Black Voices)』(1941)는 자연주의적인 기교를 사용하여 인종 갈등을 다룬다. 1940년 흑인들을 대변한 소설로 스핀간(Spingarn) 메달을 받았는데, 최고의 보상이 아닐 수 없었다. 그는 파리에서 여러 작품을 출간했는데 그중 「나는 공산주의자가 되려고 애썼다(I Tried to Be a Communist)」와 『아웃사이더(The Outsider)』가 주목할 만하다. 1952년부터는 사르트르의 영향을 받아 흑인이라는 특정 문제에서 인간이라는 보편적이고 근본적인 문제로 넘어갔다. 하지만 이런 변화가 예전 작품과의 단절을 의미하는 것은 아니었다. 양쪽에서 그는 공히 적대적인 사회에서 고통받는 인간을 주로 다루었다. 시카고 시절엔 공산주의자였으나 현재 그는 공산주의에서 찾아 보려 노력했던 보편적 형제애에 대한 기대가 환상이었음을 깨닫고, 또 다른 이상을 찾고자 다시금 노력하고 있다. 그의 소설 『흑인의 아들』은 영화로도 만들어졌다.

트루먼 스트렉퍼스 퍼슨스(Truman Streckfus Persons, 1924~1984)는 트루먼 커포티라는 이름으로 더 잘 알려져 있다. 그는 루이지애나주 뉴올리언스에서 태어나 코네티컷에서 공부했다. 영화 대본 작가, 강을 오가는 유람선의 무용수, 잡지 《뉴요커》의 수습 사원으로 일했다. 열아홉 살에 『미리엄(Miriam)』으로, 1948년에는 『마지막 문을 닫아라(Shut a Final Door)』로 두 차례에 걸쳐 오 헨리 문학상을 받았다. 랜덤하우스 출판사에서 단편 소설집 『밤의 나무(A Tree of Night and Other

Stories)』(1949)를 출판했다. 그의 첫 장편 소설은『다른 음성, 다른 방(Others, Voice Other Rooms)』(1948)이다. 많은 사람이 자전적일 것이라고 믿는 이 작품 덕분에 그는 대단히 유명해졌다. 1951년에는 시칠리아에서 쓴『풀잎 하프(The Grass Harp)』를 발표했는데, 이 책이 담아내는 진실은 그 누구도 의심하지 않았다. 두 번씩이나 연극에 진출하려 노력했지만 그다지 성공을 거두지는 못했다. 1956년『뮤즈의 소리를 듣는다(The Muses are Heard)』를 발표했다. 여기에서 그는「포기와 베스(Porgy and Bess)」제작 과정에 참여한 덕에 함께할 수 있었던 소련 여행에 대해 언급한다.

가장 최근 발표한 작품인『인 콜드 블러드(In cold Blood)』(1966)는 이야기 전개가 아주 흥미롭다. 캔자스의 한 마을에서 네 사람이 살해된 사건이 일어난다. 그때까지만 해도 트루먼의 주요 관심사는 문체였다. 그런데 이 끔찍한 사건을 이용하여 그는 언론과 문학을 공유하는 새로운 장르를 개척했다. 그는 캔자스로 이주하여 5년을 살았다. 살인범들과 주변 사람들에게 믿음을 준 덕에 그들과 우정을 쌓을 수 있었는데, 결국 살인범들마저 그와 작별하는 순간 그에게 애정을 느꼈을 정도였다. 덕분에 그는 교수형이 집행되는 순간까지 끊임없이 인터뷰를 진행할 수 있었다. 커포티가 알고 싶어 했던 것은 인간이 범죄에 도달하는 과정이었다. 인터뷰를 진행하는 동안 메모 행위가 질문을 받는 사람의 사고를 억제한다는 사실을 알고 그들의 이야기를 가능한 한 모두 기억하려고 노력했다.『인 콜드 블러드』는 한때 프랑스에서 시도했던 문학 실험을 연상하게 하는, 냉혹할 만큼 철저한 객관성을 토대로 쓰였다.

희곡

19세기에 셰익스피어의 조국 영국에서 다른 장르는 풍성한 결실을 맺었지만, 유독 희곡만 성과가 빈약했다는 점은 이채롭다. 이러한 흐름은 버나드 쇼와 오스카 와일드가 등장해 연극을 혁신하면서 바뀌었다. 이와 유사한 흐름이 미국에서도 일었다. 저급한 대중 희곡도 있었지만, 뛰어난 작가들의 작품 또한 적지 않았다. 하지만 이들 작품은 공연을 목적으로 했다기보다는 읽히기 위한 것이었다. 영국에서는 테니슨과 브라우닝을, 미국에서는 롱펠로를 거론할 만하다.

유진 글래드스턴 오닐(Eugene Gladstone O'Neill, 1888~1953)은 지명도가 상당히 높은 연극배우의 아들로 뉴욕에서 태어났다. 아일랜드 혈통이었던 그는 여러 가톨릭 기숙 학교에서 교육을 받았고, 최종적으로는 프린스턴에서 공부했다. 그는 모순으로 점철된 파란만장한 삶을 살았다. 온두라스에서는 황금을 찾아 헤맸고, 미국과 노르웨이 배에서 선원 생활을 했으며, 부에노스아이레스의 빈민가를 떠돌며 베리소[607]에서 막노동을 했고, 배우와 신문 기자 생활을 하기도 했다. 그는 그리스 비극과 입센, 스웨덴의 극작가 스트린드베리(Strindberg)의 작품에 몰두했다. 그는 퓰리처상을 네 번이나 받았을 뿐 아니라 1936년에는 노벨 문학상도 받았다. 세 번 결혼했으며, 그의 딸 우나(Oona O'Neill)는 채플린과 결혼했다.

30편이 넘는 그의 희곡 작품과 한 편의 자서전에는 그의 삶 못지않게 여러 이질적인 요소가 혼재되어 있다. 사실주의에서 표현주의로 옮아가며 그는 흥미로운 실험을 많이 했는데, 경우에 따라서는 다소 지나치다 싶은 것도 없지 않지만 결국 성공으로 정당화되었다. 『교차가 일어나는 곳(Where the Cross is Made)』(1918)에서는 깊은 바다와 죽은 선원의 환상적인 광경이 뉴잉글랜드의 가정집에 나타난다. 『위대한 신 브라운(The Great God Brown)』(1925)에서는 등장인물들이 썼다 벗기를 반복하는 상징적인 가면을 활용하면서도 이를 전혀 의식하지 않고 말을 건네거나 공포감을 자아내기도 한다. 가면은 인간을 순식간에 다른 사람으로 대체하기도 하고, 장식품으로 사용되거나 혐오를 자아내는 물건이 되기도 한다. 『기이한 막간극(Strange Interlude)』(1928)에서 유진 오닐은 독백을 개선했다. 즉 제임스 조이스가 『율리시스』의 마지막 장에서 사용한 방법을 차용하여 의식의 흐름과 일치시킨 것이다. 그의 3부작

---

607   부에노스아이레스주에 있는 도시.

『상복이 어울리는 엘렉트라(Mourning Becomes Electra)』에서는 고전 작품 속의 그리스 설화를 독립 전쟁 시기의 사건으로 바꿔 놓기도 했다. 개인적인 호불호를 떠나 오닐이 우리 시대 희곡의 기교를 한 차원 승화했다는 데는 논란의 여지가 없을 것이다. 평생 괴로움으로 가득했던 정신세계가 반영된 탓에 그의 작품에는 늘 해피엔드가 없었다. 그의 작품 대부분은 전 세계 언어로 번역되어 있다. 초기 작품들은 대다수가 1막짜리지만, 오닐을 뒤따르는 워싱턴 스퀘어 플레이어(Washington Square Players), 프로빈스타운 플레이어(Provincetown Players), 실험 극단(Experimental Theatre) 등의 소규모 혁신 그룹이 주도적으로 공연하고 있다. 그의 작품들은 머지않아 브로드웨이뿐 아니라 전 세계 무대에 오를 것이다.

홍콩의 총영사가 되었던 신문 기자의 아들 손턴 나이번 와일더(Thornton Niven Wilder, 1897~1975)는 위스콘신주 매디슨에서 태어났다. 그는 중국, 캘리포니아, 오벌린, 예일 등지를 돌아다니며 폭넓게 공부했다. 졸업 후 와일더는 다시 로마의 아카데미아 아메리카나와 프린스턴에서 고고학을 공부했다. 1차 세계 대전 때에는 포병으로 복무했고, 2차 세계 대전에는 공군으로 참전했다. 1921년부터 28년까지 로렌스빌에서 프랑스어를 가르쳤다. 그의 첫 작품 『밀교(The Cabala)』는 1925년 발표되었고, 그는 『산루이스레이의 다리(The Bridge of San Luis Rey)』(1927)로 퓰리처상을 받으며 전국적인 명성을 얻었다. 또 다른 작품으로는 『안드로스의 여인(The Woman of Andros)』(1930), 『내가 갈 곳은 천국(Heaven's My Destination)』(1935)과 『3월 15일(The Ides of March)』(1948) 등이 있다.

와일더는 희곡 작품에서 관객을 깜짝 놀라게 하는 참신한 기교보다는 인간의 감정과 의식, 낙관주의적 사고와 지성 등을 더 중시했다. 물론 여기에 고고학 연구를 통해 습득한 시간의 흐름에 대한 의식을 더할 수 있을 것이다. 그는 한 편의 길이가 약 10분밖에 되지 않는 아주 짧은 극작품으로 시작했는데, 주로 성서적인 주제에 현대적인 형태를 부여한 것이었다. 『우리 동네(Our Town)』(1938)에서는 사자(死者)의 세계를 산 자의 세계 못지않게 현실적으로 그려 냄으로써 사소하고 일상적인 행동에서 본질적인 가치를 찾고자 노력한다. 『위기일발(The Skin of Our Teeth)』(1943)은 선사 시대와 현대의 사건을 단 한 장면으로 정리해 낸다. 공룡과 매머드가 추위에 투덜대며 무대를 달리는데, 앤트로버스 씨 가족은 아이들을 따뜻하게 해 주려고 가구와 서류를 불태운다. 손턴 와일더는 소설이 지난 시대에 상응한다면 희곡은 현재에 상응한다고 보았다. 즉 희곡에서는 "언제나 지금"이었다.

아르메니아 혈통의 윌리엄 사로얀(William Saroyan)은 1908년 캘리포니아주 프레즈노에서 태어났다. 그는 미국과 아르메니아의 전통이 뒤섞인 삶을 살았는데, 어찌 보면 이러한 점이 미국 작가들의 전통인 것 같기도 하다. 그는 전보 배달원, 사무실 심부름꾼, 농장의 막노동꾼을 전전하다가 샌프란시스코에 정착했다. 그의 문학 활동은 장편 소설과 단편, 희곡으로 나눠 볼 수 있는데 그는 주로 희곡에서 명성을 얻었다. 그의 희곡에 등장하는 인물들(1939년 발표한 『내 마음은 고지에(My Heart is in the Highlands)』와 『네 인생의 한때(The Time of Your Life)』 두 작품의 등장인물)은 대부분 방랑자, 창녀, 주정뱅이, 극빈자다. 디킨슨과 마찬가지로 사로얀은 가난한 사람들의 불행보다는 용기, 도덕, 희망, 스쳐 지나가는 행복한 순간들에 더 흥미를 느꼈다. 그는 『네 인생의 한때』로 퓰리처상을 받았다. 이에 못지않게 널리 알려진 작품 『아름다운 사람들(The Beautiful People)[608]』은 2년 후인 1941년에 공연되었다. 거의 모든 작품이 시와 음악으로 구성되어 있고 줄거리가 없다. 그가 가장 본질적으로 생각한 것은 정신 상태, 즉 무정부적이고 대범한 낭만적 감성이었다. 우리는 이와 똑같은 특징을 그의 장편 소설과 단편 소설에서도 발견할 수 있다. 그는 1934년 단편 소설집 『공중그네를 탄 용감한 젊은이(The Daring Young Man in the Flying Trapeze)』로 문학의 길에 들어섰고, 이 작품에 이어 소설 『인간 희극(Human Comedy)』과 자서전 『베벌리힐스에서 자전거 타는 사람(The Bicycle Rider in Beverly Hills)』(1952)을 발표했다. 그는 여기에서 통계보다는 꿈을 더 믿었다고 썼다. 지나치게 잘 구성된 작품에 대한 경멸에서 셔우드 앤더슨의 영향을 엿볼 수 있다. 버나드 쇼를 매우 존경해서인지 그와 똑같이 자기 작품에 긴 서문을 썼다. 그중 하나에는 이런 글이 쓰여 있다. "어디에서건 선(善)을 찾아라. 그리고 선을 발견하면 숨겨졌던 곳에서 얼른 꺼내 억압받지 않고 자유롭게 흘러갈 수 있게 해라.(…) 삶의 매 순간을 열심히 살아라. 그러면 이 경이로운 순간에 세상의 불행과 고통이 달라붙는 일은 절대로 없을 것이고, 즐거움과 끝없이 펼쳐진 신비에 행복한 미소만 지을 것이다."

---

608   국제 사교계 인사들을 일컫는 말.

방문 판매원의 아들, 장차 테네시 윌리엄스라는 필명으로 유명해진 토머스 러니어 윌리엄스는 1912년 미시시피주에서 태어나 미주리와 아이오와 대학에서 공부했다. 1940년에는 록펠러 장학금을 받았으며, 할리우드의 영화사에서 일하며 첫 성공작인 『유리 동물원(Glass Menagerie)』(1945)과 『욕망이라는 이름의 전차(A Streetcar Called Desire)』(1947), 『여름과 연기(Summer and Smoke)』(1947)를 썼다. 퇴폐, 빈곤, 육체적 본능, 탐욕, 장애, 근친상간, 상상의 세계에서 안식처를 찾게 만드는 좌절 등의 주제를 다룬 작품 중에서 『장미 문신(The Rose Tattoo)』(1950), 『뜨거운 양철 지붕 위의 고양이(Cat on a Hot Tin Roof)』(1955), 『지난여름 갑자기(Suddenly Last Summer)』, 『청춘의 달콤한 새(Sweet Birds of Youth)』(1959) 등은 기억할 만하다. 테네시 윌리엄스는 황금만능주의와 한 줄기 희망도 보이지 않는 불안, 심리 분석이 뒤섞인 여타의 작품에서 벗어나 『카미노 리얼(Camino Real)』(1953)만은 좀 색다르게 쓰고 싶어 했던 것 같다. 이는 실험 정신이 넘치는 의욕적인 작품으로 우화적인 성격을 띠는데, 여기에는 바이런 경, 카사노바, 돈키호테, 산초, 춘희가 등장한다. 테네시 윌리엄스의 많은 작품이 훗날 영화로 만들어졌다.

테네시 윌리엄스와 연결 고리가 강한 아서 밀러(Arthur Miller)는 1915년 뉴욕에서 태어났으며, 1938년이 끝나갈 무렵 미시간 대학을 졸업했다. 젊은 시절부터 연극 공연을 위한 글을 쓰기 시작했는데, 모든 것을 사회 환경 탓으로 돌리는 여타 사회주의적 극작가들과 달리 밀러는 자유 의지를 신봉했다. 그는 1947년 『모두가 나의 아들(All My Sons)』을 발표하여 처음 성공을 거두었다. 주인공은 결함 있는 비행기를 팔아 재산을 모은 사람이다. 그의 아들은 수많은 병사의 죽음에 대한 아버지의 책임을 통감하고 마지막 비행에서 자신이 탄 비행기를 폭파한다. 아버지 역시 그 사실을 알고 자살을 선택한다. 1949년에 지금도 여전히 유명한 『세일즈맨의 죽음(Death of Salesman)』이 초연된다. 이 작품의 주인공 윌리 로먼은 30년 이상 지켜 온 일자리를 잃고 가족들이 보험금이라도 받을 수 있도록 고의적인 자동차 사고를 통해 죽기로 한다. 이 작품에서 그는 포크너와 마찬가지로 현재와 과거를 뒤섞는 기교를 활용한다. 『시련(The Crucible)』은 1953년 작품으로 밀러는 두 가지 계략을 꾸민다. 표면상으로 드러난 주제는 17세기의 마지막 10년 동안 일어났던 세일럼의 마녀사냥이다. 그러나 관객들은 이 작품이 현대에 벌어지는 박해와 광신적인 행동에 맞선 반론을 다룬다고 느낀다. 『다리에서 바라본 풍경(A View from the Bridge)』은 아주 짤막한 비극으로, 뉴욕의 부두가 배경이다. 사건은 등장인물인 변호사 알피에리의 기억 속에서 일어난다. 『두 월요일의 기억(A Memory of Two Mondays)』은 1955년에 처음 공연되었다. 배우들은 판에 박힌 일상과 가난이라는 추악한 분위기에서 성장하는데, 단 한 명의 젊은이만이 여기에서 벗어나 또 다른 진로를 모색한다. 아서 밀러는 유명한 여배우 메릴린 먼로의 남편이기도 했다. 『추락 이후(After the Fall)』의 주제는 아내의 운명에서 영감을 받은 것 같다. 그의 작품은 수많은 영화의 대상이 되었다. 1945년에 그는 반유대주의를 거칠게 공격하는 소설 『초점(Focus)』을 쓰기도 했다.

추리 소설, 과학 소설,
머나먼 서부를 배경으로 한 소설

I840년 에드거 앨런 포는 새로운 장르를 개발해 문학을 더욱 풍성하게 만들었다. 이 장르는 다른 어떤 장르보다 정교하고 인위적이었다. 일반적으로 범죄는 추상적 추론이 아니라 오히려 우연과 뉴스, 고발 등을 통해 해결된다. 앨런 포는 문학 세계의 첫 번째 탐정인 파리 출신의 슈발리에[609] 샤를 오귀스트 뒤팽을 창조했다. 그는 훗날 고전이 된 장치를 만들었는데, 그것은 바로 영웅을 존경하고 따르는 평범한 친구를 통해 영웅의 업적을 기술하는 방식이었다. 조금 뒤에 나타난 셜록 홈스와 그의 이야기를 기록하는 왓슨 박사의 구조를 생각하면 이를 쉽게 떠올릴 수 있다. 체스터턴의 평가에 따르면 앨

---

609   기사. 프랑스에서 훈장을 받은 사람에게 붙이는 존칭.

런 포는 탐정 소설로는 가장 "독보적"인 작품 다섯 편을 남겼다. 첫 번째 작품은 「모르그 가의 살인 사건(The Murders in the Rue Morgue)」이다. 분명히 닫혀 있던 다락방에서 두 여인이 잔인하게 살해된 사건을 조사하는 내용으로 범인은 오랑우탄이었다. 「도둑맞은 편지(The Purloined Letter)」는 소중한 물건은 오히려 사람들 눈에 잘 띄는 곳에 두어야 아무도 주목하지 않는다는 기발한 아이디어를 만들어 냈다. 「마리 로제의 수수께끼(The Mystery of Marie Roget)」는 별다른 사건 없이 추상적인 분석과 그럴싸한 해결로 마무리된다. 『그대가 범인이다(Thou Are the Man)』에서는 이스라엘 작가 장월의 소설에서와 같이 탐정이 범인인 이야기가 전개된다. 『황금 풍뎅이(The Golden Bug)』는 주인공이 숨겨진 보물의 정확한 위치를 알려 주는 암호를 풀어 가는 이야기다. 포는 수많은 후계자를 낳았는데, 동시대인이었던 디킨스와 스티븐슨, 체스터턴 등이 대표적이다.

에드거 앨런 포가 첫발을 내디딘 추리 소설 장르의 지적 전통을 이어받은 순수한 의미에서의 후계자는 그의 조국 미국보다 영국에서 찾는 편이 더 확실할 것이다. 하지만 미국인들 중에서도 몇 명은 이름을 떠올릴 수 있다.

윌러드 헌팅턴 라이트(Willard Huntington Wright, 1888~1939)는 버지니아주 샬러츠빌에서 태어났다. 그는 캘리포니아와 하버드, 파리와 뮌헨 등에서 공부했다. 멩켄(Mencken), 네이선(Nathan)과 함께 유명 잡지 《스마트 세트(The Smart Set)》를 이끌었다. 그가 문학가로서 걸어온 길은 상당히 흥미롭다. 진지하게 쓴 『니체가 가르쳐 준 것(What Nietzsche Taught)』, 『근대 미술(modern Painting)』, 『미술의 미래(The Future of Painting)』등은 오늘날 대중의 뇌리에서 사라진 반면, 기분 전환을 위해 S. S. 밴 다인(Van Dine)이라는 필명으로 장난삼아 쓴 탐정 소설이 오히려 그를 유명하게 만들어 주었다. 『벤슨 살인 사건(The Benson Murder Case)』, 『카나리아 살인 사건(The Canary Murder Case)』, 『카지노 살인 사건(The Casino Murder Case)』 등이 기억할 만하다. 정중하면서도 현학적인 태도로 미루어 보아 파일로 밴스는 분명 작가 자신을 투영한 인물이다.

얼 스탠리 가드너(Erle Stanley Gardner)는 1889년 매사추세츠주 메이든에서 태어났다. 잭 런던과 마찬가지로 그는 알래스카에서 광부로 일한 경험이 있으며, 캘리포니아에서 변호사 자격을 얻어 20년 이상 활동하며 명성을 떨쳤다. 그의 추리 소설 시리즈의 주인공 페리 메이슨 역시 변호사다. 언급할 만한 작품으로는 『말더듬이 주교(The Case of the Stuttering Bishop)』, 『절름발이 카나리아(The Case of the Lame Canary)』, 『음악에 맞춰 춤추는 암소(The Case of the Musical Cow)』, 『도망친 시신(The Case of the Runaway Corpse)』, 『정말 대단해(Pass the Gravy)』 『예민해진 공범(The Case of the Nervous Accomplice)』 등이 있다. 그의 작품은 16개 국어로 번역되었으며, 미국에서의 명성은 코난 도일을 능가할 정도다. A. A. 페어(Fair)라는 필명을 자주 사용했다.

프레더릭 더네이(Frederic Dannay)와 사촌 맨프레드 리(Manfred Lee)는 엘러리 퀸(Ellery Queen)이라는 그들이 쓴 3인칭 소설 속 주인공 이름을 필명으로 사용해 유명해졌다. 두 사람이 공동 집필한 첫 작품은 『로마 모자 미스터리(The Roman Hat Mystery)』(1929)였고, 이 작품으로 상을 받았다. 엘러리 퀸의 수많은 작품 중에서 『이집트 십자가 미스터리(The Egyptian Cross Mystery)』, 『중국 오렌지 미스터리(The Chinese Orange Mystery)』 『그리스 관 미스터리(The Greek Coffin Mystery)』 『샴 쌍둥이 미스터리(The Siamese Twin Mystery)』, 『스페인 곶 미스터리(The Spanish Cape Mystery)』 등이 주목할 만하다. 그의 작품은 주도면밀한 성실성, 살아 숨 쉬는 듯한 극적인 성격, 독창적인 문제 해결 방법 등을 담아낸다. 프리스틀리(Priestley)는 그에게 최고의 찬사를 보냈다.

대실 해밋(Dashiell Hammett)은 1894년 메릴랜드에서 태어나 신문팔이와 심부름꾼, 항만 노동자, 광고 대행 에이전트 등의 일을 거쳐 7년 동안 유명한 핀커턴 탐정 사무소의 현장 요원으로 일했다. 대실 해밋 때까지만 해도 추리 소설은 추상적이면서 지적이었다. 해밋은 범죄 세계의 현실과 탐정의 과제를 우리에게 알려 주었다. 그의 작품 속 탐정들은 그들이 추적하는 무법자 못지않게 난폭하다. 거론할 만한 작품으로는 『피의 수확(Red Harvest)』(1929), 『데인가의 저주(The Dain Curse)』, 『몰타의 매(The Maltese Falcon)』, 『유리 열쇠(The Glass Key)』, 『그림자 없는 남자(The Thin Man)』 등이 있는데, 작품의 전체적인 분위기는 독자들을 거북하게 하는 측면이 있다.

추리 소설은 스파이 소설과 과학 소설에 점차 밀려났다. 에드거 앨런 포가 발표한 작품, 예컨대 『M. 발데마르 사건의 진실(The Facts in the Case of M. Valdemar)』과 『열기구 보고서(The Balloon-Hoax)』는 이미 과학 소설을 예고하고 있었지만, 논란을 종식시킬 수 있는 확실한 장르 개척자들은 유럽인이라고 말할 수 있다. 프랑스의 쥘 베른은 상당히 예언적으로 미래를 조망했고, 영국의 H. G. 웰스는 악몽을 꾸게 할 만큼 무시무시한 작품을 발표했다. K. 에이미스(Amis)는 과학 소설을 이런 식으로 정의했다. "산문으로 된 이야기로, 우리가 아는 세상에서는 절대로 나타나지 않을 것을 주요한 주제로 다룬다. 과학 소설은 과학의 영역과 기술의 영역 혹은 사이비 과학이나 사이비 기술 영역에서 벌어질 수 있는 인간 세계의 질서나 기원, 외계인 등의 혁신적 상황에 대한 가정에 기초한다."

과학 소설이 유포되기 시작한 초기에는 단행본보다는 잡지가 주요한 발표 수단이었다. 1911년 4월 《근대 전기학(Modern Electrics)》에 연재 소설 『랠프 124C 41+(Ralph 124C 41+)』이 처음으로 실렸다. 이 작품을 쓴 작가는 이 잡지의 창간자 휴고 건스백(Hugo Gernsback)으로, 최근에 제정된 휴고상은 과학 소설 장르에 수여되는 문학상으로 그의 이름을 기리기 위한 것이다. 1926년에 건스백은 《놀라운 이야기(Amazing Stories)》라는 잡지를 새롭게 출간하는데, 지금도 미국에는 이와 유사한 잡지가 20종이 넘는다. 이것을 반드시 대중적인 장르라고는 할 수 없다. 일반적으로 독자층은 주로 공학자, 화학자, 과학 종사자, 기술자, 학생이었고 눈에 띄게 남성 위주였다. 그들은 클럽에서 따로 모일 정도로 열광적이었으며, 전국적인 클럽이 수십 개에 달할 정도였다. 이러한 과학 소설 모임 중 하나는 약간의 익살을 부려 "미국의 난쟁이 몬스터"라는 명칭을 사용했다.

하워드 필립스 러브크래프트(Howard Phillips Lovecraft, 1890~1937)는 로드아일랜드주 프로비던스에서 태어났다. 감수성이 무척 예민한 데다 건강도 약했던 그는 주로 과부인 어

머니와 이모들로부터 교육을 받았다. 호손과 마찬가지로 고독
을 즐겨 낮에도 블라인드를 내리고 일했다.

1924년 결혼하여 브루클린에 정착했으나 1929년에 이혼
한 뒤 프로비던스로 돌아갔다. 그리고 혼자만의 고독으로 침
잠해 들어가, 결국 암으로 죽었다. 현재를 싫어해 18세기의 종
교를 신봉했다.

그는 과학에 강하게 끌렸다. 그의 첫 글은 천문학에 대한 것
이었다. 살아생전 출판한 책은 한 권뿐이었지만, 그의 사후에
친구들이 선집과 잡지 등에 흩어져 있던 작품들을 모아 전집
형태로 출판했다. 학구적인 성격의 감상적인 문체로 에드거
앨런 포가 불러일으킨 메아리를 모방하여 우주 차원의 악몽과
같은 상황을 가정하는 글을 썼다. 그의 작품에는 우주를 연구
하거나 역으로 꿈꾸는 동안 시공간적으로 멀리 떨어진 거대하
고 괴물 같은 세계를 탐험하고 싶어 하는 현대인의 영혼을 연
구하기 위해 머나먼 우주, 과거, 미래에서 날아와 인간의 몸에
기생하는 존재들이 등장한다. 그의 작품 중 기억할 만한 것으
로는 「우주에서 온 색채(The Colour Out of Space)」, 「더니치의 공
포(The Dunwich Horror)」, 「벽 속의 쥐(The Rats in the Walls)」 등이
있다.

그는 또한 수많은 편지를 남겼다. 포뿐 아니라 단편 소설 작
가 아서 매컨(Arthur Machen)의 영향도 간과할 수 없다.

로버트 하인라인(Robert Heinlein, 1907~1988)은 미주리주
불턴에서 태어났다. 그는 이질적인 요소들이 뒤섞인 삶을 살
았다. 조종, 항해, 물리, 화학, 부동산 판매, 정치, 건축학 등 다
양한 분야에 적응하고자 노력했으며, 문학에 발을 들여놓은

것은 1934년부터였다. 건강 문제 때문에 이러한 최종적인 변신이 불가피했던 측면도 없지 않다. 하인라인은 과학 소설이야말로 문학에서는 시 다음으로 어려운 장르라는 생각을 가지고 있었다. 예컨대 이 장르만이 우리 시대의 가장 천재적인 능력을 반영할 수 있다고 믿었던 것이다. 그의 많은 작품은 젊은이들을 위한 것이었고, 라디오, 텔레비전, 영화 등과 인연이 닿기도 했다. 다양한 언어로 번역된 그의 작품에서『지평선 너머(Beyond This Horizon)』(1948),『붉은 행성(Red Planet)』(1949),『하늘의 농부(Farmer in the Sky)』,『달을 판 사나이(The Man Who Sold the Moon)』(1950),『행성과 행성 사이(Between the Planets)』(1951),『영원에서의 임무(Assignment in Eternity)』등은 언급할 만하다.

네덜란드의 혈통의 앨프리드 엘턴 밴 보트는(Alfred Elton van Vogt, 1912~2000)는 캐나다에서 태어나 서스캐처원 평원에서 성장했다. 어려서부터 그는 자신이 위대해질 가능성은 전혀 없고, 보통 사람들에게 둘러싸인 평범한 사람이 되리라는 데 이상하리만큼 확신이 있었다고 한다. 그는 열두 살에 자전적인 단편 소설을 발표하여 문학에 첫발을 내디뎠다. 이 작품에 이어 이와 유사한 감상적인 작품을 발표했다. 그는 줄곧 과학 소설에 끌려 한참 뒤인 1939년에 이 장르에서 첫 작품을 발표했다. 그가 즐겨 다룬 주제는 자신이 누구인지 정체성을 잊은 사람, 즉 자신을 찾아 떠나지만 모든 시도가 수포로 돌아가는 사람의 이야기다. 구조적인 것보다는 정신적인 것에 더 관심을 둔 그의 작품은 대부분 수학과 논리학, 의미론, 인공 두뇌학, 최면 등에 기초한다. 이러한 근본적인 이질성 때문에 순수 과학 소설을 원하는 사람들은 그를 이단이라며 격렬하게 비난했다. 이에 대해 밴 보트는 잘못된 선입견에서 벗어날 수 있다면 최고의 목표를 충분히 달성할 수 있다고 주장했다. 질병 치료에서 최면의 효율성에 대한 책을 쓰기도 했다. 거론할 만한 작품으로는 『슬랜(Slan)』(1946), 『프타의 책(The Book of Ptah)』(1948), 상상 속 천체에 대한 서사시이자 일반 의미론에 기초한 『A의 세계(The World of A)』(1948) 등이 있다. 아내인 에드나 메인 헐(Edna Mayne Hull)과 협업해 『미지의 것으로부터(Out of Unknown)』(1948)를 썼다.

앞의 작가들보다 더 유명한 사람으로는 레이 브래드버리(Ray Bradbury, 1920~2012)가 있다. 일리노이주 워키건에서 태어난 그는 어려서부터 타잔 놀이와 요술 연습 등을 하면서 환상적인 세계에 익숙해졌다. 잡지 《놀라운 이야기》를 일찍부터 읽기 시작한 덕에 과학 소설 세계에도 어린 나이에 발을 들여놓았다. 열두 살에 타자기를 선물 받은 그는 1935년 중학교 재학 중에 소설 창작 수업을 들었다. 그때부터 매일 1000~2000단어 정도 글을 쓰는 습관을 들였다. 1941년부터 《아메리칸 머큐리(American Mercury)》 등 과학 소설 장르를 대표하는 다양한 잡지에 글을 기고했다. 1946년 어렸을 적 소망이었던 미국 최고 단편 문학상을 수상했다. 그의 첫 단행본은 1947년 작 『어두운 카니발(Dark Carnival)』이었다. 1950년에는 『화성 연대기(The Martian Chronicles)』, 1951년에는 『일러스트레이티드 맨(The Illustrated Man)』, 1953년에는 『화씨 451(Fahrenheit 451)』과 예이츠의 시에서 제목을 딴 『태양의 황금 사과(The Golden Apple of the Sun)』, 1955년에는 『밤을 켜는 아이(Switch on the Night)』(1955) 등을 연달아 발표했다. 이 책들은 전 세계의 거의 모든 언어로 번역되었다.

그는 "과학 소설은 놀라운 망치다. 인간이 원하는 대로 살기 위해 이 망치를 사용할 것을 제안한다."라고 썼다. 지나치게 감상적인 그의 색채를 비난했던 에이미스도 그의 탁월한 문학적 능력과 아이로니컬한 힘만은 인정하지 않을 수 없다고 털어놓았다. 브래드버리는 공간 정복 과정에서 혐오스러운 현대 문화와 기계화가 확장되어 나가는 것을 지켜보다. 그래서인지 그의 작품에서는 악몽과 잔인함, 그러나 슬픔이 간간이 고개를 내민다. 그가 예견한 미래에는 유토피아적 요소라고는 전혀 없으며, 오히려 인류가 반드시 피해야 할, 노력한다면 피할 수도 있는 위험에 대한 경고만 넘쳐 난다.

이제 웨스턴, 즉 서부 소설로 넘어가자. 카우보이는 분명 가우초와는 다른 혈통이지만 그렇다고 아주 많이 다르지는 않다. 카우보이와 가우초 모두 초원을 내달리는 기수들로 원주민들과 거친 황무지, 길들지 않은 가축들과 싸워 왔다. 경우에 따라서는 받아들이기 힘들었던 전쟁에서 수없이 피를 흘리고 목숨을 잃었다. 이러한 동질성에도 불구하고 그들이 영감을 받은 문학은 근본적으로 다르다. 아르헨티나의 작가들에게 (『마르틴 피에로』나 에두아르도 구티에레스의 작품을 떠올려 보자.) 가우초는 반항과 저항의 화신이자 어떤 의미에서는 범죄의 화신이 되기도 한다. 반면 프로테스탄티즘에 기초한 미국인들의 도덕적 관심은 카우보이를 통해 악에 맞선 선의 승리를 형상화했다. 전통적인 문학에서 가우초는 대체로 교활하고 영악한 인간들이지만, 카우보이들은 보안관이거나 농장주다. 지금은 카우보이와 가우초 모두 전설이 되었다. 영화는 전 세계에 카우보이 신화를 퍼트렸고, 흥미롭게도 이탈리아와 일본에서는 자신의 전통이나 문화와 완벽히 동떨어진 서부 영화를 제작하기도 했다.

카우보이 문학은 1860년경부터 19세기 말까지 유포된 싸구려 소설에서 변변찮은 유래를 찾을 수 있다. 주제 대부분은 역사적인 사건이고, 문체는 뒤마의 낭만주의적 표현법과 상당히 닮았다. 식민지 역사와 독립, 남북 전쟁의 역사가 끝나자 미국인들은 서부 정복을 꾀했고, 국경 지대를 대표하는 인물로 카우보이를 떠올린 것이다.

이 장르를 예찬한 사람 중에서 가장 널리 알려진 작가는 제인 그레이(Zane Grey, 1872~1939)로, 그는 오하이오주 제인스빌에서 태어났다. 나무꾼의 아들이었던 그는 펜실베이니아 대학에서 공부했고, 문학에 뛰어들기 전에는 치과 의사로 일했다. 1904년에 첫 번째 작품들을 발표했다. 그가 남긴 60여 편의 작품 중에서 거론할 만한 것은 『대평원 주민들의 최후(The Last of the Plainsmen)』(1908), 『사막의 황금(Desert Gold)』(1913), 『신비의 기수(The Mysterious Rider)』(1921) 등이며, 작품 대부분이 영화로 만들어졌다. 그의 작품은 상당수가 많은 언어로 번역되어 지금도 어린이들과 청소년들 사이에서 계속 읽히며, 1300만 부 이상이 팔렸다.

1810년 혁명 이후 태어난 가우초를 소재로 한 시와 달리 미국의 서부물은 시기적으로 늦었고 질적으로도 수준이 낮았다. 그럼에도 서부물은 서사시의 또 다른 유형이자, 외롭고, 정의롭고, 용감한 카우보이라는 상징적 인물을 세상에 전했다는 사실을 대체로 수용하고 있다.

인디언들의 구전 시가

조지 크로닌(George Cronyn)의『무지개 길(The Path on the Rainbow)』은 최고의 영어판 인디언 시 선집으로, 여기에 수록된 시가 이미지즘 계열의 시가 유행하던 1918년 즈음에 쓰였다고 추정하는 것은 다소 유감스러운 일이다. 홍인에 대한 에즈라 파운드의 회고적 색채의 영향까지는 아니더라도, 번역자들은 분명 이미지즘의 영향을 받았을 것이다. 어떤 시가 되었든 시를 번역한다는 것은 단순하게 한 언어를 다른 언어로 옮기는 것뿐 아니라 역사적 환경과 문화까지 옮기는 것이다.

『무지개 길』에 수록된 우리의 호기심을 일깨우는 시들은 세계에 대한 관조적 인식이라는 측면, 섬세함, 마술적인 모습 그리고 간결하고 소박한 모습이 경이롭다. 예를 들어 주술사의 주문과 같이 단 한 줄로 쓰인 시도 있다.

나는 노래하며, (허기를) 때운다.

혹은 이런 작품도 있다.

저 짙푸른 숲에서 나오는 이는 인간인가, 신인가?

죽어 가는 인디언이 마지막으로 내뱉은 이 몇 줄뿐인 시를
살펴보자.

나는 살아가면서 뭔가를 찾아 헤맸다, 끊임없이.
마법의 노래에서는 인간이 곧 신성을 가진다.
나는 이마에 샛별을 붙인 사람이다.

인문학자들도 아직 원주민 시작법의 요체를 찾아내지 못
했다. 각각의 시는 춤과 연계되는데, 아무 의미 없는 음절을 포
함하는 경우도 있다. 인디언의 언어를 이해하지 못하더라도
시의 다양한 리듬을 잘 살펴보면 듣는 사람은 그것이 사랑을
노래한 시인지, 서사시인지, 마법의 시인지 분별할 수 있다. 그
들이 사용하는 비유는 논리적으로 접근할 수는 없지만 효율적
이다. 노래로 달에 사는 은여우를 불러내기도 한다.
우리는 인간을 죽음에 이르게 할 수 있는 마법 주문에 대해
이야기한 적이 있다. 아일랜드 사람들도 풍자적인 장르에 이
러한 주문의 힘을 부여했다. 인디언들에게는 치유의 노래, 사
랑을 얻기 위한 노래, 승리를 기원하는 노래 등이 있었다. 죽음
에 임박해서야 타인을 믿게 된 한 인간에 대한 시를 짓기도 했

다. 보들레르에 따르면 이러한 것은 너무 먼 곳에 있어 존재하지 않는 세계이자 거의 죽은 자들의 세계에 대한 메아리 같은 것이었다.

마지막으로 나바호 인디언들의 불렀던 이 시를 인용하고 싶다.

까치야! 까치야!
날개의 하얀색에 새벽의 흔적이 남아 있구나!

날이 밝는다! 날이 밝는다!

번역에 쓰인 파크망(Parkmang)의 증언으로 미루어 판단한다면, 이로쿼이족은 정치적인 웅변까지 성공적으로 개발해 놓았다.

역사적으로 의미 있는 연도

I584년	로어노크 식민지 건설 실패(노스캐롤라이나).
I607년	버지니아 회사(전신은 런던 회사)가 제임스타운 건설.
I6I9년	흑인 노예가 네덜란드 배를 타고 최초로 입항.
I620년	메이플라워호를 타고 건너온 청교도인이 플리머스 식민지 건설.
I664년	영국인들이 네덜란드 소유의 뉴암스테르담(훗날의 뉴욕) 획득.
I754~I760년	프랑스·인디언 전쟁. 프랑스군 격퇴됨. 프랑스의 영토 할양.
I775~I783년	미국 독립 전쟁. 식민지 독립.
I787년	필라델피아 제헌 의회.
I789~I797년	조지 워싱턴 대통령 재임.

1801~1809년	토머스 제퍼슨 대통령 재임.
1803년	프랑스령 루이지애나 매입.
1812~1814년	미영 전쟁.
1823년	먼로 선언.
1829~1837년	앤드루 잭슨 대통령 재임.
1836년	텍사스 독립 선언.
1845년	미국이 텍사스 병합.
1846~1848년	멕시코·미국 전쟁.
1856년	공화당 전당 대회 및 전국 조직화.
1861~1865년	에이브러햄 링컨 대통령 재임(암살됨). 남북 전쟁. 남부의 패배.
1867년	러시아로부터 알래스카 매입.
1869~1877년	율리시스 S. 그랜트 장군 대통령 재임(공화당).
1896년	클론다이크에서 황금 발견.
1898년	미국·스페인 전쟁.
1901~1909년	시어도어 루스벨트 대통령 재임(공화당).
1913~1921년	우드로 윌슨 대통령 재임(민주당). 미국의 1차 세계 대전 참전(1917년 4월 6일).
1921~1923년	워런 하딩 대통령 재임(공화당).
1923~1929년	캘빈 쿨리지 대통령 재임(공화당).
1929년	경제 위기.
1933~1941년	프랭클린 D. 루스벨트 대통령 재임(민주당). 뉴딜 정책. 미국의 2차 세계 대전 참전(1941년 12월).

1953~1961년   드와이트 D. 아이젠하워 대통령 재임(공화
당).

1961~63년   존 F. 케네디 대통령 재임(암살됨. 민주당). 진
보를 위한 동맹.

1963년   린든 B. 존슨 대통령(민주당).

에필로그

1884년 헨리 지킬 박사는 감쪽같이 하이드 씨로 변신했다. 다시 말해 한 사람이 결국 두 사람이 된 것이다.(몇 년 후 도리언 그레이에게도 이와 비슷한 일이 벌어진다.) 이와 반대로 두 사람이 한 사람이 되는 기적을 만들 수 있는 기술이 있다면, 그것은 바로 문학 창작 과정에서의 공동 집필이다. 만약 실험이 잘못되지 않는다면, 아리스토텔레스 학설에 따라 만들어진 제3의 인물은 두 사람과는 다를 텐데, 예컨대 두 사람의 특성을 조금밖에 나눠 받지 못할 것이다. 서글프게도 비오이 카사레스(Bioy Casares)와 보르헤스 두 사람 때문에 죄를 뒤집어쓴 산타페 출신의 이야기꾼 부스토스 도멕(Bustos Domeq)[610]이라는 인물이

---

[610]   보르헤스와 카사레스가 공동 작업을 하면서 사용한 필명.

바로 여기에 해당한다. 두 사람은 역설적으로 도멕의 바로크적 통속성을 대놓고 질책했다.

농담은 이제 그만하기로 하자. 이번 2권을 제작하는 과정이 1권 때보다 훨씬 더 나를 즐겁게 해 주었다. 나는 두 권의 제작 과정 모두에 참여했지만, 1권은 단독 작업이었던 반면, 2권은 우정의 즐거움과 함께 공 또한 나눌 수 있는 작업이었다. 나의 관심사 또한 포함되어 있다. 나로 하여금 윌리엄 모리스와 함께하는 아이슬란드 순례를 계획하게 한 북미의 신앙. 부처님의 가르침.(나는 그것으로부터 쇼펜하우어에게 다가가는 법을 배웠다.) 가우초 시의 시작법. 이는 나의 오래된 기억만으로도 진짜 가우초도 아니면서 절절하게 가우초가 되고 싶었던 에르난데스와 아스카수비 두 사람의 자료집을 만들 수 있게 해 주었다. 루고네스는 나에게 케베도만큼이나 잊을 수 없는 사람이다. 사실주의를 모방하는 것보다 더 진실되고 더 오래된, 환상 문학에 대한 사랑도 마찬가지다.

좀 더 주관적이고 사적인 책들(버턴의 『우울증의 해부』와 몽테뉴의 『수상록』)이 결국 남의 글을 표절한 작품이라는 사실을 떠올리는 것도 결코 무익하지 않으리라. 우리는 모두 온전한 과거이고, 우리 스스로의 핏줄이고, 죽어 가는 모습을 목격한 사람이고, 우리를 좀 더 나은 길로 인도한 책이면서, 마음 편하게 생각하면 타인이기도 하다.

1979년 2월 8일 부에노스아이레스에서
호르헤 루이스 보르헤스

작품 해설

루고네스를 위한 변명

I부 『레오폴드 루고네스』   남진희

역사를 '과거와 현재의 끊임없는 대화'라고 한다면, 평론은 주체와 객체의 끊임없는 대화라고 할 수 있다. 평론의 주체가 그 대상이 되는 작가를 이해하기 위해 그와 소통하는 과정이라고 해도 무리는 없을 것이다. 이 작품은 보르헤스의 루고네스에 대한 평론집이다. 여기에서 평론의 주체인 보르헤스는 20세기 문학을 떠올릴 때 절대 빼놓을 수 없는, 다시 말해 잊을 수 없는 작가로 굳이 설명할 필요가 없을 것이다. 따라서 보르헤스를 접할 수 있었던 것이 개인적으로 엄청난 감동이었으며 내 문학 활동의 변곡점이 되어 주었다는 등의 너스레로 보르헤스를 추어올리거나, 독재와 전체주의를 옹호했던 그의 정치적 성향과 독선적인 품성을 들먹일 필요도 없을 것이다. 여기까지 찾아온 독자라면 분명 일정 정도 이상 문학에 대한 소양과 보르헤스에 대한 정보를 가졌을 것이고 보르헤스 문학의

장단점 역시 조금은 알고 있을 것이므로, 섣불리 그에 대해 단정적으로 평가하고 싶지 않다.

그러니 이야기의 시작점은 평론의 대상인 레오폴도 루고네스가 되어야 할 것이다. 보르헤스가 직접 거론하고 평가하고, 한 걸음 더 나아가 책을 헌정하고 싶다고 말한 작가는 그리 많지 않은데 루고네스가 그중 한 사람이다. 이 사실 하나만으로도 아르헨티나 문학계에서 차지하는 루고네스의 위상을 짐작할 수 있을 것이다. 비록 우리나라에는 그리 널리 소개되지 않았지만, 루고네스가 태어난 6월 13일을 작가의 날로 지정할 정도로 아르헨티나에서 그는 20세기 문학을 선도한 인물로 평가받고 있다. 보르헤스는 루고네스를 절대 잊혀서는 안 될 작가로 본다. 이 책의 기획 의도에 대해 보르헤스는 다음과 같이 이야기한다.

이 책은 레오폴도 루고네스의 작품을 소개하기 위한 입문서이다. 이 글을 쓴 주목적은 아르헨티나와 히스패닉 아메리카 문학사에 루고네스의 작품이 자리 잡도록 하고, 독자들의 호기심을 일깨움과 동시에 그가 주로 활동한 영역을 어떤 식으로 소개할지 그 기본 원칙을 대략적으로나마 그려보기 위해서다.

잊힐 수 없는 작가 보르헤스가 독자들이 루고네스를 잊지 않기를 바라는 마음에서 기획한 작품인 것이다. 그렇지만 이 책은 통일성을 갖춘 '루고네스 평전'이라고는 할 수 없다. 쓰인 시기도, 주제도 제각기 다른 여러 편의 글을 '루고네스'라는 공통된 제재를 토대로 엮어 놓은 평론집의 성격을 띠고 있기 때문이다. 루고네스에 대한 총론 성격의 글과 그의 시, 산문, 사상, 정치적 성격 등에 관한 글을 모아 놓은 이 책은 체계적이고 긴밀한 구성을 통해 루고네스를 객관적으로 평가하기 위한 것으로는 보기 힘들다. 전반적으로 시에 중심을 두고 여타 분야에 관한 글을 덧붙였다는 느낌을 주는데, 그 점을 감안하여 내용을 살펴야 할 것이다.

그의 문학적 위상에도 불구하고 루고네스는 사람들에게 저평가되어 있을 뿐 아니라 문학 외적인 이유에서 조금은 소외된 작가다. 그렇다면 우리는 이 책에서 보르헤스가 왜 그리도 루고네스를 중시하는지, 무엇에 초점을 두고 그를 평가하는지, 그리고 그러한 보르헤스의 평가와 의도는 긍정적인지를 따져 보아야 할 것이다. 차례차례 정리해 보자. 보르헤스는 아르헨티나 문학계에서의 위상과 그가 후대에 끼친 영향을 근거로 들면서 루고네스를 지역적 한계를 지닌 작가가 아니라, 오히려 스페인어권에서 우나무노와 함께 가장 탁월한 작가로 평가하였다. 아르헨티나라는 지역적 한계를 뛰어넘은 탁월한 작가, 그것도 문학의 모든 영역에서, 예컨대 소설과 시뿐 아니라 산문에서도 일정 정도 이상의 능력을 보여 준 작가로 평가하며, 이를 후대, 다시 말해 보르헤스를 포함한 신세대 문학에 그가 끼친 영향을 통해 증명한다. 신세대는 루고네스의 수사와 운율에 대한 집착 중에서 수사적인 표현만을 선택적으로 수용하긴 했지만, 그 영향이 매우 강렬하여 루고네스를 직접 읽지 않은 사람조차도 루고네스를 계승할 수 있을 정도였다고 밝히고 있다.

여기에서 보르헤스가 주목하는 것은 루고네스의 수사와 운율, 즉 음악성에 대한 집착과 같은 언어적 측면으로, 루고네스에 대한 평가도 이로부터 시작한다. 보르헤스는 이를 위해 먼저 모데르니스모에 대해 설명한다. 그것은 중남미에서 발생하여 처음 세계적으로 인정을 받고 역으로 유럽에까지 영향을 준 문학 운동으로, 보르헤스는 모데르니스모의 정점에 자리한 루벤 다리오의 시를 통해 이 운동의 성격에 대해 논의한다. 먼저 호세 마르티에서 루벤 다리오로 이어지는 모데르니스모 시인들의 공통점으로 현실 도피에서 비롯된 이국적 정서의 추구, 스페인 고전주의 언어에서 탈피하기 위한 프랑스 고답파와 낭만주의적 표현법 추구, 신화적 요소의 도입을 꼽는데, 루고네스는 다양한 혁신을 통해 이를 한 차원 더 승화시켰다며 그 예로 시에 도입한 줄표와 산문적 요소, 빅토르 위고의 서사성과 음악성의 계승, 휘트먼과 보들레르에 대한 기억뿐 아니라 메타포에 대한 열정을 차례로 나열한다.

이 과정에서 보르헤스가 가장 중시한 것은 언어, 즉 메타포의 사용으로 루고네스의 "시는 메타포로 생명을 얻는다."라는 견해를 거론하며, 이러한 메타포에 대한 열정이 독창적이고 아름다운 시를 만들어 냈다고 본다. 물론 문학 활동이 언어 안에서 비롯되는 것이기에 언어의 혁신이 중요할 수밖에 없는 것은 당연한 이치겠지만, 보르헤스는 루고네스가 특히 전통적 문법에 기초한 언어 사용에서 벗어나 새로운 메타포를 만드는 데 그치지 않고 표현의 정확성을 추구했다고 보았다. 물론 루고네스만의 이런 독특한 문법의 언어 창조는 문학을 한 차원 더 승화시킨 면이 없지 않으나 지나치게 과시적이어서 그 의

미를 훼손하는 단점도 있다고 지적하기도 한다. 언어 측면에
서 살펴볼 때 루고네스가 지닌 특징을 보르헤스는 이렇게 비
판하기도 했다.

> 레오폴도 루고네스의 펜 아래서 플로베르의 '정확한 단어'
> 는 사람을 깜짝깜짝 놀래는 '돌발적인 단어'로 전락하고 말았
> 다. 그는 그의 글이 기교만 가득하다는 사실을 보여 주었고,
> 그에 글에는 감동이나 설득력은 부족한 현란함만 난무했다.
> 그의 문학 작품은 지나친 응용, 왜곡된 응용으로 인해 공허할
> 수밖에 없다. 형용사의 위치를 제멋대로 결정하고 혼란스러운
> 은유를 사용한 탓에 독자들은 도덕적으로 심각한 결함을 인식
> 하거나 인식했다는 인상을 받기 십상이다.

이렇듯 다소 허술했을 뿐 아니라 과하다는 느낌을 주었던
루고네스의 언어에 대한 집착은 열렬한 추종자를 낳기도 했지
만, 역으로 거부감을 불러일으키기도 했다. 이는 새로운 언어
추구라는 형식이 이에 상응하는 내용을 담아내지 못하는 결정
적인 단점으로 연결된다. 원래 모데르니스모 시 운동의 뿌리
는 낙후된 중남미 현실에 대한 부정과 그 극복을 위한 근대성
의 추구라는 명제와 닿아 있다. 즉 이것은 식민지 경험을 공유
했던 미국과 차이가 벌어지는 것에 대한 불만, 세상의 중심으
로 들어가려는, 주변부로 밀려난 크리오요들의 열망 같은, 근
대에 대한 강한 지향이 만들어 낸 것으로, 언어는 이를 극복하
려는 수단이었다고도 볼 수 있다. 이와 같은 근대에 대한 열망
은 루고네스의 소설과 산문, 특히 다양한 인물 평전과 과학, 그

리고 헬레니즘에 대한 평가에서도 쉽게 찾아볼 수 있다. 그러나 근대에 대한 루고네스의 열망은 여기까지였다. 열망을 풀어내지 못하고 단순히 형식에 머무는 한계가 노정되고 있는 것이다. 그런데도 보르헤스는 루고네스에 대한 평가에서 이런 부분은 지워 버렸다. 예컨대 달을 가리키면서도 손가락에만 집착했던 루고네스에 대해서는 거론하지 않는다. 모데르니스모 시 운동에 대한 평가에서부터 루고네스에 대한 평가에 이르기까지 언어의 혁신에 무게를 두고 그 혁신을 통해 지향했던 세계에 대해서는 오히려 눈을 감아 버리는 것이다.

물론 보편적으로 작가가 다른 작가에 대해 평가를 하거나 그를 소개하는 경우 대단히 주관적인 경향을 보이는 것은 분명한 사실이다. 학자나 평론가라고 해서 확고한 객관성을 담보한다고 할 수는 없지만, 아무래도 작가들은 자기가 보고 싶은 것만을 보고 이를 허구화하는 경우가 적지 않다. 전체를 조망하는 것 같으면서도 자기 작품과의 관계에 따라, 예컨대 자기 작품과 어떤 식으로든 유사성이 있는 부분에 대해서는 극단적으로 주관적인 평가를 하고 긍정적으로 가치를 부여를 하는 경우가 많다. 물론 보르헤스 역시 젊은 시절에는 루고네스에게 그리 우호적인 눈길을 보내지 않았다. 오히려 보르헤스는 모데르니스모에 대한 반발에서 작품 활동을 시작했다고 봐야 할 것이다. 지나치게 장식적인 요소가 많고, 시인의 진솔한 감정을 불러내는 글쓰기 형태라고 하기도 어렵고, 독자의 감수성을 깨우는 것과도 거리가 먼, 그래서 음악적 운율과 인위적 기교에만 관심을 두고, 그저 목소리만 키우고 화려함만 지향하는 시이자 문학 운동으로 모데르니스모를 평가했던 태도에서 벗어나, 루고네스 사후 그를 재평가하는 과정에서 보르헤스의 눈길이 부드러워졌음을 분명히 알 수 있다.

루고네스는 영웅이라고 말할 수 있을 정도로 우리 아르헨티나 문학의 질적인 측면에서 장단점을 모두 드러내는 인물이다. 한편으로는 기쁨을 안겨 주는 언어 구사력, 본능적이고 원초적인 음악성, 그 어떤 기교도 이해하고 재창조할 수 있는 능력이 있었지만, 다른 한편으로는 본질적으로 차가운 성격도 문제였고 주제를 지나치게 잡다한 시점에서 보거나 찬양과 폄하 양쪽에 동일한 주제를 사용하는 등 어수선한 모습을 보이기도 했다.

이처럼 보르헤스는 루고네스의 단점을 날카롭게 지적하면서도 주저 없이 그에게 따뜻한 눈길을 보낸다. 그렇다면 보르헤스가 소통의 끝자락에서 결국은 루로네스를 감싸 안으려 했던 이유는 무엇일까? 보르헤스는 단순히 문학의 선배로서 후배 세대에게 많은 영향을 주었다는 이유로 루고네스에게 존경과 사랑을 보내는 것은 아니다. 자기만의 독창적인 언어를 찾기 위한 노력, 창의적인 표현을 만들어 내기 위한 그의 집념을 보르헤스는 높이 평가한다. 자살로써 비극적으로 삶을 마감했던 때, 루고네스는 많은 사람들에게 비판받던 작가였다. 미학적인 관점에서 지나치게 극과 극을 오가는 어지러운 정치적 행보와 독선적인 성격 탓에 만인의 대척점에 서서 비판을 한 몸에 받을 수밖에 없었다. 보르헤스는 그동안 그에게 보였던 태도를 뒤집는다. 생전에 수시로 견해를 바꾸고 생각을 뒤집었던 루고네스를 오히려 진실한 인간으로 평가한다.

그렇지만 생각이 깊고 진실한 인간은 절대 변하지 않을 수 없고, 오히려 변하지 않는 사람은 정치인들뿐이다. 이들은 사기성이 강한 선거라는 행위와 민주주의를 앞세운 장광설도 모순이라고 생각하지 않는다.

진실한 인간은 삶을 살아가는 과정에서 부단히 변할 수밖에 없다고 대신 변명을 해 주고 있다. 인간이 살아가면서 변하는 것은 분명한 사실이다. 살아가는 과정에서 앎이 확장되고, 같이 이야기하는 사람이 바뀌고, 세상이 바뀌고, 환경이 바뀐다. 보르헤스는 루고네스가 보인 다소 어지러운 변화, 다시 말해 세상을 바라보는 그의 눈의 변화는 그리 중요하지 않을 수도 있다고 강변한다.

루고네스의 '수많은 변화'는 어찌 보면 이데올로기적인 성격을 가진 것으로, 그의 사상은 신념이나 이에 바치는 현란한 수사에 비하면 그리 중요하지 않다는 사실을 간과해서는 안 된다.

보르헤스는 왜 이렇게 루고네스를 적극적으로 변명해 주는 것일까? 혹시 보르헤스는 루고네스의 작품에서 자기의 모습을 본 것은 아니었을까? 그래서 루고네스의 지나친 독선과 모데르니스모에 대한 편향된 집착에 대해 젊은 시절 보였던 강한 반발에서 한 걸음 물러나 그에게 다시 따뜻한 눈길을 보낸 것은 아닐까? 보르헤스는 노년에 사석에서 '혹시 내가 지금 루고네스에 닮아 가는 것은 아닐까?'라는 말을 자주 했다. 결국 보르헤스가 원했던 루고네스와의 소통은 결국 자기를 이해하기 위한 과정이 아니었을까? 특히 1960년대부터 시작된 변혁기에 독재 정권을 옹호하거나 지나치게 엘리트주의적인 태도를 보임으로써 많은 사람들의 비판을 받고, 엄청난 문학적 성과에도 불구하고 노벨 문학상에서도 배제될 수밖에 없었던 자신에 대한 이해를 구하는 과정이 아니었을까? 그는 루고네스의 글에서 자신의 굴절된 모습을 발견했던 것은 아닐까?

보르헤스의 마르틴 피에로: 운명과 시간

2부 『마르틴 피에로』   엄지영

이런 이야기는 읽지 말고 들어야 한다.

— 호르헤 루이스 보르헤스

호르헤 루이스 보르헤스가 마르가리타 게레로와 함께 펴
낸 『마르틴 피에로』(1953)는 아르헨티나 문학을 대표하는 호
세 에르난데스의 작품 『가우초 마르틴 피에로』와 『돌아온 마
르틴 피에로』를 분석한 비평문이다. 따라서 이 책은 문헌학적
인 방법과 절차를 충실하게 따르고 있다. 「가우초 시」에서는
에르난데스의 『마르틴 피에로』가 탄생하는 과정을 계보학적
으로 추적한다. 기성의 평단에서는 바르톨로메 이달고, 일라
리오 아스카수비, 에스타니슬라오 델 캄포 등 소위 가우초 시
인들을 그 기원으로 보는 반면, 보르헤스는 안토니오 루시츠
의 작품이야말로 『마르틴 피에로』의 "우연하면서도 확실한 초

고(草稿)"라고 주장한다. 「호세 에르난데스」에서 보르헤스는 시인의 생애를 그의 정치적 입장에 대한 많은 오해를 포함해서 다각적으로 분석한 뒤, 「『가우초 마르틴 피에로』」와 「『돌아온 마르틴 피에로』」에서는 호세 에르난데스의 작품 분석을 통해 시인이 거둔 탁월한 시적 성취를 보여 준다. 마지막으로 결론에 해당하는 「『마르틴 피에로』와 비평가들」과 「전반적 평가」에서 보르헤스는 『가우초 마르틴 피에로』와 『돌아온 마르틴 피에로』에 대한 아르헨티나 비평계의 두 가지 흐름을 추적한다. 우선 레오폴도 루고네스는 민족주의 입장에서 호세 에르난데스의 작품을 아르헨티나의 민족 서사시로 극찬하는 반면, 칼릭스토 오유엘라는 역사의 뒤안길로 사라져 가고 있던 가우초의 폭력과 범죄를 보여 주고 있을 뿐이라고 평가한다.

보르헤스의 모든 비평이 그렇듯이, 『마르틴 피에로』 또한 다른 작가나 작품에 대한 객관적인 평가라기보다 자신의 시학을 정당화하는 일종의 가면으로 기능한다. (『마르틴 피에로』가 던지는 메시지의 미래 수신자는 바로 보르헤스 문학 자체다!) 보르헤스가 애정 어린 시선으로 『가우초 마르틴 피에로』와 『돌아온 마르틴 피에로』를 '읽는' 이유는 그것이 민족 서사시나 폭력과 범죄의 기록이라서가 아니라, 오히려 작품에 흐르고 있는 구전 전통의 리듬과 서사 속도 때문일 것이다. 보르헤스에게는 구전 양식, 즉 이야기꾼의 서사야말로 현대 문학의 가장 중요한 원천이다. 보르헤스에 따르면 호세 에르난데스의 작품에서 가장 돋보이는 구전 양식은 바로 운명의 개념이다.

이야기꾼으로서의 경험이 일천한 나지만 [이달고를 통해

서] 한 가지 깨달은 것이 있다. 인물이 어떻게 말하는지를 알면 곧 그가 누구인지 아는 것이고, 어떤 어조와 억양, 소리, 특이한 구문을 찾아내면 이미 그 운명을 밝혀낸 것이나 마찬가지라는 점 말이다. (강조는 인용자)

여기서 운명은 두 가지 층위를 가지고 있다. 리카르도 로하스가 지적한 바와 같이 운명에는 사회 역사적 성격, 즉 반(半)봉건적 사회에 자본주의 체제가 정착됨에 따라서 농업 경제의 한 축이던 지방 호족들과 이들을 떠받치던 가우초들이 몰락하게 되는 과정이 들어가 있다. 따라서 역사의 신호/기호를 제대로 파악하지 못해 스스로 비극적 운명을 자초한다는 점에서 마르틴 피에로와 같은 가우초들은 그리스 비극의 주인공들과 크게 다르지 않다.(이런 점에서 보르헤스는 『가우초 마르틴 피에로』와 『돌아온 마르틴 피에로』를 민족 서사시라기보다 비극과 소설의 접점으로 규정한다.[611])

하지만 보르헤스가 말하는 운명은 그보다 더 근원적이고 우주적인 차원을 지향하고 있다. 단적으로 말하면, 보르헤스의 운명은 곧 시간이다. 『돌아온 마르틴 피에로』에서 마르틴 피에로가 흑인과 파야다 대결을 벌일 때 서로 주고받는 노래는

---

611   보르헤스는 『가우초 마르틴 피에로』와 『돌아온 마르틴 피에로』를 읽으면서 느끼는 즐거움이 "오늘날 대중이 소설을 읽으면서 느끼는 즐거움, 즉 어떤 사람에게 어떤 사건이 일어났는지 듣는 즐거움과 흡사하다"고 말한다.

거친 가우초의 노래라기보다 철학자들의 심오한 대화에 가깝
다. 어느 순간, 흑인은 그에게 "수량과 척도, 무게와 시간"에 대
한 "형이상학적인 난제"를 화두로 던진다. 이에 대해 마르틴
피에로는 이렇게 답한다.

> 검둥이 친구여, 자네의 질문에 대해
> 내가 아는 범위 내에서 말하겠네.
> 시간은 장차 도래할 것이
> 지연되는 것일 뿐이라네.
> 시간은 애초에 시작이 없었던 만큼
> 결코 끝나지도 않을 걸세.
> 시간은 일종의 바퀴인데
> 바퀴는 영원성을 상징하기 때문이라네.
> 인간은 자꾸만 시간을 나누려고 하지.

보르헤스는 이 구절에서 자기 문학과의 접점을 찾은 듯하
다. 운명이 곧 시간이라면, 그것은 "영원성"이라는 "바퀴"처
럼 "장차 도래할 것"이 끊임없이 "지연"되는 것일 뿐이다. 따라
서 보르헤스-호세 에르난데스-마르틴 피에로에게, 혹은 문학
에서 가장 중요한 것은 운명을, 그리고 텅 빈 현재를 온몸으로
받아들이면서 미래의 선을 가로질러 가는(황무지의 세계로 길
을 떠나는 마르틴 피에로처럼) 용기일 것이다. 그 순간, 우리 삶의
흔적에서 미지의 세계가, 미래의 비밀이 우리 눈앞에 오롯이
모습을 드러낼 것이다. 결국 보르헤스에게 문학은 곧 운명-시
간-용기나 다름없다.

[마르틴 피에로는] 노랫가락과 시의 호흡 속에 존재한다. 그리고 이미 사라진, 과거의 소박한 행복을 그리워하는 순수한 마음속에, 순탄치 못한 운명을 부정하지 않았던 용기 속에 존재한다. 우리 아르헨티나 사람들은 이를 직관적으로 느낀다. 우리에게는 피에로가 겪은 파란만장한 삶보다는 이에 용감하게 맞선 피에로 자체가 더 중요하다.

불교, 평화와 관용의 종교

3부 『불교란 무엇인가』   박병규

일러두기에도 나오듯이, 이 책은 보르헤스의 강의안을 다듬어 출판한 것이다. 보르헤스는 1950년 3월부터 5월까지 여덟 차례에 걸쳐 부에노스아이레스의 고등연구자유대학(Colegio Libre de Estudios Superiores)에서 '불교 연구 입문'이라는 제목으로 강의했다. 고등연구자유대학은 정식 대학은 아니다. 1930년 아르헨티나의 지식인들이 최신의 고급 지식을 대중에게 전파할 목적으로 설립한 일종의 문화 단체다. 기록을 보면, 보르헤스의 강의를 수강한 학생은 평균 191명으로, 이 강의는 그해 개설한 강의 중에서 가장 인기가 있었다.

공저자로 이름을 올린 알리시아 후라도(Alicia Jurado)는 보르헤스보다 스무세 살 아래인데, 일찍부터 '보르헤스 사단'(보수 성향의 아르헨티나 상류 지식인 그룹)의 일원으로 활동한 작가다. 1964년에 최초의 보르헤스 전기 『호르헤 루이스 보르헤스

의 천재성과 인물』을 출판하여 명성을 얻었다. 이 전기에서 알리시아 후라도는 보르헤스에 대한 "존경심 때문에 약점을 들춰내지 못했다."고 고백하고, 지근거리에서 지켜본 보르헤스는 근엄하고 딱딱하기는커녕 상냥하고, 따뜻하고, 유머를 좋아하는 사람이었다고 말한다. 그녀는 마치 스승과 제자 같았던 두 사람의 관계 때문에 결코 쉽지 않았을 원고 정리 작업을 마무리하여 1976년에 책으로 출판할 수 있었던 것으로 보인다.

보르헤스가 불교 관련 문헌을 처음 접한 때는 1914년이었다. 이때 보르헤스 가족은 스위스 제네바에 체류하고 있었다. 아버지의 눈 치료차 건너갔다가 1차 세계 대전이 발발하는 바람에 발이 묶인 것이다. 책을 좋아하는 보르헤스는 쇼펜하우어의 『의지와 표상으로서의 세계』를 읽다가 불교에 관심이 생겨 블라디미르 쾨펜(Wladimir Köppen), 막스 뮐러(Max Müller), 파울 도이센(Paul Deussen)과 같은 독일 인도학자들의 책을 읽었다. 1919년 아르헨티나로 귀국한 이후에도 틈틈이 불교를 비롯하여 노자, 장자 등 동양 철학 관련 서적을 읽고 이런 결론을 내렸다. "이미 인도와 중국에서는 유물론에서 극단적인 관념론까지 가능한 형태의 모든 철학을 생각했다. …… 물론 사고방식이 다르기 때문에 우리 식으로 다시 생각할 필요가 있다."

그렇지만 적어도 이 책에서는 불교에 대한 보르헤스의 '다시 생각하기'를 찾아보기 어렵다. 불교 소개라는 강의의 성격상 '다시 생각하기'가 불가능했을 수도 있다. 1950년 당시만 해도 아르헨티나 사람에게 불교는 낯선 종교였다. 이런 종교를 청중이 이해할 수 있도록 보르헤스는 우리에게는 상식적인 불교 용어조차 평범한 단어로 바꾸고, 이마저 어려우면 서양 철학 용어나 기독교 용어를 동원하여 설명했다. 따라서 자신의 견해를 길게 풀어낼 여유가 없었다. 그래도 간혹 등장하는 한두 줄의 짧은 논평을 통해 불교에 대한 그의 호의적인 시각을 감지할 수 있다.

보르헤스가 이 책에서 말하는 불교는 한마디로 평화의 종교요, 관용의 종교다. 아직까지는 불교가 책임질 전쟁도 없었고, 불교를 탓할 전쟁도 없었다고 강조한다. 그런데 보르헤스는 불교 신자가 아니었고 정치에 무관심한 사람도 아니었다. 보르헤스는 당시 아르헨티나 대통령 후안 도밍고 페론을 무척 싫어했다. 페론에게 피해를 당해서가 아니라 페론이 등장할 때부터 생리적으로 싫어했다. 게다가 강의를 개설한 고등연구 자유대학의 일부 구성원도 반페론주의자였다. 이런 정황을 고려하면, 보르헤스가 평화와 관용을 강조한 것은 페론 정권이 비평화적이고 비관용적이라는 비판으로 해석할 여지가 충분하다.

불교 문화권에 속하는 우리의 관점으로 보면 이 책에는 미흡한 부분도 없지 않다. 잘못된 해석이나 불명료한 설명도 한두 곳 눈에 띈다. 그러나 이는 보르헤스의 잘못이 아니라 보르헤스가 참고한 서적의 잘못이다. 보르헤스는 이 책에 대해 "2차, 3차 문헌을 보고 정직하게 썼다."고 밝힌 적이 있다. 2차 문헌은 독일어, 프랑스어, 영어로 번역된 경전이고, 3차 문헌은 불교 연구서를 가리킨다. 서구에서 불교 연구는 19세기 후반에 본격적으로 시작되었고, 보르헤스는 이때 출판된 책에 전적으로 의지하여 '정직하게' 강의안을 작성했으므로 서구의 초기 불교 연구가 가진 장단점이 고스란히 반영된 것이다.

이런 한계에도 불구하고 이 책은 보르헤스의 명성에 힘입어 외국어로 번역되었다. 생전에 이 책이 일본어로 번역되었다는 소식을 들은 보르헤스는 "어쩌면 우리 서양인이 불교에 대해서 아무것도 모른다는 사실을 증명하려는 것 같다."며 겸연쩍어 했다. 한국어로도 번역된다는 사실을 알면 서양인의 무지를 광고하자는 것이냐고 반문할지 모르겠다.

이 번역본에서 인도의 인명과 지명은 한자어가 있더라도 원어 발음으로 표기했다. Buddha도 '부처'가 아니라 '붓다'로 옮겼다. '붓다'가 보르헤스 글의 문맥에 더 잘 어울리기 때문이다. 불경의 명칭을 비롯한 불교 용어는 보르헤스가 일반 명사로 바꾸었더라도 우리 문화에 녹아든 어휘로 바꿨다. 이를테면, 원문의 '나무'는 '보리수'로 옮겼다. 보르헤스의 인용 방식은 거칠기 때문에 큰따옴표 등을 사용하여 직접 인용한 구절은 원전과 대조하려 노력했다. 그러나 원전을 찾지 못한 경우도 있어서 서너 곳을 제외하고는 각주에서 따로 밝히지 않았다.

번역 작업에서 기존 번역은 항상 훌륭한 길잡이이자 참고 도서다. 김홍근이 편역한 『보르헤스의 불교 강의』(1998)는 인터넷이 없어 관련 정보를 얻기가 쉽지 않은 때에 나왔고, 또 편역이라는 자유를 맘껏 누리고 있음에도 불구하고, 익숙한 불교 용어가 떠오르지 않을 때 들춰 보면 마치 도움을 주려고 예전부터 기다리고 있었다는 듯 적절한 단어로 반갑게 맞이해 주었다. 옮긴이에게 감사를 표한다.

보르헤스 회의주의 문학의 근원은 영국 문학

4부/5부 『고대 영국 시 선집』, 『영국 문학의 이해』 　　　　　김용호

　　예기치 않은 팬데믹 시대에 문학의 의미에 대해서 다시 생각해 본다. 코로나가 발병하기 전에는 매일매일 똑같은 일상성에 빠져 있었다고 감히 고백한다. 그러다가 갑자기 창궐한 질병 앞에서 '지금 이곳'의 수많은 사람과 함께 역자 역시 삶과 죽음의 경계선에 놓여 있다는 자각을 하게 된 것이다. 역자는 지금까지 문학이란 새로운 세상을 꿈꾸는 자유이자 세상을 변혁하는 도구라고 생각했었다. 하지만 삶과 죽음의 경계가 그렇게 멀지만은 않다는 것을 깨닫게 되자, 문학이란 무엇인지 다시 고민하게 된 것이다.

　　그런 고민 속에서 보르헤스 노년의 작업인 『고대 영국 시 선집』(1978)과 『영국 문학의 이해』(1965)를 번역하게 되었다. 솔직하게 말해서 역자는 이전까지 보르헤스의 작품을 별로 좋아하지 않았다. 돈키호테와 돈 후안, 카르멘의 열정과 광기에

반해 스페인 문학을 선택했기에, 끝없이 의심만 할 뿐 아무런 행동도 하지 않는 햄릿처럼 음습한 보르헤스의 작품을 좋아하지 않았다. 역자는 나보코프의 표현처럼 "처음 보르헤스를 읽었을 때, 새롭고도 경이로운 현관 앞에 서 있는 것 같았으나, 그 정문 뒤에는 아무것도 없었다"라는 것을 느끼며, 절대적인 진리의 부정이야말로 새로운 세상을 꿈꾸는 데 가장 큰 걸림돌이라고 생각했었다. 하지만 일상적인 삶이 위기에 빠지게 되자, 보르헤스 노년의 작업을 다시 보게 된 것이다. 그것은 어쩌면 어떤 상황에서도 굴하지 않던 보르헤스의 문학 열정 때문일 것이다. 보르헤스는 시력을 상실해 더는 책을 읽을 수 없던 상황에서도, 자신이 가르치던 학생들의 도움을 받아 가면서까지 이 책들의 집필에 몰두했기 때문이다.

『픽션들』(1944)과 『알레프』(1949)를 연달아 출간하며 문학사에 커다란 발자취를 남긴 보르헤스는 1955년경부터 시력을 완전히 상실했다. 1955년 페론의 실각과 함께 그는 국립도서관장직에 복귀했고, 이듬해인 1956년부터는 부에노스아이레스 대학교에서 영국 문학과 미국 문학을 가르치게 되었다. 그곳에서 두 명의 뛰어난 제자를 만나게 되는데, 그들이 바로 이 책들을 함께 집필한 마리아 에스테르 바스케스와 마리아 코다마다. 보르헤스는 자신의 학생들에게 영국의 방대하고 풍요로운 문학을 한 학기 만에 가르쳐야 했다. 그래서 그는 영국은 물론 스코틀랜드와 아일랜드까지 포함한 광범위한 문학적 전통을 비교적 간략하게 요약하기로 했다. 하지만 이러한 작업은 보르헤스 스스로 서문에서 밝혔듯이 사실상 불가능한 일이었다. 그래서 그는 모든 작가를 백화점식으로 나열하기보다는 전체적인 흐름을 이해하는 데 꼭 필요한 주요 작가와 작품만을 선별하여 소개하기로 했다. 그런 작업의 결실이 바로 마리아 에스테르 바스케스와 함께 집필한 『영국 문학의 이해』라는 책이다.

그는 영국의 문학적 전통이란 고대부터 현대까지 연속해서 이어지고 있다고 생각했고, 출신 지역에 상관없이 영국에서 글을 쓰는 작가들은 모두 영국의 문학적 전통에 속한다고 인식했다. 그래서 고대 앵글로색슨 시대의 문학부터 20세기 현대 문학까지 빠짐없이 기술하려고 시도했다. 또한 제임스 맥퍼슨부터 로버트 루이스 스티븐슨까지 스코틀랜드 출신의 작가는 물론 오스카 와일드와 조지 버나드 쇼, 제임스 조이스까지 아일랜드 출신의 작가까지 영국 문학으로 소개하는 데 주저하지 않았다. 나아가 미국 출신의 헨리 제임스는 물론, 폴란드 출신의 조지프 콘래드와 아르헨티나 출신의 윌리엄 헨리 허드슨, 인도 출신의 러디어드 키플링까지 다양한 작가들을 영국 문학의 전통에 포함해 소개했다.

그런데도 이 책의 초점이 현대 문학에 치우쳐 있는 것 또한 사실이다. 책은 크게 두 부분으로 나눌 수 있다. 전반부는 제1장부터 5장까지로 5세기경 앵글로색슨 시대의 문학부터 18세기 신고전주의 문학까지 비교적 오랜 기간의 문학적 흐름을 설명하고 있다. 반면 후반부는 제6장부터 10장까지로 19세기 낭만주의 운동부터 20세기 현대 문학까지 비교적 짧은 기간의 문학적 전통을 소개하고 있다. 즉 후반부는 19세기의 문학을 '낭만주의 운동'과 '산문문학', '시문학', '세기말 문학'으로 세밀하게 분류했으며, 그 안에 서술한 작가와 작품마저 훨씬 풍부하게 소개한 것이다.

이를 좀 더 자세하게 설명하면 전반부에는 장마다 대략 2, 3명의 작가와 작품만을 간략하게 소개한 데 비해, 후반부에는 장마다 대략 7, 8명 정도의 작가와 작품들을 다루고 마지막 10장의 경우에는 총 10명이 넘는 작가와 그들의 작품을 소개하기에 이른다. 예를 들어, 제1장「앵글로색슨 시대의 문학」에서는「핀스부르흐 전투」와「베어울프」라는 서사시를 소개한 뒤에, 고대 애상 시 몇 편의 제목 정도만 소개하고 마친다. 제2장「14세기의 문학」에서도 제프리 초서의『캔터베리 이야기』를 제외하면,『농부 피어스의 꿈』과『가원 경과 녹색 기사』정도만 소개하고 만다. 제3장「극문학」은 17세기의 희곡 작품들을 소개하는 장으로, 영국의 대표적인 문호 셰익스피어의『맥베스』와『햄릿』,『로미오와 줄리엣』,『베니스의 무어인 오셀로의 비극』,『템페스트』를 제외하면, 크리스토퍼 말로의『포스터스 박사의 비극』정도만 소개하고 있다. 제4장「17세기 문학」역시 앞 장에 포함되지 못했던 세 명의 작가만을 간략하게 소개한다. 존 던의『자살론』과『진보하는 영혼의』와 함께 토머스 브라운의『의사의 종교』와『호장론(壺葬論)』, 그리고 존 밀턴의『실낙원』과『투사 삼손』정도만 소개한 것이다. 제5장「18세기 신고전주의 문학」에서도 에드워드 기번과 새뮤얼 존슨, 보즈웰 정도만 소개하고 만다. 에드워드 기번의『로마 제국 쇠망사』에서 시작해서, 새뮤얼 존슨의『영어 사전』과『영국 시인들의 삶』을 거쳐, 보즈웰의『새뮤얼 존슨의 삶』이라는 전기 정도만 설명하고 있는 것이다.

하지만 전술한 바와 같이 후반부인 6장에서부터 서술하는 작가와 작품의 숫자가 대폭 증가한다. 제6장「낭만주의 운동」은 제임스 맥퍼슨의『고대 스코틀랜드 시선집』과『핑갈』을 유럽 최초의 낭만주의 시라고 소개하면서 시작한다. 그런 뒤 낭만주의 운동의 대표 작가인 바이런과 워즈워스, 콜리지를 거쳐, 토머스 드퀸시와 존 키츠의 작품들을 소개하고 설명한다. 제7장「19세기의 산문 문학」에서는 토머스 칼라일의『의상 철학』에서부터 시작해서 찰스 디킨스, 윌키 콜린스, 토머스 배빙턴 매콜리, 존 러스킨, 매슈 아널드, 찰스 럿위지 도지슨(루이스 캐럴), 윌리엄 헨리 허드슨, 로버트 커닝헤임 그레이엄과 그들의 작품까지 소개한다. 제8장「19세기의 시 문학」은 윌리엄 블레이크의『천국과 지옥의 결혼』에서부터 시작해서, 앨프리드 테니슨, 로버트 브라우닝, 에드워드 피츠제럴드, 제라드 맨리 홉킨스, 단테 가브리엘 로세티, 윌리엄 모리스, 앨저넌 찰스 스윈번의 작품까지 서술한다. 제9장「19세기 말의 문학」은 로버트 루이스 스티븐슨의『새로운 아라비안나이트』부터 시작해서, 오스카 와일드, 러디어드 키플링, H. G. 웰스, 조지 버나드 쇼, 조지프 콘래드, 아서 코난 도일의 작품을 소개한다. 마지막 10장「20세기의 문학」은 헨리 제임스의『미국인』으로 시작해서, 길버트 키스 체스터턴, 데이비드 허버트 로런스, 토머스 에드워드 로렌스, 버지니아 울프, 빅토리아 색빌웨스트, 제임스 조이스, 윌리엄 버틀러 예이츠, 로버트 그레이브스, 찰스 랭브리지 모건, 토머스 스턴스 엘리엇, 에드워드 모건 포스터의 작품까지 소개하며 마친다.

보르헤스는 1968년부터 부에노스아이레스 대학의 영문학 강의를 그만뒀지만, 영국 문학에 관한 관심까지 멈춘 것은 아니었다. 그래서 그는 1978년 또 다른 학생이었던 마리아 코다마의 도움을 받아 『고대 영국 시 선집』을 출간했다. 고대 영국의 시란 사실 고대 유럽의 게르만족들 사이에 공동으로 전승되던 내용을 대략 8, 9세기의 영어로 기록한 것을 말한다. 그런데 이 시기의 영어는 옛 게르만어의 분파로, 11세기 이후 노르만 민족의 침공으로 인한 프랑스어의 영향이 반영되기 이전의 언어다. 즉 현대의 영어와 너무 달라 영어를 모국어로 사용하는 사람들조차 독해할 수 없는 언어를 의미한다. 그런데도 보르헤스는 (현대 영어가 아닌) 고대 영어로 된 시들을 직접 번역하는 수고를 아끼지 않았다. 왜냐하면, 스페인어권 문학의 사실주의 전통과는 다른 메타포를 통해 새로운 창조적 가능성을 느꼈기 때문이다. 이 책에서는 모두 7편의 고대 영시를 소개하고 있다. 먼저 고대 영시를 대표하는 서사시들인 「베어울프에 관한 이야기 중 일부」와 「핀스부르흐 전투」를 소개한 뒤에, 게르만 민족 전체에 흐르는 우수에 찬 상념과 운명에 대한 달관, 인생무상의 진리를 깨닫는 체념 등의 정서를 보여 주는 애가 5편을 소개하는데, 그 시들이 바로 「데오르」와 「바다 나그네」, 「묘지」, 「오타르 이야기」, 「11세기 고대 영국인의 대화」이다.

이렇듯 노년의 보르헤스는 고대 영시에 흠뻑 취해 있었다. 하지만 영국 문학에 대한 그의 사랑은 사실 유년 시절로 거슬러 올라간다. 지식인이자 작가 지망생이었던 아버지(호르헤 기예르모 보르헤스)와 영국 문학 번역가였던 어머니(레오노르 아세베도 데 보르헤스)의 장남으로 태어난 보르헤스는 어린 시절부터 영어와 스페인어를 동시에 배웠다. "헤아릴 수 없을 정도로 많은 영어 책이 꽂혀 있는 서재에서 대부분 시간을 보내며 살았던" 보르헤스는 일곱 살에 영어로 단편 소설을 집필했고, 열 살 때 오스카 와일드의 『행복한 왕자』를 스페인어로 번역했다. 1914년 스위스에 이주한 후부터 토머스 드퀸시와 길버트 키스 체스터턴, 로버트 루이스 스티븐슨, 러디어드 키플링, 월트 휘트먼 등 영국 문학 작품을 즐겨 읽었다. 그래서 마르코스 리카르도 바르나탄과의 인터뷰에서 "셸리와 키츠, 피츠제럴드, 스윈번 등 영국 작가를 통해 영어로 시를 배웠다."라고까지 말했다. 그래서 프랑스 문학의 영향을 받은 동시대의 다른 작가들과는 달리, 영국 문학이 보르헤스의 문학에 더 큰 영향을 끼친 것이다.

그렇다면 이런 영국 문학의 전통이 보르헤스의 작품에 어떤 영향을 끼쳤을까? 특히 보르헤스가 동경했던 셰익스피어와 드퀸시, 체스터턴, 스티븐슨, 쇼 등의 작가는 그의 문학에 어떤 영향을 끼쳤을까? 이에 대해 베르낫 카스타니 프라도 교수는 학위 논문에서 영국 작가들은 프랑스 작가들과 비교해 대체로 회의주의적인 특징을 지니고 있다고 주장했다. 문학과 철학은 불가분의 관계를 맺고 있기에, 셰익스피어로 대표되는 영국 문학은 데이비드 흄으로 대표되는 회의주의 철학과 공통된 뿌리를 지니고 있다는 것이다. 철학에서 흄이 "토론의 주제가 아닌 것이 없고, 학자들 사이에서 반대가 없는 의견이 존재하지 않을 정도"로 학문이 불완전하다고 주장했다면, 문학에서는 셰익스피어가 성격적인 결함을 지닌 불완전한 주인공들을 내세워 진실과 허위 사이에서 방황하는 모습을 보여 준다.

그런데 이렇게 불확실한 모습을 그대로 보여 주는 작품이 바로 「신학자들」이다. 보르헤스는 아우렐리아누스와 판노니아의 요한 사이의 치열했던 신학 논쟁에도 불구하고, 결국 "아우렐리아누스와 판노니아의 요한이 불가해한 신에게는 단 한 사람이었다는 사실"을 그리고 있다. 이단으로 고발당해 화형당한 판노니아의 요한이나 고발했던 정통교도 아우렐리아누스가 신에게는 동전의 앞면과 뒷면처럼 같은 존재의 일부였다는 것이다. 「배신자와 영웅에 관한 주제」에서도 아일랜드 독립 음모자들의 우두머리이자 동시에 그 조직의 배신자였던 퍼거스 킬패트릭의 모순적인 이야기가 서술된다. 배신자(우두머리)의 처형이 봉기를 무산시킬 것을 우려해, 익명의 암살로 처리함으로써 조국의 해방을 위한 영웅적인 도구로 활용했다는 이야기다. 「전사와 여자 포로에 관한 이야기」에서도 로마를 수호하다 죽은 야만인 드록툴프트와 팜파스 지역 원주민들의 포로이자 추장 부인인 금발 머리 영국 여인의 모순적인 이야기가 서술된다.

아일랜드 출신의 영국군 정보 장교와 중국 출신의 독일 첩자 간의 추격전을 그리고 있는 「두 갈래로 갈라지는 오솔길들의 정원」도 모순적이기는 마찬가지다. 작품에서 유춘 박사는 중국학 연구자인 스티븐 앨버트를 죽이고 리처드 매든 대위에게 체포됨으로써 영국 포병대의 정확한 위치(앨버트)를 베를린에 전달하는 데 성공한다. 그런데 이 작품에서 승자는 누구이고 또한 패자는 누구인가? 관점(화자)에 따라 매든 대위나 유춘 박사 모두 승자나 패자가 될 수 있기 때문이다. 화자가 누구냐에 따라 달라지는 진리의 모호성은 「엠마 순스」에도 이어진다. 살인자인 엠마 순스가 진술한 이야기에 따르면 로웬탈은 파업을 핑계로 그녀를 유혹해 성폭행한 파렴치한 범죄자이고, 그녀는 자신을 보호하기 위해 정당하게 폭력을 행사한 사람으로 그려졌기 때문이다. 그래서 보르헤스는 "완전하고 완벽하며, 그곳의 책장들은 이십여 개의 철자 기호들로 이루어진 가능한 모든 조합, 바로 모든 언어로 표현 가능한 모든 것을 포함하고 있는" 바벨의 도서관을 꿈꿨는지도 모른다. 다만 유한한 존재가 유한한 표현 수단인 언어를 통해서 무한한 우주의 비밀을 밝힐 수는 없지만 말이다.

문학사의 지평 확장을 위한 주변부로의 산책

6부 『중세 게르만 문학』   정동희

문학은 언어 예술이다. 좀 더 구체적으로 말하자면 비가시적 언어를 작가의 예술적 상상력을 통해 재구성하여 문자라는 가시적 기호 체계로 현현화한 것이 문학 작품이다. 그러므로 문학예술 작품 창작의 최종 단계는 상상력의 문자화이다. 반면 작품 감상의 기본적이자 일차적인 단계는 보는 것, 즉 시각의 활성화다. 그러므로 작가와 독자 모두에게 시각은 창작과 감상을 위한 본원적인 생체 활동으로서, 시력을 소실한다는 것은 창작 및 감상 행위가 불가능해짐으로써 작가로서의 삶과 독자로서의 위치를 상실한다는 것을 의미한다.

『픽션들』(1944)과 『알레프』(1949)를 통해 기존의 소설 문법을 파괴하면서 새로운 문학의 가능성을 개척하여 세계적인 명성을 얻어가던 보르헤스는 50대에 아무것도 볼 수 없는 절대 어둠의 세계로 진입했다. 지나친 독서로 인한 눈의 혹사와 아버지로부터 물려받은 유전병으로 인해 30대부터 점점 시력이 약해진 보르헤스는 50대 초에 이르러 시력을 대부분 상실했고 몇 년 뒤에는 아예 아무것도 볼 수 없었다. 새로운 소설의 지평을 열었던 작가로서, 국립 도서관 지하 서고에서 불을 밝히고 독서에 몰두하던 독자로서 보르헤스의 삶은 끝났다고 해도 과언이 아니었다. 그러나 보르헤스는 시력 상실에 따른 작가로서의 삶의 종말이라는 일반적 관념을 여지없이 깨뜨린다. 비록 책을 읽거나 직접 자신의 손으로 글을 쓸 수는 없었지만 그의 뇌리에서는 끊임없이 문학적 영감이 솟구쳤고 타인의 도움을 받아 이를 발표했다. 『여섯 개의 현을 위하여』(1965), 『타자, 그 자신』(1969), 『심오한 장미』(1975), 『동전』(1976), 『암호』(1981), 『음모자들』(1985) 등의 시집, 『브로디의 보고』(1970), 『칼잡이들의 이야기』(1970), 『셰익스피어의 기억』(1983) 등의 단편 소설집과 『또 다른 심문』(1952), 『단테적인 아홉 개의 에세이』(1982), 『상상 동물 이야기』(1967), 『칠 일 밤』(1980)의 에세이 등 실명 후 보르헤스가 발표한 작품만 보더라도 그가 장르를 가리지 않고 문학의 전 영역을 종횡무진 하였음을 우리는 알 수 있다.

1951년에 초판본이 나오고 15년이 지난 1966년에 수정본이 나온 『중세 게르만 문학』은 여러 면에서 독자들에게 보르헤스의 또 다른 면모를 보여 주는 작품이다. 우선 이 작품이 출간된 시기가 우리에게 호기심을 던져 준다. 초판본이 나온 1951년 당시 보르헤스는 완전 실명 상태는 아니었지만 거의 앞을 볼 수 없었다. 그리고 수정본이 출간된 1966년에 그는 시력을 완전히 상실한 상태였다. 즉 『중세 게르만 문학』은 보르헤스가 실명 상태에서 쓴 중세 문학사로서, 보르헤스가 문학사 편찬에서 기초적이며 필수적인 작업인 자료 수집과 정리를 그가 어떻게 수행했는지에 대한 의문을 불러일으킨다. 물론 이 문학사를 보르헤스가 단독으로 집필한 것은 아니다. 초반본은 델타 인헤니에로스(Delta Ingenieros)와, 수정본은 마리아 에스테르 바스케스와 함께 집필했지만 이들이 집필 과정에서 직접 자신들의 원고를 썼는지 아니면 보르헤스가 필요로 했던 자료의 수집과 정리만을 담당했는지는 명확하지 않다. 하지만 작품에서 드러나는 문체가 일관성과 통일성을 가지고 있고 분석 대상으로 삼은 개별 작품들에 대한 평가에서 보르헤스의 주관이 뚜렷하게 드러난 점을 고려할 때, 작품의 구성과 집필은 보르헤스가 주도적으로 하고 인헤니에로스와 바스케스는 자료 수집과 원고 정리 등의 역할을 했을 것이라고 짐작할 수 있다.

새로운 소설 형식의 개척자로서의 보르헤스를 기억하는 독자들에게 문학사적 성격이 강하게 드러나 있는 『중세 게르만 문학』은 낯설게 다가올 것이다. 우선 문학사가 혹은 문학 연구가로서 보르헤스의 모습이 낯설다. 하지만 방대한 독서를 통해 집적된 그의 문학사적 지식과 1956년부터 1970년까지 그가 부에노스아이레스 대학교에 영문학 교수로 재직한 점을 고려하면 이 낯섦은 곧 해결될 수 있다. 하지만 그의 관심이 왜 중세 게르만 문학으로 향했는지에 대한 의문은 그리 쉽게 해결되지 않는다. 서구 문화의 바탕이 되는 그리스, 로마 신화에 익숙한 우리에게 문명과는 동떨어진 야만의 삶을 영위하던 게르만족의 신화와 문학은 매우 생소하다. 특히 라틴어로부터 유래한 스페인어를 모국어로 쓰면서 로마 문화를 계승했다고 자부하는 라틴 문화의 분위기 속에서 성장한 보르헤스였기에 그가 보여 주고 있는 초기 게르만 문학의 형성 및 진화 과정에 대한 깊은 관심과 애정은 소설가로서의 보르헤스에게 익숙한 독자들에게 그의 문학 세계의 폭과 깊이를 다시 한번 생각하게 만든다. 할머니가 영국인이었고 어린 시절부터 집 안에서 영어를 사용하는 데 익숙했던 보르헤스가 영문학에 관심을 갖고 애정을 드러내는 것은 자연스러운 일일 수도 있지만, 그가 왜 영문학의 범주에 넣기도 애매한 앵글로색슨족의 영국 이주 초기 문학과 중세 독일 및 스칸디나비아 문학에 천착했는지 그 기원을 찾기는 쉽지 않다.

보르헤스는 게르만족이라는 개념을 단순히 특정 종족이나 민족이라기보다는 타키투스가 『게르마니아』에서 제시한, 유사한 관습과 언어, 전통 및 신화를 공유하는 종족 전체로 이해하면서 이 공통분모로부터 어떻게 앵글로색슨 문학과 독일 문학 그리고 스칸디나비아 문학이 분기, 발전했는지를 추적한다. 그리고 이들 문학을 중세라는 시간의 틀 속에 고정하여 중세적 가치를 밝히는 대신, 시간의 장벽을 제거하고 이후 전개되는 문학과의 관련성에 주목함으로써 문학사적 연속성을 강조한다. 즉 보르헤스는 스칸디나비아 산문 문학인 사가(Saga)에서 근대 소설의 형태를 발견하고 앵글로색슨 시와 스칸디나비아 궁정시에서 17세기에 전개되는 바로크 미학을 목도할 수 있다고 밝힌다.

보르헤스는 중세 게르만 문학을 앵글로색슨 영국 문학, 독일 문학, 스칸디나비아 문학으로 구분하여 고찰하고 있지만 게르만 문학의 기원으로는 고트족 출신의 주교인 울필라스가 비시고트어로 번역한 성서를 제시한다. 이 성경은 "게르만 언어로 된 가장 오래된 역사적 기념물"이라는 역사적 가치도 있지만, 보르헤스가 이 성서에 각별한 가치를 부여한 이유는 성서를 기계적으로 비시고트어로 번역한 것이 아니라 헬레니즘과 헤브라이즘 문화와는 상이한 문화적 기반을 가진 게르만 문화 속에서 쉽게 이해되고 수용될 수 있도록 표현을 적절하게 변형했다는 것, 이로 인해 울필라스의 성서가 단순한 성서책에 그치지 않고 문학 작품의 경지에 올랐다는 점 때문이다. 또한 보르헤스는 울필라스의 성서가 비록 사멸해 버린 동게르만어로 쓰였지만 16세기에 나온 마르틴 루터의 독일어 성서보다 훨씬 앞선 유럽 최초의 속어 성서라는 점을 강조하면서 그것에 그 역사적 가치를 부여하고 있다.

다른 문학과 마찬가지로 앵글로색슨 영국 문학 역시 산문보다는 시가 먼저 출현했다는 말과 함께 중세 영문학을 검토하기 시작하는 보르헤스는 「핀스부르흐 전투」, 「방랑자」, 「항해자」, 「폐허」, 「십자가의 꿈」, 「브루난브루흐 찬가」, 「맬던의 노래」, 「데오르의 애가」, 「무덤」 등 현존하는 단편적 시 작품에 많은 지면을 할애한다. 그리고 작품 자체의 문학적 가치보다는 후대 문학에 미친 영향 혹은 후대 문학과의 연관성에 집중하면서 이 작품들에 문학사적 가치를 부여한다. 즉 「항해자」는 스윈번, 키플링, 메이스필드의 시에서 나타나는 시인 자신과의 대화 형식 시의 시초이고 휘트먼의 「나 자신의 노래」와 유사한 표현을 보여 주며, 단테의 『신곡』이 취한 서술 형식이 이미 사용된 「십자가의 꿈」에는 산 후안 데 라 크루스의 시 작품에서 목도되는 관능적 신비주의의 요소가 녹아 있다고 평가한다. 보르헤스는 특히 이 작품의 작가가 게르만 시의 전통인 서사시 기법을 기독교 신앙의 가장 극적인 장면을 표현하기 위해 도입했다는 점을 높게 산다. 실제 있었던 전쟁을 소재로 한 「브루난브루흐 찬가」와 「맬던의 노래」에 대한 평가에서도 보르헤스는 테니슨이 「브루난브루흐 찬가」의 표현 방법을 차용하여 게르만식 영어로 시를 썼다는 점과 호메로스 서사시의 특징인 비장함과 장엄함이 「맬던의 노래」를 지배하고 있다는 점을 강조하면서 이 시들이 고대 문학의 유산을 계승하는 동시에 근대 문학에도 영향을 주고 있음에 주목한다.

보르헤스는 영국이 기독교화된 이후에도 비록 시인들이 게르만 신화 대신 성서를 주제로 작품 활동을 했지만 성서 내용을 그대로 추종하는 것이 아니라 게르만족의 전통을 능동적으로 수용하여 기독교 문화와 게르만 문화를 적절히 융합하려는 자세를 보여 준 점을 강조한다, 즉 보르헤스는 기독교화 이후 출현한 시인들이 자신들의 작품에서 사도들을 튜턴족 전사로, 이스라엘인들을 바이킹족으로 표현하고, 바다는 북해로 설정하는 등 성서를 게르만 문화의 틀 속에서 해석하고 있다는 점, 게르만 문학의 특징인 은유가 빈번히 사용된다는 점 등을 예로 들면서 시인들이 교조적 기독교 이데올로기에 함몰되어 이교도적인 것을 모두 폐기하는 대신 여전히 자신이 게르만족임을 잊지 않으려는 정체성을 그들의 시 작품 속에서 유지하는 태도를 긍정적으로 바라본다.

중세 영문학을 대표하는 작가들에 대한 평가에서도 보르헤스는 이 작가들의 고대 문학에 대한 지식 및 그들이 근대 문학에 미친 영향을 중점적으로 다룬다. 최초의 앵글로색슨 시인으로 평가받는 캐드먼은 자신이 꾼 꿈의 내용을 작품으로 형상화했는데 이러한 창작 방식은『지킬 박사와 하이드』를 쓴 스티븐슨,「쿠빌라이 칸」을 쓴 콜리지의 문학 작품 속에서 나타나며, 단테의『신곡』에 등장할 정도로 중세 유럽 최고의 지식인으로 간주되는 비드는『영국민의 교회사』를 통해 그가 베르길리우스의 작품을 비롯한 라틴 문학에 얼마나 정통했는지를 보여 준다고 보르헤스는 주장한다.

보르헤스는 일반적으로 영문학의 효시로 평가받는『베어울프』역시 다루기는 하지만 이 작품의 문학사적 가치에 비해 할애된 지면은 많지 않다. 작품에 대한 평가 역시 짧게 응축되어 있지만 핵심은 정확하게 짚어 내고 있다. 즉 그는 이 작품의 널리 알려진 스토리보다는 작품이 생산된 문맥을 중시하는데,『베어울프』에 등장하는 기트족, 데인족, 프리슬란트족 들이 역사적으로 존재하고 사건들이 발생한 장소가 북유럽이라는 점에서 게르만족은 자신들이 하나라는 점을 인식하고 있었다고 주장한다. 그리고 다른 어떤 유럽 국가들의 문학 작품보다 앞서『베어울프』는 풍경에 대한 작가의 감상이 작품 속에서 잘 묘사되고 있다고 보면서 이 작품의 선진적 측면을 강조한다.

중세 앵글로색슨 영문학을 살핀 후 보르헤스의 시각은 중세 독일 문학으로 옮겨 간다. 뿔에 새겨진 단 한 문장짜리 각인과「메르제부르크 주문」을 독일 문학의 출발점으로 규정한 후 보르헤스는 고트족의 전설을 주제로 한, 두운으로 구성된 고대 게르만 영웅시인「힐데브란트의 노래」에 관심을 보인다. 왜냐하면 이 작품은 게르만 시 전통 속에서 창작되었지만 아버지와 아들 간의 대결 및 살해 주제는 켈트족 및 페르시아 문화의 전통이기 때문이다. 상호 영향에 관한 직접적인 자료를 제시하지는 않지만 보르헤스는 페르시아의 전 역사를 담고 있는『열왕기』와「힐데브란트의 노래」를 비교하면서 두 작품이 얼마나 내용적인 면에서 유사한지를 보여 준다. 이후 보르헤스는 최후의 심판을 다룬「무스필리」, 성서의 내용을 게르만의 전통으로 각색한「헬리안트」, 아담의 타락을 다룬「창세기」, 고대 그리스, 로마의 시 작품들과 대등한 독일어 시를 써야 한다는 사명감으로 충만했던 오트프리트 폰 바이센부르크의 복음시들, 9세기에 독일어로 쓴 마지막 시이자 바이킹족을 물리친 서프랑크 왕국의 루도비쿠스 3세의 승리를 찬양하기 위한 시인「루드비히의 노래」그리고 종교 문학이 주를 이루었던 11세기부터 13세기까지의 시 작품들을 살핀 후 대표적인 중세 독일 문학 작품인『니벨룽의 노래』에 이른다.『베어울프』를 짧게 다루었듯이『니벨룽의 노래』에 대한 보르헤스의 분석도 사실은 빈약한데, 주로 내용을 요약해서 제시할 뿐 정교한 분석은 수행하지 않는다. 보르헤스는 19세기 독일 민족주의의 대두와 함께 이 작품이 독일 역사에서 특정한 시대의 표식이라고 한 괴테의 말을 인용하며, 이 작품이 독일인들의 정체성 형성에 기여했고 이 작품의 작가가 경이로운 것에 대한 서사 및 묘사에 주의를 기울인 점은 서사 문학의 발전에서 소설로의 진화의 막을 열었다고 평가한다.『니벨룽의 노래』와 함께 보르헤스는 13세기에 나온『구드룬』에 주목하면서 이 작품과『니벨룽의 노래』는『일리아드』와『오디세이』의 관계처럼 상호 연관성이 매우 깊기에 직접적 연속선상에서 살펴보아야 한다고 주장한다.

보르헤스는 중세 게르만 문학을 살피는 과정에서 스칸디

나비아 문학, 특히 아이슬란드 문학에 가장 많은 관심을 기울이는데 실제로도 가장 많은 지면을 스칸디나비아 문학에 할애하고 있다. 영문학이나 독문학에 비해 우리에게는 생소한 스칸디나비아 문학에 대해 보르헤스는 "중세 게르만 문학들 중 가장 복잡하고 풍요로운 문학"이라고 평가하면서, 그 이유는 중세 영문학과 독문학은 후대 문학이 어떤 과정을 거쳐 형성될 것이라는 선험성을 가진 반면 중세 스칸디나비아 문학은 그 자체로 흥미와 가치가 있기 때문이라고 말한다. 또한 보르헤스가 가장 많은 애정을 보이는 아이슬란드 문학은 전통 신앙과 새롭게 수용한 기독교 신앙을 적절히 조화시켰기 때문에 다른 스칸디나비아 문학들보다 더 뛰어나고 풍요롭다고 말한다. 즉 노르웨이로부터 탈출한 망명객들이 세운 국가가 아이슬란드였기에 아이슬란드인들은 기독교 신앙의 바탕 위에 전통 신앙을 자신들이 떠나온 고향에 대한 향수의 한 부분으로 승화시켜 그 감성이 문학 작품 속에서 매우 잘 구현되고 있다는 것이다.

스칸디나비아 문학을 설명할 때 가장 먼저 보르헤스의 시각을 사로잡은 작품은 9세기부터 13세기까지 북유럽 지역에서 창작된 서른다섯 개의 시와 단편 작품들을 수록한『고에다』이다. 이 작품에 실린 시들에 대해 보르헤스는 느린 서술과 비애감이 특징인 앵글로색슨 시들과 달리 빠른 서술과 익살스러우면서도 비극적인 기술이 특징적이라고 말한다. 영국과 독일 지역에 게르만 신화에서 공통적으로 등장하는 주요 신에 관한 내용 외에 다른 신화들은 거의 남아 있지 않은 상황에서『고에다』는 게르만족의 거주지였던 북유럽에서 전승되어 온 게르만 신화들을 온전히 기록하고 있기에 문학적 가치뿐 아니라 역사적, 민족지학적 가치 역시 풍부하다며 보르헤스는 이 작품집을 매우 높게 평가한다.

스칸디나비아 문학을 살피면서 보르헤스는 산문 문학의 시발점으로 간주되는 사가에 많은 관심을 보인다. 아이슬란드 귀족들에 의해 발명된 산문 문학은 문학사에서 가장 특별한 사건이라고 주장한 에드먼드 고스의 말을 인용하며 보르헤스는 사가가 실제 사건을 다루고 지역에 대한 묘사가 정확하기에 사실주의적이며 작가가 등장인물의 말과 행위만 기술하고 심리적 묘사는 의도적으로 배제하므로 역사적 사건에 대한 객관적 연대기라고 평가한다. 이와 같은 사가의 고유한 창작 방법은 이 장르에 드라마적 특성을 부여하며 이 장르에서는 현대 영화 기법이 엿보인다고 보르헤스는 말한다. 하지만 세계사의 전개에서 스칸디나비아 역사가 차지하는 비중이 너무 미약하기에 이곳에서 나온 문학 작품들은 마치 존재하지 않는 것처럼 보이며, 따라서 소설이라는 문학 장르를 누구보다 먼저 발명했지만 그 어떤 성과도 얻을 수 없었다는 점에 큰 아쉬움을 표한다.

사가로 대표되는 산문 문학뿐 아니라 뚜렷한 문학적 창작 의도를 가지고 작품 활동에 임했던 스칼드의 시 문학 역시 보르헤스의 관심을 끈다. 그가 주목하는 점은, 게르만 시 문학의 특징인 은유법이 스칸디나비아 시 문학에서는 케닝가르를 통해 체계화되어 있었기 때문에 스칼드들은 은유를 문학적 표현의 차원으로 상승시켰다는 사실이다.

스칸디나비아 산문 문학과 시 문학을 전반적으로 검토한

후 보르헤스는 중세 스칸디나비아 문학의 대표적 작가인 스노리 스투를루손과 그의 대표작들인『헤임스클링글라』와 하나의 시학서라고 볼 수 있는『신에다』의 평가에 집중한다. 스칸디나비아의 역사를 다루는『헤임스클링글라』에서 보르헤스가 특히 관심을 기울이는 부분은 이 책의 역사적 성격보다는 사가 창작 기법을 도입해 기술한 문학적 특성이다. 사가의 특징인 비인칭성과 극적 요소가 그대로 드러나는『헤임스클링글라』의 문학적 성격은 칼라일과 오귀스탱 티에리 등 19세기를 화려하게 장식했던 작가들의 작품 속에서 계승되었다고 보르헤스는 평가한다. 그리고 이들 작품의 작가인 스노리 스투를루손에 대해서는 그를 북유럽의 호메로스라고 했던 칼라일의 평가를 비판하면서, 장구한 역사적 과정을 요약하여 여기에 가치를 부여하면서 역사의 장 속으로 편입시킨 점을 고려하면 그는 문학적 전통을 역사에 적용한 투키디데스와 같은 인물이라고 말한다. 또한 자연 과학과 철학을 제외한 거의 모든 분야에 관심을 가지고 해박한 지식을 자신의 작품 속에서 기술한 측면에서는 중세 인물임에도 불구하고 르네상스의 전인적 인간형을 보여 주는 선구자적 존재라고 결론 내린다.

스노리의 작품들과 함께 보르헤스는 사가 문학의 대표작인『볼숭가 사가』의 내용을 많은 지면을 할애하여 독자들에게 소개하는데, 이 작품을 게르만적 상상력의 총합체로서 "문학사에 있어 최고의 서사시들 중의 하나"라고 단적으로 규정한다. 왜냐하면 이 작품의 작가는 "경이로운 고대의 이야기를 수용"하면서 동시에 "신화가 요구하는 조건에 적합한 인물들을 창조"하고 있기 때문이다.

오늘날 서구 문화는 헬레니즘과 헤브라이즘 문화 속에서 잉태되었다. 16세기 이후 영국이 패권을 차지하면서 세계 최강 제국으로 변모할 때까지 게르만 문화는 야만족의 문화, 라틴 문화에 비해 열등한 문화로 간주되어 왔다. 그런데 한 사회나 집단, 혹은 국가 구성원들의 행동 양식 및 사유 방식의 총합체인 문화는 우리에게 언제나 문화에 우월함과 열등함이 존재할 수 있는지 묻고 있다. 우리는 역사 속에서 우월한 문화로 간주되었지만 사멸해 버린 문화와, 열등한 문화로 여겨졌지만 열등하게 여겨졌던 문화가 오늘날 한 사회, 민족, 국가를 대표하는 문화로 자리매김한 경우를 종종 목도한다. 이 같은 사실은 문화는 항상 상대적으로 파악해야 한다는 점을 우리에게 알려 준다. 모든 사람들이 그리스, 로마 문화를 절대적으로 우월한 문화로 받아들이던 시기 야만의 문화로 취급되었던 게르만 문화에서도 문학적 향기와 가치가 가득한 작품들이 탄생했고, 어떤 작품들은 근대 문학보다 앞서 근대 문학의 특징을 보여 주었다. 보르헤스가 야만적이라고 여겨졌던 게르만 문화 속에서 태동한 문학 세계에 관심을 기울이고 게르만 문화에 익숙하지 않은 독자들을 위해 게르만 문학의 태동과 중세 시기 게르만 문학의 흐름을 기술한 책을 집필한 것은 문화적 상대주의의 전형적인 모습이라고 평가할 수 있다. 이렇듯 『중세 게르만 문학』은 독자들에게 잘 알려지지 않았던 게르만 문학의 가치에 대해 알려 주는 소개서이자, 동시에 문학을 비롯한 문화를 어떻게 바라보아야 하는지를 보여 주는 문화론인 것이다.

보르헤스식 미국 문학 소개

7부 『미국 문학 입문』   남진희

객관적인 진실이 가능한지, 객관만이 힘을 갖는지 의심되는 시대에 살고 있음을 실감한다. 객관보다는 주관과 감정에 호소하고 개인적인 신념을 강변하는 것이 더 의미 있을 수도 있겠다는 생각이 더 가깝게 다가오는 시대가 이미 우리 곁에 성큼 다가섰는지도 모른다. 이러한 현상은 특정 분야에서만 일어나고 있는 것은 아니다. 다양한 분야에서 사회를 달구고 있는 논란들 역시 일정 부분 이와 연결 지어 생각해 볼 수 있다. 이런 시대에 문학사나 특정 지역의 문학을 소개하는 입문서는 어떤 식으로 기술해야 할까? 절대적인 객관성을 담보한 소개가 가능할까? 이 질문에 대한 답으로 보르헤스의 『미국 문학 입문』을 소개하고자 한다.

특정한 나라의 문학에 관한 입문서나 소개서는 이에 맞는 일정한 형식을 갖는다. 각 시대의 사회적 배경을 설명하고, 거

기에서 등장한 작가들에 대해 장르별로 분량을 적절히 나눠 설명해 나갈 것이다.『마국 문학 입문』에서와 같이 특정 지역의 문학을 소개하거나 문학사를 기술하는 일은 역사성을 담보할 뿐만 아니라 객관적인 실체가 있기에, 그러한 글을 쓰는 사람은 최소한의 객관성을 유지하고자 노력하는 것이 당연하다. 보르헤스의 입문서는 이러한 상투적인 틀에서 벗어나 있다. 무엇보다 문학에 대한 자기만의 이해를 통해 작가의 모습 자체에서 작품의 의미와 아름다움을 끄집어내는 것이다. 서문에서 보르헤스는『미국 문학 입문』의 전개 방법에 대해 다음과 같이 말한다.

> 문학을 사회학에 종속시켜야 한다는 시각도 있지만, 이는 우리가 원하는 바가 아니다. 우리에게 가장 본질적인 문제는 심미적인 측면이다. 영국과 마찬가지로 미국에서는 소규모의 문학 모임이나 유파 따위보다는 개인을 더 중시했고, 그들의 작품은 다양한 삶의 모습에서 자연스럽게 결실을 맺었다. 그래서 우리는 작품 자체가 던져 주는 매력을 좇아가기로 결정했다. 하지만 문학사는 문학을 생산한 나라의 역사와 따로 분리될 수 없기에 절대적으로 필요한 역사적인 측면은 포함시켰다.

문학이 역사나 사회와 단절될 수 없다는 것은 인정하면서도, 이를 최소화하고 개인의 삶과 그 삶에서 뽑어져 나온 아름다움에 초점을 맞추는 방식으로 작품을 소개하겠다는 의지를 분명하게 밝히고 있다. 바로 여기에서 보르헤스의 문학관이 빛을 발한다. 사회가 개인에게 영향을 미치는 것은 분명한 사실이지만, 보르헤스는 삶에서 가장 중요한 것은 삶을 살아가는 개인의 주관이라는 점을 분명히 밝힌다. 그래서 그는 어떤 작가가 유소년기부터 청년기에 이르는 시기에 부모와 가족, 혹은 주변인들과 맺은 관계를 중시한다. 어떤 가정에서 어떤 교육을 받았는지를 다른 환경 요소보다 더 우위에 두고 작가론을 전개해 나간다. 예를 들어 호손은 청교도적인 가정 분위기를, 포는 불행한 유년기와 암울한 젊은 시절을 그들의 구체적인 작품과 연계하여 다룬다.

여기에 덧붙여 다른 문학사나 문학 입문서에서는 볼 수 없는 다음의 두 가지를 이 책의 특징으로 거론할 수 있다. 첫 번째는 순수 문학이 아니라는 이유로 잘 다루어지지 않았던 다양한 분야, 예컨대 과학 소설, 카우보이 소설, 더 나아가서는 인디언들의 구전 문학에 이르기까지 폭넓은 장르에 관심을 보인다는 점이다. 이러한 모습은 주류 문학에만 치우치지 않는, 시대를 담아낸 모든 문학 장르에 폭넓게 관심을 갖는 보르헤스의 모습을 잘 보여 준다. 두 번째는 짧은 분량에도 불구하고 포의 「갈까마귀」를 비롯한 몇몇 뛰어난 작품에 대해 세밀한 문학적 분석까지 곁들이고 있다는 점이다.

『미국 문학 입문』에서 우리는 보르헤스의 독서의 폭을 어림짐작해 볼 수도 있다. 또한 다양한 언어에 대한 조예를 바탕으로 수많은 작가의 작품을 읽고 분석한 뒤 그것을 하나의 전체적인 그림으로 그려 내는 보르헤스만의 글쓰기는 독자에게 또 다른 재미를 줄 것이다.

작가 연보

1899년	8월 24일 아르헨티나 부에노스아이레스에서 변호사의 아들로 태어남.
1900년	6월 20일 호르헤 프란시스코 이시도로 루이스 보르헤스라는 이름으로 세례를 받음.
1907년	영어로 다섯 쪽 분량의 단편 소설을 씀.
1910년	아일랜드 작가 오스카 와일드의 『행복한 왕자』를 번역함.
1914년	2월 3일 보르헤스의 가족이 유럽으로 떠남. 파리를 거쳐 제네바에 정착함.
1919년	가족이 스페인으로 여행함. 시 「바다의 송가」 발표.
1920년	보르헤스의 아버지가 마드리드에서 문인들과 만남. 3월 4일 바르셀로나를 출발함.
1921년	부에노스아이레스로 돌아옴. 문학 잡지 《프리스마(Prisma)》 창간.
1922년	마세도니오 페르난데스와 함께 문학 잡지 《프로아(Proa)》

창간.

1924년   가족과 함께 바야돌리드를 방문한 후 7월에 리스본으로 여행함. 8월에 리카르도 구이랄데스와 함께 《프로아》2호 출간.

1925년   두 번째 시집 『맞은편의 달(Luna de enfrente)』 출간.

1926년   칠레 시인 비센테 우이도브로와 페루 작가 알베르토 이달고와 함께 『라틴 아메리카의 새로운 시(Indice de la nueva poesia americana)』 출간. 에세이집 『내 희망의 크기(El tamano de mi esperanza)』 출간.

1927년   처음으로 눈 수술을 받음. 후에 노벨 문학상을 받게 될 칠레 시인 파블로 네루다와 처음으로 만남. 라틴 아메리카의 최고 석학 알폰소 레예스를 만남.

1928년   시인 로페스 메리노를 기리는 기념식장에서 자신의 시를 낭독. 에세이집 『아르헨티나 사람들의 언어(El idioma de los argentinos)』 출간.

1929년   세 번째 시집 『산마르틴 공책(Cuaderno San Martin)』 출간.

1930년   평생의 친구가 될 아돌포 비오이 카사레스를 만남. 『에바리스토 카리에고(Evaristo Carriego)』 출간.

1931년   빅토리아 오캄포가 창간한 문학 잡지 《수르(Sur)》의 편집 위원으로 활동함. 이후 이 잡지에 본격적으로 자신의 글을 발표함.

1932년   『토론(Discusión)』 출간.

1935년   『불한당들의 세계사(Historia universal de la infamia)』 출간.

1936년   『영원성의 역사(Historia de la eternidad)』 출간.

1937년   버지니아 울프의 『자기만의 방(A Room of One's Own)』과 『올랜도(Orlando)』를 스페인어로 번역함.

1938년   아버지가 세상을 떠남. 지방 공립 도서관 사서 보조로 근

무함. 큰 사고를 당하고 자신의 지적 능력이 상실되었을
지 몰라 걱정함. 프란츠 카프카의『변신』번역.

1939년 최초의 보르헤스적인 작품으로 평가되는「피에르 메나
르,『돈키호테』의 저자(Pierre Menard, autor del Quijote)」
를《수르》에 발표함.

1940년 아돌포 비오이 카사레스와 실비나 오캄포와 함께『환상
문학 선집(Antología de la literatura fantástica)』출간.

1941년 『두 갈래로 갈라지는 오솔길들의 정원(El jardin de sen-
deros que se bifurcan)』출간. 윌리엄 포크너의『야생 종려
나무(The Wild Palms)』와 앙리 미쇼의『아시아의 야만인
(Un barbare en Asie)』번역.

1942년 비오이 카사레스와 공저로『이시드로 파로디에게 주어진
여섯 가지 사건(Seis problemas para Isidro Parodi)』출간.

1944년 『두 갈래로 갈라지는 오솔길들의 정원』과『기교들(Arti-
ficios)』을 묶어『픽션들(Ficciones)』이라는 제목으로 출간.

1946년 페론이 정권을 잡으면서 반정부 선언문에 서명하고 민
주주의를 찬양했다는 이유로 지방 도서관에서 해임됨.

1949년 히브리어의 첫 알파벳을 제목으로 삼은『알레프(El Aleph)』
출간.

1950년 아르헨티나 작가회의 의장으로 선출됨.

1951년 로제 카유아의 번역으로 프랑스에서『픽션들』이 출간됨.

1952년 에세이집『또 다른 심문들(Otras inquisiciones)』출간됨.

1955년 페론 정권이 붕괴되면서 국립 도서관 관장으로 임명됨.

1956년 '국민 문학상' 수상. 부에노스아이레스 대학교에서 영국
문학과 미국 문학을 가르침. 이후 십이 년간 교수로 재직.

1960년 『창조자(El hacedor)』출간

1961년 사뮈엘 베케트와 '유럽 출판인상(Formentor)' 공동 수상.

미국 텍사스 대학교 객원 교수로 초청받음.

1964년 시집『타인, 동일인(El otro, el mismo)』출간.

1967년 비오이 카사레스와 함께『부스토스 도메크의 연대기
(Croni-cas de Bustos Domecq)』출간.

1969년 시와 산문을 모은『어둠의 찬양(Elogio de la sombra)』출간.

1970년 단편집『브로디의 보고서(El informe de Brodie)』출간.

1971년 영국 옥스퍼드 대학교에서 명예 박사를 받음.

1972년 시집『금빛 호랑이들(El oro de los tigres)』출간.

1973년 국립 도서관장 사임.

1974년 전 작품을 수록한『전집(Obras completas)』출간.

1976년 시집『철전(鐵錢, La moneda de hierro)』출간. 알리시아
후라도와『불교란 무엇인가?(Qué es el bu-dismo)』출간.

1977년 시집『밤 이야기(Historias de la noche)』출간.

1978년 소르본 대학교에서 명예 박사를 받음.

1980년 스페인 시인 헤라르도 디에고와 함께 '세르반테스 상'을
공동 수상. 강연집『7일 밤(Siete noches)』출간.

1982년 『단테에 관한 아홉 편의 에세이(Nueve ensayos dantescos)』
출간.

1983년 미국 위스콘신 대학교에서 명예 박사를 받음. 프랑스 국
가 최고 훈장인 레지옹 도뇌르 훈장을 받음.『셰익스피어
의 기억(La memoria de Shakespeare)』출간.

1984년 도쿄 대학교와 로마 대학교에서 명예 박사를 받음.

1985년 시집『음모자(Los conjurados)』출간.

1986년 4월 26일에 마리아 코다마와 결혼. 6월 14일 아침에 제
네바에서 세상을 떠남. 1936년부터 1939년 사이에《엘
오가르》에 쓴 글을 모은『나를 사로잡은 책들(Textos
cautivos)』출간.

『레오폴도 루고네스』『미국 문학 입문』 옮긴이

남진희

한국외국어대학교 스페인어과를 졸업하고 동 대학원에서 중남미문학을 전공하여 박사 학위를 받았다. 현재 한국외국어대학교와 서울교대 등에서 강의를 하면서 여러 책들을 번역하고 있다. 논문으로 「호세 마르띠의 중남미 사회 개혁론으로서의 문화 예술에 대한 전망」, 「혁명 이후 쿠바의 문화 정책」 등이 있으며, 옮긴 책으로 『사람의 아들』, 『상상 동물 이야기』, 『꿈 이야기』 등이 있다.

『마르틴 피에로』 옮긴이

엄지영

한국외국어대학교 스페인어과를 졸업하고 동 대학원과 스페인 콤플루텐세대학교에서 라틴아메리카 소설을 전공했다. 역서로 마세도니오 페르난데스의 『계속되는 무』, 리카르도 피글리아의 『인공호흡』, 루이스 세풀베다의 『느림의 중요성을 깨달은 달팽이』, 오라시오 키로가의 『사랑 광기 그리고 죽음의 이야기』, 호르헤 루이스 보르헤스의 『아르헨티나 사람들의 언어』(공역) 등이 있다.

『불교란 무엇인가』 옮긴이

박병규

고려대학교 서어서문학과를 졸업하고 멕시코 국립대학(UNAM)에서 문학 박사 학위를 받았다. 현재는 서울대 라틴아메리카연구소 HK교수로 재직 중이다. 역서로 『불의 기억』, 『파블로 네루다 자서전-사랑하고 노래하고 투쟁하다』, 『1492년, 타자의 은폐』 등이 있다.

『고대 영국 시 선집』, 『영국 문학의 이해』 옮긴이

김용호

서울대학교 서어서문학과를 졸업하고, 남미 콜롬비아에서 문학 석사를, 유럽의 국립 마드리드 대학교에서 문학 박사를 받았고, 북미의 멕시코 주재 대한민국대사관에서 외교관 생활을 경험했다. 울산대학교 연구교수와 연세대학교 유럽사회문화연구소에서 전문연구원 등을 역임하고 현재 서울대학교에서 강의하고 있다. 주요 논문으로 「탈식민적 관점에서 바라본 카리브해 문학」, 「한국문학 속의 가르시아 마르케스——배제된 유희의 기능」, 「아스투리아스의 〈바나나 3부작〉에 관한 연구」 등이 있으며, 역서로는 『세상에서 가장 가난한 대통령 무히카』(공역)와 『아르헨티나 사람들의 언어』(공역) 등이 있다.

『중세 게르만 문학』 옮긴이

정동희

서울대학교 서어서문학과 및 동 대학원을 졸업하고 마드리드 콤플루텐세대학교에서 박사 학위를 받았다. 현재 한양대학교 특임교수이며 서울대학교에서 강의를 하고 있다. 저서로는 『Bartolomé de Torres Naharro: Un extremeño en el Renacimiento europeo』(공저), 『라틴아메리카 명저 산책』(공저), 『스페인어권 명작의 이해』(공저) 『Memorias de un honrado aguador: ámbitos de estudio en torno a la difusión de Lazarillo de Tormes』(공저), 『스페인 문화순례』(공저) 등이 있다.

세계문학 강의
보르헤스 논픽션 전집　　　6

1판 1쇄 찍음　　　　2021년 3월 20일
1판 1쇄 펴냄　　　　2021년 3월 27일

지은이　　　호르헤 루이스 보르헤스
옮긴이　　　남진희 엄지영 박병규 김용호 정동희
발행인　　　박근섭 박상준
펴낸곳　　　(주)민음사

출판등록　　1966. 5. 19. 제16-490호
주소　　　　서울시 강남구 도산대로 1길 62(신사동)
　　　　　　강남출판문화센터 5층 (우편번호 06027)
대표전화　　02-515-2000　　　　팩시밀리　02-515-2007
홈페이지　　www.minumsa.com

한국어판　　ⓒ (주)민음사, 2021. Printed in Seoul, Korea

ISBN　　　978-89-374-3654-3(04800)
ISBN　　　978-89-374-3648-2(04800)(세트)